3

120회본을 시사詩詞까지 완역한

원본
수호전

3

시내암 지음
송도진 옮김

글항아리

차 례

누
가
두
령
인
가
?[1]

한편 강주성 밖 백룡묘 안의 양산박 호걸 조개·화영·황신·여방·곽성·유당·연순·두천·송만·주귀·왕왜호·정천수·석용·완소이·완소오·완소칠·백승 모두 17명의 두령은 용감하고 건장한 졸개 80~90명을 거느리고 형장을 급습하여 송강과 대종을 구해냈다. 심양강에서 온 호걸 장순·장횡·이준·이립·목홍·목춘·동위·동맹·설영 9명은 40여 명을 데리고 왔는데 모두 강에서 노략질하는 무리로 큰 배 3척을 끌고 지원하러왔다. 성안의 흑선풍 이규는 무리들을 이끌어 심양강변까지 돌진했다. 두 갈래 길로 구원하러 온 무리를 서로 합치니 모두 140~150명이 백룡묘 안에서 회합했다. 이때 졸개가 들어와 보고했다.

"강주성 안의 군사들이 북치며 깃발을 흔들고, 징을 울리고 함성을 지르며 쫓아오고 있습니다."

흑선풍 이규가 듣고는 크게 울부짖으며 쌍 도끼를 들고 가장 먼저 사당 밖으

1_ 제41회 제목은 '宋江智取無爲軍(송강이 지혜로 무위군을 공격하다). 張順活捉黃文炳(장순이 황문병을 산 채로 사로잡다)'이다.

로 달려나갔다. 호걸들도 고함을 지르며 손에 무기를 들고 사당 밖으로 나가 적을 맞이했다. 유당·주귀는 먼저 송강과 대종을 호송하여 배에 태우고 이준은 장순·삼완과 함께 배를 정돈했다. 강변을 바라보니 성안에서 쏟아져 나오는 관군이 대략 5000~7000명이었는데, 선봉은 머리에 투구를 쓰고 갑옷을 입었으며 모두 활과 화살을 갖추고 있었고 손에는 장창을 들고 있었다. 뒤에서는 보군이 빽빽이 둘러싸고 깃발을 흔들고 함성을 지르며 앞으로 돌격해왔다. 이쪽에서는 이규가 선두에서 웃통을 벗어 맨살을 드러낸 채 도끼를 돌리며 날듯이 돌진했다. 그 뒤에 화영·황신·여방·곽성 네 명의 장수가 뒤를 받쳤다. 화영은 맨 앞의 기병들이 모두 손에 창을 굳게 잡고 있는 것을 보고 이규가 상처를 입을까 걱정하여 슬그머니 활을 꺼내 화살을 먹인 후 힘껏 당겨 맨 앞 두령이 탄 군마를 향해 화살을 발사하니 '씽' 날아가 순식간에 말 위에서 굴러 떨어졌다. 그러자 기병들이 놀라 각자 말머리를 돌려 달아나는 바람에 보군 절반이 밀려 쓰러졌다. 호걸들은 일제히 돌격하면서 관군을 베니 들판에 시체가 가득 차고 피가 흘러 강을 붉게 물들였고 그대로 강주성 아래까지 돌진했다. 성을 지키던 관군은 호걸들이 몰려오자 성 아래로 뇌목과 포석을 던졌다. 관군은 황급히 성안으로 들어가 성문을 닫고 여러 날 동안 감히 나오지 못했다. 호걸들은 길길이 날뛰는 흑선풍을 억지로 끌고 백룡묘 앞으로 돌아와 배에 올라탔다. 조개가 인원 점검을 끝내자 사람을 나누어 닻을 올리고 언덕을 떠났다.

때마침 바람이 순풍이라 배 세 척에 허다한 인원과 두령을 태우고 돛을 당겨 목 태공의 장원으로 향했다. 배가 건너편 부두에 도착하자 일행은 모두 육지로 올라갔다. 목홍이 호걸들을 장원 내당으로 안내하자, 목 태공이 나와 송강 등 사람들을 맞이했다. 태공이 말했다.

"두령들께서는 이번 일로 여러 날 동안 밤낮없이 지내서 고단하실 테니 방에 들어가셔서 쉬시며 몸을 돌보도록 하시오."

사람들은 각기 방으로 들어가 잠시 쉬면서 옷과 무기를 정리했다. 목홍은 장객을 불러 황소 한 마리, 돼지와 양 10여 마리와 닭, 거위, 물고기와 오리를 잡아 진수성찬을 마련하고 연회를 준비하여 두령들을 대접했다. 술을 마시는 중간에 이런저런 많은 이야기가 오갔다. 조개가 말했다.

"만일 두 분 형제가 배를 끌고 와주지 않았다면, 우리는 모두 사로잡혀 포박되었을 것입니다!"

목 태공이 두 아들 대신 물었다.

"여러분은 어째서 다른 길도 아니고 막다른 그 길로 가셨습니까?"

이규가 말했다.

"나는 단지 사람이 많은 곳으로 돌격한 것인데, 저 사람들이 내 뒤를 따라온 거야. 나는 따라오라고 한 적 없어!"

사람들이 그 말을 듣고 모두 놀라 어이가 없어 웃고 말았다.

송강이 일어나 두령들에게 말했다.

"소인 송강은 두령들의 도움이 없었다면 대 원장과 함께 비명에 죽었을 것입니다. 오늘의 은혜는 푸른 바다보다 더 깊으니 어찌 여러분에게 보답하지 않을 수 있겠습니까? 가증스러운 황문병 이놈은 아무리 작은 뿌리라도 이 쑤시듯 철저히 찾아내고 몇 번이라도 부추겨 시비 거리를 일으켜 우리를 해치려했습니다. 이런 원한을 어찌 갚지 않겠습니까? 무슨 수를 써서라도 두령들께서 한 번만 더 인정을 베푸셔서 무위군을 공격해주십시오. 황문병 이놈을 죽여 이 송강의 사무치는 원한을 깨끗하게 풀고 돌아가는 것이 어떻겠습니까?"

조개가 말했다.

"불시에 적을 기습하는 것은 한 번만 써야지 어떻게 다시 실행하겠는가? 지금은 이 간교한 놈들이 이미 만반의 대책을 세우고 있을 테니 일단 산채로 돌아가서 대부대를 이끌고 오용·공손승 두 선생 그리고 임충·진명과 함께 복수를 하러 가도 늦지 않은 것이오."

송강이 다시 요청했다.

"만일 산채로 돌아간다면 다시는 돌아올 수 없습니다. 너무 멀거니와 강주는 반드시 각지에 알려 엄격하게 대비할 것이므로 그런 어리석은 생각은 마십시오. 이번이 손쓰기에 가장 좋은 기회입니다. 그들이 대비하기 전에 지금 해치워야 합니다."

화영이 나서서 말했다.

"형님 말이 옳습니다. 하지만 길을 아는 사람도 없고 어떤 지형인지도 모릅니다. 먼저 사람을 구하여 성안으로 들어가 허실을 염탐하여 무위군 군사들이 출몰하는 장소를 알아야 하며 황문병이란 놈의 거처도 알아본 뒤라야 손을 쓰기가 좋습니다."

그때 설영이 일어나며 말했다.

"제가 강호를 꽤 떠돌아 다녀서 무위군은 아주 익숙합니다. 제가 가서 염탐하는 것은 어떻습니까?"

송강이 말했다.

"만일 동생이 가주겠다면 최고지."

설영은 즉시 두령들과 작별하고 떠났다.

송강은 두령들과 목홍의 장원에서 무위군을 치는 일을 상의했다. 무기를 점검하고 활과 쇠뇌, 화살을 다듬고 보충했으며 크고 작은 배를 준비했다. 준비가 착착 진행되고 있을 때 설영이 떠난 지 이틀이 지나 한 사람을 데리고 장원으로 돌아와 송강에게 절을 하게 했다. 송강이 물었다.

"동생, 이 장사는 누구인가?"

"이 사람은 후건侯建이라고 하고 홍도洪都[2] 사람입니다. 재봉사인데 바느질 속도가 빠르고 훌륭한 솜씨를 가지고 있습니다. 게다가 창봉에도 익숙하여 일찍이 제 제자가 되었습니다. 사람들은 그가 검고 야윈 데다 동작이 빨라 '통비원通

2_ 홍도洪都: 장시성 난창南昌의 다른 명칭.

臂猿'이라 부릅니다. 원래 무위군 성안 황문병의 집안에서 살았습니다. 그래서 이 동생이 만나서 데리고 왔습니다."

송강이 크게 기뻐하며 함께 앉아 대책을 상의했다. 그 사람 또한 지살성의 운명을 가지고 있어 자연스레 의기투합했다. 송강이 강주의 소식과 무위군의 움직임이 어떤지를 묻자 설영이 대답했다.

"지금 채구 지부가 관군과 백성을 점검했는데 죽은 자가 500명이 넘고 상처를 입거나 화살에 맞은 자는 부지기수였습니다. 이미 조정에 보고하러 사람을 보내 밤낮으로 달려가고 있습니다. 성문은 해가 중천에 뜨면 닫아버리고 출입하는 사람들은 엄격하게 조사하고 있습니다. 원래 형님을 해코지한 것은 채구 지부와 상관없는 일입니다. 모두 황문병이란 놈이 3~5차례에 걸쳐 지부를 충동질하여 두 분을 해치도록 한 것입니다. 지금 형장을 급습당하여 성안은 매우 혼란스럽고 밤낮으로 경계가 삼엄합니다. 제가 무위군에 가서 소식을 염탐하다가 이 형제와 마주쳐 같이 나와 밥을 먹으며 자세한 소식을 알게 되었습니다."

송강이 물었다.

"후형은 어떻게 자세한 소식을 알고 계시오?"

후건이 말했다.

"소인은 어려서 창봉을 배웠는데, 설 사부님의 가르침을 받게 되어 은혜를 잊을 수가 없습니다. 근래에 황 통판은 특별히 소인을 찾아와 자기 집에 와서 옷을 만들어달라고 해서 거기에 있었는데, 밖에 나왔다가 사부님을 우연히 만나 송강 형님의 함자를 듣게 되어 이 일을 말씀드리게 된 것입니다. 소인이 형님을 만나뵙고 싶어 일부러 여기까지 찾아와 자세히 알려드리고자 합니다. 황문병에게는 친형이 하나 있는데 황문엽黃文燁이라고 부르며 같은 어머니에게서 나온 두 아들입니다. 황문엽은 평생 동안 선한 일만 행하여 다리도 놓아주고 길도 고쳐주며 불상을 만들고 스님들을 받들었으며 곤경에 빠지고 가난한 사람들을 구제해주었습니다. 무위군 사람들은 그를 '황불자黃佛子(황 부처)'라고 부른답니다.

황문병은 비록 해임당하고 한가하게 지내는 통판이지만 남을 해치려는 마음이 강하고 악행을 습관적으로 저질러 무위군 사람들은 그를 '황봉자黃蜂刺(황 벌침)'라고 부릅니다. 그들 형제는 각자 거처는 다른데 같은 골목으로 출입하며 북문 안쪽이 그의 집입니다. 황문병의 집은 성벽과 붙어 있고 황문엽의 집은 거리에 인접해 있습니다. 소인은 그곳에서 생활하면서 황문병이 집으로 돌아올 때마다 하는 말을 들었습니다. '이 일은 채 지부가 깜빡 속아 넘어갔는데 먼저 참형을 집행하고 나중에 조정에 알리라고 내가 바로잡아주었지'라고 하더군요. 황문엽이 듣고는 뒤에서 욕을 하더군요. '또 이런 제 명을 재촉하는 사람으로 해서는 안 될 악랄한 짓을 저질렀구나. 너랑 상관없는 일인데 어째서 남을 해치려 드느냐? 만일 하늘의 도리가 있다면 당장에 대가를 치를 것이고, 스스로 화를 부른다는 말이 다른 것이 아니다'라고 말이죠. 이 이틀간에 형장이 습격을 당했다는 말을 듣고 대단히 놀랐습니다. 어젯밤에 강주에 가서 채구 지부를 만나 무슨 계책을 꾸미는지 아직도 돌아오지 않았습니다."

송강이 물었다.

"황문병은 자기 형의 집과 거리가 얼마나 떨어져 있소?"

"원래 한 집이던 것을 둘로 나눈 것으로 지금은 중간에 채소밭 하나만 있습니다."

"황문병의 집에 식구는 몇 명이나 되오? 방두房頭3는 몇 명이오?"

"남녀 모두 합쳐서 40~50명은 됩니다."

"하늘이 나더러 복수하라고 특별히 이 사람을 보내주셨구나. 그래도 모든 형제의 도움이 필요하오."

모두 한 목소리로 대답했다.

"그 더럽고 간악한 놈을 없애고 형님의 원수를 갚는 일이라면 목숨을 걸고

3_ 방두房頭: 원래는 친족을 가리키는데, 여기서는 식구를 가리키며 처, 첩 등 각자를 방房이라 한다.

있는 힘을 다하겠습니다."

"내가 미워하는 것은 황문병 한 놈뿐이고 무위군 백성과는 아무 상관없소. 그의 형은 어진 사람이니 해친다면 천하의 사람들이 나더러 어질지 못하다고 욕할 것이니 절대 해치지 마오. 형제들은 그곳에 가서도 백성을 조금이라도 건드려서는 안 되오. 이제 곧 그곳으로 갈 터인데 내게 계책이 있으니 모두 협조해주기 바라오."

두령들이 일제히 대답했다.

"모든 걸 형님의 말씀대로 따르겠습니다."

"목 태공께서는 번거롭겠지만 포대 80~90개, 갈대 줄기 100단을 준비해주시고 큰 배 5척, 작은 배 2척을 사용하고자 합니다. 장순과 이준이 작은 배 2척을 몰면서 강에서 이렇게 저렇게 움직여주시오. 큰 배 5척은 장횡·삼완·동위가 맡고 수영을 잘하는 사람이 배를 보호해준다면 이번 계책을 사용할 수 있소."

목홍이 대답했다.

"여기에 갈대, 타기 쉬운 장작⁴ 그리고 포대도 모두 있고 우리 장원 사람들은 모두 배를 잘 저으니 형님 말씀대로 따르겠습니다."

"후건 형제는 설영과 백승을 데리고 먼저 무위군 성안으로 들어가 숨어 있으시오. 내일 3경 2점(밤 11시 48분)을 기점으로 성문 밖에서 방울을 단 비둘기를 날려보내면 백승은 황문병 집에서 가까운 성에 올라 하얀 비단 끈을 꽂아 표시해주시오. 석용과 두천은 다시 거지로 변장하도록 하여 성문 옆 좌측에 매복하여 불이 나는 것을 신호로 문을 지키는 군사를 죽이게. 이준·장순은 강 위를 왕복하기만 하면서 순찰 경계하고 호응할 때를 기다리게."

송강이 배치를 마치자 설영·백승·후건이 먼저 출발했다. 이어서 석용·두천도 거지로 변장하여 몸에 각기 단도와 암살무기를 감추고 떠났다. 한편 흙과 모

4_ 원문은 '유자油柴'다. 타기 쉬운 장작 혹은 장작에 기름을 붓는 것을 말한다.

래를 채운 포대와 갈대, 땔감을 배에 실었다. 사람들은 때가 되자 모두 복장을 갖추고 몸에 무기를 준비했으며 배 안에 군사를 매복시켰다. 두령들은 배에 나누어 탔다. 조개·송강·화영은 동위의 배에 타고, 연순·왕왜호·정천수는 장횡의 배에 탔으며, 대종·유당·황신은 완소이의 배, 여방·곽성·이립은 완소오의 배, 목홍·목춘·이규는 완소칠의 배에 탔다. 주귀와 송만은 목 태공의 장원에 남아 강주성 안의 소식을 살폈다. 먼저 동맹은 빠른 고깃배를 앞에서 저으며 길을 탐지했다. 졸개와 군졸들은 모두 선창에 숨어 있고 일꾼과 장객, 사공은 밤늦게 은밀하게 배를 저어 무위군으로 향했다. 때는 바로 7월이 모두 지난 날씨라 밤은 시원하고 바람도 조용했으며 달은 하얗고 강물은 맑았다. 물그림자와 산의 빛이 모두 위아래 할 것 없이 푸르렀다. 옛날에 참료자參寥子5가 이 강의 경치를 읊은 시 한 수가 있다.

세차게 굽이치는 물결 위에 물안개 자욱하고
옅은 달, 맑은 바람 부는 구강九江에 새벽이 오네.
배 모는 사공에게 이 경치 어떠한지 물어보려는데
눈 안에 들어온 여산廬山이 작게만 느껴지네.
洪濤滾滾烟波杳, 月淡風淸九江曉.
欲從舟子問如何, 但覺廬山眼中小.

대략 초경(밤 7~9시) 무렵에 모든 배가 무위군 강변에 도착하여 깊은 갈대숲을 찾아 배를 일자로 나란히 묶어 정박시켰다. 동맹이 배를 타고 돌아와서 보고 했다.

5_ 참료자參寥子: 어려서 『법화경法華經』을 학습했고 득도하여 승려가 되었다. 문장과 시를 잘 지었고 소식, 진관과는 시우詩友였다. 『삼료집參寥集』 12권이 있다.

"성안에 아무런 움직임도 없습니다."

송강이 수하를 시켜 모래와 흙을 담은 포대와 갈대와 장작을 강 언덕으로 운반했는데 성이 보였다. 2경을 알리는 북소리가 울렸다. 송강이 졸개를 불러 흙 포대와 장작을 성 옆에 쌓도록 했다. 사람들은 각자 손에 무기를 들었고 장횡·삼완·동맹 형제를 남겨 배를 지키며 호응하도록 했고, 나머지 두령들은 모두 성 옆으로 달려갔다. 성 위를 바라보니 성 북문에서 반리 길 거리에서 송강은 방울 단 비둘기를 풀어놓게 했다. 그때 성 위에서 대나무 장대에 묶인 하얀 비단 띠가 바람에 휘날렸다. 송강이 장대를 보고 군사를 시켜 그 장대가 세워진 성벽 밑에 흙 포대를 쌓은 다음 갈대와 장작을 짊어지고 흙 포대를 밟으며 성 위로 올라가도록 분부했다. 그때 백승이 이미 그곳에서 호응하여 기다리고 있다가 군사들에게 손가락으로 방향을 가리키며 말했다.

"이 골목이 황문병의 집이오."

송강이 백승에게 물었다.

"설영과 후건은 어디에 있느냐?"

백승이 말했다.

"그 둘은 황문병 집 안에 잠입하여 형님이 오기만을 기다리고 있습니다."

"석용과 두천을 보았느냐?"

"그 둘은 성문 옆 좌측에서 기다리고 있습니다."

송강이 듣고 호걸들을 이끌고 성에서 내려와 황문병 집 앞으로 다가갔다. 후건이 처마 밑에 숨어 있는 것을 보고 송강이 불러 입을 귀에 대고 낮은 소리로 말했다.

"자네는 채마밭에 들어가 문을 열어 군사들이 갈대와 장작을 안에 쌓도록 해라. 그리고 설영에게 횃불로 불을 붙이라고 하고, 너는 황문병의 방문을 두드리며 '옆집 대관인의 집에 불이 났습니다 집기와 상자를 옮겨야 합니다!'라고 고함을 지르도록 하게. 문이 열리면 나머지는 내가 알아서 할 것이다."

송강은 호걸들을 나누어 양쪽을 지키도록 했다. 후건은 먼저 들어가 채마밭 문을 열고 군졸들은 갈대와 장작을 옮겨 안에 쌓았다. 후건이 불을 얻어 설영에게 주며 불을 붙이라고 했다. 후건은 곧 튀어나와 문을 두드리며 소리쳤다.

"옆집 대관인의 집에 불이 나서 상자와 집기를 빨리 옮겨야 하니 빨리 문을 여십시오!"

안에서 듣고 일어나서 보니 옆집에 불이 번져 서둘러 문을 열고 뛰어나왔다. 조개와 송강이 함성을 지르며 안으로 뛰어들었다. 호걸들은 모두 각자 무기를 들고 보이는 대로 죽이니 황문병의 일가족 40~50명이 한 명도 안 남고 모두 죽었으나 황문병 한 사람만이 보이지 않았다. 호걸들은 황문병이 종전에 양민을 쥐어짜서 모은 금은보석 등 가산을 모두 수습했다. 커다란 휘파람 소리가 나자 호걸들은 모두 궤짝과 재산을 짊어지고 성 위로 달려갔다.

한편 석용과 두천은 불이 붙은 것을 보고 각자 예리한 칼을 끄집어 내 성문을 지키는 군졸을 죽여버렸다. 거리의 이웃 백성이 물통과 사다리를 들고 불을 끄러 달려왔다. 석용과 두천이 큰 소리로 외쳤다.

"너희 백성은 앞으로 나서지 말라. 우리 양산박 호걸 수천 명은 여기에서 황문병 집안의 양민과 천민을 모조리 죽여 송강과 대종의 원수를 갚겠다. 너희와는 아무 상관이 없다. 모두 빨리 집으로 돌아가 피하고 쓸데없이 나오지 말라."

이웃 중에 믿지 않는 자가 멈추어 서서 구경을 했다. 그때 흑선풍 이규가 쌍도끼를 휘두르며 땅을 말듯이 달려나오니, 이웃들이 비로소 고함을 지르며 사다리와 물통을 들고 모두 도망갔다. 이쪽 뒷골목에 문을 지키던 군졸 몇 명이 사람들을 데리고 불 끄는 기구[6]를 들고 달려왔다. 화영이 그들을 발견하고 화살을 쏘아 맨 앞에 나선 자를 쓰러뜨리고 고함을 질렀다.

6_ 원문은 '마탑麻搭'이다. 불을 끄는 공구로 장대를 사용하는데, 삼의 한쪽 끝을 말 꼬리처럼 묶어 먼지를 떠는 듯이 하고 흙탕물을 적셔 불을 두드려서 끈다.

"죽고 싶은 자는 나와서 불을 꺼봐라!"

군졸들이 모두 흩어져 달아났다. 설영은 횃불을 들고 황문병 집 안을 돌아다니며 불을 붙여 여기저기 걷잡을 수 없이 타올랐다. 그 불을 보니,

온 땅이 검은 연기로 자욱하고 붉은 화염 하늘로 치솟네. 만 마리 황금빛 뱀 춤추는 듯 화염이 맹렬히 타오르고, 천 개가 넘는 불덩이 사방으로 흩어지는구나. 광풍마저 화염을 북돋우니 화려하게 새기고 장식한 들보와 기둥들 잠깐 사이 재 되어 사라졌네. 불길은 하늘로 오르고 높이 솟은 집 삽시간에 가라앉아 버렸구나. 이것은 불이 아니라 바로 문병의 심지가 악독하여 화신火神[7]을 노엽게 만든 것이라네. 남에게 독한 화염으로 해치다가 결국 제가 지른 불에 자신이 타죽은 것이로다.

黑雲匝地, 紅焰飛天. 燁律律走萬道金蛇, 焰騰騰散千團火塊. 狂風相助, 雕梁畫棟片時休. 炎焰漲空, 大廈高堂彈指沒. 這不是火, 却是: 文炳心頭惡, 觸腦丙丁神. 害人施毒焰, 惹火自燒身.

이때 석용과 두천은 이미 문을 지키는 군사들을 죽였고, 이규가 도끼로 성문의 자물쇠를 부수고 문을 활짝 열어 절반은 성문 위로 넘어서 나가고 나머지는 성문으로 나갔다. 장횡·삼완·동위·동맹 모두 배를 몰고 와서 호응하여 하나로 모여 재물을 들어 배로 옮겼다. 무위군은 강주가 양산박 호걸에게 형장을 기습당했고 무수한 사상자가 난 것을 이미 알고 있는데, 어찌 감히 쫓아 나와 추격하겠는가? 모두 피할 수밖에 없었다. 송강 일행은 황문병을 잡지 못한 것이 한스러웠지만 어쩔 수 없이 배에 올라 목홍의 장원을 향하여 노를 저었다.

한편 강주성 안에서는 무위군에 불길이 치솟고 하늘이 온통 붉게 물든 것을

7_ 원문은 '병정신丙丁神'인데, 병정은 불에 속하며 화신火神을 가리킨다.

보고 성안이 온통 시끌벅적했으나, 본부에 알리는 것 외엔 다른 방법이 없었다. 황문병은 바로 부 안에서 일을 상의하다가 보고를 듣고 서둘러 지부에게 아뢰었다.

"저희 마을에 불이 났다고 하니 빨리 돌아가 살펴보아야겠습니다."

채구 지부는 서둘러 성문을 열게 하고 관아의 배에 태워 보내라고 명했다. 황문병은 지부에게 감사 인사를 하며 하인을 데리고 즉시 성을 나와 서둘러 배에 타서 강으로 노를 저어 무위군으로 향했다. 불길은 갈수록 맹렬해져 강물이 온통 붉은 불빛으로 환하게 물들었다. 사공이 말했다.

"불이 난 곳은 북문 근처입니다."

황문병은 그 말을 듣고 마음이 갈수록 급해졌다. 강 가운데를 향하여 배를 저어 가는데, 작은 배 한 척이 노를 저어 지나갔다. 잠시 후 또 작은 배 한 척이 저어오더니 그냥 지나가지 않고 관아의 배를 들이받아버렸다. 하인이 큰소리로 외쳤다.

"무슨 배이기에 감히 이렇게 직접 배를 받아버리느냐!"

그 배에서 큰 덩치가 벌떡 일어서더니 손에 갈고리를 들고 대답했다.

"불 난 것을 알리러 강주로 가는 배입니다."

황문병이 튀어나와 물었다.

"불 난 곳이 어디냐?"

"북문 황 통판 집입니다. 양산박 호걸들이 일가족을 몰살시키고 재산을 강탈했으며 지금도 불타고 있습니다!"

황문병은 자기도 모르게 '아이고' 하며 비명을 지르더니 어쩔 줄 몰라 했다. 그 사내는 갈고리로 배에 걸치더니 뛰어올라왔다. 황문병은 눈치가 빠른 사람이라 이미 감을 잡고 배 뒷전으로 달아나 강변 쪽을 향해 물에 뛰어들었다. 그러나 갑자기 다시 눈앞에 배가 한 척 나타났고, 이미 물속에서 한 사람이 솟아올라 황문병의 허리를 끌어안고 머리끝을 잡더니 배 위로 끌어올렸다. 배 위에 있던 사내가 받아 밧줄로 묶었다. 물밑에서 황문병을 붙잡은 사람은 낭리백도 장순이었고 배 위에 갈고리를 든 사람은 혼강룡 이준이었다.

두 사내가 배 위에 올라서자 관아의 배를 젓던 사공이 무릎 꿇고 엎드려서 일어나지 않았다. 이준이 그 모습을 보고 말했다.

"우리는 너를 죽이려는 것이 아니라 황문병을 잡으러왔다. 너희는 지금 돌아가서 멍청한 도적놈 채구 지부에게 알려라. 우리 양산박 호걸들이 이번에는 그 돌대가리를 맡겨두겠지만 조만간에 다시 자르러 오겠다고 하라."

뱃사공이 벌벌 떨며 말했다.

"예예, 소인이 가서 말씀대로 전하겠습니다."

이준과 장순은 황문병을 자신들의 배로 옮기고 그 관아의 배는 풀어주었다.

두 사람은 배 두 척을 저어 목홍의 장원으로 갔다. 강기슭에 이르자 두령들이 물가에서 상자를 내려 언덕으로 운반하고 있었다. 황문병을 잡아온 것을 본 송강은 몹시 기뻐했다. 다른 두령들도 모두 기뻐하며 말했다.

"어디 낯짝이나 한번 구경하자!"

이준과 장순이 이미 황문병을 강가로 끌어올렸다. 모두 구경하며 강기슭을 떠나 목 태공의 장원으로 갔다. 주귀와 송만이 사람들을 맞아 장원 대청에 앉았다. 송강은 황문병의 젖은 옷을 벗기고 버드나무에 묶고 두령을 둘러앉게 했다. 송강은 술 한 병을 가져와 따르고 잔을 들게 했다. 위로는 조개부터 아래로는 백승에 이르기까지 30명이 모두 잔을 들었다. 송강이 욕설을 퍼부으며 말했다.

"황문병, 네 이놈! 내가 전에 너와 아무런 원한이 없었고 근래에도 없었는데, 네가 어째서 나를 해치려고 했느냐? 채구 지부를 충동질하여 한두 번도 아니고 여러 차례 우리 둘을 죽이려고 했다. 네가 성현의 책을 읽은 사람으로 어찌 이렇게 악독한 짓을 할 수 있단 말이냐? 내가 너에게 아버지를 죽인 원수도 아닌데, 너는 어째서 나를 도모하려 했느냐? 너의 형 황문엽은 네놈과 같은 모친에게 태어났는데도 저토록 선량하지 않느냐? 너의 형이 성안에서 '황 부처'라고 불리는다는 소문을 듣고 우리는 어젯밤에 조금도 건드리지 않았다. 네놈은 마을에서 사람을 해칠 줄만 알고 권력 있는 자에게 빌붙으며 상사에게 아부하며 선량한 사람들을 괴롭혔다. 무위군 백성이 너를 '황 벌침'이라고 부르는 것을 잘 알고 있다. 내가 오늘은 네 벌침을 뽑아야겠다."

황문병이 말했다.

"소인은 이미 잘못을 알고 있으니, 빨리 죽여주기만 바랄 뿐이오."

조개가 소리를 질렀다.

"이 사악하고 어리석은 놈아! 죽이지 않을까 겁나냐! 네 이놈. 오늘 이렇게 될지 알면서 그런 짓을 했단 말이냐!"

송강이 주변을 둘러보며 물었다.

"어떤 형제가 나를 대신해 저놈을 손보겠소?"

흑선풍 이규가 벌떡 일어나며 말했다.

"내가 형님 대신 저놈을 요리하겠소. 살도 토실토실해서 구워먹기 좋겠소."

조개가 맞장구를 쳤다.

"자네 말대로군. 날카로운 칼과 따끈한 숯불을 가져다가 저놈을 한 점 한 점 잘라 구워 술안주로 먹으면서 우리 동생의 이 원한을 푸세."

이규가 예리한 칼을 들고 황문병을 보고 웃으면서 말했다.

"네 이놈 채구지부 후당에서 나불거리며 시비를 일으키고 이간질해서 남을 해치도록 하고 없는 것도 만들어내어 선동하지 않았더냐. 오늘 네가 빨리 죽여주길 바란다니 이 어르신께서 천천히 죽여주마."

날카로운 칼로 허벅지부터 잘라 좋은 것을 골라 즉시 숯불에 구워 안주로 삼았다. 한 조각을 자르면 바로 구웠다. 황문병의 살점을 계속 잘라냈고, 어느새 이규는 칼로 가슴을 찔러 심장과 간을 꺼내 두령들과 해장국을 끓였다. 두령들은 황문병이 죽자 모두 초당으로 몰려와 송강에게 축하했다. 여기에 증명하는 시가 있다.

권세에 아부하며 빌붙는 황문병은 교묘한 꾀만 부리고
충의로운 의사들 고통 받도록 떠밀었네.
간사한 계책 완수 못하고 제 몸이 먼저 죽으니
심장 도려내고 살점 구워지는 재앙 면치 못했네.
文炳趨炎巧計乖, 却將忠義苦擠排.
奸謀未遂身先死, 難免剖心炙肉災.

송강이 먼저 땅에 무릎을 꿇자 두령들도 황급하게 무릎 꿇고 일제히 물었다.

"형님, 도대체 무슨 일이십니까? 말씀만 하신다면 우리 형제들이 어찌 감히 듣지 않겠습니까?"

송강이 말했다.

"소생은 재주가 없어서 어려서부터 관리의 일을 배웠습니다. 세상에 처음 발을 디디면서 천하 호걸들과 사귀기를 좋아했습니다. 힘과 재주가 못 미쳐 대우해줄 수 없었음에도 이제 평생의 소원을 이루었습니다. 얼굴에 글자를 새기고 강주로 유배된 후 조 두령과 여러 호걸이 간절히 남아주기 바랐던 것에 많이 감동을 받았습니다. 하지만 부친의 엄격한 가르침을 지키느라 머물 수가 없었습니다. 하늘이 기회를 주어 심양강으로 가는 도중에 또 많은 호걸을 만났습니다. 뜻밖에 제가 재주가 없어서 순간적으로 술에 취해 미친 짓을 하여 대 원장의 목숨을 위험에 빠뜨렸습니다. 여러 호걸이 피하지 않고 범이 사는 굴과 용이 사는 못 같은 위험한 곳까지 오셔서 힘써 남은 생명을 이어줬고, 또한 협조를 받아 원수를 갚게 되었습니다. 이렇게 큰 죄를 짓고 두 주의 성을 어지럽혀놓았으니 반드시 조정에까지 알려질 것입니다. 오늘 이 송강이 양산박에 올라가 형님에게 의지하지 않으면 안 되게 되었습니다. 여러분의 의견은 어떤지 모르겠습니다. 만일 같이 하고 싶으시면 지금 짐을 정리하여 같이 갑시다. 가지 않으시겠다면 명대로 따르겠습니다. 그러나 만일 일이 발각된다면 도리어 연루될까 두렵습니다. 깊이 생각하시기 바랍니다."

말이 다 끝나지 않았는데 이규가 꿇고 앉아 있다가 벌떡 일어서며 소리를 질렀다.

"모두 간다, 모두 가! 가지 않겠다는 사람이 있으면 내 이 좆같은 도끼로 두 동강으로 찍어 끝장내겠다!"

송강이 꾸짖으며 말했다.

"너 어디서 그런 거친 말을 하느냐! 각 형제들 모두가 한마음으로 허락해야 비로소 같이 갈 수 있는 것이다."

사람들이 의론하며 말했다.

"이미 이렇게 많은 관군을 죽이고 강주부와 무위군에서 소란을 피웠는데, 그들이 어떻게 조정에 상주하지 않겠습니까? 필연코 군마를 동원하여 사로잡으려 할 것입니다. 지금 형님을 따라 생사를 같이하지 않고 어디로 가겠습니까?"

송강이 크게 기뻐하며 사람들에게 감사했다. 그날 주귀와 송만이 먼저 산채로 돌아가 알리고 나머지는 다섯으로 나누어 길을 떠났다. 첫 번째는 조개·송강·화영·대종·이규, 두 번째는 유당·두천·석용·설영·후건이었고, 세 번째는 이준·이립·여방·곽성·동위·동맹, 네 번째는 황신·장순·장횡·완가 삼형제였으며, 다섯 번째는 연순·왕왜호·목홍·목춘·정천수·백승이었다. 다섯 무리의 28명 두령이 사람들을 거느리고 황문병에게서 빼앗은 재물을 수레에 나누어 실었다. 목홍은 목 태공과 가족을 데리고 모든 가산을 수레에 실었다. 장객 중에 같이 가기를 원치 않는 자들에게는 은냥을 나눠주고 다른 곳으로 가도록 했다. 같이 가려는 자들은 모두 데리고 갔다. 앞의 네 무리가 연속해 떠나면서 움직이기 시작했다. 목홍은 장원 안을 모두 수습하고 횃불 수십 개로 장원에 불을 지르고 전답은 모두 버린 채 양산박으로 떠났다.

다섯 무리로 나눈 인마가 순서대로 출발했고 서로들 20여 리 간격을 두고 길을 떠났다. 맨 처음에 출발한 조개·송강·화영·대종·이규 다섯은 말을 타고 수레와 병장기를 끄는 사람들을 거느린 채 3일을 갔다. 앞쪽에 가까워 오는 곳은 황문산黃門山이라고 불렸다. 송강이 말 위에서 조개에게 말했다.

"이 산은 모양이 괴상하면서 험한데 혹시 큰 도적떼가 안에 있지 않을까요? 사람을 시켜 뒤의 부대를 재촉하여 함께 지나가는 것이 좋겠습니다."

말이 미처 끝나기도 전에 앞산 입구에서 북소리, 징소리가 울렸다. 송강이 다시 말했다.

"보십시오! 제 말이 맞는 듯합니다. 대응하지 말고 뒤의 부대가 도착하면 같이 싸웁시다."

화영이 활을 들고 화살을 먹였고 조개와 대종은 각기 박도를 잡고 이규는 쌍 도끼를 든 채 송강을 호위하며 함께 말을 다그쳐 앞으로 나갔다. 산비탈에 300~500명 졸개에게 둘러싸인 네 사내가 각자 손에 무기를 들고 큰 소리로 말했다.

"너희는 강주를 어지럽히고 무위군을 약탈했으며 허다한 관군과 백성을 살해하고 양산박으로 돌아가느냐? 이미 오래 전부터 너희를 기다리고 있었다. 내 말을 알아듣고 송강을 남겨둔다면 너희의 목숨은 살려주겠다."

송강이 듣고 말에서 내려 무릎을 꿇고 말했다.

"소생 송강은 모함을 받아 원통함을 하소연할 곳도 없었는데, 지금 사방의 호걸들이 목숨을 구해주었습니다. 소생이 네 영웅에게 어떤 잘못을 저질렀는지 모르겠지만 너그럽게 용서하시기를 간절하게 바랍니다."

네 사내는 송강이 자기들 앞에 무릎 꿇은 것을 보고 당황하여 말안장에서 뛰어내려 무기를 버리고 번개같이 달려와 땅에 엎드려 절하며 말했다.

"저희 형제 네은 산동 급시우 송 공명의 크신 이름을 들었으나 생각만 많았지 얼굴조차 뵐 수가 없었습니다. 우리는 형님이 강주에서 일이 생겨 감옥에 잡혀 들어갔다는 말을 듣고 형제들과 상의하여 감옥을 습격하려고 했으나 사실여부를 알 수가 없었습니다. 그래서 졸개를 강주로 보내 소식을 알아보게 했습니다. 졸개가 돌아와 '이미 여러 호걸이 강주로 쳐들어가 형장을 습격하여 구출하고 게양진으로 갔습니다. 그런데 나중에 다시 무위군에 불을 지르고 황 통판 집을 노략질했다'라고 보고했습니다. 그래서 형님이 돌아갈 때 반드시 이 길로 지나갈 것을 알고 순서를 정해 번갈아 가며 지키다가 혹시 진짜가 아닐까 염려되어 일부러 따져 묻게 된 것입니다. 형님에게 함부로 대한 것을 용서해주시기 바랍니다. 오늘 다행히 형님을 뵙게 되었으니 잠시 산채에 모셔 변변찮은 술과 음식이라도 대접하고 싶습니다. 두령들도 함께 저희 산채로 가셔서 잠시라도 쉬시기 바랍니다."

송강이 그 말을 듣고 뛸 듯이 기뻐하며 네 호걸을 부축하여 일으키고 하나씩 성명을 물었다. 두목은 이름이 구붕歐鵬인데 조상의 본적은 황주黃州[8]였으며 대강大江을 지키는 군인 집안이었다. 본관에게 잘못 보여서 도망가 강호에서 도적이 되었고 고생 끝에 이름이 났고 마운금시摩雲金翅라고 불렸다. 둘째는 장경蔣敬이라고 하는데 조상의 본적은 호남 담주潭州[9]로 원래 과거에 낙방한 서생 출신이다. 급제하지 못하자 붓을 던지고 무술을 배워 자못 모략도 있었으며, 산술에 정통하여 아무리 많은 숫자라도 조금도 틀리지 않았고 창봉술에도 능했으며 군사의 포진과 배치에도 뛰어나서 사람들은 그를 '신산자神算子'[10]라고 불렀다. 셋째는 마린馬麟인데 본적은 남경 건강建康[11] 사람으로 원래 관아 아전의 조수이며 건달이었는데 쌍철적雙鐵笛[12]을 잘 불었으며 대곤도大滾刀를 잘 써 수십

8_ 황주黃州: 지금의 후베이성 황저우黃州.
9_ 담주潭州: 지금의 후난성 창사長沙.
10_ 신산자神算子: 산자算子는 '산가지'로 송·원 이래로 주판의 형상으로 계산을 하는 공구다.
11_ 건강建康: 지금의 장쑤성 난징南京.
12_ 철적鐵笛은 쇠로 만든 피리를 말한다.

명이라도 가까이 갈 수 없었으므로 사람들은 철적선鐵笛仙이라고 불렀다. 넷째는 도종왕陶宗旺인데 본적은 광주光州13로 농사를 짓던 농부로 삽질을 잘했다. 힘이 매우 세고 창칼도 잘 놀렸으므로 '구미귀九尾龜'라고 불렀다. 이 네 영웅호걸의 모습을 노래한 「서강월西江月」이란 시가 있다.

건장한 몸에 강한 힘 당할 자 없고 걸음 또한 민첩하여 날아오르는 듯한 마운금시 구붕은 황문산의 첫째 두령이로다. 어려서 학문의 뜻 접어 한스러웠지만 장성해선 병법에 뛰어나고 귀신같은 산술과 용병에 능숙하여 장경은 문무를 겸비했다네. 쇠 피리 불면 산도 갈라지고 두 자루의 동도銅刀14엔 귀신도 놀라니 흉악하게 생긴 마린은 싸움터에선 용사라네. 맹호 같은 힘 가진 도종왕은 삽 들면 어느 곳이든 무정하며 아홉 개 꼬리 달린 거북 같은 재능을 지녔다네. 이들은 모두 영웅다운 두령들일세.

力壯身強無賽, 行時捷似飛騰, 摩雲金翅是歐鵬, 首位黃山排定. 幼恨毛錐失利, 長從韜略搜精, 如神算法善行兵, 文武全才蔣敬. 鐵笛一聲山裂, 銅刀兩口神警, 馬麟形貌更猙獰, 厮殺場中超乘. 宗旺力如猛虎, 鐵鍬到處無情, 神龜九尾喩多能, 都是英雄頭領.

네 두령은 송강을 맞이했고 졸개들은 과일 접시, 술 한 주전자, 고기 두 판, 술잔을 가져왔다. 먼저 조개·송강에게 건네고 다음으로 화영·대종·이규에게 건네 서로 상견했다. 술을 주고받으며 두 시진이 지나지 않아서 두 번째 무리의 두령이 도착하자 한 명씩 모두들 상견했다. 잔이 모두 돌자 두령을 청하여 산에 오르도록 했다. 두 무리 10명의 두령이 먼저 황문산채 안으로 들어왔다. 네 두

13_ 광주光州: 지금의 허난성 황촨潢川.
14_ 동도銅刀: 병기이며 공구로도 사용된다. 용도는 광범위하고 형태도 다양하다.

령은 소와 말을 잡아 접대를 준비했다. 졸개들은 산 아래로 내려가 뒤에 오는 세 무리의 두령 18명을 산으로 초청하여 연회에 참석했다. 한나절이 지나지 않아 나머지 두령이 모두 도착하여 취의청 연회에 모였다. 송강이 술을 마시는 중간에 자리에서 일어나 입을 열었다.

"이번에 이 송강은 조 천왕 형님에게 의지하여 양산박에 올라가 뜻을 함께하기로 했습니다. 네 분 두령도 이곳을 버리고 함께 양산박에 가시는 게 어떠실지요."

네 두령은 이구동성으로 대답했다.

"만일 두 분 의사께서 빈천하다고 버리지 않으신다면 성심을 다하여 따르겠습니다."

송강·조개는 크게 기뻐하며 말했다.

"네 분이 대의를 따르시겠다니 빨리 수습하고 출발합시다."

두령들도 모두 기뻐했다. 산채에서 하루 낮과 밤을 지냈다. 다음날 송강과 조개가 여전히 선두가 되어 하산하여 먼저 출발했고, 나머지는 그전 순서대로 따라와 20리 거리를 유지했다. 네 두령도 금은 비단을 수습하여 졸개 300~500명을 데리고 산채에 불을 지른 뒤 여섯 번째로 출발했다. 송강은 또 네 호걸이 합류하자 속으로 신이 나서 말 위에서 조개에게 말했다.

"제가 이번에 강호에서 비록 놀라긴 했지만, 이렇게 많은 호걸과 인연을 맺었습니다. 오늘 형님과 함께 산에 오르게 되었으니 이제부터는 다른 생각 없이 죽을 마음을 다해 형님과 생사고락을 같이 하겠습니다."

돌아오는 내내 이런저런 말을 주고받으며 어느새 주귀의 주점에 도착했다.

한편 남아서 산채를 지키던 네 두령 오용·공손승·임충·진명과 새로 온 소양·김대견은 주귀와 송만의 보고를 받고 매일 소두목을 보내 배를 타고 나와 주점에서 영접하도록 명했다. 모두 금사탄 모래사장에 나와 북치고 피리를 불었고 두령들은 말과 가마를 타고 산채에 돌아온 것을 환영했다. 관 아래에서 군사 오용 등 여섯 명은 환영하는 술을 들고 취의청에 모여 향을 불살랐다. 조개는 산채의 첫 번째 교의를 양보하며 송강이 앉기를 청했다. 송강이 깜짝 놀라며 앉으려 하지 않았다.

"형님, 이러시면 안 됩니다! 여러 두령이 도끼날과 칼끝을 피하지 않고 이 송강의 생명을 구해주었습니다. 형님이 원래 산채의 주인인데 어떻게 제게 양보할 수 있습니까? 만일 이렇게 억지로 양보하신다면 원컨대 이 송강이 죽겠습니다."

"동생, 어째서 그렇게 말하는가! 당초 동생이 생명의 위험을 무릅쓰고 우리 7명의 목숨을 구해주지 않았다면 어떻게 지금의 무리가 있겠는가? 자네가 당연한 산채의 주인인데 앉지 않으면 누가 앉는단 말인가?"

"형님, 나이로 따져도 저보다 10살이나 많습니다. 만일 이 송강이 두령이 된다면 어찌 부끄러운 일이 아니겠습니까?"

송강은 수차례에 걸쳐 첫 번째 두령의 교의를 양보했고 두 번째 자리에 앉았다. 오용이 세 번째 자리에 앉고 공손승이 네 번째 자리에 앉았다. 그리고 송강이 말했다.

"공로의 높고 낮음을 나누지 말고 양산박의 옛 두령들은 왼쪽 자리에 앉고 새로 온 두령들은 오른쪽에 앉아 나중에 일을 한 것을 평가하여 그때 따로 자리를 결정합시다."

두령들이 일제히 말했다.

"형님의 말씀이 지극히 타당합니다."

왼쪽에는 임충·유당·완소이·완소오·완소칠·두천·송만·주귀·백승이 앉았고, 오른쪽에는 나이 순서를 따지며 서로 양보했다. 화영·진명·황신·대종·이규·이준·목홍·장횡·장순·연순·여방·곽성·소양·왕왜호·설영·김대견·목춘·이립·구붕·장경·동위·동맹·마린·석용·후건·정천수·도종왕 모두 40명 두령이 앉았다. 피리 불고 징을 치며 축하연회를 열었다.

송강이 강주 채구 지부가 유언비어를 날조한 일을 두령들에게 자세하게 설명했다.

"가증스런 황문병 이놈이 자기와 상관없는 일로 지부 앞에서 도성의 동요를 터무니없이 지껄이며 해석하여 말했소. '모국인가목耗國因家木'이라고 한 것은 국가의 돈과 식량을 소모시키는 사람은 분명히 가家의 머리 부분과 목木자가 결합하면 분명히 송宋자 아닙니까? '도병점수공刀兵點水工'은 전쟁을 일으키는 사람은 물수水변에 공工자를 결합하면 분명히 강江자가 아니겠습니까? 이것이 바로 이 송강과 일치하는 것이었소. 그 뒤의 두 구인 '縱橫三十六, 播亂在山東'는 송강이 산동에서 반란을 일으킨다는 것과 일치하오. 그래서 나를 잡은 것입니다. 뜻밖에 대 원장이 가짜 편지를 전하자 황문병 이놈이 지부를 부추겨 먼저 참수하고 나중에 조정에 알리려고 했소. 만일 두령들이 구해주지 않았더라면 어떻게 여기에 있겠소!"

이규가 벌떡 일어서며 말했다.

"형님이 하늘의 말에 부합하는 사람이구나! 그놈 덕에 고생을 했지만 황문병 놈을 능지처참하느라 내가 좀 통쾌했어. 이렇게 많은 군마로 반란을 일으키면 두려울 게 뭐가 있어? 조개 형님이 대송大宋의 황제가 되고 송강 형이 소황제가 되며 오 선생이 승상이 되고 공손 도사가 국사國師가 되면 우리 모두가 장군이 되어 동경으로 쳐들어가 좆같은 황제 자리를 빼앗고 즐긴다면 좋지 않아? 아, 여기 좆같은 호숫가에 머무는 것보다 훨씬 좋지 않겠어?"

대종이 당황해서 소리를 질렀다.

"철우야. 너 이놈 주둥이 닥쳐라! 너 오늘 여기까지 와서 강주에서의 성질을 부리지 말고 두 두령 형님의 말씀을 잘 들어야 한다. 그리고 쓸데없는 헛소리도 하지 말거라! 다시 이렇게 중간에 말참견했다간 먼저 네 대가리를 잘라 사람들의 경계로 삼을 것이다."

이규가 말했다.

"제길! 만일 내 대가리를 자르더라도 금방 다시 자라지 않겠어? 나는 술만 먹을 수 있으면 그만이야."

이규의 말을 듣고 모두 웃었다.

송강은 다시 조개가 양산박에서 관군을 막던 일을 꺼냈다.

"그때 소생이 소식을 처음 듣고 별로 놀라지는 않았지만, 뜻밖에 오늘 정말로 저의 일이 될 줄은 생각도 못했소."

오용이 말했다.

"형님이 당초에 내 말을 듣고 산채에 남아 즐겁게 지내면서 강주로 가지 않았다면 얼마나 많은 것을 생략할 수 있었겠습니까? 이것은 모두 하늘의 운명이 그런 것입니다."

송강이 말했다.

"황안黃安 이놈은 어떻게 되었소?"

조개가 대답했다.

"그놈은 2~3개월도 못 되어 병으로 죽었네."

송강은 탄식을 멈추지 않았다. 그날 술을 마시며 각자 흥을 다했다. 조개는 먼저 목 태공 가족을 자리잡게 하고 황문병의 가산을 가져와 애를 쓴 졸개들에게 상으로 나눠주었다. 원래 채구 지부의 상자는 대종에게 돌려주고 쓰게 했으나 어떻게 감히 받겠는가? 창고에 넣고 공용으로 사용하도록 했다. 조개는 졸개들을 불러 이준 등 새로운 두령들에게 참배를 시켜 모두 인사를 했다. 산채에서는 연일 소와 말을 잡아 잔치를 벌였다.

한편 조개는 양산박 앞뒤로 각기 거주할 가옥을 정해주었으며 산채 안에 다시 건물을 짓고 성벽을 수리했다. 3일째가 되었을 때 연회에서 송강이 일어나 두령들에게 말했다.

"이 송강이 다른 큰일이 있어서 두령들께 아뢰고자 합니다. 소생이 오늘 산 아래로 내려가 며칠 동안 간 곳이 있으니 여러분께서 허락해주시기 바랍니다."

조개가 물었다.

"동생, 지금 어디를 가려는 것이오? 도대체 무슨 큰일을 하겠다는 것이오?"

송강은 자신이 다녀올 곳에 대하여 천천히 말했다. 나누어 서술하면, 숲을 이룬 창칼 속에서 다시 요행으로 살아나게 되고, 산봉우리 옆에서 천년의 공업을 전수받게 된다. 바로 현녀玄女의 책 세 권으로 여러 편의 『청풍사淸風史』[15]를 남기게 된 것이다.

결국 송 공명이 어디를 갔다오려고 했는지는 다음 회에 설명하노라.

통비원通臂猿 후건侯健

통비원은 속칭 '장비원長臂猿'인데, 양팔이 서로 통한다는 의미다. 『수호전보증본』에 따르면 "송나라 범성대范成大의 『계해우형지桂海虞衡志』에서 이르기를, '원猿(원숭이)은 후猴와 비슷하며 크다. 긴 팔을 지녀 통비원리라 부르며 팔꿈치를 늘였다 줄였다 할 수 있어 잘 기어오른다'고 했다."

마운금시摩雲金翅 구붕歐鵬

'마운금시'는 전설 속의 큰 붕새로 불교에서는 '대붕금시조大鵬金翅鳥'라고 한다. '마운摩雲'은 하늘 끝에 바짝 접근한다는 의미다. 『오대사』「이한지전李罕之傳」에 따르면 "황하의 강주絳州 사이에 마운산摩雲山이 있는데 높은 절벽이라 백성이 그 위에 모여 스스로를 보호했는데 도적들이 접근할 수 없었다. 이한지가 그곳을 공격해 점령하자 당시 사람들이 그를 이마운李摩雲이라 불렀다"고 했다. '금시金翅'는 『장자』「소요유逍遙遊」에 따르면 '붕새'다. 『불장佛藏』에서는 금시조金翅鳥는 발 하나가 바다 밑바닥에 닿아 있고, 다른 한 발로는 용을 낚아채 잡아먹었다고 했다.

15_ 『청풍사淸風史』: 용여당본容與堂本의 『비평수호전술어批評水滸傳述語』에서 "화상和尙에게 또 『청풍사』한 부가 있다. 이것은 화상이 직접 삭제하고 문장을 완성한 것으로 원본 『수호전』과는 같지 않다"고 했다.

또한 『현우경賢愚經』에서 기재하기를, 머리가 열 개인 용이 출현하여 천둥과 번개를 일으켜 땅을 진동시키자 사람들이 크게 놀랐는데, 사리불舍利弗이 한 마리의 금시조로 변해 용을 찢어 먹어치웠다고 했다. 이것으로 보면 금시조는 용의 적수라는 의미로 출현한 듯하다.

철적선鐵笛仙 마린馬麟

'철적鐵笛'은 쇠로 만든 피리를 말한다. 당·송 시기에 악기로는 적笛(피리)이 성행했으며 통상적으로 제작한 것으로는 죽적竹笛과 옥적玉笛이 있었다. 그러나 적의 형태나 제작 시기에 대해서는 기록마다 다른데, 한 무제 때 구중丘仲이 최초로 제작했다고도 하고 강족羌族으로부터 시작되었다고도 한다. 이선李善은 주석에서 "7개의 구멍에 길이가 1척 4촌이다"라고 했는데, 이것은 지금의 횡적橫笛을 말한다.

'철선적'이란 별명은 남송 때 부춘富春(저장성 푸양富陽) 사람인 손수영孫守榮의 명호에서 나온 듯하다. 전해지는 말로는 손수영이 쇠 피리를 불어 피리의 오음五音을 낼 수 있었는데, 만물의 시종과 성쇠 게다가 사람의 길흉화복까지도 예측할 수 있어 '철적부춘자鐵笛富春子' '철적선'이라 불렸다고 한다.

구미귀九尾龜 도종왕陶宗旺

'구미귀'는 전설속의 꼬리가 아홉 개인 바다 속의 신귀神龜를 말한다. 고서인 『변아騈雅』에 따르면 "꼬리가 아홉 개인 거북이 있는데 구주귀九州龜다. 꼬리 하나가 한 주州를 주관하니, 비로 『귀책전龜策傳』의 팔귀八龜 가운데 하나다"라고 했다. 『수호전보증본』에 따르면 "명나라 육찬陸粲의 『경사편庚巳編』에 구미귀의 전설이 기재되어 있는데, '해녕海寧의 백정인 왕王 아무개 부자가 외출을 했다가 어부가 지름이 1척이 넘는 거대한 거북을 가지고 있는 것을 보고는 사서 삶아먹으려 했다. 강우江右(장강 하류의 서쪽 지구)의 상인이 그것을 보고는 천금을 주고 구매하려 했다. 사려는 까닭을 묻자 상인은 구미귀는 신물이라 사서 놓아주려 한다고 했다. 상인이 거북 등을 밟자 꼬리 양쪽으로 작은 꼬리가 각각 네 개씩 드러났다. 왕씨는 팔려 하지 않고 삶아 탕을 만들어서 부자가 함께 먹었다. 그날 저녁에 큰 물결이 바다로부터 밀려왔는데, 평지의 수심이 3척이나 되었다. 이튿날 이웃이 왕씨 집으로 가서 살펴보니 침상에 수의와 침구만 있고 부자가 어디로 갔는지 알 수 없었다'고 했다. 구미귀는 본래 없는 것으로 여기서 말한 것 또한 근거 없는 말이다"라고 했다.

제42회

천서
天書[1]

송강이 연회에서 호걸들에게 말했다.

"소생 송강은 두령들이 구해주셔서 여기 산채에 올라와 연일 술 마시며 매우 즐겁게 지내고 있습니다. 그러나 제 부친께서는 어떻게 지내고 있는지 모르겠습니다. 가까운 시일에 강주에서 경사에 알린다면 반드시 제주에 공문을 보내 운성현에 제 가족을 붙잡으라고 명을 내리게 될 것입니다. 그리고 정해진 기한 안에 주범을 잡으라고 한다면 아버지의 생사를 보장하기가 어렵습니다. 제 생각에 집에 가서 부친을 모시고 산에 올라와야 마음을 놓을 것 같습니다. 여러 형제가 그것을 허락해줄지 모르겠습니다."

조개가 말했다.

"동생, 이 일은 사람이 반드시 지켜야 할 큰 도리라네. 나와 자네는 즐겁게 지내면서 도리어 집안의 어르신을 고생하게 해서는 안 되지 않겠는가? 어떻게 동

1_ 제42회 제목은 '還道村受三卷天書(환도촌에서 천서 세 권을 받다). 宋公明遇九天玄女(송 공명이 구천현녀를 만나다)'다.

생 말을 따르지 않겠는가! 다만 형제들이 연일 고생했고 산채의 인원이 아직 확정되지 않았으니 한 이틀 더 기다렸다가 산채의 인마를 선발하여 바로 달려가 모셔오세."

"형님, 다시 며칠 지난다고 대단할 것은 없습니다. 다만 강주의 공문이 제주에 도착하여 가족을 잡아들일까 두려우므로 잠시라도 늦어서는 안 됩니다. 지금은 많은 사람이 갈 필요도 없이 이 송강 혼자 몰래 가서 동생 송청과 아버지를 모시고 밤에 산에 돌아온다면 시골 마을이라 귀신도 모를 것입니다. 만일 사람을 많이 데리고 가서 마을 사람들을 놀라게 한다면 일이 오히려 커질 것입니다."

"동생, 만일 도중에 일이 잘못된다면 아무도 구할 방법이 없다네."

"부친을 위해서라면 죽어도 여한이 없습니다."

그날 가고자 하는 뜻이 너무 완고하여 아무리 말려도 잡을 수가 없었다. 송강은 털 방한모를 쓰고 단봉을 들고는 허리에 예리한 칼을 차고 산을 내려갔다. 두령들이 금사탄까지 배웅하고 돌아갔다.

송강은 배를 타고 건너가 주귀의 주점에 도착하여 큰길을 골라 운성현으로 향했다. 도중에 배고프면 먹고 목마르면 마시면서 밤에는 자고 새벽에는 길을 재촉했다. 하루 만에 송가촌에 닿기에는 길이 너무 멀어 도착하지 못하고 객점에 투숙했다. 다음날 발길을 재촉하여 송가촌에 도착했으나 시간이 너무 일러 숲속에 숨어 밤이 되기를 기다렸다가 장원으로 가서 뒷문을 두드렸다. 집 안에서 소리를 듣고 송청이 나와 문을 여니 형이라 놀라서 당황하며 말했다.

"형님, 어떻게 집으로 돌아오셨습니까?"

"일부러 아버지와 너를 데리러왔다."

"형님, 강주에서 저질렀던 일들은 이미 여기에서도 모두 알고 있습니다. 본 현에서 두 명의 조裡 도두에게 명을 내려 매일 찾아와 심문하고 우리를 감시하면서 꼼짝 못하게 하고 있습니다. 강주에서 공문만 도착하면 우리 부자 둘을 형님을 잡을 때까지 감옥에 가두어둘 것입니다. 토병 100~200명이 매일 밤낮으로 순찰을 돌며 경계하고 있으니 더 늦기 전에 빨리 양산박으로 돌아가 두령들을 데려와 아버지와 저를 구해주세요."

이 말을 들은 송강은 놀라 식은땀을 흘리며 감히 집 안으로 들어가지도 못하고 몸을 돌려 양산박으로 달려갔다. 이날 밤은 달빛이 몽롱하고 길이 흐릿하여 송강은 외지고 좁은 길만을 골라 걸었다. 대략 밤길을 한 시진 정도 걸었을 때 뒤에서 누군가가 고함을 질렀다. 송강이 고개를 돌려 들어보니 1~2리길 거리에서 한 무리의 횃불이 보였고 고함치는 소리도 들렸다.

"송강은 멈추어라!"

송강이 정신없이 달리면서 속으로 생각했다.

'조개의 말을 듣지 않았다가 오늘 이런 화를 당하는구나. 하늘이시여, 이 송강을 가련하게 여기시어 제발 살려주십시오.'

멀리 앞에 보이는 곳을 향하여 무턱대고 달렸다. 잠시 후 바람이 불어 옅은 구름을 몰아버리고 밝은 달이 환하게 비추자 사방이 환해졌다. 송강은 그제야 주변을 자세히 살펴보고는 속으로 비명을 질렀다. 그곳은 다른 곳이 아니라 유명한 '환도촌還道村'[2]이었다. 사방이 모두 고산준령으로 둘러싸였고 산 아래에 한 줄기 시냇물이 흘러내렸으며 중간에 외길이 나 있었다. 이 마을에 들어오면 왼쪽으로 가든 오른쪽으로 가든 단지 한 갈래 길만 있고 다른 길은 없었다. 송강은 마을을 알고 있었으므로 몸을 돌리려 했으나 뒤에서 쫓아오던 사람들이 입구를 막고 있었고 횃불이 사방을 비추어 대낮같이 밝았다. 송강은 마을 안으로 달려가 몸을 숨길 곳을 찾았다. 숲을 빙 돌아가니 낡은 사당이 보였다.

담장은 허물어지고 전당은 기울어졌구나. 양쪽 복도의 벽화에는 푸른 이끼 가

2_ 환도촌還道村: 촌락 명칭이다. 산동 지명지에 환도촌이란 지명은 없다. '환도還道'는 눌러싼 노도이며 단지 한 갈래 길만 있는 것을 말한다.

득하고, 온 바닥에 깔린 벽돌엔 푸른 풀 자라났네. 문 앞에 선 저승사자들 팔 꺾여 흉한 모습 드러내지 못하고, 전당에 선 판관은 두건도 없으니 예절이라곤 전혀 없구나. 공물 탁자엔 거미줄만 뒤엉켜 있고, 향로 안에는 개미들만 우글거리네. 지전 사르는 화로에는 여우가 잠을 자고, 신불상神佛像 앞 장막에는 박쥐들 떠날 생각 없구나.

墙垣頹頹損, 殿宇傾斜. 兩廊畫壁長蒼苔, 滿地花磚生碧草. 門前小鬼, 折臂膊不顯猙獰; 殿上判官, 無幞頭不成禮數. 供床上蜘蛛結網, 香爐內螻蟻營窠. 狐狸常睡紙爐中, 蝙蝠不離神帳裏.

송강은 사당 문을 밀고 들어가 안을 비추는 달빛에 의지해 숨을 곳을 찾았다. 앞뒤 건물을 한 바퀴 돌아보았으나 몸을 숨길 곳을 찾지 못해 마음은 더욱 조급해졌다. 바로 이때 바깥에서 사람들의 말소리가 들려왔다.

"그놈이 도망갈 데는 여기 사당밖에 없습니다!"

조능의 목소리가 들리자 송강은 무척 다급했지만 숨을 곳이 없었다. 그때 신전 위 신상神像 밑에 신주神廚3가 눈에 들어왔다. 송강은 장막을 열고 안을 바라보더니 몸을 구부려 신주 안으로 들어가 단봉을 놓고 몸을 웅크리고 안에 엎드렸는데 숨도 제대로 쉬지 못했다. 밖에서 사람들이 횃불을 들고 안으로 들어오는 소리가 들렸다.

신주 안에서 몰래 살펴보니 조능과 조득이 40~50명을 이끌고 횃불을 들어 사방을 비추었다. 횃불이 신전 위를 비추자 송강은 자기도 모르게 덜덜 떨면서 속으로 말했다.

'제가 이번엔 정말 죽을 길로 들어섰으니, 바라옵건대 천지신명께서는 굽어 살펴주시옵소서. 신명이여 굽어 살피소서.'

3_ 신주神廚: 신상이나 위패를 모셔두는 문이 달린 장.

사당 안에 들어온 사람 그 누구도 신주 안을 유심히 보는 사람은 없었다. 송강이 말했다.

'휴 천만다행이다!'

조득이 갑자기 횃불로 신주 안을 비추자 송강이 말했다.

'내가 이번에는 정말 잡히는구나.'

조득이 손에 잡은 박도 자루로 장막을 걷으며 횃불로 위아래를 비추는데, 그때 불꽃이 터지면서 튀어나온 검은 재가 마침 조능의 눈에 떨어졌다. 실눈을 뜨고 바닥에 떨어진 불꽃을 발로 비벼 끈 조능은 사당 문 밖으로 나가 토병들에게 말했다.

"이놈이 사당 안에 없네. 다른 길도 없는데 도대체 어디로 사라진 거야?"

토병들이 대답했다.

"아무래도 마을 숲속으로 도망갔나봅니다. 그놈이 여기서는 달아날 수 없습니다. 이 마을은 환도촌이라고 하는데 드나들 수 있는 길은 이 길 하나입니다. 안에 높은 산과 울창한 숲이 있어 올라갈 수 있는 길은 없습니다. 도두께서 마을 입구만 지키고 있으면 날개가 생겨 날아가지 않는 한 달아날 수가 없습니다. 날이 밝으면 마을 안을 샅샅이 뒤져보죠."

조능과 조득이 토병들을 이끌고 사당을 떠나며 말했다.

"그렇게 하자."

송강이 말했다.

'천지신명이 도와준 것이 아닌가! 만일 목숨을 구한다면 내가 꼭 사당을 다시 수리하고 신상을 다시 세워야겠다. 죽은 영혼들이시어 보우해주소서……'

말이 끝나기도 전에 토병 몇 명이 사당 문 앞에서 소리쳤다.

"도두님, 이 안에 숨어 있습니다!"

조능과 조득, 그리고 무리든이 다시 몰려들었다. 송강이 말했다.

'정말 불행도 하지, 이번에는 반드시 잡힐 것 같구나!'

조능이 사당 앞으로 다가와서 말했다.

"어디냐?"

"도두님, 여기 사당 문 앞에 손자국 두 개가 나 있는 것을 보니 문을 밀고 들어가 안에 숨은 것이 틀림없습니다."

조능이 말했다.

"네 말이 맞다. 다시 샅샅이 뒤져라!"

다시 사당 안으로 들어와 뒤지자 송강이 말했다.

'내 운명이 정말 운수 사납구나. 이번에는 정말 끝장이다!'

그들은 신전 앞뒤를 수색했고 벽돌만 들어내지 않았을 뿐 여기저기 횃불을 비추며 뒤졌다. 조능이 말했다.

"이제 신주만 남았군. 금방 동생이 자세히 살피지 않았으니, 내가 자세히 비춰봐야겠다."

한 토병이 횃불을 들었고 조능이 한 손으로 장막을 젖히자 5~7명이 머리를 빼들고 살펴봤다. 살펴보지 않았으면 모든 것이 끝났을 텐데 살펴보려 하자 신주 안에서 한바탕 이상한 바람이 불더니 횃불이 모두 꺼지고 사당 안은 어둠에 휩싸여 아무것도 보이지 않았다. 조능이 당황하며 말했다.

"거참, 괴이하구나! 평지에서 이런 괴상한 바람이 불다니. 아마 이 안에 신명이 계신데 우리가 함부로 불을 비춘 것을 꾸짖어 괴상한 바람으로 나타나셨나 보네. 그만 나가서 마을 입구나 지키며 날이 밝으면 다시 와서 찾아보자."

조득이 말했다.

"신주 안만 자세하게 살펴보지 못했으니 창으로 한번 쑤셔보자고."

조능이 동의하며 말했다.

"그러자고."

두 사람은 창을 들고 한 걸음 앞으로 다가서려는데 신전 뒤에서 괴상한 바람이 일어나 모래가 날리고 돌이 굴러 떨어지며 땅이 진동하고 신전이 요동치며 흔들렸다. 순식간에 검은 구름이 위아래를 가득 덮고 음산한 냉기가 스며들자 모두들 머리카락이 곤두섰다. 조능은 상황이 좋지 않음을 알고 조득을 불러서 말했다.

"동생, 빨리 나가자! 신명이 노했다."

토병들은 서둘러 신전 아래로 내려왔고 사당 밖으로 달려나갔다. 몇 명은 넘어지고 발목을 삔 자도 있었으며 서로 살고자 앞 다퉈 밖으로 기어나왔다. 사당 밖으로 나왔는데 안에서 누군가가 고함을 질렀다.

"제발 살려주세요!"

조능이 다시 들어가 살펴보자 토병 2~3명이 사당의 붉은 계단에 엎어졌는데 옷이 나무뿌리에 걸려 아무리 몸부림쳐도 빠지지 않자 박도도 내던지며 옷을 붙들고 용서를 빌고 있었다. 송강은 신주 안에서 듣고는 웃음을 참았다.

조능이 토병의 옷을 풀어주고 함께 밖으로 데리고 나갔다. 먼저 튀어나왔던 토병들이 말했다.

"내가 여기 신령이 영험하다고 그랬잖아. 너희가 안에 감겨져 있는 장막을 헤쳐서 귀신들을 끌어들여 발작하게 한 거야. 우리가 나가서 마을 입구만 지키고 있으면 날아가지 않는 한 도망가지는 못해."

조능, 조득이 그 말을 듣고 말했다.

"맞는 말이다. 마을 입구 사방에서 빠져나가지 못하도록 지켜야겠다."

토병들이 마을 입구로 몰려갔다.

송강이 신주 안에서 입으로 '천만다행'을 외치며 말했다.

'저놈들에게 잡히는 것은 면했지만 이제 어떻게 마을을 빠져나가지?'

신주 안에서 아무리 생각해봐도 뾰족한 수가 나오지 않는데 뒤쪽 복도 아래에서 사람이 나오는 소리가 들렸다. 송강이 다시 떨면서 말했다.

'정말 죽겠네! 아직 다 나간 것이 아니었구나.'

송강이 바라보니 푸른 옷을 입은 동자 둘이 신주 옆으로 다가오더니 한목소리로 말했다.

"저희는 낭랑娘娘[4]님의 말씀을 받들어 성주星主[5]님을 청하고자 합니다."

송강이 어떻게 감히 소리를 내어 대답하겠는가? 밖의 동자가 다시 말했다.

"낭랑께서 청하시니 성주께서는 나오시지요."

송강은 여전히 감히 대답도 못했다. 밖의 동자가 다시 말했다.

"송 성주님, 망설이지 마십시오. 낭랑께서 기다리고 계신 지 이미 오랩니다."

송강은 남자의 목소리가 아니고 여자의 부드럽고 다정한 목소리를 듣고 신상 밑 신주에서 기어나오며 바라보니 시중드는[6] 두 여자아이가 공물 탁자 옆에 지키고 서 있었다. 송강이 흠칫 놀라서 다시 보자 진흙으로 만든 두 개의 신상神像이었다. 다시 밖에서 말소리가 났다.

"송 성주님, 낭랑께서 청하십니다."

장막을 열고 나와보니 머리를 소라처럼 쪽진 두 시중드는 여자아이가 나란히 몸을 굽혀 무릎을 꿇고 머리를 조아렸다.[7] 두 여자아이를 보니,

발그스름한 얼굴에 검고 반들반들한 머리카락, 흰 이에 밝은 눈동자를 지녔구나. 티 없이 맑은 모습에, 밝은 선녀의 고상한 자태로다. 소라처럼 쪽진 머리는 산봉우리 쌓아놓은 듯하고, 봉황 무늬로 장식한 신을 신은 작은 발은 경쾌하네. 짙은 푸른색의 옷깃은 은실로 짰고, 자줏빛 허리띠에 묶은 쌍고리는 금빛

4_ 낭랑娘娘: 여신女神에 대한 존칭이다. 동남 연해 일대에서 민간에서 신봉하는 여신으로 낭랑이라 불렀다. 역자는 이하 원문 그대로 '낭랑'으로 번역했다.

5_ 성주星主: 덕행이나 행위가 남다른 사람으로 상계의 별자리가 인간 세상에 태어난 것을 성주라고 한다. 또한 옛날 미신의 표현으로 충신 의사義士들을 모두 성주라 했다.

6_ 원문은 '청의靑衣'인데, 계집 종, 시중드는 하녀를 말한다.

7_ 원문은 계수稽首인데, 고대의 예절로 무릎을 꿇고 두 손을 맞잡아 머리가 땅에 닿게 조아려 절하는 것으로 구배九拜 중에 가장 공경하는 것.

노을 같구나. 어렴풋이 낭원闐苑[8]의 동쌍성董雙成[9] 같고 봉래섬 화조사花鳥使[10] 같다네.

朱顔綠髮, 皓齒明眸. 飄飄不染塵埃, 耿耿天仙風韻. 螺蛳髻山峯堆擁, 鳳頭鞋蓮瓣輕盈. 領抹深靑, 一色織成銀縷; 帶飛眞紫, 雙環結就金霞. 依稀闐苑董雙成, 仿佛蓬萊花鳥使.

송강이 물었다.

"두 선동仙童께서는 어디에서 오셨습니까?"

"낭랑님의 명을 받들어 성주님을 궁으로 모셔가려고 합니다."

"선동께서는 잘못 아셨습니다! 저는 송강이라 하며 무슨 성주는 아닙니다."

"잘못 알기는요? 성주님 빨리 가시지요. 낭랑님이 기다리고 계십니다."

"무슨 낭랑이십니까? 알지도 못하는데 어떻게 감히 가겠습니까?"

"성주께서 가보시면 알게 되니 물어보실 필요는 없습니다."

"낭랑님은 어디에 계십니까?"

"바로 뒤쪽 궁 안에 있습니다."

동녀가 앞에서 인도했고 송강은 뒤따라 건물 아래로 내려갔다. 뒤쪽 건물을 지나 작은 담장 모퉁이 문 옆에서 동녀가 말했다.

"송 성주님 이곳으로 들어가십시오."

송강이 구석 문으로 들어가서 보니 달과 별이 하늘에 가득하고 향기로운 바람이 불어왔으며 사방으로 나무가 무성하고 대나무가 높게 뻗었다. 송강이 생각했다.

8_ 낭원闐苑: 전설 속 신선이 거주하는 곳을 말한다. 옛날 시문에는 항상 궁원宮苑을 가리키는 데 사용했다.

9_ 동쌍성董雙成; 서왕모西王母 시녀였다고 전해진다. 일설에는 한무제漢武帝의 시녀였다고도 한다.

10_ 화조사花鳥使: 황제를 모시며 연회를 주관한 비빈을 가리킨다.

'원래 사당 뒤에 또 이런 곳이 있었구나. 이런 줄 알았으면 이 안으로 피해서 그렇게 놀라진 않았을 텐데.'

송강이 걸어갈 때 길 양쪽으로 향기가 가득하고 한 아름이 넘는 큰 소나무가 있었으며 중간은 거북등처럼 육각형 돌이 깔린 대로가 평평하게 뻗어 있었다. 송강이 바라보고는 몰래 속으로 생각했다.

'오래된 사당 뒤에 이렇게 좋은 길이 있으리라고는 전혀 생각하지 못했네.'

한 1리쯤 따라갔을 때 졸졸 계곡물이 흐르는 소리가 들렸다. 앞을 바라보니 청석교靑石橋가 보이는데 양쪽은 모두 붉은 난간이었다. 물가 양쪽으로는 기이한 화초, 푸른 소나무와 무성한 대나무, 푸른 버들과 요염한 복숭아나무가 심어져 있었다. 다리 밑에서 눈 같이 흰 물이 돌 틈에서 흘러내려왔다. 다리목을 지나서 바라보니 기괴한 나무가 두 줄로 서 있고 중간에는 커다란 주홍 영성문欞星門[11]이 있었다. 송강이 영성문을 지나 머리를 들고 궁전을 바라보았다.

황금 못 박은 붉은 대문, 조각한 처마에는 푸른 기와 얹었네. 기둥을 두른 나는 용은 밝은 구슬 희롱하고, 휘장과 병풍의 쌍봉황은 아침 해를 맞이하는구나. 붉은 흙 담장은 어지러이 버들 사이의 꽃과 나무를 막고 있고, 청록색 안개 속 누대엔 희미하게 상서로운 빛이 길상의 그림자를 뒤덮고 있네. 거북등 같은 창문에는 향기로운 바람 남실남실 누런 천에 스며들고, 말아 올린 새우수염 발에는 밝은 달 두둥실 자줏빛 비단에 걸려 있구나. 여기가 바로 하늘의 신선들 계시는 곳 아니라면, 분명 인간의 제왕 사시는 궁궐이리라.

金釘朱戶, 碧瓦雕檐. 飛龍盤柱戲明珠, 雙鳳幃屛鳴曉日. 紅泥墻壁, 紛紛御柳間宮

11_ 영성문欞星門: 창의 격자 형태의 성문聖門이다. 『사기』 「봉선서封禪書」에 따르면 "고조高祖(유방)가 어사御史에게 조서를 내려 '각 군·국·현에 영성사靈星祠를 건립하고 매년 사계절마다 소를 사용해 제사를 지내게 했다'고 했다." 영성靈星은 유방의 모친을 말한다. 『수호전전교주』에 따르면 『원사元史』 「예악지禮樂志」에서 영성문欞星門이라 기재하기 시작했는데, 문의 형태가 창의 격자와 같기 때문이다. 결국 영靈을 영欞으로 바꾸었다'고 했다.

花; 翠靄樓臺, 淡淡祥光籠瑞影. 窗橫龜背, 香風冉冉透黃紗; 簾捲蝦鬚, 皓月團團懸紫綺. 若非天上神仙府, 定是人間帝主家.

속으로 생각했다.

'내가 운성현에서 태어나고 이때까지 살았어도 이런 곳이 있다는 말을 들어본 적이 없는데.'

속으로 두려워져 감히 다리를 움직일 수 없었다. 동녀가 성주님 어서 가시라고 재촉했다. 문안으로 들어가니 궁전의 붉은 계단이 있고 양쪽 복도는 모두 붉은 정자 기둥이 서 있는데 화려하게 채색한 주렴이 걸려 있었다. 정중앙 대전에서 등촉이 밝게 빛났다. 동녀는 붉은 계단에서 한 걸음씩 월대月臺[12] 위로 이끌었고 대전 위 계단 앞에 다른 몇 명의 동녀가 말했다.

"낭랑께서 성주님께 들어오라 하십니다."

송강은 대전 위에 올라서면서 자기도 모르게 온몸이 떨리고 머리카락이 거꾸로 선 것 같았다. 바닥에는 용봉 무늬 벽돌이 깔려 있었는데 동녀가 주렴 안으로 아뢰었다.

"송 성주님을 계단 앞까지 모셔왔습니다."

송강이 주렴 앞 계단 아래에서 몸을 구부려 절을 두 번 하고 땅에 엎드려 말했다.

"소신은 인간 세상의 일반 백성으로 낭랑님을 알아보지 못했으니 엎드려 바라오건대 자애로움을 베풀고 불쌍하게 여겨주시기 바랍니다."

주렴 안에서 자리에 앉으라고 분부를 내렸다.

송강이 어찌 감히 고개를 들겠는가? 네 명의 동녀가 송강을 부축하여 비단으로 장식한 의자에 앉히니 송강은 마지못해 앉을 수밖에 없었다. 대전 위에서

12_ 월대月臺: 정전正殿 또는 정방正房의 앞쪽에 불룩 솟아 있는 대.

주렴을 걷으라고 소리치자 동녀들이 구슬주렴을 걷어 금으로 된 고리에 걸었다.

낭랑이 말했다.

"성주님은 그동안 별고 없으셨습니까?"

송강이 몸을 일으켜 다시 절하며 말했다.

"소신은 일반 백성인데 어떻게 감히 거룩한 모습을 바라볼 수 있겠습니까?"

"성주님은 이미 여기까지 오셨으니 굳이 예를 차리실 필요 없습니다."

그제야 송강은 감히 머리를 들고 눈을 제대로 뜨며 바라보니 대전 위에 금빛과 푸른빛이 눈부시게 비추고 각종 호화로운 용등龍燈과 봉촉鳳燭이 켜져 있었다. 양쪽에 동녀들이 홀笏과 규圭[13]를 들고 서 있었으며 깃발과 부채를 들고 시중들고 있었다. 정중앙 칠보七寶[14] 구룡상九龍床[15] 위에 낭랑이 앉아 있었다. 송강이 바라보니,

머리는 아홉 마리 용과 나는 봉황 같이 쪽을 지고, 몸에는 금실로 지은 붉은 생사의 가벼운 옷을 입었네. 남전옥藍田玉으로 된 띠로 긴 치마 당겨 묶었고, 백옥 규장圭璋[16]으로 색동 옷소매를 떠받쳤네. 연꽃 받침 같은 얼굴, 천연의 눈썹과 눈은 빛나는 구름 고리 같으며, 앵두 같은 입술, 자연스런 몸매에 눈같이 흰 살결이구나. 신선 같은 용모는 묘사할 수 없고 위엄 있는 모습은 그려내기도 어렵다네.

13_ 홀笏은 신하들이 군왕을 알현할 때 손에 들던 좁고 긴 판자로 옥·상아·대나무로 만들었는데, 관직과 작위에 따라 구별하여 사용했다. 규圭는 고대에 제왕·제후들이 제사 혹은 상례 등의 대전大典을 받들 때 사용하는 예기禮器로 길면서 위는 뾰족하고 아래는 사각형인데, 또한 등급 구별이 있었다.

14_ 칠보七寶는 불교어로 일곱 가지 종류의 진귀한 보배를 말하는데, 견해가 일치하지는 않는다. 일반적으로 각종 보물을 가리킨다. 송·원 시기에 구룡九龍으로 복식과 기구의 도안으로 삼았다.

15_ 구룡상九龍床: 상에 아홉 마리 용의 형상을 그려 장식한 것을 말한다. 아홉은 양수陽數이고 용은 양물陽物이다.

16_ 규장圭璋: 두 종류의 옥으로 제작한 귀중한 예기禮器. 장璋은 옥으로 만든 반쪽 홀笏이다.

頭縮九龍飛鳳髻, 身穿金縷絳綃衣. 藍田玉帶曳長裙, 白玉圭璋擎彩袖. 臉如蓮萼,
天然眉目映雲環; 唇似櫻桃, 自在規模端雪體. 正大仙容描不就, 威嚴形體畫難成.

낭랑이 말했다.

"성주께서는 여기로 가까이 오시지요."

동녀에게 술을 따르라 명했다. 양쪽에 있던 동녀가 기이한 꽃문양의 보병寶
瓶[17]을 받쳐 들고 와서 옥잔에 술을 따랐다. 맨 앞에 있던 동녀가 옥잔을 받들
어 송강에게 건네 마시기를 권했다. 송강은 몸을 일으켜 감히 사양하지 못하고
옥잔을 받아 낭랑을 향하여 무릎을 꿇고 마셨다. 이 술은 향기가 짙고 은은하
여 제호醍醐를 정수리에 붓는 듯 정신이 맑아지는 것 같았으며[18] 감로를 마셔
마음의 잡념이 모두 사라지는 것 같다.[19] 또 다른 동녀가 천상의 대추를 접시
에 담아 가져와 송강에게 권했다. 송강은 체통을 잃지 않기 위해 온 신경을 집
중하여 손가락을 뻗어 하나를 집어 먹고 씨는 손바닥 안에 감추었다. 동녀가 다
시 한 잔을 따라서 송강에게 권하자 단숨에 모두 마셔버렸다. 낭랑이 다시 한
잔을 따라주게 했다. 동녀가 다시 한 잔을 따라 권하자 받아마셨고 대추 접시
를 가져오자 또 두 개를 먹었다. 신선주 세 잔과 대추 세 개를 먹고 마시자 약간
술이 올라오는 느낌이 들어 혹시나 취해 실수할까 두려워 다시 절하며 말했다.

"신이 주량을 견디지 못하니 낭랑께서 술을 그만 권하시기를 간절하게 바랍
니다."

17_ 보병寶瓶: 불가 도구에 대한 존칭으로 화병花瓶과 수병水瓶 등을 말한다.
18_ 원문은 '제호관정醍醐灌頂'인데 불가에서 사용하는 말이다. 제호醍醐는 우유에서 정제한 음료다. 사
    람에게 지혜를 불어넣어 사람의 두뇌를 총명하고 지혜로우며 맑고 깨끗하게 하고 철저하게 깨닫게
    하는 것을 비유한 것이다 불가에서는 '제호'를 '불성佛性'에 비유한다.
19_ 원문은 '감로쇄심甘露灑心'이다. 불가에서 사용하는 말로 감로는 불법佛法과 열반涅槃 등을 비유한
    것이다. 마음에 뿌려 사람을 철저하게 깨닫게 한다는 것이다.

"성주께서 술을 더 이상 마실 수 없다면 그만 마셔도 좋소. 그 천서天書[20] 세 권을 가져와 성주님에게 주거라."

동녀가 병풍 뒤로 가서 누런 명주로 만든 보자기에 싼 천서 세 권을 옥쟁반으로 받치고 나와 송강에게 건네주었다. 송강이 보니 길이는 5촌이고 넓이는 3촌, 두께는 3촌 정도였는데 감히 열어보지 못하고 재배하며 공경스럽게 받아 소매 안에 넣었다. 낭랑이 명을 내리며 말했다.

"송 성주, 당신에게 천서 세 권을 전해줄 터이니 하늘을 대신하여 천도를 행하는 우두머리가 되고 충정을 보전하며 정의롭게 행동하는 신하가 되어 국가를 보좌하여 백성을 안정시키며 사악한 무리들을 제거하고 바로잡도록 하시오. 내가 말한 이 네 구절의 하늘의 말씀을 그대는 마땅히 기억하고 일평생 간직하며 절대로 잊지 말고 발설해서는 안 되오."

송강이 재배하며 하늘의 말씀을 듣고자 원했다. 그러자 낭랑은 명령을 내렸다.

숙宿을 만나면 두 차례 좋은 일 생길 것이고
고高를 만나게 되더라도 흉한 일은 아니로다.[21]
바깥은 이민족이, 안에서는 도적들 일어나지만[22]
어느 곳에서든 뛰어난 공로 세우게 되리라.

遇宿重重喜, 逢高不是凶.

外夷及內寇, 幾處見奇功.

20_ 천서天書: 고대 병서로 통상적으로 강태공이 지었다는 『태공병법太公兵法』을 빌린 것이다. 3권으로 되어 있고 천天·지地·인人 세 편이다.
21_ 숙宿은 태위 숙원경宿元景을 가리키고, 고高는 고구를 말한다.
22_ 북쪽으로 요나라, 남쪽으로 방랍方臘을 정벌하는 것을 말한다.

송강이 듣고서 재배하며 조심스럽게 받아들였다. 낭랑이 다시 말했다.

"옥황상제께서는 성주의 사악한 마음이 모두 사라지지 않아 벌을 내려 잠시 인간 세상에 내려보낸 것이오. 오래지 않아 다시 자부紫府23로 돌아오게 될 것이니 절대 조금이라도 게을리 해서는 안 될 것이오. 만일 다음에 죄를 지어 풍도酆都24에 떨어진다면 나도 그대를 구할 수 없을 것이오. 이 책 세 권을 잘 익히도록 하시오. 다만 천기성天機星25과 함께 볼 수는 있으나 나머지에게 보여서는 안 되오. 공을 이루거든 불태워버리고 세상에 남기지 말도록 하시오. 내가 한 말을 잊지 마시오. 이제 하늘과 인간세가 서로 달라 오래 머무를 수 없으니 빨리 돌아가도록 하시오."

동녀에게 급히 성주를 돌려보내라고 명하고는 말했다.

"다음에 경루금궐瓊樓金闕26에서 다시 만나게 될 것이오."

송강은 낭랑에게 감사하고 동녀를 따라 궁전에서 내려왔다. 영성문을 나와 석교 옆에 이르자 동녀가 송강에게 말했다.

"방금 성주께서 매우 놀라셨을 텐데 낭랑께서 보호해주시지 않았다면 이미 사로잡혔을 것입니다. 날이 밝으면 이 어려움에서 저절로 벗어나게 될 것입니다. 성주님, 석교 밑 물속에서 용 두 마리가 노는 것을 보십시오."

송강이 난간을 잡고 바라보니 과연 물속에 용 두 마리가 놀고 있었다. 두 동녀가 송강을 물 아래로 밀어버렸다. 송강은 비명을 지르며 신주 안에서 머리를 부딪치고 잠에서 깨어났다.

송강이 신주에서 기어나와 일어서서 바라보니 달그림자가 높이 올라 대략 3경이었다. 소매 안을 더듬어보려는데 손 안에 대추씨 세 개가 들어 있고 소매

23_ 자부紫府: 도가에서 신선이 거주하는 곳을 자부라 한다.

24_ 풍도酆都: 전설에서 지옥을 말한다.

25_ 천기성天機星: 북두성으로 지다성智多星 오용吳用에 해당되는 별자리.

26_ 경루금궐瓊樓金闕: 화려한 누각을 비유한 말로 도가에서는 신선이 거주하는 곳을 말한다.

안에는 보자기로 싼 책 묶음이 들어 있었다. 꺼내보니 과연 천서 세 권이 있었으며 입 안에는 아직도 술 향기가 감돌았다. 송강이 곰곰이 생각했다.

'꿈인 것 같기도 하고 아닌 것 같기도 하고 정말 괴상한 꿈일세. 만일 꿈이라면 어째서 소매 안에 천서가 있고 입안에 술 향기가 나며 손 안에 대추씨가 있고 낭랑이 내게 말했던 말들이 한 마디도 잊지 않고 다 기억난단 말이냐? 만일 꿈이 아니라면 분명히 내가 신주 안에 숨어 있었는데 어떻게 저들이 한꺼번에 우르르 자빠졌을까? 찾아내려면 너무 쉽지 않았던가. 아무리 생각해도 여기가 신성하고 영험하여 이렇게 신령이 나타나신 것 같군. 그런데 무슨 신명일까?'

장막을 열고 바라보니 방금 보았던 낭랑과 똑같이 생긴 아리따운 신녀가 아홉 마리 용을 조각한 의자에 앉아 있었다. 송강이 곰곰이 다시 생각했다.

'낭랑이 나더러 성주라고 부르던 것을 보니 내가 전생에 보통 인물이 아니었나보군. 이 세 권의 천서도 꼭 쓸 데가 있을 터이고 나에게 하신 하늘의 말씀도 잊지 말아야겠네. 동녀들 말이 날이 밝으면 저절로 마을의 재난에서 벗어날 것이라고 했겠다. 지금 날이 차츰 밝아오니 나가봐야겠다.'

신주 안을 손으로 더듬어 단봉을 찾아 들고 옷에 묻은 먼지를 털며 한 걸음씩 신전에서 내려갔다. 왼쪽 복도에서 돌아 사당을 나와 고개를 들고 바라보니 오래된 편액에 '현녀지묘玄女之廟'라고 금으로 쓴 네 글자가 있었다. 송강이 손을 이마에 대고 감사하며 중얼거렸다.

'부끄럽습니다! 원래 구천현녀九天玄女[27]님께서 내게 천서 세 권을 전수해주시고, 또 생명까지 구해주셨군요. 만일 광명을 보게 된다면, 꼭 다시 찾아와 사당을 수리하고 신전과 마당을 재건해드리겠습니다. 자비를 베풀어 보우해주시길 간절히 바라옵니다.'

27_ 구천현녀九天玄女: 도가 전설 속의 여신으로 황제의 군사이며 성모원군聖母元君의 제자라고 하는데 황제를 도와 치우천왕을 멸망시켰다.

감사를 마치고 마을 입구를 향해 몰래 나왔다.

사당을 나온 지 얼마 되지 않아, 멀리 앞쪽에서 고함치는 소리가 들려오자 발길을 멈추고 다시 생각했다.

'좋지 않군. 아직도 나가기엔 이르구나. 나갔다가 마주치기라도 하면 붙잡힐 것이다. 여기 길 옆 나무 뒤에 숨어야겠다.'

나무 뒤로 몸을 숨기자마자 토병 몇 명이 달려와 숨을 헐떡거리며 창칼을 지팡이 삼아 짚고 걸어들어와 쓰러지며 입으로 중얼거렸다.

"신령이시여 제발 살려주십시오!"

나무 뒤에 숨어 바라보며 생각했다.

'이건 또 무슨 괴이한 일이냐. 마을 입구를 지키고 있다가 내가 나가면 붙잡 겠다고 하더니, 어째서 다시 뛰어들어오는 것이냐?'

다시 보니 조능도 뛰어 들어와 중얼거렸다.

"우리들 모두 죽게 생겼다!"

송강이 놀라서 바라보며 생각했다.

'저놈이 어째서 저렇게 당황했나?'

바로 뒤를 이어 웃통에 실오라기 하나 걸치지 않은 거구의 사내가 쫓아 들어 왔다. 사내는 시커먼 살가죽을 드러낸 채 두 손에 강철 쌍 도끼를 들고 크게 소리를 질렀다.

"이 좆같은 놈들아, 멈춰라!"

멀리서 바라 볼 때에는 희미하더니 가까이에서 보니 바로 흑선풍 이규였다.

'이거 꿈이 아니겠지?'

그러나 감히 나서지 못하고 계속 나무 뒤에 숨어 있었다.

조능이 사당 앞으로 달려가다 소나무 뿌리에 발이 걸려 땅바닥에 자빠졌다. 이규가 달리던 기세로 바로 등을 밟더니 도끼를 들어 올려 내리찍으려 했다. 뒤에 두 사내가 더 쫓아오는데 등 뒤로 삿갓을 걸치고 손에는 박도를 하나씩 들고 있었다. 앞선 것은 구붕이었고 뒤에는 도종왕이었다. 이규는 둘이 쫓아오는 것을 보고 공을 다투다 의를 상할까 두려워 바로 조능의 몸통을 두 동강내어버렸다. 토병들에게 달려드니 사방으로 흩어져 도망갔다. 송강은 아직도 감히 나서지를 못하고 있었다.

뒤에서 또 세 사람이 달려왔다. 앞에는 적발귀 유당이고 둘째는 석장군 석용이었으며 셋째는 최명판관 이립이었다. 여섯 명의 사내들이 말했다.

"이놈들은 모두 죽고 흩어졌는데 형님만 찾을 수 없으니, 어떻게 해야 좋단 말이냐?"

석용이 손으로 가리키며 말했다.

"저기 소나무 뒤에 사람이 서 있는데!"

송강이 그제야 나무 뒤에서 몸을 드러내며 말했다.

"형제 여러분, 또 내 목숨을 구해주셔서 정말 고맙습니다. 이 은혜를 장차 어떻게 보답해야 좋겠습니까?"

여섯 사내가 송강을 보더니 기뻐 어쩔 줄 몰랐다.

"형님을 찾았다! 빨리 조 두령께 가서 알려라!"

석용과 이립이 조개가 있는 곳으로 달려갔다.

송강이 유당에게 가서 물었다.

"여러분이 여기를 어떻게 알고 나를 구하러 오셨소?"

"형님이 산을 내려가시자마자 조 두령과 오 군사가 마음을 놓지 못하고 대종에게 뒤따라가서 형님의 소식을 알아보게 했습니다. 조 두령은 또 마음을 놓지 못하고 혹시라도 형님에게 문제가 생기면 뒤에서 도우라고 우리를 보냈습니다. 도중에 대종을 만났는데, '두 사악한 멍청이가 형님을 잡으려고 쫓아갔다'고 했습니다. 조 두령이 몹시 화를 내며 대종을 산채로 보내 오 군사·공손승·완가 삼형제·여방·곽성·주귀·백승은 산채를 지키게 남겨두고 나머지 형제를 모두 여기로 보내 형님을 찾았습니다. 사람들에게 '환도촌 입구로 송강을 쫓아갔다'

라는 말을 듣고 쫓아와 마을 입구를 지키던 이놈들을 한 놈도 남기지 않고 모두 죽여버렸습니다. 여기 이 몇 놈만 마을로 도망갔습니다. 이규 형님이 쫓아가기에 우리도 따라왔더니 형님이 여기 있을 줄은 몰랐습니다."

말하던 도중에 석용이 조개·화영·진명·황신·설영·장경·마린 등을 데리고 도착했고, 이립이 이준·목홍·장횡·장순·목춘·후건·소양·김대견 등 일행을 이끌고 그곳에 모였다.

송강이 두령들에게 감사 인사를 하자 조개가 말했다.

"내가 동생더러 몸소 갈 필요 없다고 했는데, 내 말을 듣지 않아 큰일이 날 뻔했네."

송강이 말했다.

"부친이 너무 걱정되어 가만히 있을 수가 없어서 제가 직접 모시러 오지 않을 수가 없었습니다."

"동생을 기쁘게 하려고 내가 먼저 대종에게 두천·송만·왕왜호·정천수·동위·동맹을 데리고 가서 부친과 동생 등 가족을 모시게 했네. 이미 산채에 도착하셨을 것이네."

송강은 그 말을 듣고 너무 기뻐서 조개에게 엎드려 절하며 말했다.

"형님께서 이렇게 은혜를 베푸시니 저는 이제 죽어도 원망이 없습니다!"

조개와 송강은 함께 기뻐했고 두령들과 각기 말에 올라 환도촌을 떠났다. 송강은 말에 올라 손을 이마에 올리고[28] 허공을 향해 절을 올리며 자신을 구해준 천지신명께 감사 인사를 올렸고 나중에 따로 찾아오려고 마음을 먹었다. 여기에 송강이 충의롭고 하늘의 도움을 받은 것을 이야기한 고풍古風 한 편이 있다.

우매한 조정의 운수 다해 멸망할 때라, 사해의 영웅들 비천했지만 일어났다네.

28_ 하늘을 향해 우러러 절하며 경의를 표시하는 것이다.

휘황찬란한 빛 산동에 드리우자, 서른여섯 천강성 그에 상응하며 출현했구나.

상서로운 기운이 운성현에 빙빙 돌더니, 하늘이 이 고장에 송 공명을 내렸더라.

어려선 경서, 사서 두루 섭렵했고, 장성해선 아전 되어 인정 중시해 베풀었네.

인, 의, 예, 지, 신을 두루 구비한데다, 구천현녀께서 주신 천서까지 받았구나.

교제한 호걸들 천하에 가득하고, 위기가 곧 길조로 변하니 타고난 운수라네.

훗날 양산박에 곧장 올라가서, 하늘 대신해 천도를 행하며 천병을 움직이리라.

昏朝氣運將顚覆, 四海英雄起微族.

流光垂象在山東, 天罡上應三十六.

瑞氣盤旋繞鄆城, 此鄉生降宋公明.

幼年涉獵諸經史, 長來爲吏惜人情.

仁義禮智信皆備, 兼受九天玄女經.

豪杰交游滿天下, 逢凶化吉天生成.

他年直上梁山泊, 替天行道動天兵.

한편 일행은 환도촌을 떠나 양산박으로 돌아왔다. 오용이 산채를 지키던 두령들을 데리고 금사탄까지 마중 나왔다. 두령들이 모두 산채 취의청에 도착했다. 송강이 급하게 물었다.

"부친께서는 어디에 계십니까?"

조개가 송 태공을 모셔오게 했다. 잠시 후 철선자 송청이 송 태공이 탄 가마 한 채를 모시고 도착했다. 두령들이 가마를 내리고 부축하여 취의청 대청에 올라가자 송강이 기뻐 어쩔 줄 모르며 얼굴에 웃음을 가득 띠고 재배를 올리며 말했다.

"아버지, 놀라셨지요. 제가 불효자식이라 부친을 놀라게 해드렸습니다."

송 태공이 말했다.

"저 나쁜 조능 형제가 매일 사람을 보내 우리 집을 감시하며 강주에서 공문만 도착하면 우리 부자 둘을 잡아다가 관아에 보내 소송을 벌이려고 했다. 네가 장원 뒷문을 두드릴 때 이미 토병 8~9명이 대청 앞에 모여 있었다. 나중에 모두 사라지고 어디로 갔는지 알 수가 없었다. 3경쯤에 또 200여 명이 장원 문을 열고 나를 부축하여 가마에 태웠고, 네 동생에게 짐을 정리하도록 하더니 장원에 불을 질러버렸다. 당시 나는 영문도 모른 채 아무것도 묻지 못하고 바로 여기까지 왔단다."

"오늘 우리 부자가 이렇게 다시 만나게 된 것은 모두 여기 이 형제들의 힘입니다!"

송강은 동생 송청을 불러 두령들에게 감사의 절을 하도록 했다. 조개 등 두령들은 모두 와서 송태공에게 절을 올렸다. 인사가 모두 끝나자 소와 말을 잡아 환영 잔치를 준비했고, 송 공명 부자가 다시 모여 살게 된 것을 축하했으며 그날 밤새도록 취하게 마시고 연회를 끝냈다. 다음날 또 다시 연회를 열어 축하하자 대소 두령이 모두 좋아했다.

셋째 날에 조개가 연회를 준비하여 송강 부자가 다시 만난 것을 경축했다. 갑자기 공손승이 송강 부자로 인해 감정이 북받쳐 오르더니 떠난 지 오래 된 고향 계주薊州에 혼자 계신 어머니가 어떻게 지내는지 궁금해졌다. 사람들이 흥에 겨워 술을 마시고 있는데 공손승이 자리에서 일어나 두령들에게 말했다.

"여러 두령께서 오랜 동안 빈도를 잘 보살펴주신 은혜가 가족이나 다를 것이 없었습니다. 제가 조 두령을 따라 산채로 들어온 후 날마다 연회를 열면서, 그동안 고향에 돌아가 노모를 뵙지도 못했고 스승님도 걱정이 됩니다. 3~5개월 정도 고향으로 돌아가 모두 돌아보고 다시 돌아오겠습니다. 제 소원을 들어주시어, 노모의 걱정 근심을 덜어주게 해주시기 바랍니다."

조개가 공손승의 말에 대답했다.

"옛날에 선생의 영당令堂29께서 북방에서 시중하는 사람도 없이 혼자 지내신다는 말을 들었습니다. 오늘 이렇게 말씀하시니 막기 어렵지만 이렇게 이별하는 것도 참기 어렵습니다. 정녕 가시겠다면 내일 가시지요."

공손승이 감사 인사를 했다. 그날은 모두 취하여 흩어지고 각자 돌아가서 쉬었다. 다음날 아침에 관 아래에서 연회를 준비하여 각기 잔을 들고 송별연을 했다. 공손승은 그전처럼 떠도는 도사의 복장을 하고 허리에 돈 주머니와 포대를 차고 등 뒤에 자웅 보검 두 자루를 지고 어깨에 종립棕笠[30]을 걸친 다음 자라 등껍질 모양의 부채를 들고 산을 내려갔다. 두령들이 나와 관 아래에서 연회를 열어 각기 잔을 들고 송별연을 했다. 조개가 공손승에게 당부하며 말했다.

"일청 선생, 이번에 떠나는 것은 막을 수가 없으나 약속을 어기지는 마시오. 본래 선생을 보내고 싶지 않지만 존당尊堂[31]께서 홀로 계시니 감히 말릴 수가 없소이다. 백일을 넘기면 학을 타고 오시더라도 절대 약속을 어겨서는 안 됩니다!"

공손승이 말했다.

"여기 계신 두령들이 이렇게 오랜 시간 보살펴주셨는데, 제가 어떻게 감히 약속을 어기겠습니까! 집에 돌아가 스승이신 진인을 뵙고 노모를 잘 보살펴드린 다음 산채로 돌아오겠습니다."

송강이 말했다.

"선생께서는 어찌 사람을 데려가시지 않으십니까? 노모를 산채에 모셔다놓고 아침저녁으로 공양할 수 있지 않소."

"노모께서 평생 동안 조용한 것을 좋아하셔서 놀라지 않게 하려고 감히 모셔오지 못하고 있습니다. 집안에 논밭과 산장이 있어 노모께서 혼자 생활하실

29_ 영당令堂: 다른 이의 모친에 대한 존칭이다.
30_ 종립棕笠: 종려나무 생사로 엮어 만든 갈모로 비를 막거나 햇빛을 차단하는 데 사용된다. 대부분 승려, 은사, 빈민이 사용했다.
31_ 존당尊堂: 상대방의 모친에 대한 존칭이다.

수 있습니다. 저는 다만 한번 찾아가 살펴보고 바로 돌아오겠습니다.”

송강이 다시 말했다.

“그렇다면 명대로 따를 테니 빨리 돌아오길 바라겠소!”

조개가 금은[32]을 담은 쟁반을 가져오니 공손승이 말했다.

“이렇게 많이 필요 없습니다. 여비면 충분합니다.”

조개가 할 수 없이 반은 도로 거두고 너머지는 억지로라도 포대기에 싸서 꾸려주자, 공손승은 인사를 하고 사람들과 작별하며 금사탄을 건너 계주로 향했다.

두령들이 자리를 파하고 모두 산 위로 올라가는데, 흑선풍 이규가 관 아래에서 대성통곡하기 시작했다. 송강이 놀라 급히 물었다.

“동생, 자네 무슨 걱정스런 일이 있는가?”

이규가 울면서 말했다.

“괜히 좆같잖아! 이건 이렇게 아빠 데리고 오고, 저건 저렇게 엄마 보러 가고, 그래 나 철우는 흙구덩이에서 튀어나왔다!”

조개가 물었다.

“그래서 자네는 어떻게 하겠다는 것인가?”

“엄마는 혼자 집에 있고 우리 형은 남의 집에서 머슴[33]을 살고 있는데, 어떻게 우리 엄마를 잘 공양하겠어? 내가 가서 여기로 모시고 와 잠시라도 즐겁게 해주고 싶어요.”

조개가 말했다.

“동생 말이 맞네. 내가 몇 사람을 같이 보내줄 테니 모시고 오는 게 좋겠네.”

32_ 원문은 ‘황백지자黃白之資’인데, 금은 돈을 말한다.

33_ 원무은 ‘장공長工’이다 오래동안 부자집에 고용되어 먹고 사는 것을 모두 주위집에 의지하는 것이다. 일로 계산하는 것을 단공短工, 월로 계산하는 것을 월공月公, 연으로 계산하는 것을 장공이라 하기도 한다.

옆에 있던 송강이 나섰다.

"안 됩니다. 이규는 성질이 사나워 고향으로 돌아가면 반드시 실수를 할 것입니다. 다른 사람을 딸려 보낸다 하더라도 역시 좋지 않습니다. 게다가 그는 성질이 불같아 도중에 반드시 충돌이 발생할 것입니다. 그는 강주에서 이미 많은 사람을 죽였으니 누가 그가 흑선풍임을 모르겠습니까? 이런 때에 관아에서 어째서 원적지에 문서를 보내 추적하여 체포하려고 하지 않겠습니까? 너는 또 생긴 것도 흉악하니, 만일 실수가 있으면 길은 먼데 어떻게 소식을 알 수 있겠느냐? 그러니 너는 시간이 조금 지나 세상이 조용해지거든 모시러 가도 늦지 않다."

이규가 송강의 말을 듣고 다급하게 소리 질렀다.

"형, 당신은 정말 불공평한 사람이야! 형 부친은 산 위에 모셔놓고 즐겁게 지내는데, 우리 엄마는 시골에서 고생이나 하라고? 이건 나더러 속 터져 죽으란 소리 아니야!"

송강이 말했다.

"동생, 조급해하지 말고 내 말 좀 들어봐라. 이미 엄마를 모시러 가겠다고 했으니, 내 말 세 가지만 따른다면 보내주겠다."

이규가 물었다.

"그 세 가지가 뭔지 말해보쇼?"

송강이 두 손가락을 들고 세 가지를 말했다. 나누어 서술하면, 이규는 땅이 요동치고 하늘을 뒤흔드는 힘으로 산을 오르고 계곡을 뛰어다니는 호랑이와 싸우게 된다.

결국 송강이 이규에게 어떤 세 가지를 말하는지는 다음 회에 설명하노라.

호
랑
이
네
마
리
를
잡
다[1]

이규가 말했다.

"형, 그 세 가지가 뭔데?"

"네가 기주沂州 기수현沂水縣[2]에 가서 모친을 모시고 오려거든 첫째로 오고 가면서 술을 마시지 말 것. 둘째, 네가 성미가 급해서 누가 너와 같이 가려고 하겠니? 너는 혼자 몰래 가서 엄마를 모시고 바로 돌아오거라. 셋째, 네가 사용하는 그 쌍 도끼는 가지고 가지 말거라. 도중에 항상 조심하고 빨리 갔다가 얼른 돌아올 것. 이렇게 세 가지다."

"이까짓 세 가지 일을 지키지 못할 것이 뭐야! 형님은 아무 걱정 마슈. 나는 송별식을 할 것도 없이 오늘 바로 떠날 테야."

1_ 제43회 제목은 '假李逵剪徑劫單人(가짜 이규가 혼자 지나가는 행인을 막고 강도질을 하다), 黑旋風沂嶺殺 四虎(흑선풍이 기령에서 호랑이 네 마리를 죽이다)'다

2_ 『수호전전교주』에 따르면 "정목형의 『주략』에서 이르기를, '기주沂州는 송나라 낭야군琅琊郡으로 두 개의 현을 거느리고 있는데 임기臨沂와 비현費縣이다. 기수현沂水縣은 거주莒州에 속했다'고 했다."

이규가 즉시 복장을 깔끔하게 준비한 다음 허리에 요도만 차고 박도를 들고는 큰 은 덩어리 한 개에 작은 것 3~5개를 싸서 넣었다. 술을 몇 잔 마신 다음 정중하게 인사를 하고 사람들과 이별하며 산을 내려와 금사탄을 건넜다.

조개·송강과 여러 두령은 이규를 보내고 산채 취의청에 돌아와 자리에 앉았다. 송강이 걱정을 참지 못하고 두령들에게 말했다.

"이규 저놈은 이번에 반드시 사고를 칠 것이오. 형제들 중에 누가 이규와 고향이 같은 사람이 있으면 따라가서 소식을 살펴보는 것이 좋지 않겠소?"

두천이 일어나서 말했다.

"주귀가 원래 기주 기수현 사람으로 그와 동향입니다."

송강이 문득 생각난 듯이 말했다.

"아 그래, 내가 깜빡했군. 전에 백룡묘에서 모였을 때 이규가 주귀와 고향 사람인 것을 알아보았었지."

송강이 사람을 시켜 주귀를 불러왔다. 졸개 하나가 서둘러 산을 내려가 주점으로 건너가서 주귀를 청했다. 송강은 주귀가 들어와 앉자마자 입을 열었다.

"지금 이규란 놈이 모친을 모셔온다고 고향으로 돌아갔네. 그놈이 술버릇이 나빠서 아무도 함께 가려고 하지 않아 혼자 갔는데, 도중에 무슨 일이라도 일어날까 정말 걱정이네. 지금 동생은 같은 고향 사람이니, 그의 뒤를 쫓아가서 소식을 염탐해주게나."

주귀가 대답했다.

"저는 기주 기수현 사람입니다. 동생 주부朱富가 현 서문 밖에서 주점을 열고 있습니다. 현의 백장촌百丈村 동점童店 동쪽에 남의 집에서 머슴 일을 하는 이규의 형 이달李達이 살고 있습니다. 이규는 어려서부터 성질이 포악하여 사람을 죽이고 강호로 도망 나와 아직 한 번도 돌아가지 않았습니다. 제가 따라가서 알아보는 것은 어렵지 않지만 주점을 돌볼 사람이 없을까 걱정입니다. 그리고 저도 아주 오래 집에 가본 적이 없어서, 돌아가면 동생을 한번 만나보고 싶습니다."

"주점 일이라면 아무 걱정 마시게. 한 동안 후건·석용에게 맡기겠네."

주귀가 안심하며 두령들에게 인사하고 산에서 내려온 뒤 주점으로 돌아와 짐을 꾸렸다. 주점 일을 석용과 후건에게 맡기고 기주로 떠났다. 송강은 조개와 산채에서 매일 연회를 열어 즐겁게 술을 마셨으며 또 오용과 함께 천서를 익혔다.

한편 혼자 양산박을 떠난 이규는 한참 뒤에 기수현 근처에 이르렀다. 도중에 이규는 정말 술을 마시지 않아서 사고도 일어나지 않았다. 기수현 서문 밖에 도착해 사람들이 방문을 둘러싸고 읽는 것을 보았다. 이규도 사람들 틈에 끼어 방을 읽는 것을 들었다.

"첫 번째, 주범 송강은 운성현 사람이고, 두 번째, 종범 대종은 강주 양원 절급. 세 번째, 종범 이규는 기주 기수현 사람으로……."

이규가 뒤에서 듣고 뛰쳐나가 한 마디 하고 싶었으나 아무 할 말이 없어서 망설이는데 어떤 사람이 끼어들어와 허리를 꼭 끌어안으며 말했다.

"장형! 여기서 뭐하시오?"

이규가 고개를 돌려 한지홀률 주귀라는 것을 알아보고 물었다.

"여기엔 무슨 일로 온 거야?"

"나 좀 따라와라. 이야기 좀 하자."

둘은 함께 서문 밖 마을 가까이에 있는 주점 안에 들어가 바로 뒤쪽 조용한 방으로 들어갔다. 주귀가 손을 뻗어 이규를 가리키며 말했다.

"넌 정말 간도 크구먼! 방에 붙이길 송강을 사로잡는 자에게는 현상금 1만 관을 주고 대종을 사로잡으면 5000관, 이규를 잡으면 3000관을 준다고 분명히 쓰여 있었잖아. 아니 어떻게 거기에 서서 방을 구경하고 있단 말이야? 만일 눈치 빠른 사람에게 걸려 관아로 보내지면 어쩔 뻔했냐? 송 공명 형님은 자네가 사고를 칠까 두려워 다른 사람과 같이 보내길 꺼려한데다, 또 자네가 여기에서

이상한 짓을 할까 두려워 나중에 일부러 나를 뒤쫓아 보내 소식을 알아보라고
하셨네. 내가 하루 늦게 하산했는데도 자네보다 하루 먼저 도착했어. 어째서 이
제야 도착한 것인가?"

"형님이 술을 마시지 말라고 해서 그 말을 따르다 보니 길을 걷는 게 쉽지 않
더라고. 이 주점은 어떻게 알았어? 주 두령은 여기 사람인데 집은 어디야?"

"이 주점이 내 동생 주부의 집이야. 내가 원래 여기서 살다가 강호에 나가 장
사하다 본전을 다 까먹고 양산박에 입산했다가 이번에 처음으로 돌아왔지."

동생 주부를 불러 이규를 소개했다. 주부가 술을 가져와 대접하자 이규가 흥
에 겨워 말했다.

"송강 형님이 술 한 잔도 마시지 말라고 그랬는데. 어차피 오늘 이미 고향에
도착했으니 술 한 사발 먹는다고 뭐 좆같은 게 있겠어!"

주귀도 감히 막지 못하고 마시게 내버려두었다.

그날 밤 4경까지 마시다가 밥을 준비했다. 이규는 밥을 먹고 5경에 아직 별
이 반짝이며 동이 밝아 올 때 집을 향해 출발했다. 주귀가 떠나는 이규에게 당
부하며 말했다.

"샛길로 가지 말고 커다란 팽나무에서 돌아 동쪽 큰 길로 가다가 백장촌을
지나면 동점 동쪽이네. 빨리 어머니를 모시고 와서 서둘러 산채로 돌아가자고."

"샛길로 가는 게 가깝지 않아? 누가 짜증나게 큰길로 가!"

"샛길로 가면 호랑이도 많고, 보따리를 노리는 강도를 만날 수도 있잖아."

"나는 어떤 좆같은 것도 무섭지 않아!"

털 방한모를 쓰고 박도를 들고 요도를 찼으며 주귀·주부와 이별하고 문을
나서 백장촌으로 향했다.

10여 리쯤 갔을 때 하늘이 점점 밝아지더니 이슬 맺힌 풀밭에서 흰 토끼 한
마리가 튀어나와 앞쪽으로 달려갔다. 이규가 토끼를 계속 쫓아가며 웃었다.

"저 조그만 짐승이 길 안내를 해주네!"

여기에 증명하는 시가 있다.

산길 험하고 고요하며 깊은데, 가을바람에 진 누런 잎들 숲에 가득하구나.
우연히 만난 토끼 쫓아 달려가니, 가는 길 서둘러야 하는 걸 잊고 말았다네.
山徑崎嶇靜復深, 西風黃葉滿疏林.
偶因逐兎過前界, 不記倉忙行路心.

막 길을 가려는데 때가 초가을이라 앞에 커다란 나무와 잡다한 관목이
50여 그루가 섞인 숲에 잎사귀가 붉게 물들고 있었다. 숲 근처에 이르자 한 사
내가 튀어나와 고함을 질렀다.
"보따리를 몽땅 털리고 싶지 않거든 통행료를 내놓아라!"
사내를 보니 머리에 붉은 비단 두건을 쓰고 몸에는 거친 베로 만든 저고리를
입었으며, 손에 도끼 두 자루를 들었고 얼굴을 먹으로 검게 물들였다. 이규가
소리를 버럭 질렀다.
"이놈은 뭔 좆같은 놈이야? 감히 여기서 길을 막고 강도질이야!"
"만일 내 이름을 듣는다면 너는 놀라 간이 오그라들 것이다. 어르신은 흑선
풍이다! 통행료와 보따리를 내놓는다면 목숨은 살려 보내주겠다."
이규가 한바탕 웃고는 말했다.
"네놈에겐 한 푼어치도 관심 없다! 어디서 온 놈이기에 어르신 이름을 팔아
여기에서 허튼 수작을 부리고 있느냐!"
이규가 박도를 잡고 사내에게 달려들었다. 그가 어떻게 이규의 상대가 되겠는
가. 달아나려다가 허벅지에 박도를 한 방 맞고 땅에 엎어지자 이규가 한 발로
가슴을 밟고 소리 질렀다.
"어르신이 누군지 알아보겠느냐?"
그 사내는 땅에 엎드려서 말했다.

"할아버지, 제발 손자 좀 살려주세요!"

"내가 바로 강호에서 흑선풍이라고 부르는 이규다. 네놈이 감히 어르신 이름을 더럽히다니!"

"이 손자 성은 이가李家지만 진짜 흑선풍은 아닙니다. 할아버지 이름이 강호에서 유명해서 할아버지 이름만 대면 귀신도 두려워합니다. 그래서 손자가 할아버지 이름을 도용하여 함부로 여기에서 강도질을 했습니다. 혼자 지나가는 길손은 흑선풍이라는 세 글자만 들어도 짐을 버리고 도망가버립니다. 이렇게 돈은 벌었지만 정말 감히 사람은 해치지 않았습니다. 소인의 천한 이름은 이귀李鬼로 앞마을에 살고 있습니다."

이규가 말했다.

"네놈이 무례하게 여기에서 남의 재물을 빼앗는 것도 모자라 내 명성을 해치고 도끼까지 배워 흉내 냈으니 이젠 도끼 맛 좀 봐라."

도끼를 빼앗아 내리찍으려 하자 이귀가 다급하게 말했다.

"할아버지께서 저 하나를 죽이시면 두 사람이 죽습니다."

이규가 듣고 손을 멈추며 물었다.

"어째서 너 하나를 죽이면 둘이 죽는단 말이냐?"

"저는 본래 감히 강도질을 하고 싶지 않았지만, 집안에 90세 노모를 부양할 사람이 없어서 할아버지 이름을 꺼내 사람들을 위협해 보따리를 빼앗아 노모를 부양했지만 사실 한 사람도 해친 적은 없습니다. 만일 할아버지께서 저를 죽이시면 집안의 노모도 반드시 굶어 죽을 겁니다!"

이규가 비록 사람을 죽이고도 눈 하나 깜빡하지 않는 마왕이었지만 이 말을 듣고는 속으로 생각했다.

'내가 일부러 집에 돌아가 어머니를 모시러 가는데, 어머니를 공양하는 사람을 해친다면 천지가 나를 용납하지 않을 것이다. 때려치우고 그만하자! 저놈을 살려줘야겠다.'

이규가 풀어주자 이귀는 손으로 도끼를 잡고 고개를 조아려 절을 했다. 이규가 말했다.

"진짜 흑선풍은 나밖에 없다. 다음부터 내 명성을 더럽히지 말거라!"

"제가 이번에 생명을 얻었으니, 집으로 돌아가 직업을 바꾸고 다시는 할아버지의 명성을 이용하여 여기에서 강도질을 하지 않겠습니다."

"네가 효성이 지극하여 은자 10냥을 줄 테니, 이 돈을 본전으로 삼아 반드시 직업을 바꾸거라."

이규가 은덩이를 꺼내 주니 이귀는 절을 하고 돌아갔다.

이규가 혼자 웃으면서 말했다.

'이놈이 공교롭게도 내 손에 걸렸군. 효성이 있는 놈이니 반드시 직업을 바꾸겠지. 만약 죽여버렸다면 하늘의 이치를 어기는 것이지. 이제 떠나야겠다.'

박도를 들고 한걸음씩 산 속 외진 샛길로 걸었다. 시에서 이르기를,

이규는 모친을 모시려다 상처 입었지만, 이귀는 어찌 모친을 봉양하려 했던가.
그러기에 세상 충효를 보려거든, 실제 사정과 언행을 자세히 살펴봐야 한다네.
李逵迎母却逢傷, 李鬼何曾爲養娘.
可見世間忠孝處, 事情言語貴參詳.

사시 무렵까지 걸으니 점차 배도 고프고 목도 말랐으나 사방이 모두 산길과 오솔길이라 주점이나 반점은 보이지 않았다. 한창 길을 걷는데 멀리 산간의 평지에 초가집 두 칸이 보였다. 이규가 보고 그 집으로 달려갔다. 뒤쪽에서 한 부인이 걸어나오는데 쪽진 머리에 한 떨기 들꽃을 꽂고 얼굴에는 연지와 분을 발랐다. 이규가 박도를 내려놓고 말했다.

"아주머니, 저니기는 길손인데 배가 고파도 주점이나 술집을 찾을 수 없습니다. 1관 정도의 돈을 드릴 테니 술과 음식을 주셨으면 좋겠습니다."

부인은 이규의 험악한 외모를 보고 감히 없다고 말도 못하고 대답했다.

"술은 살 곳이 없고 먹을 것은 해서 드리겠습니다."

"할 수 없지요. 밥은 좀 많이 해주세요. 좃나게 배고파요."

"한 승카3 정도면 되나요?"

"세 승 정도는 해야지요."

부인은 부엌에서 불을 지피고 시냇가에 가서 쌀을 씻어 밥을 안쳤다.

이규가 집 뒤쪽 산에 가서 소변을 보고 있는데, 한 사내가 제대로 걷지 못하고 어기적거리며 산 뒤로 돌아오는 것이 보였다. 이규가 집 뒤로 돌아오다가 부인이 산에 올라가 나물을 캐러 가려고 뒷문을 여는데, 걸어오는 사내를 보고 그에게 말하는 것을 우연히 들었다.

"여보, 어디서 다리라도 접질렸어요?"

사내가 대답했다.

"마누라, 내가 하마터면 당신을 영영 못 볼 뻔했어. 어찌 이리 좃같이 재수 없단 말이야! 나가서 혼자 지나가는 과객을 반달이나 기다렸어도 마수걸이를 못했잖아. 오늘 겨우 하나 지나갔는데, 누군지 알아? 글쎄 바로 진짜 흑선풍이잖아. 그 당나귀 좃같은 놈을 만난 것이 한스러웠지만 내가 어떻게 당해내겠어? 그놈 박도에 한 대 찔리고 바닥에 뒤집어졌는데 날 죽이려고 하더라고. 그때 내가 거짓말을 했어. '나 하나를 죽이면 두 사람을 해치는 것이오'라고 말했어. 까닭을 묻기에, '집에 아흔 살 먹은 노모가 공양할 사람이 없어서 굶어 죽을 것'이라고 했지. 그 당나귀 좃같은 놈이 내 말을 정말로 믿고 목숨을 살려주고 또 은자까지 주면서 장사 밑천으로 삼아 직업을 바꿔 어머니를 부양하라고 하더라고. 그놈이 눈치 채고 쫓아올까 두려워 숲을 떠나 조용한 곳에서 한숨 자고 산 뒤로 돌아왔어."

3_ 1승카은 송나라 때 670밀리리터였고, 명나라 때는 1리터였다.

그 부인이 말했다.

"목소리 낮춰요. 방금 시키면 남자 한 사람이 집 안에 들어와서 밥을 해달라고 했는데, 그 사람이 아닌지 모르겠어요? 지금 문 앞에 앉아 있는데, 당신이 가서 살펴보구려. 만일 맞으면 당신이 가서 마취약을 가져다가 음식 안에 섞으세요. 그놈이 처먹고 땅에 쓰러지면, 당신과 내가 상대할 수 있잖아요. 그놈 금은을 털어 현으로 이사 가서 장사라도 하면 여기에서 이렇게 강도질하는 것보다 좋지 않겠어요!"

이규는 두 사람 얘기를 모두 엿듣고는 말했다.

'이런 용서할 수 없는 놈. 내가 은자도 주고 목숨도 살려줬더니, 너는 도리어 나를 해치려고 한단 말이지. 이런 놈은 도리상 도저히 용납할 수 없다!'

이규는 뒷문 쪽으로 한 바퀴 빙 돌아갔다. 이귀가 때마침 문을 나오다가 뒷문으로 돌아오던 이규에게 상투를 잡혔고, 부인은 황급히 앞문으로 도망가버렸다. 이규는 이귀를 잡아 땅바닥에 누르고 몸에서 요도를 꺼내 목을 잘랐다. 다시 칼을 들고 앞문으로 부인을 쫓아나갔으나, 어디로 달아났는지 찾을 수가 없었다. 다시 집으로 돌아와 방 안을 뒤지니 대나무 광주리 두 개 안에 낡은 옷이 들어 있었다. 바닥에서 은 부스러기와 비녀와 귀걸이를 몇 개 찾아내 챙기고, 다시 이귀 몸에서 은자를 꺼내 보따리에 넣고 묶었다. 그리고 솥을 찾아보니 쌀밥 세 승이 이미 익었지만, 먹을 반찬이 없었다. 밥을 퍼서 먹다가 보고 혼자 웃으면서 말했다.

"이런 머저리. 눈앞에 좋은 고기를 두고 맨밥을 먹다니."

요도를 뽑아 이귀의 허벅지에서 살을 두 덩이 잘라내어 물에 씻은 다음 부뚜막 안에서 숯불로 구웠다. 구워서 배부르게 먹고, 이귀의 시체를 집 안에 끌어넣은 다음 불을 질러 태워버리고 박도를 들고 산길로 접어들었다.

돈전 동쪽에 이르렀은 때는 해가 이미 서쪽으로 지고 있었다. 집으로 달려가 문을 밀어 열고 안으로 들어가니 어머니가 침상에서 물었다.

"누가 왔나?"

이규가 바라보니, 어머니는 두 눈이 모두 먼 채 침상에서 염불하고 있었다.

"엄마, 철우가 돌아왔어요."

"애야, 네가 집을 떠난 지 이미 여러 해인데, 그동안 어디에서 지냈니? 너희 형은 남의 집에서 일하면서 겨우 밥이나 얻어먹고 사는데, 나 하나 먹여 살리기도 벅차더라. 내가 항상 네 생각하며 우느라 눈물이 마르고 두 눈도 멀어버렸구나. 너 그 동안 어떻게 지냈니?"

이규가 어머니 말을 듣고 생각했다.

'내가 양산박에서 도적이 되었다고 말하면 엄마가 분명히 같이 가지 않을 거야. 거짓말이라도 해야겠네.'

이규가 대답했다.

"제가 지금 관리가 되어 부임하러 가는 길에 특별히 엄마를 데리러 왔어."

"이렇게 좋을 수가! 하지만 네가 어떻게 나를 데리고 가겠느냐?"

"내가 엄마를 업고 가다가 수레를 구해 태우고 갈게."

"네 형이 돌아오거든 상의해보자."

"기다리긴 뭘 기다려? 나랑 같이 가면 되지."

때마침 떠나려 하는데, 이달이 밥이 담긴 그릇을 들고 문안으로 들어왔다.

이규가 보고 절하며 말했다.

"형, 오랜만이야."

이달이 욕을 하며 말했다.

"너 이놈 왜 돌아왔느냐? 또 사람을 연루시키려고 왔느냐!"

어머니가 말했다.

"철우가 지금 관리가 되어, 특별히 나를 데리러 왔단다."

"엄마, 저놈 방귀 뀌는 헛소리 믿지 마세요. 당초에 저놈이 사람을 죽여 내가 칼 차고 족쇄에 묶여 얼마나 고통을 받았는데. 지금 또 양산박 도적들과 내통하여 사형장을 급습하고 강주에서 소란을 일으켜 양산박에서 강도가 되었대요. 전에 강주에서 공문이 왔는데, 원적지에서 책임지고 범인을 잡으라고 하여 나를 잡아갔다가, 갑부가 도와주고 송사에서 변론도 해주며 '이달의 동생은 이미 10여 년간 어디로 갔는지도 모르고 집에 돌아온 적도 없으니, 혹시 이름이 같은 사람이 거짓으로 고향을 댄 것 아닙니까?'라고 변론해주었어요. 또 나 대신 여기저기 돈을 써서 관아에서 곤장 맞는 것을 면하게 해주었어요. 지금 저놈에게 걸린 현상금이 3000관이요. 너 이놈 뒈지지도 않고 집에 돌아와 무슨 헛소리를 지껄이느냐!"

이규가 이달에게 말했다.

"형, 초조해하지 말고 나와 같이 산에 올라가면 즐겁고 좋잖아."

이달이 성을 버럭 내며 이규를 때리려고 했으나 당해낼 수가 없으므로, 애꿎은 밥사발을 땅에 내동댕이치고 바로 나가버렸다.

이규는 생각했다.

'형이 가서 분명히 사람들에게 알려 잡으러 오면 도망가지 못할 테니, 그 전에 잽싸게 도망가야겠다. 우리 형이 50냥짜리 큰 은덩이는 어디서도 본적이 없을 거야. 침상에 올려놓아야겠다. 형이 돌아와 보고 절대 쫓아오지 않을 거야.'

이규가 허리에 찬 전대를 풀어 큰 은자를 꺼내 침상에 올려놓고 말했다.

"엄마, 내가 업고 가야겠다."

"나를 업고 어디로 가려고?"

"묻지 마. 가서 즐거우면 그만이지. 내가 업고 가면 괜찮아."

이규가 어머니를 업은 채 박도를 들고 문을 나와 오솔길로 걸었다.

한편 이달은 자기가 일하는 갑부에게 달려가 알리고, 장객 10여 명을 데리고 번개같이 집으로 돌아와 찾았으나, 어머니는 보이지 않고 침상에 커다란 은자만 남아 있었다. 이달은 은자를 보고 속으로 생각했다.

'철우가 은자를 남겨두고 엄마를 업고 어디로 갔을까? 분명히 양산박에서 다른 사람과 같이 왔을 것이니, 내가 쫓아갔다가 잘못하면 목숨을 잃을지도 몰라. 엄마도 철우에게 업혀 산채로 갔다면 즐겁게 잘 지내겠지.'

장객들은 이규가 보이지 않자 모두 어떻게 해야 할지 몰라 우왕좌왕했다. 이달이 장객들에게 말했다.

"철우가 엄마를 업고 어느 길로 갔는지 알 수가 없습니다. 여기는 샛길이 복잡한데 어떻게 함부로 쫓아가겠습니까?"

장객들은 이달이 아무런 방법도 찾지 못하는 것을 보고 한참을 어물거리다가 각자 흩어져 돌아갔다.

여기서는 이규가 형 이달이 사람들을 데리고 쫓아올까 두려워 달아났다고 했지만, 이규는 어머니를 등에 업고 깊은 산 후미진 샛길로만 갔다. 날은 점차 저물어갔다.

황혼의 운무는 먼 첩첩 산봉우리에 가로 걸려 있고, 저녁 안개는 기이한 봉우리를 덮고 있구나. 까마귀는 뒤섞여 어지럽게 숲으로 날아들고, 뭇 새들은 나무 가까이서 지저귀네. 줄지어 날아가던 기러기 떼 갈대 꽃 속에 내려앉고, 작은 점 같은 반딧불은 썩은 풀에 붙어 시골 오솔길을 밝히누나. 말아 올리는 가을 바람 낙엽 흩날리게 하고, 살을 에는 듯한 찬 기운 깊은 산을 뒤덮네.

暮烟橫遠岫, 宿霧鎖奇峰. 慈鴉撩亂投林, 百鳥喧呼傍樹. 行行雁陳, 墜長空飛入蘆花; 點點螢光, 明野徑偏依腐草. 捲起金風飄敗葉, 吹來霜氣布深山.

날은 점차 저물었고 어머니를 등에 업은 이규는 고개를 넘어가고 있었다. 어머니는 두 눈이 멀어 밤낮을 구분하지 못했다. 지금 넘고 있는 이 고개는 이규에게 익숙한 기령沂嶺이었다. 그곳을 지나가야 비로소 인가 있는 곳이 나온다. 모자가 한 덩이가 되어 별과 달이 밝게 비치는 고갯길을 한 걸음씩 걸어 올라가고 있는데 등에 업힌 어머니가 말했다.

"애야, 어디에서 물 한 모금 얻어 마셨으면 좋겠다."

"엄마, 고개를 넘어가면 인가가 있을 테니 쉬면서 밥도 해먹자고."

"내가 낮에 마른 음식을 먹었더니, 갈증이 나 참을 수가 없구나."

"나도 목구멍에서 불이 나올 것 같아. 고개 꼭대기에 오르면 물을 찾아줄게."

"애야, 정말 목이 마려워 죽을 지경이다! 나 좀 살려다오!"

"나도 힘들이 참을 수가 없네."

이규가 고개 꼭대기 가까이 올라와 소나무 곁 커다란 청석 위에 어머니를 내려 앉히고 옆에 박도를 꽂아 표시해 놓고 어머니에게 당부했다.

"참고 기다리고 있으면 마실 수 있게 물을 가지고 올게."

이규가 계곡에서 물 흐르는 소리를 듣고 찾아갔다. 산기슭을 두세 군데 돌아 계곡에 도착해서 보니 좋은 물이었다. 여기에 증명하는 시가 있다.

솟은 바위 뚫고 골짜기 지나 쉬지 않고 흐르니

멀리 봐야 비로소 수원지가 높음을 알 수 있네.

산골짜기 흐르는 시내 그 누가 머물게 할 수 있겠는가

끝내는 큰 바다로 흘러가 파도가 된다네.

穿崖透壑不辭勞, 遠望方知出處高.

溪澗豈能留得住, 終歸大海作波濤.

이규는 냇가에 이르러 두 손으로 물을 퍼서 마시고는 생각했다.

"어떻게 해야 물을 가지고 가 엄마에게 줄 수 있을까?"

몸을 일으켜 세우고 사방을 둘러보니 멀리 산꼭대기에 암자가 보였다.

"잘됐다."

칡넝쿨을 붙들고 기어 올라가 암자 앞에 도달해서 문을 밀어 열고 비춰보니 사주대성泗州大聖[4] 사당이었으며 앞에 돌 향로 하나밖에 없었다. 이규가 손으로 들어 올리려 했으나 원래 돌기둥을 쪼아 파낸 것이라 아무리 뽑으려 해도 뽑힐 리가 없었다. 순간적으로 성질이 나 받침대까지 옮겨 돌계단 아래로 던지니 부딪쳐서 향로가 떨어져 나왔다. 돌 향로를 들고 냇물에 넣어 적시고 어지럽게 자란 풀을 뽑아 깨끗하게 씻어 물을 향로에 반쯤 길어 두 손으로 떠받쳤다. 왔던 길을 되돌아가는데, 헷갈려서 여기저기 왔다 갔다 하며 고개로 돌아왔다.

소나무 옆 돌 위에 돌아왔는데, 어머니는 보이지 않고 박도만 그곳에 꽂혀 있었다. 이규가 어머니 물 마시라고 소리를 질렀으나 행방을 알 길이 없었다. 몇 번을 불렀으나 대답이 없자 이규는 당황하여 향로를 던지고 눈을 부릅뜨고 사방을 둘러보아도 어머니는 보이지 않았다. 30여 걸음도 걷지 않은 풀밭에 둥근 핏자국이 보였다. 그것을 본 이규는 더욱 의심이 들었고 핏자국을 따라 걸었다. 얼마 뒤에 커다란 동굴 입구에 도착하니 새끼 호랑이 두 마리가 사람의 다리 한쪽을 핥고 있었다. 바로 다음과 같다.

가짜 흑선풍 나쁜 짓만 하더니, 살아선 양심 속이고 죽어선 허벅다리 구워졌네.
어머니 다리도 화 입을 줄 뉘 알았으랴, 굶주린 범과 인간 모두 입 때문인 것을.
假黑旋風眞搗鬼, 生時欺心死燒腿.
誰知娘腿亦遭傷, 餓虎餓人皆爲嘴.

이규가 짐작하며 말했다.

"내가 양산박에서 일부러 돌아온 것은 어머니를 데리러 온 것이다. 천신만고 끝에 여기까지 업어왔는데, 도리어 네놈들 먹이가 되었구나. 이런 좆같은 호랑이 새끼들이 사람 다리를 끌어안고 있는데, 우리 엄마 다리가 아니라면 누구 다

4_ 사주대성泗州大聖: 서역에서 온 스님으로 세칭 승가대사僧伽大師라고 하는데 관음보살의 화신이다. 당나라 중종中宗 때 장안으로 왔고 사주泗州 임회현臨淮縣에 사원을 건설하여 사람들이 사주화상泗州和尙이라 불렀다. 죽은 뒤 임회에 매장되었다.

리겠냐?"

속에서 열불이 일어나 적황색 수염이 발딱 섰으며 손에 든 박도를 잡고 새끼 호랑이 두 마리를 찔렀다. 새끼 호랑이가 박도에 찔리자 당황하여 이빨과 발톱을 드러내고 덤벼들었다. 이규가 한 마리는 찔러 죽였지만, 다른 한 마리는 굴속으로 달아났다. 이규가 허리를 구부리고 굴속까지 쫓아 들어가 마저 찔러 죽였다. 굴속에 들어가 안에 엎드려 있다가 바깥을 바라보니, 어미 호랑이가 이와 발톱을 드러내고 굴 안으로 가까이 다가왔다. 이규가 말했다.

"바로 너 짐승 놈이 우리 엄마를 잡아먹었구나."

박도를 내려놓고 허리춤에서 요도를 뽑아 들었다. 어미 호랑이가 동굴 입구에 오더니 몸통 엉덩이 부분을 동굴 안으로 집어넣고 꼬리를 휘둘렀다. 동굴 안에서 이규가 조심스럽게 살펴보고, 칼로 호랑이 꼬리 아래를 겨냥하고 평생의 기력을 다해 찌르자 바로 항문을 정통으로 찔렀다. 이규의 힘이 과했던지 칼끝이 곧장 뱃속까지 들어갔다. 어미 호랑이가 크게 울부짖으며 동굴 입구에서 칼에 박힌 채 계곡 옆으로 뛰어 달아났다. 이규가 박도를 들고 동굴 안에서 달려나왔다. 호랑이가 통증을 참으며 바로 산 암석 아래로 달려 내려갔다. 이규가 막 쫓아가려고 하는데 나무 옆에서 한바탕 광풍이 불더니, 마른 나무의 잎이 비 내리듯 우수수 떨어졌다. 자고로 '용이 나타나면 구름이 몰려오고, 호랑이가 출몰하면 바람이 일어난다'고 했다. 휘황찬란한 달빛 아래 바람이 불어온 곳에서 포효하는 소리가 나더니, 하얀 이마에 눈이 치켜 올라간 호랑이 한 마리가 갑자기 뛰쳐나와 맹렬하게 이규를 덮쳤다. 이규는 전혀 당황하지 않고 호랑이의 자세를 이용하여 칼을 뻗자 바로 턱 아래에 명중했다. 호랑이는 다시 머리와 꼬리를 흔들며 이빨과 발톱을 드러내고 달려들지 못했는데, 찔린 곳이 아프기도 했고, 특히 기관지에 상처를 입었기 때문이었다. 호랑이는 5~7보도 못 물러나고 쿵 소리를 내며 산이 질반쯤 무너지는 것처럼 쓰러져 바위 아래에서 죽어 했다.

이규가 짧은 한순간에 호랑이 가족 네 마리를 죽이고, 다시 굴 옆에서 한 번

둘러보고 더 있을까 두려워했으나 이미 아무 흔적이 없었다. 이규도 지칠 대로 지치고 피곤하여 사주대성 사당으로 가서 날이 밝을 때까지 잠을 잤다. 다음날 새벽에 일어나 모친의 두 다리와 남은 유골을 찾아 베적삼에 싸고 사주대성 사당 뒤에 땅을 파서 묻으며 대성통곡을 했다. 여기에 증명하는 시가 있다.

기령에서 서풍이 부는 가을 9월인데
새끼 딸린 암수 호랑이 가족 숲속에 모였네.
늙으신 어머니 잔혹하게 호랑이 먹이가 되었으니
영웅의 눈에서 피눈물 흐르는구나.
홀로 용감하게 목숨 걸고 호랑이 굴 찾아가니
그 자리에서 네 마리 죽여 원한 갚았네.
사주의 사당 뒤에 어머니를 매장했으니
그가 바로 천고에 이름 전해질 이철우로다.
沂嶺西風九月秋, 雌雄虎子聚林丘.
因將老母殘軀啖, 致使英雄血淚流.
猛拚一身探虎穴, 立誅四虎報冤仇.
泗州廟後親埋葬, 千古傳名李鐵牛.

이규는 배도 고프고 갈증도 나자 보따리를 수습하고 박도를 들고 길을 찾아 천천히 고개를 내려왔다. 도중에 사냥꾼 5~7명이 와궁窩弓, 쇠뇌, 화살을 거두어들이고 있었다. 이규가 몸에 피범벅이 된 채 고개를 내려오는 것을 보고는 사냥꾼들이 놀라 물었다.

"산신이나 토지신도 아닌 길손이 어째서 감히 혼자 고개를 넘어가시오?"

이규가 질문을 받고는 혼자 속으로 생각했다.

'지금 기수현에서 상금 3000관을 걸고 나를 잡으려 하는데, 내가 어떻게 감

히 사실대로 말하랴? 거짓말로 둘러댈 수밖에.'

이규가 대답했다.

"나는 지나가는 길손인데 어젯밤에 엄마와 고개를 넘었지. 엄마가 물이 마시고 싶다고 해서서, 내가 고개 아래에서 물을 뜨러 간 사이에 호랑이가 우리 엄마를 끌고 가 잡아먹었지 뭐야. 내가 직접 호랑이 굴을 찾아가서, 먼저 새끼 두 마리를 죽이고 나중에 큰 호랑이 두 마리를 죽여버렸어. 그리고 사주대성 사당에 가서 날이 밝을 때까지 자다가 지금 내려오는 길이야."

사냥꾼들이 이구동성으로 대답했다.

"당신 혼자 호랑이 네 마리를 죽였다니, 어떻게 믿을 수가 있겠소? 이존효李存孝5와 자로子路6도 한 마리밖에 못 잡았다는데 말입니다. 새끼 호랑이 두 마리는 별것 아니라고 해도, 큰 호랑이 두 마리는 보통 일이 아니지요. 우리가 이 두 마리 짐승 때문에 곤장을 몇 번이나 맞았는지 모르겠소. 이 기령 위에 호랑이 굴이 생긴 이후 3~5개월 내내 감히 지나가는 사람이 없었소. 믿을 수가 없어요. 우리를 놀리는 거요?"

"내가 여기 사는 사람도 아닌데, 무슨 까닭에 당신들에게 장난을 치겠어? 못 믿겠다면 나와 같이 고개에 올라가 함께 찾아 사람들을 데리고 가서 짊어지고 내려오면 되잖아."

사냥꾼들이 말했다.

"정말 죽은 호랑이가 있다면, 우리가 당신에게 거듭 거듭 감사하겠소. 그러면 얼마나 좋겠소!"

휘파람을 불자 순식간에 사냥꾼 30~50명이 모였고, 모두 갈고리와 창봉을

5_ 이존효李存孝: 당말 오대 후당後唐의 유명한 맹장이다. 무예가 천하무쌍이었고 힘도 매우 뛰어났다. 중국 옛말에 앞 줄에 서초패왕을 당할 기기 없고 장수 기운데 이존효를 당할 장시는 없다는 말이 있다. 원나라 잡극 『비호욕존효타호飛虎峪存孝打虎』에 호랑이를 때려잡는 것이 묘사되어 있다.
6_ 자로子路: 공자의 제자로 노나라 사람이다. 용맹을 좋아하여 용사로 불린다.

들고 이규를 따라 다시 고개 위로 올라갔다. 이때 하늘은 구름 한 점 없이 맑았으며 모두 정상에 도착하여 멀리에서 굴 옆을 보니, 과연 새끼 호랑이 두 마리가 죽어 있었다. 한 마리는 굴 안에 쓰러져 있었으며, 다른 한 마리는 바깥에 있었다. 암컷 호랑이는 산 바위 옆에 쓰러져 있었고, 수컷은 사주대성 사당 앞에 죽어 있었다. 사냥꾼들은 이규가 호랑이 네 마리를 잡아 죽인 것을 알고 모두 기뻐하며 밧줄로 묶었다. 호랑이를 짊어지고 고개를 내려와 이규를 데리고 함께 상을 받으러갔다. 먼저 한 사람을 보내 이정과 동네 갑부에게 알려 맞이하러 나오게 한 뒤 조 태공曹太公이란 갑부의 집으로 짊어지고 갔다.

조 태공이란 자는 원래 직무가 한가한 관리였는데, 남을 곤란하게 만들어 갈취하고 못된 짓을 일삼았으며 근래에는 갑자기 셀 수 없을 정도의 많은 돈을 벌어들였고 사람됨이 비열한 자였다. 당시 조 태공은 직접 맞이하고 이규를 청하여 초당에 앉히고는 호랑이를 잡게 된 이유를 물었다. 이규가 밤에 어머니에게 고개 위에서 물을 떠드리려 하다가 호랑이를 잡게 되었다고 이야기했다. 사람들은 듣고 모두 놀라 아무 말도 하지 못했다. 조 태공이 이규에게 이름을 물으니 대답했다.

"나는 성이 장張인데, 이름은 없고 장대담張大膽이라 부르오."

시에 이르기를,

사람들이 가짜 이규만을 말하지, 이규의 거짓을 아는 자는 없구나.
어찌하여 이씨를 장씨라 속이는지, 가짜건 진짜건 모두가 장난이네.
人言只有假李逵, 從來再無李逵假.
如何李四冒張三, 誰假誰眞皆作耍.

조 태공이 이름을 듣고 말했다.
"장사께서는 정말 이름대로 대답하기 그지없으십니다. 장사께서 이렇게 대답하지 않으셨다면 어떻게 호랑이를 네 마리나 잡았겠습니까!"

한쪽에 술과 음식을 준비시켜 대접했다.

당시 기령에서 호랑이 네 마리를 잡아 조 태공의 집에 가져온다는 소식이 마을에 알려지자 마을과 거리가 온통 시끌벅적했다. 앞마을 뒷마을 심지어 산골 구석구석 남녀노소 구분할 것 없이 무리를 지어 모두 호랑이를 구경하러 몰려들었다. 사람들은 조 태공의 집에 들어가 대청에서 호랑이를 잡은 장사에게 술 대접하는 것을 구경했다. 이런 구경꾼들 중에 이귀의 마누라가 끼어 있었는데, 앞마을 친정으로 도망갔다가 사람들을 따라 호랑이를 구경하러왔다. 이규의 모습을 알아보고는 황급하게 집으로 돌아가 부모에게 말했다.

"이 호랑이를 죽인 시꺼먼 사람이, 내 남편을 죽이고 우리 집에 불을 지른 양산박 흑선풍이란 자예요."

부모는 듣고서 서둘러 이정에게 알렸다. 이정이 듣고는 말했다.

"그가 흑선풍이라면 바로 고개 너머 백장촌에서 사람을 때려죽인 이규렸다. 강주로 도망가 또 사고를 일으켜 원적지인 본 현에 체포하라는 공문이 내려왔었다. 지금 관아에서 상금 3000관을 걸었는데 여기로 왔단 말이지!"

몰래 사람을 보내 조 태공을 불러 상의하고자 했다. 조 태공이 측간에 간다는 핑계를 대고 다급하게 이정의 집으로 달려갔다. 이정은 호랑이를 죽인 이 장사는 고개 너머 백장촌의 흑선풍 이규로 지금 관아에서 붙잡으라고 명령이 내려져 있다고 말했다. 조 태공이 말했다.

"여러분은 좀 더 자세히 알아보시오. 만일 아니라면 도리어 일이 잘못될 것이고 사실이라면 문제가 될 것이 없겠지요. 붙잡는 것이야 간단하지만 아니라면 일이 곤란해지지 않겠소."

이정이 말했다.

"이귀의 부인이란 여자가 이미 확인했습니다. 이귀의 집에 와서 밥을 먹은 적이 있는데 그자가 이귀를 죽였답니다."

"그렇다면 우리는 술을 준비하여 대접하며 '이번에 호랑이를 잡았는데, 현에 가서 공을 청할 건지 아니면 마을에서 상금을 받을 것인지'라고 물어보는 것이 어떻겠소? 만일 현 관아에 직접 가서 공을 청하려 하지 않는다면 분명히 흑선풍이오. 번갈아 가며 술을 권하여 취하게 만들어 여기에서 잡아버립시다. 그러고 나서 현에 사람을 보내 알리면 도두가 와서 잡아갈 것이니, 절대 실패할 리가 없을 것이오."

여기에 증명하는 시가 있다.

지푸라기도 바늘구멍에 들어가고, 좁은 길에서 원수를 만난다고 했다.
이귀의 영혼 아직 흩어지지도 않았는데, 흑선풍의 운수가 사납게 되었구나.
호랑이 잡은 공으로 상 받으려다, 사람 죽인 몸이라 붙잡히게 생겼네.
사마귀가 참새를 시험하는 것으로,[7] 권하건대 의기양양 뽐내지 말라.
常言芥投針孔, 窄路每遇冤家.
李鬼鬼魂不散, 旋風風色非佳.
打虎功思縣賞, 殺人身被官拿.
試看螳螂黃雀, 勸君得意休夸.

자리에 참석한 사람들이 한입으로 대답했다.

"태공의 말씀이 옳습니다."

이정은 사람들과 의논하여 계책을 정했다. 조 태공은 집으로 돌아가 이규를 환대하는 한편 술을 내와 대접하며 말했다.

"방금 너무 오래 자리를 비워 송구합니다. 뭐라 나무라지 마십시오. 장사께

7_ 원문은 '試看螳螂黃雀'인데, '螳螂捕蟬, 黃雀在後'의 줄임말이다. '사마귀가 매미를 잡으니 참새가 뒤에서 기다리고 있다'라는 말이다. 이것은 한 치 앞을 보지 못하는 것을 비유한 것으로 눈앞의 이익만 보고 후환을 돌아보지 않는 것을 말한다.

서는 허리에 찬 요도를 풀고 박도도 치워놓으시고 편하게 앉으십시오."

"좋지요, 그럽시다! 내 요도는 이미 호랑이 암컷 뱃속에 박혀 있고 여기에는 칼집만 남아 있어요. 만일 껍질을 벗기고 살을 잘라낸다면 찾아서 돌려주시오."

"장사께서는 마음 놓으십시오. 여기에 좋은 칼은 널려 있으니, 장사가 차고 다닐만한 것을 하나 드리겠습니다."

허리에서 요도 칼집과 예리한 칼을 풀고 전대와 보따리를 보관하도록 장객에게 건네주고 박도는 한쪽 벽에 기대어 세워놓았다. 조 태공이 고기를 담은 커다란 쟁반과 큰 술 주전자를 내오게 하고 갑부들과 이정, 사냥꾼들과 함께 번갈아가며 커다란 사발과 잔으로 이규에게만 술을 권했다. 조 태공이 또 이규에게 물었다.

"장사께서 이 호랑이를 관아로 보내 공을 청하실지, 여기에서 상금을 받으실 건지 모르겠습니다."

"나는 지나가는 길손이라 조금 바쁘오. 우연히 이 맹호들을 잡은 것이니 현까지 가서 상을 청할 것은 없고, 여기에서 받으면 그만이고 없다면 그냥 떠나려 하오."

"어떻게 장사의 뜻을 소홀하게 대하겠습니까? 잠시 후 마을에서 돈을 거둬서 드릴 것이고, 호랑이는 우리가 현으로 운반하겠습니다."

"윗도리를 갈아입어야 하니 저고리 한 벌만 빌려주시오."

"있습니다. 그렇게 하세요."

즉시 고운 푸른색 저고리를 가져오게 하여 이규의 피 묻은 옷을 갈아입혔다. 문 앞에서 북소리 피리소리가 울리고, 술을 내와 이규에게 권하며 축하의 말을 건넸다. 한 잔은 뜨거운 술을 주고 다시 찬술을 먹이는데, 이규는 계략인지 전혀 알아차리지 못하고 기분 좋게 주는 대로 통쾌하게 받아 마시며, 송강이 분부했던 말을 완전히 잊고 말았다. 두 시진이 채 못 되어 이규가 곤드레만드레 취하여 똑바로 서지도 못했다. 사람들이 부축하여 후당 빈 방으로 데려가 판등板

榻[8]에 뒤집어 눕히고 밧줄 두 가닥을 가져다가 판등채 묶어버렸다. 이정이 사람을 데리고 날듯이 현 관아로 달려가 보고하고, 이귀의 부인을 데려와 원고로 삼고 고소장을 꾸몄다.

이 소식은 기수현을 뒤흔들었다. 지현은 듣고서 크게 놀라 서둘러 대청에 올라 물었다.

"흑선풍을 어디에 잡아두었느냐? 그는 모반을 일으킨 사람이라 놓쳐서는 안 된다!"

원고와 사냥꾼들이 대답했다.

"본향 조 갑부 집에 묶여 있습니다. 그를 감당할 적당한 사람도 없을 뿐만 아니라, 함부로 밖으로 데리고 나왔다가 놓칠까 두려워 감히 압송하지 못하고 있습니다."

지현이 즉시 본현 도두를 불렀다. 한 도두가 대답하며 대청 앞으로 돌아나왔는데, 그 사람은 누구인가? 여기에 증명하는 시가 있다.

넓적 얼굴에 짙은 눈썹, 수염 붉구나, 두 눈 푸르니 번인番人[9]과 비슷하네.
기수현에서 청안호靑眼虎라 불리는데, 그가 바로 호걸인 도두 이운李雲이로구나.
面闊眉濃鬚鬢赤, 雙睛碧綠似番人.
沂水縣中靑眼虎, 豪傑都頭是李雲.

지현이 이운李雲을 대청으로 불러 분부했다.

"기령 아래 조 갑부의 장원에 흑선풍 이규를 잡아놓았다. 네가 빨리 사람들을 많이 데리고 가서 은밀하게 압송해오너라. 마을 사람들 아무도 모르게 데려

8_ 판등板凳: 등받이가 없는 긴 나무 의자.
9_ 번인番人: 옛날에 서역 소수민족 혹은 외국인을 번인이라 불렀다.

와야 한다."

이 도두는 지현의 명령을 받고 대청을 내려가 노련한 토병 30명을 선발하여, 각자 무기를 들고 기령촌으로 달려갔다.

이 기수현은 시골 작은 동네라 어떻게 비밀스레 일을 진행하겠는가? 이때 온 거리에 소란이 벌어져 사람들이 말했다.

"강주에서 소란을 피운 흑선풍이 붙잡혀서, 지금 이 도두가 압송하러 오고 있다더군."

주귀가 동장문東莊門 밖 주부의 집에서 이 소식을 듣고 황급하게 집 뒤로 돌아와 동생 주부에게 말했다.

"이 검둥이 자식이 또 사고를 쳤군. 어떻게 구해낸단 말이냐? 송 공명이 일이 잘못될까 두려워, 소식을 탐문하라고 나를 특별히 여기에 보냈다. 지금 그가 붙잡혔는데 내가 구해내지 못하고 어떻게 산채로 돌아가 형님을 볼 수 있단 말이냐? 이 일을 어쩌면 좋단 말이냐?"

동생 주부가 말했다.

"형, 당황할 것 없어요. 이 도두는 본래 능력이 있는 사람이라 30~50명쯤은 가까이 갈 수도 없어요. 내가 형이랑 힘을 합친다 한들, 어떻게 감히 가까이 접근할 수 있겠어요? 다만 머리를 써야지 힘으로 대적해서는 안돼요. 이운이 평소 나를 끔찍하게 좋아해, 항상 무기 사용법을 가르쳐주었어요. 그를 대적할 방법이 있지만, 그렇게 한다면 여기서 살 수가 없게 되겠지요. 오늘 밤 술 10여 병과 고기 20~30근을 삶아 큼직하게 잘라 안에 몽한약을 섞어 넣읍시다. 우리 둘이 5경에 일꾼 몇 명을 시켜 짊어지고 돌아가는 길 중간 으슥한 곳에서 압송해오는 것을 기다렸다가 축하주라고 먹여 쓰러뜨린 다음에 이규를 풀어주는 것이 어떻겠습니까?"

"정말 묘한 계책이다 더 이상 늦어서는 안 되니 빨리 쥬비하여 일찌감치 가자."

"그런데 이운이 술을 못 마시므로 마취시켜 쓰러뜨리더라도 금방 깨어날 거예요. 또 한 가지 만일 나중에 내가 한 일이 알려지면, 더 이상 여기에서 살 수 없게 될 거예요."

"주부야, 네가 여기에서 술파는 일도 이젠 쓸데없는 일이다. 차라리 가족을 데리고 나와 같이 산에 올라가 함께 도적이 되자. 금은보화를 저울에 달아 함께 나누고 새 옷으로 바꿔 입는다면 이 또한 즐거운 일이 아니겠니? 오늘 밤 일꾼 두 명을 불러 수레 한 대를 찾아 처자식과 귀중품을 먼저 보내 대략 10리 밖 이정표에서 기다리게 하고 모두 산으로 가자. 지금 내 보따리 안에 몽한약이 있다. 이운이 술을 못 마신다면 고기 안에 더 많이 섞고 고기를 많이 먹는다면 마비되어 쓰러질 것이다. 이규를 구하여 함께 산에 오른다면 안 될 것이 어디 있겠니?"

"형 말이 맞아요."

바로 사람을 시켜 수레를 준비하고 상자 3~5개를 싸서 실었다. 커다란 집기나 물건들은 모두 버리고 부인과 자녀를 수레에 오르게 하고 일꾼 둘에게 분부하여 수레를 따라 먼저 가도록 했다.

주귀와 주부 형제가 그날 밤 고기를 익히고 큼지막하게 썰어 약을 섞었으며, 술도 두 짐에 담고 빈 사발 20~30개를 챙겼다. 또 야채를 약간 준비하여 역시 약을 섞었다. 고기를 먹지 않는 사람을 위하여 준비한 것이다. 술과 고기 두 짐을 두 일꾼에게 지웠다. 형제 둘은 과일류를 들고 4경 전후에 직접 은밀한 산길에 앉아 기다렸다. 날이 밝자 멀리서 징을 두드리는 소리가 들렸고 주귀가 입구에서 맞이했다.

30여 명의 토병들이 마을에서 야밤에 술을 마시고 4경 전후하여 이규의 두 팔을 등 뒤로 묶고 압송해 오고 있었다. 뒤에서 이 도두가 말을 타고 따라왔다. 앞쪽에 행렬이 오는 것을 보고 주부가 나가 길을 막고 소리를 질렀다.

"사부님 축하합니다. 제자가 일부러 환대하러 마중 나왔습니다."

통 안에서 술 한 주전자를 퍼서 큰 잔에 따라 이운에게 권했다. 주귀는 고기를 들었고 일꾼은 과일 상자를 들었다. 이운이 보고 서둘러 말에서 내려 앞으로 뛰어와 말했다.

"동생, 어쩌자고 이렇게 멀리까지 나와 맞이하는가!"

"제자가 스승에게 조금이라도 효심을 표시하고자 합니다."

이운이 술을 받아 입에만 대고 마시지 않았다. 주부가 무릎을 꿇고 말했다.

"사부님이 술을 드시지 않는 것을 제가 알고 있지만, 오늘 이것은 축하주이니 반 잔이라도 드십시오."

이운이 사양할 수가 없어서 찔끔찔끔 두 모금을 마셨다. 주부가 말했다.

"사부님은 술을 드시지 않으니 고기라도 조금 드십시오."

"밤새 배부르게 먹어 더 이상 먹을 수가 없네."

"사부님이 먼 길을 오셨으니 이미 소화가 되었을 것입니다. 비록 먹고 싶지 않더라도 조금이라도 드셔서 제자 손이 부끄럽지 않게 해주시기 바랍니다."

좋은 것을 두 점 골라 건네주었다. 이운이 지극한 정성을 보고 억지로 두 조각을 먹지 않을 수 없었다. 주부가 갑부들과 이정 그리고 사냥꾼 등에게 모두 세 잔씩 권했다. 주귀는 토병과 장객들에게 모두 술을 먹였다. 이들은 차고 뜨거운 것 맛있는 것 맛없는 것 가릴 것 없이 술과 고기를 주둥이로 가져가 처먹기에 바빴다. 마치 바람에 구름이 쓸려가듯이 그리고 떨어진 꽃잎이 시냇물에 휩쓸려가듯이 한꺼번에 달려들어 서로 빼앗듯이 집어먹었다. 이규가 두 눈을 반짝이며 주귀 형제를 바라보더니 계책임을 알고 일부러 말했다.

"너희들 나도 좀 주라!"

주귀가 고함을 버럭 질렀다.

"너 같은 도적놈한테 줄 술과 고기가 있겠느냐! 이런 죽일 놈, 주둥이 닥쳐라!"

이운이 토병들을 돌아보며 빨리 가자고 소리를 질렀는데, 서로 얼굴들을 마주보며 움직이지 못했고 말을 더듬으며 발을 움직이지 못하다가 하나둘씩 쓰러졌다. 이운이 급히 소리를 질렀다.

"계책에 빠졌다!"

앞으로 달려나가려 했으나 자기도 모르게 머리는 무겁고 다리는 가벼워져 쓰러졌고, 온몸에 힘이 빠지더니 땅바닥에서 잠이 들었다. 바로 이때 주귀와 주부가 각기 박도를 빼앗아 고함을 질렀다.

"너 이놈들 멈추어라!"

둘이 박도를 잡고 고기를 먹지 않은 장객과 바라보던 사람들을 쫓아갔다. 발걸음이 빠른 자는 달아나고 늦은 자는 그 자리에서 찔려서 죽었다. 이규가 커다란 소리를 내더니 자기를 묶었던 밧줄을 발버둥 쳐 모두 끊어버리고 박도를 빼앗아 이운을 죽이러 달려갔다. 주부가 서둘러 막아서며 말했다.

"그를 해치지 마시오! 그 사람은 내 스승이고 매우 좋은 사람이오. 당신은 먼저 가시오."

이규가 대답했다.

"늙은 당나귀 조 태공을 죽이지 않고, 어떻게 이 분을 삭이겠느냐!"

이규가 달려가 박도를 들어올려 먼저 조 태공과 이귀의 마누라를 찔러 죽이고 이정도 죽여버렸다. 한번 살기가 일어나자 맨 앞 사냥꾼부터 찌르더니 토병 30명을 모두 찔러 죽였다. 구경하던 사람들과 장객들은 부모가 다리 두 개만 낳아 준 것을 원망하며 뿔뿔이 흩어져 촌구석의 외지고 으슥한 산길로 죽을힘을 다하여 달아났다.

이규가 사람들만 찾아 죽이려고 하자, 주귀가 고함을 질렀다.

"구경하던 사람들과는 상관없는 일이니, 사람 상하게 하는 짓은 그만두어라!"

황급하게 붙잡자 이규가 그제야 손을 멈추고 토병 몸에서 옷 두 가지를 벗겨 입었다. 세 사람이 박도를 들고 오솔길로 떠나려고 했다. 주부가 말했다.

"안되겠소. 내가 사부의 목숨을 잃게 할 수는 없어요. 깨어나면 그가 어떻게 지현을 볼 수 있단 말입니까? 분명히 따라올 것입니다. 두 분이 먼저 가시면 내가 잠시 그를 기다리겠소. 그가 내게 은혜와 도의를 가르쳤고 사람됨도 충직합니다. 쫓아오기를 기다렸다가 함께 산에 올라 도적이 되기를 권하는 것이 나의 도리요. 혼자 현으로 돌아가 고통을 당하게 할 수는 없소."

주귀가 말했다.

"주부야, 네 말이 맞다. 내가 먼저 수레로 갈 테니 이규와 함께 길옆에서 그를 기다리거라. 그가 먹은 약이 적어서 한 시진도 되지 않아 깰 것이다. 그가 따라오지 않거든 너희 둘은 고집부리며 기다리지 말거라."

주부가 대답했다.

"당연한 말씀입니다."

그러고는 주귀가 먼저 돌아갔다.

주부와 이규가 길옆에 앉아 기다리는데, 과연 한 시진이 못되어 이운이 박도를 잡고 날듯이 쫓아오며 소리쳤다.

"강도들아, 멈추어라!"

이운이 달려오는 기세가 심상치 않자, 이규가 몸을 일으켜 주부가 다치는 것을 막기 위해 박도를 잡고 이운과 싸웠다. 나누어 서술하면, 양산박에는 두 호랑이가 늘게 되었고, 취의청 앞에서 네 사람을 축하하게 되었다.

결국 흑선풍과 청안호의 싸움에서 승부가 어떻게 나는지는 다음 회에 설명하노라.

호랑이를 때려잡은 이존효李存孝와 자로子路

이존효가 호랑이를 때려잡은 기록은 정사인 『신오대사新五代史』와 『구오대사舊五代史』의 「이존효전」에는 보이지 않지만 다른 잡극 같은 작품들에는 실려 있다.

또한 자로가 호랑이를 때려잡았다는 기록도 역사에는 존재하지 않는데, 다만 『논어』 「술이述而」에 다음과 같은 내용이 있다. '공자가 자로에게 말하기를, "맨손으로 범을 잡으려 달려들고 맨발로 황하를 건너면서 죽어도 후회하지 않는 자라면 함께 하지 않을 것이다暴虎馮河, 死而無悔者, 吾不與也"라고 했다'는 부분이다. 이 내용으로 후세 사람들이 자로가 호랑이를 때려잡은 근거로 삼았지만 확실하지는 않다.

청안호靑眼虎 이운李雲

『수호전보증본』에 근거하면, 이운은 남송 융흥隆興 2년(1164)에 보녕普寧(지금의 광시성 룽현容縣)에서 송나라에 반기를 든 자다. 『송회요집고宋會要輯稿』에 따르면 "보녕현 백성인 이운 등은 등주藤州(지금의 산둥성 평라이蓬萊) 경계에서 패거리를 규합하고 불을 지르고 거주민들을 죽이며 약탈했다. 광서로廣西路의 운판運判인 정안공鄭安恭이 말하기를 이운의 부하는 1000여 명이었고 용주容州에서 20여 리 떨어진 곳에 있었다. 즉시 관병을 파견해 대적했고 도적의 우두머리인 이운 등 8명을 생포했으며 잔당들은 패하고 뿔뿔이 흩어졌다"고 했다. 또한 『송사』 「효종기孝宗紀」에 따르면 "용주의 요사스런 도적 이운이 난을 일으켰다"고 했는데, 이운이 난을 일으킨 사건은 종교와 관련이 있는 듯하다. 아마도 『수호전』에 등장하는 이운은 역사에서 난을 일으켰던 이운을 이식한 듯하다.

이운의 별명인 '청안호靑眼虎'의 '청안'은 『진서晉書』 「완적전阮籍傳」에 보이는데, "완적은 예교禮敎에 구속받지 않았고 청안靑眼(검은 눈동자)을 하거나 백안白眼(흰 눈동자, 흰자위를 보이는 것을 말함)을 만들 수 있었다. 세속적 예의를 지닌 선비를 보면 백안으로 대했다. 혜희嵇喜가 조문하러 왔는데 완적이 백안을 하자 혜희는 기분 나빠하며 물러갔다. 혜희의 동생 혜강嵇康(죽림칠현竹林七賢 중에 한 사람)이 그 일을 듣고는 술을 들고 거문고를 끼고 찾아오자, 완적은 크게 기뻐하며 청안을 드러냈다"고 했다. 사람을 볼 때 '청안'은 호감과 존중을 드러내는 것이고 '백안'은 반대적인 개념이다. 이운의 별명으로 '청안'이란 말을 붙인 것은 아마도 그의 사람됨이 덕이 있고 너그러운 사람이기 때문인 것 같다.

양웅과 석수[1]

그때 이규가 박도를 잡고 달려오는 이운과 대로변에서 맞붙어 5~7합을 주고 받았으나 승부가 나지 않았다. 주부가 싸움을 말리려 박도로 둘 사이를 갈라놓으며 소리쳤다.

"두 분은 그만 싸우고 내 말 좀 들어보시오!"

두 사람이 그제야 싸움을 멈추자 주부가 말했다.

"사부님, 제 말씀 좀 들어보십시오. 제가 주제넘게도 스승님으로부터 너무 많은 보살핌을 받았고 창봉술까지 가르쳐주셨는데 결코 그 은혜를 잊으려 하는 것이 아닙니다. 다만 제 형인 주귀가 양산박에서 두령 노릇을 하고 있는데다 지금 급시우 송 공명의 군령을 받고 이규 형님을 보살피러 왔습니다. 싸워보지도 못하고 사부님께 잡혀 관아로 끌려가게 내버려둔다면 우리 형님이 어떻게 돌아가 송 공명을 보겠습니까? 그래서 할 수 없이 여기서 이런 방법으로 손을 쓰게

1_ 제44회 제목은 '錦豹子小徑逢戴宗(금표자 오솔길에서 대종을 만나다), 病關索長街遇石秀(병관색이 거리에서 석수를 만나다)'다.

된 것입니다. 조금 전 이규 형님이 기세를 몰아 사부님을 해치려 하는 것을 제가 겨우 말리고 토병들만 죽인 것입니다. 저희가 달아났으면 아마 지금쯤 멀리 도망가 있었을 텐데 사부님이 관아로 돌아가지 못하고 반드시 우리를 쫓아올 것이라 짐작하고 있었습니다. 또한 제가 사부님의 은혜를 항상 생각하고 있었기에 일부러 여기에서 사부님을 기다리고 있었습니다. 사부님같이 세심하신 분이 어떻게 모르겠습니까? 지금 이렇게 많은 부하를 잃고 게다가 흑선풍까지 놓쳤는데 무슨 낯으로 돌아가 지현을 만나겠습니까? 혹시라도 지현에게 돌아가면 당연히 처벌을 받을 것이고 또 아무도 구해주려 하지 않을 것입니다. 차라리 저희와 함께 양산박으로 가서 송 공명에게 의지하여 한 패가 되는 것은 어떻습니까?"

이운이 한참을 생각하더니 입을 열었다.

"동생, 다만 양산박에서 나를 받아주지 않을까 걱정일세."

주부가 밝게 웃으면서 말했다.

"사부님, 어찌하여 아직도 산동 급시우의 큰 이름을 모르십니까? 그는 지금 온힘을 다하여 어진 사람과 천하의 호걸들을 불러 모아 친분을 맺고 있지 않습니까?"

이운이 듣고 한숨을 쉬며 말했다.

"이제 내가 몸을 숨기면 집이 있어도 갈 수 없고 나라가 있어도 의지할 수가 없게 되었구나. 다행히도 관아에 잡혀갈 처자식이 없으니 자네들을 따라만 가면 그만이네."

이규가 이운의 말을 듣고 반색하며 말했다.

"아이고 형님! 어째서 진작 그렇게 말씀하시지 않았소?"

그 자리에서 이운과 전불을 했다.

이운에게는 부양할 가족도 없고 또한 가진 재산도 없어 바로 두 사람과 함께 수레를 쫓아갔다. 도중에 주귀가 맞이하며 크게 기뻐했다.

네 사내는 함께 수레를 따라가면서 별 탈 없이 양산박 가까이 도착했고 마중 나온 마린과 정천수를 만나 서로 인사를 나누었다. 두 사람이 말했다.

"조·송 두 두령께서 우리 둘에게 산을 내려가 여러분 소식을 알아보라고 하셨네. 지금 이렇게 만났으니 우리 둘이 먼저 올라가 보고해야겠네."

두 사람은 즉각 산으로 보고하러 갔다. 다음날 네 사내가 주부의 가족을 데리고 양산박 산채 취의청에 모였다. 주귀가 앞으로 나가 먼저 이운을 불러 두 두령에게 인사시키고 다른 두령들에게 소개하며 말했다.

"이 사람은 기수현의 도두 이운이라 하고 별명은 '청안호青眼虎'입니다."

다음으로 동생 주부를 불러 두령들에게 인사시키고 말했다.

"이 사람은 제 동생 주부이고 별명은 '소면호笑面虎'입니다."

모두 인사를 마치자 이규가 송강에게 절을 하고 도끼를 돌려받으며 모친을 데리고 기령을 넘다가 호랑이에게 잡아먹혔고 호랑이 네 마리를 죽인 일을 하소연했다. 또 가짜 이규가 길을 막고 강도질하던 것을 이야기하자 모두 웃으며 즐거워했다. 조개와 송강 두 사람이 웃으면서 말했다.

"네가 호랑이 네 마리를 죽였으나, 오늘 우리 산채에는 살아 있는 호랑이 두 마리가 늘어났으니 축하해야겠다."

호걸들이 크게 기뻐하며 양과 말을 잡아 연회를 열어 새로 온 두 두령을 축하했다. 조개가 새로 온 두 두령을 왼쪽 백승의 윗자리에 앉게 했다.

오용이 말했다.

"근래에 산채가 크게 번창하여 사방에서 호걸들이 멀리서 흠모하여 몰려오는 것은 모두 조·송 두 두령의 덕이며 우리 형제들의 복입니다. 그렇다 하더라도 주귀는 예전처럼 다시 양산 동쪽 주점을 맡고 석용과 후건은 그 전에 하던 일로 복직해야 합니다. 또한 주부의 가족에게도 별도로 집을 주어 그곳에 살도록 해야 합니다. 지금 산채의 사업이 커져 옛날과 다르니 다시 주점을 세 군데 더 늘려 전문석으로 좋고 나쁜 일이든 주변 상황을 탐문하고 오고 가는 의사義

士들을 산으로 불러들여야 합니다. 만일 조정에서 관군을 파견하여 도적을 토벌하려 한다면 어떻게 진격하는지를 탐지해서 보고하고 준비할 수 있게 해야 합니다. 서산 방면은 지역이 넓으니 동위·동맹 형제에게 명하여 졸개 10여 명을 거느리고 주점을 열게 하고 이립에게도 부하 10여 명을 데리고 양산 남쪽에 주점을 열게 하며, 석용 또한 수하 10여 명을 데리고 북쪽에 주점을 열게 하십시오. 그곳에 모두 물가 정자를 세워 화살로 신호를 보내 배를 부르게 하고 급한 군사 정보가 있으면 재빠르게 보고하도록 해야 합니다. 양산 앞에는 관문 세 개를 설치하여 두천이 책임지고 지키게 하되 부득이하여 파견해야 할 일이 있더라도 다른 곳에 보내서는 안 되며 아침저녁으로 자리를 비우게 해서도 안 됩니다. 또 도종왕을 총 감독관으로 삼아 작은 수로를 파고 막힌 수로를 정비하며 강 물길을 개척하고 완자성 성벽을 정리하며 양산 앞의 큰길을 부설하도록 해야 합니다. 그는 원래 농부 출신이라 수리하는 일에 일가견이 있습니다. 장경은 산수와 계산에 정통하니 창고를 맡겨 수천수만으로 가득 쌓인 재물이 들고 나는 것을 살피고 장부에 적어 관리하게 해야 합니다. 소양에게는 산채 안팎, 산 위아래, 세 개 관문 등 이동이 많은 중요한 길목에 요새를 설치하여 드나드는 문서 계약과 대소 두령에게 번호를 매겨 관리하도록 해야 합니다. 번거롭더라도 김대견에게는 병부兵符와 인신印信, 그리고 패면牌面[2]을 새기게 해야 하고, 후건에게는 의복과 갑옷 그리고 오방五方[3] 깃발 등을 만들게 해야 합니다. 이운에게는 양산박에 가옥과 대청 축조를 감독하게 하고, 마린에게는 크고 작은 전선戰船을 수리하고 건조하게 해야 합니다. 그리고 송만·백승은 금사탄에 진지를 구축하게 하고, 왕왜호·정천수에게는 압취탄鴨嘴灘에 진지를 구축하게 해야 합니다. 목춘과 주부는 산채의 돈과 식량을 관리하게 하고, 여방과 곽성은 취의청

2_ 패면牌面: 고대 관리나 사절使節의 신분증으로 모양이 얇은 패와 같이 생겼다. 즉 양산박의 직책을 나타내는 신분증을 말한다.
3_ 오방五方: 동·서·남·북과 그 가운데.

양쪽 곁방에서 호위를 서게 하며, 마지막으로 송청은 연회를 전문적으로 관리하게 해야 합니다."

오용의 계획대로 해야 할 일들을 나누어 결정하고 3일 동안 연회를 열었다. 양산박은 이날부터 별다른 일 없이 매일 병사를 조련하며 무예를 연마했다. 수채의 두령들도 모두 배를 몰거나 물속이나 배 위에서 전투 훈련을 했다.

어느 날, 송강이 조개와 오용 그리고 여러 두령과 한담을 나누다가 말했다.

"오늘 우리 형제들이 이렇게 대의를 위해 모두 모였는데 공손승 두령만 빠졌습니다. 계주로 돌아가 모친을 뵙고 스승을 찾아보는 데 100일이면 충분하리라고 생각했습니다. 지금 이미 100일이 여러 날 지났는데 소식도 없으니 혹시 돌아오겠다는 약속을 저버린 것은 아닐까요? 번거롭지만 대종 형제가 한번 가서 왜 돌아오지 않는지 소식을 알아봤으면 좋겠습니다."

대종이 기꺼이 가겠다고 말하자 송강이 기뻐하며 말했다.

"동생은 걸음이 빠르니 10일이면 소식을 알 수 있겠네."

그날 대종은 미리 두령들과 작별인사를 하고 다음날 아침에 승국으로 변장하고는 산을 내려왔다.

졸개가 될지라도 행렬에 서지 않네. 평생 타향을 떠돌면서, 두 다리는 걸음에 빗진 듯 걷는구나. 감사監司로 출입할 때면 검은 등나무 지팡이에 선패를 걸고, 장수 부중으로 갈 때는 영슈자 적힌 누런 명주 깃발 든다네. 천 리 길 먼 고향도 하루면 가고, 긴급한 군사 정보 전할제는 일각도 넘기지 않네. 아침에 산동에서 기장밥 먹더니 저녁에는 위부魏府에서 배를 먹는구나.

雖爲走卒, 不占軍班. 一生常作異鄉人, 兩腿欠他行路債. 監司出入, 皂花藤杖挂宣牌; 帥府行軍, 黃色絹旗書令字. 家居千里, 日不移時; 緊急軍情, 時不過刻. 早向山東餐黍米, 晚來魏府吃鵝梨.

대종은 양산박을 떠나 계주로 향하는 길을 잡았다. 갑마 네 개를 다리에 묶고 신행법을 사용했으므로 도중에 술 대신 차만 마시고 음식도 채식을 했다. 길 떠난 지 3일 만에 기수현 근처에 도착했고 거리에서 사람들이 하는 말을 엿들었다.

"얼마 전에 흑선풍이 달아나면서 많은 사람을 상하게 한데다 도두 이운까지 연루되어 어디로 갔는지 모르고 아직도 행방이 오리무중이랍니다."

대종은 그 말을 듣고 냉소했다. 그날 한참 달리고 있는데 멀리 손에 순철로 만든 필관창筆管槍[4]을 들고 다가오는 사람이 보였다. 그 사람이 번개같이 빨리 달리는 대종을 보고 발길을 멈추고 고함을 질렀다.

"신행태보!"

대종이 부르는 소리를 듣고 고개를 돌려 자세하게 살펴보니 산비탈 아래 샛길 옆에 한 사내가 서 있었다. 이 사내의 생김새는 얼굴은 둥근데다 귀는 큼지막했고 코는 길고 입은 사각형이었으며 눈은 또렷하고 눈썹은 빼어났으며 허리는 날렵하고 어깨는 널찍했다. 대종이 재빠르게 몸을 돌려 물었다.

"여보시오, 장사. 처음 보는 사람인데 어째서 내 이름을 부르시는 게요?"

사내가 황급하게 대답했다.

"족하께선 과연 신행태보님이셨군요!"

창을 놓고 땅바닥에 넙죽 엎드려 절을 했다. 대종이 서둘러 부축하고 답례를 하며 물었다.

"족하께서는 성함이 어떻게 되십니까?"

"저는 양림楊林이라고 합니다. 창덕부彰德府 사람으로 산적질이나 하며 살고 있는데 강호에서는 저를 금표자錦豹子 양림이라고 부릅니다. 수개월 전에 거리 주점에서 우연히 공손승 선생을 만나 같이 술을 마시다가, 선생으로부터 양산

4_ 필관창筆管槍: 고대 무기다. 손잡이가 붓통같이 생겼고 끝에 날이 달린 창이다.

박의 조개·송강 두 두령은 의로운 사람으로 천하의 인재를 모으고 있다는 소리를 들었습니다. 제게 편지를 한 통 써주시며 양산박에 입산하라고 했습니다만 감히 제멋대로 들어가기가 쉽지 않았습니다. 지난번 공손 선생께서 또 말씀하시기를 '이가도구에 가면 이전부터 주귀가 그곳에 주점을 열고 있는데 한패가 되려는 사람을 산채까지 안내한다고 하더군요. 또 신행태보 대 원장은 하루에 800리 길을 걷는데 어진 사람을 안내하고 번개같이 소식을 알린다'고 들었습니다. 지금 형장께서 걷는 것이 보통 사람과는 달라서 그냥 불러본 것입니다. 뜻밖에 신행태보님이 맞으시니 정말 행운입니다. 이렇게 만날 줄은 생각도 못했습니다."

"공손승 선생께서 계주로 돌아가시고 나서 지금까지 아무런 소식이 없었습니다. 그래서 지금 조개·송강 두 두령의 명을 받들고 계주로 가서 선생의 소식을 알아보고 산채로 돌아오라는 말을 전하러 가는 중이었는데 정말 우연찮게 그대를 만났군요."

"저는 비록 창덕부 사람이지만 계주 관할의 주군州郡은 모두 가보았습니다. 만일 괜찮으시다면 제가 형장을 모시고 다니고 싶습니다."

"만일 그대가 길동무가 되어준다면 정말 행운입니다. 공손승 선생을 찾아 함께 양산박으로 돌아가도 늦지 않을 것입니다."

양림이 크게 기뻐하며 대종을 형님으로 삼고 결의형제를 맺었다. 대종이 갑마를 집어넣고 양림과 걸어서 저녁 무렵에 시골 객점에 투숙했다. 양림이 술을 준비하여 청하니 대종이 말했다.

"내가 신행법을 쓰려면 육식을 해서는 안 된다네."

그래서 둘은 채식을 했다. 날이 새고 다음날 아침에 일어나 불을 피워 아침밥을 지어 먹고 짐을 챙겨 길을 나섰다. 양림이 대종에게 물었다.

"형님이 신행법을 써서 가시면 제가 어떻게 쫓아가겠습니까? 아무래도 우리 둘이 동행하기는 어려울 듯합니다."

대종이 웃으면서 말했다.

"내 신행법은 다른 사람도 데리고 다닐 수 있네. 내가 갑마 두 개를 자네 다리에 묶고 신행법을 일으키면 나처럼 빨리 달릴 수 있고, 달리려면 달릴 수 있고 멈추려면 멈출 수도 있다네. 그렇지 않다면 자네가 어떻게 나를 따라오겠는가?"

"하지만 저는 일반 보통사람이라 형님의 정신과 육체와는 다릅니다."

"상관없네. 내 도술은 누구라도 데리고 다닐 수 있고 법술을 일으키면 나와 똑같이 달릴 수 있다네. 자네가 채소만 먹는다면 아무런 지장이 없다네."

갑마 두 개를 꺼내 양림의 다리에 묶어주었고 대종도 두 개를 묶은 후 신행법 주문을 외우며 위를 향하여 입으로 기를 뿜으니 두 사람은 서서히 달리기 시작했다. 때론 빨리 달렸고 때론 천천히 걸으며 대종의 뒤를 따라갔다. 두 사람이 도중에 강호의 일을 이야기하며 천천히 갔지만 얼마나 걸었는지 알 수 없었다.

두 사람이 사시 무렵까지 걸었을 즈음에 앞에 사방이 높은 산으로 둘러싸여 있고 중간에 역로驛路5가 있는 곳에 이르렀다. 양림이 어딘지 알아보고 대종에게 말했다.

"형님, 여기는 음마천飮馬川6이라는 곳입니다. 저기 앞에 있는 높은 산 안에 항상 도적떼가 있었는데 지금은 어떻게 되었는지 모르겠습니다. 산세가 수려하고 시냇물이 구불구불 봉우리를 타고 흘러내려오므로 음마천이라고 부르게 되었습니다."

두 사람이 산기슭에 도착했을 때 갑자기 징소리와 북소리가 어지럽게 들리

5_ 역로驛路: 정부 문서 등을 전달하는 데 사용한 도로로 길 따라 말을 갈아타거나 휴식을 취하는 역참이 설치되었다.

6_ 음마천飮馬川: 『수호전』에 나오는 지명. 하북 계주(지금의 톈진天津 지현薊縣) 일대다. 산세가 수려하고 물길과 산봉우리가 구불구불 얽혀 음마천이라고 불렸다.

더니 산적 100~200명이 뛰어나와 길을 막았다. 선두에 선 두 사내가 각자 박도 한 자루씩 들고 고함을 질렀다.

"지나가는 행인은 발을 멈추어라! 너희 두 놈은 무엇 하는 놈들이냐? 어디를 가는 것이냐? 눈치껏 빨리 통행세를 낸다면 목숨은 살려주마!"

양림이 웃으면서 말했다.

"형님, 제가 저런 좆같은 멍청이들을 어떻게 처치하는지 구경하시오!"

필관창을 잡고 도적들에게 달려들었다. 두 사내는 양림이 무서운 기세로 가까이 달려오는 것을 보고 맨 앞에 선 사내가 소리를 질렀다.

"모두 멈추어라! 거기 혹시 양림 형님 아니시오?"

양림이 멈추어 바라보고 누군지 비로소 알아보았다. 선두에 나선 사내가 무기를 들고 앞에 나서서 전불을 했고 뒤에 서 있던 사내를 불러 인사하도록 했다. 양림이 대종을 청하며 말했다.

"형님, 이리 오셔서 이 두 형제와 인사 나누십시오."

대종이 물었다.

"이 두 장사는 누구인가? 동생과는 어떤 사이인가?"

"이 사람들은 제가 알던 사람으로 원래 개천군蓋天軍 양양부襄陽府 사람인데 이름은 등비鄧飛입니다. 저 사람은 눈동자가 붉은색이라 강호에서는 '화안산예火眼狻猊'라고 부릅니다. 쇠사슬을 잘 사용하여 사람들이 가까이 갈 수가 없습니다. 한때는 오래 같이 일했었는데 5년 전에 헤어져 그동안 만나지 못하다가 오늘 여기에서 만날 줄은 몰랐습니다."

등비가 물었다.

"양림 형님, 저 형님은 누구십니까? 보통 사람은 아닌 것 같은데요."

"여기 이분은 양산박 호걸 중에서 신행태보 대종 형님이시다."

"혹시 하루에 800리를 갈 수 있다는 강주의 대 원장 아니십니까?"

대종이 웃으면서 대답했다.

"제가 그 사람입니다."

두 두령이 황급하게 엎드려 전불하며 말했다.

"평상시에 크신 이름을 듣기만 하다가 오늘 이렇게 만나 절하게 될 줄은 몰랐습니다!"

대종이 등비를 보니 생김새가,

본래는 양양의 졸개였고, 강호를 떠돌며 돌아갈 생각 않는구나.

사람 고기 많이 먹어 눈알이 붉어지니, 바로 화안산에 등비라네.

原是襄陽閑撲漢, 江湖飄蕩不思歸.

多浪人肉雙睛赤, 火眼猊猊是鄧飛.

두 장사가 인사를 마치자 대종이 다시 물었다.

"여기 이분은 성함이 어떻게 되십니까?"

등비가 말했다.

"이 사람은 제 형제로 맹강孟康이라고 합니다. 진정주眞定州 사람으로 크고 작은 배를 잘 만듭니다. 원래 화석강을 운반하려고 큰 배를 만들었어야 했는데 제조관提調官[7]이 화를 내며 재촉하고 질책하자 일시의 분을 참지 못하고 죽여버렸습니다. 그리고 도망가 강호에서 산적질하며 생활한 지는 이미 오래되었습니다. 이 사람은 키도 크며 살결도 깨끗하고 몸도 잘 빠져 사람들이 '옥번간玉幡竿'이라고 합니다."

대종은 크게 기뻐했다. 맹강의 생김새를 보니,

7_ 제조관提調官: 제조提調는 관직 명칭으로 관리와 배치를 지휘하는 사람이다. 원나라 초에 설치되기 시작했다.

강한 쇠뇌 잡고 진두에서 부딪치고, 그가 건조한 몽동艨艟은 큰 강도 건넌다네.

진정주의 뛰어난 누선樓船8의 장인이니, 그가 바로 백옥번간白玉幡竿 맹강일세.

能攀強弩衝頭陳, 善造艨艟越大江.

眞州妙手樓船匠, 白玉幡竿是孟康.

두 사람을 만난 대종은 속으로 기뻐했고 네 사람이 서로 이야기하는데 양림이 물었다.

"두 형제는 언제부터 여기에서 모였는가?"

등비가 대답했다.

"솔직히 말씀드리면 이미 1년이 조금 넘었습니다. 다만 반년 전에 서쪽에서 배선裴宣이라는 형님을 우연히 만났는데 경조부京兆府 사람입니다. 원래 본부本府의 육안공목六案孔目9 출신으로 법률 공문서10를 잘 다룹니다. 사람됨이 충직하고 총명하며 조금도 적당히 얼버무리지 않는지라 사람들이 모두 '철면공목鐵面孔目'이라 부릅니다. 또한 창봉도 잘 다루고 도검에도 조예가 있어 지혜와 용기를 겸비했습니다. 조정에서 탐욕스런 지부를 임명하여 트집을 잡아 얼굴에 글자를 새기고 사문도로 유배를 보냈는데 마침 여기를 지나게 되었습니다. 우리가 호송 공인을 죽이고 구하여 여기에 안착하면서 무리 200~300명이 모였습니다. 배선 형님은 특히 쌍검을 매우 잘 사용하며 나이도 많아 산채의 두령으로 삼았습니다. 두 분 의사께서 번거롭지 않으시다면 잠시라도 함께 산채로 가시지요."

8_ 누선樓船: 고대의 전선戰船으로 배가 높고 머리가 넓은데 와관이 누각과 같아 누선이라 했다.

9_ 육안공목六案孔目: 송나라 때 주·현 관아에서 이吏·호戶·예禮·병兵·형刑·공工 육부六部를 본떠 여섯 개의 사무기구를 설치했는데, 이것을 '육안六案'이라 했다. 각 기구마다 모두 관리를 설치했고 그 일을 총괄하는 자를 '육안공목'이라 했다.

10_ 원문은 '도필刀筆'인데, 도필은 글씨를 쓰는 도구다. 고대에는 죽간이나 목간에 붓으로 글씨를 적었는데 오류가 생기면 칼로 긁어내어 다시 적었으므로, 사람들은 도필을 관장하고 형벌 사무를 관장하는 관원을 '도필리刀筆吏'라 했고, 감옥 관련 법률 문서를 '도필지문刀筆之文'이라고 했다.

바로 졸개에게 말을 가져오게 하자, 대종과 양림은 말에 올랐고 네 사람은 말을 타고 산채로 올라갔다. 잠시 후 산채 앞에 도착하여 말에서 내렸다. 배선이 미리 연락을 받아 산채 밖으로 나와 계단을 내려와 영접했다. 대종과 양림이 보니 과연 뛰어난 인물이었다. 얼굴은 하얗고 살이 통통했으며 사람됨이 사리에 맞고 온당하여 속으로 좋아했다. 여기에 증명하는 시가 있다.

심문할 때 슬기롭고 민첩하며 영리하여, 판결서 작성하면 귀신도 통곡하네.
평온한 마음에 너그럽고 사심이란 조금도 없어, 철면공목 배선이라 불리네.
問事時巧智心靈, 落筆處神號鬼哭.
心平恕毫髮無私, 稱裴宣鐵面孔目.

배선은 즉시 두 의사를 취의청에 모시고 예의를 갖추었다. 겸양하며 대종을 정면에 앉혔고 다음으로 배선·양림·등비·맹강의 순으로 손님과 주인 다섯 사내가 자리를 잡고 앉았다. 이날 신나게 풍악을 울리며 술을 마셨다. 독자 여러분 들어보십시오. 이들은 모두 지살성地煞星에 속하는 사람들로 때가 되니 천행으로 자연스럽게 이렇듯 모여들어 만나게 된 것이다. 여기에 증명하는 시가 있다.

호걸들의 만남은 인연이 있기 마련이니
구부러진 쇠사슬 이어진 것처럼 서로 찾기 마련이네.
한나라 때는 백정과 어부도 장상將相이 되었으니
양산의 의도가 잘못이라고 의심하자 말라.
豪杰遭逢信有因, 連環鉤鎖共相尋.
漢廷將相由屠釣, 莫怪梁山錯用心.

모두들 한창 술을 마시는 중에 대종이 자리에서 조개와 송강 두 사람이 어떻게 현명한 사람을 모으고, 천하 사방의 호걸들과 교제하며 화목하게 지내는지, 또한 의를 중시하고 재물을 아끼지 않는지 등 많은 좋은 점을 말했다. 또한 두령들이 한마음으로 협력하고 있고 양산박 800리가 얼마나 웅장하며, 그 안에 완자성과 요아와가 있고 사방에 모두 망망한 안개가 피어오르고 게다가 군마가 얼마나 많으며 관군이 쳐들어오는 것을 근심하지 않는다고 세 사람에게 절절한 말로 설득했다. 배선이 대답했다.

　"저희 산채에도 300여 명의 인마가 있고 재산도 수레로 10여 량이 넘게 있으며 양식과 양초는 헤아릴 수 없이 많습니다. 만일 형장께서 미천하다고 버리지 않고 대채에 들어가도록 추천해주신다면 작은 힘이나마 바치고자 합니다. 형장의 뜻은 어떠신지 모르겠습니다."

　대종이 크게 기뻐하며 대답했다.

　"조·송 두 두령은 사람을 대하고 교제할 때 결코 다른 마음을 갖지 않습니다. 여러분의 도움을 얻는다면 금상첨화와 같습니다. 만일 이렇게 생각하신다면 빨리 짐을 챙기십시오. 소생과 양림이 계주로 가서 공손 선생과 함께 올 테니 그때 함께 관군으로 변장하여 밤낮 가리지 않고 달려갑시다."

　사람들은 크게 기뻐하며 한참 흥겹게 술을 마셨고 뒷산 단금정으로 자리를 옮겨 음마천 풍경을 감상하며 술을 마셨는데, 정말로 훌륭한 곳이었다.

　아득히 넓은 물은 은은한 푸른 산을 감돌고 있네. 늘어선 고목들은 스러져 가는 저녁놀 비추고 있고, 먼 산에는 몇 조각 꽃구름 떠돌고 있구나. 황폐한 밭은 적막하기만 하고 소 먹이는 아이도 없으며, 쓸쓸한 옛 나루터엔 말에게 물 먹이는 해인奚人[11]도 없구나. 도적들 산채 꾸리기만 좋고, 사내들 깃발 날리기에 적

11_　해인奚人: 북방 소수 민족으로 유목을 생업으로 삼으며 말을 잘 길렀다.

합하도다.

一望茫茫野水, 周回隱隱靑山. 幾多老樹映殘霞, 數片彩雲飄遠岫. 荒田寂寞, 應無稚子看牛; 古渡凄凉, 那得奚人飮馬. 只好强人安寨柵, 偏宜好漢展旌旗.

대종이 음마천의 경치를 보고는 갈채하며 말했다.

"산수가 아름답게 어울려 정말 수려하기가 그지없구나. 두 분은 어떻게 여기까지 왔습니까?"

등비가 말했다.

"원래 별 볼일 없는 등신들이 여기에 머물고 있었는데, 우리 둘에게 이곳을 빼앗겼습니다."

모두 듣고 웃었다. 다섯 사내는 실컷 마시고 취하자 배선이 일어나 검무를 추며 흥을 돋우었고, 대종이 보고 입에서 칭찬을 멈추지 않았다. 밤에 산채에서 하루를 쉬었다. 다음날 대종이 양림과 하산하려고 하니, 세 사내가 있는 힘껏 말렸으나 말리지 못하고 산 아래까지 따라 내려와 작별했다. 그들은 산채로 돌아가 짐을 싸고 옮겨갈 준비를 했다.

대종과 양림은 음마천 산채를 떠나 낮에는 길을 재촉했고 밤에는 쉬며 일찍 감치 계주성 밖에 도착하여 객점에 투숙했다. 양림이 말했다.

"형님, 제 생각에 공손 선생은 도를 배우는 사람인데 반드시 산림 속에 머물지 성안에는 머물 것 같지 않은데요."

"자네 말이 일리가 있네."

두 사람은 성 밖으로 나가 여기저기 공손 선생의 거처를 탐문하고 다녔으나 아무도 아는 사람이 없었다. 하루가 지나 아침 일찍 일어나 원근의 마을과 거리를 돌아다니며 찾았는데 역시 아무도 아는 사람이 없었다. 두 사람은 다시 객점으로 돌아와 쉬었다. 셋째 날 대종이 말했다.

"아마도 성안에 아는 사람이 있을 것도 같은데."

이날 대종은 양림과 함께 계주성 안으로 들어가 찾으러 돌아다니다가 나이가 들고 덕 있는 사람에게 물었으나 모두들 말했다.

"모르겠는데, 아마 성안의 사람이 아니고 바깥 현의 명산이나 큰 사찰에 거주하지 않겠소?"

양림이 널찍한 대로를 걷다가 멀리서 북소리가 진동하고 요란하게 음악을 연주하며 어떤 사람을 환영하는 것이 보였다. 대종과 양림이 길옆에 서서 바라보니 앞에 옥졸 한 명은 많은 예물과 화홍花紅[12]을 등에 지고 다른 한 명은 약간의 비단과 채색 견직물을 들고 있었다. 뒤쪽 옥졸이 청라산靑羅傘[13]을 들고 회자수劊子首(망나니)에게 햇빛을 가려주고 있었다. 회자수는 생김새가 뛰어났는데 온몸에는 남색 문신을 했고 두 눈썹은 거의 귀밑머리에 닿았으며 두 눈은 봉황의 눈처럼 하늘로 치켜 올려져 있고 얼굴색은 노르스름하며 얇은 수염이 몇 가닥 있었다. 이 사람은 하남河南 사람으로 양웅楊雄이라고 하는데 계주 지부로 부임하는 사촌 형을 따라와 계속 이곳에서 유랑했다. 나중에 신임 지부가 그를 알아보고 양원 옥졸로 삼았으며 시내 중심에서 사형을 집행하는 회자수를 겸했다. 뛰어난 무예 실력이 있었으나 얼굴색이 약간 누르스름하여 사람들은 그를 병관색病關索 양웅이라고 불렀다. 『임강선臨江仙』이란 사 한 수에서 양웅의 장점을 이야기했다.

두 팔에 새긴 푸른 문신은 부드러운 옥을 조각한 듯하고, 두건에 고리 눈은 정교하고 아름답게 상감한 듯하다. 살쩍 가에 비취색 연꽃 꽂는 것을 좋아하네. 등엔 망나니 회劊자를 썼고 적삼에는 선홍색이 뒤섞여 있구나. 심문하는 대청 앞에선 솜씨 뽐내고 형을 집행하는 칼날의 날카로움은 바람과 같네. 누르스름

12_ 화홍花紅: 수고한 사람을 경축하기 위해 모자에 꽂는 남빛 꽃과 몸에 걸치는 붉은 비단을 말한다.
13_ 청라산靑羅傘: 청색 비단으로 만든 양산.

한 얼굴에 가늘고 진한 눈썹, 사람들이 병관색이라 부르는 영웅은 양웅일세.

兩臂雕靑鑴嫩玉, 頭巾环眼嵌玲瓏. 鬢邊愛插翠芙蓉. 背心書劊字, 衫串染猩紅. 問事廳前逞手段, 行刑刀利如風. 微黃面色細眉濃. 人稱病關索, 好漢是楊雄.

양웅은 무리 중간에서 걷고 있었는데 뒤에 서 있는 옥졸은 귀두파법도鬼頭靶法刀[14]를 들고 있었다. 원래 시내 중심가에서 사형을 집행하고 돌아오는데 아는 사람들이 그에게 화홍을 걸어주고 집으로 배웅하다가 길을 막고 서서 술을 들고 건배를 하고 있었다. 그때 마침 대종과 양림이 다가가고 있었다. 한편 옆 샛길에서 군졸 7~8명이 갑자기 튀어나왔다. 그중 우두머리는 '척살양踢殺羊' 장보張保[15]라는 사내였는데 계주에서 성을 지키는 군인이었다. 그는 군졸을 거느리고 성 안팎에서 돈을 뜯어내 쓰는 예의와 염치도 모르는 자로 관아에서도 몇 번이나 손을 썼으나 도저히 버릇을 고칠 수 없었다. 그는 양웅이 외부에서 계주로 들어온 사람인데도 아무것도 겁내지 않고 오히려 사람들이 두려워하자, 그것이 고까웠다. 이날 많은 비단을 상으로 받은 것을 보고 무뢰한 몇 명을 이끌고 반쯤 취한 김에 서둘러 쫓아와 시비를 걸려고 했다. 사람들과 함께 모여 길을 막고 술 마시는 것을 보고, 장보가 틈을 비집고 들어가 소리를 질렀다.

"절급님, 잘 지내셨소!"

양웅이 말했다.

"형님, 와서 술 한잔 하시지요."

"술은 필요 없고 특별히 돈이나 있으면 한 100관만 빌려주시오."

"내가 형씨를 알긴 하지만 돈을 주고받을 만큼 친한 사이가 아닌데 빌려달라

14_ 귀두파법도鬼頭靶法刀: 자루에 귀신의 머리 형상을 장식한 칼로 처형을 집행할 때 사용한다. 옛날에 형을 집행하는 칼을 '귀두도鬼頭刀'라고 했다.

15_ 김성탄이 비평하기를, 양지는 소(우이牛二) 때문에 곤란해지고, 양웅은 양(척살양) 때문에 곤경에 처하니 모두 필연적인 일은 아니지만 물 한 바가지로 물결을 일으키려는 수법일 따름이다.

는 건 심하지 않소?"

"네가 오늘 사람들에게 사기를 쳐서 많은 재물을 얻어놓고 어째서 못 빌려준단 말이냐?"

"이것은 사람들이 내게 잘했다고 준 것인데, 어째서 백성에게 사기를 쳤다고 하느냐? 너는 왜 사람들을 트집 잡고 못살게 구느냐! 너는 수비를 담당하는 군졸이라 나와는 조금도 상관이 없지 않느냐!"

장보는 대답하지 않고 우르르 몰려들어 화홍과 비단을 모두 빼앗았다. 양웅이 소리쳤다.

"너 이놈들 무례하구나!"

앞으로 달려가 물건을 빼앗는 놈을 치려고 하는데, 장보가 가슴을 붙들었고 뒤에서 두 놈이 손을 잡아 당겼다. 몇 놈이 주먹을 휘두르자 옥졸들이 각자 몸을 피했다.

양웅은 장보와 두 군졸에게 붙잡혀 꼼짝할 수가 없게 되어 풀려고 했으나 안 되자 참을 수밖에 없었다. 이런 소란이 벌어지고 있는데 덩치가 커다란 한 사내가 장작을 한 단 짊어지고 오다가 여러 사람이 양웅을 꼼짝 못하게 붙잡고 있는 것을 보았다. 사내는 양웅이 당하는 것을 보고 장작을 내려놓더니 사람들 사이를 뚫고 들어와 말리며 말했다.

"너희는 어째서 절급을 폭행하고 있느냐?"

장보가 눈을 크게 뜨고 고함을 버럭 질렀다.

"너 이런 척장을 맞고도 굶어 뒈지지 않고 얼어 죽지도 않을 거지새끼가 감히 어딜 끼어드느냐!"

사내가 화가 머리끝까지 나서 장보의 머리를 정통으로 한 방 갈기니 땅바닥에 쓰러졌다. 무뢰한들이 보고 달려들다가 그 사내에게 한 방씩 얻어터지고 모두 여기저기 자빠져 나뒹굴었다 양웅도 가신히 빠져 나와 실력을 발휘하여 두 주먹을 베틀 북처럼 휘둘러대니, 무뢰한들이 모두 얻어맞고 땅에 쓰러지고 말았다. 장보는 형세가 불리한 것을 알고 기어 일어나 줄행랑쳤다. 양웅은 너무 화가 나 재빠르게 쫓아갔다. 장보는 보따리를 빼앗아 도망가는 놈을 쫓아갔고, 양웅은 뒤에서 쫓다가 골목으로 돌아 들어갔다. 그 사내는 여전히 길에서 두들겨 패고 있었다. 대종과 양림이 보고 속으로 감탄하며 말했다.

"대단한 사내군, 이것이 바로 '길을 지나가다가 억울하게 당하는 사람을 보면 칼을 뽑아 도와준다'[16]는 것이지. 진짜 장사로다!"

여기에 증명하는 시가 있다.

상자 속에 든 용천龍泉 도검 나오려하는 것은
세상에 억울한 일 당하는 이 있음이니라.
옆에서 보면 옳고 그름을 분간할 수 있으나
돕는 자는 어찌 소원하고 친함을 알겠는가.
匣裏龍泉爭欲出, 只因世有不平人.
旁觀能辨非和是, 相助安知疏與親.

대종과 양웅이 가까이 다가가 말리며 말했다.

"여보시오, 호걸님. 우리 얼굴을 보고 이제 그만하시오."

두 사람은 그를 부축하여 골목 안으로 들어갔다. 양림은 그 대신 장작을 짊어졌고, 대종은 그 사내의 손을 잡아당기며 주점 안으로 들어갔다. 양림이 장작을 내려놓고 함께 작은 방 안으로 들어갔다. 사내가 두 손을 맞잡고 인사를 나누며 말했다.

"두 분 형장께서 소인이 화를 입는 것을 구해주셔서 감사합니다."

대종이 말했다.

16_ 원문은 '路見不平, 拔刀相助'다.

"우리 형제는 외지인인데 장사의 의기에 감탄했습니다. 다만 주먹이란 것을 너무 과분하게 사용했다가 잘못해서 인명을 상하게 할 수 있어서 일부러 참견한 것입니다. 장사께서는 술 몇 잔 드시고 이렇게 만났으니 결의형제를 맺으시죠."

"두 분께서 소인을 말려주신 것도 고마운데 술까지 얻어먹는 것은 정말 너무 부당한 처사입니다."

양림이 말했다.

"사해 안의 사람들이 모두 친구라고 하는데 무엇이 방해가 되겠습니까? 자리에 앉으십시오."

대종이 상좌를 양보했으나 사내가 어찌 감히 앉겠는가? 대종과 양림이 앉고 사내는 맞은편에 앉았다. 주보를 불러 양림이 은자 한 냥을 꺼내 주면서 말했다.

"아무것도 묻지 말고 먹을 만한 것이 있으면 사서 가져오고 모두 한꺼번에 계산하여라."

주보가 은자를 받고 음식과 과일, 안주 등을 사와 탁자에 펼쳐놓았다.

세 사람이 여러 잔을 마시다가 대종이 물었다.

"장사의 크신 이름은 어떻게 되십니까? 고향은 어디십니까?"

그 사내가 대답했다.

"소인은 석수石秀라고 하는데 고향은 금릉金陵 건강부建康府[17] 사람으로 어려서부터 창봉을 배웠습니다. 평생 동안 고집이 세서 남들이 억울한 일을 당하는 것을 보면 참지 못하고 도와주어야 직성이 풀리므로 사람들이 저를 '반명삼랑拚命三郎'이라고 부릅니다. 숙부를 따라다니며 양과 말을 팔다가 숙부께서 갑자기 도중에 급사하셔서 본전을 다 까먹었습니다. 고향으로 돌아가지 못하고 계

17_ 금릉과 건강 모두 현재 난징南京의 옛 이름이다.

주를 떠돌아다니며 장작을 팔아 간신히 먹고 살고 있습니다. 이미 서로 알게 되었으니 솔직하게 말씀드리는 겁니다."

대종이 말했다.

"저희 둘은 여기에 볼일이 있어 왔다가 장사를 만나게 된 겁니다. 장사 같은 호걸이 여기저기 떠돌아다니며 장작을 팔면서 어떻게 출세를 하겠습니까? 차라리 몸을 세우고 강호로 나가 남은 여생이나마 즐겁게 사는 것도 좋지 않겠습니까."

"제가 창봉 빼고는 아무것도 할 줄 아는 것이 없는데 어떻게 출세해서 즐겁게 살겠습니까?"

대종이 말했다.

"지금 세상에 누가 진짜를 알아보겠습니까. 조정은 현명하지 못하고 간신들로 막혀 있습니다. 제가 식견이 짧지만 단번에 알아보고 양산박으로 달려가 송공명과 함께 입산하여 지금은 저울로 금은을 달아 나누고 옷을 바꿔 입고 있습니다. 지금 조정의 귀순 권유를 기다리고 있습니다만 그렇게만 된다면 벼슬에 오르지 못할 것도 없겠지요."

석수가 탄식하며 말했다.

"소인도 가입하고 싶지만 연줄이 없어 들어갈 수가 없습니다."

"장사께서 만일 가시겠다면 제가 당연히 추천해드리겠습니다."

"제가 감히 두 분의 성함을 물어봐도 되겠습니까?"

"저는 대종이라고 하고 여기 제 형제는 양림이라고 합니다."

"강호에서 강주 신행태보라고 하는 말을 들었는데 혹시 당신이 바로 그 사람이십니까?"

"제가 그 사람입니다."

그러고는 양림에게 보따리 안에서 10냥 은덩이를 꺼내 주어 본전으로 삼도록 했다. 석수가 감히 받지 못하고 여러 차례 사양하다가 결국 받았고 그가 정말 양산박 신행태보라는 것을 알았다. 막 마음속의 말을 털어놓고 가입을 부탁하려고 할 때 밖에서 사람을 찾는 소리가 들려왔다. 세 사람이 바라보니 양웅이 공인 20여 명을 데리고 주점 안으로 달려들어왔다. 대종과 양림은 많은 사람을 보고 놀라 소란한 틈을 타서 황망히 밖으로 나가 피했다.

석수가 일어나 양웅을 맞이하며 말했다.

"절급께서는 어디서 오셨습니까?"

양웅이 말했다.

"형님, 아무리 찾아도 안 계시더니 여기서 술을 드시고 계셨군요? 제가 그놈에게 손을 잡혀 꼼짝 못하다 족하에게 큰 도움을 받았습니다. 순간적으로 그놈만 쫓아가 보따리를 빼앗느라 족하를 내버려두고 말았습니다. 여기 형제들이 제가 싸운다는 말을 듣고 도우러 몰려와 빼앗긴 홍화와 비단을 찾아왔으나 족하를 찾을 수가 없었습니다. 방금 어떤 사람이 '두 길손이 주점으로 데리고 들어가 술을 마신다'고 하더군요. 그래서 알고 특별히 찾아왔습니다."

"방금 타지에서 온 길손 두 분이 저를 초청하여 술을 석 잔 마시며 이런저런 이야기를 하느라 절급께서 찾는지 몰랐습니다."

양웅이 크게 기뻐하며 물었다.

"족하께서는 성명이 어떻게 되십니까? 고향은 어디십니까? 어쩌다 여기에 계시게 되었습니까?"

"저는 석수라고 하는데 금릉 건강부 사람입니다. 평생 고집이 세서 남들이 억울한 일을 당하는 것을 보면 참지 못하고 목숨을 걸고 도와주므로 사람들이 저를 '반명삼랑'이라고 부릅니다. 숙부를 따라 여기까지 와 양과 말을 팔다가 숙부께서 갑자기 작고하셔서 본전을 다 까먹었습니다. 계주를 떠돌아다니며 장작을 팔아 간신히 먹고 살고 있습니다."

양웅이 석수를 보니 과연 장사였다. 여기에 석수의 장점을 묘사한 「서강월西江月」이란 사 한 수가 있다.

체구는 산중의 맹호 같고, 성질은 불에 기름을 끼얹은 듯하구나. 웅대하고 담대하며 계략도 있고, 억울한 이 만나면 구해준다네. 한 자루의 간봉에 완전히 의지하고, 단지 두 주먹에만 기대는구나. 기세 높은 그의 명성 도성에 가득하니, 반명삼랑 석수라 부른다네.

身似山中猛虎, 性如火上澆油. 心雄膽大有機謀, 到處逢人搭救. 全仗一條杆棒, 只憑兩個拳頭. 掀天聲價滿皇州, 拚命三郎石秀.

양웅이 다시 석수에게 물었다.

"방금 족하와 함께 술을 마시던 손님들은 어디로 가셨습니까?"

"두 사람은 절급이 사람들을 데리고 들어오는 것을 보고 너무 소란스럽다고 하더니 나가버렸습니다."

양웅이 같이 온 사람들을 돌아보며 말했다.

"이미 이렇게 되었으니 주보를 불러 술 두 단지를 시켜 큰 잔에 다 같이 세 사발씩 마시고 헤어지고 내일 다시 봅시다."

사람들은 술을 얻어 마시고 각자 돌아갔다. 양웅이 남아 석수에게 물었다.

"석수 삼랑께서는 너무 섭섭하게 생각하지 마십시오. 아마 여기에 아무런 친척도 없는 것 같으니, 오늘 저와 결의형제를 맺는 것이 어떻겠습니까?"

석수가 그 말을 듣고 기뻐하며 말했다.

"실례하지만 절급은 올해 연세가 어떻게 되십니까?"

"제가 올해 29살입니다."

"저는 올해 28살입니다. 절급께서 자리에 앉으시면 절하고 형님으로 모시겠습니다."

석수가 사배를 하자 양웅은 크게 기뻐하며 주보를 불러 술과 과일을 준비하여 가져오게 했다.

"내가 오늘 동생과 취하도록 마셔야겠다."

막 술을 마시려고 할 때 양웅의 장인 반공潘公이 5~7명을 데리고 들어오더니 주점 안을 뒤졌다. 양웅이 보고 일어서서 말했다.

"장인어른이 어쩐 일이십니까?"

"자네가 어떤 사람과 싸운다기에 찾아왔네."

"이 동생이 저를 구해줘, 장보 놈이 그림자만 봐도 무서워할 정도로 때려주었습니다. 그래서 제가 석가 형제와 의형제가 되기로 했습니다."

"잘했네, 잘했어! 여기 있는 형제들에게 술이라도 한 사발 먹이고 돌려보내게."

양웅이 주보를 불러 술을 가져오도록 하여 사람들마다 세 사발씩 먹여 돌려보냈다. 반공을 가운데에 앉히고 양웅이 맞은편 상석에 앉았고 석수가 말석에 앉았다. 세 사람이 같이 앉자 주보가 술자리에 찾아와 술을 따랐다. 반공은 석수가 영웅의 풍모에 덩치도 장대함을 보고 속으로 기뻐하며 말했다.

"내 사위와 형제가 되어 서로 돕는다면 아주 잘된 일일세. 관아를 출입하더라도 누가 감히 괴롭히겠는가! 삼촌께서는 원래 무슨 사업을 하셨는가?"

"저희 아버지께서는 짐승 잡는 백정을 하셨습니다."

"삼촌도 짐승을 죽이는 일을 했는가?"

석수가 웃으면서 말했다.

"어려서부터 백정 집에서 먹고 자랐는데 어떻게 짐승 잡는 일을 모르겠습니까?"

"나도 원래 백정 출신인데 나이가 많아 할 수가 없다네. 또 이 사위가 관아에서 일을 시작한 뒤로 이 업종으로 밥 먹고 사는 것을 포기했다네."

세 사람이 술을 흥겹게 마셨고 술값을 계산했으며, 석수는 장작을 돈으로 바꿨다. 세 사람이 함께 집으로 돌아오자 양웅이 문안으로 들어서며 말했다.

"여보, 빨리 나와 이 삼촌에게 인사하게."

부인이 주렴을 걷지도 않고 대답했다.

"여보, 당신에게 무슨 삼촌이 있어요?"

"당신은 아무것도 묻지 말고 먼저 나와 인사부터 해."

주렴을 걷고 부인 한 사람이 걸어나왔다. 원래 부인은 7월 7일 생이라서 아명을 교운巧雲이라고 불렀다.[18] 처음에 계주 사는 왕 압사王押司라는 서리에게 시집갔으나 2년 전에 죽고 얼마 후 양웅에게 재가하여 서로 부부가 된 지 1년이 안 되었다. 석수는 부인이 나오는 것을 보고 황망하게 앞으로 나가 인사를 하며 말했다.

"형수님 앉으십시오."

석수가 절을 하자 부인이 말했다.

"제가 나이도 어린데 어떻게 감히 이런 예를 받겠습니까!"

양웅이 말했다.

"이 사람은 내가 오늘 새로 결의를 맺은 형제이니 당신이 형수가 되므로 반절로 답례하게."[19]

석수가 그 자리에서 무릎을 꿇고 사배를 했고, 부인은 두 번 절하며 답례를 했다. 안으로 청하여 앉고 방 한 칸을 비워 삼촌에게 머물도록 했다. 다음날 양웅이 관아로 나가면서 집안에 분부했다.

"석수가 입을 옷과 두건을 준비하여라."

객점 안에 짐이 약간 있었는데 모두 양웅 집으로 옮겼다.

한편 대종과 양림은 주점 안에서 공인들이 석수를 찾아온 것을 보고 혼란스러운 틈을 타 빠져나와 성 밖 객점에서 쉬었다. 다음날 다시 공손승을 찾아다녔

18_ 옛 풍속에 따르면 칠월칠석날 밤에 부녀자들이 바느질을 잘하게 해달라고 직녀성에 빌었다고 하는데, 이것을 '걸교乞巧'라고 한다. 하늘의 채색 구름을 보며 빌었다고 하여 속칭 '간교운看巧雲'이라 했다.

19_ 원문은 '반례半禮'다. 자신이 높거나 연장자이면 상대방의 절을 받을 때 답례를 반만 하는 것을 '반례'라 한다.

다. 이틀 동안 아는 사람을 하나도 찾지 못했고 거처도 도저히 알 수가 없자 두 사람이 함께 상의하여 돌아가기로 했다. 짐을 챙기고 계주를 출발하여 음마천으로 갔다. 배선, 등비, 맹강 일행과 함께 관군으로 변장하여 밤낮으로 양산박을 향해 갔다. 대종의 공로로 많은 인마를 한꺼번에 입산시키게 되자 산 위에서 축하 연회를 벌였다.

한편 양웅의 장인 반공은 석수와 상의하여 도살장을 다시 열기로 하고 석수에게 말했다.

"우리 집 뒷문은 한쪽이 막힌 골목이라네. 뒤쪽에 빈 방이 한 칸 있는데 거기에 우물이 있어 편리하니 작업실을 만들 수 있고, 안에 있는 방에 삼촌이 머문다면 보살피기도 좋지 않겠는가."

석수가 보고는 기뻐하며 말했다.

"정말 편리합니다."

반공은 다시 이전부터 잘 알던 조수를 데리고 와서 말했다.

"삼촌은 장부만 맡아주게."

석수가 승낙하고 조수를 불러 변색된 작업대, 대야, 도마를 닦고 많은 칼과 도구를 모두 갈았으며 고기를 진열하는 탁자를 정돈했다. 작업실과 돼지우리를 하나로 합쳤으며 살찐 돼지 10여 마리를 몰아 놓고 길일을 택하여 푸줏간을 열었다. 이웃들과 친지들이 모두 몰려와 붉은 비단을 내걸고 축하하며 이틀간 술을 마시며 축하연을 열었다. 양웅 일가는 석수가 가게를 열게 되자 모두 기뻐했고 다른 말이 없어졌다. 반공과 석수는 장사를 시작했다.

장사를 시작한 이래로 어느새 시간이 번개같이 흘러 다시 두 달여가 지났다. 가을이 거의 지나고 겨울이 다가왔을 때 석수는 안팎으로 몸에 걸친 옷을 새것으로 갈아입었다. 석수가 하루는 5경에 일어나 현에 나가 돼지를 사고 3일 만에 집으로 돌아오니 가게가 아직도 열려 있지 않았다. 집에 들어가 보니 정육점 도마가 모두 치워져 있었고 연장들도 모두 감추어놓아 보이지 않았다. 석수는 섬세한 사람이라 속으로 짐작하고 혼자 중얼거렸다.

'격언에 '사람은 3년을 한결같을 수 없고 아무리 아름다운 꽃도 백일 가기 어렵다'[20]더니. 형님이 밖에서 관아 일 보며 집안일을 관리하지 않으니, 형수가 내가 새 옷을 입은 것을 보고 뒷말을 했나보네. 내가 이틀 동안 돌아오지 않은 사이에 분명 누군가가 말도 안 되는 소리를 지껄이자 의심이 생겨 장사를 때려치우려 했나 보네. 그들이 뭐라고 말하기 전에 내가 먼저 작별하고 고향으로 돌아가면 그만이지. 자고로 '마음이 한결 같은 사람을 어디에서 찾겠는가?'[21]라고 하더니만.'

석수는 돼지를 우리에 가두고 방에 들어가 옷을 갈아입고 짐을 싸며 뒷부분부터 장부를 세세하게 결산했다. 반공이 이미 간단하게 술과 음식을 준비하여 석수를 불러 자리에 앉아 술을 마시도록 했다.

반공이 말했다.

"삼촌, 먼 곳까지 가서 돼지를 몰아오느라 정말 수고했네."

"어르신,[22] 당연히 해야 할 일이었습니다. 여기 명백하게 장부를 정리했습니다. 만일 조금이라도 사심이 있었다면 하늘과 땅이 용서하지 않을 것입니다."

"삼촌, 아무 이유 없이 갑자기 그런 소리를 하는가? 무슨 일이라도 있는가?"

"소인이 고향을 떠난 지 이미 5~7년이 지나 오늘 고향에 한번 다녀오려고 특별히 장부를 돌려드립니다. 오늘 밤에 형님에게 인사하고 내일 아침에 바로 떠나겠습니다."

반공이 듣고는 크게 웃으면서 말했다.

"삼촌 잘못 알았네. 자네 잠시 멈추고 내 말 좀 들어보게."

20_ 원문은 '人無千日好, 花無百日紅'이다.
21_ 원문은 '那得長遠心的人'이다.
22_ 원문은 '장장丈丈'인데, 송나라 때 노인에 대한 존칭이었다.

늙은이의 말은 자리에서 몇 마디로 끝나지 않았다. 나누어 서술하면 장사는 은혜를 갚기 위해 검[23]을 들었고, 파계승은 황천길로 가게 된다.

결국 반공이 석수에게 무슨 말을 하게 되는지는 다음 회에 설명하노라.

소면호笑面虎 주부朱富

송나라 방원영龐元英의 『담수談藪』에는 다음과 같은 고사가 실려 있다. 왕공곤王公袞의 자는 길로吉老였다. 왕공곤의 조상 무덤은 회계會稽 서산西山에 있었는데 무덤을 관리하는 해사奚泗가 무덤을 파헤쳤다. 왕공곤은 그를 군郡에 고소했고, 관아에서는 단지 해사를 매질하는 형벌에만 처했다. 그러자 왕공곤은 몹시 분노했다. 해사는 매질을 당하고 왕곤공에게 사죄하러 찾아왔는데 왕곤공은 그를 앞으로 불러서는 술을 대접하며 위로하고는 검을 뽑아 목을 베었고, 그의 수급을 들고는 자수했다. 그의 형은 당시 시랑侍郎이었는데 자신의 관직을 사직하는 것으로 속죄를 요청했다. 황제는 조서를 내려 이 문제의 논의하게 했고 결국 조서를 내려 그를 사면했다. 왕공곤은 성정이 평온하고 항상 장난치며 웃었기에 사람들은 그를 소면호笑面虎라 불렀다.

'소면호'라는 말은 여기에서 유래된 것으로 웃음 속에 칼을 감추고 있는 사람을 가리킨다. 즉 표면적으로는 온화하고 선량하지만 속은 호랑이 같이 사나운 것을 말한다.

금표자錦豹子 양림楊林

'금표자錦豹子'의 '표자豹子'는 즉 표범을 말하고, '금錦'은 아름답고 화려하다는 의

---

23 원문은 '삼척三尺'인데 '검'을 가리킨다. 『사기』 「고조본기高祖本紀」에 따르면 "나는 일개 평민 신분으로 삼척의 검을 들고 천하를 취했으니 이것은 천명이 아니겠는가吾以布衣提三尺劍取天下, 此非大命乎?" 라고 유방이 말했다.

미다. 그러나 여기서는 '문신'과 관련이 있는데, 『휘주록揮麈錄』에 따르면 이질李質 (송나라 때 관원)이 어려서 조심하지 않아 몸에 문신을 새겼는데, 조길趙佶(휘종)이 그에게 '금체적선錦體謫仙'이란 칭호를 하사했다는 내용이 있다. 즉, '금표자'는 몸에 표범 문신을 했다는 의미다.

화안산예火眼狻猊 등비鄧飛

본문에서는 등비를 묘사하면서 눈동자가 붉은색이라 강호에서는 '화안산예火眼 狻猊'라고 부른다고 했다. 『송사』「장위전張威傳」에 근거하면 장위는 남송 후기 섬 서陝西 지역에서 금나라에 대항한 명장이었다. 역사에서 그는 전쟁에 임하여 격 렬하게 싸웠으며 두 눈이 붉었기에 '장홍안張紅眼' '장골안張鶻眼'이라 불렀다고 했 다. 산예狻猊는 사자를 말하는데, 흉포하여 범과 표범을 잡아먹을 수 있다고 했 다. 전설에서는 용이 낳은 아홉 자식 중 하나라고 한다. 모습은 사자처럼 생겼고 연기와 불을 좋아하므로 향로 장식으로 많이 사용되었다.

또한 '화안산예'는 '산예'가 아니라 일종의 괴수라는 견해도 있다. 본문의 시에서 "사람 고기 많이 먹어 눈알이 붉어지니, 바로 화안산예 등비라네"라는 구절이 있 다. 『수호전보증본』에 따르면 "등비를 화안이라 한 것은 아마도 인육을 먹기 때문 일 것이다. 대종은 등비를 인육을 먹는 사람으로 형용했는데, 이것은 바로 그의 눈동자가 매우 흉악했기 때문이다"라고 했다.

옥번간玉幡竿 맹강孟康

'옥번간玉幡竿'의 '번간幡竿'은 장대에 걸려 아래로 드리운 직사각형 깃발을 말한 다. 옛날에 대부분 군대의 주장 막사 혹은 사찰 앞에 걸려 있었다. 맹강의 신체 가 늘씬하고 피부가 옥같이 희고 깨끗하여 '옥번간'이라 한 듯하다. 또한 본문에 서는 맹강이 배를 잘 만드는 사람이라고 묘사했는데, '맹孟' 성을 취한 이유는 배 의 신을 '풍이馮耳'라 부르고 '맹공孟公' '맹모孟姥'라고도 부르는 것에 근거한 것이 라는 견해도 있다.

철면공목鐵面孔目 배선裵宣

철면공목鐵面孔目의 '철면鐵面'은 본래 방어 무기에 속했다. 『진서晉書』「주사전朱伺傳」에 따르면 "하구夏口의 전쟁에서 주사는 철면을 사용하여 스스로를 지켰다"고 했다. 또한 『신당서新唐書』「토번전吐藩傳」에 따르면 "철로 제작한 투구는 정교하고 우수하여 온몸에 두르고 두 개의 눈구멍을 뚫었는데 강한 활과 날카로운 칼도 심한 상처를 입힐 수 없었다"고 했다. 즉 철면은 철로 제작한 얼굴을 보호하는 도구로 칼과 화살에 의한 상해를 입지 않게 만든 것이다. 이후에는 관리의 공무 집행에 사용되어 강직하고 사사로움이 없는 것을 비유하게 되었다.

병관색病關索 양웅楊雄

『수호전보증본』에 근거하면 '양웅楊雄'은 『선화유사』와 원나라 잡극인 『성재악부誠齋樂府』에 모두 '왕웅王雄'이라 했고, 공성여龔聖與의 『송강삼십육인찬宋江三十六人贊』에서는 이름을 '양웅'이라 했지만 별명은 '새관색賽關索'이라 했다. '병관색'이란 별명은 『수호전』에서 시작되었으며 양송 시대에 많은 무인들이 '관색'이란 명호를 사용했다. '병관색'이란 별명의 유래에 대해서는 많은 다른 의견이 존재한다. 일단 '관색'은 통상적으로 소설 『삼국지연의』에서 촉한蜀漢 대장이었던 관우關羽의 아들로 등장하지만 정사인 『삼국지』와 배송지裵松之 주석에는 기재된 내용이 없다. 송나라 때 많은 사람이 '관색'이란 별명을 사용한 것은 아마도 관우를 흠모하여 사용한 듯한데, '병관색'은 즉 '새관우賽關羽(관우에 버금가다)'의 의미다. 서남이西南夷 지역에서는 '야爺(아비)'를 '삭索'이라 했는데, '관색'은 바로 '관야關爺'의 의미로 관우에 대한 존칭이란 견해도 있다. 또한 '병病'의 의미는 본문에서는 양웅의 외모를 묘사하면서 '얼굴색이 노르스름하다'고 했다. 그렇다면 병으로 인해 얼굴색이 변했다고도 할 수 있다. 그러나 '병관색'의 정확한 의미는 상세하지 않으며 내포하는 의미 또한 정확하게 알 수 없다.

'拚'의 음은 'Pan(반)'이다. '반명삼랑拚命三郎'은 싸움에 임했을 때 용감하게 목숨을 아끼지 않거나 전력을 다하는 사람을 말한다. 송나라 장정章定의 『명현씨족언행유고名賢氏族言行類稿·장돈章惇』에 다음과 같은 내용이 있다. "소식蘇軾이 장돈章惇과 함께 남산으로 놀러갔는데, 자후子厚(장돈의 자)가 위험을 무릅쓰고 절벽 아래로 내려갔다. 소식이 자후의 등을 툭 치며 말했다. '자후 그대가 장래에 뜻을 얻게 되면 반드시 사람을 죽일 것이오.' 그러자 자후가 '왜 그렇소?'라고 했다. 소식이 말하기를, '스스로 목숨을 아끼지 않는拚命 자는 사람을 죽일 수 있소'라고 했다." 또한 삼랑三郎은 형제 항렬이 세 번째를 말한다.

반
교
운[1]

석수가 돌아와 정육점의 물건을 모두 치운 것을 보고는 작별하고 떠나려 했다. 반공이 말했다.

"삼촌, 잠깐 멈추게. 내가 삼촌이 무슨 생각을 하는지 알겠네. 삼촌이 이틀 동안 돌아오지 못했다가 오늘 돌아왔는데 도구와 물건을 모두 치워버린 것을 보고 당연히 속으로 가게를 닫으려는 것으로 생각해 떠나려고 하는 것 아닌가? 설마 이렇게 잘 되는 장사를 때려치우고 삼촌을 집에서 쉬라고 할 리 있겠는가. 내가 솔직하게 말해주지. 내 딸이 그전에 시집을 갔었는데 신랑인 계주부 왕 압사가 불행하게 일찍 죽었고 올해가 2주년이라 중을 불러 망령을 추도하려고 이틀간 장사를 멈춘 걸세. 내일 보은사報恩寺 중이 와서 망령을 제도할 텐데, 삼촌이 접대를 해줬으면 좋겠네. 내가 나이도 많아 밤을 새울 수가 없어서 삼촌에게 부탁하는 것이라네."

1_ 제45회 제목은 '楊雄醉罵潘巧雲(양웅이 술에 취해 반교운에게 욕을 하다), 石秀智殺裴如海(석수가 지혜를 써서 배여해를 죽이다)'다.

"어르신께서 그렇게 말씀하시니 제가 다시 인내심을 가지고 좀 더 지내보겠습니다."

"삼촌 이제부터 오해하지 말고 예전처럼 지내게."

그날 석수는 술과 음식을 먹고 술잔과 접시를 치웠다.

이튿날 과연 도인이 제사용품을 짊어지고 와서 제단을 설치하고 불상·제기·북·자바라·종·경쇠·향·꽃·등롱과 초를 차려놓았고, 주방에서는 불공 음식을 준비했다. 신시쯤에 양웅이 밖에서 집으로 돌아와 석수에게 분부했다.

"동생, 내가 오늘 밤에 감옥에서 당직을 서야 해서 올 수가 없으니, 모든 일을 자네가 좀 도와주도록 하게나."

"형님은 걱정 마시고 가십시오. 당연히 제가 형님 대신 처리하겠습니다."

양웅이 집을 나서자 석수가 문 앞에 서서 배웅했다. 얼마 지나지 않아 나이 어린 중이 주렴을 걷고 들어왔다. 석수가 그 중을 보니 매우 단정했다.

새까맣고 둥근 머리 방금 밀어버리고는 소나무 씨와 섞은 사향 고르게 발랐으며, 새로 재봉한 황금색 도포엔 침향과 미향迷香, 단향목 향기 뒤섞여 있네. 콧대가 있는 짙푸른 신발2은 복주福州에서 만든 것이고, 아홉 가닥의 자색 실끈은 서역에서 사온 것이로구나. 번들번들하고 도둑 같은 눈매는 시주인 아리따운 여인만 흘겨보고, 한입 가득 감미롭고 달콤한 말로 제삿집 젊은 부인 유혹하누나.

一個青旋旋光頭新剃, 把麝香松子勻搽; 一領黃烘烘直裰初縫, 使沉速栴檀香染. 山根鞋履, 是福州染到深靑; 九縷絲縧, 係西地買來眞紫. 光溜溜一雙賊眼, 只腜趁施主嬌娘; 美甘甘滿口甛言, 傳說誘喪家少婦.

2_ 원문은 '산근혜리山根鞋履'다. 승려들이 신는 콧대가 있는 신발이다. 신발 앞쪽에 두 갈래로 튀어나온 곳은 선이 사람의 콧등과 같다. '산근山根'은 '콧등'이기 때문에 '산근혜리'라 부른다.

그 중이 안으로 들어오자 석수에게 합장하고 허리를 절반 이상 숙여 인사를 했다. 석수가 답례하며 말했다.

"스님 잠시만 앉아계십시오."

중 뒤에는 한 도인이 상자 두 개를 지고 따라 들어왔다. 석수가 안에 대고 소리를 질렀다.

"어르신, 여기에 스님이 찾아왔습니다."

반공이 듣고 안에서 나오자 중이 말했다.

"의부義父3, 어째서 한동안 절에 오시지 않으셨습니까?"

"가게를 여느라 갈 시간이 없었습니다."

"압사님의 제삿날인데 아무것도 드릴 것이 없네요. 말린 국수 조금하고 굵은 대추 몇 포 가져왔습니다."

"아이고, 그러시면 안 되는데 쓸데없이 스님에게 돈만 낭비하게 했습니다!"

석수에게 받도록 했다. 석수가 들고 안으로 들어갔다가 차를 타서 가지고 나와 문 앞에서 중에게 먹였다. 한편 부인은 정중하게 상복을 입지 않고 옅은 화장을 하고는 이층에서 내려와 물었다.

"삼촌, 누가 물건을 가지고 왔습니까?"

"어르신께 '의부'라고 부르는 중이 가지고 왔습니다."

부인이 석수의 말을 듣고는 웃으면서 말했다.

"해사려海闍黎4 배여해裴如海 사형師兄이 오셨군요. 점잖은 스님이세요. 자수실을 파는 배씨 아들인데 보은사로 출가했어요. 우리가 그 스님이 있는 절의 시

---

3 원문은 '건야乾爺'다. 혈연이나 혼인 관계가 없이 의부義父로 모시는 것을 말한다. 모종의 의식을 거쳐 부자 관계를 맺는 습속이 있었다.

4 해사려海闍黎는 범어를 불가의 말로 음역한 것으로 행위가 단정하고 승늘의 모범이 될 만한 고승을 말한다. 배여해의 악독한 행위에 대해 말한 것으로 절묘하게 풍자한 것이다.

주라 우리 아버지를 양아버지로 모셨고 나이가 나보다 두 살 많아서 사형이라고 불러요. 그의 법명은 해공海公이에요. 삼촌, 밤에 염불하는 소리 한번 들어보세요. 목소리가 얼마나 듣기 좋은지 몰라요."

"아, 원래 그런 사이였군요."

속으로 이미 1푼쯤 눈치를 챘다.

부인은 바로 아래층으로 내려와 중을 만났다. 석수는 뒷짐을 지고 뒤따라와 장막 뒤에서 살짝 엿보았다. 부인이 나오는 것을 보고 중이 일어나 다가오더니 합장하고 허리를 깊게 구부리며 인사를 했고, 부인이 입을 열었다.

"사형은 어째서 이렇게 쓸데없는 곳에 돈을 낭비하세요!"

"누이, 뭐 입에 담을 것도 없는 사소한 물건 가지고 그러십니까?"

"사형, 무슨 그런 말씀을 하세요? 출가한 스님의 물건을 어떻게 함부로 받아요?"

"그러시다면 누이가 저희 절에 새로 지은 수륙당水陸堂5에 와서 불공을 드리면 좋을 텐데, 절급께서 어떻게 생각하실지 모르겠습니다."

"아마 지아비는 별로 신경 쓰지 않을 거예요. 제 어머니가 돌아가실 때 '혈분경血盆經'6을 염송해주기를 소원했으므로, 조만간에 절에 한번 가서 귀찮게 하고 돌아와야겠어요."

"이것은 한 집안 일인데 어째서 그리 섭섭하게 말씀하십니까? 분부만 하시면 제가 바로 하겠습니다."

"사형께서는 한 번만이라도 더 우리 엄마를 위해 염송해주시면 돼요."

5_ 수륙당水陸堂: 불교에서 소식素食을 준비해 물과 땅에서 죽은 자를 제도濟度하는 것을 수륙제水陸齊라 한다. 수륙당은 수륙제, 수륙도량水陸道場을 거행할 때 사용하는 가옥을 말한다.

6_ 혈분경血盆經: 이것은 『목련정교혈분경目連正教血盆經』인데 『여인혈분경女人血盆經』이라고도 한다. 전설에 따르면 여자들이 생전에 자식을 너무 많이 낳아 신불을 오염시켜서 죽으면 지옥에 떨어져 피로 가득 찬 연못에서 고통을 받는다. 생전에 중을 불러 『혈분경』을 염송하면 지옥행을 면하고 복을 받는다고 한다.

계집종이 차를 내왔다. 부인이 차를 들고 손수건[7]으로 찻잔 주변을 잘 닦은 다음 두 손으로 중에게 건네주었다. 중이 찻잔을 받으며 갈구하는 눈빛으로 부인의 몸만을 힐끗힐끗 쳐다보았고, 부인도 미소 지으며 중을 바라보았다. 자고로 연놈이 음탕한 욕망으로 눈이 맞으면 간덩이가 붓는다고 하는데 석수가 휘장 밖에서 쳐다보는 것도 눈치 채지 못했고, 석수는 2푼쯤 짐작하며 말했다.

'정직하다고 떠들어대는 사람은 속마음이 불량한 사람이므로 곧이곧대로 믿지 말고 방비하라[8]고 하더니. 저 여편네가 볼 때마다 항상 내게 음담패설을 해대도 친 형수처럼 대했더니 원래 정숙한 여자가 아니었군. 내 손에 걸려든 이상 감히 양웅 대신 끝장 낼 것이라고 장담 못하겠다.'

석수가 잠시 생각에 잠기더니 3푼쯤 깨닫고 휘장을 젖히며 불쑥 들어갔다. 그 중대가리가 놀라 찻잔을 놓고 당황하며 말했다.

"형님, 여기에 앉으시지요."

옆에 있던 부인이 참견하며 말했다.

"이 삼촌은 지아비가 근래에 사귄 의형제입니다."

까까중놈이 진심인 척하며 물었다.

"형님은 고향이 어디십니까? 성함이 어떻게 되십니까?"

"나? 이름은 석수이고 금릉 사람이야. 남의 일에 끼어들어 힘쓰고 주먹질 해 반명삼랑이라고 불려! 나는 거칠고 무식한 놈이라 무례하게 굴거나 대들더라도 중이 이해해주라!"

까까중놈이 서둘러 대답했다.

"그럼요. 제가 어떻게 감히! 소승은 도량道場[9]으로 오시는 스님들을 맞이하

7_ 옛날에 손수건은 사랑의 감정을 전하는 물건이었다.

8_ 원문은 '莫信直中直, 須防仁不仁'으로 어떤 사람들은 보기에 솔직하고 인의를 말하지만 실제로는 위선적이고 간사한 무리이니 가볍게 믿어서는 안 되고 반드시 방비해야 한다는 의미다.

9_ 도량道場: 중이나 혹은 도사들이 법사法事를 하는 장소.

러 가봐야겠습니다."

허둥지둥 밖으로 나갔다. 부인이 말했다.

"사형, 빨리 다녀오세요."

까까중놈이 대답했다.

"바로 오겠습니다."

부인은 문을 나서는 중을 배웅하고 안으로 들어가버렸다. 석수가 혼자 문 앞에서 고개를 숙이고 한참을 생각하다가 마음에 4푼쯤 확신이 섰다.

독자 여러분 들어보십시오. 원래 세상 사람들이 중의 색정色情이 가장 강하다고 말하는데, 왜 이런 말을 할까요? 일반 사람이나 출가한 사람이나 모두가 부모로부터 태어났는데, 어째서 중들의 색정이 제일 강하다고 하는가? 오직 중들만이 제일 한가하기 때문이다. 하루 세끼를 시주의 좋은 밥과 공양한 음식을 받아먹고 높고 넓은 절의 승방에 살면서 속된 일의 번거로움도 없으며 방 안에서는 좋은 침상에 이부자리를 깔고 자기 때문에 여러모로 궁리할 것도 없고 단지 한 가지만을 생각한다. 비유해서 말하자면 부자가 데리고 살고 있는 처첩의 용모가 지극히 아름답다 하더라도 하루 동안 온갖 쓸데없는 일에 속을 썩이고 밤에는 또 돈과 재물 때문에 걱정하다보면 2, 3경이 되어야 비로소 잘 수가 있다. 사랑스럽고 아름다운 처첩과 잠자리를 같이 하지만 재미가 있겠는가? 또한 가난한 백성은 매일 5경에 일어나 한밤중에 잠들며 고생스러움에 힘들어한다. 저녁에 침상에 눕기 전에 먼저 쌀독을 더듬어보고는 바닥에 쌀 한 톨도 없고 다음날에는 돈도 없는데, 아내가 어느 정도의 미색이 있다 하더라도 무슨 흥취가 있겠는가? 이 때문에 한마음으로 한가하게 지내면서 오로지 그 짓에만 전념하는 중들을 이길 수는 없는 것이다. 옛사람들도 이런 부분을 평론할 때면 중들이 진실로 해롭다고 했다. 그러므로 소동파蘇東坡 학사도 "까까중대가리가 아니면 독하지 않고 독하지 않으면 까까중대가리가 아니며, 까까중대가리가 되면 독해지고 독해지면 까까중대가리가 된다"[10]고 말했던 것이다. 중들에게 또 네 구절의 이런 말이 있다.

'한 글자로는 승僧이라 하고, 두 글자로는 화상和尙이라 하네. 세 글자로는 귀악관鬼樂官[11]이라 하고, 네 글자로는 색중아귀色中餓鬼[12]라 하네.'

석수는 문 앞에서 한참 생각하다가 다시 대접하러갔다. 곧 행자가 먼저 와서 촛불을 켜고 향을 피웠다. 잠시 후 중놈이 도량에서 온 스님들을 데리고 오자 반공이 석수를 시켜 맞이하도록 했다. 차와 탕으로 대접을 마치자, 북과 자바라를 치고 두드리며 찬양하고 불경을 읊었다. 중놈은 비슷한 연배의 젊은 중과 함께 제사를 주재하는 승려가 되어 영저鈴杵[13]를 흔들며 부처님을 청했고 제천호법諸天護法[14]에게 소식素食을 바치고 제단의 주재자가 되어 망부 왕 압사가 일찍 감치 천계에 승천하기를 기도했다. 음탕한 계집은 요염하게 화장하고 불단 앞에 나와 손에 향로를 들고 불붙인 향을 꽂으며 예불했다. 중놈은 갈수록 기운이 넘쳐 영저를 힘차게 흔들며 불경의 진언眞言[15]을 읊었다. 법사를 진행하던 중들은 양웅 마누라의 모습을 보고는 모두들 제정신이 아니었다.

법사를 진행하던 중들은 자신도 모르게 손과 발이 둥실 둥실 춤을 추며 한 순간에 불성선심佛性禪心[16]을 잃고는 미혹되어 마음을 집중하지 못하고 들떴다.

10_ 원문은 '不禿不毒, 不毒不禿; 轉禿轉毒, 轉毒轉禿'이다. 소동파가 언제 이런 말을 했는지는 알 수가 없다. 『수호전전교주』에 근거하면 이 말은 『박안경기拍案驚奇』 권26에 보인다.

11_ 귀악관鬼樂官의 '樂'의 음은 'yue(악)'이다. 화상을 놀리는 말이다.

12_ 색중아귀色中餓鬼는 성욕에 빠진 아귀餓鬼로 화상을 욕하는 말이다.

13_ 영저鈴杵: 중들이 손에 쥐고 있는 타악기를 가리킨다.

14_ 제천호법諸天護法: 신계의 여러 신위.

15_ 진언眞言: 불경의 요지가 되는 말 혹은 주문을 말한다.

16_ 불성선심佛性禪心: 불도가 오로지 불법을 배우고 청정하고 안정된 정신 상태를 유지하는 심성을 말한다.

이러하니 덕행이 있는 고승을 세상에 찾기 어려운 것이다. 옆에서 보고 있던 석수는 냉소를 지으며 말했다.

'저래서야 무슨 공덕인가! 이것이야말로 복을 누리려 하느니 차라리 죄를 피하는 것이 낫다고 말하는 것이지.'[17]

잠시 뒤에 증맹證盟[18]이 모두 끝나고 중들을 청하여 안에서 공양을 했다. 중놈은 다른 중들에게 자리를 양보하고 뒤에서 고개를 돌려 계집을 바라보면서 히죽거리며 웃었고 계집도 입을 가리고 웃었다. 둘은 곳곳마다 서로 은밀하게 추파를 던졌고, 석수는 지켜보며 5푼 정도 확신을 가졌고 마음이 심하게 불쾌했다. 중들은 모두 앉아 밥을 먹었고, 먼저 야채 안주로 술을 몇 잔 마셨으며 제사 음식을 치웠다. 수고한 중들에게 돈을 나눠주고 반공이 말했다.

"스님들께서는 많이들 드십시오."

잠시 뒤에 중들이 공양을 마치고 소화시키러 산보를 나갔다. 한바탕 돌고 다시 도량으로 들어갔다. 석수는 기분이 매우 불쾌했고 배가 아프다는 핑계를 대고 나무 벽을 세운 뒷방으로 자러 갔다.

계집의 마음이 이미 움직였는데 무슨 정신으로 사람들이 보는 것을 신경 쓰겠는가? 중들이 북치고 자바라를 두드릴 때, 계집이 나가 다식茶食[19]과 과일, 기름에 튀긴 간식을 가지고 나왔다. 중놈은 다른 중들과 경을 읊으며, 천왕을 청하고 독경하면서 망자를 대신해 참회했으며, 영혼을 불러 씻기며 삼보三寶(불佛, 법法, 승僧)에게 참배했다. 예불과 제도 의식이 3경에 이르자 중들은 모두 피로에 지쳤으나, 해사려는 중놈은 갈수록 힘이 넘치는지 목청을 높여 염송했다. 계집은 주렴 밑에 한참을 서 있다가 욕정이 불같이 솟아오르자 자기도 모르게

17_ 원문은 '作福不如避罪'다. 좋은 일을 해서 복을 얻느니 차라리 죄 짓는 것을 피하는 것이 낫다는 말이다.

18_ 증맹證盟: 사자의 이름을 적은 종이를 불태워 하늘에 알리는 일종의 미신적인 의식이다.

19_ 다식茶食: 사탕, 과자, 육포 등을 말한다.

흥분하여 계집종을 시켜 할 말이 있다는 핑계로 중놈을 불렀다. 까까머리 중놈이 염불을 하며 계집 앞으로 다가갔다. 계집이 중놈의 소매를 붙잡고 말했다.

"사형, 내일 공덕전功德錢20을 받으실 때 아버지에게 혈분경을 염송하는 일을 잊지 말고 아뢰어주세요."

"오빠가 다 기억하고 있다. 소원을 풀어주고 싶으면 풀어주는 게 좋지."

중놈이 다시 물었다.

"너네 집 삼촌 정말 사납더라."

계집이 대답했다.

"친형제도 아닌데 그 사람한테 신경 쓸 것 없어요!"

"그렇다면야 나도 걱정할 것 없지. 나는 절급 친동생인줄만 알았지."

한 차례 둘이 장난치며 웃었다. 중놈은 밖으로 나가 판곡判斛21을 하며 망자를 전송했다. 한편 석수는 나무 벽 뒤에서 자는척하며 두 연놈을 몰래 보고 6, 7푼 확신했다. 그날 밤 5경에 법사를 모두 마치고 지전을 태우며 부처님을 보내는 의식까지 모두 마쳤다. 중들이 모두 인사하고 돌아갔고, 계집은 위층으로 올라가 잤다. 석수가 혼자 생각에 빠져 화를 내며 말했다.

'형님 같은 호걸이 한스럽게 이런 음부를 만나다니!'

가슴속에 가득한 분을 참으며 푸줏간 안으로 돌아가 잠자리에 들었다.

이튿날 양웅이 집으로 돌아왔으나, 아무도 얘기하지 않았다. 밥을 먹고 또 나가버렸다. 중놈이 깔끔한 승복으로 갈아입고 반공의 집으로 왔다. 계집은 중이 왔다는 말을 듣고 급하게 일층으로 내려와 나가 맞이하고 안으로 들여앉히고 차를 타서 내오도록 했다. 계집이 감사하며 말했다.

"지난밤에 사형이 그렇게 애를 쓰셨는데 아직 공덕전도 드리지 못했어요."

20_ 공덕전功德錢: 불교도가 법사를 진행한 스님에게 지불하는 돈. 혹은 중이나 사찰에 시주하는 돈.
21_ 판곡判斛: 귀신에게 먹이는 일종의 밀가루 음식으로 곡식斛食이라 함. 판곡判斛은 이 곡식놀 귀신에게 흩어주는 것을 말한다.

"별말을 다 하네. 어젯밤에 말했던 혈분경 때문에 일부러 동생을 찾아왔어. 소원을 들어주고 싶거든 절에서 염불은 내가 하고 있을 테니, 와서 간단하게 한 번 말하고 쓰면22 그만이네."

"그러면 잘됐네요."

계집종을 불러 부친을 청하여 상의했다. 반공이 나와 감사하며 말했다.

"제가 늙다보니 견딜 수가 없어서 어젯밤에 자리를 지키지 못했습니다. 뜻밖에 석가 삼촌마저도 배가 아파 누워버려 아무도 스님들을 시중들지 못하여 송구스럽습니다. 너무 섭섭해하지 마시기 바랍니다."

"의부께서는 별 말씀을 다하십니다."

계집이 말했다.

"내가 어머니를 위해 혈분경을 읊는 소원을 풀어드리고자 했더니 사형께서 그러시네요. 내일 절에 불사가 있으니 남들이 할 때 따라하기만 하면 된다고 합니다. 먼저 사형이 절에 가서 염불을 하고 계시면 내가 아버지와 내일 밥 먹고 절에 가서 참회하고 축문을 태우면 불사를 올린 거나 마찬가지래요."

"그것도 괜찮구나. 하지만 내일은 장사가 바빠 계산대에 사람이 없을 텐데."

"삼촌더러 집에 남아 하라면 되지 뭐가 걱정이에요?"

"내가 입만 열면 소원이라고 하니 내일은 할 수 없이 가야겠구나."

음부가 은자를 꺼내 공덕전으로 중놈에게 주며 말했다.

"사형의 노고에 비해 사례금이 너무 형편없네요. 내일 꼭 절에 잿밥이라도 얻어먹으러 갈게요."

"향을 피워 놓고 기다릴게."

은자를 받으며 몸을 일으켜 감사 인사를 했다.

22_ 축문祝文을 말한다. 승려가 염불이나 예불을 통해 다른 사람을 대신해 참회할 때 태우는 축문이다. 이름과 참회의 이유 등을 적는다.

"보시를 이렇게 많이 주시다니, 절에 가서 여러 스님과 나누어 쓰겠습니다. 내일 동생이 증맹을 하러오길 기다릴게."

계집이 중을 문 밖까지 배웅했고, 석수는 푸줏간에서 쉬고 일어나 서둘러 돼지를 잡아 장사를 준비했다. 시에 이르기를,

예로부터 불전에 기이한 만남이 있었는데
은밀하게 약속한 날 정분이 배로 깊어지네.
배항23이 절구 찧듯 옥 절구 부지런히 찧으니
기묘한 구름 가는 곳에 오작교 놓인다네.
古來佛殿有奇逢, 偸約歡期情倍濃.
也學裴航勤玉杵, 巧雲移處鵲橋通.

이날 양웅이 늦게 집으로 돌아오니, 부인이 저녁밥도 먹이고 발도 씻겨주었으며 반공을 시켜 양웅에게 말하게 했다.

"내 마누라가 죽을 때 보은사에 가서 혈분경을 염송하여 소원을 들어주기로 딸아이가 맹세했다네. 내가 내일 딸아이와 절에 가서 증맹을 하고 돌아올 테니 그리 알게."

"여보, 그런 일이라면 당신이 내게 직접 말해도 되는 일 아닌가."

"내가 당신에게 말했다가 괜히 꾸짖기라도 할까봐 말을 못했죠."

그날 밤은 그렇게 별 말 없이 모두 쉬었다.

다음날 5경에 양웅이 일어나 관아로 출근했고, 석수는 일어나 장사 준비를 했다. 한편 음부는 일어나 짙게 화장하고 화려하게 갖춰 입고 아름답게 꾸미고는 향을 담은 합을 싸고 지전과 초를 사고 가마를 불렀다. 석수는 아침 일찍 일

23_ 배항裴航은 당나라 때 배형裴鉶이 지은 소설 『전기傳奇 · 배항裴航』의 남자 주인공이다.

어나 장사만 준비하고 아무것도 상관하지 않았다. 밥을 먹고 영아迎兒도 머리 빗고 화장을 했다. 사시에 반공이 옷을 갈아입고 석수를 찾아와 말했다.

"번거롭겠지만 삼촌이 문 앞도 좀 신경 쓰게. 나는 딸과 함께 가서 소원을 빌고 돌아오겠네."

석수가 웃으면서 대답했다.

"제가 알아서 돌아보겠습니다. 어르신께서는 형수나 잘 보살피시고 좋은 향이라도 많이 사르고 일찍 돌아오십시오."

석수는 이미 8푼 정도 눈치를 챘다.

반공과 영아는 가마를 따라 곧장 보은사로 갔다. 여기에 옛사람이 지은 게송偈頌이 있다.

아침엔 불교 경전을 읽고, 저녁엔 화엄의 주문 외운다네.

오이 심은데 오이 자라고, 콩 심은데 콩 나기 마련이로다.

경전과 주문 본디 자비롭지만, 엉킨 원한 어떻게 막겠는가?

본래의 마음 비추어보면, 결국에는 이로움이 많고 많다네.

마음속 사사로움 없는데, 하늘의 보우를 빌어 무엇하리요?

지옥이냐 천당이냐는, 그 스스로에게 달린 것이라네.

朝看釋伽經, 暮念華嚴咒.

種瓜還得瓜, 種豆還得豆.

經咒本慈悲, 冤結如何救?

照見本來心, 方便多竟究.

心地若無私, 何用求天佑?

地獄與天堂, 作者還自受.

옛사람이 남긴 이 게송은 선과 악의 응보는 그림자처럼 따라다니며 육도六

度[24]의 온갖 인연을 수행하고 삼귀오계三歸五戒[25]를 지켜야 한다는 것이다. 중들을 용인할 수 없는 것은 오로지 개돼지 같은 행동으로 인해 이전의 수행을 더럽히고 후세들로부터 비방을 받는 것이다. 해사려라는 까까중놈은 부인과 남매 관계를 맺고 반공을 양아버지로 삼았으나 양웅에게 가로막혀 여태까지 손을 쓰지 못하고 있었던 것이다. 부인과 알게 된 뒤부터 추파를 던지며 정분을 보냈으나 재미는 보지 못하고 있었는데, 이날 밤 도량에서 비로소 부인에게도 생각이 있음을 눈치 채고 기일을 약속한 것이다. 까까중놈은 준비를 마치고 정신을 가다듬고는 먼저 산문 아래에 나와 기다리고 있다가 가마가 도착하는 것을 보고 기쁨을 참지 못하며 뛰어나와 맞이했다. 반공이 말했다.

"스님께서 수고가 많으시오."

음부가 가마에서 내리며 감사했다.

"사형께서 너무 애를 쓰셔서 송구합니다."

"아닙니다. 별 말씀을 다합니다! 소승이 이미 스님들과 수륙당에서 5경부터 염불을 하여 지금까지 쉬지 않았고 동생이 와서 증맹을 하기만을 기다렸습니다. 이미 공덕이 적지 않게 쌓였을 것입니다."

부인이 노인네를 이끌고 수륙당 위로 데리고 올라가 먼저 향화와 등촉 등을 준비했다. 중 10여 명이 저쪽에서 경을 읽고 있었고, 음부는 축원을 하며 삼보에 참배를 했다. 중놈이 지장보살地藏菩薩 앞으로 인도하여 증맹하여 참회하도록 했다. 부처께 복을 기원하는 축문이 모두 끝나 종이를 불에 태우고,[26] 중들

24_ 육도六度: '도度'는 범어 '바라밀다波羅蜜多'의 의역으로 '도피안到彼岸(불교에서 수행하여 생사를 초월하여 열반의 경계에 도달하는 것을 말한다)'의 뜻이다. 육도는 여섯 가지 도피안의 방법으로 포시布施·지계持戒·인욕忍辱·정진精進·선정禪定·지혜智慧다.

25_ 삼귀三歸는 귀의불皈依佛·귀의법皈依法·귀의승皈依僧이다. 오계五戒는 살생을 하지 않는다. 도둑질을 하지 않는다. 간음을 하지 않는다. 허튼소리를 하지 않는다. 술을 마시지 않는다.

26_ 원문은 '소두疏頭'인데, 승려가 참회할 때 태우는 기도문이다. 위에 주인의 성명과 참회의 이유를 적는다.

을 청하여 공양하러 가며 제자를 붙여 시중들도록 했다.

중놈이 청하며 말했다.

"의부와 누이는 제 방으로 가셔서 차나 한잔 하시지요."

계집을 승방 깊은 곳으로 인도했는데 미리 모든 것을 준비해놓았으므로 소리를 질렀다.

"사형, 차 좀 가져다주세요!"

시자 둘이 차를 들고 들어왔다. 주홍 받침 위 눈같이 하얀 은잔 안에 아주 가늘게 같은 좋은 차를 내왔다. 차를 마시고 잔을 내려놓자 말했다.

"누이는 안에서 앉아 있어."

다시 조그마한 방 안으로 데리고 들어가니 광택을 없앤[27] 칠흑 같은 식탁이 있었으며 명인의 서화가 몇 점 걸려 있었고 작은 탁자 위에는 오묘한 향이 타고 있었다. 반공과 딸이 같이 앉고 중놈이 맞은편에 앉았으며 영아가 그 옆에 앉았다. 계집이 말했다.

"사형, 청정하며 은은하고 조용하며 안락해서 정말 출가한 스님이 수행하기 좋은 곳이군요."

"동생은 농담하지 마. 동생 집과 어떻게 비교나 되겠어?"

반공이 말했다.

"하루 종일 사형을 귀찮게 했습니다. 우리는 돌아가야겠습니다."

중놈이 어디 그냥 돌려보내려 하겠는가?

"서로 남도 아니고 또 의부께서 어렵게 발걸음 하셨는데 어떻게 그냥 보내겠습니까? 오늘 누이가 시주도 하셨는데 어떻게 공양도 하지 않고 돌아가시려 하십니까? 사형, 빨리 가져오세요!"

27_ 원문은 '금광鍱光'인데, 어떤 것인지 상세하지 않다. 『수호전전교주』에 따르면 "금광은 옛날 사천四川의 칠 장인이 퇴광退光(광을 없애는 칠)이라 했다. 칠하고 말린 다음에 손으로 문질러 마찰을 일으키면 빛이 나므로 퇴광이라 한다"고 했다.

말이 끝나자마자 쟁반 두 개가 들어오는데 평소에 간직해두었던 희귀한 과일과 보기 드문 채소와 갖가지 사찰 음식을 탁자 가득 차렸다. 계집이 말했다.

"사형, 어째서 술을 내오셨습니까? 괜히 번거롭게 했군요."

"격식도 갖추지 못해서 약소하나마 조그만 성의를 표하고자 할 뿐입니다."

사형이란 사람이 술을 가져와 잔에 따르자 중놈이 말했다.

"의부께서 오랜만에 오셨으니 이 술이라도 한잔 드셔보십시오."

노인네가 마시고 말했다.

"술 맛 좋다. 정말 진하군."

"전에 한 시주가 대대로 전해오는 비법을 전해주어 쌀 3~5석을 담갔는데 내일 몇 병 드릴 테니 사위에게 맛이나 보여주십시오."

"어떻게 그렇게 할 수가 있습니까?"

중놈이 다시 권하며 말했다.

"아무것도 대접할 것도 없는데 누이도 그냥 한잔 마셔봐."

두 젊은 중이 돌아가며 연달아 술을 따랐고 영아도 몇 잔을 받아 마셨다. 계집이 말했다.

"술은 이제 그만 마실게요."

"여기 오기가 쉽지 않을 텐데 몇 잔 더 마셔."

반공이 가마꾼을 불러 술을 한잔씩 돌리려고 했다. 중놈이 말했다.

"제가 분부해놓았으니 의부께서는 아무 걱정 마십시오. 이미 잡부들은 밖에서 술을 대접받고 있을 것입니다. 의부께서는 마음 놓으시고 마음 편히 몇 잔 더 드십시오."

원래 이 까까중놈은 부인을 위해 일부러 이런 기가 센 술을 준비하여 대책을 마련한 것이었다. 반공은 마시라는 권유에 더 이상 버티지 못하고 두 잔을 마셨다가 근방 취하고 말았다. 중이 말했다.

"의부를 부축하여 침대로 모시고 가서 주무시게 하게."

중이 두 사형을 불러 부축하고 조용한 방으로 옮겨 재우도록 했다.

중이 다시 권하며 말했다.

"자기, 이제 마음 놓고 몇 잔 더 마셔."

계집이 원래 마음이 있었던 데다가 술이 들어가자 정욕이 끓어올랐다. 예로 부터 말하기를, '술은 심성을 어지럽히고 색은 사람을 미혹시킨다'[28]고 했다. 술 석 잔이 뱃속으로 들어가자 정신이 몽롱해져 주정을 부렸다.

"사형, 나한테 이렇게 술을 먹여놓고 어쩌려고?"

중놈이 목소리를 낮게 깔고 히죽 웃으면서 말했다.

"내가 자기를 사랑해서 그런 거야."

"나 이제 술은 그만 마실래……."

"자기 이제 내 방에 부처님 이빨[29] 보러 갈래?"

"나도 그러려고 했었어."

중놈이 부인을 이끌고 어떤 건물 이층으로 올라갔는데, 이 방은 바로 중놈의 침실로 매우 깨끗하게 정돈되어 있었다. 계집이 그럭저럭 마음에 들어 기뻐하며 말했다.

"자기 방이 정말 깨끗하고 좋네."

중놈이 실실 웃으면서 말했다.

"마누라만 있으면 돼."

계집도 배시시 웃으며 말했다.

"자기는 여자 하나도 못 얻나?"

"어디에서 이런 시주를 얻겠니?"

28_ 원문은 '酒亂性, 色迷人'이다. 술은 심성을 어지럽혀 이성을 상실하게 하고, 색은 사람을 미혹시켜 음 탕한 욕망에 빠뜨린다는 말이다.

29_ 원문은 '불아佛牙'인데, 석가모니를 화장한 후에 치아만이 손상되지 않고 온전하게 남아 있어 불교 도들이 진귀한 보물로 받들고 모셨기 때문에 귀한 물건을 불아佛牙라 한다.

"자기 빨리 부처님 이빨이나 보여줘."

"영아를 내려보내면 내가 금방 꺼내 올게."

"영아야, 너 빨리 내려가서 아버지가 깨어났는지 어떤지 살펴보겠니?"

영아가 아래층으로 내려가 반공을 보살피러 갔다. 그러자 중놈이 이층 문을 잠갔다.

예로부터 지금까지 선인들이 중을 무쇠 속의 좀벌레라고 한 말이 있다. 제일 단단하고 틈이 없다는 무쇠마저 파고드는 좀벌레들을 보통 사람들이 어떻게 건드릴 수 있겠는가? 예로부터 까까중을 두고 한 말이 있다.

색 중의 아귀이며 짐승 중 원숭이인데, 선조의 품격을 속이는구나.
이런 짐승들 응당 사원에서나 봐야지, 화려한 전당에 들여놓아 어찌 감당하랴.
色中餓鬼獸中狨, 弄假成眞說祖風.
此物只宜可下看, 豈埌引入畫堂中.

성관계가 끝나자 까까중놈이 말했다.

"네가 이미 나를 좋아하니 죽어도 여한이 없구나. 오늘 비록 네 덕분에 내 소원이 이루어지기는 했지만, 일시적인 사랑과 쾌락만을 얻을 수 있으니, 이렇게 오래도록 가다가는 내가 제명에 죽지 못하겠다."

"그렇게 허둥댈 것 없어요. 내가 이미 계책을 하나 생각해두었어요. 우리 서방이 한 달에 20일은 감옥에서 잠을 잔단 말이야. 내가 영아를 매수해서 매일 뒷문에서 기다리게 할게요. 만일 밤에 남편이 집에 없으면 향 탁자를 옮겨놓고 밤에 향을 태우는 것을 신호로 자기가 집에 들어오면 아무런 방해가 없을 거야. 다만 잠이 들어 5경에 깨지 못할까 그게 걱정이야. 어디에서 새벽을 알려주는 두타라도 하나 매수하여 목탁을 두드리며 큰소리로 불경이라도 외면 나가기 좋잖아요. 혹시 이런 사람을 구한다면 밖에서 파수도 보고 또 깜빡 잠들어도 깨울 수 있잖아요."

중놈이 이 말을 듣고 크게 기뻐하며 말했다.

"절묘하다! 자기 말대로 하면 되겠네. 여기에 엉터리 두타 한 놈이 있는데 그놈에게 부탁해서 망을 보면 되겠군."

"같이 온 놈들이 의심할까 두려워 여기에 오래 감히 오래 머물 수가 없어요. 나는 빨리 돌아가야 하니 자기는 약속을 어기지 말아요."

계집이 서둘러 머리를 정돈하고 다시 얼굴에 분을 찍어 바르며 이층 문을 열고 아래층으로 내려갔다. 영아에게 반공을 깨우도록 하고 서둘러 승방에서 나왔다. 가마꾼들은 이미 술과 국수를 먹고 절 앞에서 기다리고 있었다. 중놈은 계집을 산문 밖까지 배웅했고, 계집은 중놈과 작별하고 가마에 올라 반공, 영아와 집으로 돌아갔다.

한편 중놈은 새벽을 알려줄 두타를 찾아갔다. 본래 절 뒤 임시로 휴식하는 곳 작은 암자에 호도인胡道人[30] 하나가 살고 있었는데 사람들이 모두 그를 호두타胡頭陀라 불렀다. 매일 5경에 일어나 목탁을 두드리며 새벽 예불을 할 수 있게 알리고 날이 밝으면 밥을 얻어먹었다. 중놈이 그를 방으로 불러 술 석 잔을 대접했고 또 은자를 주었다. 호도인이 일어나서 물었다.

"제가 아무것도 한 것이 없는데 어떻게 돈을 받겠습니까? 그리고 평소에도 스님의 은혜를 받고 있습니다."

"네가 지성스런 사람이라 내가 조만간에 돈을 대주고 도첩을 사서 너를 출가시켜주려고 했다. 이 은자를 가지고 나가서 옷이라도 사서 입거라."

원래 중놈이 평소에 사형을 시켜 불시에 음식을 호도인에게 보내기도 했고 절에 불사라도 있으면 데려다 불경을 염송시키며 시주 돈을 주기도 했다. 호도

30_ 호도인胡道人: 한漢·위魏 시대에 불교가 전해져 범문을 한역했다. 서역에서 와 불경을 번역한 외국 승려를 호도인이라고 불렀다. 수·당 시기에 호승胡僧이라 부르기 시작했다.

인은 이미 여러 가지 도움을 받았던 지라 곰곰이 생각하고 말했다.

'오늘 내게 은냥을 주는 것을 보니 분명히 나를 부릴 데가 있을 것이다. 그가 말하길 기다릴 필요가 있는가?'

호도인이 망설이지 않고 입을 열었다.

"스님, 제게 시키실 일이 있으시면 무슨 일이든지 분부만 내리십시오."

"호도인, 당신이 이렇게 좋게 말씀하시니 솔직하게 말씀 드리겠습니다. 반공에게 딸이 있어 저와 왕래를 갖고자 하는데 뒷문에 향 탁자를 밖에 내어놓으면 제가 들어가기로 약조를 했습니다. 내가 거기 가서 서성거리기도 그렇고, 그래서 그대가 먼저 가서 살펴보고 이상 없다고 알려주면 가겠습니다. 또 번거롭지만 5경에 일어나서서 사람들을 깨우는 염불을 하실 때, 그 집 후문에 오셔서 사람이 없는가를 보고 목탁을 크게 두드려 잠을 깨워주시고 큰 소리로 염불을 하시면 제가 나오기가 쉬울 것 같습니다."

"그게 뭐 어렵겠습니까!"

망설이지 않고 승낙했다.

그날 먼저 반공의 집 후문에 와서 탁발하는데, 영아가 나와 말했다.

"도인께서는 어째서 앞문에 와서 탁발하지 않고 뒷문으로 오셨소?"

호도인이 염불하기 시작하자 안에서 계집이 듣고는 후문으로 나와 물었다.

"혹시 도인은 5경에 사람을 깨우는 두타 아니십니까?"

"제가 바로 5경에 사람을 깨우는 두타인데 어떤 사람이 잠을 깨워달라고 해서 왔습니다. 밤에 향을 피우시면 복이 쌓일 겁니다."

계집이 듣고는 크게 기뻐하며 영아를 불러 이층에 올라가 동전 꾸러미를 가져다가 보시하게 했다. 두타는 영아가 몸을 돌려 들어가는 것을 보고 계집에게 말했다.

"저는 혜사려의 심복으로 특별히 먼저 길을 익히러 왔습니다."

"이미 알고 있어요. 오늘 밤에 오셔서 보시고 향을 놓는 탁자가 밖에 놓여 있으면 그에게 알려주세요."

호도인이 고개를 끄덕였다. 영아가 동전을 가지고 왔고, 도인은 돈을 받고 돌아갔다. 계집은 이층으로 돌아와 속마음을 영아에게 말했다. 예로부터 '남의 집 하녀를 노복이라 부른다'고 했다. 그들은 사소한 편의만 있어도 순종하며 아무리 큰일이라도 모두 해치운다. 그러므로 여인들은 하녀를 부리면서도 믿지 못하지만 도리어 또 없어서는 안 되는 것이다. 여기에 증명하는 시가 있다.

몰래 정을 통하다 재앙이 발생하고, 집안을 망치는 것은 바로 노복이라네.
그날 홍랑紅娘의 일만 보더라도, 앵앵鶯鶯의 환심을 산 것은 그녀였다네.[31]
送暖偸寒起禍胎, 壞家端的是奴才.
請看當日紅娘事, 却把鶯鶯哄出來.

한편 양웅은 이날 감옥에서 당직을 서는 날이라 밤이 되기도 전에 미리 돌아와 감옥에서 잘 때 덮을 이불을 가지고 다시 감옥으로 갔다. 이날 영아는 기다리지 못하고 날이 저물기도 전에 일찌감치 향 탁자를 준비하여 황혼 무렵에 뒷문 밖에 옮겨 놓았고, 계집은 옆에 숨어 기다렸다. 초경 무렵 한 사람이 두건을 쓰고 몰래 들어오자, 영아가 깜짝 놀라며 물었다.

"누, 누구세요?"

그 사람은 아무 대답도 하지 않고 있는데, 계집이 옆에 서서 손으로 두건을 벗기니 대머리가 환하게 들어나자 가볍게 욕을 했다.

"까까머리가 어디서 본 것은 있어가지고!"

연놈은 이층으로 올라갔다. 영아는 향 탁자를 치우고 뒷문을 잠근 다음 자

31_ 홍랑紅娘은 원나라 잡극인 『최앵앵대월서상기崔鶯鶯待月西廂記』에서의 하녀이고, 앵앵鶯鶯은 최상국 崔相國의 딸 최앵앵崔鶯鶯으로 서생인 장공張珙과의 연애고사다.

러 돌아갔다. 예로부터 '즐기다 밤 짧다고 싫어하지 말고 새벽닭더러 늦게 아침을 알리라고 해야 한다'는 말이 있다. 한참 연놈이 잠에 빠져들고 있을 때 '똑똑' 목탁 소리가 울리며 커다란 염불 소리가 들려와, 중놈과 계집년이 함께 잠에서 깨어났다. 중놈이 옷을 걸치고 일어나며 말했다.

"나는 갈 테니 오늘 밤에 다시 보자."

"오늘부터 뒷문 밖에 향 탁자가 놓여 있을 때 약속 어기면 안 돼. 혹시 뒷문에 없을 때는 절대 들어오지 마."

중놈이 침상에서 내려오자, 계집이 두건을 씌워주며 영아를 시켜 뒷문을 열어주게 하자 금방 떠났다. 이때부터 양웅이 집을 나가 감옥에서 자게 되면, 중놈이 바로 집으로 들어왔다. 집에 남자라곤 늙은이밖에 없었는데 밤이 깊기도 전에 먼저 들어가 잠들어버렸다. 계집종 영아는 이미 한통속이 되어버렸고 석수한 사람만 속이면 되는데, 연놈은 색정에 빠져 혼백이 한 곳으로 빨려 들어간 것 같았다. 중놈은 두타가 보고하기만 하면 절을 떠났고, 계집은 영아를 중간 다리로 삼아 그를 출입시켰다. 그리하여 쾌락에 가득 찬 왕래 유희가 이미 한 달이 넘어가고 있었고 중놈은 10여 차례나 드나들었다.

한편 석수는 매일 가게를 닫고 푸줏간에서 잠을 잤다. 항상 반교운의 일이 마음에 걸렸으나 결정하지 못하고 또 중놈이 왕래하는 것을 보지도 못했다. 매일 5경에는 잠을 잤는데 어느 날 갑자기 일어나 이 일을 곰곰이 생각했다. 새벽을 알리는 두타가 골목 안으로 들어와 목탁을 두드리며 큰 소리로 염불을 하는 소리를 들었다. 석수는 눈치가 빠른 사람이라 8푼 정도 알아채고 냉정하게 생각하며 중얼거렸다.

'이 골목은 막힌 곳인데 어째서 저 두타가 매일 여기에 와서 목탁을 두드리며 염불을 하는 것이냐? 이 무리도 뭔가 수상해.'

이날은 11월 중순 5경 시각에 석수는 한참 잠을 이루지 못하고 있는데, 그때 두타가 목탁을 두드리며 골목으로 들어와 뒷문 앞에 도착하여 큰 소리로 염불을 하기 시작했다.

"보도중생普度衆生, 구고구난救苦救難, 제불보살諸佛菩薩!"

석수가 염불하는 소리를 듣고 뭔가 수상하여 벌떡 일어나 문틈으로 살펴보니, 머리에 두건을 뒤집어쓴 사람이 어둠 속에서 튀어나와 두타와 함께 떠났고, 뒤이어 영아가 문을 잠그는 것이 보였다. 석수는 이 광경을 목격하고 말했다.

'형님 같은 호걸이 이런 음흉한 부인을 얻다니. 저런 년이 형님을 속이고 이런 짓거리를 하고 있다니!'

날이 밝기를 한참 기다렸다가 돼지고기를 문 앞에 매달아 놓고 아침 시장에서 팔았고 밥을 먹고 외상값을 받으러 갔다. 점심 무렵에 주 관아로 양웅을 찾아갔다.

주교州橋에 이르렀을 때 마침 양웅과 마주쳤다. 양웅이 보고 물었다.

"동생, 어디 갔다 오나?"

"외상값 좀 받으러 나왔다가 형님을 만나러 왔습니다."

"내가 항상 공무로 바빠서 동생과 즐겁게 술 한잔 마시지 못했네. 여기 와서 앉게."

양웅이 석수를 주교 아래 주점으로 데리고 외진 방을 골라 들어가 둘이 앉았다. 주보를 불러 좋은 술을 가져오라 시키고 반찬과 해산물, 안주를 준비시켰다. 두 사람이 술을 석 잔 마셨을 때, 양웅은 석수가 고개를 숙이고 뭔가를 깊이 생각하고 있는 것을 보았다. 양웅은 성미가 급한 사람이라 거리낌 없이 물었다.

"동생, 마음속에 뭔가 좋지 않은 일이 있는 듯한데, 혹시 집에서 누가 심한 말로 자네를 속상하게 하지 않았는가?"

"집에서는 아무런 말도 없었습니다. 다만 저는 형님께서 친형제처럼 대해주셔서 감히 한 말씀 올리고자 하는데 해도 될지 모르겠습니다."

"동생, 갑자기 무슨 까닭에 그리 어려워하는가? 할 말이 있으면 무슨 말이든지 해보게."

"형님이 매일 밖에 나오셔서 관아의 일만 돌보므로 등 뒤에서 벌어지는 일은 잘 모를 겁니다. 형수님은 좋은 사람이 아닙니다. 제가 직접 본 적이 한두 번이 아닌데도 지금까지 감히 말씀 드리지 못했습니다. 오늘은 자세히 봤기에 도저히 참을 수가 없어서 형님을 찾아 말씀드리는 겁니다. 진심에서 나온 말을 너무 탓하지 마시기 바랍니다."

"내가 등 뒤에 눈이 없어서 알 수가 없네. 자네가 말하는 사람은 도대체 누구인가?"

"전에 집에서 불사를 할 때 해사려는 중놈을 불렀었는데 형수가 그놈과 눈길을 주고받는 것을 제가 모두 지켜보았습니다. 셋째 날 또 절에 가서 혈분경을 염불하여 원을 푼다고 가서 둘 다 술이 취해 돌아왔습니다. 근래에는 두타가 골목 안으로 들어와 목탁을 치고 염불을 하는데 뭔가 수상했습니다. 오늘 5경에 제가 일어나 살펴보다가 과연 그 중놈이 머리에 두건을 쓰고 집에서 나가는 것을 보았습니다. 이런 음란한 부인을 집에 두었다가 어디에 쓰겠습니까?"

양웅이 듣고 크게 성이 나서 말했다.

"그 천한 년이 어찌 감히 이럴 수가 있단 말이냐!"

"형님, 일단 화를 참으시고 오늘 밤은 아무 말 마시고 평소와 같이 하십시오. 내일은 당직한다고 핑계하고 3경 후에 다시 돌아오셔서 대문을 두드리시면 그놈이 반드시 뒷문으로 달아날 것입니다. 제가 그놈을 잡아 형님께 처분을 맡기겠습니다."

"동생 말대로 하겠네."

석수가 다시 당부하며 말했다.

"형님, 오늘 밤은 절대 함부로 말하시면 안 됩니다."

"내가 내일 자네 말대로 하면 되지 않겠는가."

둘은 다시 몇 잔을 더 마시고 술값을 지불하고 함께 일층에 내려와 술집을 나오고 헤어지려고 했다. 그때 우후 4~5명이 양웅을 불러 말했다.

"어쩐지 절급을 아무리 찾아도 없더라. 지부 상공께서 화원에 앉아계신데 절급을 불러 우리와 함께 봉술 시범을 좀 보이라고 하십니다. 빨리요, 빨리 가요!"

양웅이 석수에게 분부했다.

"본관께서 부르시니 나는 가봐야겠네. 동생 먼저 집에 돌아가게."

석수는 즉시 집으로 돌아와 가게를 정리해놓고 푸줏간 안에 들어가 쉬었다.

양웅은 지부에게 불려간 뒤 화원에서 봉술 시범을 했다. 지부가 구경을 마치고 기뻐하며 술을 가져오게 하여 큰 잔으로 연속 10잔을 주었다. 양웅이 술을 마시고 각자 흩어졌다. 사람들이 다시 양웅을 청하여 술을 먹였고 밤이 되자 크게 취하여 부축을 받고 집으로 돌아왔다. 시에 이르기를,

주색은 기가 서로 통한다고 하는데, 난봉꾼이 취하면 기생 찾아 잔다네.
영웅은 마음속에 품은 포부 있지만, 취중에는 분노를 떨어낼 수 없구나.
曾聞酒色氣相連, 浪子酣尋花柳眠.
只有英雄心裏事, 醉中觸憤不能蠲.

계집은 남편이 취한 것을 보고 데리고 온 사람에게 감사하고 영아와 함께 부축하여 이층으로 데리고 올라가 등잔을 밝게 켜놓았다. 양웅이 침상에 앉아 있는데, 영아는 투박한 솜 신을 벗겼고, 계집년은 두건을 벗기고 머리를 싸맨 수건을 풀었다. 양웅은 부인이 두건을 벗기는 것을 보고 순간적으로 울화가 치밀었다. 자고로 '술에 취하면 하고 싶은 말을 한다'[32]고 했다. 계집을 가리키며 욕설을 퍼부었다.

32_ 원문은 '醉是醒時言'이다. 취중에 말한 것이 진심이라는 말이다.

"너 이 천한 년아! 이 죽일 하녀 같은 년아! 내가 무슨 수를 쓰더라도 너를 끝장내버릴 테다!"

계집은 너무 놀랐으나 아무 말도 못하고 양웅을 달래고 시중하여 재웠다. 양웅은 침상에 누워 자면서도 입으로는 한에 찬 소리로 욕설을 퍼부어댔다.

"너 이 천한 년! 이 더럽고 막돼먹은 년! 너 이, 너 이…… 감히 호랑이 콧수염을 건드리다니! 너 이, 너 이…… 내 손에 걸리기만 하면 가만히 내버려두지 않겠다!"

계집은 숨도 크게 쉬지 못하고 양웅이 잠들기만 기다렸다.

시간이 점차 흘러 5경이 되었고 양웅은 이때 깨어나 물을 달라고 했다. 부인도 일어나 물을 한 사발 떠다가 양웅에게 주었는데 탁자 위에 밤새 켜두었던 등이 아직 다 타지 않았다. 양웅이 물을 마시고 물었다.

"부인, 당신 밤새 옷도 안 벗고 잤소?"

"당신이 술에 고주망태가 되어 토할까 무서워 어떻게 옷을 벗겠어요? 다리 밑에서 누워 조금 잤어요."

"내가 엊저녁에 뭐라고 않던가?"

"당신은 평소에 술버릇이 좋아 술만 취하면 그냥 잠들었잖아요. 어젯밤에는 제가 조금도 마음을 놓을 수가 없었어요."

양웅이 다시 말했다.

"내가 한동안 석수 동생이랑 술 한잔도 즐겁게 같이 마시지 않았으니 집에서 당신이 준비해서 대접하게."

계집이 대답하지 않고 답상踏床33 위에 앉아 눈에 눈물이 가득 고이더니 입으로는 탄식을 했다. 양웅이 또 말했다.

"여보, 내가 밤에 술에 취하여 당신에게 번거롭게 하지 않았다더니 어째서

33_ 답상踏床: 침상에 앉을 때 다리를 올려놓는 작은 발판.

괴로워하는 거야?"

계집이 눈물이 흐르는 눈을 가리고 대답하지 않았다. 양웅이 몇 번이나 물으니, 계집이 얼굴을 가리고 거짓으로 울었다. 양웅도 답상에서 그녀를 침상으로 끌어 올리며 그녀가 어째서 괴로워하는가를 물었다. 계집이 울면서 말했다.

"우리 아버지가 당초에 나를 왕 압사에게 시집을 보내면서 백년해로하기만 바랐으나 중간에 죽을 줄은 누가 알았겠습니까! 지금 내가 당신 같은 대단한 호걸에게 시집을 왔는데, 당신이 나를 지켜주지 못할 줄은 생각도 못했습니다!"

"또 무슨 괴상한 소리를 하느냐! 누가 너를 괴롭히기에 내가 너를 지켜주지 못한단 말이냐?"

"내가 본래 말하지 않으려고 생각했는데 당신이 그 사람 말을 들을 것 같아 두렵습니다. 말을 하면 또 당신이 분을 참지 못할까 겁이 나요."

양웅이 듣고는 말했다.

"당신 무슨 말을 하려는 거야?"

"제가 말씀드릴 테니 당신 화내지 마세요. 당신이 형제로 삼은 저 석수가 집에 온 뒤로 처음에는 좋았어요. 나중에 점차 혀를 놀리더니 당신이 돌아오지 않으면 항상 저를 보고 말했어요. '형님이 오늘 또 안 들어오셔서 형수님 혼자 주무시니 쓸쓸하시겠습니다.' 저는 그 사람에게 신경 쓰지 않았는데 그렇게 한 것이 하루 이틀이 아니지만 뭐라 하지 않았어요. 어제 아침에 내가 주방에서 목을 씻고 있는데 이놈이 뒤에서 걸어 들어오더니 주변에 아무도 없는 것을 보고 등 뒤에서 손을 뻗어 내 가슴을 만지며 말했어요. '형수님, 임신하셨나요? 아닌가요?'라고 하는데, 내가 손을 뿌리쳤어요. 본래 소리를 지르려고 했는데 이웃들이 알았다간 웃음거리가 될 것이 두려워 당신을 핑계 대고 얼버무리고 말았어요. 그래서 당신이 돌아오기만 기다렸는데 떡이 되도록 취해 들어오니 또 감히 말할 수가 없었어요. 내가 이놈을 뜯어 먹지 못한 것이 한스러운데, 당신이 이렇게 '석수 형제'에게 잘하라고 하면 나는 어쩌라고요!"

바로 다음과 같다.

음란한 계집 교묘히 꾸미는 말 많기에, 귀 얇은 남편은 쉽게 속누나.

지금부터 앞문으로 석수를 내보내면, 뒷문으로 해사려 들이기 좋다네.

淫婦從來多巧言, 丈夫耳軟易爲昏.

自今石秀前門出, 好放闍黎進後門.

양웅은 듣고서 마음속에 화가 치밀어 올라 욕을 해대며 말했다.

'용과 호랑이를 그릴 수 있지만 뼈까지 그리기 어렵고, 사람의 얼굴은 알아도 마음을 알 수는 없다[34]고 하더니. 이놈이 도리어 내게 찾아와 해사려에 대하여 밑도 끝도 없이 뭐라 하더니 모두 턱없는 소리였군! 분명히 이놈이 당황하여 선수를 쳐 잔꾀를 쓴 것이로구나!'

이를 부드득 갈며 말했다.

"친형제도 아니니 내치면 그만이지!"

양웅은 날이 밝기를 기다려 아래층으로 내려와 반공에게 말했다.

"이미 잡은 고기는 소금에 절여버리고 오늘부터 장사는 때려치우세요!"

순식간에 궤짝과 도마를 모두 부숴버렸다. 석수가 아침에 일어나 고기를 꺼내 문 앞에 가서 장사를 하려는데 도마와 궤짝이 엎어져 있었다. 석수는 눈치가 빠른 사람이라 어찌 눈치를 채지 못하겠는가? 웃으면서 말했다.

'그렇군. 양웅이 술김에 말을 꺼내서, 부인이 눈치를 채고 도리어 꾀를 내어 부추겨 분명히 내가 무례를 범했다고 말하면서 남편에게 가게를 접게 한 것이

34_ 원문은 '畫龍畫虎難畫骨, 知人知面不知心'이다. 겉은 보기 쉽지만 속은 도리어 이해하기 어렵다는 뜻이다, 바로 뼈는 그리기 쉽지 않고 사람의 마음은 예측하기 어려운 것이다. 관화당본에는 '畫虎畫皮難畫骨, 知人知面不知心(호랑이를 그리면 가죽은 그릴 수 있으나 뼈까지 그릴 수 없고, 사람의 얼굴은 알아도 마음을 알 수는 없다)'으로 실려 있다.

분명해. 따진다면 양웅이 망신을 당할 것이 분명하다. 차라리 내가 한발 물러나 다른 방법을 찾아야겠다.'

석수는 곧바로 푸줏간으로 가서 짐을 쌌고, 양웅도 그가 난처해할까봐 나가 버렸다. 석수가 짐을 들고 해완첨도解腕尖刀[35]를 찬 다음 반공을 찾아가 말했다.

"제가 오랫동안 댁에서 소란을 피워, 오늘 형님이 가게를 닫아버리고 돌아가 라고 하는군요. 장부는 이미 명확하게 정리했으니 한 푼도 착오가 없습니다. 혹 시 조금이라도 속였다면 하늘과 땅이 용서치 않을 것입니다."

반공은 사위에게 명을 받은 터라 그를 남겨둘 수도 없으므로 떠나도록 내버 려두었다. 여기에 증명하는 시가 있다.

베갯머리송사는 쉽게 들어주지만, 등 뒤의 일은 살피지 못하는구나.
바른 말 한 사람 도리어 나가고, 그 틈에 간사한 놈 몰래 기어드네.
枕邊言易聽, 背後眼難開.
直道驅將去, 奸邪漏進來.

석수는 작별하고 가까운 골목에 머물 객점을 찾아 방 한 칸을 빌려 거주했 다. 석수는 곰곰이 생각했다.

'양웅이 나와 의형제가 되었는데, 내가 이 일을 명백하게 처리하지 않으면 그 가 목숨을 잃을 것이다. 그가 비록 순간적으로 부인의 말을 믿고 속으로 나를 탓하겠지만, 나 또한 변명할 수도 없다. 그렇다고 내가 떠나서는 안 되고 이 일 을 온힘을 다해 밝혀야 한다. 오늘은 몇 시에 감옥에 가서 당직을 서는지 알아 보고 4경에 일어나면 해답을 알게 될 것이다.'

35_ 해완첨도解腕尖刀: 일상에서 쓰는 작은 패도佩刀. 일반적으로 날카롭고 길며 칼등이 두텁고 칼날이 얇고 자루가 짧다.

객점에 이틀을 머물며 양웅 집 앞에 가서 소식을 염탐했다. 그날 밤 옥졸이 이불을 가지고 나가는 것을 보고 석수가 속으로 중얼거렸다.

'오늘 밤에 분명히 당직을 할 테니 시간을 내어 살펴보면 알게 되겠지.'

그날 밤 객점으로 돌아와 자고 4경에 일어나 호신용 해완첨도를 들고 몰래 문을 열고 나가 양웅 집의 후문이 있는 골목에 들어갔다. 어둠 속에 숨어 바라보니 5경이 거의 다 되었을 때 그 두타가 목탁을 끼고 골목 앞에서 두리번거렸다. 석수가 번개같이 몸을 날려 두타의 뒤로 가 한 손으로 붙잡고 한 손으로 칼을 목에 대며 낮은 소리로 말했다.

"꼼짝 마라! 만일 소리를 지르면 죽여버리겠다! 솔직하게 말해라. 해사려 화상이 너더러 어떻게 하라고 했느냐?"

"여보시오, 살려주면 모든 것을 말씀드리겠습니다!"

"살려줄 테니 빨리 말해라!"

"해사려와 반공의 딸이 매일 밤 왕래하며 부정한 관계를 맺고 있습니다. 저더러 매일 뒷문에 향 탁자가 놓여 있는 것을 보면 그를 불러 들어가게 했습니다. 5경이 되면 내가 와서 목탁을 두드리고 염불을 하여 나오게 했습니다."

"그놈은 지금 어디에 있느냐?"

"그는 아직도 안에서 자고 있을 것입니다. 제가 목탁을 치면 그가 바로 나올 겁니다."

"옷과 목탁을 이리 내놓아라."

두타에게 목탁을 빼앗고 옷도 벗긴 다음 석수가 칼로 목을 찌르니 땅에 쓰러져 죽었다. 석수가 승려가 입는 검은색 도포를 입고 행전을 차고 칼을 꽂고 목탁을 두드리며 골목 안으로 들어갔다. 중놈이 침상에서 목탁을 똑똑 두드리는 소리를 듣고 서둘러 일어나 옷을 입고 아래층으로 내려왔다. 영아가 먼저 문을 열어주니, 중놈이 뒤를 따라와 뒷문 밖으로 쏜살같이 나왔다. 석수가 계속 목탁을 두드리자 중이 조그마하게 소리를 질렀다.

"자꾸 목탁을 두드리면 어쩌자는 거야!"

석수가 대답은 하지 않고 그를 골목 입구까지 데리고 가서 쓰러뜨린 다음 누르고 소리를 질렀다.

"소리 내지 마라, 큰 소리 내면 죽여버리겠다! 옷을 벗길 때까지 기다려라!"

중놈은 석수임을 알고 어떻게 감히 발버둥 치며 소리를 지르겠는가? 석수는 터럭 하나 남기지 않고 옷을 모두 벗겼다. 조용히 무릎을 굽혀 칼을 뽑아 서너 번 찔러 죽이고 칼을 두타의 몸 옆에 놓았다. 옷 두 벌을 둘둘 말아 하나로 묶고 객점으로 돌아와 가볍게 문을 열고 들어와 조용히 잠그고 들어가 잤다.

한편 계주성 안에 죽을 파는 왕공王公이 이날 아침에 멜대에 죽을 매고 등불을 든 사내아이 뒤를 따라 아침 시장에 죽을 팔러 걸어가고 있었다. 마침 시체 옆을 지나가다가 발에 걸려 넘어져 죽을 땅에 쏟고 말았다. 사내아이가 보고 소리를 질렀다.

"아이고. 중 하나가 여기에 취해 쓰러져 있네!"

노인네가 땅바닥을 더듬어 일어나니 두 손에 피가 잔뜩 묻어 있자 놀라서 소리를 지르는데 얼마나 크게 질렀는지 알 수 없었다. 몇몇 이웃이 듣고 문을 열고 나와 불로 비추어보니 온 바닥에 피와 죽이 범벅이 되어 있고 시체 둘이 바닥에 쓰러져 있었다. 이웃들은 관아에 알리려고 늙은이를 끌고 갔다. 바로 화는 하늘에서 내리고 재해는 땅에서 생겨난다고 하는 것이다.

결국 왕공이 어떻게 벗어나는가는 다음 회에 설명하노라.

【 제46회 】

새벽을 알리는 닭[1]

　이웃들이 왕공을 붙잡아 끌고 함께 계주부로 달려가 고발했다. 지부가 대청에 오르자 일행은 엎드려 아뢰었다.

　"이 노인네가 죽통을 짊어지고 가다가 죽을 땅에 쏟았습니다. 일어나 바라보니 죽은 두 구의 시체가 바닥에 엎어진 죽 안에 쓰러져 있었습니다. 하나는 중이고 하나는 두타인데 모두 몸에 실오라기 하나 걸치고 있지 않았고 두타 옆에는 칼이 하나 놓여 있었습니다."

　노인네가 말했다.

　"제가 매일 죽을 팔아먹고 사는데 아침 5경이면 나와 아침시장으로 서둘러 달려갑니다. 오늘 아침은 조금 일찍 일어나 이 철부지 어린아이와 함께 달려가는데 정신이 팔려 바닥을 보지 못하고 걸려 넘어져서 접시가 모두 깨지고 말았습니다. 피가 흥건한 시체 두 구를 보고 또 깜짝 놀라 이웃들을 불렀더니 도리

1　제46회 제목은 '病關索大閙翠屛山(병관색이 취병산에서 소동을 일으키다), 拼命三郎火燒祝家店(반명삼랑이 축가점을 불사르다)'이다.

어 관아로 저를 끌고 왔습니다. 상공께서는 맑은 거울처럼 굽어 살펴주시기 바랍니다!"

지부는 즉시 진술을 받아 적어 문서를 작성하게 하고 현지 이갑里甲2에게 오작행인을 데리고 이웃, 왕공 등을 압송하여 시신을 간단하게 검시하고 돌아와 보고하도록 했다. 모두 현장으로 몰려가 검시를 끝내고 주 관아로 돌아와 지부에게 보고했다.

"살해당한 중은 보은사 승려 배여해이고, 옆에 죽어 있던 두타는 보은사 뒤 암자의 호도인입니다. 중은 몸에 터럭 하나 걸치지 않고 서너 군데를 칼에 찔려 치명상을 입고 죽었습니다. 죽은 호도인 옆에 흉기가 하나 놓여 있었는데 목에 칼에 찔린 상처가 하나 나 있었습니다. 호도인이 칼로 중을 찔러 죽이고 지은 죄가 두려워 자살한 것 같습니다."

지부가 본사 중을 불러 추궁하여 까닭을 물었으나 아무도 이유를 알지 못했다. 지부가 결단을 내리지 못하자, 문서를 담당하는 공목이 아뢰었다.

"중이 옷을 홀딱 벗고 있는 것을 보니 저 두타와 불법적이고 그렇고 그런 짓거리를 하다가 서로 죽인 것이지 왕공과는 상관없는 일인 것 같습니다. 이웃들은 보증인을 세워 기다리게 하고, 시체는 본사 주지에게 넘겨 관을 준비하여 담고 다른 곳에 놓아두도록 하십시오. '상호 살해'라는 문서를 작성하면 될 것입니다."

지부가 대답했다.

"자네 말이 맞네."

즉시 관련자들을 그의 말대로 처리했다.

2_ 이갑里甲: 이갑 제도는 명나라 때 만들어진 하층 사회조직으로 노역법을 실행했다. 110호를 1리로 편성하여 부유한 사람 10명을 뽑아 10년을 돌아가며 이장里長을 맡아 이里의 일을 담당했다. 100호는 10갑으로 나누고 우두머리는 갑수甲首라고 한다. 매년 이장 1인과 갑수 1인이 1리와 1갑의 일을 처리했다.

계주성 안에 남의 일에 간섭하기 좋아하는 자제가 이 일을 노래 곡조로 만들어 불렀다.

추악한 까까중놈의 행위 용인할 수 없으니, 하는 짓거리 음란 방탕하기만 하구나. 남몰래 아리따운 미녀와 부부 되기를 언약하고, 원앙새 수놓은 휘장 속에서 영원히 함께하려 했네. 죄악이 차고 넘쳐 다른 중들에게 모욕을 준데다, 골목의 피바다 속에서 비명횡사했구나. 오늘 발가벗긴 채 죽은 꼬락서니는, 허리까지 찬 눈 속에 우뚝 서 있고3 호랑이 살리려 바위에 몸을 던진4 경전 속의 창시자들을 생각도 하지 않은 것이로다. 목련目蓮은 어머니를 구하려고 지옥에까지 쫓아갔는데,5 이 까까중놈은 계집을 탐하다 목숨조차 잃어버렸구나.

囬耐禿囚無狀, 做事直恁狂蕩. 暗約嬌娥, 要爲夫婦, 永同鴛帳. 怎禁貫惡滿盈, 玷辱諸多和尚, 血泊內橫屍里巷. 今日赤條條甚麼模樣, 立雪齊腰, 投岩喂虎, 全不想祖師經上. 目蓮救母生天, 這賊禿爲娘身喪.

그 뒤에 서회書會6 서생들이 이 사건을 알고는 붓을 들어 또 「임강선臨江仙」이란 사를 짓고 노래 불렀다.

3_ 선종禪宗의 2대조인 혜가慧可가 달마達摩를 찾아가 중생을 제도하고자 했는데, 그날 밤 큰 눈이 내려 눈이 무릎까지 쌓였는데도 움직이지 않자 달마가 감동했다고 한다.
4_ 석가모니는 전생에 어떤 나라의 왕자였다. 세 왕자가 산에 놀러갔다가 굶주린 채 죽음을 기다리는 일곱 마리의 새끼 호랑이와 어미 호랑이를 발견하자 셋째 왕자는 측은한 마음이 들어 자신의 몸을 던졌으나 그 굶주린 호랑이는 쇠약하여 먹지를 못했다. 그러자 왕자는 날카로운 대나무로 자신의 목을 찔렀고 굶주린 호랑이는 피를 핥은 후 살을 뜯어먹었다고 한다.
5_ 목련目蓮은 즉 목련目連, 목련木連이다. 석가모니의 10대 제자 가운데 한 명인 목련은 신통력이 있었다. 그의 모친은 온갖 악행을 저질러 죽은 다음에 아귀餓鬼 지옥에 떨어졌다. 그는 신통력을 발휘해 지옥으로 찾아갔고 극심한 굶주림에 시달리는 모친을 구하기 위해 밥을 어머니께 드렸다. 그 뒤에 많은 보살과 중에게 공양하여 모친이 지옥에서 벗어날 수 있었다고 한다.
6_ 서회書會; 송나라 때 설화인說話人과 희곡, 소설 작가들의 조직이다. 서회에 참가한 사람들은 재인才人, 노랑老郎, 명공名公의 구분이 있었다. 남송 이후에는 각종 기예인들이 화본話本을 편찬하는 장소가 되었다.

음란한 중놈이 죽음 부른 것은 당연한 응보이니, 어둠 속에서 터럭만큼도 어긋나지 않았구나. 두타의 시체 또한 기괴하여, 실 한 오라기 걸치지 않고 그 자리에서 칼 맞았다네. 큰 중놈은 정기와 피 잃어 죽었고, 작은 중놈은 어젯밤에 음탕했다네. 불문에서 생사를 같이 하려던 절친 사이가, 함께 목숨 건지고자 도망쳐 숨으려다, 둘이 함께 목숨 잃었구나.

淫行沙門招殺報, 暗中不爽分毫. 頭陀尸首亦蹊蹺, 一絲眞不掛, 立地吃屠刀. 大和尚此時精血喪, 小和尚昨夜風騷. 空門裏刎頸見相交, 抍死爭同穴, 殘生送兩條.

노래 두 곡은 여기저기 골목마다 울려 퍼졌다. 부인은 노래 두 곡을 듣고 넋이 나갔으나 감히 말도 못하고 속으로 몰래 고통스러워했다.

양웅은 계주부 관아 안에서 중과 두타가 살해되었다는 말을 듣고 생각했다.

'이 일은 분명히 석수가 저지른 일이다. 내가 전에 오해하여 그를 원망하고 말았구나. 내가 오늘 한가하니 그를 찾아가 진실을 물어보아야겠다.'

주교 앞을 지나가는데 등 뒤에서 누군가가 불렀다.

"형님, 어디 가시오?"

양웅이 고개를 돌려 뒤를 돌아보니 석수가 보여 물었다.

"동생, 내가 지금 자네를 찾고 있었네."

"형님, 할 말이 있으니 제가 머무는 곳에 가시지요."

양웅을 객점 안 작은 방으로 데리고 들어가서 말했다.

"형님, 제 말이 거짓말이 아니지요?"

"동생, 나를 용서하게. 내가 순간적으로 어리석게 술김에 실언을 해서 도리어 마누라에게 속아 동생에게 잘못을 범하고 말았네. 내가 지금 잘못을 빌려고 일부러 동생을 찾아왔네."

"형님, 제가 비록 아무 재주도 없는 소인이지만 한 점 부끄럼 없는 사내대장부인데 어떻게 다른 짓을 하겠습니까? 형님이 나중에라도 간사한 계책에 해를 당할까 두려워 증거를 보여드리려 합니다."

중과 두타의 옷을 꺼내며 말했다.

"모두 벗겨왔습니다."

양웅이 옷을 보니 속에서 천불이 일어나 흥분해서 말했다.

"동생, 용서하게, 내가 오늘 밤 더러운 년을 발기발기 찢어 분을 풀어야겠네!"

석수가 웃으면서 말했다.

"또 그러십니까! 형님은 관에서 일하는 사람이니 어떻게 법도를 모른 척 하시겠습니까? 또 간통 현장을 잡은 것도 아닌데 어떻게 죽이겠습니까? 만일 제 말이 거짓말이라면 사람을 잘못 죽이는 게 되는 것 아닙니까?"

"아무리 그래도 어떻게 가만히 있으란 말인가?"

"형님, 제 말대로만 하시면 대장부의 도리를 다하게 될 것입니다."

"동생, 자네가 어떻게 내가 대장부의 도리를 다하게 만들겠단 말인가?"

"여기 동문 밖에 산이 하나 있는데 취병산翠屏山[7]이라 하고 매우 조용한 곳입니다. 형님께서는 내일 이렇게만 말하세요. '내가 한동안 향도 사르지 못했으니 오늘은 부인과 함께 가야겠네'라고 하시고 부인을 속여 영아도 함께 데리고 산으로 올라오세요. 제가 먼저 그곳에 가서 기다렸다가 저와 직접 대면한다면 누가 맞는지 시비가 명백하게 가려질 것입니다. 형님이 그때 이혼장을 쓰고 부인을 버리면 최상의 방법 아니겠습니까?"

"동생 어째서 자네가 결백하다는 것을 꼭 밝히겠다고 하는가? 내가 이미 부인이 거짓말했다는 것을 모두 알았다네."

"그렇지 않습니다. 저도 그가 왕래한 것이 진실이라는 것을 형님께 밝혀드려야 합니다."

7_ 취병翠屏은 이어져 있는 산봉우리들 가운데 우뚝 서 있는 녹색의 바위 산봉우리를 말한다.

"동생이 이렇게 말하니 절대 틀릴 리가 없네. 내가 내일은 그 더러운 년과 정확하게 올 것이니 자네도 꼭 지키게."

"제가 나오지 않는다면 제가 한 말은 모두 터무니없는 거짓입니다."

양웅은 석수와 헤어져 객점을 나와 관아로 돌아가 일을 처리하고 늦게 집으로 돌아갔다. 평소와 다를 것 없이 살인에 관한 이야기는 입 밖에도 꺼내지 않았다. 다음날 아침에 일어나 부인에게 말했다.

"내가 어젯밤에 꿈을 꾸었는데 신선이 나타나 이전에 소원을 빌었을 때 했던 약속을 이행하지 않는다고 나를 나무라더라고. 예전에 동문 밖 악묘에서 향을 사르며 빌었던 것인데 아직까지 지키지 못했어. 오늘 마침 내가 한가하니 가서 실행하려고 하는데 자네도 같이 가야겠네."

"당신이나 혼자 가서 약속을 끝내든지 하세요. 내가 가서 뭐하겠어요?"

"이 약속은 당초 당신이랑 혼담이 오갈 때 했던 것이라 반드시 같이 가야 하네."

"그렇다면 아침은 채식으로 하고 물을 끓여 목욕하고 가야겠네요."

"나는 나가서 향과 지전을 사고 가마를 부르겠네. 자네는 목욕하고 머리 빗고 단장한 뒤 나를 기다리게. 영아도 데리고 가세."

양웅이 다시 객점으로 가서 석수와 약속했다.

"밥을 먹고 갈 테니 동생도 늦지 말게."

"형님, 혹시 가마를 태우고 오신다면 산 중턱에서 내려 세 사람이 걸어 올라오십시오. 저는 으슥한 곳에서 기다리고 있을 테니 쓸데없는 사람들은 데려오지 마세요."

양웅은 석수와 약속하고 지전과 초를 사서 돌아와 아침을 먹었다. 부인은 무슨 일이 있는지 전혀 모른 채 아름답게 치장했고 영아도 화장을 했다. 가마꾼이 가마를 들고 일찌감치 문 앞에서 와서 기다리고 있었다. 양웅이 말했다.

"장인어른은 집을 보고 계시지요. 제가 부인을 데리고 가서 향을 사르고 바로 돌아오겠습니다."

"향 많이 사르고 서둘러 갔다가 일찍 돌아오게."

부인은 가마에 오르고, 영아와 양웅은 뒤를 따랐다. 동문을 나와 양웅이 가마꾼들에게 낮은 소리로 말했다.

"내가 가마 값을 더 줄 테니 취병산으로 가세."

두 시진이 못 되어 이미 취병산에 도착했다. 원래 취병산은 계주 동문 밖 20리 거리로 사람들의 무덤으로 가득 차 있는 곳이었다. 위에서 바라보면 초원과 사시나무밖에 보이지 않았고 암자나 절은 전혀 없었다. 양웅은 가마가 산 중턱에 이르자 가마꾼을 불러 세우고 총관蔥管[8]을 뽑아 가마의 발을 들고 부인을 내리게 했다. 부인이 양웅을 보며 말했다.

"어째서 이런 산속으로 오셨어요?"

"아무 말 말고 올라가기나 해. 가마꾼, 따라오지 말고 여기서 기다려라. 잠시 후 술값도 같이 한꺼번에 주마."

"그러세요. 소인들은 여기에서 기다릴게요."

양웅이 부인과 영아를 데리고 함께 4~5층의 산비탈을 오르니 석수가 위에 앉아 있었다. 부인이 말했다.

"향과 지전은 어째서 안 가져 왔어요?"

양웅이 말했다.

"내가 먼저 사람을 시켜 올라오게 했네."

부인을 인도하여 오래 된 무덤으로 데리고 갔다. 석수가 보따리와 요도, 간봉 등을 나무 밑동에 놓아두고 앞으로 다가오며 말했다.

"형수님께 인사드립니다."

8_ 총관蔥管: 가마 문 앞에 가림막을 쳐서 가로막는 막대기인데, 가마가 기울었을 때 사람이 튀어나오는 것을 방지하기도 한다.

부인이 서둘러 대답하며 말했다.

"삼촌께서 여기는 웬일이세요?"

한편으로 말을 건네면서도 속으로는 깜짝 놀랐다. 석수가 말했다.

"여기에서 한참 동안 기다리고 있었습니다."

양웅이 말했다.

"전에 삼촌이 여러 차례 당신에게 농지거리로 희롱하고 또 손으로 당신의 가슴을 만졌다고 말해서, 당신 혹시 임신이라도 하지 않았는지 물어보려는 것이야. 오늘 여기에 아무도 없으니 당신들 두 사람을 대질해서 확인해야겠어."

부인이 말했다.

"아휴, 지나간 일을 지금 와서 말해 무엇하겠어요?"

석수가 눈을 동그랗게 뜨고 말했다.

"형님, 그게 무슨 말씀이시오? 이제 쓸데없는 소리는 마시고 형님 면전에서 명백하게 밝혀야겠소."

"삼촌, 일부러 트집 잡는 일을 해서 어쩌겠다는 것입니까?"

"형수님, 우기면서 발뺌하지 마시오. 증거를 보여주겠소."

보따리에서 해사려와 두타의 옷을 끄집어내 땅바닥에 집어던지며 말했다.

"이 옷 알아보시겠습니까?"

부인이 옷을 보고는 얼굴이 붉어지며 아무 말도 못하고 입을 다물었다.

석수가 '쓰윽' 요도를 뽑아 들고 양웅에게 말했다.

"이 일은 영아에게 물어보면 알 수 있습니다."

양웅이 계집종의 머리를 붙잡아 앞에 꿇어앉히고 고함을 질렀다.

"너 이 천박한 년아! 빨리 사실대로 불거라. 중의 방에 들어가 어떻게 간통을 하고, 어떻게 약속하여 향탁자로 신호를 삼았으며, 어떻게 두타를 오게 하여 목탁을 두드리게 했느냐? 내게 사실대로 말한다면 네 목숨은 살려주겠다. 혹시 한 마디라도 거짓이 있다면 너 먼저 잘게 다진 고기로 만들어버리겠다!"

영아가 소리쳤다.

"나리, 저랑 상관없는 일이에요! 살려주시면 제가 말씀드릴게요."

중의 방에서 술을 먹던 일, 이층에 올라가 부처님 치아를 구경하던 일, 그녀를 내보내 반공이 술에서 깨어나나 감시시키던 일을 아뢰었다.

"두 사람이 약속하여 셋째 날 두타에게 탁발했고, 저더러 동전을 가져오게 하여 두타에게 보시했어요. 부인이 중과 약속을 정하여 나리가 감옥에서 숙직을 하게 되면 향 탁자를 뒷문 밖에 내놓는 것을 암호로 삼았고 두타가 보고는 돌아가 중에게 보고했어요. 중이 오면 저를 속일 수 없으니 저한테 사실대로 말했어요. 부인이 보상으로 팔찌와 의복 한 벌을 주기로 해 시키는 대로 했어요. 이렇게 왕래한지 수십 번이 넘었는데, 어찌된 일인지 나중에 살해당했어요. 또 제게 노리개 몇 개를 주면서 나리에게 석가 삼촌이 농담을 지껄이며 희롱했다고 말하라 시켰어요. 이 일은 제가 눈으로 본 것이 아니라서 감히 드릴 말씀이 없어요. 제가 말씀드린 것은 모두 사실이고 꾸미거나 거짓된 것은 결코 없어요."

영아가 말을 마치자 석수가 말했다.

"형님 아셨습니까? 방금 영아의 진술은 제가 시킨 것이 절대 아닙니다. 형님께서 형수에게 까닭을 자세히 물어보십시오."

양웅이 부인을 붙들고 고함을 질렀다.

"이 더러운 년아! 종년이 이미 모두 자백했으니 잡아뗄 생각은 집어치우고 다시 사실대로 말한다면 네 천한 목숨은 살려주겠다!"

"제가 잘못했어요! 지난 날 부부로 살던 정을 보시고 이번 한 번만 용서해주세요!"

"형님, 어물어물 넘어가선 안 됩니다! 형수에게 까닭을 처음부터 자세하게 물어보아야 합니다."

"친헌 년아, 빨리 말헤라!"

부인은 도량을 벌였던 그날 밤의 일부터 시작해 왕래하면서 남몰래 중과 사통한 일을 일일이 모두 자백했다. 석수가 말했다.

"당신은 어째서 형님에게 거꾸로 내가 당신을 희롱했다고 말했소?"

"전날에 남편이 술에 취해 내게 욕을 해대기에 아무래도 이상해서, 삼촌이 눈치 채고 남편에게 이야기했을 것이라 짐작했어요. 그리고 5경에 또 삼촌이 어 떠냐고 묻기에 그렇게 얼버무린 거예요. 사실 삼촌은 절대 그런 적이 없어요."

석수가 말했다.

"오늘 삼자대면을 하여 사실이 밝혀졌으니, 형님이 하고 싶은 대로 어떻게든 처리하십시오."

"동생, 자네가 저 더러운 년의 머리 장식을 빼고, 옷을 벗기면 내가 작살을 내 버리겠다!"

석수가 망설이지 않고 머리를 치장하는 장식품을 모두 빼버리고 옷도 벗겼으 며, 양웅이 치마 끈 두 개로 부인을 나무에 묶었다. 석수는 곧바로 영아의 머리 장식품도 모두 빼내고 손에 칼을 움켜쥐고 다가가며 말했다.

"형님, 이 어린년은 살려둬서 뭐하겠습니까? 깨끗하게 화근을 뿌리째 뽑아버 립시다."

"그래야지. 동생 내가 해치울 테니 칼 이리 주게!"

영아는 형세가 좋지 않자 소리를 지르려 했으나 양웅이 칼을 들고 내리쳐 두 동강을 내버렸다. 부인이 나무에 묶인 채 소리를 질렀다.

"삼촌, 제발 말려주세요!"

"형수님, 제가 말릴 일이 아닙니다."

양웅이 나서서 먼저 칼로 혀를 뽑더니 단칼에 잘라 부인이 소리를 지를 수 없도록 했다. 양웅이 삿대질하며 욕설을 퍼부었다.

"너 이 더러운 년아! 내가 순간적으로 잘못된 말을 곧이듣고 너에게 속아 넘 어갈 뻔했다. 너는 먼저 형제간의 정분을 깨뜨리고 시간이 지난 후에는 분명히 너에게 목숨마저도 빼앗기게 될 것이니 내가 오늘 먼저 손쓰는 것이 낫다. 네 년의 오장은 도대체 어떻게 생겼느냐? 내가 한번 살펴봐야겠다."

단칼에 가슴에서 아랫배까지 내려 가르더니 오장을 끄집어내 소나무에 걸어놓았다. 양웅은 부인의 일곱 개 장기[9]를 나누고 비녀 등 장식품을 모두 보따리에 싸서 묶었다.

양웅이 말했다.

"동생, 자네 여기로 와서 나랑 앞으로의 계획을 상의해보세. 이제 간통하던 연놈을 모두 죽였으나, 자네와 나는 어디로 가야 한단 말인가?"

"제가 이미 깊이 생각해봤습니다. 제가 갈 곳이 있는데, 지체하지 말고 형님도 함께 가시지요."

"어디로 간단 말인가?"

"형님이 사람을 죽였고, 저도 사람을 죽였으니 양산박으로 가서 도적이 되지 않으면 어디로 가겠습니까?"

"잠깐! 나나 자네는 거기에 아는 사람 하나도 없는데 어떻게 우리를 기꺼이 받아들이겠는가?"

"형님 그렇지 않습니다! 지금 천하에 산동 급시우 송 공명이 강호의 어진 사람을 찾아 받아들이고 천하의 호걸들과 교제하는 것을 누가 모른단 말입니까? 형님과 제 무예 실력이 괜찮은데 어째서 받아들이지 않을 것을 걱정하십니까?"

"모든 일은 시작하기가 어렵고 나중 일은 쉬운 것이니 후환을 면하기 어렵다네. 내가 관아에서 일하던 공인이라 혹시라도 의심하여 우리를 받아들이지 않을까 걱정이라네."

석수가 웃으면서 말했다.

"그는 압사 출신 아닙니까? 제가 형님을 안심시켜드리겠습니다. 전에 형님이 저와 의형제를 맺던 그날 먼저 주점에서 저와 술을 마시던 두 사람 중에 한 사

9_ 심장·간·비장·폐·신장·위·장으로 일곱 종류의 내장 기관이다.

람은 양산박 신행태보 대종이고, 나머지는 금표자 양림이었습니다. 그가 제게 10냥짜리 은덩이 하나를 주었는데 아직도 보따리 안에 들어있으므로 가서 의지하고자 합니다."

"이미 그런 연줄이 있으니 우리 집에 가서 여비 좀 가지고 가세."

"형님, 이렇게 미지근하게 하십니까? 혹시 성에 들어갔다가 들통 나 잡히기라도 한다면 어떻게 벗어나시겠습니까? 보따리 안에 팔찌와 비녀 같은 장신구가 약간 있고, 저도 은자가 어느 정도 있으니 3~5명이 쓰기에 충분한데 어째서 가지러 가려고 하십니까? 만일 시비라도 일어난다면 어떻게 빠져 나오겠습니까? 이 일은 금방 들통 날 것이니 망설이지 말고 산 뒤쪽으로 돌아 달아납시다."

석수가 등에 보따리를 지고 간봉을 들었고, 양웅은 몸에 요도를 차고 박도를 들었다. 막 묘지를 떠나려고 하는데 소나무 뒤에서 한 사람이 걸어나오더니 소리를 질렀다.

"이런 태평스럽고 평화로운 세상에 사람을 죽이고 양산박으로 도망가 도적이 되려고 하다니. 내가 숨어서 엿들은 지 이미 한참이오!"

양웅과 석수가 놀라 바라보니 그 사람은 땅에 엎드려 절을 하고 있었다. 양웅은 그를 알고 있었다. 그는 시천時遷이라고 하는데 고당주高唐州[10] 사람으로 여기까지 흘러들어 왔으며 도처를 돌아다니며 처마를 나는 듯이 넘고 담벼락을 기어오르며 울타리를 뛰어넘고 말에 훌쩍 뛰어 타는 실력으로 훔치고 속이는 일을 했다. 전에 계주부 관아에서 소송 당했는데, 양웅이 구해준 적이 있었다. 사람들은 그를 '고상조鼓上蚤'라고 불렀다. 여기에 증명하는 시가 있다.

부드러운 뼈에 건장한 신체, 짙은 눈썹에 선명한 눈 지녔네.
생김새는 괴이한 족속 같은데, 걸음걸이는 나는 신선 같구나.

10_ 고당주高唐州: 지금의 산둥성 가오탕高唐.

고요한 밤엔 담장을 뛰어넘고, 깊은 한밤중엔 집을 감도누나.

슬그머니 도적질하는 고수인 그는, 바로 고상조 시천이라 하네.

骨軟身軀健, 眉濃眼目鮮.

形容如怪族, 行步似飛仙.

夜靜穿墻過, 更深繞屋懸.

偸營高手客, 鼓上蚤時遷.

양웅이 즉시 시천에게 물었다.

"네가 어째서 여기까지 왔느냐?"

"절급 형님께 아룁니다. 소인이 근래에 먹고 살기가 막막하여 이 산 안의 고분을 뒤져 귀한 물건 한두 가지 도굴하러 왔습니다. 형님이 여기에서 일을 치르시는 것을 보고 방해가 될까 감히 나오지 못했습니다. 방금 양산박에 가서서 도적이 되시겠다고 하셨는데, 저도 지금 여기에서 언제까지 개와 닭 도둑질이나 하면서 살아야 하겠습니까? 형님 두 분을 따라 입산하면 안 될까요? 소인도 같이 데리고 가주시겠습니까?"

석수가 말했다.

"당신도 이미 강호의 사내에 속하고, 그곳에서는 인재를 불러 모으고 있으니 당신 하나 더 가는데 많다고 하겠소? 원한다면 같이 갑시다."

"소인이 외딴길을 알고 있으니 그리로 가시지요."

즉시 양웅과 석수를 데리고 지름길로 뒷산으로 내려가 양산박을 향해 갔다.

한편 가마꾼 둘은 산 중턱에서 붉은 해가 서산으로 넘어갈 때까지 기다렸으나 세 사람은 내려오지 않았다. 분부를 받았으므로 감히 올라가지도 못했다. 그러나 더 이상 꾸물거리지 못하고 발길이 닿는 대로 산 위로 찾아 올라왔다가 까마귀 떼기 고분 위에 떼 지어 모여 있는 것을 보았다 두 가마꾼이 올라가보니 까마귀들이 서로 창자를 뜯어먹으려고 싸우느라 난리법석이었다. 가마꾼이 둘러보고는 깜짝 놀라 황급하게 집으로 돌아가 반공에게 알리고, 함께 계주부 관아로 가서 알렸다. 지부가 즉시 현위에게 명령하여 오작행인을 데리고 취병산으로 가서 시신을 검시하도록 했다. 검시를 마치고 돌아와 지부에게 보고했다.

"검시 결과 반교운이란 부인이 소나무 옆에 토막 나 있었고, 시녀 영아는 고분 아래에서 피살되었습니다. 분묘 옆에 부인과 중 두타의 의복이 쌓여 있었습니다."

지부가 듣고 며칠 전에 중 해사려와 두타의 일이 생각나 반공을 자세하게 심문했다. 노인네가 중의 방에서 술에 취했던 일과 석수가 나간 까닭을 자세하게 설명했다. 지부가 이야기를 듣고는 말했다.

"어림짐작해보니 부인과 중이 간통했고, 시녀와 두타가 연계하여 중간 다리 역할을 한 듯하구나. 석수란 놈은 억울한 일을 당하여 두타와 중을 죽였고, 양웅이란 놈은 오늘 부인과 시녀를 죽였음이 의심의 여지가 없다. 틀림없이 이럴 것이다! 양웅, 석수를 잡아들이면 확실하게 알 수 있을 것이다."

즉시 공문을 서명 발급하고 현상금을 걸었으며 양웅과 석수를 잡도록 했고, 나머지 가마꾼 등은 각자 돌아가 명을 기다리도록 했다. 반공은 스스로 가서 관을 사서 시체를 넣고 장사를 지냈다.

한편 양웅과 석수, 시천은 계주 지역을 떠나 밤에는 자고 새벽에 출발하여 하루도 쉬지 않고 걸어 운주鄆州 지역에 이르렀다. 향림와香林洼를 지나자 높은 산이 눈에 들어왔고 어느새 날은 어두워지고 있었다. 앞쪽 시내 가까이에 위치한 객점을 보고 세 사람이 문 앞으로 걸어갔다.

앞에는 큰길이 뻗어 있고, 뒤에는 큰 냇물이 흐르네. 수양버들 수백 그루 문을 가리고 있고, 집 옆에는 매화나무 한두 그루 있구나. 가시나무 울타리 초가집 둘러싸고 있고, 갈대발은 온돌방을 앞뒤로 가리고 있네. 오른쪽에는 "정원의 그윽한 저녁 무렵이면 오호五湖[11]에서 오는 손님 맞이하네"라고 쓰여 있고, 왼쪽에는 "문 활짝 열어 아침이면 삼도三島[12]의 길손 맞이하네"라고 쓰여 있구나. 비록 인가가 드문 곳의 객점이지만, 지붕 높은 네 마리 말이 끄는 호화로운 수레도 온다네.

前臨官道, 後傍大溪. 數百株垂柳當門, 一兩樹梅花傍屋. 荊榛籬落, 周回繞定茅茨; 蘆葦簾權, 前後遮藏土炕. 右壁廂一行, 書寫"庭幽暮接五湖賓"; 左勢下七字, 題道 "戶敞朝迎三島客". 雖居野店荒村外, 亦有高車駟馬來.

그날 황혼 무렵에 점소이가 문을 닫으려다가 세 사람이 들어오는 것을 보았다. 점소이가 물었다.

"손님, 먼 길을 걸으셔서 늦게 오셨군요."

시천이 대답했다

"우리가 오늘 100리 이상을 걸어서 이렇게 늦게 도착했다."

점소이가 문을 열고 세 사람을 안으로 들여 쉬게 하며 물었다.

"손님, 끼니는 어찌시겠습니까?"

"우리가 해먹겠네."

"오늘은 손님이 없어서 부뚜막의 솥 두 개가 모두 깨끗하니 쓰셔도 상관없습니다."

시천이 물었다.

"객점에 술과 고기는 파는가?"

"오늘 아침에는 고기가 있었는데 근처 동네 사람들이 모두 사갔습니다. 여기

11_ 원문은 '오호빈五湖賓'이다. 일반적으로 전국 각지의 손님을 가리킨다. 오호五湖에 대해서는 견해가 일치하지 않는데, 근대에는 일반적으로 동정호洞庭湖·파양호鄱陽湖·태호太湖·홍택호洪澤湖·소호巢湖를 가리킨다고 했다.

12_ 삼도三島: 바다에 3개의 신산神山이 있는데, 봉래蓬萊·방장方丈·영주瀛洲라 하는데, 신선이 거주하는 곳이라고 했다.

에는 술 한 단지만 남아있고 반찬으로 삼을 만한 것은 없습니다."

"할 수 없으니 밥이나 해먹게 쌀 닷 승升 좀 빌려주게."

시천은 점소이에게 쌀을 받아 씻어 밥을 지었고, 석수는 방 안에서 짐을 정돈했다. 양웅은 비녀 한 개를 꺼내 점소이에게 주며 먼저 술 한 동이를 내오게 하고 내일 한꺼번에 계산하기로 했다. 점소이는 비녀를 받고 안에 들어가 단지를 들어내 와서 뚜껑을 열었고 익힌 채소 한 접시를 탁자 위에 올려놓았다. 시천이 뜨거운 물 한 통을 가져와 양웅과 석수에게 손발을 씻도록 했고 술을 거르며 점소이를 불러 한쪽에 앉혀 술을 먹였다. 큰 사발 네 개를 놓고 술을 따라 마셨다.

석수가 객점 처마 밑에 좋은 박도 10여 개가 꽂혀 있는 것을 보고는 점소이에게 물었다.

"자네 객점에 어째서 이런 무기가 있는가?"[13]

"주인이 여기에 놓아둔 것입니다."

"네 주인은 어떤 사람이냐?"

"손님, 강호에 사는 사람이 어째서 이곳의 이름을 모르십니까? 앞에 높은 산은 독룡산獨龍山이라고 부릅니다. 산 앞에 있는 높다란 언덕을 독룡강獨龍崗이라고 하는데 그 위가 바로 주인의 집입니다. 여기에서 사방으로 30리를 축가장祝家莊[14]이라고 합니다. 장주 태공 축 조봉朝奉[15]에게 아들이 셋 있는데 '축씨삼결祝氏三傑'이라고 합니다. 장원 앞뒤로 인가가 500~700호 있고 모두 소작농으로 각각의 집에 박도를 두 개씩 나눠주었습니다. 여기는 축가점祝家店이라고 부

13_ 송나라 휘종 때 민간에서 무기를 보관하고 무예 익히는 것을 엄격히 금지했다. 이 때문에 이와 같이 물어본 것이다.

14_ 지금의 산둥성 양산 부근에는 『수호전』에서 말하는 축가장祝家莊은 없다. 축가장의 위치에 대해서는 여러 견해가 있다.

15_ 조봉朝奉: 송대에 조봉랑朝奉郎, 조봉대부朝奉大夫 등의 관직 이름이 있었다. 송나라 때 조봉은 일반적으로 사대부나 지식인에 대한 존칭이었다. 또한 부호나 지방 유지에 대한 경칭으로 사용되었다.

르는데 항상 수십여 집 사람들이 객점에서 자기 때문에 나누어준 박도를 여기에 놓아둔 것입니다."

"어째서 그가 객점에 무기를 나누어준단 말인가?"

"여기는 양산박에서 멀지 않아 혹시 도적들이 양식이라도 빌리러 오지 않을까 두렵기 때문에 여기에서 준비를 하는 것입니다."

"당신에게 은냥을 좀 줄 테니 내가 쓰게 박도 하나를 주는 게 어떤가?"

"무기에 모두 일련번호가 있어서 안 됩니다. 우리 주인의 법도가 가볍지 않아 몽둥이질을 견뎌낼 수가 없습니다."

석수가 웃으면서 말했다.

"내가 농담한 것이니 그렇게 진지할 필요 없네. 술이나 마시게."

"저는 더 이상 마실 수가 없으니 먼저 들어가 쉬겠습니다. 손님들은 편안하게 마음껏 드십시오."

점소이는 들어가버렸다.

양웅과 석수가 다시 술을 마시고 있는데 시천이 말했다.

"형님, 고기 좀 드시겠습니까?"

양웅이 말했다.

"점소이가 팔 고기가 없다고 했는데 어디에서 구한단 말이냐?"

시천이 '헤헤'하고 웃으며 부뚜막으로 가서 수탉을 한 마리 들어올렸다. 양웅이 물었다.

"이 닭을 어디에서 찾았느냐?"

"소인이 방금 뒤에 볼일을 보러 갔다가 닭장 안에 있는 것을 보았습니다. 아무리 생각해도 안주거리가 없어서 몰래 잡아 시냇가에 가서 죽였습니다. 뜨거운 물을 가지고 뒤에 가서 털을 뽑고 깨끗하게 씻고 삶아서 두 형님 드시라고 가져왔습니다."

양웅이 말했다.

"너 이놈 아직도 이렇게 도둑질이나 하고 있구나."

석수가 웃으면서 말했다.

"제 버릇 개 못 준다더니."

세 사람은 한바탕 웃고 닭을 손으로 찢어먹으며 밥을 퍼서 먹었다.

그 점소이가 막 잠이 들려다가 안심이 안 되는지 다시 일어나 앞뒤로 둘러보았다. 주방 탁자 위에 닭털과 뼈가 남아 있는 것을 보고 부뚜막에 가서 살펴보니 솥 안에 닭 국물이 반이나 남아 있었다. 점소이가 서둘러 뒤쪽 닭장 안을 들여다보니 닭이 보이지 않자 황급하게 뛰쳐나와 물었다.

"손님, 당신들 어찌 이런 도리 없는 짓을 하시오! 어떻게 우리 객점에 아침을 알리는 수탉을 훔쳐 먹었단 말이오!"

시천이 시치미 떼며 말했다.

"귀신이 곡할 노릇이네! 아야, 내가 도중에 사온 닭을 먹었고, 자네 닭은 본적이 없는데?"

"그럼 우리 닭이 어디로 갔단 말이오?"

"들고양이에게 끌려갔는지, 족제비가 먹었는지, 매가 채갔는지, 우리가 어떻게 알겠는가!"

"우리 닭은 닭장 안에 있었는데 당신이 훔치지 않았으면 누가 훔쳤단 말이오?"

석수가 말했다.

"다툴 것 없네. 얼마나 된다고 그러는가. 배상하면 되지 않겠나."

"내 닭은 새벽을 알리는 닭이니 객점에 없어서는 안 됩니다. 당신이 은자 10냥으로 배상해도 안 되니 내 닭 물어내세요."

석수가 잔뜩 화가 나서 말했다.

"네가 누구를 위협하는 것이냐? 어르신께서 배상 못한다면 어쩌려느냐?"

점소이가 웃으면서 말했다.

"손님, 여기에서 소란을 피울 생각일랑 하지 마시오! 우리 객점은 다른 객점이랑 달리 당신을 잡아 양산박 도적으로 만들어 장원으로 끌고 갈 겁니다."

석수가 듣고 크게 욕설을 퍼부었다.

"양산박 도적이라 하더라도 네가 무슨 재주로 나를 잡아 상을 받겠느냐!"

양웅도 성내며 말했다.

"좋게 네게 돈으로 주려고 했더니 이제 배상 못하겠으니 어떻게 나를 잡아갈래?"

점소이가 크게 소리를 질렀다.

"도적이야!"

고함 소리를 듣고 객점 안에서 벌거벗은 사내 3~5명이 걸어나와 양웅, 석수에게 달려들었다. 석수가 주먹으로 한 놈을 쳐서 쓰러뜨렸다. 점소이가 소리를 지르려고 할 때 시천이 주먹으로 치니 얼굴에 맞고 아무 소리도 지르지 못했다. 덩치들이 모두 뒷문으로 달아났다. 양웅이 말했다.

"동생, 이놈들이 분명히 사람들에게 알릴 테니 우리는 빨리 밥이나 먹고 달아나세."

세 사람은 즉시 밥을 배부르게 먹고 보따리를 나누어지며 미투리를 신고 요도를 찼으며 각자 창 받침대에서 박도를 하나씩 집어 들었다. 석수가 말했다.

"어차피 이렇게 되었으니 이놈을 용서할 수 없다!"

부뚜막 앞에 가서 볏짚을 찾아 불을 붙이고 사방팔방에 불을 질렀다. 바람이 불어 초가집은 탁탁 소리를 내며 불이 번졌다. 불이 순식간에 온 하늘에 가득 찼고, 세 사내는 발걸음을 힘껏 뻗으며 성큼성큼 큰길을 향해 걸었다. 바로 다음과 같다.

닭 한 마리 훔친 것뿐인데, 호걸이 새끼 사슴 쫓게 되었네.
양산박에서 물결 일어나니, 축가장 진흙으로 변하게 되누나.

只爲偸儿攘一雞, 從教傑士竟追蹇.

梁山水泊興波浪, 祝氏山莊化作泥.

세 사람이 두 경쯤 걸었을 때 앞뒤로 셀 수도 없이 많은 횃불이 보였고, 대략 100~200여 명의 사람들이 함성을 지르며 쫓아왔다. 석수가 말했다.

"당황하지 말고 샛길을 찾아 달아납시다."

양웅이 말했다.

"멈추어라! 한 놈이 오면 한 놈을 죽이고, 두 놈이 달려들면 두 놈을 죽이면 된다. 날이 새기를 기다렸다가 가자."

미처 말이 다 끝나기도 전에 사방으로 포위되고 말았다. 양웅이 선두에 서고 석수가 뒤에 섰으며 시천이 중간에 서서 세 사람은 박도를 잡고 장객들과 싸웠다. 장객들은 처음에 아무것도 모르고 창봉을 휘두르며 달려들었고, 양웅은 박도로 5~7명을 찔러 쓰러뜨렸다. 앞장 선 자들은 바로 달아났고 뒤에 있던 자들은 서둘러 도망가려 했으나, 석수가 따라가 6~7명을 찔러 쓰러뜨렸다. 사방에서 포위했던 장객들은 10여 명이 죽고 다치는 것을 보고서야, 형세가 보통이 아니라는 것을 눈치 채고 모두가 살려고 달아났다. 세 사람은 그들을 뒤쫓아 갔다. 한창 달려가는데 갑자기 함성이 일더니 마른 풀 더미에서 갈고리 두 개가 튀어나와 시천을 걸어 풀덤불 속으로 끌고 들어갔다. 석수가 급히 몸을 돌려 시천을 구하려고 할 때 등 뒤에서 갈고리 두 개가 또 튀어나왔다. 양웅이 재빠르게 눈치 채고 박도로 한 번 밀어 젖히고 풀 속을 향하여 찔러대니 비명을 지르며 모두 달아났다. 두 사람은 시천이 붙잡힌 것을 보았으나, 너무 깊이 들어갈 수 없었고 또 싸울 엄두가 나지 않았다. 시천을 돌아볼 겨를도 없이 사방으로 길을 찾아 달릴 따름이었다. 멀리서 횃불이 어지럽게 비추었고, 오솔길에 잡목과 나무가 없어서 길을 갈 수 있게 비춰주어 쉬지 않고 동쪽을 향해 걸었다. 장객들은 사방에서 쫓아오지 못하고 상처 입은 사람들을 구하러 갔으며 시천의 팔을 등 뒤로 묶고 축가장으로 압송했다.

한편 날이 밝을 때까지 달아나던 양웅과 석수의 눈에 한 시골 주점이 들어왔다. 석수가 말했다.

"형님, 앞에 보이는 주점에서 술과 밥을 사서 먹고 길도 물어봅시다."

두 사람은 주점 안으로 들어가 박도를 기대어 세우고 앉아 주보를 불러 술을 시키고 밥을 지어먹었다. 주보가 채소와 안주를 내오고 술을 데워 왔다. 막 마시려고 하는데 밖에서 한 커다란 사내가 달려 들어왔다. 사내는 얼굴은 넓적하고 네모난 뺨에 눈동자는 선명하고 귀가 큼직했으며 외모는 추했으나 몸체는 두툼했다. 몸에는 다갈색 비단 적삼을 입었고 머리에는 만자두건을 썼으며 허리에는 하얀 비단 탑박을 찼고 발에는 유방화油勝靴16를 신었다. 사내가 소리 질렀다.

"대관인께서 너희가 멜대를 지고 장원으로 가져오라고 하셨다."

주점 주인이 서둘러 대답했다.

"멜대에 담았으니 잠시 후에 장원으로 보내드리겠습니다."

사내가 분부를 마치고 몸을 돌리더니 다시 말했다.

"빨리 가져오너라!"

사내가 양웅과 석수 앞을 지나 문으로 나가는데, 양웅이 그를 알아보고 소리쳤다.

"얘야, 네가 어째서 여기에 있느냐? 나 좀 보거라!"

그 사람이 고개를 돌려 바라보더니 양웅을 알아보고 바로 소리를 질렀다.

"은인 아니십니까! 여기는 어쩐 일입니까?"

사내는 양웅에게 절을 했다. 양웅이 이 사람을 만났기에 나누어 서술하면, 세 장원의 맹세가 허망하게 되고 뭇 호랑이들이 포효하며 재앙을 일으키게

16_ 유방화油勝靴: 오동나무 기름으로 칠한 비와 눈을 막는 신발을 말한다.

된다.

결국 양웅과 석수가 우연히 만나게 된 사람이 누구인지는 다음 회에 설명하
노라.

고상조鼓上蚤 시천時遷

『수호전전교주』에 따르면 "정목형의 『주략』에서 이르기를, '고상조鼓上蚤의 원본은
고상조鼓上早다. 조早는 옛날에 조蚤, 조爪와 통했다. 고상조鼓上早는 북통에 가죽
을 씌우는 곳의 구리 못으로 작은 것을 골라야 쉽게 들어간다는 것을 말한다. 지
금의 속본俗本은 조蚤로 바꾸었는데, 혹여 벼룩으로 여겨 빠르게 튀어오르는 것
을 비유한다'고 했다." 또한, 『수호전보증본』에 따르면 "왕리치王利器는 '고상조鼓上
蚤'를 '고상척鼓上鼗(순찰 북)'의 오류로 여겼다. '상척上鼗'은 '상경上更'으로 이미 첫
번째 야경을 돌아 경계를 엄하게 하는 것을 말한다. 시천은 이때 추녀와 담벼락
을 나는 듯이 넘나들며 훔치고 달아나는 짓을 하므로 고상척이라 했다"고 했다.
이로 볼 때 '고상조鼓上蚤'는, 옛날 북을 두드려 시각을 알리며 밤이 되어 경계를
할 때 마치 튀어오르는 벼룩처럼 몰래 제멋대로 활동한다는 것을 의미한다고 할
수 있다.

축
가
장¹

그때 양웅이 그 사람을 부축하고 일으키며 석수와 인사를 시켰다. 석수가 물었다.

"이분은 누구십니까?"

"이 형제는 두흥杜興이라는 사람으로 대대로 중산부中山府2에 살았다네. 생김새가 추악하고 우악스러워 귀검아鬼臉兒라고 부른다네. 작년에 계주로 장사하러 왔다가 동료 장사꾼을 한 방에 때려죽여 계주부 감옥에 갇혔었지. 내가 그의 무예가 출중한 것을 보고 온 힘을 써서 구해줬지. 오늘 여기서 만날 줄은 생각지도 못했네."

두흥이 양웅에게 물었다.

1_ 제47회 제목은 '撲天雕雙修生死書(박천조가 사람을 두 번 보증하는 편지를 쓰다). 宋公明日一打祝家莊(송공명이 처음 축가장을 공격하다)'이다. '생사서生死書'는 당사자가 쓰는 절대로 바뀌지 않으며 내용을 가리고 가타부터 논할 수 없음을 표시하는 보증서를 말한다.
2_ 중산부中山府: 송나라 정화政和 3년(1113)에 정주定州를 승격시켜 설치했다. 치소는 안희安喜(지금의 딩저우定州)였다.

"은인께서는 어떤 공무로 여기에 오셨습니까?"

양웅이 귓가에 대고 목소리를 낮춰 말했다.

"내가 계주에서 사람을 죽여 할 수 없이 양산박에 가서 한패가 되려고 하네. 그런데 어젯밤 축가점에서 묵다가 같이 온 시천이라는 녀석이 객점에 있는 새벽을 알리는 닭을 훔쳐 먹고 바로 점원과 싸움이 일어나고 말았어. 결국 성질을 이기지 못해 그 객점을 모두 불 질러버리고 우리 세 사람이 그날 밤 도망쳤어. 쫓아오는 놈들을 막을 수가 없어서 우리 둘이 몇 놈을 찔러 눕혀버렸어. 하지만 시천이란 놈은 뜻하지 않게 잡초 더미에 숨어 있던 놈들이 뻗은 갈고리에 붙잡혀버리고 말았네. 우리 두 사람만 정신없이 여기까지 도망왔고, 길을 묻다가 우연히 동생을 만나게 된 걸세."

"은인께서는 진정하십시오. 제가 시천을 구해 돌려보내겠습니다."

"동생, 잠시 앉게나. 한잔 하세."

세 사람이 앉아 술을 마시기 시작했다. 두흥이 말했다.

"소인은 은인의 은혜 덕분에 계주를 떠나 이곳에 이르게 되었습니다. 여기에서도 한 대관인의 호감을 받아 집안 집사 일을 보게 되었습니다. 매일 들고 나는 돈이 수천수만인데도 제게 맡기실 정도로 신임이 두터워 고향으로 돌아갈 생각도 못하고 있습니다."

"그 대관인이 누구신가?"

"이곳 독룡강獨龍崗 앞에는 세 개의 언덕이 있는데, 언덕마다 마을이 늘어서 있지요. 가운데가 축가장이고 서쪽은 호가장扈家莊이라 하며 동쪽은 이가장李家莊입니다. 이 세 곳 장원에 있는 마을에 모두 1~2만 정도의 군마가 있습니다. 그 중에서도 축가장 호걸들이 가장 뛰어나며 우두머리는 가장인 축조봉祝朝奉이고 그의 아들 세 명을 '축씨삼걸祝氏三傑'이라 부릅니다. 장남은 축룡祝龍이고 차남은 축호祝虎, 막내는 축표祝彪라 합니다. 또한 '철봉鐵棒' 난정옥欒廷玉이라 부르는 사범이 있는데, 이 사람은 만 명도 당해내지 못할 만큼 용맹하다고 합니다.

장원에는 뛰어난 장객만도 1000~2000명은 된다고 합니다. 서쪽 호가장의 주인은 호태공扈太公으로 '비천호飛天虎' 호성扈成이라 불리는 아들이 있는데 그 또한 대단하다고 합니다. 그보다는 '일장청一丈青' 호삼랑扈三娘이라 하는 딸이 진짜 영웅이라 할 수 있습니다. 일월쌍도日月雙刀를 사용하는데 특히 말 위에서 사용할 때 솜씨가 더 훌륭하다고 합니다. 그리고 이곳 동쪽 마을에 바로 저의 주인되는 이응李應이라는 분이 계십니다. 순철로 만든 점강창點鋼槍을 사용하고, 등에 감춰둔 다섯 자루의 비도飛刀는 백 보 이내의 사람을 모두 맞출 수 있어 그야말로 신출귀몰합니다. 이 세 마을이 생사를 함께하기로 결의하여 좋은 일이든 나쁜 일이든 서로 돕고 구원하기를 맹세했습니다. 지금 양산박 호걸들이 양식을 털러 오는 것을 두려워하여, 이 세 마을이 막을 준비를 하고 있습니다. 소인이 두 분을 장원으로 모시고 갈 테니 이대관인을 만나면, 시천을 구원해줄 편지를 써달라고 부탁하십시오."

양웅이 또 물었다.

"자네가 말하는 이대관인이 강호에서 '박천조撲天雕'라 불리는 이응이라는 분이 아닌가?"

"예, 바로 그분입니다."

석수가 말했다.

"강호에서 독룡강에 박천조 이응이라는 호걸이 있다는 소리를 들은 적이 있는데 이곳에 계셨구먼. 정말 대단한 장부라 들었는데 한번 가서 만나보세."

양웅이 주보를 불러 술값을 계산하려 하자 두흥이 말리고 제 돈으로 술값을 치렀다.

세 사람은 시골 주점을 나왔고, 두흥이 양웅과 석수를 데리고 이가장으로 갔다. 양웅이 살펴보니 정말 커다란 장원이었다. 바깥쪽은 넓은 물길이 두르고 있고 물가 벽에는 석회기 발리저 있으며 수배 그루익 아름드리 커다란 버드나무가 곧게 자라고 있었다. 문 밖에는 조교가 있어 장원문과 이어져 있었다. 장원문을 지나 대청 앞에 이르니 양옆으로 늘어선 선반 20여 개에 번쩍이는 병장기가 가득 꽂혀 있었다. 두흥이 말했다.

"두 분 형님은 여기서 잠시 기다리십시오. 소인이 들어가 대관인께 만나뵙기를 청하겠습니다."

두흥이 들어간 지 얼마 되지 않아 이응이 안에서 나오는 게 보였다. 양웅과 석수가 보니 과연 풍채가 당당한 사람이었는데, 「임강선」이란 사 한 편이 이를 증명하고 있다.

송골매의 눈과 매 눈동자, 머리는 호랑이와 비슷하고, 제비턱에 팔은 원숭이처럼 길고 허리는 이리처럼 가늘며, 재물을 하찮게 여기고 의리를 중히 여겨 호걸들과 교제하누나. 눈같이 흰 백마 타기를 좋아하며 붉은 전포 즐겨 입네. 등에는 비도 다섯 자루 지녔고 점강창엔 은줄을 상감했는데, 강직한 성품 그 누구도 감히 범하지 못하는구나. 이응은 진정한 장사로 별명은 박천조라 부르네.

鶻眼鷹睛頭似虎, 燕頷猿臂狼腰, 疏財仗義結英豪. 愛騎雪白馬, 喜著絳紅袍. 背上飛刀藏五把, 點鋼槍斜嵌銀條, 性剛誰敢犯分毫. 李應眞壯士, 名號撲天雕.

이응이 대청 앞으로 나왔고 두흥은 양웅과 석수를 데리고 대청 위에 올라 인사를 했다. 이응이 얼른 답례하고는 앉기를 청했다. 양웅, 석수가 두세 번 사양하다가 비로소 앉았고 이응이 술을 내오게 하여 대접했다. 양웅과 석수 두 사람이 재차 절하며 간청했다.

"대관인께서 제발 축가장에 서신을 보내시어 시천의 목숨을 구원해주십시오. 그렇게만 된다면 죽어도 잊지 않을 것입니다."

이응이 글방 선생을 불러 상의하고 서신 한 통을 써서 명휘名諱3를 기입하

3_ 명휘名諱: 손윗사람이나 존경하는 분의 이름. 산 사람은 명名이라 하고, 죽으면 휘諱라 한다.

고 인장을 날인한 뒤에 부䌓 집사에게 주고, 빠른 말 한 필을 준비해 급히 축가장에 가서 시천을 데려오게 했다. 부 집사는 주인의 서찰을 받고 말에 올라 달려나갔다. 양웅과 석수가 감사 인사를 마치자 이응이 말했다.

"두 분 장사께서는 안심하시오. 소인의 편지가 갔으니 풀려날게요."

양웅·석수가 다시 한번 감사했다.

"후당으로 가서 잠시 술이나 마시며 기다립시다."

두 사람이 안으로 들어가니 아침밥을 대접했다. 식사를 마치고 차를 마시는데 이응이 창 쓰는 법 몇 가지를 물었다. 양웅과 석수가 조리 있게 잘 대답하자, 이응이 속으로 매우 기뻐했다.

사시쯤 되어 부 집사가 돌아오자 이응이 후당으로 불러 물었다.

"가서 데리고 온 사람은 어디에 있는가?"

"소인이 직접 축조봉을 만나뵙고 편지를 드렸더니, 처음에는 풀어주려고 했습니다. 그런데 축씨 삼형제가 나온 뒤에 도리어 화를 내더니 결국은 답장도 주지 않고 사람도 풀어주지 않았으며 오히려 그 사람을 주 관아로 끌고 가야겠다고 합니다."

이응이 놀라면서 말했다.

"우리 세 마을이 생사의 결의를 맺었거늘 편지까지 보냈으면 당연히 풀어줘야지, 어찌 이런 일이 일어난단 말인가? 반드시 네가 말을 잘 못하여 이렇게 된 것이겠지. 두䌓 집사가 다시 한번 다녀와야겠다. 직접 축조봉 어른을 만나 자세한 이유를 말씀드리거라."

두흥이 말했다.

"소인이 가기를 원하지만 나리께서 친필로 편지를 써주시면, 그쪽에서 당연히 풀어줄 것입니다."

"네 말이 맞다."

이응은 급히 화려하고 좋은 편지지를 가져오게 하여 직접 편지를 쓰고, 겉봉에 이름이 새겨진 인장을 날인하여 두흥에게 줬다. 마구간에서 빠른 말을 끌고 나와 안장과 고삐를 갖추고 채찍을 쥐고 장원 문을 나왔다. 말에 올라 채찍질을 하며 축가장으로 달려갔다.

"두 분은 안심하시오. 내가 직접 편지를 썼으니 잠시 후면 풀려날 것이오."

양웅과 석수가 깊이 감사하고, 후당에서 술을 마시며 기다렸다.

그런데 날이 점점 저무는데도 두흥이 돌아오지 않았다. 이응은 속으로 의심이 생겨 다시 사람을 마중 내보냈다. 이윽고 장객이 보고했다.

"두 집사가 돌아왔습니다."

"몇 사람이 돌아왔느냐?"

"집사 혼자 달려 돌아오고 있습니다."

이응이 고개를 갸우뚱하며 말했다.

"참으로 이상하구나! 이전에는 이놈들이 이렇게 골치 아프게 굴지 않는데, 오늘은 무슨 까닭으로 이러는가?"

대청 앞으로 나가니 양웅과 석수도 따라 나왔다. 두흥이 말에서 내려 장원 문으로 들어오는데, 얼굴이 벌겋게 달아올라 이를 악물고 입술을 실룩거리며 한참 동안 말을 하지 않았다. 여기에 증명하는 시가 있다.

천성적으로 괴상한 그의 얼굴, 화를 내면 더욱 기괴해져 감당하기 어렵다네.
약간은 사람 모습 같지가 않아, 귀신 사는 곳의 초면왕焦面王[4]과 흡사하구나.
面貌天生本異常, 怒時古怪更難當.
三分不象人模樣, 一似酆都焦面王.

이응이 대청 앞으로 나와 급히 물었다.

4_ 초면왕焦面王: 전설 속의 염왕閻王, 귀왕鬼王이다. 얼굴빛이 탄 숯과 같아 초면왕이라 했다.

"자세히 말해보거라. 무슨 일이 있었느냐?"

두흥이 마음을 가다듬고는 대답했다.

"소인이 어르신의 서찰을 전해주려고 들어가다가, 마침 그곳 세 번째 중문에 앉아 있던 축룡·축호·축표 삼형제를 우연히 마주쳤습니다. 소인이 세 사람에게 인사를 했는데, 갑자기 축표가 '너는 또 무엇 하러 왔느냐?'라고 소리 질렀습니다. 그래서 소인이 몸을 굽혀 '이가장 어른의 편지를 드리러 왔습니다'라고 했습니다. 축표 그놈이 얼굴색을 바꾸더니 '너의 주인은 참으로 사람의 도리를 모르는구나! 아침나절에도 제멋대로 어떤 놈을 시켜 편지를 보내, 양산박 도둑 시천이란 놈을 풀어달라고 하더니 지금 내가 주부 관아로 끌고가려고 하던 참인데, 또 보내왔느냐?'라며 욕을 퍼부어댔습니다. 소인이 간곡하게 '이 시천이란 사람은 양산박 도적이 아니라 계주에서 온 장사꾼으로 이가장 어른을 만나러 왔습니다. 또한 실수로 축가장 객점에 불을 질렀는데, 내일 이가장 어른이 이전과 같도록 배상해드리겠습니다. 체면을 생각해서라도 굽어 살펴 너그러이 용서해주십시오'라고 간청했는데도, 그 축가 삼형제가 '안 돼! 어림없는 소리!' 하면서 소리를 질러댔습니다. 소인이 다시 '이가장 어른께서 친히 쓰신 편지가 여기 있으니, 관인께서 읽어보십시오'라고 말했더니, 축표가 편지를 받아서 열어 보지도 않고 갈기갈기 찢어버렸습니다. 그러고는 고래고래 소리를 지르며 저를 장원 문밖으로 밀어냈습니다. 축표와 축호가 노기등등하여 '어르신 성질 건드리지 말아라. 너네 그……' 하면서 함부로 말하는데, 소인은 감히 하고 싶은 말도 다 못하고 그 짐승 같은 세 놈에게 무례한 대접만 받았습니다. 또 '너네 그 이가…… 이응을 잡아서 양산박 도적을 만들어 끌고 가겠다!'라 지껄이고는 장객들에게 소인을 잡으라고 갑자기 소리 지르기에, 소인이 날듯이 말을 몰아 도망쳐왔습니다. 오는 길에 분통이 터져 죽는 줄 알았습니다. 저런 가증스런 놈들과 오랫동안 생사의 견의를 맺은 것 자체가 잘못이었습니다. 오늘 보니까 인의라고는 전혀 찾아볼 수 없는 놈들이었습니다."

시에서 이르기를,

아교처럼 붙은 깊은 정이라더니, 이해득실 따질 때 편리한대로 내팽개치는구나.
평소 진정한 의리 없다면, 일 났을 때 생사 함께할 교분이라 말하지 말라.
徒聞似漆與如膠, 利害場中忍便抛.
平日若無眞義氣, 臨時休說生死交.

이응은 듣고서, 마음속에 분노의 불길이 3000장丈이나 치솟아 도저히 참지
못하고 크게 외쳤다.

"장객! 빨리 내 말을 끌어와라!"

양웅·석수가 달려들어 말리며 간청했다.

"대관인께서는 노여워하지 마십시오. 소인들 때문에 의리를 망치지 마십시
오."

이응이 그 말을 순순히 들으려 하겠는가? 곧바로 방으로 들어가 앞뒤에 짐
승 얼굴의 가슴 보호대가 달린 황금쇄자갑黃金鎖子甲5을 입고 진홍색 도포를
걸쳤다. 등에서 허리 아래까지 비도 다섯 자루를 꽂고 점강창을 들었으며 봉시
회鳳翅盔6 투구를 쓰고 장원 앞으로 나가 300여 명의 용맹스러운 장객들을
불러 모아 점고했다. 두흥도 갑옷을 입고 창을 들고 말에 올라 20여 기의 마군
을 이끌었다. 양웅·석수 또한 가만히 있을 수 없어, 옷맵시를 꽉 동여매고 박도
를 들고 이응의 말을 뒤따라 축가장으로 달려갔다.

날이 차츰 저물어갈 때 독룡강 앞에 이르러 군사들을 벌려 배치했다. 원래

5_ 황금쇄자갑黃金鎖子甲: 황금을 사용하여 고리를 만들고, 쇠사슬처럼 연결하여 그물 형태로 만든 갑
옷인데, 화살로 뚫리지 않는다.

6_ 봉시회鳳翅盔: 남북조 시기에 출현하여 만당 시기에 정형화되었다. 귀 부분을 봉황의 날개처럼 형상
화한 투구다.

축가장은 사방이 넓은 물길로 둘러싸인 독룡산 언덕 위에 자리잡고 있었다. 장원은 바로 언덕 위에 돌을 쌓아 지어졌는데, 3층의 성벽으로 높이가 대략 2장 정도였다. 앞뒤로 두 개의 장원 문이 있고 각 문 앞에 두 개의 조교를 설치했다. 또한 벽 안쪽 사면은 모두 와포窩鋪7를 쳐놓았으며 사방에는 온통 창, 칼 같은 병기들로 꽂혀 있었다. 또한 문루 위에는 전고戰鼓(고대 전쟁 때 사기를 고무시키기 위해 두드린 북)와 징이 배치되어 있었다.

이응이 고삐를 당겨 말을 장원 앞에 세우고는 크게 소리 질렀다.

"축가 세 아들놈들아! 네놈들이 어떻게 감히 이 어른을 비방한단 말이냐!"

장원 문이 열리고 50~60기의 말이 한꺼번에 몰려나왔다. 선두에는 축조봉의 셋째 아들 축표가 불붙은 숯처럼 붉은 말을 타고 선두에 서서 나왔다. 그의 생김새를 보니,

머리엔 금실로 짠 연잎을 덮은 듯한 모자 쓰고, 몸에는 매화 같은 쇠사슬로 엮은 갑옷 입었는데, 허리엔 활과 화살 넣은 비단주머니 걸고 손에는 강철 칼과 창을 들었네. 말 이마엔 붉은 술 드리웠고, 사람 얼굴엔 하늘 찌를 듯한 살기 띠었구나.

頭戴縷金荷葉盔, 身穿鎖子梅花甲, 腰懸錦袋弓和箭, 手執純鋼刀與槍. 馬額下垂照地紅纓, 人面上生撞天殺氣.

축표를 본 이응이 손가락질 하며 욕했다.

"네 이놈! 입에 젖비린내가 미처 가시지도 않았고, 머리통에 배냇머리도 아직도 자르지 않은 어린놈아! 네 애비와 내가 생사의 결의를 맺고 마음을 합쳐 한 뜻으로 마을을 지키자고 맹세했다. 네 집에 일이 있어 사람이 필요하면 최대한

7_ 와포窩鋪: 방비나 경비의 목적으로 임시로 설치한 막사.

빨리 보내줬고 물건을 가져가기를 원하면 주지 않은 적이 없었다. 내가 지금 평범한 사람 한 명을 두 차례나 편지를 보내 풀어달라고 했거늘 어찌 편지를 찢어버리고 내 이름을 욕되게 했느냐? 이것은 무슨 도리냐!"

축표가 말했다.

"우리 집안이 너희와 생사의 결의를 맺고 마음을 합쳐 뜻을 같이 하기로 맹세했으니, 이것은 양산박 역적 놈들을 같이 잡고 산채를 쓸어버리려는 것이었다. 네가 역적들과 한통속이 된 것은 어찌 모반을 일으키려는 것이 아니겠느냐?"

이응이 소리 질렀다.

"네놈은 어찌 그가 양산박의 무엇이라고 함부로 지껄이느냐? 네놈이 도리어 평범한 양민을 도적으로 몰아 죄를 씌우는 것은 무슨 죄인지 아느냐!"

"도적 시천이 이미 스스로 자백했으니 네가 여기에서 쓸데없는 소리 지껄여도 소용없다! 썩 물러가거라! 당장 꺼지지 않으면 너도 도적으로 알고 붙잡아 관아로 끌고 가겠다!"

이응은 도저히 참을 수 없어 크게 성내며 말을 박차며 창을 들고 축표에게 달려들었고, 축표 또한 말고삐를 풀고 이응을 맞아 싸웠다. 두 사람이 독룡강 앞에서 들어가면 물러나고 위로 치면 아래로 피하며 17~18합을 싸웠다. 축표가 당해내지 못하고 말머리를 돌려 달아나자, 이응이 말을 몰아 쫓아갔다. 축표가 말 위에서 창을 가로로 메고 왼손으로 활을 집고 오른손으로는 화살을 잡아 시위에 얹어 활을 힘차게 당긴 다음 힐끗 훔쳐보면서 가까워졌음을 가늠하고 등을 돌려 화살을 쏘았다. 이응이 급히 몸을 피했지만 어느새 팔에 화살이 꽂히고 말았다. 이응이 말에서 굴러 떨어지자 축표가 곧바로 말을 몰아 달려들었다. 양웅과 석수가 위급한 상황을 보고 크게 고함을 지르며 박도를 잡고 달려오는 축표의 말 앞을 가로막자 축표는 하는 수 없이 급히 말머리를 돌려 달아나려 했다. 양웅이 재빠르게 말 뒤쪽 넓적다리 위를 박도로 찌르자, 말이 고통스러움에 곧추세우고 뛰어오르자 하마터면 축표가 말 아래로 떨어질 뻔했다. 그러자 말을 타고 따라오던 사람들이 축표를 구하고자 일제히 활을 쏘기 시작했다. 양웅·석수는 몸을 보호할 갑옷이 없음을 알고 뒤로 물러났고, 두흥은 그전에 이미 이응을 구하여 말에 올라 먼저 달아났다. 양웅·석수도 장객들을 따라 도망쳤다. 축가장 군사들이 2~3리 길을 뒤쫓다가 날이 저문 것을 보고는 돌아갔다.

두흥이 이응을 부축하여 장원 앞으로 돌아와 말에서 내려 함께 후당으로 들어와 앉았다. 가족들이 모두 나와 살펴보고 화살을 뽑고 갑옷을 벗기고 시중들었다. 상처에 금창약을 붙이고 후당에서 밤새 상의했다. 양웅·석수가 두흥에게 말했다.

"우리가 괜히 대관인을 연루시켜 저놈들에게 모욕을 당한데다 화살까지 맞으셨고, 시천 또한 함정에서 구출해내지도 못했소. 우리 형제 두 사람이 양산박에 가서 조개·송강 형님과 여러 두령들에게 대관인의 원수를 갚고 시천을 구해달라 간청해야겠소."

이응이 말했다.

"내가 열심히 애써보았지만 실로 어찌할 수 없었소. 두 장사께서는 너무 언짢게 생각하지 마시오."

두흥에게 약간의 금은을 내오게 하여 증정했다. 양웅과 석수가 어떻게 받겠는가?

"강호의 상례이니 두 사람은 사양하지 마시오."

이응이 간곡하게 말하자 하는 수 없이 받아들이고 이응과 작별했다. 두흥이 마을 입구까지 전송 나와 가는 큰 길을 안내하고 헤어져 이가장으로 돌아갔다.

한편 양웅과 석수는 길을 잡아 양산박으로 가는데, 멀리 새로 생긴 주점 깃발을 향해 부지런히 걸었다. 두 사람은 주점에서 술을 시켜 마시면서 가는 길을 물었다. 이 주점은 양산박에서 주변을 살펴보기 위해 새로 문을 연 주점으로 석용이 관리하고 있었다. 두 사람은 술을 마시면서 주보에게 양산박 가는 길을 물었다. 두 사람이 범상치 않음을 본 석용이 다가와 대답했다.

"두 분 손님께서는 어디에서 오셨습니까? 산에 가는 길을 어찌 물어보십니까?"

양웅이 말했다.

"우리는 계주에서 왔소이다."

석용이 문득 생각나는 게 있어 다시 물었다.

"혹시 석수라는 분이 아니십니까?"

양웅이 대답했다.

"나는 양웅이고, 이 형제가 바로 석수올시다. 형씨께서는 어떻게 석수라는 이름을 아시오?"

석용이 황망히 말했다.

"소인은 알지 못합니다. 이전에 대종 형님께서 계주에서 돌아오시면서 여러 차례 형장에 대해 말씀 하셔서 귀에 익숙합니다. 이렇게 산에 오르시게 되니 참으로 기쁩니다. 반갑습니다!"

세 사람이 인사를 마치자 양웅·석수가 있었던 일들을 모두 석용에게 얘기했다. 석용은 즉시 주보를 시켜 술을 내오게 하여 대접했다. 주점 뒤쪽에 있는 물가 정자의 창문을 열고 활을 힘껏 당겨 울리는 화살을 쏘았다. 반대편 포구 갈대 수풀에서 졸개가 배를 저어 왔다. 석용은 두 사람을 배에 태워 압취탄 기슭으로 보냈다. 석용이 먼저 사람을 보내 산채에 알리니 대종·양림이 산에서 내려와 맞이했다. 각자 인사를 마치고 함께 대채로 올라갔다.

호걸이 산채에 오는 것을 알게 된 여러 두령들이 모두 대채에 모였다. 대종·양림이 양웅과 석수를 조개·송강과 여러 두령이 모인 대청으로 데려왔다. 조개가 두 사람의 행적을 자세히 묻자, 양웅과 석수는 자신들의 무예를 얘기하고 한

패가 되기를 요청했다. 두령들이 크게 기뻐하며 자리를 양보하여 앉게 했다. 이 때 양웅이 입을 열었다. 대채에 몸을 의탁하여 한패가 되고자 하는 시천이란 사람이 있는데, 축가 객점에서 새벽을 알리는 닭을 훔쳐서 다툼이 일어나자 석수는 불을 질러 그 객점을 태워버렸고 시천은 그만 잡히고 말았으며 이응이 두 번이나 편지를 보내 풀어달라고 했는데, 축가 셋째 아들놈이 고집부리고 풀어주지 않았고, 게다가 이곳 양산박 호걸들을 잡겠다고 하면서 온갖 욕지거리를 해대니, 그놈의 무례함을 참을 수 없다고 말했다. 말이 모두 끝나지 않았음에도 여기까지 이르자 조개가 크게 성내며 소리 질렀다.

"얘들아! 이 두 놈을 끌어내 참수하고 보고하라!"

바로 다음과 같다.

양웅과 석수는 의논이 부족해, 시천의 나쁜 행동 언급했구나.
호걸의 마음 설사 불과 같더라도, 녹림의 법도는 서릿발 같네.
楊雄石秀少商量, 引帶時遷行不臧.
豪傑心腸雖似火, 綠林法度却如霜.

송강이 급히 말리며 말했다.

"형님 참으십시오. 두 장사가 천리를 마다하지 않고 이곳까지 와서 도움을 요청하는데, 어찌 저들을 베어버리라 하십니까?"

조개가 말했다.

"양산박 호걸들은 왕륜을 몰아낸 후 충의를 근본으로 삼아 널리 백성에게 어진 덕을 베풀었고 각각 어느 형제도 산을 내려가 이렇게 예리한 기세를 꺾은 적이 없었다. 산채에 새로 왔든 먼저 있었든 간에 형제들 모두가 호걸의 영예를 지켰다. 그런데 이 두 놈은 양산박 호걸들의 이름으로 닭을 훔쳐먹었기 때문에, 우리마저 연루되어 모욕을 당했다. 오늘 먼저 이 두 놈의 목을 베어가지고 가서 그놈들을 꾸짖어야겠다. 그리고 내가 직접 군마를 이끌고 그 마을을 소탕하여 예리한 기세를 바로 세워야 한다! 얘들아! 당장 베어버리고 보고하라!"

송강이 설득했다.

"그렇지 않습니다. 형님께서는 이 두 동생이 말하는 것을 듣지 않으셨습니까? 그 고상조 시천이란 놈은 원래 그런 놈이라 축가 놈들을 건드려 이 지경이 된 것입니다. 어찌 이 두 동생이 산채를 욕되게 했습니까? 저도 저 축가장 놈들이 우리를 적대시한다는 말을 매번 듣고 있었습니다. 지금 산채의 군사는 많고 식량은 부족합니다. 우리가 그놈들을 찾아가려 하지 않았는데, 그놈들이 도리어 생트집을 잡았기 때문에 기세를 몰아 그놈들을 치는 게 좋겠습니다. 만약 쳐서 얻을 수 있다면 3~5년 정도의 양식은 거뜬합니다. 우리가 말썽을 일으켜 그놈들을 해치려는 것이 아니라, 사실은 저놈들이 우리에게 무례한 짓을 한 것입니다. 형님께서는 잠시 노여움을 거두십시오. 소생이 재주는 없으나 직접 한 갈래 군마를 이끌고 동생들 몇 명과 함께 하산하여 축가장을 치러 가겠습니다. 만약 그 마을을 소탕하지 못한다면 산채로 돌아오지 않겠습니다. 첫째는 산채의 원수를 갚아 예리한 기세를 이어가고, 둘째는 동생들이 그들에게 당한 치욕을 씻고, 셋째는 산채에서 쓸 많은 양식을 얻을 수 있습니다. 그리고 마지막으로 이응을 산채로 데려올 수 있습니다."

오 학구가 말했다.

"공명 형님의 말씀이 옳습니다. 어찌 우리 산채 스스로 수족 같은 사람을 죽일 수 있겠습니까?"

대종도 말했다.

"차라리 저를 베시더라도 인재 등용의 길을 끊어서는 안 됩니다."

여러 두령이 만류하자, 조개도 하는 수 없이 두 사람을 용서했고 양웅·석수 또한 사죄했다. 송강이 위로하며 타일러 말했다.

"동생들은 다른 마음을 품지 말게! 이것이 산채의 명령이니 어쩔 수 없네. 나 송강도 과실이 있으면 참수를 당하고 감히 용서가 없다네. 또한 근래에 철면공목 배선이 군정사를 하면서 공로에 대한 포상, 과실에 대한 형벌을 확립하여 규정을 세웠다네. 동생들은 용서해주기 바라네."

양웅·석수가 감사하고 사죄하니, 조개가 불러 양림 아래 자리에 앉게 했다. 산채에 있는 모든 졸개를 불러 새로 온 두령들에게 인사시키고, 한편으로는 소와 말을 잡고 연회를 열어 경축했다. 양웅과 석수가 편안히 쉴 수 있는 가옥 두 채를 배정하고 각 10명의 졸개를 배치하여 시중들게 했다. 그날 밤 잔치가 끝나고, 다음날 다시 술자리를 마련해 모여 축가장 일을 상의했다.

송강은 철면공목 배선을 불러 산을 내려갈 인원을 선발했고 여러 두령을 청하여 함께 축가장을 쳐서 그 마을을 완전히 소탕하고자 했다. 상의 끝에 조개 두령은 산채를 지키며 움직이지 않기로 하고, 이외에 오 학구·유당과 완씨 삼형제·여방·곽성 등이 남아 함께 대채를 보호하기로 했다. 또한 물가와 관문, 주점을 지키기 위해 배정된 인원은 움직이지 않기로 했다. 새로 온 두령 맹강은 선박 건조하는 일을 관장하게 하고 마린을 대신하여 전선戰船을 감독하게 했다. 산을 내려가 축가장을 치러 가는 두령들을 두 무리로 나누어 고시했다. 첫 번째 무리는 송강을 우두머리로 하여 화영·이준·목홍·이규·양웅·석수·황신·구붕·양림이 졸개 3000명과 마군 300기를 이끌고 준비를 모두 마친 뒤에 산을 내려가 진군했다. 두 번째 무리는 임충·진명·대종·장횡·장순·마린·등비·왕왜호·백승이 역시 졸개 3000명과 마군 300기를 이끌고 후방에서 지원하기로 했다. 금사탄과 압취탄 두 소채는 송만·정천수가 지키면서 군량과 마초를 보급하게 했다. 조개가 전송하고 산채로 돌아왔다.

한편 송강과 두령들은 축가장으로 진군했고 독룡산 앞에 도착했다. 1리쯤 거리를 남겨두고 전군前軍은 일단 울타리 방책부터 세웠다. 송강이 중군 막사에 앉아 화영과 상의하며 말했다.

"내가 듣기로는 축가장 안은 길이 매우 복잡하여 병사들이 들어가기 쉽지 않다고 한다. 먼저 두 사람을 보내 지형을 탐색하여 들어가고 나오는 길을 알아야만 비로소 쳐들어가 그들과 싸울 수 있을 것이다."

이규가 바로 말했다.

"형님, 내가 사람 죽인 지가 너무 오래됐으니 내가 먼저 갈게."

"동생, 너는 가면 안 된다. 적진에 쳐들어가는 일이라면 너를 먼저 보내겠는데, 이번 것은 염탐하는 일이라 너를 쓸 수 없다."

이규가 웃으면서 말했다.

"이런 좆같은 장원 하나 쳐부수는데 형님은 신경 쓸 것도 없어! 먼저 사람을 보내 염탐질 할 것도 없이 내가 아이들 200~300명 데리고 가서 이 좆같은 장원에 있는 놈들 모두 찍어버리겠소."

송강이 빽 소리 질렀다.

"네 이놈 입 닥쳐라! 저 구석에 처박혀 있다가 부르면 오너라."

이규가 나가면서 혼자 말했다.

"파리 몇 마리 때려잡는데 왜 이렇게 놀라고 지랄이야!"

송강이 석수를 불러 말했다.

"동생이 저기에 가보았으니 양림과 함께 다녀와라."

석수가 말했다.

"지금 형님께서 많은 군사를 이끌고 오셨는데, 그들이 어찌 방비를 하지 않겠습니까? 우리가 어떤 사람으로 변장하여 가면 좋겠습니까?"

양림이 말했다.

"나는 귀신 쫓는 법사로 변장해 몸에 단도를 감추고 손에는 방울을 들고 흔들며 들어가겠네. 자네는 내 방울 소리를 들으면서 내 주변에서 떨어지지 말게나."

"나는 계주에 있을 때 원래 장작을 팔았으니 땔나무 한 짐을 지고 들어가 팔겠소. 병기를 몸에 숨기더라도 다급하면 멜대도 무기로 쓸 수도 있잖아요."

"그렇지, 좋네! 나와 자네가 계획을 세워 오늘 밤 준비하고 5경에 일어나 떠나세."

바로 닭 한 마리 때문에 일어난 작은 분쟁 때문에 뭇 호랑이들이 서로 싸우게 되었으니 옛 사람이 지은 「서강월西江月」에서 이를 잘 표현했다.

연약함은 몸을 편안하게 하는 근본이요, 강직함은 화를 일으키는 근원이라네. 다투지 않는 이는 재지가 출중한 사람이니, 약간의 손해를 본들 무슨 방해가 되겠는가! 무딘 도끼와 망치는 벽들을 쉽게 부수지만, 잘 드는 칼은 물 가르기 어렵다네. 머리 백발이 되고 치아 빠져도, 혀만은 붙어 있다네.

軟弱安身之本, 剛強惹禍之胎. 無爭無競是賢才, 亏我些兒何碍! 鈍斧鍾磚易碎, 快刀劈水難開. 但看髮白齒牙衰, 惟有舌根不壞.

한편 석수는 땔감을 메고 먼저 들어갔다. 20리도 못 가서 길이 구불구불하고 복잡하여 사방으로 방향을 바꾸거나 꺾는 길목이 모두 흡사하며 나무들이 빽빽하게 들어차 길을 알기 어려웠다. 하는 수 없이 땔감을 내려놓고 쉬면서 더 이상 가지 않았다. 뒤에서 방울 소리가 점점 가까워지자 석수가 돌아보니 양림이 찢어진 삿갓을 쓰고 몸에는 낡은 법의를 걸쳤고 손에는 방울을 들고 길에서 흔들며 다가왔다. 석수는 주변에 사람이 없음을 보고 양림을 불러 세워 말했다.

"이곳 길들이 굽이굽이 복잡하여 어디가 지난번 이응을 따라왔던 길인지 알 수 없네요. 그때 날은 어둡고 안내하는 자들은 익숙하게 갈을 찾아갔으므로 우리가 자세히 살필 겨를이 없었어요."

"길이 굽었든 뻗어 있든 상관 말고 큰 길만 골라 가면 되네."

석수가 다시 땔감을 지고 큰 길만 바라보고 걸었다. 앞 쪽에 마을 인가가 보이고 여러 채의 주점과 푸주가도 있었다 석수가 땔감을 메고 주점 문 앞에서 멈춰 쉬었다. 객점 안을 보니 창칼들이 문 앞에 꽂혀 있었다. 사람들이 누런 조끼를 입었는데 큰 글씨로 '축祝'자가 쓰여 있었고 왕래하는 사람들 역시 같은 모습이었다. 석수가 한 노인을 골라 인사하며 물었다.

"어르신, 이것이 무슨 풍습입니까? 왜 모두 문 앞에 창칼을 꽂아뒀습니까?"

"자네는 어디에서 온 길손인가? 모르면 빨리 가던 길이나 가게나."

"소인은 산동에서 대추 팔러 온 길손인데 본전을 다 까먹어 고향으로 못 가고 이렇게 땔감을 메고 여기에 팔러 왔습니다. 이곳 마을 풍속과 지리를 모르겠습니다."

"빨리 가게나. 다른 곳으로 피하게. 여기에서 조만간 큰 싸움이 날 걸세."

"이렇게 좋은 마을에서 큰 싸움이라뇨?"

"길손, 자네 정말 모르는가? 그럼 내가 말해주지. 여기는 축가촌이라 부르네. 언덕 위에는 축조봉 어른의 저택이 있네. 양산박 호걸들과 사이가 나빠져 그들이 군마를 이끌고 싸우러 마을 어귀에 왔다네. 마을길이 복잡하여 감히 들어오지 못하고 바깥에서 지금 주둔하고 있다네. 그래서 축가장에서 명령을 내려 집집마다 건장한 젊은이들이 싸울 준비를 하고 있고 명령이 하달되면 즉시 나가 호응하여 싸울 것이네."

"어르신 마을에 사람이 몇 명이나 있습니까?"

"여기 축가촌에 1~2만 호 정도 인가가 있다네. 동쪽과 서쪽에 또 두 마을이 있는데 돕기로 했네. 동쪽 마을은 박천조 이응이라는 어른께서 계시고, 서쪽은 호태공 장원이라 하는데 일장청 호삼랑이라 불리는 따님이 그중 대단하다네."

"그렇게 대단한데 어째서 도리어 양산박을 두려워합니까?"

"여기에 처음 오는 사람은 길을 몰라 잡힐 게야."

"어르신, 어째서 처음 오면 잡힙니까?"

"이곳의 길에 대해 어떤 시에서 말하기를, '대단한 축가장이여, 모두가 구불구불하여 돌고 도는 길이로구나. 들어오기는 쉬워도, 나갈 수가 없구나'라고 했다네."

석수가 듣고서 통곡하며 갑자기 몸을 던져 그 노인에게 절하며 사정했다.

"소인은 강호에서 본전을 모두 까먹어 고향으로 돌아갈 수 없는 사람입니다. 혹시 땔감이라도 팔고 나갈까 했는데 이제 싸움에 말려들었으니 달아나 벗어날 수도 없고 이 일을 어찌합니까? 할아버님, 불쌍히 여기시고, 소인이 이 장작을 할아버님께 드릴 터이니 소인에게 나가는 길을 일러주십시오."

"내가 어떻게 자네의 땔감을 거저 갖는단 말인가? 내가 사겠네. 일단 들어와 술과 음식이나 조금 들게나."

석수가 감사하고 땔감을 메고 그 노인을 따라 집으로 들어갔다. 노인이 백주白酒 두 사발을 걸러내 떡과 죽 한 사발을 담아 석수를 불러 먹였다. 석수가 두 번 절하며 감사하고 물었다.

"할아버님, 나가는 길을 가르쳐주십시오."

"자네가 마을에서 나가려면 백양나무 있는 곳에서 돌아가게. 길이 넓고 좁고를 따지지 말고 백양나무 있는 곳에서 돌아나가면 바로 나가는 길이네. 그 나무가 없으면 모두 막힌 길이네. 만약 다른 나무에서 돌면 나가는 길이 아니라네. 그리고 만일 잘못 가게 되면 왼쪽으로 오든 오른쪽으로 가든 나갈 수 없게 되네. 게다가 막힌 길에는 땅 속에 대나무 꼬챙이와 철질려鐵蒺藜[8]가 감추어져 있어 만일 잘못 가다가 밟으면 흔적이 남아 잡힐 텐데 어디로 달아난단 말인가!"

석수가 감사하며 물었다.

"할아버님 성함은 어떻게 되십니까?"

"이 마을은 대부분 축씨인데 나만 두 자 성인 종리鍾離이고 이곳 토박이라네."

"주신 술과 음식 잘 먹었습니다. 훗날 후하게 갚아드리겠습니다."

8_ 철질려鐵蒺藜: 끝이 송곳처럼 뾰족한 서너 개의 발을 가진 쇠못으로, 전시에 적군이나 병마의 전진을 막기 위하여 흩어둔 장애물. 마름쇠라고 한다.

한창 말하는 사이에 바깥에서 떠들썩한 소리가 들렸다. 석수는 염탐꾼 한 명을 잡았다는 소리를 들었다. 석수가 놀라 그 노인을 따라 나가보니 군사 70~80명이 손을 등 뒤로 결박한 사람 한 명을 끌고 오고 있었다. 석수가 살펴보니 다름 아니라 양림이었다. 발가벗겨진 채 동아줄에 묶여 있었다. 석수가 속으로 '어이쿠' 했으나 모르는 척하고 슬그머니 노인에게 물었다.

"여기 잡혀온 사람은 누구입니까? 왜 저렇게 꽁꽁 묶었습니까?"

"자네는 저 사람이 송강쪽에서 보낸 염탐꾼이라는 말을 듣지 못했나?"

"어떻게 잡았답니까?"

"이놈이 참으로 대담하지. 혼자 염탐하러 귀신을 쫓아내는 법사로 꾸며 마을로 들어왔다네. 길을 알지 못해 큰 길로만 오다가 이리저리 헤매 막힌 길로 들어간 게지. 백양나무 있는 구불구불한 길의 비밀을 알기나 했겠나. 사람들이 저놈이 길을 헤매는 것을 보고 수상쩍어 장원 어르신한테 알리고 잡은 게지. 이놈이 또 칼을 뽑아 네다섯 명을 다치게 했다는군. 여기 많은 사람이 한꺼번에 달려드니 당해내지 못하고 잡혔다네. 어떤 사람이 저놈을 아는데 원래 금표자 양림이라는 도적으로……."

말이 채 끝나기도 전에 앞에서 길을 비키라는 소리가 들렸는데, 셋째 관인이 순찰하러 왔다고 했다. 석수가 얼른 벽 틈새에 몸을 숨기고 살펴보니 앞에 술이 달린 창 20쌍이 늘어서 있고 뒤에는 4~5명이 말을 타고 있는데 모두 활시위에 화살을 먹인 상태였다. 또한 3~5기의 청백색 초마哨馬[10]가 중간에 한 명의 젊은 장사를 둘러싸고 있는데, 눈처럼 하얀 말에 앉아 갑옷을 입고 무장했으며 활과 화살을 걸치고 앉아 손에는 은창을 잡고 있었다. 석수가 그를 알면서 모른척하며 노인에게 물었다.

"방금 지나간 상공은 누구십니까?"

9_ 초마哨馬: 적의 상황을 정탐하는 기마병.

"이분이 바로 축조봉 어른의 셋째 아들로 축표라고 부른다네. 서쪽 마을 호가장의 일장청 아가씨를 아내로 맞이하기로 결정되었는데, 삼형제 중에서 그가 가장 대단하다네."

석수가 감사드리며 말했다.

"할아버님, 가르쳐주신대로 길을 찾아 가겠습니다."

"오늘은 이미 늦었고, 앞에서 혹여 싸움이라도 일어난다면 자네 목숨을 헛되이 잃어버릴 수 있네."

"아이고, 할아버님 제발 살려주십시오!"

"우리 집에서 하룻밤 쉬고 가게나. 내일 알아보고 아무 일 없으면 그때 가게나."

석수는 감사했고 그 집에 머물렀다. 문 앞에서 4~5차례 말을 타고 소식을 알리는 사람이 집집마다 문을 밀고 소리 질러 당부하며 지나갔다.

"백성들은 오늘 밤 붉은 등 신호가 보이면 협력하여 양산박 도적들을 잡아 관아로 끌고 가서 상을 청하자."

석수가 물었다.

"이 사람은 누구입니까?"

"이 관인은 이곳 포도순검捕盜巡檢이네. 오늘 밤 송강을 잡기로 약속이 되어 있다네."

석수는 속으로 혼자 잠시 생각하더니 횃불을 얻어들고 집 뒤로 가서 건초더미에서 잠을 잤다.

한편 송강의 군마는 마을 어귀에 주둔하고 있었는데, 양림과 석수가 돌아와 보고하지 않자 다시 구붕을 보냈고 마을 입구까지 갔다가 돌아와 보고했다.

"그곳의 소식을 들어봤는데 염탐꾼을 한 명 잡았다고 합니다. 소인이 길을 살펴보니 복잡하고 알기 어려워 감히 더 이상 깊이 들어가지 못했습니다."

송강이 듣고서 분노하며 말했다.

"어찌 돌아와 보고하기를 기다렸다가 진격할 수 있겠소? 또한 염탐꾼 한 명을 잡았다고 하는데, 필시 두 형제가 사로잡혔을 것이오. 우리가 오늘 밤 군사를 움직여 쳐들어가 두 형제를 구해야겠소. 여러 두령들의 의견은 어떤지 모르겠소?"

이규가 듣고서 얼른 말했다.

"내가 먼저 들어가 살펴보는 것이 어떻소!"

송강이 듣고서 즉시 군령을 전달하여 군사들을 모두 무장하게 했다. 이규·양웅의 부대를 선봉에 세웠다. 이준 등으로 하여금 군사를 이끌고 뒤에서 엄호하고 왼쪽은 목홍, 오른쪽은 황신이 맡았다. 송강·화영·구붕 등이 중군이 되었다. 깃발을 흔들고 함성을 지르며 북치고 징을 울리고 칼과 도끼를 휘두르며 축가장으로 밀고 들어갔다. 독룡강에 도착했을 때는 해질 무렵이라 송강은 전군前軍에게 장원을 치라고 독촉했다. 선봉 이규는 벌거숭이로 두 자루의 강철 도끼를 휘두르며 불같이 달려나갔다. 장원 앞에 도달하여 보니 조교는 이미 높이 끌어 올려져 있고 장원문 안은 불빛 하나 보이지 않았다. 이규가 물로 뛰어들려 하자 양웅이 말리며 말했다.

"아니 되오! 장원 문이 닫혀 있는 것을 보니 필시 계략이 있을 것이오. 형님이 오기를 기다렸다가 따로 상의합시다."

이규가 참지 못하고 쌍 도끼를 두드리며 물을 사이에 두고 욕설을 퍼부었다.

"거기 좆같은 축씨 늙은 도적놈아! 너 나와라! 흑선풍 할아버님께서 여기 계시다!"

장원에서는 아무런 대답이 없었다. 송강이 이끄는 중군이 도착하자 양웅이 장원에 군사들이 보이지 않을 뿐만 아니라 아무런 인기척도 없다고 보고했다. 송강이 말을 멈추고 살펴보니 장원에 무기와 군사들이 보이지 않자 속으로 의심하다가 문득 깨닫고 말했다.

"내가 틀린 것 같다. 천서에 분명히 '적과 맞설 때는 서두르지 말라'고 경계했는데, 내가 잠시 두 형제를 구할 욕심에 제대로 살피지 못하고 이렇게 밤새 군사를 몰아왔구나. 예기치 않게 너무 깊이 들어와 장원 앞까지 도달했건만 적군이 보이지 않는구나. 분명 적에게 어떤 계책이 있을 것이다. 빨리 삼군은 뒤로 물러나라."

이규가 소리 질렀다.

"형님, 군마가 여기까지 왔으니 물리지 마시오. 내가 앞장설 테니 너희는 나를 따르거라!"

그 말이 미처 끝나기도 전에 축가장에서 신호포 한 발이 허공으로 날아올랐고, 독룡강 위에서 수천 개의 횃불이 일제히 밝혀지면서 문루 위에서 쇠뇌와 화살을 비 오듯 쏘아댔다. 송강이 급히 지나온 길을 찾아 군사를 돌리는데, 두령 이준이 이끄는 후군이 소리를 질렀다.

"왔던 길이 모두 막혔습니다! 틀림없이 매복이 있습니다!"

송강이 군마들에게 사방으로 나갈 길을 찾게 했다. 이규는 쌍 도끼를 휘두르며 죽일 사람을 찾아 다녔으나, 적군이 한 명도 보이지 않았다. 독룡강 산 정상에서 또 한 차례 포가 날아왔다. 포성이 끊기기도 전에 사방에서 함성 소리가 진동하자, 송강은 놀라 눈이 휘둥그레져서 갈팡질팡 어찌할 바를 몰랐다. 문무양 방면의 모략을 겸비했다 할지라도 어떻게 하늘과 땅에 설치된 포위망을 벗어날 수 있겠는가? 바로 호랑이와 용을 잡는 계책을 써서 하늘을 놀라게 하고 땅을 뒤흔드는 인물을 잡으려 한 것이다.

결국 송 공명과 여러 두령이 어떻게 벗어났는가는 다음 회에 설명하노라.

귀검아鬼臉兒 두흥杜興

'귀검아'는 얼굴이 귀신처럼 생긴 것이 아니라 통상적으로 못생기고 이상하게 생겼다는 의미다. 또한 '귀검鬼臉'이란 탈도 있는데, 북송 시기의 명장인 적청狄靑은 작전을 벌일 때 항상 '귀검' 탈을 썼다. 예를 들면『수호전보증본』에 따르면 "『계륵편鷄肋編』에 소흥紹興 4년(1134)에 한세충韓世忠이 진강鎭江에서 알현하러 왔는데, 그가 이끌고 온 병사들이 모두 구리로 된 탈을 쓰고 있었다. 군중에서 놀리면서 이르기를, '한태위韓太衛는 동검銅臉(구리 탈)이고 장태위張太衛(장준張俊)는 철검鐵臉(철로 된 탈)이다'라고 했다"고 했다. 또한『수호전전교주』에 따르면 "『민국경현지民國景縣志』권6『방언方言』에 이르기를, '귀검은 연극에서 사용하는 가면이다'라고 했다. 두흥의 별명은 당연히 이것을 따른 것이다'라고 했다.

박천조撲天雕 이응李應

'박천조撲天雕'는 큰 수리가 날개 치며 하늘로 올라 만 리를 날아가는 것으로 수리의 용맹함을 표현한 것이다. 이응이 수리 같이 용맹하다는 의미다.『무왕벌주평화武王伐紂平話』에 상商나라 마지막 군주인 주왕紂王이 왕후인 달기妲己와 함께 대臺 위에서 아침에 해가 뜰 때까지 즐겼다. 수리를 몰아 사냥을 나가는 몇 사람이 대 아래를 지나갔는데, 별안간 그 수리가 날아오르더니 곧장 대 위로 날아와 달기에게 달려들었고 얼굴을 할퀴었다는 내용이 있다. 수리가 요사스러운 여자를 알아보고 힘으로 해칠 수 있다는 것이 '박천조'가 내포하는 진정한 뜻이라 할 수 있다.

제48회

궁지에 몰린 양산박[1]

송강이 말 위에서 살펴보니 사방이 모두 매복한 군마들이라 졸개들에게 큰 길을 찾아 달아나게 했으나, 송강의 군사들[2]은 한 군데 엉켜 막힌 채 움직이지 못하고 모두들 당황하여 소리만 질러댔다. 송강이 물었다.

"어째서 비명만 지르느냐?"

"앞은 온통 구불구불한 길이고 나아가면 다시 제자리로 돌아옵니다."

"군마들에게 횃불을 들어 밝히고 집들이 있는 곳에서 길을 찾아 나가거라."

또 얼마 가지 않아 전군이 다시 함성을 지르며 외쳤다.

"횃불로 밝히며 길을 찾았으나, 대나무 꼬챙이와 철질려를 뿌려놓고 도처에 녹각鹿角[3]을 가득 쌓아 길 입구를 막아놓았습니다!"

1_ 제48회 제목은 '一丈靑單捉王矮虎(일장청이 혼자 왕왜호를 사로잡다). 宋公明兩打祝家莊(송 공명이 다시 축가장을 공격하다)'이다.
2_ 원문은 '오군五軍'인데, 타당하지 않아 역자는 '군사'로 번역했다.
3_ 녹각鹿角: 사슴뿔과 비슷한 잔가지 나무를 땅에 쌓아 적군의 전진을 저지시키는 장애물. 대나무 꼬챙이, 철질려, 녹각은 모두 길을 가로막는 데 사용했다.

"설마 하늘이 나를 버리는 것은 아니겠지?"

황급한 사이에 좌군 가운데 목홍 부대 안에서 소동이 일어나더니 누군가 보고했다.

"석수가 돌아왔습니다!"

송강이 바라보자 석수가 칼을 들고 말 앞으로 달려와 말했다.

"형님 제가 이미 길을 알아두었으니 당황하지 마십시오. 백양나무가 보이면 그 길이 넓고 좁고 관계없이 돌아 나가라고 몰래 군사들에게 군령을 내리십시오."

송강이 급히 군사들에게 백양나무에서 돌라고 재촉했다. 대략 5~6리 길을 달아나는데, 앞에 군사가 점점 많아지는 것이 보였다. 송강이 의심이 들어 석수를 불러 물었다.

"동생, 어째서 앞에 적병들이 갈수록 많아지는가?"

"등불로 신호를 보내는 것 같습니다."

화영이 말 위에서 잠시 살펴보고 손가락으로 가리키며 송강에게 말했다.

"형님, 저기 나무 그림자 안에 등촉이 보이시죠? 우리가 동쪽으로 달리면 저 등촉이 동쪽을 가리키고, 서쪽으로 달리면 서쪽을 향해 잡아당깁니다. 저것이 신호인 것 같습니다."

"저 등불을 어떻게 한단 말이냐?"

"어려울 거 없지요!"

즉시 활을 집고 화살을 얹어 앞으로 말을 몰아 달리며 그림자를 겨냥하여 쏘니 붉은 등불이 떨어졌다. 사방에 매복해 있던 군사들이 붉은 등이 보이지 않자 모두들 혼란에 빠졌다. 송강이 석수를 불러 길을 안내하게 하고 마을 어귀를 빠져나왔다. 그런데 앞쪽 산에서 함성이 끊이지 않고 그 일대가 횃불이 종횡으로 얽혀 어지러웠다. 송강이 전군을 멈추게 하고 석수에게 길을 알아보라 했는데, 얼마 지나지 않아 가서 알아본 뒤에 보고했다.

"산채의 제2부대가 도착하여 복병을 물리치고 있습니다."

송강이 듣고서 마을 어귀로 몰려가 협공하니, 축가장 군사들이 사방으로 흩어져 달아났다. 임충·진명 등의 부대와 만나 함께 마을 어귀에 주둔하니 날이 밝았다. 높은 언덕에 올라 울타리 방책을 세우고 군사를 점검했는데, 진삼산 황신이 보이지 않았다. 송강이 크게 놀라 까닭을 알아보았다. 지난밤 같이 갔던 군사가 알렸다.

"황 두령이 군령을 받고 길을 탐색하러 나갔습니다. 그런데 갑자기 갈대 수풀에 숨어있던 복병이 두 개의 갈고리로 황 두령이 탄 말 다리를 걸어 넘어뜨리고 적 5~7명이 달려나와 황두령을 잡아가는 바람에 구할 수가 없었습니다."

송강이 듣고서 크게 노하여 일찍 보고하지 않은 수행한 군사를 죽이려 했다. 임충·화영이 송강을 만류했다. 여러 사람이 답답한 심정으로 말했다.

"장원은 쳐부수지도 못하고 도리어 두 형제만 죽게 생겼구나. 이 일을 어찌한단 말인가?"

양웅이 말했다.

"여기에는 마을이 세 개 있는데 모두 한통속입니다. 동촌에 있는 이대관인은 이전에 축표 그놈한테 화살을 맞아 지금은 장원에서 상처를 치료하고 있습니다. 형님께서 그를 찾아가 계책을 상의하시는 것이 어떻습니까?"

"내가 잊고 있었구나. 그는 이곳 지리의 상황을 잘 알 것이다."

비단, 양고기와 술 그리고 한 필의 좋은 말을 골라 안장과 고삐를 준비시켜 직접 방문하러 갔다. 임충·진명에게 울타리 방책을 지키게 하고, 송강은 화영·양웅·석수와 함께 군마 300명을 거느리고 이가장으로 향했다.

장원 앞에 도착하니 문루는 굳게 닫혀 있고 조교를 높이 당겨놓은 것이 보였다. 담장 안에는 많은 병사가 배치되어 있었고 문루 위에는 벌써 북을 두드리고 있었다 송강이 말 위에서 소리 질렀다.

"나는 양산박 의사 송강이오. 다른 뜻은 없고 대관인을 뵈려는 것이니 너무 경계하지 마시오."

장원 문 위에서 두흥이 양웅·석수가 있는 것을 보고 서둘러 장원 문을 열고 작은 배를 타고 건너와 송강에게 인사했다. 송강이 서둘러 말에서 내려 답례했다. 양웅과 석수가 가까이 다가와 아뢰었다.

"이 형제가 바로 저희 두 사람을 대관인께 안내한 귀검아 두흥이라고 합니다."

송강이 말했다.

"두 집사이시군요. 수고스럽지만 이 대관인께 전해주십시오. '양산박 송강이 대관인의 명성을 오래 전부터 들어왔지만 인연이 없어 찾아뵙지 못했습니다. 축가장이 저희와 원수가 되었기 때문에 이곳을 지나게 되었습니다. 특별히 다른 뜻은 없고 변변찮은 비단과 명마, 양고기와 술이라도 드리고 한번 뵙고자 합니다'고 말씀해주시오."

두흥이 송강의 말을 받들고 다시 장원으로 건너가 대청 앞으로 갔다. 이응이 상처 입은 몸으로 이불을 덮고 누워 있다가 일어나 침상에 앉았다. 두흥이 송강이 만나뵙고자 한다는 말을 전하자 이응이 말했다.

"그는 양산박에서 반란을 일으킨 사람인데, 내가 어찌 그놈을 만나는가? 사사로이 만날 뜻도 없으니 네가 돌아가 '내가 병으로 침상에 누워 있어 움직일 수 없으니 만나기 어렵고 나중에 시간이 나면 찾아보겠다고 하고 가져온 선물은 삼가 받을 수 없다'고 말하거라."

두흥이 다시 건너가 송강에게 아뢰었다.

"제 어른께서 두령께 지극히 예를 표하시고 친히 영접해야 하나 상처가 깊으셔서 침상에 누워계시니 만나뵙기 어렵고, 후일 적당한 때에 방문하겠다고 하셨습니다. 가지고 오신 예물은 감히 받을 수 없다고 말씀하십니다."

"내가 어르신의 뜻은 알겠으나 축가장을 치다가 패배하여 만나뵈려고 한 것입니다. 주인께서는 축가장에서 꼬투리를 잡을까 두려워 만나지 않으려 하시는

군요."

"그렇지 않습니다. 정말로 병을 앓고 계십니다. 소인이 비록 중산中山 사람이나 여기에 온 지 오래되었고, 또한 이곳 사정도 잘 알고 있습니다. 중간에는 축가장이 있고 동쪽은 이가장, 서쪽은 호가장이 있는데, 이 세 마을이 생사의 결의를 맹세하고 일이 생기면 서로 구원하기로 되어 있습니다. 이번에 저희 주인께서 모질게 당하셔서 구원하러 가지는 않을 것이지만, 아마 서쪽 마을 호가장은 도와주러 올 것입니다. 그의 장원에서 다른 사람은 별것 아니지만, 일월도日月刀 두 자루를 사용하는 여장군 일장청 호삼랑은 정말 보통이 아닙니다. 축가장 셋째 아들 축표가 아내로 맞이하기로 결정해서 조만간 혼인할 것입니다. 장군께서 축가장을 치시고자 한다면, 동쪽은 방비할 필요 없고 서쪽 길은 단단히 방어하셔야 할 겁니다. 축가장에는 앞뒤로 장원 문 두 개가 있는데, 하나는 독룡강 앞에 있고 다른 하나는 뒤에 있습니다. 앞문을 쳐서는 소용이 없고 양쪽을 협공하셔야 비로소 깨뜨릴 수 있습니다. 앞문은 중요하나 길이 구불구불 복잡하고 너비도 일정치 않아 찾기 어렵습니다. 그러나 백양나무가 있는 곳에서 돌면 바로 뚫린 길입니다. 만일 이 나무가 없다면 바로 막힌 길입니다."

석수가 말했다.

"그렇다면 지금 그들이 백양나무를 베어버리면 어떻게 해야 합니까?"

두흥이 대답했다.

"비록 나무를 베어낸다 하더라도 뿌리까지는 어떻게 할 수 없습니다. 그렇기 때문에 대낮에 군사를 내어 공격해야지 컴컴한 밤에 들어가서는 안 됩니다."

송강이 모두 듣고 두흥에게 감사하고 일행은 진지로 돌아왔다. 임충 등이 맞이했고, 모두들 대채에 모여 앉았다. 송강은 이응이 만나려 하지 않았던 것과 두흥이 말한 내용을 여러 두령에게 설명했다. 이규가 말참견했다.

"효익를 가지고 선물까지 보냈는데 그놈이 형님을 맞이하러 나오지도 않다니. 내가 300명을 데리고 가서 좆같은 장원을 때려 부수고, 이놈 뒤통수를 잡아 형님께 끌어올게!"

송강이 말했다.

"동생, 네놈이 뭘 알겠니. 그는 부귀한 양민으로 관아가 두려운데 어찌 경솔하게 우리와 만나려하겠느냐?"

이규가 웃으면서 말했다.

"그놈이 어린애인가? 만나는 걸 무서워하게."

여러 두령이 모두 웃었다. 송강이 말했다.

"비록 이렇게 말하고 있지만 두 형제가 사로잡혔는데 목숨이나 부지하고 있는지 모르겠소. 여러 형제들은 나와 힘을 합쳐 다시 축가장을 치러 갑시다."

두령들이 모두 일어나 말했다.

"형님의 명령을 누가 감히 거역하겠습니까! 누구를 선봉에 세우시겠습니까?"

흑선풍 이규가 말했다.

"그대들이 어린아이를 두려워한다면 내가 앞장서지."

송강이 말렸다.

"네가 선봉이 되면 불리하니 이번에는 쓸 수 없다."

이규가 고개를 숙이고 분을 삭였다. 송강이 마린·등비·구붕·왕왜호 4명을 뽑아 명했다.

"자네들은 나와 함께 선봉을 설 것이다."

두 번째 부대는 대종·진명·양웅·석수·이준·장순·장횡·백승으로 물길로 싸울 준비를 시켰고, 세 번째 부대는 임충·화영·목홍·이규로 둘로 나누어 호응하게 했다. 모든 군사는 배치가 끝나자 배불리 밥 먹고 무장하고 말에 올랐다.

송강이 직접 선봉으로 앞장서서 출전하는데, 큰 붉은 글씨로 '수帥'라 쓰인 깃발을 앞세우고, 4명의 두령과 150기의 마군, 1000명의 보군을 이끌고 축가장으로 진격했다. 사람을 시켜 길을 탐색하면서 독룡강 앞에 당도했다. 송강이 말

을 세우고 축가장을 살펴보니 과연 웅장했다. 축가장의 기상을 찬양한 시가
있다.

독룡산 앞에는 독룡강이 자리하고 있고, 독룡강 위에 축가장이 있구나.
독룡강 일대를 긴 강이 감돌아 흐르고, 주위엔 수양버들 둘러 늘어졌네.
담장 안엔 검극이 빼곡히 배치돼 있고, 문 앞엔 조밀하게 창칼 늘어섰네.
대적하면 모두들 강력한 장사들이고, 선봉은 젊은 용사들이 담당하누나.
축룡이 출전하면 대적하기 어렵고, 축호와 맞붙으면 당해낼 수 없구나.
축표의 무예는 더욱 뛰어나, 분노하여 소리치면 패왕에 비할 수 있다네.
축조봉의 모략은 무궁무진한데다, 금은과 비단 천 상자나 쌓아뒀구나.
문 앞 양쪽에 흰 깃발 높이 걸렸는데, 두 줄로 분명하게 쓰여 있다네.
'늪과 호수 메워 조개를 생포하고, 양산을 짓밟아 송강을 사로잡으리라'
獨龍山前獨龍岡, 獨龍岡上祝家莊.
繞岡一帶長流水, 周遭環匝皆垂楊.
墻內森森羅劍戟, 門前密密排刀槍.
對敵盡皆雄壯士, 當鋒多是少年郎.
祝龍出陳眞難敵, 祝虎交鋒莫可當.
更有祝彪多武藝, 咤叱喑鳴比霸王.
朝奉祝公謀略廣, 金銀羅綺有千箱.
白旗一對門前立, 上面明書字兩行;
塡平水泊擒晁蓋, 踏破梁山捉宋江.

송강이 말 위에서 축가장에 걸린 양쪽 깃발을 보고는 크게 노하여 맹세했다.
'네기 만약 축가장을 쳐부수기 못하면 영원히 양산바오로 돌아가지 않으리
라!'

여러 두령이 보고서 모두가 분노를 참지 못했다. 송강이 뒤쪽 군사들이 모두 도착했음을 알고, 두 번째 부대의 두령은 남아 앞문을 공격하도록 했다. 송강이 선봉 군사들을 직접 이끌고 독룡강 뒤쪽으로 돌아가 축가장을 살펴보니 뒤쪽은 모두 철옹성이라 빈틈이 없었다. 한참 살펴보고 있을 때 서쪽에서 군사들이 함성을 지르며 몰려왔다. 마린·등비는 축가장 후문에 남아 지키게 하고, 송강은 구붕·왕왜호와 군사 절반을 이끌고 맞아 싸웠다. 송강이 독룡강 후문에서 내려오자 기병 20~30기가 한 여장군을 에워싸고 몰려왔다. 차림새를 보니,

매미 날개 같은 머리 모양에 금비녀 한 쌍 꽂고, 꽃 수놓은 신[4]은 보배로운 등자 비스듬히 밟고 있구나. 연환갑 속에는 붉은 실로 짠 저고리 받쳐 입었고, 수놓은 띠는 가는 허리에 단정하게 둘렀네. 예리한 칼로 강력한 군대도 마음대로 베어내고, 옥같이 가는 손으로 용맹한 장수도 사로잡네. 타고난 미모 해당화이지만, 일장청은 선봉에서 싸우는 장수로다.
蟬鬢金釵雙壓, 鳳鞋寶鐙斜踏. 連環鎧甲襯紅紗, 繡帶柳腰端跨. 霜刀把雄兵亂砍, 玉纖將猛將生拿. 天然美貌海棠花, 一丈青當先出馬.

몰려오는 군사는 바로 호가장의 여장군 일장청 호삼랑으로 푸른 갈기가 휘날리는 준마를 타고 일월 쌍도를 돌리며 장객 300~500명을 이끌고 축가장을 호응하러 달려왔다. 송강이 말했다.

"호가장에 대단한 여장군이 있다더니 바로 이 사람인가 보군. 누가 그녀를 대적하겠느냐?"

호색한 왕왜호는 여장군이라는 소리를 듣고 1합이면 사로잡으리라 생각하고

---

4 원문은 '봉혜鳳鞋'인데, 여자들이 신는 꽃을 수놓은 신발이다. 신발 앞코에 꽃문양이 있고 대부분 봉황이 그려져 있다.

달려나갔다. 소리 지르면서 말을 몰아 앞으로 빠르게 질주하면서 손에 창을 들고 적을 맞이했다. 양군이 함성을 지르자 호삼랑이 말을 박차고 칼을 휘두르며 왕왜호와 싸우러 나왔다. 한 사람은 쌍칼에 능숙하고 다른 한 사람은 단창 솜씨가 출중했다. 두 사람이 10여 합을 싸웠다. 송강이 말 위에서 살펴보니 왕왜호의 창 쓰는 것이 점차 흐트러졌다. 원래는 왕왜호가 일장청을 처음 봤을 때 간절하게 사로잡고 싶었지만, 생각했던 것과는 반대로 10합이 넘어가자 갈수록 손발에 힘이 빠지고 창 쓰는 것도 어지러워졌다. 두 사람이 목숨을 걸고 싸우다 서로 소강상태에 접어들었을 때 왕왜호가 어떻게 해서라도 수작을 걸어보려고 했다. 일장청은 눈치가 빠른 사람이라 속으로 중얼거렸다.

'이놈이 무례하게!'

쌍칼을 위아래로 휘두르니 어떻게 감당할 수 있겠는가? 왕왜호가 대적하지 못하고 말을 돌려 달아나려 했다. 일장청이 말을 몰고 쫓아가 오른손의 칼을 안장에 걸쳐 놓고 팔을 가볍게 뻗어 왕왜호를 말안장에서 끌어내리니, 여러 장객이 달려들어 때려눕히고 사로잡아 끌고 갔다. 여기에 증명하는 시가 있다.

여색에 빠져 몸조차 돌보지 않고, 목숨마저 하찮은 티끌처럼 여기려 하네.
금실 휘장 안에 강한 장수 없으니, 혼백마저 여인에게 빼앗기고 말았구나.
色膽能抃不顧身, 肯將性命值微塵.
銷金帳裏無強將, 喪魄亡精與婦人.

구봉은 왕영이 잡히는 것을 보고 창을 들고 구하러 나왔다. 일장청이 칼을 차고 말을 몰아 나와 구봉을 맞이하여 두 사람이 싸우기 시작했다. 구봉은 원래 대대로 군대 자제 출신이라 쇠창을 잘 다루었기 때문에, 송강도 속으로 갈채를 보냈다. 구봉의 창 쓰는 솜씨가 그토록 능숙해도 일장청은 대저하는 데는 조금도 나은 것이 없었다. 등비는 왕왜호는 잡혀가고 구봉은 여장군을 압도하지 못하는 것을 멀리에서 보고는 말을 달려 철련鐵鏈(쇠사슬)을 휘두르며 크게 고함을 지르고 달려나갔다. 축가장에서도 한참 싸움을 살펴보다가 일장청이 실수라도 있을까 불안하여 급히 조교를 내리고 장원 문을 열었다. 축룡이 직접 300여 명을 이끌고 송강을 잡으려 창을 들고 급히 말을 몰아왔다. 마린이 보고서 쌍칼을 휘두르며 말을 몰아 달려오는 축룡을 저지하고 싸웠다. 등비는 송강이 잘못 될까 두려워 주변을 떠나지 않았다. 양편에서 싸우는데 함성 소리가 잇달아 일어났다. 송강이 바라보니 마린이 축룡과 싸우는데 당해내지 못하고 있고, 구봉 역시 일장청을 이겨내지 못하자 당황하고 있는데, 옆에서 한 무리의 군마가 몰려오는 것을 송강이 보고서 크게 기뻐했다. 벽력화 진명이 장원 뒤에서 싸운다는 소리를 듣고 구원하러 달려온 것이다. 송강이 크게 소리쳤다.

"진 통제, 마린을 대신해 싸우시오!"

진명은 성질이 급한 사람인데다 제자 황신이 축가장에 잡혀 언짢던 터라 말을 박차 낭아곤狼牙棍[5]을 휘두르며 축룡에게 달려들었다. 축룡 또한 창을 세우고 진명과 대적했다. 그 틈에 마린이 부하들을 데리고 왕왜호를 구하려 했는데, 그때 일장청이 구봉은 제쳐두고 마린을 맞아 싸웠다. 두 사람이 말 위에서 서로 쌍칼을 휘두르며 싸우자 마치 바람에 하얀 옥가루가 날리는 듯하고 눈 위에 눈송이를 뿌리는 것 같았다. 송강만 여기저기 바라보느라 눈이 어지러울 지경이었다. 한편 진명과 축룡이 10합 이상을 싸웠지만 축룡이 어찌 진명을 대적할 수 있겠는가? 장원 문안에서 사범 난정옥欒廷玉이 철추를 차고 말에 올라 창을 들고 달려나왔다. 구봉이 즉시 나와 난정옥을 맞아 싸웠다. 그런데 난정옥은 달려와 맞붙지 않고 창을 꽉 쥐고 옆으로 달아났다. 구봉이 뒤쫓다가 난정옥이 휘두른 철추에 정통으로 맞아 말에서 굴러 떨어졌다. 등비가 크게 소리쳤다.

5_ 낭아곤狼牙棍은 낭아봉狼牙棒을 말한다. 본문에는 낭아곤과 낭아봉이 혼재되어 등장한다. 낭아봉은 단단하고 무거운 나무로 봉을 만드는데 길이는 4~5척 정도이고 윗부분은 대추같이 생겼는데 못을 박아 놓은 모양이 늑대의 이빨 같았다고 한다.

"얘들아! 어서 사람을 구하거라!"

등비가 철련을 휘두르며 곧장 난정옥에 달려들었다. 송강이 다급하게 졸개들을 시켜 구붕을 구하여 말에 태웠다. 그때 축룡이 진명을 당해내지 못하고 말을 몰아 달아나자, 난정옥도 등비를 제쳐놓고 진명을 막아서며 싸웠다. 두 사람이 10~20여 합을 싸웠으나 승패를 가리지 못했다. 난정옥이 빈틈을 보이더니 대로가 아닌 황야로 도망가기 시작했다. 진명이 곤봉을 휘두르며 쫓아가자 난정옥이 잡초더미 사이로 달리며 진명을 유인했다. 진명은 계략인지 모르고 쫓아 들어갔다. 원래 축가장에서는 곳곳에 사람들을 매복시키고 기다리고 있었다. 진명이 오는 것을 보고 말을 걸어 넘어뜨리는 밧줄을 끌어당기니, 사람과 말이 함께 뒤집어지자 고함을 지르며 잡아 묶어버렸다. 등비는 진명이 말에서 떨어지는 것을 보고 황급히 달려와 구하려 하다가 올가미 밧줄을 보고 얼른 몸을 돌리려 하였지만, 양쪽에서 큰 소리가 들리더니 여기저기에서 갈고리를 뻗어 당기는 바람에 말 위에서 그대로 사로잡히고 말았다.

송강이 보고서 크게 신음소리만 내고 구붕만 겨우 구해내 말에 태웠다. 마린도 하는 수 없이 일장청을 버리고 다급하게 달려와 송강을 보호하고 남쪽으로 달아났다. 난정옥·축룡·일장청이 앞다퉈 쫓아 왔다. 아무리 둘러봐도 길은 없고 사로잡히기만 기다리고 있을 때 남쪽에서 군사 500여 명을 거느린 사나이가 날듯이 말을 몰고 달려왔다. 송강이 놀라 바라보니 바로 몰차란 목홍이었다. 동남쪽에서도 두 명의 호걸이 300여 명 군사를 몰아 날듯이 달려오는데, 하나는 병관색 양웅이요 다른 한 명은 반명삼랑 석수였다. 동북 방향에서도 한 호걸이 큰 소리로 외쳤다.

"모두 물러서라!"

송강이 보니 다름 아닌 소이광 화영이었다. 세 갈래 길로 군사들이 일제히 토착하자, 송강은 크게 기뻐하며 모두 힘을 합쳐 난정옥과 축룡에게 달려들었다. 축가장에서는 멀리 상황을 살펴보다 두 사람이 불리해지자 축호로 하여금 장원 문을 지키게 하고, 막내 축표가 사나운 말 한 필을 끌어내 장창을 들고 500여 명의 군사를 이끌고 장원 뒷문으로 달려나와 함께 어우러져 혼전이 벌어졌다. 장원 앞에서는 이준·장횡·장순이 물에 들어가 해자를 건너려고 했으나 장원 위에서 어지럽게 화살을 쏘아대니 손 쓸 수가 없었고, 대종과 백승은 성을 향하여 함성만 질러댔다. 송강은 날이 이미 어두워지는 것을 보고 급히 마린을 불러 먼저 구봉을 보호하여 마을 입구로 돌려보냈다. 또한 송강은 졸개들로 하여금 징을 울려 여러 호걸을 모이게 하고 싸우면서 물러났다.

형제들이 길을 잃을까 두려워 송강이 직접 말을 몰아 나갈 길을 찾았다. 바로 이때 일장청이 나타나 날듯이 달려들었다. 송강은 어찌할 바를 몰라 당황하여 말을 박차고 무조건 동쪽을 향하여 달아났다. 뒤에서 일장청이 바짝 뒤쫓는데, 말발굽 8개가 번갈아 내딛으며 질주하는 소리가 자바라를 제멋대로 두드리는 것 같았다. 어느새 마을 깊은 곳까지 쫓겨 들어오자, 일장청이 손을 뻗어 송강을 사로잡으려했다. 그때 산비탈 위에서 어떤 사람이 크게 소리 질렀다.

"거기 좆같은 년아, 우리 형님을 어디까지 쫓아가려는 거냐!"

다름 아닌 흑선풍 이규가 두 자루의 도끼를 돌리면서 70~80명의 졸개들을 이끌고 큰 걸음으로 달려왔다. 일장청이 깜짝 놀라 말머리를 돌려 숲 옆쪽으로 달아났다. 송강이 말을 멈추고 보니 숲 옆에서 기마병 10여 명이 선두에 선 장사를 에워싸고 있었다. 차림새를 보니,

구슬 박은 투구 움직이지 않게 쓰고, 은 붙인 갑옷을 단단히 입었네. 흰 비단 전포엔 꽃가지 수놓았고, 사만보대獅蠻寶帶6엔 옥을 조밀하게 박았구나. 장팔사 모丈八蛇矛 단단히 세우고, 서릿발 같은 준마는 울부짖는구나. 온 산에 모두 소

6_ 사만보대獅蠻寶帶: 고대 고급 무관용의 요대를 말함. 사만은 고대 무관의 요대 갈고리에 사자, 만왕蠻王(남방 소수 민족의 수령)의 형상이 장식되어 있기 때문에 무관 요대를 가리킨다.

장비라 부르는 그는, 다름 아닌 표자두 임충이라네.

嵌寶頭盔穩戴, 磨銀鎧甲重披. 素羅袍上綉花枝, 獅蠻帶瓊瑤密砌. 丈八蛇矛緊挺, 霜花駿馬頻嘶. 滿山都喚小張飛, 豹子頭林冲便是.

달려온 군사들은 바로 표자두 임충이었다. 임충이 말 위에서 크게 호통 쳤다.

"거기 이년, 어디로 달아나느냐!"

일장청이 비도飛刀를 휘두르며 말을 몰아 임충에게 달려들었다. 임충이 장팔사모를 들고 맞서 싸웠다. 두 사람이 10합을 싸우지도 않았는데, 임충이 빈틈을 보이자 일장청의 두 칼이 치고 들어왔다. 임충이 사모로 막아내고 두 칼날이 비스듬히 들어오자 한꺼번에 쳐낸 다음, 말 두 마리가 교차하는 순간에 긴 팔을 가볍게 뻗어 허리춤을 비틀어 낚아채고 일장청을 잡아 당겨 산 채로 잡아 겨드랑이에 끼고 말을 몰아 돌아왔다. 송강이 기뻐 어쩔 줄 몰라 환호하며 갈채를 보냈다. 임충이 군사들에게 일장청을 결박하게 하고는 앞으로 달려와 말했다.

"형님, 다치신 데는 없습니까?"

"괜찮다네."

이규를 불러 빨리 마을로 가서 여러 두령을 맞이하고 상의할 것이 있으니 마을 어귀로 불러오도록 했다. 날이 이미 어두워져 계속 싸울 수 없었고 흑선풍은 본진의 군사를 이끌고 갔다. 임충이 송강을 보호하고 일장청도 말에 태우고 길을 찾아 마을 어귀로 왔다. 그날 밤 여러 두령이 형세가 이롭지 않음을 알고 급히 모두 마을 어귀로 돌아왔다. 축가장도 군사를 거두어 장원으로 돌아갔다. 온 마을에 죽은 자가 그 수를 헤아릴 수 없었다. 축룡은 잡아들인 사람들을 모두 죄수 싣는 수레에 가두고, 나중에 송강도 잡아 함께 동경으로 끌고 가 공로를 청하고자 했다. 호가장에서도 이미 사로잡은 왕왜호를 축가장으로 보냈다.

한편 송강은 대 부대를 거두고 마을 어귀로 돌아와 울타리 방책을 세우고 우선 일장청을 처리했다. 20여 명의 노련한 졸개와 두목 4명을 불러 빠른 말 네

필을 타고 두 손이 묶인 일장청을 말에 태웠다.

"밤새 양산박으로 데려가 내 부친 송태공에게 맡기고 돌아와 보고하라. 내가 산채에 돌아가 처리하겠다."

여러 두령들은 모두 송강이 이 여자한테 마음을 두는 줄 알고 조심해서 보냈다. 먼저 부상당한 구붕을 수레에 태우고 산채에 가서 쉬게 했다. 일행이 모두 군령을 받들고 밤새 양산박으로 돌아갔다. 송강은 그날 밤 군막에서 답답해하며 밤새 한숨도 자지 않고 앉아서 아침을 기다렸다.

다음날 정탐꾼이 와서 군사 오용이 삼완 두령들과 여방·곽성 그리고 500명의 군사를 이끌고 왔다고 보고했다. 송강이 듣고서 방책을 나가 군사 오용을 맞이하여 중군 군막에 앉았다. 오용은 술과 음식을 가져와 송강에게 잔을 들어 축하했다. 다른 한편으로는 잔치를 열고 삼군 장수들을 포상했다. 오용이 말했다.

"산채에 계시는 조 두령께서 우선 형님의 출병 상황이 불리하다는 말씀을 듣고, 특별히 저 오용과 다섯 두령을 보내 싸움을 도우라 하셨습니다. 그런데 싸움의 승패가 어떻습니까?"

"한 마디로 어려운 상황이오. 축가 그 무례한 놈들이 장원 문 위 양쪽에 백기를 세웠는데 거기에 '늪과 호수를 메워 조개를 생포하고, 양산을 짓밟아 송강을 사로잡으리라!'라고 쓰여 있소이다. 이 무례한 놈! 먼저 군사를 내어 공격했지만 지리적으로 불리하기 때문에 양림과 황신이 사로잡혔소. 밤에 군사를 내었으나 일장청에게 왕왜호가 잡히고, 난정옥이 구붕을 다치게 했소. 게다가 진명·등비는 말을 걸어 넘어뜨리는 밧줄에 걸려 잡혔소. 이처럼 패배했는데 만약 임 교두가 일장청을 사로잡지 못했다면, 예기가 모두 꺾였을 것이오. 이렇게 되었으니, 이제 어쩐단 말이오? 만약 내가 축가장을 쳐부수지 못하고 잡혀 있는 형제들을 구하지 못한다면, 차라리 여기에서 죽어버려야지 돌아가 조개 형님을 만나뵐 면목이 없소이다!"

오 학구가 웃으면서 말했다.

"저 축가장은 오늘 당장에 무찌를 수 있습니다. 이제 마침 기회가 제대로 맞아 떨어져서 단시간에 격파할 수 있을 것으로 봅니다."

송강이 듣고서 대단히 놀라워하면서도 기뻐 얼른 물었다.

"이 축가장을 어떻게 단숨에 쳐부술 수 있단 말이오? 기회가 어디서 온다는 것이오?"

오 학구가 웃으면서 차분하게 손가락 두 개를 접으며 이번에 오는 좋은 기회를 설명했다. 바로 공중에 떠도는 구름을 잡을 수 있는 손을 뻗어7 하늘과 땅의 조밀한 그물망에 갇힌 사람들을 구하게 되는 것이다.

결국 군사 오용이 말하는 무슨 기회가 온다는 것인지는 다음 회에 설명하노라.

일장청—丈青 호삼랑扈三娘

'일장청—丈青'의 의미에 대해서는 여러 견해가 있다. 『수호전보증본』에 근거하면 '일장청—丈青'의 '일장—丈'은 키가 큰 것을 말하며 '청青'은 문신을 가리킨다. 즉 몸에 문신이 있고 키가 1장이나 되는 여자를 말한다. 또한 1장 길이의 '청룡'을 문신한 것으로도 해석할 수 있는데, 이와 같다면 이후에 남편이 되는 왜각호矮脚虎 왕영王英의 '호虎'와 어울리게 된다. 이외에 '일장'이 키가 크다는 뜻과는 별개로 어떤 물건의 길이를 표시하기도 한다는 견해가 있는데, '청青'을 어떤 식물로도 추측할 수 있다. 『본초강목本草綱目』에 '백장청百丈青'이란 식물이 있는데, 일종의 덩굴이 자라고 푸른 잎의 식물이다. 어쨌든 작자가 '일장청'이란 별명을 사용하여 키가 크고 호리호리한 것을 비유한 것임에는 틀림없는 것 같다.

7_ 무예가 출중한 사람을 비유한 말이다.

뜻밖의 원군[1]

오 학구가 송강에게 설명했다.

"석용과의 관계를 통해 양산박에 가입하겠다는 사람이 오늘 기회를 가지고 찾아왔습니다. 그 사람은 난정옥 그놈하고도 관계가 가장 좋고 양림·등비하고도 매우 친한 사이입니다. 그가 형님이 축가장을 치는 데 불리함을 알고, 곧 찾아와 한패가 되는 예로 계책을 올린다고 합니다. 5일 안에 이 사람의 계책을 쓸 수 있을 것이니 좋지 않겠습니까?"

"묘책이로다!"

송강이 듣고서 크게 기뻐하며 비로소 얼굴에 웃음꽃이 활짝 피었다. 어떤 계책인가? 아래에서 바로 볼 수 있다. 이 회의 제목을 잘 기억해두기 바랍니다. 원래 이 얘기는 송 공명이 처음 축가장을 칠 때 동시에 발생한 일인데, 두 이야기를 한꺼번에 이야기하기 어렵기 때문에 잠시 축가장을 두 번 공격한 이야기를

1_ 제49회 제목은 '解珍解寶雙越獄(해진, 해보형제가 감옥에서 탈옥하다). 孫立孫新大劫獄(손립, 손신이 감옥을 습격하다)'이다.

하게 되었습니다. 그래서 이번에는 산채에 가입하려고 하는 사람이 기회를 만든 것을 이야기하고 그 다음에 사건의 줄거리를 이어가려 합니다.

산동 바닷가에 등주登州2라는 주군州郡이 있다. 등주성 밖에 산이 하나 있는데,3 산 위에는 승냥이·이리·호랑이·표범 같은 맹수들이 자주 출몰하여 사람을 다치게 했다. 그래서 등주 지부는 사냥꾼들을 모집하여 해당 관청에 장한 문서杖限文書4를 위임하여 등주 산 위에 서식하는 호랑이를 포획하게 했고, 산 주변 마을의 이정에게도 호랑이를 잡으라는 공문을 내렸다. 기한 안에 잡아 관아로 보내지 못하면 용서 없이 칼을 채워 대중에게 보이는 형벌에 처했다. 한편 등주산 아래에 해진解珍·해보解寶라는 사냥꾼 형제가 살았다. 형제 둘이 모두 혼철점강차渾鐵點鋼叉5를 사용했는데 무예 실력이 등주에 사는 사냥꾼 가운데 최고였다. 해진의 별명은 양두사兩頭蛇(머리가 두 개 달린 뱀)라 하고, 해보는 쌍미갈雙尾蝎(꼬리가 두 개인 전갈)이라 불렀다. 두 사람의 부모는 모두 죽었고 결혼은 하지 않은 상태였다. 형 해진은 키가 7척이 넘었고 자줏빛 얼굴에 허리는 가늘고 우람한 체격이었다. 동생인 해보는 더욱 대단하여 키 또한 7척이 넘고 둥근 얼굴에 몸은 시커멓고 양 넓적다리에 비천야차를 문신했다. 한번 화가 나면 참지 못하고 하늘을 오르고 땅을 뒤집으며 나무를 뽑고 산을 뒤흔들 것처럼 미친 듯이 날뛰었다. 여기에 그들 형제의 좋은 점을 말한 「서강월」 한 수가 있다.

2_ 등주登州: 지금의 산둥성 펑라이蓬萊.
3_ 『수호전전교주』에 따르면 "정목형의 『주략』에서 이르기를 '등주는 성 동쪽은 우산羽山이라 하고, 북쪽은 단산丹山, 애산崖山이다'라고 했다."
4_ 장한문서杖限文書: 옛날 관부에서 어떤 일을 처리함에 있어 기한을 정해놓은 것으로 기한을 넘기면 장형杖刑을 부과한 공문서.
5_ 혼철渾鐵은 아직 제련하지 않은 철을 말하고, 점강點鋼은 담금질 처리를 한 강철이다. 혼철점강차渾鐵點鋼叉는 순철을 담금질하여 제조한 차叉다.

그들은 대대로 등주의 사냥꾼, 날 때부터 용맹하고 날렵한 호걸이라네. 산과 고개 넘을 때는 원숭이 같이 강하고, 고라니와 사슴도 그들 만나면 놀라 쓰러지누나. 손에는 연꽃 모양의 철당鐵鐺6 들었고, 허리엔 부들 잎 같은 예리한 칼 찼구나. 표범가죽 옷에 범의 힘줄 끈을 둘렀으니, 해씨 형제는 둘 다 훌륭한 젊은이로다.

世本登州獵戶, 生來驍勇英豪. 穿山越岭健如猱, 麋鹿見時警倒. 手執蓮花鐵鐺, 腰懸蒲葉尖刀. 豹皮裙子虎筋絛, 解氏二難年少.

형제 둘은 해당 관청의 감한문서卅限文書7를 수령하고 집으로 돌아와 와궁窩弓8과 독약 바른 화살 그리고 쇠뇌와 당차鐺叉9를 챙겼다. 표범 가죽 바지를 입고 호랑이 가죽으로 온몸을 감쌌으며 철차鐵叉를 손에 들었다. 두 사람은 등주 산에 올라 와궁을 설치하고 나무 위에서 하루를 기다렸으나 소용없자 와궁을 거두고 돌아갔다. 다음날, 마른 양식을 휴대하고 다시 산 위에 올라 기다렸다. 날이 점점 어두워지자 형제는 와궁을 설치하고 나무 위로 올라가 5경까지 기다렸으나, 아무런 움직임도 없었다. 두 사람은 다시 와궁을 옮겨 서쪽 산기슭에 설치하고 날이 밝을 때까지 앉아서 기다렸으나 호랑이는 나타나지 않았다. 두 사람이 초조해하며 말했다.

"3일 안에 호랑이를 바치지 못하고 늦어지면 벌을 받을 텐데 어떻게 한다?"

두 사람이 3일째 되는 밤, 4경쯤에 매복하고 기다리다 몸이 고단하여 서로 등을 기대고 잠이 들었다. 두 눈을 붙이고 막 잠들려 하는데, 갑자기 와궁이 발

6_ 당鐺은 형태가 '차叉'와 비슷한데 중간에 날카로운 날이 있고 창끝과 비슷하다.
7_ 감한문서卅限文書: 관부에서 일정한 기한 내에 반드시 완수해야 하는 출장 공무를 규정한 문서.
8_ 와궁窩弓: 맹수 등 큰 사냥감을 잡기 위해 숲 속에 설치해둔 활(덫).
9_ 당차鐺叉: 고대 병기로 위쪽에 날카로운 날이 있고 양쪽 면에도 날이 있으며, 날 아래는 양쪽으로 다리 형상처럼 가로로 나 있으며 위를 향해 구부려져 있다. 방어를 할 수도 있고 모矛와 방패로 겸용되기도 한다. 삼지창과 비슷한 형상이다.

사되는 소리가 들렸다. 두 사람이 벌떡 일어나 삼지창을 잡고 사방을 살펴보니, 호랑이 한 마리가 독화살을 맞고 땅 위에서 뒹굴고 있었다. 두 사람이 삼지창을 들고 앞으로 달려나갔다. 그 호랑이는 사람이 다가오자 화살이 꽂힌 채 달아나기 시작했다. 두 사람이 뒤쫓았으나 산을 반도 내려가지 못하고 독이 퍼졌는지 그 호랑이는 더 이상 견디지 못하고 한 번 울부짖더니 데굴데굴 산 아래로 굴러 떨어졌다. 해보가 말했다.

"됐다! 호랑이가 굴러 떨어진 곳은 모 태공毛太公 장원의 후원이니, 함께 그 집에 호랑이를 가지러 내려가죠."

형제 두 사람은 삼지창을 들고 산에서 내려와 모 태공 장원 문을 두드렸다. 날은 이미 밝았고 두 사람이 장원 문을 두드리니 장객이 태공에게 알렸다. 한참 지나 모 태공이 나왔다. 해진·해보가 삼지창을 내려놓고 정중하게 인사했다.

"어르신, 오랜만에 찾아뵙습니다만 잠시 실례하겠습니다."

"자네들이 어쩐 일로 이렇게 일찍 찾아왔나? 무슨 할 말이 있는가?"

해진이 대답했다.

"어찌 감히 아무 일 없이 어르신 잠을 깨우겠습니까? 저희가 지금 관아에서 감한문서를 위임 받아 호랑이를 포획하려던 참이었습니다. 3일을 기다렸다가, 오늘 아침 5경에 한 마리를 쏘았는데 생각지도 못하게 뒷산에서 어르신 후원으로 굴러 떨어졌습니다. 번거롭더라도 호랑이를 가져가게 길을 빌려주시기 바랍니다."

"그렇게 하게. 내 후원에 떨어졌다니, 두 사람은 잠시 앉아 있게나. 배고프지는 않은가? 아침이나 먹고 가져가게나."

장객을 불러 조반을 차려주고 먹기를 권했다. 두 사람은 술과 밥을 먹고 일어나 감사하며 말했다.

"어르신의 대접에 감사드립니다. 성가시겠지만 가서 호랑이를 가져올 수 있게 안내 좀 해주셨으면 좋겠습니다."

"이미 내 장원 뒤에 있는데 뭐가 두려운가? 잠시 앉아 차를 마시고 가도 늦지 않네."

해진·해보는 감히 어른 말씀을 어길 수 없어 다시 앉았다. 장객이 차를 내와 마시게 했다.

"이제 자네들은 가서 호랑이를 찾아보세."

"어르신께 깊이 감사드립니다."

모 태공이 두 사람을 데리고 장원 뒤에 도착하여 비로소 장객에게 열쇠를 가져오게 했으나 아무리 문을 열려고 해도 열리지 않았다. 모 태공이 말했다.

"이 후원은 오랫동안 사람이 드나들지 않아서 자물쇠가 녹이 슬어 열리지 않는 것 같으니 쇠망치를 가져와 부셔서 열거라."

장객이 쇠망치를 가져와 부숴 열고 모두들 후원으로 들어갔다. 산 주변을 샅샅이 뒤졌으나 보이지 않았다. 모 태공이 말했다.

"자네들, 두 사람이 잘못 본 것 같네. 자세히 보지 못해 내 후원에 떨어졌다고 하는 것은 아닌가?"

해진이 말했다.

"우리 두 사람이 잘못 보다니요? 여기서 자란 사람들인데 어떻게 잘못 보겠습니까?"

"자네, 다시 잘 찾아보고 있으면 가져가게."

해보가 말했다.

"형님, 이리 와서 보시오. 이 일대 풀들이 평평하게 모두 누워 있습니다. 또 핏자국도 있는데요. 그런데 어째서 여기에 없다고 말씀하십니까? 필시 어르신 장객이 들고 간 겁니다."

"자네 그런 소리 말게! 내 집에 있는 사람들이 후원에 호랑이가 있는지 어떻게 알겠으며 또 들고 갔겠나? 자네도 방금 자물쇠를 부수고 여는 걸 보지 않았나. 자네들 두 사람도 같이 후원에 들어와 찾아놓고 어찌 그런 말을 하는가!"

해진이 말했다.

"어르신, 관아로 가져가게 그 호랑이를 제발 돌려주십시오."

"너희 두 놈이 정말 무례하구나! 선의를 베풀어 밥과 술까지 먹여줬는데, 도리어 나한테 호랑이를 내놓으로고 떼를 쓴단 말이냐!"

해보가 말했다.

"우리가 무슨 떼를 쓴단 말입니까! 어르신 댁은 이정까지 맡고 있고 관부에서 감한문서까지 받았으나 능력이 없어서 잡지 못한 것이잖아요. 도리어 우리가 잡은 것을 어르신이 대신 가져가서 공을 청하고 우리 형제 두 사람은 몽둥이질을 당하라는 겁니까!"

"네놈들이 몽둥이질을 당하든 말든 나와 무슨 상관이야!"

해진·해보가 눈을 부릅뜨며 말했다.

"우리가 찾아봐도 되겠소?"

"우리 집이 네놈들 집과 같으냐! 또 내외內外라는게 있는 법이야! 너 이런 거지같은 놈들 좀 보게. 정말 무례하구나!"

해보가 대청 앞으로 다가가 찾았으나 보이지 않자, 화가 불같이 일어나 대청 앞에서 난동을 부리기 시작했다. 해진도 대청 앞으로 가서 난간을 잡아 당겨 꺾어버리고 부수며 들어갔다. 그러자 모 태공이 소리를 질렀다.

"해진·해보가 대낮에 강도질한다!"

두 형제가 대청 앞의 탁자와 의자를 부수고, 장원 사람들이 모두 덤비려고 준비하는 것을 보고 두 사람은 급히 문밖으로 나와 손가락질 하며 욕했다.

"네놈이 우리 호랑이를 가져가놓고 발뺌하는데, 관아에 가서 따져보자!"

해씨들 특별히 호랑이 포획했는데, 모씨 교묘한 계략으로 올가미에 걸었네.
그날 호랑이 놓고 다투는 바람에, 뒷날 용 두 마리를 이끌어내게 되었다네
解氏深機捕獲, 毛家巧計牢籠.

當日因爭一虎, 後來引起雙龍.

그 두 사람이 욕설을 퍼부어대고 있는데, 하인들이 말 2~3필을 이끌고 장원으로 달려오는 게 보였다. 해진이 모 태공의 아들 모중의毛仲義라는 것을 알아보고는 다가가 말했다.

"댁네 장객들이 내 호랑이를 가져갔소. 당신 부친이 나한테 돌려주기는커녕 우리 형제를 때리려했소."

"이 촌놈들이 뭘 모르고 그런 것이고, 부친께서는 필시 그놈들에게 속았을 것이네. 두 사람은 그만 화를 멈추고 나와 집으로 가서 찾아 돌려주면 되지 않겠는가."

해진·해보가 감사 인사를 했다. 모중의가 장원 문을 열게 하고 두 사람을 들어가게 했다. 해진·해보가 들어오기를 기다렸다가 얼른 장원 문을 닫게 하고는 소리 질렀다.

"잡아라!"

양쪽 복도에서 20~30여 명의 장객들이 달려나왔다. 공교롭게도 말 뒤에 데리고 온 사람들은 모두 공인들이었다. 두 형제는 미처 손쓸 새도 없었다. 장객과 공인이 모두 달려들어 해진과 해보를 포박했다. 모중의가 말했다.

"우리 집에서 어젯밤 호랑이 한 마리를 쏘아 잡았는데, 어찌하여 나한테 생떼를 부리는 것이냐? 기회를 틈타 우리 집 재산을 강탈하고 집 안 기물까지 부수었으니, 어떤 죄인지 아느냐? 관아로 끌고 가서 너희같이 해가 되는 놈들은 없애버려야겠다!"

원래 모중의는 5경 때 이미 호랑이를 관아로 끌고 갔고, 몇 명의 공인들을 데리고 해진·해보를 잡으러온 것이었다. 두 사람은 상황이 어떻게 돌아가는지도 모르고 그의 계략에 걸려들어 변명 한 마디도 할 수가 없었다. 모 태공은 두 사람이 사용하는 삼지창을 장물로 삼고, 많은 부서진 가재도구를 들고 해진·해보

를 발가벗긴 다음 뒷짐을 지워 묶어 등주 관아로 끌고 갔다. 관아에는 왕정王正
이라는 육안공목이 있었는데 모 태공의 사위였으므로 도착하기도 전에 미리
지부에게 일을 계책대로 아뢰어놓았다. 해진·해보가 대청 앞으로 끌려오자 이
렇다 할 심문도 없이 묶어 엎어놓고 때리며 '호랑이를 자기들 것이라 우기려고
삼지창를 들고 들어간 김에 재물을 약탈하려고 했다'는 자백을 하라고 강요했
다. 해진·해보는 고문을 견디지 못하고 결국 시키는 대로 자백했다. 지부는 두
사람에게 25근짜리 무거운 칼을 씌우고 못을 박아 감옥에 가두었다. 모 태공과
모중의는 장원으로 돌아와 상의했다.

"이 두 놈이 풀려나서는 안 된다. 차라리 이놈들을 끝장내고 후환을 없애야
겠다."

그때 부자 두 사람은 관아로 가서 공목 왕정에게 분부했다.

"자네가 내 대신 화근을 철저하게 뿌리 뽑아 이 사건을 마무리지어주게. 나
는 지부에게 뇌물을 주고 청탁하겠네."

한편 해진·해보는 사형수를 가두는 감옥으로 끌려가다가 정자 안에서 절급
과 마주치게 되었다. 그중 우두머리는 포길包吉이란 자였는데, 그는 이미 모 태공
으로부터 은냥을 받았고 왕 공목으로부터는 두 사람의 생명을 처리하라는 부
탁을 받고 정자 안에 와 앉아 있었다. 옥졸이 그 두 사람에게 말했다.

"어서 정자 앞으로 나와 무릎을 꿇어라!"

포 절급이 소리 질렀다.

"너희 두 놈이 바로 무슨 양두사, 쌍미갈이라고 불리는 놈들이냐?"

해진이 대답했다.

"비록 다른 사람들이 소인의 별명을 그렇게 부르지만 사실은 선량한 사람을
해친 적이 없습니다."

포 절급이 다시 소리 질렀다.

"이 짐승만도 못한 놈들! 이번에 내 손아귀에 떨어졌으니 네놈들을 '양두사'

는 '일두사一頭蛇'로 '쌍미갈'은 '단미갈單尾蝎'로 만들어주마! 감옥에 다시 처넣어라!"

그 옥졸이 두 사람을 감옥으로 데리고 가다가 주변에 사람이 없자 조용히 물었다.

"당신들 두 사람은 나를 알겠소? 나는 당신들 형님의 처남이오."

해진이 말했다.

"나한테 친형제는 우리 두 사람뿐이고, 다른 형님은 없소이다."

"당신들 두 사람은 손 제할孫提轄의 동생들이 아니오?"

해진이 대답했다.

"손 제할은 고종 사촌 형님이오. 난 당신하고 만난 적도 없는데, 혹시…… 악화樂和 외숙 아니시오?"

"맞소. 내가 바로 악화요. 본적은 모주茅州10이나 조부 때 이곳으로 왔지요. 누나가 시집가 손 제할의 처가 되었고, 나는 이곳 관아에서 옥졸로 일하고 있소. 사람들이 내가 노래를 잘해 모두들 철규자鐵叫子 악화라 부르지요. 매형이 내가 무예를 좋아하는 것을 보고, 몇 가지 창 쓰는 법도 가르쳐줬지요."

그가 어떻게 생겼는지 노래한 시가 있다.

영민한 재능에 의관은 단정하며, 준수하고 마음씨와 말하는 것이 맑구나.
노래 잘해 철규자라 불리는데, 악화는 타고나길 총명하고 지혜롭더라.
玲瓏心地衣冠整, 俊俏肝腸語話淸.
能唱人稱鐵叫子, 樂和聰慧是天生.

10_ 모주茅州: 당나라 무덕武德 3년(620)에 설치되었고, 치소는 구용현句容縣(지금의 장쑤성 쥐룽句容)이었다.

원래 악화는 총명하고 영리한 사람이었다. 각종 악기를 이해했고 배우면 바로 다룰 수 있었으며 일을 하는 데 있어서도 처음을 알면 그 결과를 알았다. 또한 창봉과 무예를 얘기하면 사탕이나 꿀같이 좋아했다. 해진·해보가 호걸임을 알고 그들을 구해줄 마음이 있었다. 한 올 실을 꼬아서는 줄을 만들 수 없고, 한쪽 손바닥만으로는 소리를 낼 수 없듯이 겨우 사건의 전후 사정이나 알려줄 수밖에 없었다. 악화가 말했다.

"두 사람은 내가 하는 말을 잘 들으시오. 지금 포 절급이 모 태공으로부터 금품을 받았으니 반드시 두 사람 목숨을 해치려고 할 것이오. 이제 두 사람은 어떻게 하면 좋겠소?"

해진이 말했다.

"당신이 이미 손 제할의 얘기를 꺼냈으니 제발 우리 소식이나 전해주시오."

"내가 누구한테 소식을 전하면 되겠소?"

해진이 말했다.

"나한테 할아버지 쪽으로 누나가 하나 있는데, 손 제할 친동생의 처가 되었소. 동문 밖 십리패十里牌 쯤에 살고 있소. 고모의 딸로 모대충母大蟲 고대수顧大嫂라고 불립니다. 주점을 열어 집에서 소도 잡고 도박장도 열고 있습니다. 20~30여 명이 덤벼도 그녀를 당해낼 수 없지요. 매형인 손신孫新도 그녀를 이길 수 없소. 그 누나와 우리 형제가 사이가 가장 좋은데, 손신과 손립孫立의 고모가 내 모친이오. 그렇기 때문에 그 두 사람은 또 나의 고종사촌 형님이 되지요. 번거롭더라도 당신이 조용히 우리 소식을 알려주면 누나가 반드시 와서 나를 구해줄 것이오."

악화가 듣고서 당부했다.

"그렇게 할 터이니, 두 사람은 안심하시오."

먼저 구운 떡과 고기와 음식을 감추고 옥문을 열어 해진과 해보에게 먹였다 핑계를 대며 옥문을 잠그고, 다른 소절급에게 문을 지키게 한 다음 동문 밖으로 달려가 십리패로 향했다. 얼마 가지 않아 한 주점이 눈에 들어 왔는데, 문 앞에는 소·양 등의 고기를 걸어놓고 집 뒤채에는 사람들이 떼 지어 모여 도박을 하고 있었다. 주점 안에서 한 부인이 계산대 앞에 앉아 있는 게 보였다.

짙은 눈썹에 커다란 눈, 통통한 얼굴에 두꺼운 허리. 머리엔 특이한 비녀 꽂고, 두 팔목엔 유행하는 팔찌 걸었구나. 화가 나면 우물 목책으로 남편 머리를 치고, 갑자기 답답해지면 돌못으로 장객의 다리 두들겨 꺾는다네. 날 때부터 바늘귀에 실 꿸 적 한번 없고, 창봉 놀리는 것을 여자의 일로 여긴다네.
眉粗眼大, 胖面肥腰. 插一頭異樣釵鐶, 露兩個時興釧鐲. 有時怒起, 提井欄便打老公頭; 忽地心焦, 拿石錐敲翻莊客腿. 生來不會拈針線, 弄棒持槍當女工.

악화는 주점 안으로 들어가 고대수에게 인사하고는 물었다.
"이 집 주인이 손씨 아닙니까?"
고대수가 황망히 대답했다.
"그렇습니다만, 술을 사러 오셨습니까, 아니면 고기를 사시려고 합니까? 노름을 하시려거든 뒤에 가서 하시지요."
"소인은 손 제할 처남인 악화라는 사람입니다."
고대수가 웃으면서 말했다.
"악화 외삼촌이셨군요. 얼굴이 동서와 많이 닮았네요. 안으로 들어오셔서서 차라도 드시지요."
악화가 안으로 따라 들어가 손님 자리에 앉았다. 고대수가 물었다.
"외삼촌께서 관아에서 일하시는 걸로 들었는데, 먹고 살기 바쁘다보니 만나 뵙지 못했습니다. 오늘 무슨 바람이 불었기에 여기까지 오셨는지요?"
"제가 일이 없는데 감히 와서 귀찮게 하겠습니까? 오늘 관아에 우연히 두 명의 죄수가 끌려왔는데, 비록 만난 적은 없지만 그들의 이름은 많이 들어왔습니다. 한 명은 양두사 해진이고 다른 사람은 쌍미갈 해보라고 합니다."

고대수가 말했다.

"두 사람은 내 동생들이요. 무슨 죄를 저질렀기에 감옥에 갇힌단 말입니까?"

"그 두 사람이 호랑이 한 마리를 잡았는데, 이곳 부자인 모 태공이 가로채 자기가 잡았다고 억지를 부리는데다, 또 두 사람이 도적질하여 가산을 강탈해갔다고 무고하여 관아로 끌려왔습니다. 그가 또 위아래 모든 관리에게 금품을 써서, 조만간 포 절급으로 하여금 감옥 안에서 두 사람의 목숨을 끝장내려고 합니다. 소인이 보기에 억울하게 당하는 것은 알지만 혼자서는 구해내기 어렵습니다. 첫 번째는 인척의 처지에 관련된 일이고, 두 번째는 의에 맞지 않는 일이라 특별히 그의 소식을 알리려고 왔습니다. 그들이 '누나만이 구할 수 있다'고 말하기에 이렇게 달려왔으니, 빨리 힘을 다해 애쓰지 않으면 구출하기 어려울 겁니다."

고대수가 듣고서 괴롭게 신음하더니 이내 하인을 불러서는 빨리 둘째 주인을 찾아오라고 말했다. 하인이 간 지 얼마 되지 않아 찾았던 손신이 돌아와 악화와 대면했다. 손신의 좋은 점을 말한 시가 여기에 있다.

무관의 재능이 출중한 자제인데다. 용모에 신과 같은 위력 드러났도다.
지금은 봉래蓬萊에 살고 있지만, 집안이 경해瓊海에서 이주해왔다네.
스스로 원대한 포부를 간직하고, 범과 이리 같은 아내 배필로 삼았구나.
채찍 들면 두 마리 용처럼 보이고, 창을 휘두르면 구렁이 나는 듯하네.
나이는 손책의 젊을 때와 비슷하며, 사람들은 그를 소울지라 부른다네.
軍班才俊子, 眉目有神威.
身在蓬萊寓, 家從瓊海移.
自藏鴻鵠志, 恰配虎狼妻.
鞭擧龍雙見, 槍來蟒獨飛.

年似孫郎少, 人稱小尉遲.

손신의 본적은 경주瓊州11이며 군관의 자손으로 등주에 주둔하면서 그대로 눌러 앉아 형제가 가정을 꾸리고 살았다. 키가 크고 건장함을 타고난 데다 형의 무예를 전부 배워 편鞭12과 창을 잘 다루었다. 이 때문에 사람들이 두 형제를 '울지공尉遲恭'13에 비유했고, 그를 '소울지小尉遲'라 불렀다. 고대수가 있었던 일을 손신에게 모두 얘기하자 손신이 말했다.

"일이 이미 이렇게 되었다면 외삼촌께서는 먼저 돌아가시지요. 그 두 사람은 이미 감옥에 있으니 잘 보살펴만 주십시오. 우리 부부가 잘 상의해서 구원할 방법을 찾아내겠습니다."

악화가 말했다.

"제가 쓰일 곳이 있으면 힘을 다해 돕겠습니다."

고대수가 술을 내와 대접하고 은 부스러기 한 봉지를 악화에게 가져다주면서 말했다.

"외삼촌께서 감옥으로 가져가셔서 사람들하고 옥졸들에게 나누어주고 형제를 잘 돌보게 해주십시오."

악화가 감사하고 은냥을 받아 감옥으로 돌아와 고대수를 대신해 사용했다.

한편 고대수는 손신과 상의하며 말했다.

"동생들을 구할 무슨 방법이라도 있소?"

"모 태공 그놈은 돈도 많고 권세도 있는 놈이라 두 형제가 나오는 것을 방해할 터이니 쉽지는 않을 거야. 두 사람을 죽이기로 작정했을 테니 필시 그놈 손

11_ 경주瓊州: 지금의 하이난성海南省 충산瓊山.

12_ 편鞭: 채찍의 일종. 춘추전국시대에 성행했으며 구리나 철로 만든 경편硬鞭과 가죽을 엮어 만든 연편軟鞭이 있다. 통상적으로 편이라 하면 강편을 말한다.

13_ 울지공尉遲恭: 선비족 출신으로 당나라의 명장이다. 이세민李世民을 도와 각종 전쟁에 참여하여 공을 세웠다. 중국 전통 문화 속에서 울지공과 진경秦瓊은 문신門神의 원형임.

에 죽을 거야. 감옥을 깨부수지 않는 한 그들을 구할 다른 방법은 없어."

고대수가 말했다.

"그럼, 나와 당신이 오늘 밤에 갑시다."

손신이 웃으면서 말했다.

"무모하기는, 구해만 놓으면 그만인지 알아! 감옥에서 구해내면 피할 곳도 찾아야지. 우리 형님과 두 사람이 도와주지 않으면 이 일은 할 수 없어."

"두 사람이 누구요?"

"바로 노름 좋아하는 추연鄒淵과 추윤鄒閏 두 숙질 말이지. 지금 등운산登雲山 골짜기에서 패거리를 모으고 도적질하고 있는데 나하고는 관계가 좋지. 만일 두 사람이 도와준다면 이 일은 쉽게 성공할 거야."

"등운산은 여기서 멀지 않으니 당신은 밤새 달려가 그 두 사람과 상의해보세요."

"내가 지금 가리다. 당신은 술, 밥과 음식을 풍성하게 준비해두게. 내가 가서 데려오리다."

고대수는 하인에게 돼지 한 마리를 잡게 하고 여러 과일과 안주를 준비해 탁자 위에 차려놓았다.

해질 무렵 손신이 두 사내를 데리고 돌아왔다. 앞장 선 사람은 추연으로 원래는 내주萊州 사람으로 어려서부터 놀음을 좋아하는 건달 출신이었다. 그렇지만 사람됨은 선량하고 기개가 있었으며 더욱이 무예 닦기를 좋아하여 기질이 비범했으나 사람을 포용하려 하지는 않았다. 강호에서는 그를 출림용出林龍이라 불렀다. 두 번째 사내는 추윤으로 추연의 조카였다. 나이는 숙부와 비슷하여 거의 차이가 없었다. 신체가 장대하고 태어날 때부터 용모가 이상했는데 뒷머리에 혹이 하나 있어, 사람들이 그를 독각룡獨角龍이라 불렀다. 평상시 사람과 다투다 성질이 나면 머리로 받아버렸다. 어느 날 계곡에 있는 소나무 한 그루를 머리로 받아 부러뜨리자, 보던 사람들이 모두 놀라 얼이 빠진 일도 있었다. 이들의 좋은 점을 말한 「서강월」이란 한 수가 있다.

싸움판에서는 으뜸이요, 도박판에서는 영웅을 자처하는구나. 천성이 충직하고
기개도 대단한데, 무예 또한 놀랄 만큼 출중하다네. 등운산에 산채를 꾸리니,
그 뛰어난 명성 산동에 가득하구나. 강을 뒤엎고 바다를 휘젓는 것이 쌍용과
같거늘, 어찌 작은 못에서 장난치겠는가?
厮打場中爲首, 呼盧隊裏稱雄. 天生忠直氣如虹, 武藝警人出衆. 結寨登雲臺上, 英
名播滿山東. 翻江攬海似雙龍, 豈作池中玩弄?

그때 고대수가 뒤채로 청해 그들에게 있었던 일들을 얘기해주며 감옥을 습
격해 빼내올 방도를 상의했다. 추연이 말했다.

"내가 있는 곳에 비록 80~90명은 있으나 심복은 20여 명뿐이오. 내일 이 일
을 실행하고 나면 이곳은 더 이상 안심할 수 없소. 나는 오랫동안 가려고 생각
해둔 곳이 있는데 당신네 부부도 가려는지 모르겠소?"

고대수가 말했다.

"그곳이 어디라도 당신네를 따라갈 테니 두 동생들만 구해주시오."

추연이 말했다.

"지금 양산박은 크게 발전하고 있고, 송 공명은 쓸 만한 인재를 두루 불러
모으려 하고 있소. 그 수하에 내가 아는 사람이 셋인데 한 명은 금표자 양림이
고, 다른 하나는 화안산예 등비며, 또 다른 사람은 석장군 석용이오. 이들은 모
두 양산박에서 도적이 된 지 오래되니, 우리가 당신네 두 형제를 구해내면 모두
양산박으로 가서 한 패가 되는 것은 어떻소?"

고대수가 말했다.

"아주 좋지요! 만약 가지 않겠다고 하는 놈이 있으면 내가 창으로 몸뚱이에
구멍을 뚫어 죽이겠소!"

추윤이 말했다.

"그런데 한 가지 걸리는 게 있는데, 우리가 만약 그들을 구해낸다 해도 등주에 있는 군마들이 추격해 올 텐데 그건 어찌하겠소?"

손신이 말했다.

"내 친형님이 그곳 군마 제할이오. 그 형님은 등주에서 워낙 대단한 사람이라 도적들이 여러 차례 성으로 몰려왔는데 모두 싸워 쫓아내 도처에 명성이 자자하오. 내가 내일 가서 그 형님더러 오시도록 청하면 따라주실 것이오."

추연이 말했다.

"그분이 도적이 되려고 하지 않으실까 걱정되오."

"나한테 좋은 방법이 있소이다."

그날 한밤중까지 술을 마시고 날이 밝을 때까지 쉬었다. 두 호걸은 집에 남게 하고 하인을 시켜 수레 한 대를 끌고 오게 했다.

"빨리 성안으로 가서 형님 손 제할과 형수 악대낭자樂大娘子를 찾아보고 '집안 큰형수가 병들어 위중하니 번거롭더라도 집에 오셔서 보살펴달라'고 말하거라."

고대수가 또 하인에게 당부했다.

"내가 병이 깊어 위중하다고 말하고, 꼭 드릴 중요한 말씀이 있으니 반드시 오셔서 한번 만나뵙기를 부탁한다고 하거라."

하인이 수레를 밀고 떠나자 손신이 문 앞에서 살피며 형을 기다렸다. 밥 먹을 시간쯤 되자 멀리서 수레가 오는 게 보였다. 수레에 악대낭자을 태우고 뒤에는 손 제할이 말을 타고 10여 명의 군졸들을 이끌고 십리패로 왔다. 손신이 얼른 들어가 고대수에게 알렸다.

"형님과 형수님이 왔소."

고대수가 당부했다.

"이제 내가 하라는 대로 이렇게 하세요……"

손신이 밖으로 나와 형과 형수를 맞이했고 형수를 수레에서 내리게 하고 방으로 들어와 제수의 병을 살펴보게 했다. 손 제할이 말에서 내려 문안으로 들어오는데 과연 건장한 대장부였다. 담황색 얼굴에 뺨까지 뻗은 구레나룻에다 8척이 넘는 키였다. 그가 바로 병울지病尉遲라 불리는 손립孫立이었다. 큰 활을 잘 쏘며 사나운 말을 타고 장창을 사용하며 회전하는 물결 모양의 대나무 강편鋼鞭을 팔목에 걸고 있었는데 등주 바닷가에 사는 사람들은 멀리서 보기만 해도 뒤로 쓰러지곤 했다. 여기에 증명하는 시가 있다.

수염은 검은 안개가 날리는 듯하고, 성격은 유성같이 급하구나.
철편과 창 다루기에 능숙하고, 활쏘기도 항상 반복해 익힌다네.
넓적한 얼굴 황금으로 화장한 듯, 눈동자는 새까맣고 빛이 나네.
군중에서 이름과 명성 드날리니, 그가 바로 병울지 손립이구나.
鬍鬚黑霧飄, 性格流星急.
鞭槍最熟慣, 弓箭常温習.
闊臉似妝金, 雙睛如點漆.
軍中顯姓名, 病尉遲孫立.

병울지 손립이 바로 말에서 내려 문으로 들어와 물었다.
"동생, 제수씨가 무슨 병을 앓고 있느냐?"
"병의 증상이 이상합니다. 일단 안으로 들어오셔서 말씀하시지요."
손립이 들어오자, 손신이 하인에게 따라온 군사들을 객점에서 술을 대접하게 했다. 하인이 말을 끌고 가자 손립에게 안으로 들어와 앉게 했다. 한참 있다가 손신이 말했다.
"형님과 형수님은 방으로 들어가셔서 보시지요."
손립이 악대낭자와 방에 들어가니 환자가 없었다. 손립이 물었다.

"제수씨는 어느 방에 있느냐?"

바깥에서 고대수가 추연과 추윤을 데리고 들어왔다. 손립이 물었다.

"제수씨, 어떤 병으로 아프십니까?"

"아주버님, 제 병은 동생들을 구하지 못해서 생긴 병입니다."

"거 참 괴이하군요. 어떤 동생들을 구한단 말이오?"

"아주버님, 성안에 사시면서 귀머거리인척 벙어리인척 하지마시지요. 그 두 사람이 저한테 형제들이면 어찌 아주버님의 형제가 아니겠습니까?"

"난 무슨 까닭인지 모르겠소. 그 두 형제가 누구요?"

"아주버님이 여기 있고 오늘 일이 급하니 바로 말씀드리겠습니다. 등운산 아래 모 태공과 왕 공목이 해진·해보를 모함하여 흉계를 꾸며 조만간 목숨을 도모하려고 합니다. 제가 지금 이 두 호걸과 상의했는데, 성으로 가서 감옥을 부수고 두 형제를 구한 다음에 모두 양산박으로 가서 한패가 되려 합니다. 내일이면 저희 계획이 드러날 텐데, 그렇게 되면 먼저 아주버님이 연루될 것이 두렵습니다. 하는 수 없이 병을 핑계로 아주버님 내외분을 이곳으로 청한 것입니다. 아주버님이 가시지 않더라도 저희는 양산박으로 갈 겁니다. 지금 천하에 무슨 도리가 있습니까! 달아나면 아무 일 없지만, 그냥 계신다면 관아로 끌려가실 겁니다. 속담에 '불은 가까이 있는 마른 것부터 태운다'[14]고 했습니다. 아주버님이 저희를 대신해 관아로 끌려가 감옥에 갇히시면, 그때는 밥을 넣어주고 구해줄 사람이 아무도 없게 됩니다. 아주버님 뜻은 어떠하십니까?"

"나는 등주의 군관으로 어떻게 감히 이런 일을 저지르겠소!"

"아주버님께서 원치 않으시면, 오늘 아주버님과 제가 누가 죽든지 간에 결판을 내야겠습니다!"

고대수가 몸에서 두 자루의 칼을 꺼내들었다. 추연·추윤도 각자 단도를 뽑

14_ 원문은 '近火先焦'다. 사정이 위험함을 비유한 말이다.

아 들었다. 손립이 소리 질렀다.

"제수씨 멈추시오! 서둘지 마시오. 내가 좀 더 깊이 따져볼 터이니 천천히 상의해봅시다."

곁에 있던 악대낭자는 놀라 한참 동안 소리도 내지 못했다. 고대수가 다시 말했다.

"아주버님은 가지 않더라도 동서는 먼저 보내야 우리가 손을 쓰지요."

"이렇게 한다 하더라도, 먼저 내가 집에 돌아가 짐 보따리를 싸고 허실을 살펴본 뒤에 일을 진행합시다."

"아주버님의 처남 되는 악화가 우리에게 몰래 소식을 전하기로 했소. 일단 가서 감옥을 부수고 다른 한편으로 짐을 챙겨도 늦지 않습니다."

손립이 한숨 쉬며 말했다.

"당신들이 이미 이렇게 하기로 했으니 내가 어떻게 물러날 수 있겠소? 나중에 당신들을 대신해 관아로 끌려갈 수 없지 않겠소? 할 수 없지, 할 수 없어, 그럴 수는 없지! 모두 같이 상의해서 합시다!"

먼저 추연에게 등운산 산채에 있는 재물과 말들을 수습하고, 그 20여 명의 심복을 데리고 객점에 모이게 했다. 추연이 가자, 다시 손신에게는 성안으로 가서 악화에게 알려 약속하고 해진·해보에게도 은밀하게 소식을 알렸다.

이튿날, 등운산 산채에서 추연이 금은을 수습하고, 그 심복들을 데리고 도우러왔다. 손신 집에 있는 7~8명의 심복 하인들과 손립이 데리고 온 군졸 10여 명을 합쳐서 모두 40여 명이 모였다. 손신은 돼지 두 마리와 양 한 마리를 잡아 모든 사람을 배불리 먹였다. 고대수는 날카로운 칼을 고기에 붙여 감추고 밥을 나르는 부인으로 변장하고 먼저 감옥으로 갔다. 손신은 손립을 따르고 추연은 추윤과 함께 각자 하인을 데리고 두 길로 나누어 성으로 들어갔다. 바로 다음과 같다.

호랑이 잡았다 놓쳐버리는 화를 입으니, 탐욕스런 관리들 헛되이 처리했네.

오로지 철규자가 연통해준 덕분에, 철옹성같이 견고한 감옥 부숴 열었구나.

捉虎翻成縱虎災, 虎官虎吏枉安排.

全憑鐵叫通關節, 始得牢城鐵瓮開.

한편 등주부 감옥 안에서 포 절급은 모 태공의 뇌물을 받고 해진·해보의 목숨을 해치려 하고 있었다. 그날 악화는 수화곤을 들고 옥문 안에 있는 사자구獅子口[15] 옆에 서 있는데 방울 소리가 들렸다. 악화가 물었다.

"누구냐?"

고대수가 말했다.

"밥 나르는 사람이오."

악화가 이미 알아보고 문을 열어 고대수를 들어오게 했다. 다시 문을 닫고 복도로 갔다. 포 절급이 정자 안에 있다가 보고서는 소리 질렀다.

"이 부인은 누구냐? 감히 감옥 안까지 들어와 밥을 나르느냐? 예로부터 '감옥은 바람도 통과하지 말아야 한다'[16]고 했다."

악화가 말했다.

"이 사람은 해진·해보의 누나인데 밥을 가지고 왔습니다."

포 절급이 다시 소리 질렀다.

"들어가지 못하게 해라! 너희가 갖다주거라!"

악화가 밥을 받아 감옥 문을 열고 들어가 두 사람에게 줬다. 해진·해보가 물었다.

"외삼촌, 지난밤에 말한 일은 어떻게 됐소?"

15　사자구獅子口: 고대 감옥 안에 전설 속의 괴수 폐안狴犴을 그렸는데 모습이 사자를 닮았다고 하여 감옥 문을 사자구라고 한다. 감옥의 위력을 드러내는 것이다.

16＿원문은 '옥불통풍獄不通風'인데, 여기서 '통풍通風'은 소식이 새나가는 것을 말한다.

"누님께서 들어오셨소. 앞뒤로 호응할 테니 기다리시오."

악화는 갑상匣床에 묶인 두 사람을 풀어주었다. 옥졸이 들어와 보고했다.

"손 제할께서 문을 두드리며 안으로 들어오려고 합니다."

포 절급이 말했다.

"그 사람은 군영을 관리하는 사람인데, 내 감옥에 와서 무슨 일이 있다는 거냐? 열어주지 마라!"

고대수가 서성거리다 정자 쪽으로 갔는데, 밖에서 또 소리 질렀다.

"손 제할께서 급하게 문을 두드립니다."

포 절급이 분노하여 정자에서 나왔다. 그때, 고대수가 크게 고함쳤다.

"내 동생들은 어디 있느냐?"

몸에서 시퍼런 날카로운 칼 두 자루를 꺼냈다. 포 절급이 보고서 뭔가 잘못됐음을 알고 정자 밖으로 달아났다. 해진·해보는 쓰고 있던 칼을 들어 올리고 감옥 안에서 뛰쳐나오다 포 절급과 맞닥뜨렸다. 포 절급은 미처 손쓸 새도 없이 해보가 쓰고 있던 칼의 끝에 맞아 머리가 쪼개져 부서졌다. 그때 고대수가 손을 들어 3~5명의 옥졸들을 찔러죽이고, 일제히 함성을 지르며 감옥 밖으로 뛰쳐나왔다. 손립·손신 두 사람은 감옥 문밖에서 기다리다가 4명이 나오자 함께 주 관아 앞으로 달려나갔다. 추연과 추윤은 벌써 주 관아 안에서 왕 공목의 머리를 들고 나왔다. 거리에서 일행이 크게 함성 지르며 먼저 성을 나갔고 손 제할은 말을 타고 활을 당겨 화살을 걸친 채 뒤에서 압박했다. 거리의 집들은 모두 문을 걸어 잠그고 감히 나오지 못했다. 관아의 공인들도 손 제할을 알아보고 누구도 감히 앞으로 나와 저지하지 못했다. 모두들 손립을 에워싸고 성문으로 달려가, 곧장 십리패로 와서 악대낭자를 부축하여 수레에 태우고 고대수는 말에 올라 도우러 갔다. 해진·해보가 일행에게 말했다.

"모 태공 늙은 도적을 용서할 수 없습니다. 어찌하여 원수를 갚지 않고 가겠습니까?"

손립이 말했다.

"맞는 말이네."

동생인 손신과 외삼촌 악화에게 영을 내려, 먼저 수레를 보호하면서 앞으로 가게 했다.

"우리는 뒤따라가겠네."

손신과 악화가 수레를 에워싸고 먼저 갔다.

손립은 해진·해보·추연·추윤과 하인들을 이끌고 곧장 모 태공 장원으로 달려갔다. 마침 모중의와 태공이 장원에서 생신을 축하하며 술을 마시고 있어 전혀 방비하지 않고 있었다. 호걸들이 함성을 지르며 달려 들어가 모 태공·모중의와 집안 노소를 막론하고 모두 죽여 한 사람도 남기지 않았다. 침실을 뒤져 10여 포대의 금은 재물을 찾아내고 후원에서 7~8필의 좋은 말을 끌어와 그 가운데 4필의 말에 실었다. 해진과 해보는 의복 몇 벌을 골라 갈아입었다. 장원에 불을 지르고 각자 말에 올라 일행을 이끌고 30리 길을 못 가서 수레를 끄는 사람들을 따라잡아 합류했다. 도중에 농가에서 좋은 말 3~5필을 빼앗아 밤새 양산박으로 달려갔다. 여기에 「서강월」이란 한 수가 있다.

충의로움은 입신의 근본이요, 간사함은 나라를 망치는 발단이라네. 관아에 심장이 이리 같고 행위가 개 같은 자들 넘쳐나니, 영웅들 팔뚝 불끈거리게 하는구나. 호랑이 빼앗은 계략 가증스럽지만, 감옥 습격한 계책은 볼 만하구나. 등주 성곽에 비통한 일 벌어지니, 순식간에 시체들 가득하도다.
忠義立身之本, 奸邪壞國之端. 狼心狗幸濫居官, 致使英雄扼腕. 奪虎機謀可惡, 劫牢計策堪觀. 登州城廓痛悲酸, 頃刻橫尸遍滿.

이틀이 못되어 석용이 유영하는 주점에 도착했다. 추연이 석용을 만나 양림·등비 두 사람의 소식을 물었다. 석용이 대답하기를, 송 공명이 축가장을 치러 갔고 두 사람도 따라갔지만 두 차례나 패배하고 양림·등비가 함께 축가장에 잡혔다는데, 어떻게 되었는지는 모른다고 했다. 또 듣기로는 축가장의 세 아들이 호걸인데다 사범인 철봉 난정옥이 돕고 있어, 두 번이나 쳐도 그 장원을 깨뜨리지 못하고 있다고 했다. 손립이 듣고는 크게 웃으면서 말했다.

"우리가 양산박에 들어가 도적이 되고자 하는데 작은 공로도 없소. 이번에 축가장을 무찌를 수 있는 계책을 올려 한패가 되는 보답으로 하려는데 어떻소?"

석용이 크게 기뻐하며 말했다.

"좋은 계책이 무엇인지 들려주시지요."

손립이 말했다.

"난정옥 그놈과 나는 한 스승으로부터 무예를 배웠소. 내가 배운 창칼을 그도 알고 있고, 그가 배운 무예 또한 내가 다 알고 있소. 우리가 지금 등주에서 운주鄆州로 주둔지를 맞바꾸러 가다가 이렇게 서로 대치하는 곳을 지나게 되었다고 하면, 그는 반드시 나와서 우리를 맞이할 것이오. 우리가 들어가 안팎에서 서로 호응하면 반드시 일이 성공할 것입니다. 이 계책이 어떻습니까?"

석용과 계책을 얘기하는데, 말이 미처 끝나기도 전에 졸개가 보고했다.

"오 학구께서 산을 내려와 축가장으로 지원하러 가신다고 합니다."

석용이 듣고서 졸개로 하여금 빨리 군사에게 보고하게 하고, 이곳으로 와서 일행을 만나보게 했다. 말이 끝나기도 전에 이미 여방·곽성·완씨 삼웅의 군마가 주점 앞으로 왔고, 뒤이어 군사 오용이 500여 명의 군사를 이끌고 당도했다. 석용은 주점 안으로 맞이하고 일행을 모두 인사시켰다. 그리고 양산박에 가입하러 왔다가 계책을 제시한 것도 자세하게 이야기했다. 오용이 듣고서 크게 기뻐하며 말했다.

"여러 호걸이 이미 산채에 오기로 했으니, 산에 오를 필요 없이 신속히 축가장으로 가서 이 계책을 실행하고 공을 세우는 것은 어떻소?"

손립 등 일행이 모두 기뻐하며 일제히 따르기로 했다. 오용이 말했다.

"소생은 군사를 이끌고 먼저 가겠소. 여러분 호걸들께서는 잠시 후에 따라오시지요."

오 학구가 상의를 마치고, 먼저 송강의 방책으로 와서 보니 과연 송 공명이 양미간을 펴지 못하고 수심이 가득한 얼굴을 하고 있었다. 오용이 술을 내와 송강의 울적한 마음을 달래며 설명하기를, 석용·양림·등비 세 사람이 모두 등주 병마제할 병울지 손립이라는 사람을 알고 있는데, 여기 축가장 사범 난정옥과는 한 스승에게서 무예를 배웠다고 했다. 또한 지금 이곳으로 8명이 와서 양산박에 들어와 한패가 되고자 하는데, 특별히 계책 하나를 바쳐 양산박 입산 보답으로 하겠다고 했다. 그래서 이미 계책을 세웠는데 밖에서 공격하고 안에서 호응하는 방법으로 하고자 하며, 곧 달려와 형님을 뵈올 것이라 구체적으로 말했다. 송강은 듣고서 크게 기뻐했고 모든 걱정과 우울함이 하늘 끝 저 멀리 아득한 곳으로 사라져버리는 듯했다. 얼른 방책 안에 술자리를 마련하게 하고 그들이 오기를 기다렸다.

한편 손립은 자신의 하인들과 따르던 수레와 군사들을 한 곳에 멈춰 쉬게 하고 해진·해보·추연·추윤·손신·고대수·악화 모두 8명만 데리고 송강을 만나러 왔다. 모두 인사를 마치자 송강이 술자리를 베풀어 대접했다. 오 학구가 은밀하게 여러 사람에게 명령을 전달하고 3일째는 이렇게 하고 5일째는 이렇게 하라고 지시했다. 분부를 마치자 손립 등 일행은 계책을 받고 수레의 군사들을 데리고 계책을 실행하기 위해 축가장으로 향했다.

다시 오 학구가 대종을 불러 말했다.

"대 원장은 빨리 산채에 가 4명의 두령을 데리고 오게. 내가 쓸 데가 있네."

대종을 시켜 밤새 그들 네 사람을 데려오게 했는데, 나누어 서술하면, 양산박에는 새로운 날개를 달게 되고 축가장은 다시는 옛 모습을 회복할 수 없게 되었다.

결국 오 학구가 데려오라고 한 네 사람이 누구인지는 다음 회에 설명하노라.

양두사兩頭蛇 해진解珍, 쌍미갈雙尾蝎 해보解寶

'양두사兩頭蛇'는 '머리가 두 개 달린 뱀'으로 전한前漢 때 가의賈誼의 『신서新書』
「춘추春秋」에 처음으로 보인다. "손숙오孫叔敖(춘추 때 초楚나라의 영윤令尹)가 어렸을
때 놀러나갔다가 집으로 돌아왔는데 걱정하며 밥을 먹지 않았다. 그의 모친이
까닭을 묻자, 그는 울면서 '제가 오늘 양두사를 보았는데 죽을 날이 멀지 않은
것 같아 무섭습니다'라고 대답했다. 그의 모친이 말하기를, '지금 뱀은 어디 있느
냐?' 그러자 그는 '제가 들었는데 양두사를 본 사람은 죽는다고 하여 다른 사람
이 또 볼까 두려워 이미 묻어버렸습니다'라고 했다. 모친은 말하기를, '걱정하지
마라, 너는 죽지 않을 것이다. 내가 듣기로는 음덕을 쌓은 사람은 하늘이 복으로
보답할 것이라고 했다'고 했다."
『수호전보증본』에 따르면, "양두사를 또한 '지수사枳首蛇'라고도 부르는데, 대부
분 영남嶺南 지구에 많고 독이 없는 뱀에 속한다. 꼬리 부분이 둥글고 목 부분에
는 누런 얼룩무늬가 있다. 머리와 꼬리로 나아갈 수 있어 속칭 양두사라 한다"
고 했다.
'쌍미갈雙尾蝎'은 '꼬리 부분에 두 개의 갈고리가 있는 전갈'을 말한다. 『수호전전
교주』에 따르면 "정목형의 『주략』에서 이르기를, 『묵감재소록墨感齋笑錄』에서 서
주徐州와 비주邳州에 전갈이 많은데, 꼬리에 두 개의 갈고리가 있으며 왼쪽 갈고
리로 쏘면 전신이 아프고 오른쪽 갈고리로 쏘면 반신半身이 아프다'고 했다."

철규자鐵叫子 악화樂和

'철규자鐵叫子'의 해석에는 여러 견해가 있다. 『수호전교주본』에 따르면 "철판으로
만든 일종의 호루라기"라고 했다. 다른 견해로 『수호전보증본』에 근거하면, 철규
자는 간단하고 쉽게 불수 있는 기구로 결코 금속 제품이 아니며 악화의 목청보

다 우렁차고 오래 소지할 수 있기에 '철규자'라 했고, 또한『수호전전교주』에 따르면 "정목형의『주략』에서 이르기를, '규자叫子는 대나무를 잘라 만든 것으로 거리의 아이들이 부는 것이다. 철판으로 제작한 것도 있는데 소리가 날카롭고 단단하여 오래도록 가지고 놀 수 있다'고 했다."

모대충母大蟲 고대수顧大嫂

대충大蟲은 호랑이고 모대충母大蟲은 바로 어미 호랑이다. 호랑이를 '대충'이라 부른 것은 동진東晉의 간보干寶가 지은『수신기搜神記』에서 처음으로 보인다. "부남국扶南國 국왕 범심范尋이 산에서 호랑이를 길렀다. 죄지은 자가 있으면 호랑이에게 던졌는데 호랑이가 잡아먹지 않자 용서해줬다. 이 때문에 이 산의 명칭을 대충大蟲이라 불렀고 또 대령大靈이라고도 불렀다"고 했다.『수호전보증본』에 따르면 "당나라 왕조는 고조 이연李淵 부친의 이름을 피해여 했으므로 '호虎'를 '대충'이라 불렀다"고 했다. '모대충'은 즉, 흉악하고 사나운 여성을 비유한 말이다.

소울지小尉遲' 손신孫新

'울지尉遲'는 당나라의 명장 울지공尉遲恭을 말하는데 용맹으로 세상에 이름을 날렸다.『신당서新唐書』「울지공전尉遲恭傳」에 따르면 "울지공은 창을 잘 피했고 매번 필마단기로 적진 속으로 뛰어들었다. 비록 많은 창이 그를 찔렀지만 상처를 입힐 수 없었고, 또 그는 적들의 창을 빼앗아 도리어 찔렀다"고 했다. '소울지'라는 별명은 바로 울지공의 용맹에 비유한 것이다.

또한 역사에는 '소울지'라는 별명을 가진 사람이 많았는데, 그 가운데 송나라 초 명장이었던 호연찬呼延贊의 별명도 '울지공'이었다. '소울지'의 '소小'는 크기를 나타내는 '대소大小'의 '소'가 아니며 '초肖'로 '서로 엇비슷하다'는 의미다. '尉遲'에서 '尉'의 음은 'wei(위)'가 아닌 'yu(울)'이다.

출림용出林龍 추연鄒淵

'출림용'의 출처는 상세하지 않다. 『수호전보증본』에 따르면 "숲속의 강도라는 의미다. 『송료학간松遼學刊』에 이르기를, '녹림의 사내가 재물을 강탈하려면 마땅히 숲속에 숨어 있으면서 행인이 가까이 다가오기를 기다렸다가 뛰쳐나간다'고 했다. 이 또한 하나의 학설이다"라고 했다.

독각룡獨角龍 추윤鄒閏

'독각룡'은 머리에 뿔이 하나 나온 용을 말한다. '독각룡'이란 별명은 오대五代 시기 후당後唐의 태조인 이극용李克用에서 유래된 것 같다. 『신오대사新五代史』「당장종기唐莊宗記 · 상」에 따르면 " 이극용은 어려서 용감하고 날랬기에 군중에서 이아아李鴉兒(이극용이 통솔했던 군대를 '아아군鴉兒軍'이라 했는데, 검은 갑옷을 입은 용맹하고 싸움을 잘한 소년들로 조직된 군대였다)로 불렸다"고 했다. 그는 한쪽 눈을 실명했기에 또 '독안룡獨眼龍'이라 불렀다고 했다. 여기서의 '독안獨眼'이 '독각獨角'으로 변천된 것으로 의심된다.

병울지病尉遲 손립孫立

『수호전교주본』에 따르면 "병울지 또한 울지공을 숭배한 것으로 병은 기호嗜好인데 확장하여 숭배를 나타낸다"고 했다. 또한 '병울지'는 그가 검은 도포를 입고 손에 철편을 들고 있어 당나라 때 명장인 울지공의 형상과 같아 '병울지'라 했다는 견해도 있다. 또한 '병'의 의미로 '능가하다'는 뜻도 있고, 글자 그대로 '병'이라는 뜻도 있는데, 『송강삼십육인찬』에서는 "울지는 장사이며 병으로 자신의 이름을 삼았으니 결국 병을 무릅쓰고 국가를 보위하고 공적을 성취했다"고 했다.

제50회

몰락한 축가장[1]

당시 군사 오용이 대종에게 부탁하며 말했다.

"동생은 양산박으로 돌아가 철면공목 배선·성수서생 소양·통비원 후건·옥비장 김대견을 데리고 오게. 이 네 사람에게 이런 도구를 가지고 밤새 산을 내려오게 하게. 내가 쓸 곳이 있네."

대종이 달려갔다.

한편 방책 밖에서 군사가 들어와 보고하기를, 서쪽 마을 호가장에서 호성扈成이 소를 끌고 술을 메고 와서는 특별히 만나뵙기를 청한다고 했다. 송강이 불러 들어오게 했다. 호성이 중군 군막 앞에 와서 두 번 절하며 간절하게 말했다.

"제 누이동생이 순간적으로 경솔하게 행동한데다 나이도 어려 세상 물정을 몰라 실수로 위엄을 범했습니다. 이번에 붙잡혔는데 바라건대 장군께서 너그럽게 용서해주십시오. 누이가 원래 축가장과 혼인을 하게 되어 있어서 어쩔 수 없

1_ 제50회 제목은 '吳學究雙掌連環計(오 학구가 연환계를 사용하다), 宋公明三打祝家莊(송 공명이 축가장을 세 번째 공격하다)'이다.

었습니다. 지난번에 순간적으로 만용을 부리다가 붙잡혔습니다. 장군께서 너그럽게 용서해 풀어주시면 필요로 하는 재물을 바치겠습니다."

송강이 말했다.

"일단 앉아서 얘기합시다. 축가장 그놈들이 무례하게 아무런 이유도 없이 내 산채를 업신여겼기 때문에 군사를 내어 원한을 갚으려는 것이지, 당신네 호가장과는 아무런 원한이 없습니다. 단지 당신 누이동생이 사람을 이끌고 나의 왕왜호를 잡아갔기 때문에, 우리도 그 대가로 사로잡은 것일 뿐이오. 당신이 왕왜호를 풀어 돌려보낸다면 나도 누이를 당신에게 보내겠소."

호성이 대답했다.

"허나, 뜻하지 않게 그 호걸을 축가장에서 잡아갔습니다."

오 학구가 곁에서 말했다.

"그럼 왕왜호는 지금 어디에 있소?"

"지금 축가장에 갇혀 있는데, 소인이 어떻게 감히 가서 데려올 수 있겠습니까?"

송강이 말했다.

"당신이 가서 왕왜호를 데려다 우리한테 돌려보내지 못하면, 어떻게 누이를 돌려줄 수 있겠소?"

오 학구가 말했다.

"형님, 그렇게 말씀하시지 마시고 소생의 말도 들어보시지요. 앞으로는 축가장에서 어떠한 동태가 있더라도, 당신네 장원은 절대로 사람을 내어 구원하면 안 되오. 축가장에서 당신네로 달아나는 사람이 있더라도 잡아서 우리에게 넘겨주면 그때는 누이를 장원으로 돌려보내주겠소. 그런데 누이는 지금 여기에 있지 않고 이미 사람을 시켜 산채로 보내 송 태공께서 보살피고 있소. 나한테 따로 생각해둔 게 있으니, 당신은 일단 안심하고 돌아가시오."

"이번에는 절대로 축가장을 돕지 않고 도망온 사람이 있으면 반드시 잡아 장군 휘하에 바치겠습니다."

송강이 말했다.

"그렇게만 한다면, 우리에게 금은 비단을 보내는 것보다 나을 것이오."

호성이 감사하고 돌아갔다.

한편 손립은 '등주 병마제할 손립'이라 쓰인 깃발로 바꾸고, 일행을 데리고 축가장 뒷문에 당도했다. 장원 담장에서 등주 깃발을 보고 장원으로 들어가 보고했다. 난정옥이 등주 손 제할이 찾아온 것을 듣고는 축씨 삼형제에게 말했다.

"손 제할은 나와 형제처럼 지내는 사이로 어려서부터 같은 스승에게서 무예를 배웠소. 그런데 오늘 어찌하여 이곳에 왔는지 모르겠소."

20여 명의 군사를 데리고 장원 문을 열어 조교를 내리고 나와 맞이했다. 손립 일행이 모두 말에서 내려 인사를 마치자 난정옥이 물었다.

"동생은 등주를 지키는 것으로 아는데 이곳은 무슨 일로 왔는가?"

손립이 대답했다.

"총병부總兵府[2]에서 문서를 내려 양산박 도적을 방비하기 위해 나를 운주로 보냈습니다. 그런데 길을 지나다 형님께서 이곳 축가장에 계시다는 소리를 듣고 이렇게 만나뵈러 오게 됐습니다. 원래는 앞문으로 오려고 했는데, 마을 어귀에 허다한 군사들이 주둔해 있는 것을 보고, 부딪치는 것이 좋을 것 같지 않아 마을의 오솔길을 물어 이렇게 뒷문으로 형님을 뵙고자 찾아왔습니다."

"여러 날 계속해서 양산박 도적들과 싸워 이미 두령 몇 놈을 장원에 잡아뒀다네. 우두머리인 송강만 잡으면 관아로 끌고 갈 생각이네. 천만다행으로 이제 동생이 이곳에 와서 지키게 되었다니 '금상첨화이고, 한묘득우旱苗得雨[3]'라 할

2_ 총병부總兵府는 마땅히 '총관부總管府'라고 해야 한다. 송나라 때 '총병總兵'이란 명칭은 없었다. '총병'은 명나라 때 관직 명칭이 '총병관總兵官'의 줄임말이다. '부총병관副總兵官'은 '부장副將'이라 했다.

3_ 한묘득우旱苗得雨: 말라죽어가는 볏모가 비를 맞는 것을 말한다. 위급한 상황에서 원조를 받게 되는 것을 비유한 말이다. 출전은 『맹자』 「양혜왕梁惠王 상」이다.

수 있네."

손립이 웃으면서 말했다.

"제가 비록 재주는 없으나, 이놈들을 잡는 데 힘을 보태 형님의 공이 이루어
지도록 돕겠습니다."

난정옥이 크게 기뻐하며 일행 모두를 장원 안으로 인도하고, 다시 조교를 끌
어 올리고 장원 문을 닫았다. 손립 일행의 수레와 사람들에게 거처를 안배한 다
음, 옷을 갈아입고 모두 대청 앞으로 와서 축조봉에게 인사했고 축룡·축호·축
표 삼형제와도 대면했다.

난정옥이 손립 등을 대청에 오르게 한 뒤에 상견했다. 예를 마치자 난정옥이
축조봉에게 말했다.

"내 동생은 손립이라 하며 병울지라 불리기도 합니다. 등주 병마제할을 맡고
있습니다. 이번에 총병부의 명을 받아 운주를 지키러 왔다고 합니다."

"그럼 이 늙은이도 통치 아래에 있겠군요."

손립이 말했다.

"비천한 직책이라 입에 올리기도 부끄럽습니다. 조만간에 조봉 어른께서 오히
려 가르침과 보살핌을 주셔야 할 것 같습니다."

축씨 삼형제가 모두를 윗자리에 앉기를 청했다. 손립이 물었다.

"연일 싸우시니 번거롭고 신경 쓰이겠소."

축룡이 대답했다.

"아직 승패를 보지 못했습니다. 여러분께서도 여정으로 피곤하시겠습니다."

손립이 고대수를 불러 악대낭자를 데리고 후당에 가서 축가장 가족과 인사
를 나누게 했다. 손신·해진·해보를 불러 인사하게 하고는 말했다.

"이 세 사람은 제 동생들입니다."

또한 악화를 가리키며 말했다.

"이 사람은 운주에서 파견한 관리입니다."

추연·추윤도 가리키며 소개했다.

"이 두 사람은 등주에서 보낸 군관이죠."

축조봉과 세 아들이 비록 총명하나, 손립의 가족뿐만 아니라 많은 짐 보따리와 수레 끄는 사람들, 게다가 난정옥 사범의 형제라 하니 달리 의심할 수 없었다. 소와 말을 잡고 술자리를 마련해 일행을 대접했다.

이틀이 지나고 3일째 되는 날 장원 병사가 보고했다.

"송강이 다시 군마를 내어 장원으로 쳐들어오고 있습니다!"

축표가 말했다.

"내가 나가 이 도적놈을 잡아오겠다!"

장원 문을 열고 나가 조교를 내리고 100여 기마를 이끌고 싸우러 나갔다. 한 떼의 군마가 마주쳐 달려오는데 대략 500여 명이었다. 졸개들을 이끌고 앞장선 두령은 바로 소이광 화영으로 활시위를 당겨 화살을 꽂은 채 말을 몰아 창을 돌리며 달려왔다. 축표가 보고는 말을 박차며 창을 들고 앞으로 나왔다. 화영이 축표와 독룡강 앞에서 수십 합을 싸워도 승부를 가릴 수 없었다. 화영이 빈틈을 보이며 말머리를 돌려 달아났다. 축표가 기다렸다는 듯이 말을 몰아 쫓아가려 하는데 뒤에서 어떤 사람이 소리 질렀다.

"장군 쫓지 마시오. 저 자는 굉장히 활을 잘 쏘는 사람이라 불시에 활을 쏠까 두렵소."

축표가 듣고서 말고삐를 당겨 더 이상 쫓지 않고 군사를 거두어 장원으로 돌아왔고 조교를 올렸다. 화영도 이미 군마를 이끌고 돌아갔다. 축표가 대청 앞에서 말에서 내려 후당으로 들어가 술을 마셨다. 손립이 물었다.

"소小 장군께서는 오늘 도적을 잡으셨소?"

"이놈들 도적들 가운데 소이광 화영이라는 놈이 있는데 창 쓰는 것이 대단하더군요. 50여 합을 싸웠는데 그놈이 달아났습니다. 내가 그놈을 쫓아가려고 하는데, 군사들이 그놈이 활을 잘 쏜다고 하기에 할 수 없이 군사를 거두고 돌아왔습니다."

"소생이 재주는 없으나 내일 몇 놈을 잡아보겠소."

그날 술자리에서 악화를 불러 노래를 부르게 하니 모두들 기뻐했다.

늦게 술자리를 파하고 또 하룻밤을 쉬었다. 4일째 되는 날 정오에 갑자기 장원의 군사가 달려와 보고했다.

"송강 군마가 또 장원 앞으로 왔습니다!"

대청 아래에 있던 축룡·축호·축표 삼형제가 모두 갑옷을 입고 장원 앞 문밖으로 나왔다. 멀리서 징을 울리고 북치는 소리가 들리더니, 함성을 지르고 깃발을 흔들며 맞은편에서 진을 펼치고 있었다. 이때 축조봉은 장원 문 위에 앉았는데, 좌측은 난정옥, 우측은 손 제할이 함께 앉아 있었다. 축가 세 호걸과 손립이 데리고 온 허다한 군사들이 모두 양옆에 대오를 벌렸다. 송강의 진에서 표자두 임충이 소리를 지르며 욕하는 것이 보였다. 축룡이 초조해 하다가 조교를 내리라 소리 지르고 창을 잡고 말에 올라 100~200명의 군사를 이끌고 크게 함성 지르며 곧장 임충의 진으로 달려갔다. 장원 문 아래에서 북을 두드리자 양쪽에서 활과 쇠뇌를 쏘아 적군이 진세를 펼치는 최전방을 저지시켰다. 임충이 장팔사모를 들고 축룡과 싸웠다. 30여 합을 싸워도 승패가 나지 않자 양편에서 징을 울렸고 각자 돌아갔다. 축호가 크게 성내며 칼을 들고 말에 올랐다. 진 앞으로 달려나와 송강에게 결전을 벌이자고 크게 소리 질렀다. 말이 미처 끝나기도 전에 송강 진에서 몰차란 목홍이 말을 타고 축호와 싸우러 나왔다. 두 사람이 30여 합을 싸웠는데도, 또 다시 승패가 나지 않았다. 보고 있던 축표가 화를 참지 못하고 창을 잡고 나는 듯이 말에 올라 200여 기를 이끌고 진 앞으로 달려나왔다. 송강 부대 앞에서 병관색 양웅이 말에 올라 창을 들고 나와 축표와 싸웠다.

손립이 진 앞에서 두 부대가 싸우는 것을 보고 속으로 참지 못하고 손신을 불렀다.

"내 편과 창을 가져오너라. 그리고 내 갑옷과 투구, 도포도 가져와라."

'오추마烏雕馬'라 불리는 자신의 말을 끌고 와서는 안장을 얹고 말의 뱃대 세 개를 채우고 팔목에 물결 모양의 대나무 강편鋼鞭을 걸고 창을 잡고 말에 올랐다. 축가장에서 징 소리가 한 번 울리자 손립이 말을 몰아 진 앞으로 나왔다. 송강 진중에서는 임충·목홍·양웅이 모두 고삐를 당겨 말을 세우고 진 앞에 서 있었다. 손립이 말을 달려나오며 말했다.

"소생이 저놈들 잡는 것을 보시오!"

손립이 말을 돌려 세워 멈추고 소리 질렀다.

"네 이 도적놈들 중에 죽고 싶은 놈 있으면 나와서 결판내자!"

송강 진중에서 말방울 소리가 울리며 한 장수가 달려나갔다. 사람들이 보니 손립과 싸우러 나온 사람은 바로 반명삼랑 석수였다. 두 말이 엇갈려 서고 두 개의 창이 동시에 들어 올려졌다. 두 사람이 50여 합을 싸우다 손립이 짐짓 빈 틈을 보이며 석수로 하여금 창으로 찔러 들어오게 했다. 슬쩍 거짓으로 피하더니 말 위에 있는 석수를 가볍게 잡아 겨드랑이에 끼고 장원 문으로 와서 내팽개 치며 소리 질렀다.

"묶어라!"

축가 삼형제가 즉시 송강의 군마를 휘저으니 모두들 달아나며 흩어졌다. 삼 형제가 군사를 거두어 문루 아래로 돌아와 손립을 보고, 모두들 두 손을 맞잡고 공경을 표했다. 손립이 물었다.

"모두 몇 명의 도적을 잡았소?"

축조봉이 말했다.

"처음에 시천이란 놈을 잡았고 다음에 간첩질 하던 양림, 또 황신을 잡았소 이다. 그리고 호가장 일장청이 왕왜호를 잡았고 싸움터에서 진명, 등비 두 놈을 잡았으며, 이번에 장군께서 또 석수를 잡았는데, 이놈이 바로 우리 객점에 불을 지른 놈이외다. 모두 합쳐 7명 잡았소."

"한 놈도 상하게 해서는 안 됩니다. 빨리 죄수를 싣는 수레에 각각 가두고 보기에 좋지 않으니 밥과 술을 먹여 건강하게 하고 굶겨서 마르게 해서는 안 됩니다. 다음에 송강을 잡아서 모두 동경으로 끌고 간다면 축가장 삼걸이 명성을 천하에 전할 것입니다."

축조봉이 감사하며 말했다.

"다행이 제할께서 이렇게 도와주시니 양산박은 조만간 소멸될 것입니다."

손립을 후당으로 초청해 주연을 열었다. 석수는 죄수 싣는 수레에 갇혔다. 독자 여러분 들어보십시오, 석수의 무예가 손립에 비해 결코 낮지 않으나 축가장 사람들을 속이기 위해 일부러 손립에게 잡힌 것으로 장원 사람들이 손립을 믿게 하기 위함이었다. 손립은 또한 은밀하게 추연·추윤·악화를 뒤채로 보내 출입문으로 드나드는 길목 수를 살펴보게 했다. 양림·등비도 추연과 추윤을 보고 속으로 기뻐했다. 악화는 사람이 없음을 살펴보고 잡혀 있는 여러 두령에게 소식을 알려줬다. 고대수와 악대낭자는 안에서 방으로 드나드는 길을 살폈다.

5일째 되는 날, 손립 등 여러 사람이 장원에서 한가롭게 걷고 있었다. 그날 진시쯤에 아침밥을 먹은 뒤였는데 장원의 병사가 달려와 보고했다.

"오늘 송강이 군사를 네 길로 나누어 장원으로 쳐들어오고 있습니다!"

손립이 말했다.

"열 길로 온다한들 또 어떻다는 것이냐? 너희 수하들은 당황하지 말고 어서 준비하거라. 먼저 갈고리와 올가미를 배치하여 산 채로 잡아야지 죽은 놈은 필요없다!"

장원 사람들이 모두 갑옷을 입고 무장했다. 축조봉도 직접 한 무리를 이끌고 문루에 올라 살펴보니, 동쪽에 한 떼의 군사들이 보였는데 앞장 선 두령은 표자두 임충이었고 뒤에는 이준·완소이가 대략 500여 명 이상의 군사를 이끌고 따랐다. 서쪽에도 500여 명의 군사들이 오고 있었는데, 앞장 선 두령이 소이광 화영이었고 장횡·장순이 뒤를 따랐다. 남쪽 문루 위에서 바라보니 500여 명의 군사들이 몰려오고 있었고, 세 명의 두령이 앞장섰는데 몰차란 목홍·병관색 양 웅·흑선풍 이규로 사면이 모두 병마였다. 전고가 일제히 울리고 함성이 크게 일어났다. 듣고 있던 난정옥이 말했다.

"오늘 저놈들이 죽기 살기로 붙자고 하니 얕보아서는 안 됩니다. 나는 군사를 이끌고 후문으로 나가 서북쪽에서 몰려오는 군사와 싸우겠소."

축룡이 말했다.

"나는 앞문으로 나가 동쪽에서 밀려오는 군사와 싸우겠소."

축호도 말했다.

"나도 후문을 나가 서남쪽 군사들을 맡겠소."

축표 또한 말했다.

"나는 앞문을 나가 도적의 우두머리인 송강을 사로잡겠소."

축조봉은 크게 기뻐하며 모두에게 상으로 술을 내렸다. 각자 말에 올라 300여 기를 거느리고 장원 문을 달려나갔다. 나머지는 모두 장원을 지키며 문루 앞에서 함성을 질렀다. 이때 추연·추윤은 이미 큰 도끼를 감추고 감옥 문 좌측에서 지키고 있었고, 해진·해보는 은밀하게 무기를 숨기고 후문에서 떨어지지 않았다. 손신·악화는 이미 앞문 주변을 지키고 있었다. 고대수는 먼저 군사를 뽑아 악대낭자를 보호하게 하고, 쌍칼을 들고 대청 앞에서 서성거렸다. 소식이 오면 바로 손을 쓸 생각이었다.

한편 축가장에서는 세 차례 전고가 울리고 한 발의 포가 발사되니, 앞뒷문이 모두 열려 조교가 내려지고 일제히 쏟아져 나왔다. 군사들이 문을 나와 사방으로 나뉘어 싸우러 달려갔다. 뒤이어 손립이 10명의 군사들을 이끌고 조교 위에 섰다. 문안에서는 손신이 원래 가지고 왔던 깃발을 문루 위에 꽂았고, 악화는 창을 들고 노래를 부르며 들어왔다. 추연·추윤은 악화의 노래를 듣고 입술을 모아 휘파람 소리를 몇 번 내더니 큰 도끼를 돌리며 감옥을 지키던 장원의 병사들 수십여 명을 찍어죽이고 죄수 싣는 수레를 열었다. 7명의 호랑이가 뛰쳐

나와 각자 무기 선반에서 창을 뽑아들었다. 함성 소리가 일어나자, 고대수는 쌍칼을 들고 방 안으로 뛰어 들어가 여자들을 한칼에 한 명씩 모조리 죽였다. 축조봉은 형세가 좋지 않음을 알고 우물에 뛰어들려 했으나, 석수가 먼저 한칼에 베어버리고 머리를 잘랐다. 10여 명의 호걸들이 달려들어 장원의 병사들을 죽였다. 후문에 있던 해진·해보가 마초 더미를 쌓아놓은 곳에 불을 지르자 검은 화염이 하늘로 치솟았다.

네 갈래 길로 달려오던 양산박 군사들이 장원에 불이 난 것을 보고 힘을 다해 앞으로 돌격했다. 축호는 장원에 불길이 일어나자 가장 먼저 돌아왔다. 손립이 조교 위에서 크게 소리 질렀다.

"네 이놈 어딜 가려느냐?"

조교를 가로막자 축호는 아무 말도 없이 말머리를 돌려 다시 송강의 진 쪽으로 달아났다. 여방·곽성이 함께 방천화극으로 내리치니 축호가 말과 함께 땅바닥에 뒤집어졌고 군사들이 우르르 달려들어 칼로 잘게 다진 고기로 만들어버렸다. 전군前軍이 사방으로 흩어져 달아나자, 손립·손신이 송 공명을 장원 안으로 맞아들였다.

동쪽 길 축룡은 임충과 대적하지 못하자 말을 장원 뒷문으로 몰아 조교 옆으로 왔으나, 후문에 있던 해진·해보가 장객들의 시신을 하나하나씩 화염 속으로 던지는 것을 보았다. 축룡은 급히 말을 돌려 북쪽으로 달아났으나 흑선풍 이규가 갑자기 나타나 뛰어오르더니 쌍 도끼를 돌리며 말 다리를 먼저 찍어 넘어뜨렸다. 축룡이 손 쓸 틈도 없이 거꾸러졌고, 이규가 도끼를 한 번 휘두르자 머리가 쪼개져 땅바닥에 쓰러졌다. 축표는 장원 병사들이 달려와 상황을 알리자 돌아가지 못하고 호가장으로 달아났으나, 호성이 장객을 시켜 잡아 묶어버렸다. 바로 끌어다 송강에게 보내려다가 마침 이규와 마주쳤다. 이규가 도끼로 축표의 머리를 내려치니 장객들이 모두 사방으로 흩어져 달아났다. 이규가 다시 쌍 도끼를 돌리며 호성을 찍으려 하자, 호성은 형세가 좋지 않음을 보고 말을 몰아 황량한 들판으로 정신없이 달아났다. 집도 버리고 오로지 죽음에서 벗어나기 위해 연안부로 달렸다. 이후에 호성은 송나라가 망하고 남송南宋이 중흥하자 무장이 되었다.[4]

이규는 살육을 멈추지 못하고 곧바로 호가장 안으로 들어가 호태공 일가 노소를 막론하고 한 사람도 남기지 않고 깡그리 죽여버렸다. 그리고 졸개들로 하여금 말들을 모조리 끌어오게 하고 장원의 재물들을 모두 싸서 짐 40~50개를 만들어 실었다. 장원에 불을 지르고 짐을 산채에 모두 바쳤다.

한편 송강은 이미 축가장 대청에 앉아 있었고, 두령들은 모두 몰려와 자신이 세운 공을 아뢰었다. 사로잡은 자가 400~500명이고 빼앗은 좋은 말이 500여 필이었으며 사로잡은 소·양은 그 수를 헤아릴 수 없었다. 송강이 크게 기뻐하며 말했다.

"난정옥 같은 호걸을 죽인 게 애석하구나!"[5]

한탄하고 있는 사이 누군가 보고했다.

"흑선풍이 호가장을 불 지르고 찍어낸 수급을 바치러 왔습니다."

송강이 즉시 말했다.

"호성이 이미 투항했는데, 누가 이 사람을 죽이라고 했는가? 또 어째서 그의 장원에 불을 질렀느냐?"

그때 흑선풍이 온몸에 피 칠갑을 한 채 허리에 큰 도끼 두 자루를 꽂고 송강 앞으로 달려와 큰 소리로 인사하며 말했다.

4_ 본문과는 다르게 호성은 호삼랑과는 아무런 혈연관계가 없으며, 호성은 역사에 실존했으며 남송 고종高宗 때의 장군으로 금나라에 맞서 대항했던 인물이었다. 이후에 동료였던 척방戚方에게 살해당했다고도 하고 체포되었다고도 한다. 어쨌든 말년은 비극적인 인물이었다.

5_ 김성탄이 비평하기를, 난정옥과 그의 죽음에 대하여 한 마디도 없더니 갑자기 죽은 것을 애석해했다. 이것은 바로 사관들의 필법이다. 이 부분을 읽다보면 난정옥이 어떻게 죽었는지, 사진이 사부 왕진을 찾았는지 못 찾았는지, 장청이 죽인 두타가 어떤 사람인지 알려주지 않았다. 작자가 이 세 가지 사실로 독자를 답답하게 하며 즐거움으로 삼은 것이다.

"축룡은 내가 죽였고 축표도 찍어버렸어. 호성이란 놈은 달아났고, 호태공 일 가는 하나도 남김없이 말끔하게 쓸어버렸지. 그래서 내가 특별히 상을 받으러 왔어."

송강이 소리 질렀다.

"축룡은 네가 죽이는 것을 본 사람이 있으나, 다른 사람들은 왜 죽였느냐?"

"내가 닥치는 대로 찍으면서 호가장으로 가고 있는데, 일장청의 오라비가 축 표를 끌고 나오기에 도끼로 찍어버렸지. 호성 그놈을 놓친 게 애석해서 그놈 장 원에서 한 놈도 남기지 않고 싹 죽여버렸지."

"네 이놈! 누가 너더러 거기 가라고 했냐? 호성이 그저께 소를 끌고 술을 메 고 와서 항복한 것을 모르느냐? 어찌하여 내 말을 듣지 않고 네 멋대로 그 일 가를 죽였느냐! 일부러 내 군령을 어긴 것이냐?"

"형은 잊었는지 몰라도 난 기억하고 있어. 전에 그 좆같은 년이 형을 쫓아와 죽이려고 했는데, 형은 도리어 인정을 베풀고 난리야. 그년이랑 혼인해서 처남 장인 삼으려고 생각하는 거지!"

송강이 소리 질렀다.

"이놈 철우야, 허튼소리 하지 마라! 내가 어찌 그 아가씨를 부인으로 삼으려 한단 말이냐? 내게 생각해둔 것이 있어서 그렇다. 야, 이 검둥이 자식아, 사로잡 은 사람은 몇 명이냐?"

"누가 좆같이 귀찮게, 살아 있는 놈은 보이는 족족 다 찍어버렸지!"

"이놈이 내 군령을 어겼으니 응당 참수를 해야 합당하나 축룡·축표를 죽인 공로 대신으로 죄는 면해 주겠다. 다음에 영을 어긴다면 그때는 용서하지 않겠 다!"

흑선풍이 웃으면서 말했다.

"비록 공로는 없지만, 사람을 실컷 죽였으니 기분은 좋다!"

그때 군사 오 학구가 군사를 이끌고 장원으로 와서 송강에게 잔을 올리며 축하했다. 송강과 오용은 상의하여 축가장 마을을 쓸어버리기로 했다. 이때 석수가 아뢰었다.

"종리 노인은 인덕이 있는 사람이고 길을 가르쳐준 공로도 있으며 저를 구해주고 크게 충성스러운 분입니다. 이런 선량한 양민도 있으니, 이런 좋은 사람들까지 해쳐서는 안 됩니다."

송강이 듣고서 석수에게 그 노인을 찾아오라 했다. 석수가 가서 얼마 있다가 그 종리 노인을 데리고 장원으로 와서 송강·오 학구에게 인사를 시켰다. 송강이 황금과 비단 한 보따리를 가져다 노인에게 상으로 주면서 영원히 백성으로 삼기로 했다.

"당신의 은혜가 아니었다면 이 마을을 한 집도 남기지 않고 모두 쓸어버렸을 것이오. 당신 한 사람의 선행 때문에 이 마을 사람 모두를 용서해주겠소."

종리 노인이 절을 했다. 송강이 또 말했다.

"내가 연일 이곳에서 싸우느라 백성을 괴롭혔으나 오늘 축가장을 쳐부수어 제거했다. 집집마다 쌀 한 석씩 내릴 터이니 인정의 표시로 알아라."

바로 종리 노인을 시작으로 나누어줬다. 다른 한편으로 축가장의 나머지 양식을 모두 수레에 싣고 금은 재물은 삼군 여러 장수에게 포상하며 위로했다. 그외에 소·양·노새·말 등은 산채로 가져가 쓰기로 했다. 축가장을 부수고 얻은 양식이 50만 석이나 되자 송강이 크게 기뻐했다. 대소 두령이 군마를 수습하여 양산박으로 돌아갈 채비를 했다. 또한 손립·손신·해진·해보·추연·추윤·악화·고대수 등 두령 7명을 새로 얻었다. 손립 등은 자신의 말과 재물뿐만 아니라 가족인 악대낭자를 따라온 대규모 군마와 함께 산에 올랐다. 마을 사람들이 모두 나와 나이든 사람은 부축하고 어린 아이는 손을 잡고 향기로운 꽃과 등촉을 들고 길에서 배웅하며 감사했다. 송강 등 모든 두령이 말에 올라 군사를 세 부대로 나누어 배열했고 전군에서는 채찍으로 황금 그릇을 두드리고 후군은 일제히 개선가를 불렀다. 바로 다음과 같다.

도적은 도적이지만 보통의 도적이 아니며, 강하긴 강하지만 진정 강하도다. 흉악한 놈들 소멸시키려니, 민가를 습격하고 약탈하는 일도 약간은 있다네. 지방에선 토호세력들에 유린당함을 한스러워하고, 향촌에선 의사들이 구제하고 은덕 베풂을 기뻐하더라. 양산의 호랑이들 정분 있어 좀도둑질 구해줬으며, 독룡강에는 돕는 자 없어 나는 호랑이 박천조도 더 이상 머물기 어렵다네. 헤아릴 수 없이 많은 양식과 재물로 호수를 평평하게 메우고, 수많은 사람과 가축이 양산을 밟아 무너뜨릴 정도라네.

盜可盜, 非常盜; 強可強, 眞能強. 只因減惡除凶, 聊作打家劫舍. 地方恨土豪欺壓, 鄕村喜義士濟施. 衆虎有情, 爲救偸鷄釣之狗; 獨龍無助, 難留飛虎撲雕. 謹具上萬資糧, 塡平水泊; 更賠許多人畜, 踏破梁山.

이야기는 둘로 나뉘는데, 박천조 이응은 쉬면서 화살 맞은 상처도 회복했지만 장원에서 문을 걸어 잠그고 나오지 않았다. 은밀하게 사람을 시켜 항상 축가장의 소식을 탐문했는데 송강에 패했다는 소식을 듣고는 놀라워하면서도 기뻐했다. 어느 날 장객이 들어와 보고하기를, 본주 지부가 30~50명의 부하들을 이끌고 장원에 와서 축가장의 상황을 물어본다고 했다. 이응이 황급히 두흥을 불러 문을 열게 하고 조교를 내리고 장원으로 맞이했다. 이응이 흰 비단으로 팔을 감싸 매고 나가 영접하고 장원 안 대청으로 청했다. 지부가 말에서 내려 대청 위에 올라 가운데 앉았다. 왼쪽에는 공목이 앉고 아래쪽에는 압번押番[6] 한 명과 우후 여러 명이 앉았고 계단 아래에 많은 절급과 옥졸이 서 있었다. 이응이 인사를 마치고 대청 앞에 섰다. 지부가 물었다.

"축가장이 모두 죽은 것은 어찌된 일이오?"

"소인은 축표가 쏜 화살에 맞아 왼쪽 팔을 다쳐, 줄곧 문을 잠그고 감히 나

6_ 압번押番: 송나라 때 금군 중에서 일반 병사보다 한 등급 높은 군사.

가지 못했기에 잘 알지 못합니다."

"허튼소리! 축가장에서 소장으로 고발하기를, 네놈이 양산박 도적들과 연계하여 군마를 끌어들여 축가장을 치게 한 것이라 했다. 그리고 지난 날 안장과 말, 양과 술, 꽃무늬 비단, 금은을 받았다고 하는데 네놈은 어찌하여 발뺌하느냐?"

"소인도 법도를 아는 사람인데, 어찌 감히 그들의 물건을 받겠습니까?"

"네 말은 믿을 수 없다! 지부로 가서 대질하여 명백하게 따져봐야겠다!"

옥졸들에게 체포하라 소리 지르고 주 관아로 가서 축가와 따지도록 했다. 양쪽에 있던 압번과 우후가 이응을 묶었다. 일행이 지부를 에워싸고 말에 올랐다. 지부가 또 물었다.

"어떤 놈이 집사 두흥이냐?"

"소인입니다."

"소장에 네놈 이름도 있다. 같이 끌고 가라. 저놈도 묶어라!"

일행은 이응·두흥을 잡아 장원 문을 나서 이가장을 떠나 쉬지 않고 가고 있었다. 30여 리를 못 갔는데 수풀 근처에서 송강·임충·화영·양웅·석수가 군사들을 이끌고 나타나 길을 막았다. 임충이 크게 소리 질렀다.

"양산박 호걸들이 기다리고 있었다!"

지부 일행들은 감히 대적하지 못하고 이응과 두흥을 버리고 날 살려라 모두 달아났다. 송강이 쫓으라고 소리 질렀으나 어느 정도 쫓다가 돌아와 말했다.

"저희가 쫓아가 좆같은 지부를 잡아 죽이려고 했는데 어디로 갔는지 모르겠습니다."

이응과 두흥의 결박을 풀어주고 자물쇠를 풀어 2~4필의 말을 끌고 와 두 사람을 태웠다. 송강이 말했다.

"대관인께서 양산박에 가셔서 잠시 피하시는 것은 어떻습니까?"

"그럴 수는 없습니다. 지부는 당신들이 죽이려 한 것이니 나와는 상관없습니다."

송강이 웃으면서 말했다.

"관아로 가서서 어떻게 해명하시려고 합니까? 우리가 떠나면 반드시 연루되실 겁니다. 이미 대관인께서 도적이 되는 것을 거절하셨으나, 산채에서 며칠 쉬시다가 별 일 없게 되면 다시 산을 내려오셔도 늦지 않습니다."

이응과 두흥은 도저히 자기들 마음대로 할 수 없었다. 대부대인 군마 사이에서 어떻게 돌아갈 수 있겠는가? 일행 삼군 군사들은 천천히 양산박으로 돌아왔다.

산채에서 두령 조개와 사람들이 북을 두드리고 피리를 불며 산을 내려와 맞이했다. 멀리서 온 손님을 위해 술을 내어 환영하고, 모두들 대채 안 취의청에 올라 부채 모양으로 둘러앉았다. 이응을 상좌에 앉히고 여러 두령과 모두 인사를 나누었다. 두 사람이 예를 마치고 이응이 송강에게 아뢰었다.

"우리 두 사람이 이미 대채에 와서 여러 두령과 또한 인사를 나누었으니 귀순하여 여기에 있어도 무방하나 집안 식구들이 어떤지 모르겠습니다. 소생이 산을 내려가 알아봤으면 좋겠습니다."

오 학구가 웃으면서 말했다.

"대관인께서는 그러실 필요 없습니다! 가족 분들은 이미 모두 산채에 있습니다. 장원은 불이나 빈터가 되었는데, 대관인께서는 어디로 돌아가려고 하십니까?"

이응은 믿지 않았으나 수레를 끄는 군사 대오가 산으로 올라오는 것이 보였다. 이응이 살펴보니 집안 장객들과 식구들이었다. 이응이 급히 물어보자 부인이 말했다.

"당신이 지부에게 잡혀가고 바로 2명의 순검과 4명의 도두가 300여 명의 토병을 이끌고 와서 가산을 뒤져 꾸렸습니다. 우리를 온전하게 수레에 태우게 하고 집에 있는 옷 궤짝·소·양·말·버새 등을 모조리 거두어 가고 장원에 불을 질러 모두 불태웠습니다."

이응이 듣고서 괴롭게 탄식하자 조개·송강이 모두 대청에 엎드려 죄를 청하며 말했다.

"저희 형제들이 대관인의 뛰어남을 들은 지 오래되어 모시고자 이번에 이런 계획을 실행했습니다. 대관인께서는 너그러이 용서해주십시오."

이응으로서도 이와 같이 말을 들었으니 따를 수밖에 없었다. 송강이 말했다.

"식구들을 후청에 있는 방에 모시고 편히 쉬게 하시지요."

이응은 취의청 앞뒤에 두령들의 가족들이 사는 것을 보고 부인에게 말했다.

"저들의 말을 따를 수밖에 없겠네."

송강 등이 취의청 앞으로 청해 이야기를 나누며 모두들 크게 기뻐했다. 송강이 다시 웃으면서 말했다.

"대관인, 두 순검과 그 지부를 만나보시지요."

지부로 꾸민 사람은 소양이었고 순검으로 변장한 두 사람은 대종·양림이었다. 공목으로 꾸민 사람은 배선이었고 우후로 꾸몄던 사람은 김대견과 후건이었다. 또한 네 명의 도두를 불렀는데 이준·장순·마린·백승이었다. 이응이 모두 보고서 눈을 크게 뜨고 입을 벌리며 놀라 아무 말도 못했다. 송강이 소두목들에게 빨리 소와 말을 잡게 하고 대관인에게 예를 갖춰 사과했으며, 새로 산에 오른 12명의 두령들을 위해 축하했다. 이응·손립·손신·해진·해보·추연·추윤·두흥·악화·시천과 여두령인 호삼랑·고대수가 바로 그 12명이었다. 악대낭자와 이응의 식구들은 따로 후당에 술자리를 마련해 마셨다. 또한 대소 삼군에게 공로를 포상했다. 취의청에서 많은 두령이 떠들썩하게 흥겨워하며 마시고 밤이 늦어서야 헤어졌다. 새로운 두령들은 각자 방을 배정받아 편안히 쉬었다.

이튿날 또 자리를 마련해 여러 두령을 불러 의견을 냈다. 송강이 왕왜호를 불러 말했다.

"내가 처음에 청풍채에 있을 때 자네에게 혼사를 치러준다고 했었지. 항상 마음에 걸렸어도 이루어주지 못했었네. 오늘 부친께 딸이 하나 있는데 자네를 사위로 삼고자 하시네."

송강이 직접 가서 송 태공에게 일장청 호삼랑을 데리고 술자리에 오시라 했다. 송강이 친히 그녀에게 사과하며 말했다.

"내 동생 왕영은 비록 무예는 있으나 누이에게 미치지 못하네. 내가 당초에 저 동생을 혼인시켜주겠다고 하고 아직까지 성사시키지 못했네. 오늘 누이께서 나의 부친을 양아버지로 모시니 여러 두령이 모두 중매쟁이가 되고 오늘을 길일을 잡아 누이와 왕영이 부부가 되었으면 좋겠네."

일장청은 송강의 의기가 깊고 무거운 것을 보고 도저히 거절할 수 없었다. 부부 두 사람이 예를 갖추어 감사했다. 조개 등 사람들이 기뻐했고 모두들 송 공명을 덕과 의리 있는 진정한 장부라 칭송했다. 그날 모두 연회를 열어 술 마시며 축하했다. 한창일 때 산 아래에서 사람이 올라와 보고했다.

"주귀 두령 객점에 어떤 운성현 사람이 두령을 만나고자 합니다."

조개와 송강은 보고를 듣고서 크게 기뻐하며 말했다.

"이 은인이 산에 올라 한패가 된다니 드디어 평생의 소원이 이루어지는구나!"

은인과 원수를 구분하지 못하면 호걸이 아니며, 흑백을 분명히 가리는 이는 바로 대장부인 것이다.

결국 운성현에서 온 사람이 누구인가는 다음 회에 설명하노라.

오추마鳥騅馬

『사기』「항우본기」에 따르면 "항우에게는 추騅라는 준마가 있었는데, 항우가 항상 타고 다닌 말이었다"고 했다. 『사기정의史記正義』에 따르면 "고야왕顧野王이 이르기를, '청백색이다'라고 했고,「석축釋畜」에서는 이르기를, '회백색 털을 추騅라 한다'고 했다." 결국 항우가 타던 말은 응당 회백색의 말이고 '추騅'를 시커먼 말로 여기는 것은 잘못이라 할 수 있다. '추騅'는 검은색 털과 흰색 털이 서로 뒤섞인 말이라 할 수 있다. 『수호전전교주』에 따르면 "정목형의 『주략』에서 이르기를, '만약 순전히 검은색이었다면 이름을 여驪(검은말)라 해야 한다. 서본徐本 『설문說文』에서는 검푸른 것이 섞여 오추烏騅라는 명칭이 있었다. 후세 사람들이 항우의 사건을 노래하면서 또한 오추라고 말한 것이다'라고 했다."

나락으로 떨어진 두도두[1]

송강이 일장청과 왕영을 부부로 맺어주자 사람들이 모두 송 공명의 인덕을 칭찬했고, 그날 또 연회를 열어 축하했다. 술자리가 한창일 때 주귀 주점에서 사람을 산채로 보내 보고했다.

"졸개들이 수풀 앞 큰길을 지나가는 행인들을 털려고 가로막자 어떤 사람이 나서서 자신을 운성현 도두 뇌횡이라고 합니다. 주 두령이 불러 모시고 객점 안에서 술과 음식을 대접하고 있는데 제게 산채에 알리라고 했습니다."

조개·송강이 듣고는 크게 기뻐하며 즉시 군사 오용과 함께 산을 내려오니, 주귀가 먼저 배를 보내 금사탄 기슭에 도착한 상태였다. 송강이 황망히 무릎 꿇고 절을 하며 말했다.

"뵌 지가 이미 오래지만 항상 잊지 않고 있었습니다. 오늘 무슨 연유로 천한 이곳을 지나가십니까?"

1_ 제51회 제목은 '揷翅虎枷打白秀英(삽시호가 목에 쓴 칼로 백수영을 치다), 美髥公誤失小衙內(미염공이 실수로 도련님을 잃어버리다)'다.

뇌횡이 급히 답례하며 말했다.

"저는 운성현에서 동창부東昌府2로 파견되어 공무를 보고 돌아가는 길입니다. 길목을 지나는데 졸개들이 가로막고 통행료를 달라기에, 이 동생이 천한 이름을 말하니 주형이 붙들어 여기까지 오게 되었습니다."

송강이 말했다.

"천운으로 이렇게 만나는구려!"

대채로 청하여 여러 두령과 인사를 나누게 하고 술자리를 마련해 대접했다. 연이어 5일을 머물며 매일 송강과 이런 저런 얘기를 나누었다. 조개가 주동의 소식을 묻자 뇌횡이 말했다.

"주동은 현에서 감옥 절급을 담당하고 있는데 신임 지현에게 상당한 신임을 얻고 있습니다."

송강이 완곡하게 뇌횡에게 산에 올라 한패가 되기를 요청하자, 뇌횡이 사양하며 노모가 연세가 많아 따를 수가 없다고 했다. 그러고는 말했다.

"노모께서 돌아가신 후에나 이 동생이 함께 하겠습니다."

뇌횡이 작별하고 산을 내려왔다. 송강 등 두령들이 거듭 더 머물기를 바랐으나 붙잡을 수 없었다. 송강·조개는 말할 필요 없이 여러 두령이 각자 황금과 비단을 선사했다. 모두 길목까지 나와 작별했고, 뇌횡은 커다란 금은 보따리를 들고 산을 내려왔으며 배로 큰길까지 건너가 운성현으로 돌아갔다.

한편 조개·송강은 대채 취의청에 올라 군사 오 학구를 불러 산채의 업무를 상의했다. 오용은 송 공명과 상의하여 결정한 후 다음날 여러 두령을 불러 모았다. 송강은 먼저 바깥에서 객점을 지키는 두령들을 불러 분부했다.

"손신·고대수는 원래 주점을 열었던 사람들이니 부부 두 사람은 동위·동맹

2_ 동창부東昌府: 지금의 산둥성 랴오청聊城.

을 대신하게 하고 그들이 돌아오면 별도로 쓰리다."

다시 시천에게는 석용을 돕게 하고 악화는 주귀를 돕게 했으며, 정천수는 이립을 도와주게 했다. 동서남북에 위치한 4개의 주점에서는 술과 고기를 팔게 하고, 각 주점에 두 명의 두령을 배치하여 사방에서 한패가 되고자 하는 호걸들을 불러들이게 했다. 일장청과 왕왜호 부부는 뒷산 아래 산채에서 말들을 감독하게 했고, 금사탄 소채는 동위와 동맹 두 형제가 지키게 했다. 압취탄 소채는 추연과 추윤 숙질 두 사람이 방비하게 하고, 산 앞의 큰길은 황신과 연순이 기병을 이끌고 진을 치며 지키게 했다. 해진과 해보는 산 앞의 첫 번째 관문을 지키게 하고, 두천과 송만은 완자성의 두 번째 관문, 유당과 목홍은 대채 입구의 세 번째 관문을 지키게 했다. 또한 완씨 삼웅은 산 남쪽의 수채를 지키게 하고, 맹강은 종전대로 배를 건조하게 했다. 이응·두흥·장경은 산채의 돈과 식량 금, 비단을 총 관리하게 했다. 도종왕과 설영은 양산박 내의 성벽과 안대鴈臺3를 축조하게 했다. 후건은 의복, 갑옷, 깃발, 전투 도포 제조를 전적으로 감독하게 했다. 주부와 송청은 연회를 관리하고, 목춘과 이운은 가옥과 울타리 방책 등을 세우도록 했다. 소양과 김대견은 모든 손님의 서신과 공문을 맡아 관리하게 했고, 배선은 군사 행정과 공로에 대한 포상, 죄에 따른 처벌을 전적으로 책임지게 했다. 나머지 여방·곽성·손립·구붕·등비·양림·백승은 대채의 8개 방면을 나누어 담당하게 했다. 조개·송강·오용은 산꼭대기 방책 안에 머물기로 했다. 화영과 진명은 산 좌측 방책에 살게 하고, 임충과 대종은 산 우측 방책에 거주하게 했다. 이준과 이규는 산 앞에, 장횡과 장순은 산 뒤쪽에 거주하며, 양웅과 석수는 취의청 양쪽을 지키게 했다. 일반 두령들은 각각 배치가 결정되자 매일 번갈아 연회를 열어 서로 축하했다. 이리하여 산채의 체제가 모두 정비되었다.

3_ 안대鴈臺: 수호산채의 후원. 화영이 기러기를 쏘아 떨어뜨려 안대라고 불렀다고 한다.

산채는 물 가운데 우뚝 솟았고, 두령들 직무 나누어 잘하는 임무 수행하누나.

조정의 지배 받지 않으니, 초야에 있으면서 하늘 나는 매처럼 위풍당당하도다.

巍巍高寨水中央, 列職分頭任所長.

只爲朝廷無駕馭, 遂令草澤有鷹揚.

한편 뇌횡은 양산박을 떠나 보따리를 지고 박도를 들고 길을 찾아 운성현으로 돌아왔다. 집에 오자마자 노모를 뵙고 의복을 갈아입은 뒤 받은 답장을 품고 운성현에 가서 지현을 알현하고 바쳤다. 보고를 마친 후 공문비첩[4]을 말소시키고 집으로 돌아와 쉬었다. 여전히 매일 현에 묘시卯時(오전 5~7시 사이)에 출근 서명하고 유시酉時(오후 5~7시 사이)에 퇴근하며 업무를 보았다. 어느 날 현 관아 동쪽을 지나가는데 뒤에서 어떤 사람이 소리 지르는 게 들렸다.

"도두께서는 언제 돌아오셨습니까?"

뇌횡이 얼굴을 돌려 보니 현의 권세가에 빌붙어 유흥을 제공하며 비위를 맞추며 사는 이소이李小二였다. 뇌횡이 대답했다.

"며칠 전 집에 돌아왔네."

"도두께서 오랫동안 나가 계셔 모르실텐데, 근래에 동경에서 강호를 떠돌아다니며 기예를 파는 행원行院[5]이 새로 왔는데 미모와 재주가 모두 훌륭합니다. 이름이 백수영白秀英이라는 계집으로 인사하러 도두님을 찾아왔었는데 공무로 출장을 가서서 계시지 않았습니다. 지금 구란勾欄[6]에서 각종 곡조[7]를 부르

4_ 비첩批帖: 옛날 관부에서 발행하는 증명 문서.

5_ 행원行院: 금·원 시기의 잡극雜劇 배우 혹은 그들의 처소.

6_ 구란勾欄: 송·원 시기에 잡극이나 여러 잡기를 공연하던 장소. 이후 기생집妓院을 가리켰다. 구란勾闌이라고도 한다.

7 제궁조諸宮調: 송·금·원 시기에 유행했던 강창문학의 한 종류. 강창은 제궁조인데 산문 부분인 '강講'과 운문 부분 '창唱'을 결합했는데 창이 주가 되고 강이 보조인 공연 예술이다.

고 있습니다. 매일 그곳에서 타산打散[8]을 할 때 춤을 추기도 하고, 간혹 음악을 연주하기도 하고, 혹은 노래도 부르는데 인산인해를 이루고 있습니다. 도두께서 는 어째서 가서 보지 않습니까? 정말 대단한 기생년입니다!"

뇌횡이 듣고서 마침 심심하기도 하여 이소이와 함께 구경하러 구란에 갔다.

문어귀에 금자金字 휘장[9]이 여러 개 걸려 있고 배역을 표현하는 데 사용하는 복장과 휘장이 깃대에 매달려 있었다. 안으로 들어가 청룡석[10] 앞쪽으로 가서 첫 번째 자리에 앉았다. 무대 위를 보니 소락원본笑樂院本[11]을 하고 있었다. 이소이가 인파 속에서 아는 사람이 지나가자 뇌횡을 혼자 내버려두고 두뇌頭腦[12] 한 사발 얻어먹으러 나갔다. 원본院本[13]이 막을 내리자 머리는 두건으로 가지런히 묶고 몸에는 다갈색 비단 저고리를 입고 검은 실로 허리를 묶은 노인이 부채를 들고 나와 개막을 알리며 말했다.

"이 늙은이는 동경에서 온 백옥교白玉喬라 합니다. 지금은 늙어 가무와 연주를 하는 딸 수영을 따라다니며 온 천하의 관중 여러분께 공연을 보여드리고 있습니다."

징소리가 울리자 백수영이 무대에 올라 사방에 인사를 했다. 징 채를 잡고 콩을 뿌리듯이 두드리고 계방界方[14]을 크게 내려치며 4구의 칠언시七言詩를 노

8_ 타산打散: 송·원 시기의 희곡 용어. 정극이 끝난 후 부수적으로 더해지는 공연으로 전체 극의 마지막 공연 부분을 타산이라고 한다.

9_ 원문은 '장액帳額'이다. 구란 문 앞에 세로로 세워서 거는 현수막이다. 연극 제목과 출연 배우들의 이름 등이 적혀 있다.

10_ 청룡靑龍은 좌측을 가리킨다. 행군할 때 짐승이 그려진 깃발로 방위를 표시했는데, 앞쪽은 주작朱雀, 뒤쪽은 현무玄武, 왼쪽(동쪽)은 청룡靑龍, 오른쪽(서쪽)은 백호白虎라 했다.

11_ 소락원본笑樂院本: 본 연극 이전에 하는 우스갯소리로 대부분이 익살스러운 연극. 이하 '연극'으로 번역했다.

12_ 두뇌頭腦: 일종의 탕주湯酒로 고기와 잡다한 것을 큰 사발에 넣고 데운 술을 부어 만든 것으로 바람과 추위를 피할 때 마신다.

13_ 원본院本: 금·원 시대에 행원에서 쓰는 연출용 각본이었고, 명·청 시대에는 잡극雜劇이나 전기傳奇를 두루 가리켰다.

14_ 계방界方: 연극인이 사용하는 도구로 '성목醒木'이라고도 한다. 나무로 제작했으며 탁자를 치면서

래하고는 말했다.

"오늘 저 백수영이 무대에 올린 이 화본話本15은 풍류가 넘치고 함축성이 있어 가장 들어맞는 것으로 '예장성豫章城 쌍점雙漸이 소경蘇卿을 뒤쫓다'16라는 곡입니다."

개막사를 하며 노래를 불렀고, 노래를 하며 이야기하기도 했다. 공연을 구경하는 사람들의 갈채가 끊이지 않았다. 뇌횡이 자리에서 그 여인을 쳐다보니 과연 연기와 인물이 비할 수 없이 출중했다.

비단 옷은 눈을 겹겹이 쌓은 듯하고, 화려한 머리 장식은 구름이 모여 있는 듯하구나. 앵두 같은 입술, 살구 같은 얼굴에 복숭아 같은 두 볼, 허리는 수양버들같이 날씬하고, 난초 같은 심성에 혜초 같은 성격으로 우아하기 그지없네. 노랫소리의 곡절과 원만함은 가지에 앉은 꾀꼬리가 노래 부르는 듯하고, 훨훨 춤추는 자태는 마치 꽃 사이에 봉황이 도는 듯하구나. 곡조는 옛 가락 같은데 소리는 자연 그대로이며, 고저장단은 음률에 따르고 경중과 완급은 규범을 벗어나지 않네. 대나무피리 불 때엔 곡조마다 아름답고, 홍아紅牙17 박판에 맞춰 구구절절 새롭구나.

羅衣疊雪, 寶髻堆雲. 櫻桃口, 杏臉桃腮; 楊柳腰, 蘭心蕙性. 歌喉宛轉, 聲如枝上鶯啼; 舞態蹁躚, 影似花間鳳轉. 腔依古調, 音出天然, 高低緊慢按宮商, 輕重疾徐依

관객의 분위기를 고조시키는 데 사용한다.

15_ 화본話本: 설화인說話人이 이야기를 강연하는 저본으로 민간 설화의 기예가 발전하면서 생긴 일종의 문학 형식이다. 화본은 송나라 때 일어난 백화소설白話小說로 통속적인 문자로 작성되었고 대부분 역사 고사와 당시 사회생활을 소재로 삼았다.

16_ 연애고사로 가난했던 서생인 쌍점雙漸은 공명을 얻은 다음에 지난날의 연인이었던 소소경蘇小卿을 각지로 찾아다녔다. 당시 소경은 부모가 모두 죽고 스스로 살 수가 없어 기생집으로 들어갔다. 쌍점이 예장성 아래에 머물고 있었는데 공교롭게도 그곳에서 소경이 비파를 타며 노래를 부르고 있었다. 두 사람은 서로를 알아본 다음에 나중에는 함께 단란한 날들을 보냈다.

17_ 홍아紅牙: 악기 명칭. 붉은 박달나무로 제작한 박판拍板이다. 악곡의 박자를 조절하는 데 사용한다.

格范. 笛吹紫竹篇篇錦, 板拍紅牙字字新.

백수영이 무두務頭[18]까지 부르자 백옥교가 안갈按喝[19]했다.

"비록 『고악부古樂府』의 「애첩환마곡愛妾換馬曲」을 부르거나 고금古琴의 「불박금곡不博金曲」[20]을 탈 만한 관객을 끌어들이는 고명한 재주는 아니지만, 총명한 사람도 들으면 감동할 것입니다. 관중 여러분의 갈채도 끝이 났으니 우리 애는 내려가고, 이제 마지막 각본[21]을 공연하겠습니다."

백수영이 쟁반을 들고 가리키며 말했다.

"재물의 문에서 일어나게 하시고, 이로운 땅에 머물게 하시며, 길한 땅을 지나게 해주시고, 번성한 곳에서 일하게 해주소서! 손을 내밀면 빈손으로 지나지 않게 해주십시오."

백옥교가 말했다.

"제 딸이 한 바퀴 돌 테니 빈손으로 지나지 않게 해주십시오."

백수영이 쟁반을 들고 먼저 뇌횡 앞으로 갔다. 뇌횡이 주머니 안을 더듬었으나 뜻밖에 한 푼도 없었다. 뇌횡이 말했다.

"오늘 깜빡 잊고 돈을 전혀 가지고 오지 않았네. 내일 한꺼번에 주겠네."

백수영이 웃으면서 말했다.

"두초頭醋가 진하지 않으면 두 번째 식초가 묽어진다'[22]고 했습니다. 관인께서는 가장 좋은 자리에 앉아 계셨으니 첫 마수걸이로 자릿값 좀 내시지요."

18_ 무두務頭: 희곡, 강창에서 절정 부분으로 가장 듣기 좋다. 연극인의 은어다.
19_ 안갈按喝: 행원 내부 사람이 끼어들어 갈채 소리를 멈추게 하는 것이다. 돌연 무대의 연극을 멈추고 큰소리로 강창하는 것이다.
20_ 악부의 오언 율시와 중국 고금의 명곡을 비유하여 백수영의 솜씨를 찬양했다.
21_ 원문은 '친교고아원본襯交鼓兒院本'으로 정극이 끝나고 하는 마지막 공연이다. 각본을 연출할 때 악곡의 곡조를 돋보이게 하는 각본으로 기분을 더욱 증대시킨다.
22_ 원문은 '頭醋不釅徹底薄'이다. 두초頭醋는 처음에 제조하여 물을 타지 않은 식초로 맛이 지극히 시다. 앞의 한 사람이 상금을 주지 않으면 뒷사람이 많이 줄 수 없음을 비유한 말이다.

뇌횡은 얼굴이 벌게져서 말했다.

"내가 어쩌다가 가지고 오지 않아서 그렇지 아까워서 그런 게 아니네."

"관인께서는 노래를 들으러 오시면서 돈도 안 가지고 오신단 말입니까?"

"내가 자네에게 은자 3~5냥 주는 게 아까워서 그런 것이 아니라 오늘 돈 가지고 오는 것을 잊었을 뿐이네."

"지금 당장 한 푼도 없는 양반이 3~5냥이란 말이 그렇게 쉽게 나옵니까! 날더러 '매실 생각이나 하면서 갈증을 달래고 그림의 떡이나 쳐다보며 배고픔을 달래라'[23]고요."

백옥교가 소리 질렀다.

"얘야, 너는 눈도 없니! 성안 사람하고 촌사람도 구별 못하느냐? 그런 사람한테 뭘 달라느냐! 그 사람은 지나가고 사리 분별할 줄 아는 다른 사람한테 마수걸이 해달라고 하거라!"

"내가 어찌 사리 분별을 못한단 말이오?"

"당신이 풍류를 즐길 줄 아는 가풍이 있는 자제라면, 개 대가리에 뿔이 나겠다![24]"

주변 사람들이 왁자지껄하며 모두 일어났다. 뇌횡이 크게 성내며 욕했다.

"이런 기생 의붓 애비 놈이 감히 내게 욕을 하는 거냐?"

"너 같이 소나 모는 산골 촌놈 욕 좀 했다고 뭐가 대단하냐!"

어떤 아는 사람이 소리 질렀다.

23_ 원문은 '望梅止渴, 畵餠充飢'다. 『세설신어世說新語』「가휼假譎」에 다음과 같은 내용이 있다. "위무魏武(조조)가 행군할 때 길을 잃었는데 삼군三軍이 모두 목이 말라 참기 어려워하자, 이에 영을 내려 말했다. '앞에 큰 매화나무 숲이 있는데 많은 매실이 열려 있다. 달콤하고 시큼하니 가서 갈증을 해소하도록 하라.' 사졸들이 듣고서 모두 입 안 가득 침이 고여 갈증을 잊었다."『삼국지』「위서魏書 · 노육전盧毓傳」에 따르면 "명제明帝가 조서를 내려 말하기를, '인재를 선발함에 있어 명성이 있는 자를 취하지 않을 것이니 명성은 마치 땅에 그린 떡과 같아서 먹을 수가 없다'고 했다."

24_ 불가능한 일을 가리킨다.

"그래서는 안 되오! 이 사람은 현의 뇌 도두요."

"뇌 도두雷都頭가 아니라 여근두驢筋頭[25]가 더 무섭다."

뇌횡이 더 이상 참지 못하고 앉아 있던 의자에서 일어나 무대로 뛰어올라와 백옥교를 잡고 주먹으로 치고 발로 차니 입술이 터지고 이가 부러졌다. 사람들이 상황이 험악해지자 모두 달려들어 뜯어 말리고 뇌횡을 돌려보냈다. 구란 안의 사람들도 모두들 시끌벅적 떠들며 흩어졌다.

원래 백수영은 신임 지현이 동경에 있을 때부터 왕래하던 사이로, 그날 특별히 운성현에 와서 구란을 연 것이었다. 백수영은 아비가 뇌횡에게 얻어맞은 데다, 크게 다치기까지 하자 가마를 불러 타고 지현 관아로 달려가서는 뇌횡이 부친을 구타했을 뿐만 아니라 구란에 모인 관중까지 쫓아버렸으니 집안을 업신여긴 것이라며 고소했다. 지현은 듣고서 크게 화를 내며 말했다.

"어서 소장을 써 오너라!"

지현은 베갯머리송사를 일으켜 백옥교에게 즉시 소장을 쓰게 하고 상처를 검사하여 증거로 확정했다. 현 관아 안에 있는 사람들 모두가 뇌횡과 좋은 사이라 그를 대신해 지현에게 찾아가 일을 무마시켜 집행이 되지 않도록 했다. 그러나 그 계집이 관아 안에서 지키고 있으면서 애교를 부리니, 자연히 지현은 따르지 않고 즉시 사람을 보내 뇌횡을 잡아 관아로 끌고 왔다. 꾸짖고 때려 강제로 진술케 하고 칼을 씌웠으며 옥에서 끌어내 형을 집행하고 대중에게 보이도록 했다. 그 계집은 반드시 구란 정문에서 형을 집행하도록 지현을 설득하여 자신의 능력을 과시하고자 했다. 둘째 날, 계집이 다시 지현에게 억지를 부려 구란 문 앞에서 형을 집행하도록 했다. 옥졸들[26] 모두가 뇌횡과 같은 공인들이라 어찌 옷을 벗겨 밧줄로 묶겠는가? 그 계집은 잠깐 궁리를 하더니 이미 혼내주려

25_ 뇌도두를 당나귀의 생식기에 비유하여 비꼬았다.
26_ 원문은 '금자禁子'인데, 감옥 안에서 범인을 지키는 옥졸이다.

고 작정했는데 그대로 내버려둬서는 안 되겠다고 생각했다. 구란 문을 나가 찻집에 앉아 옥졸을 불러서는 화를 내며 소리 질렀다.

"저놈을 저렇게 편안하게 해주는 것을 보니 당신들도 저놈과 한통속이구려! 지현 상공이 옷을 벗기고 밧줄로 묶으라고 했는데, 당신들은 인정을 베풀고 있는 거야! 이따가 내가 지현에게 말하면 어떻게 되는지 한번 보고 싶단 말인가요?"

옥졸이 말했다.

"아가씨, 그렇게 화낼 거 없소. 우리가 옷 벗기고 묶으면 되지 않소."

"그렇게만 한다면, 내가 당신에게 상을 줄게요."

옥졸들이 뇌횡에게 다가와 말했다.

"형님, 어쩔 수 없이 벗겨야겠소."

거리에서 뇌횡의 옷을 벗기고 밧줄로 묶었다.

떠들썩한 인파 속에서, 마침 뇌횡에게 밥을 주러 오던 모친이 아들이 그곳에서 발가벗긴 채 묶여 있는 것을 보고 통곡을 하며 옥졸들에게 욕을 퍼부었다.

"당신들은 관아에서 내 아들과 함께 일하던 사람들인데, 재물이 그렇게 좋소! 당신들은 이런 일 없을 거라 장담할 수 있겠소!"

옥졸이 대답했다.

"어머니, 제 말 좀 들어주세요. 저희는 너그럽게 봐주려고 하는데, 고소인이 여기에서 옷을 벗기도록 감시하고 있으니 어찌해볼 도리가 없습니다. 불시에 지현을 찾아가 일러바치기라도 한다면 고통을 받는 것은 우리이므로 인정을 베풀 수가 없습니다."

"고소인이 죄인에게 내려진 명령을 감시하는 경우가 어디에 있단 말이오."

옥졸들이 다시 조용히 말했다.

"어머니, 그 사람이 지현과 사이가 좋아 한마디만 하면 우리가 쫓겨나기 때문에 어쩔 수가 없습니다."

노모가 뇌횡이 묶여 있는 밧줄을 풀면서 욕설을 해댔다.

"이 천한 년이 권세에 빌붙어 날뛰는구나! 내가 이 밧줄을 풀면 저년이 어떻게 나오는지 봐야겠다!"

백수영이 찻집에 있다가 듣고서 달려나와 소리 질렀다.

"이 늙은 종년아! 지금 뭐라고 떠들었어?"

모친이 그곳에서 어떻게 기분이 좋겠는가? 손가락질하며 욕했다.

"너, 이 천한 암캐 년이 무엇 때문에 나한테 욕을 하느냐!"

백수영이 듣다가 눈썹을 추켜세우고 눈을 부릅뜨고는 욕설을 퍼부었다.

"늙은 포주 년아! 빌어먹을 할망구야! 천한 년이 감히 나를 욕해!"

"그래 욕했다, 어쩔래? 네년이 운성현 지현이라도 되냐!"

백수영이 화가 잔뜩 올라 달려들어 따귀를 한대 올리니, 모친이 맞고서 비틀거렸다. 모친이 발악을 하자, 다시 덤벼들어 눈에 불이 번쩍 나도록 아주 세게 싸대기를 올려붙였다. 뇌횡은 큰 효자인데 모친이 맞는 것을 보자 억눌렀던 분노가 폭발하여 쓰고 있던 칼을 끌어당겨 백수영의 머리통을 향해 칼 모서리로 정통으로 후려치니, 머리통이 쪼개지면서 고꾸라졌다. 사람들이 달려들어 살펴보자 골이 깨져 뇌수가 흘러나오고 눈알은 튀어나왔으며 움직임이 없는 것이, 그 자리에서 죽었음을 금세 알았다. 사람들은 백수영이 맞아 죽은 것을 보고는 뇌횡을 끌고 함께 관아에 가서 지현에게 자세한 사정을 알렸다. 지현은 즉시 사람을 보내 뇌횡을 끌고 오게 하는 한편, 상관相官[27]을 모이게 하고 이정과 이웃들을 부르고 시신을 검시한 후 모두 관아로 돌아왔다. 뇌횡이 모든 것을 자백하고 인정하며 별다른 이의가 없자, 그의 모친은 집으로 돌려보냈다. 뇌횡에게 칼을 씌우고 감옥에 가뒀다. 담당 절급은 다름 아닌 미염공 주동으로 뇌횡이 갇히자 달리 어찌할 방법이 없었다. 술과 음식을 차려 잘 대접하고 옥졸들을 시켜 감방을 깨끗하게 청소시키고 편안하게 지낼 수 있게 해줄 뿐이었다. 얼마 뒤에

27_ 상관相官: 현장에서 시체를 검시하는 인원을 감시 관리하는 관원을 말한다.

뇌횡의 어미가 감옥으로 밥을 가져와 울면서 주동에게 간청했다.

"내 나이 예순이 넘었는데, 뻔히 눈 뜨고 이 아이를 차마 어떻게 보겠는가! 번거롭더라도 자네와 평소에 형제처럼 지냈으니, 이 아이를 가련하게 생각해 잘 돌보고 살펴주게나."

"어머니, 걱정 마시고 돌아가세요. 앞으로는 밥 가지고 오실 필요 없어요. 제가 알아서 잘 돌봐줄 겁니다. 그리고 구할 방도도 찾아보겠습니다."

"자네가 내 아들을 구해준다면, 다시 낳아준 부모나 다름없을게야. 아무튼 이 아이한테 일이라도 생기면, 이 늙은 목숨도 끝이라네."

"소인이 명심할 터이니, 어머니께서는 걱정 마십시오."

어미가 감사하고 돌아갔다. 주동이 하루 종일 심각하게 고민했지만 뇌횡을 구할 방도가 떠오르지 않았다. 다시 사람을 지현에게 보내 뇌물을 주며 간청도 하고, 위 아래로 인정을 썼으나 소용이 없었다. 지현이 비록 주동을 아끼고는 있었으나, 뇌횡이 정부인 백수영을 때려죽인 것을 용서할 수 없었고, 또한 백옥교 그놈이 소장을 거듭 제출하며 지현에게 뇌횡을 죽여 대가를 치르게 하라고 재촉하는 터라 어찌할 수 없었다. 감옥에 갇힌 지 60일 기한이 차자 판결을 위해 제주부로 넘기게 되었다. 사건을 주관하는 압사가 공문 서류를 가지고 먼저 출발했고, 주동에게 뇌횡을 압송토록 했다.

주동이 10여 명의 옥졸을 이끌고 뇌횡을 호송하기 위해 운성현을 떠났다. 대략 10여 리쯤 지났을 때 주점 하나가 눈에 들어왔다.

"우리 저 주점에 가서 술 두 사발 마시고 가세나."

모두들 주점에서 술을 마셨다. 주동이 측간에 간다 하고 주점 뒤쪽 후미지고 조용한 곳으로 뇌횡을 데려가 쓰고 있던 칼을 벗겨주고 뇌횡을 풀어주며 당부했다.

"동생은 빨리 돌아가 노모를 모시고 밤새 다른 곳으로 달아나게. 여기 일은 내가 처벌받으면 되네."

"제가 달아나는 것은 상관없지만, 반드시 형님께서 연루될 겁니다."

"동생, 자네는 모르네. 지현은 자네가 그 창녀 같은 년을 때려죽인 것에 앙심을 품고 벼르고 있다네. 이 문서는 자네를 죽이려고 만든 것이라 주부로 끌려가면 반드시 목숨을 잃을 것이네. 내가 자네를 풀어주더라도 죽을죄도 아니고, 게다가 염려할 부모도 없고 가산을 모두 털어 배상에 쓴다 한들 문제없네. 자네는 앞길이 만 리 같이 창창하니 빨리 달아나게!"

뇌횡은 감사하고 후문 오솔길로 달아났고 집으로 돌아와 귀중품만 대충 수습해 노모를 모시고 밤새 양산박으로 달아나 도적이 되었다.

한편 주동은 뇌횡이 쓰고 있던 빈 칼을 풀 속에 던져버리고, 여러 옥졸에게 돌아와 소리쳤다.

"뇌횡이 달아났으니 어쩌면 좋은가?"

모두들 말했다.

"빨리 그놈 집으로 가서 잡읍시다!"

주동은 일부러 한참 동안 시간을 지체하다가, 뇌횡이 멀리 달아났을 즈음에 옥졸들을 이끌고 현 관아로 돌아와 자수했다. 주동이 보고했다.

"소인이 조심하지 않아 길에서 뇌횡을 놓치고 잡지 못했습니다. 어떠한 벌도 달게 받겠습니다."

지현은 본래 주동을 아끼던 터라 그가 뇌횡을 달아나게 했음을 짐작하면서도 처벌에서 벗어나게 해 줄 마음이 있었다. 그러나 백옥교가 상급 관아에 주동이 고의로 뇌횡을 풀어줬음을 고발했다. 지현도 하는 수 없이 주동이 범죄를 저지른 경과와 원인을 제주 관아에 보고했다. 주동의 집안사람이 먼저 제주로 가서 주동이 끌려오기 전에 뇌물을 써서 일을 축소하려 했다. 당청에서 기록된 문건을 심의하니 죄가 명백하여 척장 20대를 때리고 얼굴에 글자를 새겨 창주 유배지로 유배 보냈다. 주동은 단지 행가行枷[28]만을 씌웠으며 두 사람의 공인이 문건을 수령하고 주동을 압송하기 위에 길을 나서자, 집안사람이 의복과 노자를 보내줬고 두 공인에게도 먼저 보살펴달라고 돈을 줬다. 운성현을 떠나 천천히 창주 횡해군으로 향했다. 창주에 도착하여 성으로 들어가 주부 관아로 들어왔는데, 마침 지부가 대청에 올라와 있었다. 두 공인이 주동을 대청 계단 아래로 끌고 와 공문을 올렸다. 지부가 살펴보니 주동이 의젓하고 저속하지 않게 보이는데다 생김새가 대추같이 붉고 아름다운 턱수염이 배를 덮어 지부는 먼저 좋아하는 마음이 생겨 범인을 유배지 군영 감옥에 가두지 말고 지부에서 심부름이나 하도록 지시했다. 즉시 행가를 벗기고 답신을 받은 두 공인은 감사하고 제주로 돌아갔다.

주동은 창주부에 머물며 매일 대청 앞에서 심부름을 했다. 창주 지부 안에서 압변·우후·문자門子[29]·승국·절급·옥졸 등 모두에게 인정을 쓴데다, 주동의 성품이 온화한 것을 보고 모두 그를 좋아했다. 어느 날 본관 지부가 대청에서 안건을 심의하고 있고, 주동이 계단 아래에 서서 시중을 들고 있었다. 지부가 주동을 대청 위로 불러 물었다.

"너는 무엇 때문에 뇌횡을 풀어주고 이곳에 스스로 귀양 왔느냐?"

"소인이 어찌 감히 일부러 뇌횡을 풀어주었겠습니까? 잠시 조심하지 못해 그가 달아난 것입니다."

"그렇다면, 너 또한 이렇게 엄한 벌을 받을 필요가 없지 않은가?"

"고소한 사람이 소인이 일부러 놓아줬다고 고집하기 때문에, 이렇게 엄한 죄로 묻게 된 것입니다."

지부가 물었다.

28_ 행가行枷: 범인을 압송할 때 사용한 나무로 만든 칼.
29_ 문자門子: 여기서는 관부에서 직접 모시는 좌우의 하인을 말한다.

"그럼, 뇌횡은 왜 그 창기를 죽였는가?"

주동이 뇌횡에게 일어났던 전후 사정을 자세하게 얘기했다. 지부가 물었다.

"네가 뇌횡의 효도를 보고, 의협심 때문에 그놈을 일부러 풀어줬지?"

"소인이 어찌 감히 관청을 속이고 상공을 기만하겠습니까?"

한참 이야기를 주고받는데 병풍 뒤에서 어린아이가 나왔다. 나이는 네 살 정도인데 지부의 아들로 단정하고 잘 생겨 지부가 금이야 옥이야 하며 무척 사랑하고 아꼈다. 지부의 아들이 주동을 보고는 달려나와 주동에게 안아달라고 했다. 주동이 아이를 품 안에 안자, 양 손으로 주동의 긴 수염을 잡아당기며 말했다.

"난 이 수염 아저씨랑만 놀 거야."

지부가 말했다.

"애야, 어서 손 놓거라. 말썽 그만 피우거라."

"나 이 아저씨랑만 놀 거야. 나랑 놀러 가자."

주동이 아뢰었다.

"소인이 공자님을 모시고 지부 앞이나 한 바퀴 돌아오겠습니다."

"아이가 자네와 놀고 싶어하는 듯하니 그럼 한 바퀴 돌아오게나."

주동이 아이를 안아 지부 관아 앞으로 나와 좋은 사탕과 과자를 사 먹이고, 한 바퀴 돈 다음에 다시 안고 지부 안으로 돌아왔다. 지부가 아이에게 물었다.

"애야, 어디 갔다 왔니?"

"이 수염 아저씨가 거리 구경시켜주고 놀아줬어. 사탕하고 과자도 사줘서 먹었어."

"자네가 무슨 돈이 있다고 아이를 사 먹이는가?"

"소인의 작은 공경의 뜻입니다. 입에 올릴 만한 것도 아닙니다."

지부가 술을 내오게 하여 주동을 먹였다. 시녀가 은으로 된 술병과 과일 함을 들고 나와 술을 따랐다. 주동에게 권하자 연거푸 석 잔을 마셨다. 지부가 말했다.

"아이가 다음에도 자네와 나가서 놀자고 하면 마음대로 나가서 놀아주게."

"은상의 분부를 받들겠습니다. 어찌 감히 거스르겠습니까?"

이때부터 시작해 매일 아이와 함께 거리로 나가 놀았다. 주동은 주머니에 가진 돈이 조금 있어 지부가 기뻐하는 것을 보고 아이에게 들어가는 것들은 전부 자신이 지불했다.

어느덧 반달이 지나 7월 15일 우란분盂蘭盆[30] 대재大齋 날이 왔는데, 해마다 곳곳에서 강물에 연꽃등을 띄워 죽은 사람을 제도하는 날이었다. 그날 저녁 시녀 유모가 대청 안에서 불렀다.

"주 도두, 아이가 오늘 밤 강물에 등을 띄우는 것을 보고 싶어 합니다. 부인께서 아이를 안고 가서 구경하고 오라고 분부하십니다."

"소인 다녀오겠습니다."

머리는 두 갈래로 땋아 구슬 장식을 뿔처럼 묶고 녹색 적삼을 입은 아이가 안에서 달려나왔다. 주동은 어깨 위에 아이를 태우고 관아 문 앞으로 돌아 나와 강물에 띄우는 연꽃등을 구경하기 위해 지장사地藏寺[31]로 향했다. 그곳에 도착하니 초경 무렵이었다.

종소리 들려오고 안개는 자욱한데, 깃발은 이리저리 나부끼는구나. 향로에는 갖가지 향[32]이 타고 있고, 쟁반에는 여러 가지 소식이 담겨 있네. 금저金杵[33] 쥐고 있는 승려는 진언眞言을 암송하며 망령을 제도하고, 사람들은 은전銀錢을 늘

30_ 우란분盂蘭盆: 불교어. 전설에 따르면 목련존자가 부처님의 말씀을 따라 음력 7월 15일에 돌아가신 어머니를 아귀餓鬼의 고통에서 구원하기 위해 다섯 가지 과일(복숭아·자두·살구·밤·대추)을 차려 놓고 공양하던 재齋를 말한다. 나중에 먼저 간 가족을 천도하는 재일로 변했다.

31_ 지장사地藏寺: 지장보살을 공양하는 사원을 말한다.

32_ 원문은 '백화명향百和名香'인데, 백화향百和香은 백합향百合香으로 백 가지 종류의 향으로 만든 것을 말한다. 즉 많은 종류의 향을 말한다.

33_ 금저金杵: 불교 전설에서 악귀를 굴복시키는 병기다.

어놓고 상복을 걸치고는 떠도는 넋을 승천시키누나. 공덕의 전당에는 음사陰司34의 팔난삼도八難三塗35가 그려져 있고, 절은 엄숙함으로 둘러싸여 있으며 지옥의 사생육도四生六道36가 늘어서 있네.

鐘聲杳靄, 幡影招搖. 爐中焚百和名香, 盤內貯諸般素食. 僧持金杵, 誦眞言薦拔幽魂; 人列銀錢, 挂孝服超升滯魄. 合堂功德, 畫陰司八難三塗; 繞寺莊嚴, 列地獄四生六道. 楊柳枝頭分淨水, 蓮花池內放明燈.

주동이 아이를 목마 태우고 절을 한 바퀴 둘러본 뒤에 수륙당水陸堂37 방생연못 옆에서 등 띄우는 것을 구경했다. 아이가 난간에 올라 구경하며 웃고 놀았다. 그런데, 어떤 사람이 뒤에서 주동의 소매를 당기며 말했다.

"형님, 잠시 드릴 말씀이 있으니 이리 오시죠."

주동이 고개를 돌아보니 뇌횡인지라 깜짝 놀라 아이에게 말했다.

"공자님, 내려와 잠시 여기 앉아계세요. 제가 사탕을 사올 테니 절대로 다른 곳으로 가면 안 됩니다."

"빨리 갔다 와. 다리 위에서 등 구경하고 있을게."

"곧 올게요."

몸을 돌려 뇌횡에게로 가서 물었다.

"동생은 여기에 어쩐 일인가?"

34_ 음사陰司: 저승의 지부라는 의미인데, 현세의 정부라 할 수 있다. 음陰은 저승 지부이고 사司는 사법 행정을 가리킨다.

35_ 팔난삼도八難三塗: 팔난八難은 부처를 볼 수 없고 법문도 들을 수 없는 여덟 가지 어려움을 말한다. 삼도三塗는 삼악도三惡道로 화도火途(지옥도地獄道)·혈도血途(축생도畜生道)·도도刀途(아귀도餓鬼道)를 말한다.

36_ 사생육도四生六道: 천하의 중생은 네 종류로 나눌 수 있는데, 태생胎生·묘생卵生·습생濕生·화생化生이다. 육도六道는 중생들이 윤회하는 여섯 가지 길을 말한다. 천도天道·인도人道·아수라도阿修羅道·축생도畜生道·아귀도餓鬼道·지옥도地獄道다.

37_ 수륙당水陸堂: 불교 법령을 거행하는 재당齋堂.

268

뇌횡이 주동을 조용한 곳으로 끌고 가서는 절하며 말했다.

"형님께서 목숨을 구해주셔서 노모를 모시고 고향을 떠났지만, 마땅히 갈 곳이 없어서 송 공명이 계신 양산박으로 달려가 도적이 되었습니다. 제가 형님의 은덕을 말씀 드렸더니, 송 공명 역시 지난 날 형님께서 베풀어주신 은혜를 크게 생각하고 계셨습니다. 조 천왕과 여러 두령도 모두 감격하여 특별히 오 군사와 함께 형님을 살피러 왔습니다."

"오 선생은 지금 어디 계신가?"

뒤에서 오 학구가 돌아나오며 말했다.

"여기 있습니다."

대답하자마자 절을 올렸다. 주동이 황급히 답례하며 물었다.

"오랫동안 뵙지 못했습니다. 선생께서는 평안하신지요?"

"산채에 여러 두령이 안부를 전해달라고 했고 이번에 저와 뇌 도두를 특별히 보내 주형을 산채로 모셔 대의를 함께하고자 합니다. 이곳에 온 지 여러 날이 지나도록 만나뵙지 못했는데, 오늘 밤에야 기다린 보람으로 만나게 되었습니다. 주형께서 저희와 함께 산채로 가서서 조개·송강 두 두령의 뜻을 채워주시기를 청합니다."

주동이 듣고서 한참 동안 대답을 못하고 망설이다 말했다.

"선생 말씀은 틀렸습니다! 남들이 들으면 좋지 않을 테니 그런 말씀은 그만 하시지요. 뇌횡 동생은 죽어야만 하는 죄를 지었기에, 제가 의협심 때문에 풀어준 것이고 또한 그는 곤경에서 벗어날 수 없는 상황이라 도적이 되었습니다. 그러나 저는 뇌횡을 위해 이곳으로 유배 왔지만, 하늘이 가련하게 보시어 어떻게든 1년 정도만 지내면 돌아가 다시 양민이 될 것입니다. 그런데 제가 어떻게 이런 일을 하려 하겠습니까? 두 분께서는 어서 돌아가십시오. 이곳에 혹시 말썽이라도 일어난다면 좋지 않습니다."

뇌횡이 말했다.

"형님이 여기에 있으면서 사람들 밑에서 시중이나 들어야 하는데 대장부 남자가 할 짓이 아닙니다. 제가 산에 오르도록 권하는 것이 아니라 조개·송강 두분이 형님을 바란 지 이미 오래되었습니다. 더 이상 지체마시고 가시지요."

"동생, 그게 무슨 소리인가? 내가 자네 모친이 두려워할까 봐 자네를 풀어준 것을 왜 생각지도 않고 오늘 자네가 불쑥 이렇게 와서 나를 불의에 빠뜨리려 한단 말인가!"

오용이 말했다.

"도두께서 이미 가시지 않겠다니 우리는 이만 작별하고 돌아가야겠습니다."

주동이 말했다.

"제 이름으로 여러 두령님께 아뢰어주시기 바랍니다."

셋이 함께 다리로 돌아왔다.

주동이 다리 옆으로 돌아왔는데 아이가 보이지 않았다. '큰일났다'를 연발하며 찾아다녔으나 어디에도 보이지 않았다. 그때, 뇌횡이 주동을 잡아끌었다.

"형님 찾지 마시오. 내가 사실은 두 사람을 더 데리고 왔는데 형님이 가지 않겠다고 하니까 아이를 데리고 간 것 같소이다. 같이 가서 찾아봅시다."

"동생, 장난 말게! 이 아이는 상공의 목숨과 같은데, 나한테 맡긴 것이라네."

"형님, 저를 따라오시죠."

하는 수 없이 주동은 뇌횡과 오용을 따라 지장사를 떠나 성 밖으로 나갔다. 주동은 당황하며 다급하게 물었다.

"자네 형제들이 아이를 안고 어디로 갔단 말인가?"

"형님이 따라만 오면 아이를 돌려드리겠습니다."

"시간이 많이 늦으면 지부 상공께 혼날 텐데."

오용이 말했다.

"내가 데리고 온 두 사람이 사리를 구분 못하는 자라 곧장 우리가 거처하는 곳으로 갔을 겁니다."

"같이 왔다는 그 사람 이름이 뭔가?"

뇌횡이 대답했다.

"저는 잘 모르지만 흑선풍 이규라고 들었습니다."

주동이 깜짝 놀라며 말했다.

"혹시 강주에서 사람들을 죽인 이규가 아닌가?"

오용이 말했다.

"바로 그 사람입니다."

주동이 발을 동동 구르고 '아이고'를 부르짖으며 서둘러 쫓아갔다. 성에서 대략 20여 리쯤 걸어갔는데, 갑자기 앞에서 이규가 나타나 소리 질렀다.

"나 여기 있소."

주동이 앞으로 달려가 물었다.

"아이는 어디에 두었소?"

이규가 인사하며 말했다.

"절 받으시오, 절급 형님. 아이는 안에 있소이다."

"당신 좋게 말하는데 아이를 돌려주시오."

이규가 자기 머리를 가리키며 히죽거렸다.

"아이 머리 장식 술이라면 내 머리 위에 있소."

주동이 이규의 모습을 보고는 아이가 어디에 있는지 다시 물었다.

"내가 마취약을 입에 묻히고 안아서 성을 빠져나왔는데 아직도 저 숲속에서 자고 있으니 가서 보시오."

주동이 얼른 밝은 달빛에 의지해 숲으로 달려 들어가 찾아보니, 아이가 땅 위에 엎어져 있는 게 보였다. 주동이 손으로 부축해 안으려는데 머리가 두 쪽으로 쪼개져 이미 죽은 상태였다.

주동이 걷잡을 수 없는 분노로 숲에서 뛰어나왔으나 세 사람이 보이지 않았다. 사방을 미친 듯이 찾고 있는데 흑선풍이 멀리서 쌍 도끼를 두드리며 소리 질렀다.

"여기야! 와봐! 와보라고!"

주동은 화가 머리끝까지 치솟아 올라 죽을 각오로 적삼을 꽉 동여매고 달려 갔다. 이규가 몸을 돌려 달아나니 주동이 뒤에서 쫓아갔다. 이규는 산을 가로지르고 고개를 뛰어 넘는 것에 익숙한 사람이라 주동이 어찌 쫓아가겠는가? 먼저 숨을 헐떡거리며 멈춰 섰다. 이규가 앞에서 또 소리쳤다.

"와! 와보라니까! 어서 와!"

주동은 한 입에 이규를 삼키지 못하는 것이 한스러웠지만 도저히 따라 잡을 수 없었다. 쫓고 쫓기는 중에 날은 점점 밝아졌다. 앞에서 급히 쫓으면 빨리 달아나고 천천히 쫓으면 천천히 걸어가니 주동이 어떻게 해볼 도리가 없었다. 이규가 어떤 커다란 장원으로 들어가는 게 보이자 주동이 혼자 중얼거렸다.

'저놈이 저기에 드디어 멈췄으니 가만 내버려두지 않겠다.'

주동이 장원 안으로 달려 들어가 대청 앞으로 가니 양 쪽에 많은 무기가 꽂혀 있었다.

'필시 관리의 집 같은데……'

감히 더 이상 들어가지 못하고 멈추어 서서 크게 소리 질렀다.

"안에 누구 없습니까?

병풍 뒤에서 한 사람이 돌아나오는데, 그 사람은 누구인가? 바로 다음과 같다.

대대로 금지옥엽金枝玉葉 황족의 자손이고, 선대의 황제 후손이라네. 단서철권 가문을 지켜주고, 널리 현명한 이 불러들여 명성을 떨치누나. 화목한 분위기 가득하도록 손님 대접하고, 돈을 물 쓰듯 하면서도 온 얼굴이 따사로운 봄날 같네. 맹상군처럼 문무에 능한 그는 소선풍으로 총명한 시진이로다.

累代金枝玉葉, 先朝鳳子龍孫. 丹書鐵券護家門, 萬里招賢名振. 待客一團和氣, 揮金滿面陽春. 能文會武孟嘗君, 小旋風聰明柴進.

나온 사람은 바로 소선풍 시진이었다.

"누구시오?"

주동이 바라보니 사람됨이 위풍당당하고 수려했다. 주동은 황급히 예를 올리며 대답했다.

"소인은 운성현에 절급 노릇을 하던 주동이라 하는데 죄를 저질러 이곳으로 유배 왔습니다. 어제 저녁 지부의 아드님과 강에 등 띄우는 행사를 구경하러 왔는데 흑선풍이 공자를 살해했습니다. 지금 어르신 장원으로 달아났기에 그놈을 체포하여 관아로 끌고 갈 수 있도록 도와주시기 바랍니다."

"미염공이셨군요, 잠시 들어와 앉으시죠."

"소인이 감히 관인의 성함을 물어도 괜찮겠습니까?"

"이름은 시진이고 소선풍이라 하오."

"시 대관인의 크신 이름은 오래 전부터 들어 알고 있습니다."

그러고는 얼른 절하며 또 말했다.

"뜻하지 않게 오늘 뵙게 되어 영광입니다!"

"미염공 명성 또한 이전부터 들어 알고 있소. 후당으로 들어오셔서 얘기나 합시다."

주동이 시진을 따라 안으로 들어갔다. 주동이 말했다.

"흑선풍 그놈이 어떻게 감히 어른의 장원으로 숨어들었습니까?"

"삼가 아룁니다. 소인이 강호의 호걸과 사귀기를 좋아합니다. 집안 조상께서 진교양위陳橋讓位[38]의 공이 있어 선조 때 단서철권丹書鐵券[39]을 하사받았습니다.

38_ 진교양위陳橋讓位: 960년 송 태조 조광윤이 개봉開封 부근 진교역陳橋驛에서 황제로 추대되었는데, 개봉에 입성하여 어린 시종훈柴宗訓으로부터 황제를 선양받았다. 이것을 진교병변陳橋兵變 또는 진교의 변陳橋之變이라고 한다.

죄를 지은 사람이라도 우리 집에 숨어들면 어느 누구도 감히 잡아갈 수 없습니다. 근래에 친한 벗이 있었는데, 그대하고도 옛 친구가 되는데 지금은 양산박에서 두령을 하고 있는 급시우 송강이라고 불리는 사람이 편지 한 통을 보냈습니다. 오 학구, 뇌횡, 흑선풍을 이 장원에 있게 해달라고 했는데 당신을 산으로 청해 대의를 위해 함께 하기 위함이라고 했소. 그렇지만, 그대가 따르지 않으려 하니 일부러 이규에게 지부 아들을 죽이라고 했소. 먼저 그대가 돌아갈 길을 끊어 산에 올라 두령이 되게 하려는 것이외다. 오 선생·뇌횡은 어찌하여 나와서 사과하지 않는 것이오?"

오용과 뇌횡이 옆쪽 다락방에서 나오며 주동에게 절을 하며 말했다.

"형님, 죄를 용서해주십시오! 모두 송강 형님께서 분부하신 것입니다. 산채에 가시면 분명하게 알게 되실 겁니다."

주동이 말했다.

"당신 형제들이 호의로 했다고는 하지만 이건 너무 독하지 않소!"

시진이 곁에서 온힘으로 권했다. 주동이 말했다.

"내가 갈 땐 가더라도, 흑선풍 이놈 낯짝은 봐야겠소!"

시진이 말했다.

"이형, 빨리 나와 사과하시오."

이규 또한 옆에서 나와 큰 소리로 인사했다. 주동이 보자마자, 마음속의 사나운 분노가 삼천 장이나 치솟아 올라 도저히 억누를 수 없어 몸을 일으켜 달려들어 이규와 목숨 걸고 싸우려 했다. 시진·뇌횡·오용 세 사람이 사력을 다해 말렸다. 주동이 말했다.

"만일 나를 산에 오르게 하려면, 한 가지 조건을 들어주시오. 들어주지 않으

39_ 단서철권丹書鐵券: 단서丹書는 주사朱砂로 글자를 쓰는 것이고, 철권鐵券은 철제로 만든 증빙을 말한다. 황제가 공신들을 표창하기 위해 수여한 일종의 서약하는 문서 증빙이다. 공신의 자손들이 면죄 특권을 누릴 수 있도록 보장하는 것이다.

면 가지 않겠소."

오용이 말했다.

"한 가지가 아니라, 열 가지라도 마다 않고 해주겠소. 그래, 그것이 뭔지 들어 봅시다."

주동이 그 요청을 말했기에 나누어 서술하면, 고당주高唐州에 큰 소동이 일어나고 양산박이 출동하게 되었다. 그야말로, 현명한 황제의 친척이 형법으로 처벌받게 되고 손님 좋아하는 황친이 흙구덩이에 묻히게 되었다.

결국 주동이 무슨 말을 꺼내는지는 다음 회에 설명하노라.

여근두驢筋頭

본문에 백수영의 아비인 배옥교가 뇌횡에게 "뇌도두雷都頭가 아니라 여근두驢筋頭가 더 무섭다"라고 욕하는 내용이 있는데, 이것은 뇌 도두 뇌횡을 당나귀의 생식기에 비유한 말이다. 『수호전보증본』에 따르면 "예로부터 지금까지 허난성과 산둥성 두 지역에서 '雷(lei, 뢰)'와 '驢(lu, 려)'가 음이 같은 적이 없었다. 그러나 장빙자오張丙釗 선생이 조사한 바에 근거하면, 장쑤성 북부 싱화興化 동남쪽에서 타이저우泰州 주변 일대에서는 '雷'와 '驢' 두 글자는 같은 음이다. '雷'와 '驢'가 음이 같기에 '뇌도두雷都頭'와 '여도두驢都頭'는 음이 같고, 다시 '여근두驢筋頭'에 결부시킨 것은 자연스러운 것이다.(『명청소설연구明清小說研究』 2집) 백옥교가 비록 동경 사람이기에 응당 헷갈려서는 안 되지만 항상 강호를 다니면서 이런 방언을 이해하고 있으므로 입에서 나온 것이다"라고 했다.

【 제52회 】

뜻
하
지
않
은
위
기[1]

한편 주동이 사람들에게 말했다.

"나를 산채로 데려가려 한다면 흑선풍을 죽이시오. 이 울분을 풀어준다면 시키는 대로 하겠소."

이규는 듣고서 크게 화를 냈다.

"야! 너는 좆같이 나만 물고 늘어지냐! 조개·송강 두 형님이 군령을 내려 시키는 대로 한 일인데 왜 나한테 그래!"

주동이 격분하여 다시 이규와 싸우려들자 세 사람이 다시 말렸다. 주동이 말했다.

"양산박에 흑선풍이 있으면 난 죽어도 산에 오르지 않겠소!"

시진이 말했다.

"그것은 어려울 것 없소. 내게 좋은 방도가 있소. 일단 이형만 여기에 남으시

1_ 제52회 제목은 '李逵打死殷天錫(이규가 은천석을 때려죽이다). 柴進失陷高唐州(시진이 고당주에서 함정에 빠지다)'다.

면 됩니다. 조개와 송강 두 분의 뜻대로 세 분께서는 산에 오르시지요."

주동이 말했다.

"일이 이 지경이 됐으니, 지부가 반드시 공문을 운성현으로 보내 소인의 처자식을 잡아들이려 할 텐데 어찌하면 좋겠소?"

오 학구가 말했다.

"걱정 마십시오. 때 맞춰 송 공명께서 이미 가솔들을 산으로 모셨을 것이오."

주동이 비로소 마음을 놓았다. 시진이 술대접을 했고 세 사람은 그날로 양산박으로 갔다. 세 사람은 저녁 무렵에 시 대관인 장원을 나왔고, 시진은 장객에게 말 세 필을 준비시켜 관문 바깥까지 나와 배웅했다. 작별을 앞두고 오용이 다시 이규에게 당부했다.

"자네 조심해야 하네. 대관인의 장원에서 얼마를 머물지 모르겠으나 함부로 말썽을 일으켜 사람들을 괴롭혀서는 절대로 안 되네. 몇 달 정도 기다렸다가 저 사람의 화가 누그러지면 그때 자네를 산채로 돌아오게 하겠네. 대략 그때 시 대관인을 청하여 함께 입산하도록 할 것일세."

세 사람은 말을 타고 떠났다.

시진과 이규는 장원으로 돌아왔다. 주동은 도적에 가담하기 위해 오용과 뇌횡을 따라 양산박으로 갔다. 어느 정도 배웅하다가 창주 경계를 벗어날 즈음 장객들이 말을 끌고 돌아가고, 세 사람은 양산박을 향해 길을 잡았다. 도중에 별일 없이 일찌감치 주귀의 객점에 도착했다. 먼저 사람을 시켜 산채에 보고하자 조개와 송강이 크고 작은 두령들을 이끌고 요란하게 북치고 피리 불며 일행을 맞이하러 금사탄까지 내려왔다. 모두들 인사를 나눈 뒤에 각자 말을 타고 산 위로 올라갔다. 대채 앞에서 말에서 내리고 취의청에 올라 지나간 옛 일들을 이야기하다가 주동이 말했다.

"이 동생은 지금 얼떨결에 부르심을 받아 산채에 왔지만 창주 지부가 제 가족을 체포하라는 공문을 분명히 운성현으로 보냈을 텐데 어찌하면 좋겠습니까?"

송강이 크게 웃으면서 말했다.

"주형은 안심하시오. 형수와 자제들이 이곳에 온 지 벌써 여러 날입니다."

"지금 어디에 있죠?"

"제 아버님이 계신 곳에 모시고 있으니 형께서 가서서 안부를 물으시죠."

주동이 크게 기뻐했다. 송강이 주동을 데리고 송 태공 거처로 가서 보니 가족뿐만 아니라 귀중품 보따리도 모두 와 있었다. 주동 아내가 말했다.

"며칠 전에 어떤 사람이 서신을 가지고 왔는데 당신이 이미 산채에 들어가 도적이 되었다고 알렸습니다. 그래서 짐을 꾸려서 밤사이 이곳에 도착했습니다."

주동이 여러 두령에게 예를 갖춰 감사했다. 송강은 주동과 뇌횡을 산 정상 아래 산채로 초청했다. 술자리를 마련하여 연일 새로운 두령을 경축했음은 말할 필요가 없다.

한편 창주 지부는 밤늦도록 주동이 아들을 데리고 돌아오지 않자 한밤중에 사방으로 사람을 보내 찾게 했다. 이튿날 어떤 사람이 숲속에서 죽은 아들을 발견하고 지부에게 알렸다. 소식을 들은 부윤은 크게 노하여 직접 숲속에 가서 보고 비통해 마지않으며 관을 준비하고 화장했다. 다음날 대청에 올라 즉시 공문을 발송하여 모든 곳을 뒤져서라도 범인 주동을 체포하게 했다. 운성현에도 친히 서면으로 통보하여 주동의 처자식과 일가를 잡아들이게 했으나 이미 달아나 행방을 알지 못했다. 각 주와 현에 공문을 내려 상금을 걸고 체포하게 했다.

한편, 이규는 시진의 장원에서 한 달 넘게 머무르고 있었다. 어느 날 어떤 사람이 편지 한 통을 들고 황급히 장원으로 달려오는 것을 보았다. 시 대관인이 맞이하여 편지를 읽더니 크게 놀라며 말했다.

"일이 이미 이렇게 되었다면 내가 가는 수밖에 없구나."

이규가 물었다.

"대관인, 무슨 급한 일이라도 생겼습니까?"

"내게 시 황성柴皇城2이라는 숙부님이 계신데 고당주高唐州3에 거주하시네. 지금 본주 지부 고렴高廉의 처남 은천석殷天錫이라는 놈이 화원을 강제로 빼앗으려고 하여 화병에 걸려 병상에 누워 계신다고 하네. 지금 생명이 위태로워 유언이 있다고 나보고 오라 하시네. 숙부께서는 자녀가 없으시니 아무래도 내가 직접 가봐야겠네."

"나리께서 가신다면 저도 따라가면 어떻습니까?"

"형이 가겠다면 함께 가지요."

시진이 바로 짐을 꾸리고 10여 필의 좋은 말을 골라 여러 명의 장객을 데리고 가기로 했다. 다음날 5경에 일어나 시진, 이규와 수행원들 모두 말에 올라 장원을 떠나 고당주로 향해 달렸다. 하루도 안 돼 고당주에 이르렀고 성으로 들어가 곧바로 시 황성 저택 앞에 도착하여 말에서 내렸다. 이규와 장객들은 대청 바깥방에서 기다리게 했다. 시진이 침실로 들어가 숙부를 살펴봤다.

얼굴은 황금 종이 같이 누렇고, 몸은 마른 장작처럼 말랐네. 삼혼칠백三魂七魄이 유유히 떠나려는지, 실낱같은 가는 숨만 붙어 있구나. 입은 꽉 다물었고 며칠째 물 한 모금도 입에 대지 못했으며, 복부는 부어오르고 온종일 환약 한 알조차도 넘기기 어렵네. 상문신과 문상객이 이미 따라오니, 편작扁鵲4 같은 명의

2_ 황성皇城: 황성사皇城使로 황성을 호위하는 관원이다. 황궁 문의 출입과 금령을 관장했다. 송나라 휘종 정화政和(1111~1117) 연간 때 무공대부武功大夫로 바뀌었다. 이런 요직을 망국의 황족이 담당했다는 것은 오류다.

3_ 고당주高唐州: 지금의 산둥성 가오탕高唐.『수호전전교주』에 따르면 "정목형의『주략』에서 이르기를 '고당주는 오대 때 어구魚丘라 했고, 또 제성齊城으로 바꾸었다. 송나라 제도에서는 복주濮州에 속했다'고 했다."

4_ 편작扁鵲은 전국시대 때 명의로 제나라와 조나라를 떠돌다가 진나라로 들어갔다. 진맥 의술을 창시했다.

도 손쓰기 어렵게 되었구나.

面如金紙, 體似枯柴. 悠悠無七魄三魂, 細細只一絲兩氣. 牙關緊急, 連朝水米不沾唇; 心膈膨脹, 盡日藥丸難下肚. 喪門吊客已隨身, 扁鵲盧醫難下手.

시진이 침실로 들어가 숙부를 살펴보고는 침상 앞에 앉아 서럽게 통곡했다. 시 황성의 후처가 와서 시진을 달랬다.

"대관인께서 말을 달려오시느라 쉽지 않은 고생길이었을 텐데 먼저 이곳으로 오셨군요. 너무 걱정하지 마십시오."

시진이 인사를 마치고 그간의 사정을 물었다. 후처가 대답했다.

"이곳에 고렴高廉이란 자가 신임 지부 겸 본주 병마로 부임했는데 동경 고 태위와는 당형제라는데 고 태위의 권세에 기대어 이곳에서 못하는 짓이 없습니다. 게다가 처남 은천석殷天錫이란 놈을 데리고 왔는데 사람들이 모두 은 직각殷直閣[5]이라고 부릅니다. 나이도 어린 놈이 매형의 권세에 기대어 제멋대로 행동하며 사람들을 해치고 있지요. 그놈한테 알랑거리는 아첨꾼이 우리 집 뒤뜰에 화원이 있는데 연못의 정자가 보기 좋게 지어졌다고 이야기한 모양입니다. 그놈이 간사하고 불량한 놈들 20~30명을 데리고 집에 들어와 뒤뜰을 구경하더니 우리를 쫓아내고 자기가 와서 살려고 했습니다. 황성께서 그놈에게 말씀하셨지요. '우리 집안은 황족의 후손으로 선대부터 단서철권이 문에 걸려 있어 누구도 업신여기거나 함부로 할 수 없소. 그대가 어찌 감히 우리 집을 강탈하여 점용할 수 있는가? 내 가족더러 어디로 가란 말인가?' 그렇게까지 했는데도 그놈은 듣지도 않고 우리를 쫓아내려고만 했습니다. 황성께서 그놈을 잡아당기다 도리어 그놈에게 떠밀리고 구타까지 당했습니다. 결국 분함을 머금고 앓아누워 일어나

5_ 직각直閣은 관직 명칭으로 용도각龍圖閣, 비각祕閣 등 기구의 인원으로 직각이라 한다. 여기서는 귀공자를 가리키는 것으로 반드시 직각의 직분을 가지고 있는 것은 아니다.

지 못하고 계십니다. 음식도 드시지 못하고 약을 써도 효과가 없으니 아무래도 곧 돌아가실 것 같습니다. 오늘 대관인이 이렇게 오셨으니 황성께서 돌아가시더라도 그나마 걱정을 덜었습니다."

"숙모님께서는 안심하십시오. 우선 용한 의원을 불러 숙부님을 치료해주십시오. 소송이 벌어지게 되면, 이 조카가 사람을 창주 집으로 보내 단서철권을 가져오게 한 뒤에 그놈과 따지겠습니다. 관아에 고발하고 황제께 상소도 올릴 터이니 그놈을 두려워하실 필요는 없습니다!"

"황성께서 하는 일은 되는 일이 하나도 없더니, 역시 대관인께서는 이치에 맞게 하시는군요."

시진은 숙부의 상태를 한 번 더 살펴본 뒤, 이규와 데리고 온 장객들에게 상세한 정황을 설명했다. 이규가 듣고서는 펄쩍 뛰며 말했다.

"이런 도리도 모르는 나쁜 놈이 있나! 여기 있는 내 큰 도끼 맛 좀 보여주고 다시 이야기합시다!"

"이형, 잠시 화를 거두시오. 그런 무식한 놈이랑 싸워 무엇 하겠소? 그놈이 비록 권세를 믿고 사람을 괴롭히지만 우리 집에는 태조황제께서 보호하라고 명하신 성지聖旨(황제가 내린 명령)가 있습니다. 여기에서는 그와 따질 수 없고 동경에 가야 그보다 높은 사람이 있으니 명명백백한 법률에 따라 그와 송사를 벌여야겠소!"

"법률은 무슨 빌어먹을 법률! 법률대로 됐으면 천하가 이렇게 어지러워졌겠어! 나 같으면 먼저 박살을 내놓고 나서 따지든가 말든가 하겠다! 그 자식이 만약 고소한다면 좆같은 관리까지 한꺼번에 대가리를 찍어버리고 말겠다!"

시진이 웃으면서 말했다.

"주동이 당신에게 죽기 살기로 덤비면서 얼굴도 맞대지 않으려 하던 심정을 이제야 알겠소. 여기는 법두가 엄한 성안인데, 어떻게 산채처럼 제멋대로 행동할 수 있겠소?"

"성안이면 어쩌라고? 강주 무위군에서는 내 맘대로 죽이지 못했을 것 같아?"

"내가 상황을 보고 형을 써야할 때가 되면 그때 청하리다. 일단 방에 앉아계시오."

얘기하고 있는 사이에 안쪽에서 첩실이 서둘러 와서 황성께서 대관인을 보고 싶어 한다는 말을 전했다.

시진이 누워 있는 침상 앞으로 가자 황성이 두 눈에 눈물을 흘리며 시진에게 말했다.

"조카는 기개가 당당하니 조상을 욕되게 하지 말거라. 내가 지금 은천석에게 맞아죽지만 나와의 혈육 관계를 봐서라도 직접 편지를 들고 동경으로 가서 어가를 막고 고소하여 내 원수를 갚아다오. 그렇게만 된다면 죽어서도 조카의 은혜를 잊지 않겠다. 몸조심 또 몸조심하거라! 내 당부를 잊지 말아다오!"

말을 마치자마자 숨이 끊어졌다. 시진은 한바탕 통곡했고 후처는 시진이 혼절할까 두려워 울음을 그치도록 설득했다.

"대관인, 슬퍼하시는 것은 훗날도 있으니 앞으로의 일을 생각해야지요."

"단서丹書가 집에 있는데 가져오지 않았습니다. 동경에 가지고 가서 송사를 해야 하니 밤을 새서라도 사람을 시켜 가져오게 해야겠습니다. 먼저 숙부님의 시신은 관과 곽을 준비해 염하고 상복을 입은 뒤에 다시 상의하지요."

시진은 관제에 따라 내관과 곁 곽을 준비했고 의례에 따라 위패를 배치했다. 가문 전체가 가장 중한 상복6을 입고 친족 간의 위아래 모두가 곡을 하고 애도했다. 밖에 있던 이규가 집 안에서 나오는 곡소리를 듣고는 두 주먹을 불끈 쥐고 단단히 벼르고 있었다. 하인들에게 물었으나 아무도 말하려 하지 않았다. 저택 안에서는 승려를 불러 제도의식을 거행했다.

사흘째 되는 날, 은천석이 제멋대로 날뛰는 말을 타고 건달 20~30여 명과

6_ 원문은 '중효重孝'인데, 가장 중한 상복으로 부모가 세상을 떠난 뒤에 자녀들이 입는 상복과 같다.

함께 탄궁·쇠뇌·취통吹筒7·공·점간粘竿8·악기 등을 들고, 성 밖에서 한바탕 놀아 술을 절반쯤 취하도록 마셨다. 돌아오는 길에 거짓으로 머리꼭지까지 취한 척하면서 시 황성 저택으로 왔다. 말고삐를 잡아당겨 세우고 안에다 집사보고 나오라고 소리 질렀다. 시진이 듣고서 상복을 걸친 채 서둘러 나왔다. 은천석이 말을 탄 채 물었다.

"너는 이 집안 뭐하는 놈이냐?"

"소인은 시 황성 조카 시진입니다."

"내가 지난 날 집을 이사 가라고 분부했거늘 어찌하여 내 말을 따르지 않느냐?"

"숙부가 병이 나서 감히 움직일 수 없었습니다. 간밤에 고인이 되셨으므로 사십구일재가 지나면 나가겠습니다."

"헛소리 마라! 내가 기한을 3일 줄 테니 집을 비워야 한다. 3일이 지나도 비우지 않으면 먼저 네놈부터 칼을 씌워 한 백대 곤장을 먹일 테다!"

"직각 나리 이렇게 함부로 대하지 마시오! 우리 가문은 황제의 자손으로 선대 때 단서철권을 하사받았는데 누가 감히 공경하지 않는단 말이오?"

"그럼 어디 한번 보자!"

"지금 창주 집에 있는데 이미 사람을 보내 가지러 갔소."

은천석이 크게 화를 냈다.

"이놈이 헛소리를 하는구나! 단서철권이 있다 해도 나는 두렵지 않다! 여봐라 이놈을 두들겨 패라!"

건달들이 막 때리려고 했다. 그때 흑선풍 이규는 문틈으로 엿보고 있다가 시진을 때리라고 고함치는 소리를 듣고는 방문을 세차게 열고 크게 고함지르더니

7_ 취통吹筒: 사냥 도구, 고대 관악기의 하나로 새와 짐승을 유인하여 잡을 때 사용.

8_ 점간粘竿: 대나무 장대 끝에 풀을 바른 새를 잡을 때 쓰는 도구다.

곧장 달려가 은천석을 말 아래로 끌어내려 한 방 갈겼다. 건달 20~30여 명이 앞 다퉈 그를 구하려 했으나 이규가 주먹을 들어 5~6명을 때려눕히니 와아 소리 지르며 뿔뿔이 흩어졌다. 다시 은천석을 일으켜 세워 주먹질과 발길질로 더욱 세게 두들겼다. 시진이 그만두게 뜯어 말렸으나 애석하게도 은천석은 이미 죽은 상태였다.[9] 여기에 증명하는 시가 있다.

권세 믿는 악독하고 포악한 놈, 어찌 하늘의 이치 피하기 어려움 알겠는가.

흉악한 이규 대적할 자 없으니, 염라 만나지 않고는 용서치 않으려 하네.

慘刻侵謀倚橫豪, 豈知天理竟難逃.

李逵猛惡無人敵, 不見閻羅不肯饒.

이규가 은천석을 때려죽이자 시진은 '아이고'를 연발하며 이규를 후당으로 데려가 상의했다.

"눈으로 직접 본 사람이 여기 여럿이니 형은 여기에 발붙이고 살 수 없소. 송사는 내가 대충 얼버무릴 테니 형은 빨리 양산박으로 달아나시오."

"내가 도망가면 대관인이 연루되잖아."

"내게는 단서철권이 있어 보호받지만 형은 가야 하오. 지체해서는 아니 되오."

이규는 쌍 도끼를 쥐고 노자를 챙겨 후문을 나와 양산박으로 달아났다.

얼마 되지 않아 200여 명이 각자 칼, 창과 몽둥이를 들고 시 황성의 집을 에워쌌다. 시진이 이규를 체포하러 온 것을 보고 나가 말했다.

"내가 함께 관아로 가서 해명하리다."

9_ '복유상향伏惟尚饗'이다. 옛날에 대부분 서신이나 제문祭文에 사용한 기도문이다. 죽은 자가 제품祭品을 누리기를 바라는 의미다. 여기서는 사람이 이미 죽었음을 의미한다.

사람들이 우선 시진을 포박하고 집으로 들어가 시커멓고 흉악한 사내를 찾았으나 보이지 않자 시진만 관아로 결박해 끌고 가서 대청 아래에 무릎을 꿇렸다. 지부 고렴은 처남 은천석이 맞아 죽었다는 소리를 듣고는 대청에서 원한에 사무쳐 이를 갈고 있는 중이었다. 시진이 끌려오자 우선 대청 계단 아래에 뒤집어놓고 고함을 질렀다.

"네놈이 감히 우리 은천석을 때려죽였나?"

"소인은 시세종 직계 자손으로 선대 태조께서 집안에 하사하신 단서철권이 창주 제 거처에 있습니다. 숙부 시 황성께서 병환이 깊어 만나보러 왔으나 불행하게도 돌아가셔서 집안에서 초상을 치르고 있었습니다. 그런데 은 직각께서 사람 20~30명을 이끌고 집으로 오셔서 저희를 집 밖으로 쫓아내려고 했습니다. 한 마디 하려고 했지만 변명할 기회도 주지 않고 하인들에게 명령해 저를 때리려고 하자 장객 이대李大가 저를 보호한다고 하다가 우발적으로 사람을 때려죽이게 됐습니다."

"이대라는 놈은 어디에 있느냐?"

"당황하여 도망치고 말았습니다."

"그놈이 장객인데 네 명령 없이 어떻게 감히 사람을 때려죽인단 말이냐! 너는 일부러 그놈을 놓아주어 달아나게 하고 관부를 속이고 있다. 네 이놈! 얼마를 맞아야 불겠느냐! 간수! 힘을 다해 저놈을 쳐라!"

시진이 외쳤다.

"장객 이대가 주인을 구한다고 실수로 때려 사람을 죽였으니, 저와는 상관없습니다! 선조 태조께서 내리신 단서가 있는데 어떻게 함부로 형법에 따라 저를 때릴 수 있습니까?"

"단서는 어디에 있느냐?"

"이미 사람을 창주에 보내 가져오게 했습니다."

고렴이 화를 내며 소리 질렀다.

"이놈이 관부에 대드느냐! 여봐라! 있는 힘을 다해 힘껏 때려라!"

매질을 하니 시진은 맞아 피부가 찢기고 살이 터져 붉은 피가 줄줄 흘러 내렸다. 결국 하는 수 없이 시키는 대로 장객 이대를 시켜 은천석을 때려죽이라 했다고 했다. 사형수에게 채우는 25근짜리 칼을 씌우고 감옥에 가두었다. 은천석의 시신을 검시한 후 관에 넣고 장례를 치렀다. 은股부인은 남동생의 원수를 갚고자 남편 고렴을 시켜 시 황성 집안의 재산을 몰수하고 식구들을 감금했으며 집과 화원도 차지했다. 시진은 감옥에서 온갖 고통을 다 받았다. 여기에 증명하는 시가 있다.

연지와 분 발라도 독사같이 악독하니, 금으로 새긴 철권도 허공 속 꽃이구나.
조상은 황위까지 양도했건만 이상하게도, 자손은 제 한 몸 보전도 못하도다.
脂脣粉面毒如蛇, 鐵券金書空裏花.
可怪祖宗能讓位, 子孫猶不保身家.

한편 이규는 밤길을 달려 양산박으로 돌아와 산채에 도착하여 여러 두령을 만났다. 주동이 이규를 보자마자 분노가 치밀어 올라 박도를 들고 이규에게 달려들었다. 흑선풍 이규도 쌍 도끼를 뽑아 주동과 싸우려 맞섰다. 조개·송강 그리고 여러 두령이 일제히 달려들어 뜯어 말렸다. 송강이 주동에게 사과했다.

"지난번 아이를 죽인 건 이규의 잘못이 아니오. 군사 오 학구가 산채로 오지 않으려는 형을 불러들이기 위해 어쩔 수 없이 결정한 계책이외다. 오늘 이미 산채에 왔으니 마음속에 담아둔 감정을 풀고 마음을 합쳐 도우며 대의를 일으킵시다. 그래야 바깥사람들이 우리를 비웃지 않을 것이오."

이규에게 소리쳐 주동에게 사과하게 했다. 그러자 이규는 눈을 크게 흘겨 뜨고는 소리 질렀다.

"왜 다들 저놈 편만 드는 거야! 나도 산채를 위해 할 만큼 했는데 나더러 왜 아무 공도 없는 저놈에게 사과하란 말이야!"

송강이 말했다.

"동생, 비록 아이를 죽인 것이 엄한 군사의 명령이라 하나 나이를 따져도 그가 네 형뻘이다. 내 낯을 봐서라도 그에게 예를 갖추어라. 그러면 내가 너에게 절을 하마."

이규도 송강이 이토록 간청하자 이내 말했다.

"내가 너를 무서워해서가 아니라 형님께서 독촉하시니까 어쩔 수 없이 너한테 사과하는 거다."

이규는 송강의 독촉에 쌍 도끼를 내던지고 주동에게 두 번 절했다. 주동도 비로소 좋지 않은 감정을 풀었다. 조개 두령은 산채에서 술자리를 마련하고 두 사람을 화해하게 했다.

이규가 말했다.

"시 대관인이 숙부 시 황성의 병 때문에 고당주로 갔다가 본주 지부 고렴의 처남 은천석이 그 집 화원을 빼앗으려고 시진에게 욕하고 때리기에 내가 은천석 그놈을 때려죽였소."

송강이 듣고는 깜짝 놀랐다.

"너는 도망쳤지만 대관인이 송사에 연루되겠구나!"

오 학구가 말했다.

"형님 진정하십시오. 대종이 산채로 돌아오면 어떻게 됐는지 분명하게 알게 될 겁니다."

이규가 물었다.

"대종 형이 어디로 갔다고?"

오용이 말했다.

"나는 자네가 시 대관인 장원에서 좋지 않은 일을 저지를까 두려워 특별히 그를 시켜 자네를 산채로 불러들이려고 한 것이네. 그가 거기에서 자네를 보지 못했다면 반드시 고당주로 가서 자네를 찾을 것이네."

말을 마치기도 전에 졸개가 와서 대 원장이 돌아왔다고 보고했다. 송강이 바로 나가 맞이하고 대청에 앉자마자 시 대관인의 일을 물었다. 대종이 대답했다.

"시 대관인 장원에 갔다가 이규와 함께 고당주로 가버린 것을 알았습니다. 서둘러 고당주로 가서 알아보니 성안 사람들 사이에 소문이 파다했는데, 은천석이 시 황성 저택 문제로 다투다 시커먼 사내한테 맞아 죽었다는 겁니다. 지금 시 대관인은 연루되어 감옥에 갇혀 있고 시 황성 일가 가족의 가산도 모두 몰수당했다고 합니다. 시 대관인의 목숨도 조만간 보전하지 못할 것이 분명합니다."

조개가 말했다.

"이 시커먼 놈은 나가기만 하면 도처에서 말썽을 일으키는구나."

"시 황성은 그놈에게 맞아 화병으로 죽었어. 또 그의 집까지 차지하려 한데다 시 대관인을 때리려고 하는데 아마 살아 있는 부처라도 참지 못했을 거야!"

조개가 말했다.

"시 대관인은 원래 산채에 은혜를 베푼 사람인데 오늘 그가 위험하고 곤란한 처지에 있으니 어떻게 산을 내려가 구해주지 않겠는가? 내가 직접 가봐야겠다."

송강이 말했다.

"형님께서는 산채의 주인이신데 어찌 가볍게 움직일 수 있겠습니까? 소생이 시 대관인으로부터 이전에 은혜를 입은 적도 있으니 형님을 대신해 산을 내려가겠습니다."

오 학구가 이미 생각해뒀다는 듯이 말했다.

"고당주는 성읍이 비록 작으나 사람들도 조밀하게 많고 군사도 충분하며 양식도 풍부하여 가볍게 대적할 수 없습니다. 번거롭지만 임충·화영·진명·이준·여방·곽성·손립·구붕·양림·등비·마린·백승 등 12명의 두령이 보병과 기병 5000명을 이끌고 선봉에 나서시오. 중군은 총사령관인 송 공명 그리고 오용·주동·뇌횡·대종·이규·장횡·장순·양웅·석수 등 10명의 두령으로 기병과 보병

3000명을 이끌고 호응하여 작전을 펼치겠습니다."

모두 22명의 두령은 조개 등 남아 있는 사람들과 작별하고 산채를 떠나 고당주로 진군했다. 과연 대오가 정연했다.

수놓은 깃발에 신호 띠 나부끼고, 화각 소리 사이에 징소리 울리누나. 삼지창, 오지창은 가을 서리처럼 번쩍거리고, 점강창, 노엽창蘆葉槍[10]은 어지러이 때맞춰 내리는 눈 같네. 방패는 길을 가득 덮고 궁노수들 앞장섰으며, 수레로 화포를 끌고 큰 극戟과 긴 과戈를 든 병사들이 뒤를 에워싸고 따르는구나. 말안장에 앉은 장수들 남산의 맹호 같고 사람들마다 호전적이고 싸움을 잘한다네. 타고 가는 말들은 북해北海의 창룡蒼龍[11]과 같고, 말들은 능히 적진을 뚫고 싸울 수 있구나. 창칼은 급히 흐르는 물결처럼 끊임없이 이어져 찌르고, 과연 사람과 말은 한바탕 바람처럼 내달리며 전진하네.

繡旗飄號帶, 畫角間銅鑼. 三股叉·五股叉, 燦燦秋霜; 點鋼槍·蘆葉槍, 紛紛瑞雪. 蠻牌遮路, 强弓硬弩當先; 火炮隨車, 大戟長戈擁後. 鞍上將似南山猛虎, 人人好鬪能爭; 坐下馬如北海蒼龍, 騎騎能衝敢戰. 端的槍刀流水急, 果然人馬撮風行.

양산박의 선봉부대가 고당주 경계에 당도하자 일찌감치 병사들이 고렴에게 보고했다. 고렴이 듣고서는 비웃으며 말했다.

"양산박에 숨어 있는 산적 떼들을 소탕하려 했는데 오늘 네놈들이 스스로 잡히려고 왔구나. 하늘이 내게 공을 이루게 도와주는구나. 여봐라! 속히 명령을 하달하라. 군마를 정리 점검하고 성을 나가 적을 맞이하라. 모든 백성은 성에 올라 지키도록 하라."

---

10 노엽창蘆葉槍: 창끝이 갈대 잎처럼 가늘고 긴 상이다.
11_ 창룡蒼龍: 태세성太歲星으로 여기서는 말의 사나움을 비유한 말이다.

고 지부는 말에 올라 군사를 통제하고 말에서 내려서는 백성을 지도하며 큰 소리로 명령을 하달했다. 그 군막 앞에 도통都統[12]·감군監軍·통령統領[13]·통제統制[14]·제할 군직 모든 관원이 각 부대의 군마를 인솔하여 모였고, 훈련장에서 점고를 마치자 모든 장수가 배열하여 성을 나가 적에 맞섰다. 고렴 수하에는 비천신병飛天神兵이라는 300명의 심복 부대가 있었다. 개개인이 모두 산동山東·하북河北·강서江西·호남湖南·양회兩淮·양절兩浙 지역에서 선발한 건장한 군사들이었다. 그 300명의 비천신병의 용모를 보니,

흐트러진 머리에 뒤통수는 풀어헤친 것이 연기와 운무 같고, 몸에는 조롱박 걸치고 등에는 천 갈래 화염을 진 듯하구나. 누런 머리떠에는 팔괘八卦로 나뉘어 있고, 표범 가죽 갑옷은 모두 네모지네. 정련한 구리로 만든 얼굴 보호대는 금으로 장식한 듯하고, 단철로 제조한 곤도滾刀[15]는 빗자루와 흡사하구나. 가슴 보호하는 갑옷은 앞뒤로 양면의 청동이 세워져 있고, 눈부신 깃발들 좌우로는 검은 안개가 겹겹이 늘어선 듯하네. 천봉신天蓬神이 두수斗宿[16] 별자리를 떠나는 듯하니, 바로 월패月孛[17]가 구름 속 길로 내려오는 것과 같도다.

12_ 도통都統: 16국十六國 시기에 생긴 것으로 병사를 통솔하는 장군. 당대唐代에는 병사를 통솔하는 장관을 모두 도통都統이라 했고, 그 위에 도도통都都統을 두었다. 송·요·금 시기에는 모두 병사를 통솔하는 총사령관이었으며, 청대에는 8기군八旗軍 중 각 기旗의 최고 장관이었다.

13_ 통령統領: 송나라 무관 명칭으로 부장副將 군관이었다. 『송사』「직관지 7」에 따르면 "처음에 장강을 건넌 뒤에 대군에는 통제統制·동통제同統制·부통제副統制·통령統領·동통령同統領·부통령副統領이 있었다. 그 아래에 정장正將·준비장準備將·훈련관訓鍊官·부장部將·대장隊長 등의 명칭이 있었는데, 모두 편비偏裨(부장副將)였다"고 했다.

14_ 통제統制: 송나라 무관 명칭으로 출병했을 때 제장들이 통일되지 않아 한 사람을 선발하여 도통제都統制라 하고 총괄하게 했으나 관직의 칭호는 아니었다. 남송 건염建炎 연간 초에 어영사御營司를 설치하고 왕연王淵이 도통제都統制가 되었는데, 이것이 통제가 관직 명칭이 된 시초다.

15_ 곤도滾刀: 병기의 일종이다.

16_ 두수斗宿: 남방南斗를 가리킨다. 북방 7개 성좌 중 첫 번째 배열의 별자리로 6개의 별로 이루어져 있다. 북두칠성과 구분하여 남두라 하고 줄여서 두斗라고 한다.

17_ 월패月孛: 도교에서는 달을 월패성군月孛星君이라 부른다. 점성학에서의 월패는 허성虛星으로 달과

頭披亂髮, 腦後撒一把烟雲; 身挂葫蘆, 背上藏千條火焰. 黃抹額齊分八卦, 豹皮甲盡按四方. 熟銅面具似金裝, 鑌鐵滾刀如掃帚. 掩心鎧甲, 前後堅兩面靑銅; 照眼旌旗, 左右列千層黑霧. 疑是天蓬離斗府, 正如月孛下雲衢.

지부 고렴이 직접 신병 300명을 이끌었는데 갑옷을 입고 등에 검을 꽂고 말에 올라 성 밖으로 나갔다. 부하 군관들로 하여금 주변에 진을 배열하게 했는데 도리어 300명의 신병들은 중군에 배치시켰다. 깃발을 흔들고 함성을 질러 사기를 돋워주면서, 북을 두드리고 징을 울리며 적군이 다가오기를 기다렸다.

임충·화영·진명이 5000명의 인마를 이끌고 도착했다. 양군이 대치하자 서로 깃발을 흔들고 북을 울리며 맞선 채 강한 활과 단단한 쇠뇌를 최전방 대열로 쏘아 다가오지 못하게 했다. 양군이 화각畫角을 불어 울리게 하고 급히 북을 두드리기 시작하자 화영과 진명이 10여 명의 두령과 함께 진 앞에 나와 말고삐를 잡아당겨 섰다. 두령 임충이 장팔사모를 비껴들고 말을 박차 진을 나와 엄하게 꾸짖었다.

"고당주의 죽고 싶은 놈은 어서 나와라!"

고렴이 말을 훌쩍 뛰며 30여 명의 군관을 이끌고 문기 아래로 와서 말고삐를 잡고 임충을 향해 손가락질 하며 욕설을 퍼부었다.

"제 죽는 것도 알지 못하는 역적 놈들아! 어찌 감히 나의 성지를 침범하느냐?"

임충이 소리 질렀다.

"백성을 해치는 강도 같은 놈아! 내가 조만간 동경으로 쳐들어가 황제를 기만하는 간신 고구를 갈기갈기 찢어 죽여야 내 비로소 흡족할 것이다!"

고렴이 격노하여 고개를 돌려 물었다.

지구 사이의 거리가 가장 먼 지점을 말한다.

"누가 먼저 나가서 저 도적놈을 잡아오겠느냐?"

군관들 가운데 통제관 한 사람이 말을 돌려 나왔다. 우직于直이라는 장수로 말을 박차고 칼을 돌리며 진 앞으로 나와 임충을 보자마자 곧장 덤벼들었다. 두 사람이 겨룬 지 5합도 못돼 우직은 임충의 사모에 명치를 찔려 뒤집어져 말 아래로 곤두박질쳤다. 고렴이 크게 놀라 소리 질렀다.

"누가 다시 나가 우직의 원수를 갚겠느냐?"

군관 중에 또 한 명의 통제관이 돌아나왔는데 온문보溫文寶라는 장수였다. 긴 창을 들고 흰 점이 뒤섞인 누런 말을 탔는데 말방울이 울리고 몸에 찬 옥으로 만든 장식이 서로 부딪치면서 요란한 소리를 냈다. 일찌감치 진 앞에 나와 네 개의 말굽이 먼지를 일으키며 임충에게 곧장 달려들었다. 진명이 보고서 크게 외쳤다.

"형님 잠시 쉬시지요. 제가 이 도적놈을 베는 것을 구경하시죠!"

임충이 말고삐를 잡고 창을 거두고 진명에게 온문보와 싸우도록 양보했다. 두 사람이 대략 10여 합을 겨루었을 때 진명이 빈틈을 보여 운문보가 창을 찌르며 들어오게 했다. 낭아곤을 들어 내리치니 온문보의 두정골頭頂骨이 반쪽으로 쪼개져 말 아래로 떨어져 죽었다. 그가 타던 말은 홀로 본진으로 돌아가고 양쪽 군사들이 서로 함성을 질렀다.

고렴은 연이어 두 장수가 죽자 등에 메고 있던 태아보검太阿寶劍[18]을 빼내 들고 중얼거리며 주문을 외우고 크게 외쳤다.

"가라!"

고렴의 진중에서 한 줄기 검은 기운이 휘돌아 일어났다. 그 기운이 공중으로 흩어지니 모래가 날리고 돌이 뒹굴고 하늘과 땅이 요동치고 흔들리며 괴상한

18_ 태아보검太阿寶劍: 춘추시대에 구야자歐冶子와 간장干將이 세 자루의 보검을 주조했는데, 용연龍淵·태아太阿·공포工布라 한다.

바람이 일어 양산박 진영을 향하여 불어왔다. 임충·진명·화영 등 군사들은 서로 상대방을 볼 수 없었고 말들은 놀라 길길이 날뛰며 울어댔고 군사들은 몸을 돌려 달아났다. 고렴이 검을 잡고 휘둘러 300명의 신병들에게 지시하자 진중에서 달려나왔다. 뒤에서 관군이 협조하여 일시에 덮치니 달아나던 임충 등의 군마들이 사방으로 흩어져 진이 끊어졌다 이어졌다 연결이 안 되었다. 서로 형을 외치고 동생을 부르며 아들과 아비를 찾았다. 5000명의 군사 중 1000여 명을 잃고 50여 리를 후퇴한 뒤에야 겨우 방책을 칠 수 있었다. 고렴은 양산박의 인마가 물러나는 것을 보고 군사들을 수습해 고당주 성으로 돌아가 전열을 가다듬었다.

송강이 이끄는 중군 인마가 도착하자, 임충 등이 맞이한 뒤 있었던 일들을 설명했다. 송강과 오용이 듣고는 깜짝 놀랐다. 송강이 오용에게 물었다.

"이것이 무슨 술법이기에 그토록 대단하단 말이오?"

오 학구가 대답했다.

"요사한 술수 같습니다. 만약 바람을 바꾸고 불길을 돌릴 수 있다면 적을 격파할 수 있을 겁니다."

송강이 듣고서 천서를 펼쳐보니 세 번째 책에 '바람을 바꾸고 불길을 돌려 진을 격파'하는 비법이 적혀 있었다. 송강이 크게 기뻐하며 주문과 비법을 심혈을 기울여 외웠다. 인마를 정리 점검하고 5경에 밥을 지어먹고 깃발을 내젓고 북을 두드리며 성 아래로 싸우러 나갔다.

성안으로 보고가 들어오자 고렴은 다시 승리를 거둔 인마와 300명의 신병을 이끌고 성문을 열고 조교를 내리고는 밖으로 나가서 진세를 펼쳤다. 송강이 검을 잡고 말을 몰아 진 앞으로 나와 바라보니 고렴의 군중에 검은 깃발이 떼지어 모여 있는 것이 보였다. 오 학구가 말했다.

"저 진 내부에 있는 검은 깃발은 '신사계神師計'의 군사를 부리는 것입니다. 이 술법을 사용한다면 어떻게 적과 대적하려 합니까?"

"군사는 안심하게, 내게 진을 무너뜨릴 비책이 있소. 모든 군사는 의심하지 말고 앞으로 나아가라."

고렴이 대소 군관들에게 분부했다.

"강한 적수와 싸울 필요는 없다. 시각을 알리는 팻말 소리가 나거든 일제히 달려들어 송강을 체포하라. 후한 상을 내리겠노라."

양군이 함성을 지르며 돌격준비를 했다. 고렴의 말안장에는 갖가지 짐승의 얼굴이 새겨진 구리 방패가 걸려 있었고, 그 방패 위에는 부적이 붙어 있었다. 손에는 보검을 들고 진 앞으로 나왔다. 송강이 고렴을 가리키며 욕했다.

"어젯밤 내가 도착하기 전에 형제들이 한 번 패하였으나, 오늘은 내가 반드시 너희를 모두 몰살시켜버리겠다!"

고렴도 소리 질렀다.

"너희 역적 떼들은 어서 말에서 내려 오라를 받고 내 손에 피를 묻히지 않게 하거라!"

이내 검을 한 번 휘두르고 중얼거리면서 주문을 외우며 소리쳤다.

"가라!"

검은 기운이 일어나며 기괴한 바람이 불어왔다. 송강은 그 바람이 도달하는 것을 기다리지 않고 속으로 주문을 외우고 왼손으로 법술을 펼치는 손 자세19를 하고 오른손에는 검을 들고 한 곳을 겨냥하며 소리쳤다.

"가라!"

그때 송강 진 쪽으로 불던 기괴한 바람이 도리어 고렴의 신병부대 쪽으로 불었다. 송강이 막 군사를 몰아 나아가려 할 때, 고렴이 바람이 돌아오는 것을 보고 급히 구리 방패를 들고 검으로 두드렸다. 그러자, 신병부대 안에서 한바탕 황사가 일어나더니 송강의 중군 쪽으로 맹수들이 곧바로 맹렬하게 몰려왔다.

19_ 대개 엄지손가락으로 다른 손가락 관절을 움켜쥐는 것이다.

산예狻猊는 발톱을 치켜세우고 사자는 머리를 흔드네. 금빛 번쩍이는 해치獬豸는 위용 당당히 드러내고, 화려한 털 치켜 든 비휴貔貅는 용맹을 떨치는구나. 승냥이와 이리 짝을 지어 긴 이빨 드러내며 강력한 병사들에게 달려들고, 범과 표범은 무리지어 커다란 아가리 벌리고는 사나운 말들 물어버리네. 가시 돋친 멧돼지는 진 깊숙이 뛰어들고, 털이 곱슬곱슬한 사나운 개는 사람에게 달려드는구나. 구렁이는 용처럼 하늘로 날아오르고, 코끼리도 삼킬만한 뱀은 땅을 뚫듯이 떨어지네.

狻猊舞爪, 獅子搖頭. 閃金獬豸逞威雄, 奮錦貔貅施勇猛. 豺狼作對吐獠牙, 直奔雄兵; 虎豹成群張巨口, 來噴劣馬. 帶刺野猪冲陣入, 捲毛惡犬撞人來. 如龍大蟒撲天飛, 吞象頑蛇鑽地落.

고렴의 구리 방패 소리가 나자 괴이한 짐승과 독충 떼가 곧장 달려들었다. 송강 진중의 많은 인마가 놀라 얼이 빠졌다. 송강이 검을 내던지고 말머리를 돌려 먼저 달아나자 송강을 빽빽하게 둘러싸고 있던 여러 두령이 모두 목숨을 건지기 위해 달아났다. 높고 낮은 군교軍校[20]들이 너와 나 서로 보살필 겨를도 없이 길을 찾아 도망갔다. 고렴이 뒤에서 검을 휘두르자 신병은 앞서고 관군은 뒤를 따라 일제히 덮쳐왔다. 송강의 군사는 대패하여 큰 손실을 보았다. 고렴이 20여 리를 뒤쫓으며 죽인 뒤에 징을 울려 군사를 거두고 성으로 돌아갔다. 송강은 비탈진 곳 아래에 도착한 뒤에 인마를 수습하고 방책을 세웠다. 비록 약간의 군졸을 잃었지만 두령들이 모두 무사한 것을 보고는 기뻐했다. 군마를 주둔시키고 군사 오용과 상의했다.

"이번에 고당주를 치러 와서 두 번 싸움에서 패했소. 신병을 무찌를 계책이

_____

20_ 군교軍校: 보조 직무를 담당하는 군인.

없으니 어찌하면 좋겠소?"

오 학구가 말했다.

"이 놈이 '신사계'를 쓰는 놈이라면, 반드시 오늘 밤 방책을 치러 올 것입니다. 우선 계책을 세워 방비해야 합니다. 이곳은 약간의 군마만 주둔시키고, 우리는 이전에 사용했던 방책에서 기다리시지요."

송강은 명령을 하달하여 양림과 백승만 남겨 진채를 보게 했다. 나머지 인마는 이전 방책으로 물러나 쉬게 했다.

양림과 백승은 군사를 이끌고 방책에서 반리쯤 떨어진 수풀 언덕 안에 매복하고 1경까지 기다렸다.

구름은 사방 광활한 벌판에서 일고, 안개는 팔방에 퍼져 이는구나. 천지를 뒤흔들며 광풍이 일어나고, 강과 바다를 뒤엎으며 소나기 쏟아지네. 분노한 뇌공雷公21은 불 짐승 거꾸로 타고 위력을 드러내며, 성난 전모電母22는 어지러이 금빛 뱀 잡아당기며 성스런 힘을 펼치는구나. 거목도 뿌리째 뽑히고, 깊은 물결도 완전히 말아 올려 바닥을 드러내네. 관구灌口에서 교룡蛟龍을 벤 것이 아니라면,23 사주泗州가 수모水母를 굴복시킨 것으로 의심되는구나.24

雲生四野, 霧漲八方. 搖天撼地起狂風, 倒海翻江飛急雨. 雷公忿怒, 倒騎火獸逞神威; 電母生嗔, 亂掣金蛇施聖力. 大樹和根拔去, 深波徹底捲乾. 若非灌口斬蛟龍, 疑是泗州降水母.

21_ 뇌공雷公: 신화전설 속의 천둥을 관장하는 신.

22_ 전모電母: 신화전설 속의 번개 신.

23_ 관구灌口는 쓰촨성 관현灌縣의 방조제 도강언都江堰 어귀를 말한다. 전설에 따르면 진나라 때 이빙李氷과 그의 둘째 아들이 관구를 쌓아 얼룡孽龍(전설에서 물난리를 일으켜 해를 끼치는 용)을 가두어 촉蜀 사람들에게 덕을 쌓자 촉 사람이 그를 기려 사당을 세우고 신령으로 받들었다고 한다.

24_ 전설에 따르면 사주대성泗州大聖이 사주泗州(지금의 안후이성 쓰현泗縣)의 탑 아래에서 수모水母를 가두었다고 한다. 수모는 물의 신이다.

그날 밤 광풍과 천둥이 크게 일어났다. 양림과 백승 등 300여 명이 수풀 안에서 살펴보고 있는데, 고렴이 300여 명의 신병을 인솔하고 휘파람 소리를 신호로 들이닥쳤으나, 비어 있는 방책을 보고 몸을 돌려 달아나려 했다. 그때 양림과 백승이 함성을 지르자 고렴은 계략에 빠진 것을 깨닫고 사방으로 흩어져 달아났으며 300여 신병도 각자 도망쳤다. 양림과 백승이 쇠뇌로 화살을 어지럽게 쏘아댔는데, 그중 화살 하나가 고렴의 왼쪽 어깨에 꽂혔다. 군사들이 사방으로 흩어지자 쏟아지는 비를 무릅쓰고 적을 쫓아가 죽였다. 고렴은 신병을 이끌고 멀리 달아났다. 양림과 백승은 적은 군사라 더 이상 깊이 쫓지는 못했다. 잠시 후 비가 그치고 구름이 걷히자 온 하늘에 별들이 드러났다. 달빛 아래에서 수풀 언덕 앞에 화살을 맞고 찔려서 쓰러진 20여 명을 잡아 송 공명 방책으로 끌고 갔다. 곧장 천둥, 바람, 구름의 일을 설명하자 송강과 오용이 크게 놀랐다.

"이곳이 5리 정도밖에 떨어져 있지 않은데 비와 바람이 전혀 없었지 않은가!"

모두들 의논하며 말했다.

"정말 요사한 술수로다. 여기에서 단지 30~40장 떨어졌음에도 구름과 비가 일어난 것은 근처 물가에서 가져왔을 것이다."

양림이 말했다.

"고렴 또한 머리를 풀어 헤치고 검을 잡고 방책으로 쳐들어왔지만, 몸에 제가 쏜 화살을 맞아 성으로 돌아갔습니다. 군사가 적어 감히 추격하지는 못했습니다."

송강이 양림·백승에게 상을 내리고 잡혀온 다친 신병들을 베어버렸다. 여러 두령을 나누어 7~8개의 소채小寨(작은 방책)을 세워 본영을 에워싸게 하고 다시 방책을 빼앗기지 않도록 방비하게 했다. 다른 한편으로 사람을 양산박으로 보내 군마를 더 지원하게 했다.

한편 화살을 맞은 고렴은 성으로 돌아와 요양하면서 군사들에게 성을 지키고 밤낮으로 방비하도록 명령했다.

"적들과 싸우지 말라. 화살 맞은 상처가 회복되기를 기다렸다가 송강을 잡아도 늦지 않다."

송강은 병사들의 기세가 꺾인 것을 보고 마음이 침울하여 군사 오용과 상의했다.

"지금 저 고렴이란 놈을 무찌르지도 못했는데 만일 다른 지역에서 원군이라도 와서 힘을 합쳐 공격해오면 어떻게 해야 한단 말이오?"

"제 생각에는 고렴의 술법을 깨뜨리려면 이렇게 저렇게…… 하는 수밖에 없습니다. 이 사람을 청하지 못한다면, 시 대관인의 목숨 또한 구하기 어려울 것이고 고당주성도 영원히 얻지 못할 것입니다."

바로 다음과 같다. 안개를 끼게 하고 구름을 일으키는 법술을 깨뜨리려면 신통력 있는 사람을 불러와야 한다.

결국 오 학구가 말한 사람이 누구인가는 다음 회에 설명하노라.

나
진
인[1]

오 학구가 송 공명에게 말했다.

"이 술법을 깨뜨리려면 빨리 계주로 사람을 보내 공손승을 찾아오는 수밖에 없습니다. 그래야 고렴을 깨뜨릴 수 있습니다."

송강이 말했다.

"지난번 대종이 가서 알아봤지만 전혀 소식을 들을 수 없었는데 또 어디로 가서 찾는단 말이오?"

"계주 관할 지역에 여러 현치縣治[2]·진시鎭市[3]·향촌鄕村이 있는데 그런 곳에서는 그를 찾아낼 수 없습니다. 제 생각에는 공손승은 순결하고 고상한 사람이라 반드시 유명한 산의 동부洞府[4]나 큰 물가 같은 선계仙界에 살고 있을 겁

1_ 제53회 제목은 '戴宗智取公孫勝(대종이 지혜로 공손승을 데려오다). 李逵斧劈羅眞人(이규가 도끼로 나진인을 쪼개다)'이다.

2_ 현치縣治: 현 관아 소재지.

3_ 진시鎭市: 성시城市 바다는 작은 규모의 기구 시역.

4_ 동부洞府: 도교에서 신선이 거주하는 곳을 가리킨다.

니다. 이번에는 대종을 계주 관할의 산천으로 보내 두루 찾게 한다면 만날 수 있으리라 봅니다."

송강이 듣고서 즉시 대 원장을 불러 상의하고 계주로 가서 공손승을 찾게 했다. 대종이 말했다.

"소인이 가기는 하겠습니다만 누구 한 명을 데리고 갔으면 좋겠습니다."

오용이 말했다.

"누가 신행법을 부리는 자네를 따라갈 수 있겠는가?"

"같이 가는 사람 다리에 갑마를 묶으면 같이 달릴 수 있습니다."

이규가 나섰다.

"내가 대 원장 형님과 함께 갈래."

대종이 말했다.

"네가 만약 나와 같이 간다면, 도중에 채식만 해야 하고 뭐든지 내 말만 들어야 한다."

"어려울 거 없어. 형 하자는 대로 할게."

송강과 오용이 당부했다.

"가는 길에 항상 조심하고 말썽 일으키면 안 되네. 만약 공손승을 찾거든 바로 돌아오너라."

"내가 은천석을 때려죽여 시 대관인이 송사에 말려들었는데 어떻게 그분을 구하지 않겠어? 이번만큼은 절대 말썽 부리지 않겠어."

두 사람은 각자 은밀한 병기를 감추고 보따리를 동여매고 송강 등 여러 두령과 작별하며 고당주를 떠나 계주로 길을 잡았다.

20여 리쯤 걸었을 때, 이규가 발길을 멈추고 말했다.

"형, 술 한 사발 마시고 가는 게 좋겠어."

"네가 나와 같이 '신행법'을 쓰자면 야채만 먹어야 해."

이규가 웃으면서 말했다.

"고기 몇 점 먹는데 뭐가 그리 대단해?"

"너 또 시작이구나. 오늘은 늦었으니 객점이나 찾아 쉬고 내일 일찍 떠나자."

두 사람이 다시 30여 리를 걸으니 날이 어둑어둑해졌다. 객점을 찾아 저녁을 해먹고 술 한 각角으로 목을 적셨다. 이규는 밥 한 그릇과 야채 탕 한 사발을 방으로 가져와 대종이 먹게 했다. 대종이 물었다.

"너는 왜 밥을 먹지 않느냐?"

"밥 생각 없어."

대종이 곰곰이 생각했다.

'이놈이 분명히 나를 속이고 몰래 고기를 먹을 심산이렷다.'

대종은 밥을 먹고 조용히 나가 뒤로 가서 보니, 이규가 술 두 각에 고기 한 판을 정신없이 먹고 있었다.

'내가 말해봐야 무슨 소용인가? 저놈을 지금은 가만 내버려두었다가 내일 장난 좀 쳐야겠구나.'

대종이 먼저 방으로 들어가 잠을 잤다. 이규는 술과 고기를 먹고 혹시 대종이 물어볼까 두려워 슬그머니 들어와 누웠다.

5경쯤에 대종이 일어나 이규를 깨워 불을 지피게 하고 밥을 해 먹었다. 각자 짐을 메고 방값을 치른 뒤 객점을 떠났다. 2리 정도 걸었을 때 대종이 말했다.

"우리가 어제는 '신행법'을 쓰지 않았는데, 오늘 먼 길을 가려면 써야겠다. 네가 먼저 짐을 단단히 묶어라. 내가 너한테 그 법을 써서 800리를 가게 해주겠다."

대종이 네 개의 갑마를 꺼내 이규의 양 다리에 묶고 당부했다.

"네가 먼저 가서 앞에 있는 주점에서 나를 기다려라."

대종이 주문을 외워 이규의 다리에 기운을 불어넣었다. 이규의 발걸음이 힘껏 내달리는 것이 마치 구름을 타고 날아가는 듯했다. 대종이 웃으면서 중얼거렸다.

'이놈, 하루 종일 굶을 텐데 어디 견뎌봐라.'

대종도 다리에 갑마를 묶고 뒤를 따라갔다. 이규는 신행법을 모르기 때문에 대종이 하는 대로 따를 수밖에 없었다. 귓가에 비바람 소리 같은 것이 들리고, 양옆의 집들과 나무들이 마치 연달아 넘어지는 듯 뒤로 사라졌으며, 발아래에는 구름과 안개가 빠르게 지나가는 듯했다. 이규는 겁이 나 몇 번이고 발걸음을 멈추려고 했지만 두 다리를 제대로 멈출 수가 없었다. 도리어 어떤 사람이 아래에서 미는 것처럼 달리는 것을 전혀 통제할 수 없었다. 술과 고기 파는 주점을 보았으나 잇따라 날아 지나치니 배고파도 사먹을 수가 없었다. 이규가 부르짖었다.

"대종 할아버지, 그만 멈추게 해주시오!"

계속 달리다보니 붉은 해가 서쪽으로 기울었다. 허기지고 목이 타들어 갔으나 아무리 가도 다리를 멈출 수가 없었다. 놀라 온몸에 땀이 차고 숨을 헐떡거렸다. 대종이 뒤에서 쫓아오면서 소리쳤다.

"이규야, 어찌하여 아무것도 사먹지 않고 가기만 하느냐?"

"형님, 나 좀 구해주시오! 이 철우를 굶겨 죽일 작정이오!"

대종이 품속을 뒤져 취병 몇 개를 꺼내서 먹었다.

"멈출 수가 없는데 어떻게 사먹는단 말이오. 형님과 나 두 사람 배를 채워야 하지 않소."

"동생, 자네가 서면 취병을 주마."

이규가 손을 뻗었으나 간격이 한 장丈이나 떨어져 있어 받을 수 없었다.

이규가 또 소리 질렀다.

"우리 좋은 형님, 제발 세워주시오!"

"오늘 따라 이상하게, 내 양 다리조차도 세울 수 없구나."

"아이고! 내 이 좆같은 다리가 반쯤은 내 것이 아닌가봐. 이렇게 달리면 도끼로 다리를 잘라버릴 수밖에 없잖아."

"그렇게 하는 것도 괜찮겠네. 그렇지 않으면 내년 정월 초하루까지 멈출 수 없을 거야!"

"우리 훌륭하신 형님, 날 놀리지 마시오! 다리를 잘라버리다니 우스갯소리 마시오."

"네놈이 감히 어젯밤 내 말을 어기지 않았느냐? 오늘 나도 달리는 것을 멈추게 할 수 없다. 네 스스로 달리는 거다."

"아이고 할아버님! 용서해주시오, 제발 나를 세워주시오!"

"나의 신행법은 육식을 못하게 하는데, 그중에서 가장 경계하는 것이 소고기다. 만약 소고기 한 덩이를 먹으면, 10만 리 쯤 달려야 비로소 멈추게 된다!"

"큰일 났네! 사실 어젯밤 형님을 속이고, 소고기 몇 근을 몰래 사 먹었소! 이제 어쩌면 좋소!"

"오늘 따라 내 다리도 멈추지 않는 것이 이상하구나. 하늘 끝까지 달려가는 수밖에 없는데, 천천히 가면 3~5년은 걸려야 돌아올 수 있겠구나."

이규가 듣고서 하늘로 치솟을 듯이 원통해하며 부르짖었다.

대종이 웃으면서 말했다.

"네가 앞으로 내말 한 가지만 들어준다면, 신행법을 멈추게 할 수 있지."

"할아버지, 빨리 말씀해보시오, 무엇이라도 따르겠소!"

"네가 다시 나를 속이고 고기를 먹을 거냐?"

"앞으로 또 먹는다면, 혀에 사발만한 큰 종기가 날 것이오! 사실 형님이 야채 음식을 잘 드시지만, 이 철우는 먹을 수가 없어서 형님을 속인 것이오. 앞으로는 감히 그러지 않으리다."

"이미 이렇게 됐으니, 이번 한 번만 용서해주마!"

한 걸음 따라붙어 옷소매로 이규의 다리 위를 한 번 가볍게 스치며 크게 소리쳤다.

"멈춰라!"

못을 꽉 박은 것처럼 이규의 두 다리가 바로 움직이지 않고 멈췄다. 대종이 말했다.

"내가 먼저 갈 테니, 너는 천천히 따라오너라."

이규가 다리를 아무리 올리려고 해도 움직여지지 않고 힘껏 잡아 당겨도 당겨지지 않으니 생철로 주조한 것 같았다. 이규가 소리 질렀다.

"또 큰일 났네! 날은 저물었는데 어떻게 간단 말이오?"

또 소리쳤다.

"형님 나 좀 구해주시오!"

대종이 고개를 돌리면서 웃었다.

"이번에는 정말 내 말을 따르겠느냐?"

"형님은 제 친아버지 같은 분입니다. 어찌 감히 형님의 말씀을 거역하겠습니까!"

"이번에는 정말 나를 따라야 하느니라."

이규를 손으로 말아 묶듯이 감으며 소리쳤다.

"움직여라!"

두 다리가 가볍게 풀려 걸어갔다. 이규가 말했다.

"형님, 이 철우를 가엽게 여겨 이제 그만 쉬었다 갑시다!"

앞쪽에 객점이 보이자 두 사람은 들어가 투숙했다.

대종과 이규는 방에 들어가 다리에 붙어 있는 갑마를 떼어내고, 지전 수백 전을 꺼내 살랐다. 대종이 이규에게 물었다.

"이번에는 어떠냐?"

"양 다리가 이제야 내 것 같소."

"누가 너더러 밤에 술과 고기를 사먹으라고 했냐?"

"형님이 고기 먹는 것을 허락하지 않아 몰래 먹었다가 내 이렇게 놀림을 당했소."

대종이 이규를 불러 야채 요리를 시켜 먹고 물을 데운 뒤 발을 씻고 침상에서 쉬었다. 5경까지 자고 일어나 세수하고 양치질을 마치고 밥을 먹었다. 방세를 지불하고 두 사람은 다시 길에 올랐다. 길을 떠난 지 3여 리쯤에서 대종이 갑마를 꺼내며 말했다.

"동생, 오늘도 양 다리에 묶을 테니 천천히 가자."

"아이고 아버님! 나는 묶지 않으리다."

"너는 이미 내 말을 따른다 해놓고 큰일을 앞에 두고 장난을 치느냐? 네가 또 내 말을 듣지 않으면 밤에 여기에 못 박아 놓고 계주에 가서 공손승을 찾아 돌아오는 길에 너를 풀어주겠네."

이규가 황급히 소리쳤다.

"따르리다! 묶으시오!"

대종과 이규는 그날 각자 두 다리에 갑마를 묶고 '신행법'을 일으켜 이규를 부축하고는 함께 달렸다. 원래 대종의 신행법은 가고 싶으면 가고 멈추고 싶으면 멈추는 것이었다. 이때부터 이규가 대종의 말을 어떻게 어길 수 있겠는가? 도중에 길에서 야채요리 안주로 먹는 술과 야채뿐인 식사만 사먹으면서 달렸다. 신행법을 사용하자 열흘이 못되어 계주성 밖 객점에서 쉴 수 있었다.

다음날 대종은 주인처럼 이규는 하인처럼 꾸미고 두 사람이 성에 들어가 하루 종일 성안을 맴돌며 찾았으나 공손승을 아는 사람이 아무도 없었다. 두 사람은 객점으로 돌아와 쉬었다. 이튿날 다시 성안으로 들어가 온종일 골목길을 돌아다녔으나 아무런 소득도 없었다. 이규가 초조하고 속이 타자 욕이 절로 나왔다.

"이런 거지같은 도사 자식이, 좆같이 어디에 처박혀 있는 거야? 보기만 하면, 대갈통을 틀어쥐고 형님한테 끌고 가야지."

"너 또 시작이냐! 내 말을 듣지 않으면 또 고통스럽게 해주마."

이규가 웃으면서 말했다.

"그냥 장난으로 한 소리야."

대종이 또 한 번 탓하자, 이규가 다시는 그런 말을 꺼내지 않았다. 두 사람이 또 객점으로 돌아와 쉬었다.

다음날 일찍 일어나 성 밖 근처 촌락과 진시鎭市에 가서 찾았다. 대종은 노인들만 보면 예를 갖추고 공손승 선생 집이 어디에 있는지 물었지만 아무도 아는 사람이 없었다. 대종이 수십 곳을 돌아다니며 물어봤다. 그날 정오 무렵, 두 사람은 걷다가 배가 고파 길 옆 국수집에 허기를 채우려 들어갔다. 이미 안에 모든 자리가 차서 빈자리가 없었다. 하는 수 없이 대종과 이규가 길 가운데에 섰는데 점원이 물었다.

"손님께서 국수를 드시려거든 저 노인과 같이 앉으시죠."

대종이 노인장을 보니, 혼자 큰 자리를 차지하고 있었다. 예를 갖추어 인사하고 두 사람은 노인과 마주 앉았다. 이규가 대종 어깨 아래에 앉았다. 점원에게 굵은 국수 네 그릇을 주문했다. 대종이 말했다.

"난 한 그릇이면 되는데, 너는 세 그릇이면 되겠지?"

"턱도 없는 소리! 한꺼번에 여섯 그릇은 내가 책임질게."

점원이 보고는 웃었다.

그런데 반나절을 기다렸는데도 국수가 나오지 않자, 이규가 안으로 들어가 살펴보았다. 이미 반쯤 초조해진 상태였다. 점원이 뜨거운 국수 한 그릇을 가지고 합석한 노인 앞에 놓았다. 그 노인은 사양도 하지 않고 국수를 먹으려 했다. 국수가 뜨거워 노인은 고개를 숙여 탁자 위의 그릇에 입을 가까이 대고 먹으려 하는데, 이규는 국수가 나오지 않자 소리 질렀다.

"점원!"

이규가 다짜고짜 욕을 퍼부었다.

"이 영감도 반나절을 기다렸단 말이냐!"

이규가 탁자를 내리쳤다. 그 바람에 국수 그릇이 탁자 위에 뒤집어져 뜨거운 국물이 노인 얼굴에 튀었다. 노인이 일어나 이규를 잡고 고함쳤다.

"이런 무도한 놈이 내 국수를 쏟아놓다니?"

이규가 주먹을 쥐고 노인을 때리려 했다.

대종이 황망히 고함을 질러 이규를 말리고는 사과했다.

"어르신, 이놈은 성한 놈이 아니니 상대하지 마십시오. 국수값은 소인이 물어 드리겠습니다."

"손님은 모르겠지만, 이 늙은이가 갈 길이 멀어 빨리 국수를 먹고 설법을 들으러 가야 하는데, 이래서는 제때에 가지 못하겠소."

노인의 말을 듣고 대종이 물었다.

"어르신께서는 어디 사시는 분이십니까? 누구한테 무슨 설법을 들으십니까?"

"이 늙은이는 본래 계주 관하 구궁현九宮縣5 이선산二仙山 아래에 사는 사람이오. 성안에서 좋은 향을 사서 돌아가, 산 위에 계시는 나진인羅眞人이 강론하는 불로장생법不老長生法을 들으려 하오."

대종이 곰곰이 생각했다.

'공손승이 거기에 있는 것이 아닐까?'

바로 노인에게 물었다.

"어르신 마을에 공손승이라는 사람이 있습니까?"

"손님이 다른 사람한테 물었으면 몰랐을 거요. 대부분의 사람이 그를 모르지만 이 늙은이는 그와 이웃이지요. 그는 노모와 함께 삽니다. 이 선생은 줄곧 밖에서 구름처럼 방랑했는데, 당시에는 공손일청公孫一淸이라 불렀소이다. 지금은 성을 빼고,6 모두 그를 청도인淸道人이라 부르고 공손승이라 부르지 않소. 이것은 속세의 이름이라 아는 사람이 없소."

5_ 구궁현九宮縣: 송나라 때 구궁현은 없었다. 계주薊州(지금의 톈진 지현薊縣)는 북송 때 거란(요)의 땅이었다.

6_ 승려와 도사가 출가한 뒤에 본래의 성을 버리는 것을 가리킨다.

"쇠 신발이 닳도록 돌아다녀도 찾지 못하던 것을 힘들이지 않고 찾았네."

대종이 다시 어르신에게 절하며 물었다.

"구궁현 이선산은 여기에서 얼마나 됩니까? 청도인은 집에 있는지요?"

"이선산은 이곳 현에서 40~50리 정도 떨어졌소. 청도인은 나진인의 수좌제자인데 어찌 스승 곁을 떠나겠소?"

대종이 듣고는 크게 기뻐했다. 서둘러 재촉해 국수를 내오게 하여, 그 노인과 함께 먹었다. 국수 값을 치르고 같이 나와 가는 길을 물었다.

"어르신께서는 먼저 가십시오. 소인은 향과 지전을 사서 따라가리다."

노인은 작별하고 먼저 떠났다.

대종과 이규는 객점으로 돌아왔다. 행장과 보따리를 꾸리고 다시 갑마를 묶었다. 객점을 떠나 두 사람은 구궁현 이선산으로 향했다. 대종이 '신행법'을 쓰니 40~50리쯤이야 잠깐 사이에 도착했다. 두 사람이 구궁현에 도착하여 이선산 가는 길을 물었을 때 어떤 사람이 길을 알려줬다.

"현 동쪽으로 5리 정도 가면 바로 거기입니다."

두 사람은 현치縣治를 떠나 동쪽으로 향했는데, 과연 5리도 못 가서 이선산이 보였고 실로 경치가 수려했다.

푸른 산은 비취를 깎은 듯하고, 푸른 산봉우리는 구름이 모여 있는 듯하구나. 양쪽 벼랑은 호랑이가 웅크리고 용이 서린 듯 험준하고, 사방에는 원숭이와 학 울음소리 들리누나. 아침이면 산꼭대기 구름으로 가려져 있고, 저녁이면 지는 해가 수풀 나무 끝에 걸려 있네. 졸졸 흐르는 물소리는 골짜기 속에서 허리에 찬 옥 장식품 부딪쳐 나는 소리 같고, 떨어지는 폭포수는 동굴 속에서 은은히 들리는 거문고 연주 소리 같구나. 승려와 도사들이 수행하는 곳 아니라면, 신선이 단약 정제하는 곳이로다.

青山削翠, 碧岫堆雲. 兩崖分虎踞龍盤, 四面有猿啼鶴唳. 朝看雲封山頂, 暮觀日挂林梢. 流水潺湲, 澗內聲聲鳴玉珮; 飛泉瀑布, 洞中隱隱奏瑤琴. 若非道侶修行, 定有仙翁煉藥.

대종과 이규는 이선산 아래에 이르렀고 한 나무꾼이 보이자 대종이 예를 갖추고는 물었다.

"말씀 좀 묻겠습니다. 청도인 댁이 어디에 있습니까?"

"저 동쪽 산모퉁이를 지나 문 밖에 작은 돌다리가 있는데 바로 거기입니다."

두 사람이 산모퉁이를 돌아가자 10여 채의 초가집이 보였고 작은 담장으로 둘러져 있는데, 담장 밖에 작은 돌다리가 있었다. 두 사람이 다리 옆에 가니 시골 처녀가 햇과일 광주리를 들고 나오는 게 보였다. 대종이 예를 갖춰 물었다.

"아가씨, 청도인 댁에서 나오시는데, 청도인은 댁에 계시는지요?"

"집 뒤에서 단약7을 짓고 있습니다."

대종이 속으로 무척 기뻐했다. 이규에게 분부했다.

"너는 저기 나무가 무성한 곳에 일단 피해 있어라. 기다렸다가 내가 들어가서 그를 보게 되면 너를 부르마."

대종이 안으로 들어가 살펴보니 세 칸짜리 초가집인데 문 위에 갈대로 만든 발이 걸려 있었다. 대종이 헛기침을 한 번 하자 백발의 모친이 안에서 나오는 게 보였다. 그 모친의 생김새를 보니,

나이 든 소박한 노인 백발에 홍안이네. 침침한 눈은 흐릿한 가을 달 같고, 흰 눈썹은 햇빛 받아 빛나는 새벽 서리 같구나. 검은 치마에 흰 옷 자부紫府의 원군元君8인 듯하고, 무명 저고리에 싸리나무 비녀 여산驪山의 노파8를 방불케 하

7_ 도교도들이 사용하는 주사朱砂를 정제한 약.

8_ 자부紫府는 도교에서 신선이 거구하는 곳을 말하며 원군元君은 도교에서 신선이 된 여자의 존칭이다.

네. 그 모습은 하늘을 나는 학 같고, 산 속에 꿋꿋하게 서 있는 소나무 같구나.

蒼然古貌, 鶴髮酡顏. 眼昏似秋月籠烟, 眉白如曉霜映日. 青裙素服, 依稀紫府元君;

布襖荊釵, 仿佛驪山老姥. 形如天上翔雲鶴, 貌似山中傲雪松.

대종이 바로 절하며 물었다.

"어머님께 아룁니다. 소인이 청도인을 한번 만나뵙고자 합니다."

"당신은 누구요?"

"소생은 대종이라 하는데 산동에서 왔습니다."

"우리 아이는 외지로 나가서 아직 돌아오지 않았소."

"소생 옛날부터 알고 지내던 사이인데 긴히 할 말이 있어 왔으니 한번 만나게 해주십시오."

"집에 없소. 정 할 말이 있으면 여기서 기다려도 상관없소. 집에 돌아오기를 기다렸다가 만나든지 당신 마음대로 하시오."

"소생 다시 오겠습니다."

모친에게 인사하고 나와 문 밖에 있는 이규에게 말했다.

"이번에는 너를 써야겠다. 저 어머니가 집에 없다고는 말하는데, 지금 네가 가서 공손승을 청거라. 만약 또 없다고 말하면, 네가 난리를 치거라. 절대로 그 노모를 상하게 해서는 안 되고, 내가 가서 그만하라 하면 멈추어라."

이규가 보따리에서 쌍 도끼를 꺼내 허리춤에 꽂고 문안으로 들어가 크게 소리 질렀다.

"이리 오너라!"

모친이 허둥지둥 나와 물었다.

9_ 여와女媧로 전설에 따르면 은·주 사이에 여산녀驪山女가 있었는데, 천자가 되었고 후세 사람들이 여자 신선으로 여겼다.

"뉘시오?"

이규의 부릅뜬 두 눈을 보고 지레 겁먹고 물었다.

"무슨 일 있소?"

"나는 양산박 흑선풍이오. 형님의 군령을 받들어 공손승을 데리러 왔소. 순순히 나오면 너그럽게 봐주지만, 만약 나오지 않는다면, 불을 확 싸질러 이놈의 집구석을 깡그리 태워 맨 땅으로 만들어버릴 테다. 더 이상 말하지 않겠다. 어서 나오너라!"

"호걸 그러지 마시오. 여기는 공손승의 집이 아니고, 청도인이라 부르는 사람의 집이오."

"일단 불러만 내면 그 좆같은 낯짝은 내가 알아서 확인하겠소!"

"멀리 나가 아직 돌아오지 않았소."

이규가 도끼를 뽑아 담장 한 쪽을 찍어 무너뜨렸다. 모친이 앞을 막아섰다.

"아들을 불러내지 않으면 당신을 죽이겠소!"

도끼를 들어 이내 내리치려 하자, 모친이 놀라 땅바닥에 쓰러졌다. 공손승이 안에서 보고는 달려나오며 소리 질렀다.

"무례하게 굴지 마라!"

여기에 증명하는 시가 있다.

화로에 단약 정제하여 신선을 배우니, 인연 끊고 깊은 산에 종적 감추었네.
흥신이 집에 찾아오지 않았다면, 공손승 취의청에 나타나지 않았으리.
藥爐丹竈學神仙, 遁迹深山了萬緣.
不是凶神來屋裏, 公孫安肯出堂前.

대종이 바로 뛰쳐나오며 고함쳤다.

"철우야! 어찌 늙으신 어머니를 놀라시게 했느냐!"

대종이 황망히 부축해 일으켰다. 이규도 도끼를 내던지고 큰 소리로 인사하며 말했다.

"형님 나무라지 마시오. 이러지 않으면 나오지 않을 것 같아 그랬소."

공손승이 어머니를 부축해 들어갔다가 다시 나와 대종과 이규를 공손히 청하여 데리고 깨끗한 방[10]으로 들어가 앉혔다.

"두 분께서는 어떤 일로 여기까지 오셨소?"

대종이 말했다.

"형님이 하산한 후에 제가 먼저 계주에 와서 두루 찾았는데 어디에서도 소식을 듣지 못하고 다른 형제들만 규합해 산채로 올랐지요. 지금 송 공명 형님이 시 대관인을 구하러 고당주로 갔다가 지부 고렴이 요술을 쓰는 바람에 두세 번 패하고 어찌할 방도가 없었습니다. 그래서 소인과 이규를 보내 형님을 찾아오라 한 것입니다. 계주를 샅샅이 뒤졌으나 찾지 못했는데, 우연히 국수집에서 여기에 사는 노인장을 만나 이곳까지 오게 됐습니다. 조금 전 시골 처녀가 형님이 집에서 단약을 다린다고 하여 계신 줄 알았습니다. 노모께서 극구 물리치시기에 할 수 없이 이규로 하여금 형님을 자극시켜 나오시게 한 겁니다. 너무 난폭하게 하여 어머님을 놀라게 한 죄 너그러이 용서해주십시오. 송 공명 형님께서 고당주에서 하루를 일 년같이 보내고 계십니다. 형님께서 빨리 가셔서 끝끝내 대의를 이룰 수 있도록 도와주십시오."

"빈도는 젊었을 적에 강호를 떠돌며 대부분 호걸들과 함께했소. 양산박을 떠나 고향으로 돌아온 것은 양심을 속이려 한 것이 아니요. 첫째는 모친이 연로하셔서 보살필 사람이 없는 것이고, 둘째는 스승이신 나진인께서 머물러 계시기 때문이오. 양산박에서 사람이 와서 찾을까 두려워 청도인으로 개명하고 이곳에 은거하고 있는 중이오."

10_ 원문은 '정실淨室'인데, 조용하고 깨끗하며 휴식을 취하는 방을 가리킨다.

"지금 송 공명께서 위급한 상황이니, 형님께서 자비를 베푸셔서 한 번만 가주시기 바랍니다."

"노모를 부양할 사람도 없고 스승이신 나진인께서 어찌 보내주겠소? 사실 갈 수 없을 것 같소."

대종이 다시 간절히 애원했으나 공손승은 대종을 부축해 일어나면서 말했다.

"다시 한번 상의해봅시다."

공손승은 대종과 이규를 깨끗한 방 안에 앉혀 놓고, 야채 음식을 차려 대접했다.

세 사람이 음식을 먹은 다음 대종이 다시 간절하게 애원했다.

"만약 형님께서 가지 않으시면, 송 공명은 반드시 고렴에게 사로잡힐 겁니다. 이렇게 된다면 산채의 대의는 끝장입니다!"

"스승께 가서 한번 여쭤보겠소. 만약 허락하신다면 함께 갑시다."

"그럼 바로 가셔서 스승께 여쭤보십시오."

"오늘 밤은 여기서 편히 쉬고, 내일 아침 일찍 가보리다."

"송 공명께서는 그곳에서 하루를 일 년같이 보내고 계시니, 번거롭지만 형님께서 지금 물어보시면 안 되겠습니까."

공손승은 일어나 대종과 이규를 데리고 집을 나와 이선산으로 향했다. 때는 이미 가을도 다 가고 초겨울 무렵이라 낮은 짧고 밤이 길어 금방 밤이 되었다. 산 중턱에 올랐을 때 붉은 해는 이미 서쪽으로 기울었다. 소나무 그늘 아래 오솔길을 따라 나진인의 도관 앞에 다다르니 주홍색의 편액이 보였는데 '자허관紫虛觀'이란 세 글자가 금빛으로 쓰여 있었다. 세 사람은 자허관 앞에 당도했고 이선산을 바라보니 과연 훌륭한 비경이었다.

푸른 소나무 울창하고 푸른 측백나무도 빼곡하구나, 배하 떼들은 경전을 듣고, 몇몇 종이 약을 빻고 있네. 푸른 오동나무와 푸른 참대, 동문洞門11 깊숙한 곳

푸른 창들이 잠겨 있어 으슥하며, 백설白雪과 황아黃芽12 굽는 석실石室은 구름 덮인 듯하고 단약 만드는 부엌은 따뜻하구나. 산 노루 꽃을 머금고 오솔길 질러 가고, 원숭이는 과실 들고 산봉우리 넘어오네. 도사들 경 읽는 소리 들려오고, 신선들 토론하는 모습 매번 보이누나. 허황단虛皇壇 부근에선 독경 소리 천풍天風 타고 들려오고, 예두전禮斗殿13에선 방울 위에서 갑자기 환패環珮14 소리 들려오네. 이곳이 바로 진정한 자부紫府이거늘, 어디서 봉래섬을 찾으려 하는가?

青松鬱鬱, 翠柏森森. 一群白鶴聽經, 數個青衣碾藥. 青梧翠竹, 洞門深鎖碧窗寒; 白雪黃芽, 石室雲封丹竈暖. 野鹿銜花穿徑去, 山猿擎果度巖來. 時聞道士談經, 每見仙翁論法. 虛皇壇畔, 天風吹下步虛聲; 禮斗殿中, 鸞背忽來環珮韵. 只此便爲眞紫府, 更於何處覓蓬萊?

세 사람이 정자 앞에 오자 옷차림을 바로 잡고 복도로 들어와 본전 뒤쪽 송학헌松鶴軒15으로 들어갔다. 두 명의 동자가 공손승이 사람을 데리고 들어오는 것을 보고 들어가 나진인에게 알렸다. 뜻을 전하자 세 사람을 들어오라 했다. 공손승은 대종과 이규를 데리고 송학헌 안으로 들어갔다. 마침 나진인은 조진朝眞16을 끝내고 운상雲床17에 앉아 있었다. 공손승이 앞으로 나가 절을 하고 안부를 물은 후 몸을 굽혀 공손히 시립했다. 대종과 이규가 그 나진인을 보니 속

11_ 동문洞門: 원림園林의 담벼락에는 항상 동문이 설치되어 있는데, 문틀만 있고 문짝이 없는 문을 말한다.

12_ 『수호전전교주』에 따르면 "음장생陰長生이 이르기를 '단丹을 약한 불과 센 불로 구우면 먼저 백설白雪로 변하는데 솥 안에 있는 약이 거위 털 같고 또한 눈송이 같다. 색깔은 반쯤 붉고 하얗고 웅황雄黃을 섞어 제약하면 황아黃芽로 변한다'고 했다."

13_ 예두전禮斗殿: 도가의 용어로 신전 명칭이다. 예두禮斗는 또한 배두拜斗라고도 부르는데, 북두성에 예배한다는 의미다.

14_ 환패環珮: 원형의 옥패玉佩다. 이후에는 대부분 부녀자들의 장식물을 가리켰다.

15_ 송학松鶴은 장수한다는 의미다.

16_ 조진朝眞은 신주神主에게 참배하는 것을 말한다.

17_ 운상雲床: 승려나 도사의 침상으로 넓고 길며 몸을 기댈 수도 있음.

세를 떠나 지극히 먼 곳을 유람하는 신선의 모습이었다.

모자에는 옥 잎사귀 꽂혀 있고, 학창의鶴氅衣[18]는 금빛 노을 같네. 긴 수염과 넓은 볼, 수행하여 무루無漏[19]의 경계에까지 이르렀으며, 푸른 눈에 네모난 눈동자[20], 양생법으로 불로장생의 경지를 창조했도다. 매번 신선 안기생安期生의 대추를 먹었고, 동방삭東方朔의 복숭아도 맛본 적이 있다네. 기가 아랫배에 가득 찼기에 힘줄은 푸르고 머리는 자줏빛이며, 그 이름 신선 명부에 올랐으니 짙푸른 콩팥에 푸른 간임을 알 수 있도다. 달 밝은 삼경에 거닐면 저 멀리 난새 우는 소리 들리고, 만 리 높이의 구름 타면 학의 등보다 높더라.

星冠攢玉葉, 鶴氅縷金霞. 長髥廣頰, 修行到無漏之天; 碧眼方瞳, 服食造長生之境. 每啖安期之棗, 曾嘗方朔之桃. 氣滿丹田, 端的綠筋紫腦; 名登玄籙, 定知蒼腎靑肝. 正是三更步月鸞聲遠, 萬里乘雲鶴背高.

대종이 보고는 황급히 무릎을 꿇고 절을 했으나 이규는 눈을 멀뚱멀뚱 뜨고 지켜보기만 했다. 나진인이 공손승에게 물었다.

"이 두 사람은 어찌하여 왔는가?"

"지난날 이 제자가 스승님께 말씀드렸던 산동에서 의를 맺은 벗들입니다. 지금 고당주 지부 고렴이 요술을 부려 송강 형이 특별히 이 두 사람을 보내 저를 부르고 있습니다. 이 제자가 감히 제멋대로 결정할 수 없어 스승님께 여쭤보러 온 것입니다."

"내 제자는 이미 불구덩이에서 벗어나 장생長生을 배우고 연마하면서 어찌

18_ 학창의鶴氅衣: 소매가 넓고 뒤 솔기가 갈라진 흰옷의 가장자리를 검은 천으로 넓게 댄 웃옷.
19_ 무루無漏: 번뇌를 제거한 것을 말한다. 정精·신神·혼魂·백魄을 단련하고 양생하여 밖으로 새는 것이 없음을 뜻한다.
20_ 옛 사람은 장수의 관상으로 여겼다.

다시 속세의 일에 연연하는가?"

대종이 다시 절하며 아뢰었다.

"잠시 공손 선생의 하산을 허락해주십시오. 고렴을 격파한 뒤에 바로 산으로 돌려보내겠습니다."

"두 사람은 이것이 출가인과 무관한 일이라는 것을 모르는가? 너희끼리 산에서 내려가 알아서 해라."

공손승은 할 수 없이 두 사람을 데리고 송학헌을 떠나 밤새 산 아래로 내려왔다. 이규가 물었다.

"저 늙은 신선 선생이 뭐라는 거야?"

대종이 말했다.

"너 혼자 못 들었냐?"

"나는 무슨 좆같은 소린지 도무지 못 알아듣겠어."

"스승님이 공손승 형더러 가지 말라고 하잖아."

이규는 듣고서 소리를 질렀다.

"우리 두 사람이 먼 길을 걸어오면서 죽어라 고생해서 찾았는데 무슨 방귀뀌는 소리하고 자빠졌어! 이 어르신을 성질나게 하다니, 저 늙은 도사 놈을 한 손으로 관을 쓴 대가리를 으깨버리고 다른 손으로 허리춤을 잡아 산 아래로 던져버릴 테다!"

대종이 째려보면서 꾸짖었다.

"너 또 박힌 못처럼 서서 있고 싶으냐!"

"천만에! 천만의 말씀! 내가 그냥 장난으로 한 말이요."

세 사람이 다시 공손승 집에 와서 저녁 식사를 차렸다. 공손승이 말했다.

"오늘 하룻밤 쉬고, 내일 다시 가서 간청하지요. 만약 허락하시면 곧바로 출발합시다."

대종은 공손승에게 잘 자라고 말하고 이규와 함께 짐을 정리한 뒤 깨끗한 방에 가서 잤다. 이규는 잠을 이루지 못하고 5경까지 뒤척이다 조용히 일어났다. 대종을 보니 코를 골며 깊은 잠에 빠져 있었다. 곰곰이 생각하면서 중얼거렸다.

'이거 좆같이 열 받지 않나? 너도 원래 산채에 있던 놈이면서 좆같은 스승한 테 뭘 묻고 지랄이냐! 내일 아침에 그놈이 또 허락하지 않으면 형님의 큰일을 그르치는 게 아닌가? 그 늙은 도사 놈을 죽여 버리는 게 낫겠네. 그러면, 물어 볼 데가 없으니까 나와 같이 갈 수밖에 없잖아.'

이규는 도끼 두 자루를 더듬어 찾아 조용히 방문을 열고 밝은 별빛과 달빛 을 타고 한 걸음 한 걸음 더듬으며 산에 올라 자허관 앞까지 왔다. 대문 두 짝은 닫혀 있었으나 옆 울타리는 그렇게 높지 않았다. 이규는 홀쩍 뛰어넘어가 대문 을 열었다. 살금살금 더듬어 안으로 들어갔다. 송학헌 앞에 이르니 창문 안에서 어떤 사람이 옥추보경玉樞寶經[21]을 낭송하는 소리가 들렸다. 이규가 기어 올라 가 손가락으로 창문 종이를 찢어 들여다보니 나진인 혼자 운상에 앉아 있었다. 앞의 탁자 위에는 향이 자욱했고 두 자루의 촛불이 환하게 비추고 있었으며 경 전을 읽고 있었다.

'이 도사 놈아, 너는 죽었다!'

허리를 구부리고 문 앞을 지나 가장자리로 와서 손으로 한번 밀었더니 격자 문 두 짝이 한꺼번에 열렸다. 이규가 뛰어 들어가 도끼를 들어 나진인의 이마를 향해 한번 내려찍으니 운상 위에 거꾸러졌다. 하얀 피가 흘러나오는 것을 보고 는 이규가 웃었다.

"보아하니 이 도사 놈은 숫총각 몸뚱이구먼. 정기를 잘 보양하고 흘리지 않 아 붉은 것이라고는 조금도 없구나."

이규가 자세히 들여다보니 도관道冠[22]까지도 반으로 쪼개져 있고 머리는 목

21_ 옥추보경玉樞寶經: 도교 경전.

22_ 도관道冠: 도사들이 쓰는 모자.

아래까지 똑바로 찍혀 있었다.

"이놈을 없애버렸으니 이제 공손승이 가지 않을까 고민할 일은 없겠군."

몸을 돌려 송학헌을 나와 옆으로 경사진 복도 아래로 뛰어나왔다. 푸른 옷을 입은 동자 하나가 이규를 보고 가로막으며 소리쳤다.

"네놈이 스승님을 죽이고 어디로 도망가느냐!"

"너 새끼 도사 놈아! 너도 내 도끼 맛 좀 봐라!"

손을 들어 도끼를 내려치니 머리가 동강 나 계단 옆으로 굴러 떨어졌다. 두 사람이 이규의 도끼에 죽임을 당했다. 이규가 웃으면서 말했다.

"이만 달아나야겠다."

길을 찾아 도관 문을 나가 날듯이 산 아래로 내려갔다. 공손승 집에 도착하여 재빨리 들어와 문을 닫았다. 깨끗한 방 안에 들어와 귀를 기울여 들어보니 대종이 여전히 자고 있어 이규도 이전처럼 조용히 잤다. 날이 밝자 공손승이 일어나 두 사람에게 밥을 지어 먹었다. 대종이 말했다.

"다시 선생이 우리 두 사람을 데리고 산에 올라 진인께 간청해봅시다."

이규가 듣고는 속으로 차갑게 웃었다.

세 사람은 이전 길로 다시 산에 올랐다. 자허관에 이르러 송학헌으로 들어가며 두 동자를 보고 공손승이 물었다.

"진인께서는 어디계시냐?"

"진인께서는 운상에 앉아 수양하고 계십니다."

이규는 깜짝 놀라 혀를 내밀고 반나절 동안 입안에 집어넣지 못했다. 세 사람이 발을 걷고 들어가니 나진인이 운상 중간에 앉아 있는 게 보였다. 이규는 속으로 생각했다.

'어젯밤 내가 잘못 죽였나?'

"너희 세 사람은 또 무슨 일로 왔는가?"

대종이 말했다.

"스승님께서 자비를 베푸시어 어려움에 처한 여러 사람을 구원해주시길 간청하러 다시 왔습니다."

"이 시커먼 사내는 누구인가?"

대종이 대답했다.

"소인의 의형제로 이규라 합니다."

진인이 웃으면서 말했다.

"원래는 공손승을 보내지 않으려 했는데, 저 사람 낯을 봐서라도 공손승을 보내주겠네."

대종이 감사했고 이규는 속으로 생각했다.

'저놈이 내가 자기를 죽이려고 한 것을 알면서 또 무슨 좆같은 말을 하고 있어!'

나진인이 말했다.

"내가 너희 세 사람을 잠깐 사이에 고당주에 닿도록 해줘도 괜찮겠나?"

세 사람이 감사했다. 대종은 속으로 생각했다.

'이 나진인은 내 신행법보다 강할 것이다.'

진인이 동자를 불러 손수건 세 장을 가져오게 했다. 대종이 물었다.

"스승님께 아뢰옵니다만, 어떻게 우리를 고당주에 도달하게 할 수 있습니까?"

나진인이 몸을 일으키며 말했다.

"모두 나를 따라오너라."

세 사람이 따라서 도관 문 밖 큰 바위 위로 올라갔다. 먼저 붉은 손수건 한 장을 돌 위에 깔고 말했다.

"제자인 일청이 타거라"

공손승이 두 발을 손수건 위에 디뎠다. 나진인이 소매를 한번 털며 크게 소리쳤다.

"떠올라라!"

그 손수건이 한 조각 붉은 구름으로 변해 공손승을 태우고 천천히 공중으로 올라가기 시작했다. 산을 벗어나기를 대략 20여 장丈이 되었을 때 나진인이 외쳤다.

"서거라!"

그러자 붉은 구름이 움직이지 않았다. 다시 푸른 손수건을 깔고 대종을 그 위에 디디게 하고 소리쳤다.

"떠올라라!"

그 손수건이 한 조각 푸른 구름이 되어 대종을 태우고 공중으로 떠올랐다. 갈대로 만든 삿자리만한 두 조각 붉고 푸른 구름이 하늘 위를 떠다녔다. 이규가 보고는 어리둥절해졌다. 나진인은 하얀 손수건을 돌 위에 펼치고, 이규를 불러 위에 디디게 했다. 이규가 웃으면서 말했다.

"놀리지 마시오. 아래로 떨어지면 온 몸이 조각이 날 텐데."

"저 두 사람이 보이지 않느냐?"

이규가 손수건 위에 섰다. 나진인이 크게 소리쳤다.

"떠올라라!"

그 손수건은 한 조각 하얀 구름으로 변해 날기 시작했다. 이규가 소리쳤다.

"아이고! 불안하니 나를 내려줘!"

나진인이 오른손으로 한 번 흔드니 푸르고 붉은 두 구름이 가만히 내려왔다. 대종이 감사하며 진인의 앞에 시립하고 공손승은 왼편에 섰다. 이규만 위에서 소리쳤다.

"내가 오줌도 마렵고 똥도 쌀 것 같아! 나를 내려주지 않으면 대가리에다 갈겨버릴 거야!"

"나는 출가인이라 일찍이 너를 화나게 하지 않았는데, 어찌하여 밤에 담장을 넘어 들어와 내게 도끼질을 했느냐? 만약 내게 술법이 없었으면 이미 죽었을 게다. 또 나의 동자까지도 죽이지 않았느냐!"

"내가 아니오! 사람을 잘못 본 것은 아니오?"

나진인이 웃으면서 말했다.

"비록 박살난 것은 겨우 조롱박 두 개지만 그 마음이 불량하니 혼 좀 나야겠다!"

손을 한 번 흔들면서 소리쳤다.

"가거라!"

한바탕 광풍이 불더니 이규가 구름 속으로 빨려 들어갔고, 황건역사黃巾力士23 두 명이 나타나 이규를 꽉 잡았다. 귓가에는 비바람이 지나가는 소리만 들릴 뿐이었고, 어느 결에 계주 경계에 이르렀고 얼이 빠진 채 손발을 사시나무 떨듯 떨었다. 갑자기 휘이익 소리가 들리더니 계주부 관청 건물 위에서 데굴데굴 굴러 떨어졌다.

그날 마침 부윤 마사홍馬士弘이 관아에 앉아 있었고 대청 앞에는 많은 관원이 서 있었다. 하늘 한 복판에서 시커먼 사내가 떨어지는 것을 보고 모두 놀랐다. 마 지부가 보고는 소리쳤다.

"저놈을 잡아라!"

10여 명의 옥졸이 이규를 잡아 대청 앞으로 끌고 왔다. 마 부윤이 소리쳐 물었다.

"네 이놈 어디서 온 요사스러운 인간이냐? 어떻게 하늘에서 떨어졌느냐?"

이규는 떨어져 머리는 터지고 이마가 찢어져 한참 동안 말을 할 수가 없었다. 마 지부가 말했다.

"이놈은 틀림없이 요사스러운 인간이다. 술법을 펼치는 물건을 가져오너라!"

옥졸과 절급들이 이규를 묶어 대청 앞 풀밭으로 몰아넣고 우후 한 사람이

---

23 황건역사黃巾力士: 도교 전설에서 상제의 신선이 거주하는 곳에서 당직을 서는 호위병이라 한다. 아래에 나오는 치일신장值日神將을 가리킨다.

개의 피 한 대야를 두 손으로 들어 머리에 끼얹었다. 또 다른 우후는 똥오줌 한 통을 들어 이규의 머리 위부터 발아래까지 부었다. 입안, 귀속까지 모두 개의 피, 똥오줌으로 차자 이규가 소리 질렀다.

"나는 요인妖人이 아니오. 나진인을 따르는 사람이오!"

원래 계주 사람들은 모두 나진인을 현세의 살아 있는 신선으로 알고 있었다. 그래서 그를 다치게 할 수 없어 다시 이규를 대청 앞으로 끌고 왔다. 어떤 관원이 아뢰었다.

"여기 계주 나진인은 도에 통달하여 천하에 유명한 도인으로 살아 있는 신선입니다. 만약 그를 따르는 사람이라면 형벌을 줄 수 없습니다."

마 부윤이 웃으면서 말했다.

"내가 천 권의 책을 읽고 고금의 일들을 들었지만, 신선에게 저런 제자가 있다는 것은 들어보지 못했다. 요사스런 놈을 즉시 묶어라! 여봐라, 저놈을 매우 쳐라!"

옥졸들이 이규를 잡아 뒤집어 놓고 죽을 정도로 모질게 매질을 했다. 마 지부가 소리쳤다.

"네 이놈 빨리 요인이라 불거라, 그러면 더 때리지 않겠다."

이규가 결국 시키는 대로 불었다.

"이이李二라고 하는 요인이외다."

큰 칼을 씌우고 감옥 안에 가뒀다. 이규는 사형 판결을 받은 죄수들이 구금된 감옥에 갇힌 것을 알고 말했다.

"나는 치일신장値日神將이다. 어찌 내게 칼을 씌우느냐? 이유를 불문하고 이 계주성 놈들을 모두 죽여버리겠다!"

감옥을 관리하는 절급, 간수들 모두 나진인의 도덕이 고결함을 알기에 존경하지 않는 사람이 없었다. 모두 이규에게 와서 물었다.

"당신은 뭐하는 사람이오?"

"나는 나진인을 수행하는 치일신장으로, 한때 실수로 인해 진인의 노여움을 받아 내게 고난을 주려고 여기로 던졌다. 2~3일 후면 반드시 나를 데려갈 것이다. 술과 고기를 내와 나를 대접하지 않으면, 네놈들은 물론 온 집안까지 죽게 될 것이다!"

절급과 옥졸들이 그 말을 듣고 두려워하여 술과 고기를 사서 이규를 대접했다. 이규는 그들이 두려워하는 꼴을 보고 더욱 허풍을 떨었다. 감옥 안 사람들은 더욱 무서워하여 더운 물로 목욕시키고 깨끗한 옷으로 갈아 입혀주었다.

"만일 술과 고기가 떨어지면, 당장 날아가서 너희 놈들을 혼내주겠다."

감옥 안의 간수들은 간절히 하소연했고, 이규는 계주 감옥 안에서 그렇게 지냈다.

한편 나진인은 밤사이 일어난 일을 대종에게 설명했다. 대종이 이규를 구원해달라고 간절하게 애원했다. 나진인은 대종을 도관에 머물러 묵게 하고 산채의 일들을 물었다. 대종은 조 천왕과 송 공명이 의를 위하며 재물을 하찮게 여기고 오로지 하늘을 대신해 도를 행하고 충신과 열사, 효성스럽고 어진 자손, 의로운 남편과 절개 있는 아내를 해치지 않았음을 맹세했으며, 여러 가지 장점을 이야기했다. 나진인은 듣고서 매우 기뻐했다. 닷새를 묵는 동안 대종은 매일 무릎을 꿇고 머리를 조아리며 진인에게 이규를 구원해달라고 간청했다.

"이 사람은 없애는 게 낫겠네. 데리고 가지 말게나."

"진인께서는 모르십니다. 이규가 비록 어리석고 예법을 알지 못하나 좋은 점도 있습니다. 첫째로 정직하여 조금도 남에게서 구차하게 취하려 하지 않고, 둘째는 남에게 아첨하지 않아 죽는다 하더라도 충성을 바꾸지 않습니다. 셋째는 사악한 마음과 음탕한 욕망이 없으며, 재물을 탐내 의를 저버리지도 않고 용감하게 언제나 앞장서는 사람입니다. 그렇기 때문에 송 공명이 그를 대단히 아낍니다. 이 사람을 데리고 돌아가지 않으면 소인은 송 공명의 낯을 다시 볼 수 없게 될 겁니다."

나진인이 웃으면서 말했다.

"빈도는 이미 이 사람이 상계上界 천살성天殺星의 운수라는 것을 알고 있네. 하늘 아래 중생들이 지은 죄가 매우 무거우므로 벌을 주고자 그를 내려보내 살육을 자행하게 한 것이네. 나 또한 어찌 하늘을 거역하고 이 사람을 죽이겠는가? 단지 그를 한 번 혼낸 것뿐이니 데려다가 자네에게 돌려주겠네."

대종이 절하며 감사했다.

나진인이 고함을 쳤다.

"장사들은 어디에 있는가?"

송학헌에 앞에서 한바탕 바람이 일었다. 바람이 지나간 곳에 황건黃巾 역사力士가 나타났다.

얼굴은 붉은 옥 같고, 수염은 검은 털실 같네. 한 장丈의 키에 천 근의 힘을 가졌도다. 누런 두건 가장자리의 황금 고리는 햇빛 받아 노을빛 뿜어내고, 수놓은 저고리 안에는 달빛 삼킨 서릿빛 철갑을 둘렀네. 단 앞에서 법 수호하며, 매번 세상으로 내려와 악마들을 항복시키누나.

面如紅玉, 鬚似皂絨. 仿佛有一丈身材, 縱橫有千斤氣力. 黃巾側畔, 金環日耀噴霞光; 綉襖中間, 鐵甲霜鋪吞月影. 常在壇前護法, 每來世上降魔.

그 황건 역사가 아뢰었다.

"스승님께서는 어떤 분부가 있으십니까?"

"전에 너에게 잡아서 계주로 보내게 한 그 사람은 죄업을 이미 채웠노라. 너는 신속히 계주 감옥에 가서 그를 빨리 데리고 오너라."

장사는 예하고 달려가 반 시진 만에 허공에서 이규를 아래로 던졌다.

대종이 황망히 이규를 부축하고 물었다.

"동생, 이틀간 어디에 있었는가?"

이규는 나진인을 보자 무릎 꿇고 이마를 조아리며 말했다.

"이 철우가 다시는 안 그럴게요!"

"너는 지금부터는 성질을 죽이고 있는 힘을 다해 송 공명을 도와야 하고, 나쁜 마음을 품어서는 안 된다."

이규가 다시 절하며 말했다.

"어찌 감히 말씀을 어기겠습니까!"

대종이 물었다.

"너는 며칠 동안 어디 가 있었느냐?"

"그날 한바탕 바람이 저를 계주부 안으로 날려버렸소. 관청 용마루 위로 바로 굴러떨어져 그 관부 안에 있는 놈들한테 잡히고 말았지. 그 마 지부 놈이 나를 요괴라 하고 잡아 뒤집어 묶어놓고 옥졸들을 시켜 개의 피며 똥오줌을 머리부터 온 몸에 끼얹고 내 양 허벅지가 다 터지도록 두들겨 패고 칼을 씌워 감옥에 가두었어. 그놈들이 '어떤 신이기에 하늘에서 떨어졌냐?'고 묻기에 '나진인을 따르는 치일신장으로 약간의 잘못이 있어 벌로 이런 고통을 받는데, 이삼일 지나면 반드시 나를 데려갈 거다'고 말했어. 비록 몽둥이로 얻어맞기는 했으나 거짓말로 술과 고기를 꽤나 먹었지. 그놈들이 진인을 두려워해 나를 목욕시키고 옷도 갈아 입혀줬어. 지금도 감옥에서 속여 술 마시고 고기를 얻어먹고 있는데, 공중에서 황건 역사가 뛰어 내려와 칼 자물쇠를 풀어주고 나보고 눈 감으라고 소리치더니 꿈속 같이 여기로 왔어."

공손승이 말했다.

"스승님이 거느린 황건 역사가 1000여 명인데, 모두 스승님을 따르는 노복들이네."

이규가 듣고서 소리 질렀다.

"살아있는 부처님! 어째서 일찍 말해주지 않았소. 그랬으면 내가 이런 짓은 안 했을 것 아니오!"

돌아보고 무릎 꿇고 절했다. 대종이 다시 절하며 간청했다.

"제가 여기에 온 지 여러 날이 지났습니다. 고당주 군마가 매우 급하니 스승님께서 자비를 베푸시어 공손 선생이 저희와 함께 가서 송 공명 형님을 구원하게 해주십시오. 고렴을 격파한 뒤에 산으로 돌려보내겠습니다."

"내가 원래는 보내지 않으려 했는데, 지금 너의 대의가 막중하니 그를 한 번 보내주마. 내가 하는 말을 명심해야 한다."

공손승이 앞을 향해 무릎 꿇고 진인의 가르침을 들었다. 바로 다음과 같다. 가서는 세상을 구제하고 나라를 편안하게 하려는 소원을 이루고, 돌아와서는 난새와 봉황을 타는 사람이 되었다.

결국 나진인이 공손승에게 무슨 말을 했는지는 다음 회에 설명하노라.

나진인羅眞人

'진인眞人'은 도가에서 본심을 잃지 않도록 착한 성품을 기르다가 신통력을 갖게 되어 득도한 자에 대한 존칭이다. 가장 재덕이 있는 성인이라 할 수 있다. '나진인'은 송·원 시대 회본話本에서 때때로 언급되는데 살아 있는 신선의 표준이다.『수호전보증본』에 근거하면, '나진인'은 즉 '나공원羅公遠'이다. 송대 황휴복黃休復의 『모정객화茅亭客話』에 따르면, "면주綿州 나강현羅江縣에 나괴동羅瓌洞이 있는데, 옛날에 이름이 괴瓌인 나진이 도를 닦던 곳이다. 그 이후 태평흥국太平興國 5년(980)에 동굴 입구에서 음악 소리가 들리고 수레바퀴 흔적이 발견되었다. 지방 관리가 이 일을 상주하자 조서를 내려 향을 하사하고 도량을 세워 복을 기원하고 재앙을 없애도록 했다"고 했다. '나원공'은 『신당서』 「방기전方技傳」에서는 '나사원羅思遠'으로 쓰고 있다. 민간 전설에 당명황유월궁唐明皇游月宮의 도인이며 도를 닦은 곳은 쓰촨성 뤄장羅江인데, 『수호전』의 작자가 계주 구궁현으로 이식한 것이다.

술법을 깨뜨리다[1]

나진인이 당부했다.

"제자야, 지난날 배운 법술 실력이 고렴과 엇비슷하니 내가 지금 너에게 특별히 '오뢰천강정법五雷天罡正法'[2]을 가르쳐주겠다. 이것을 배워 송강을 구하고 나라를 지키며 백성을 안정시켜 하늘을 대신해 도를 행하여라. 욕심에 사로잡혀 큰일을 그르치지 말고 이전에 도를 배웠던 마음으로 전념해라. 너의 노모는 내가 사람을 시켜 아침저녁으로 보살필 터이니 걱정하지 말거라. 너는 본래 천한성天閑星의 운수를 가지고 태어났기 때문에 잠시 네가 가서 송 공명을 돕는 것을 허락하마. 내게 여덟 글자가 있는데 기억해두고 때가 되었을 때 일을 그르치지 말도록 해라."

1_ 제54회 제목은 '入雲龍鬪法破高廉(입운룡이 도술로 고렴을 격파하다), 黑旋風深穴救柴進(흑선풍이 깊은 우물 속으로 들어가 시진을 구하다)'이다.
2_ 오뢰천강정법五雷天罡正法: 도교의 방술로 법술을 펼쳐 천둥과 비를 내리게 하고 병을 없애고 사람을 구제하는 것을 말한다.

나진인이 말한 여덟 글자는 '逢幽而止, 遇汴而還(유주幽州를 격파한 다음에 멈추고, 송강 등을 변량汴粱으로 보낸 다음에는 고향으로 돌아오라)'이다. 공손승이 꿇어 앉아 오뢰천강정법을 전수 받고 대종·이규와 함께 나진인께 작별을 고하고 함께 도를 닦던 사람들과도 이별하고는 산을 내려왔다. 집으로 돌아가 도사 복장, 보검 두 자루와 아울러 철관鐵冠[3]과 여의如意[4] 등의 물건을 챙기고 노모께 작별하고 산을 떠나 길에 올랐다. 30~40리 길을 걸은 뒤에 대종이 말했다.

"소생은 먼저 가서 형님께 알릴 테니 선생과 이규는 큰 길로 천천히 오시면 제가 다시 마중 나오겠습니다."

공손승이 말했다.

"좋소. 동생이 먼저 가서 알리시고 나 또한 서둘러 가리다."

대종이 이규에게 당부했다.

"오는 도중에 조심해서 선생을 모시거라. 조금이라도 잘못이 있으면 너를 가만두지 않겠다."

"그분은 나진인과 법술이 대등한데 내가 어떻게 감히 버릇없이 굴겠소?"

대종이 갑마를 묶고 '신행법'을 써서 먼저 갔다.

한편 공손승과 이규 두 사람은 이선산 구궁현을 떠나 큰길을 따라가면서 저녁이면 객점을 찾아 들어가 잤다. 이규는 나진인의 법술을 두려워하여 공손승을 매우 조심스럽게 모셨고 감히 성질을 부리지 못했다. 두 사람이 길을 떠난 지 3일째 되는 날 무강진武岡鎭이라 불리는 곳에 왔는데 시가지에 사람들이 모여 있는 것이 보였다. 공손승이 말했다.

"이틀 동안 길을 걸어 피곤하니 국수와 술을 먹고 길을 가세."

3_ 철관鐵冠: 옛날에 어사들이 쓰던 법관法冠이다.
4_ 여의如意: 일반적으로 대나무·나무·뼈·돌·구리·철 등의 재질로 제조하며 손이 닿지 않는 가려운 곳을 긁는 데 사용한다.

"좋지요."

대로변에 작은 주점이 보여 두 사람은 들어가 앉았다. 공손승이 윗자리에 앉고 이규는 허리춤에 찬 돈주머니를 풀고 아랫자리에 앉았다. 점원을 불러 술을 사고 야채 반찬을 차려 먹었다. 공손승이 점원에게 물었다.

"여기에서 야채 간식거리를 사 먹을 수 있소?"

"여기 주점에는 술과 고기는 팔지만 야채 간식거리는 없습니다. 시장 입구에 대추 떡을 파는 사람이 있습죠."

이규가 말했다.

"내가 가서 사올게."

보따리에서 동전을 꺼내 시진市鎭에 가서 대추 떡을 샀다. 막 돌아가려고 하는데, 길옆에서 사람들이 갈채를 보내는 소리가 들렸다.

"힘이 정말 대단하네!"

한 사나이가 박 형태의 추가 달린 철추를 다루는 것을 구경하며 사람들이 그를 둘러싸고 박수갈채를 보내고 있었다.

이규가 보니 그 사내는 7척이 넘는 큰 키에 얼굴은 곰보자국이 있고 콧등은 넓게 쭉 뻗었다. 철추는 족히 30근은 넘어 보였다. 그 사내가 박 모양의 추로 길가에 있는 돌을 후려쳐 산산조각이 나자 사람들이 갈채를 보냈다. 이규가 참지 못하고 대추 떡을 품속에 넣고는 그 사내의 철추를 낚아챘다. 그러자 그 사내가 소리 질렀다.

"넌 뭐하는 좆같은 놈이기에 감히 내 추를 뺐느냐!"

"너는 추를 좆같이 돌리면서 사람들에게 갈채를 받고 싶냐! 눈 버리겠다! 이 어르신이 사람들한테 어떻게 다루는 건지 보여주마."

"내가 네놈한테 빌려는 준다만 휘두르지 못하면, 네놈의 모가지를 한방 갈겨주마."

이규가 박 모양의 추를 받아들고 새총 총알처럼 가지고 놀다가 한 번 휘둘러

보고 가볍게 내려놨다. 얼굴에 붉은 빛 하나 없고 가슴도 뛰지 않았으며 숨소리
도 거칠어지지 않았다. 사내가 그런 이규를 보고는 몸을 굽혀 절하면서 말했다.

"형님께서는 존함이 어떻게 되십니까?"

"너는 어디에 사느냐?"

"바로 요 앞에 삽니다."

사내가 자기 집으로 이규를 데리고 갔다. 문이 잠겨 있었는데 그 사내가 열
쇠로 문을 열고 이규를 안으로 청하여 앉았다.

방에는 온통 쇠모루5·쇠망치·화덕·집게·끌 등의 공구들이 있어 속으로 생
각했다.

'이놈은 대장장이구먼. 산채에 요긴하게 쓸 수 있겠구나. 어떻게 하면 이놈을
한 패로 만드나?'

이규가 다시 말했다.

"어이, 이름이나 알고 지내자고."

"소인은 탕릉湯隆이라 합니다. 부친이 원래 연안부에서 지채知寨 일을 하셨는
데 쇠를 잘 다루어 노충 경략상공 휘하에 임용되었지요. 근래에 부친께서 재임
중에 돌아가셨고 소인은 놀음에 빠져 있다가 결국은 강호를 떠돌아다니게 되었
습니다. 지금은 여기에서 잠시 대장장이 일을 하면서 지내고 있습니다. 창봉 연
마하는 것을 미치도록 좋아합니다. 온몸에 마마 자국이 있어 사람들이 소인을
금전표자金錢豹子라 부릅니다. 그런데 형님의 크신 이름은 어떻게 됩니까?"

"내가 바로 양산박의 호걸 흑선풍 이규일세."

탕릉이 듣고서 다시 절했다.

"형님의 명성은 익히 들었습니다만, 오늘 이렇게 우연히 만나뵐 줄 누가 생각
했겠습니까!"

5_ 대장간에서 불린 쇠를 올려놓고 두드릴 때 받침으로 쓰는 쇳덩이로 대부분 머리가 튀어 나옴.

"자네 여기서 이래가지고야 언제 출세하겠나? 나와 같이 양산박에 가서 한 패가 되어 두령이 되는 것이 어떠한가."

"형님께서 버리시지 않고 이 동생을 데리고만 가주신다면 채찍을 들고 말등자를 받치는 일도 마다하지 않겠습니다."

그 자리에서 이규에게 절하고 형님으로 모셨다. 이규 또한 탕륭을 동생으로 맞이했다. 탕륭이 말했다.

"제게는 집안 식구도 따르는 하인도 없으니, 형님과 시진에 가서 술이나 석 잔 마시면서 의형제를 맺어주신 것에 대한 감사를 표하고자 합니다. 오늘은 여기서 하룻밤 쉬시고 내일 아침 일찍 떠나지요."

"스승님 한 분이 바로 앞 주점에 있네. 내가 대추 떡을 사오면 먹고 떠나기로 했는데 너무 늦어 더 이상 지체할 수 없네. 당장 돌아가야 한다네."

"어찌 이렇게 서두르십니까?"

"자네는 모르네. 송 공명 형님께서 지금 고당주 경계에서 싸우시며 내가 이 스승님을 모셔와 구원해주기만 바라고 있다네."

"그 스승님은 누구입니까?"

"자네는 물을 것 없고 빨리 짐이나 꾸리고 가세나."

탕륭이 급히 보따리를 싸면서 여비로 쓸 은자도 챙기고 방한모를 쓰고 요도를 가로로 차고 박도를 들었다. 살던 낡은 집과 무거운 가재도구들은 모두 버리고 이규를 따라 주점에 있는 공손승한테 바로 달려갔다.

주점에 도착하자 공손승이 이규를 나무랐다.

"자네는 도대체 어디를 다녀오기에 이제야 돌아왔는가? 또 다시 이렇게 지체하면 나는 그냥 돌아가겠네!"

이규는 감히 대꾸도 못하고 탕륭을 끌어 공손승에 절하게 한 다음 형제의 의를 맺은 일을 자세히 설명했다. 공손승은 탕륭이 대장장이 출신이라는 것을 듣고 속으로 매우 기뻐했다. 이규가 대추 떡을 꺼내 점원을 불러 음식을 차리게 했다. 세 사람은 술 몇 잔에 대추 떡을 먹고 술값을 계산했다. 이규와 탕륭이 보따리를 지고 공손승과 함께 무강진을 떠나 고당주로 향했다. 세 사람이 삼분의 이쯤 거리에 왔을 때 대종이 일찌감치 나와서 맞이했다. 공손승이 기뻐하면서도 다급하게 물었다.

"요즘 싸움은 어떻소?"

"고렴 그놈이 요 며칠사이 화살 맞은 상처가 회복되자 매일 병사를 끌고 나와 싸움을 걸고 있습니다. 형님께서 지키기만 하고 나가 싸우지 못하고 선생께서 도착하시기만을 기다리고 계십니다."

"일이 쉽게 되는구면."

이규가 탕륭을 대종에게 뵙게 하고 있었던 일들을 상세하게 얘기했다. 네 사람이 서둘러 고당주로 발걸음을 재촉했다. 방책 5리 밖에서 벌써부터 여방과 곽성이 군마 100여 기를 이끌고 와서 맞이했다. 4명이 모두 말에 올라 진중에 도착했고 송강과 오용 등이 나와 맞이했다. 각자 예를 갖춰 인사하고 술대접을 마친 뒤 서로 간에 오랫동안 헤어졌던 정을 묻고 중군 막사로 들어갔다. 여러 두령 또한 막사로 찾아와 축하인사를 했고, 이규가 탕륭을 데리고 송강과 오용과여러 두령에게 인사를 시켰다. 인사가 끝나자 방책에서는 축하연회가 열렸다.

이튿날 중군 막사에 송강·오용·공손승이 고렴을 격파할 작전을 상의했다. 공손승이 말했다.

"주장께서는 명령을 내려 방책을 치우고 싸움을 준비하십시오. 적군이 어떻게 나오는지 본 뒤에 소인이 나름대로 대책을 마련하겠습니다."

그날 송강은 각 방책에 일제히 군사를 일으키도록 명령을 내렸고 곧바로 고당주 해자까지 진격하여 진을 치고 주둔했다. 다음날 아침 5경에 아침밥을 해먹고 군사들이 모두 투구와 갑옷을 입고 무장했다. 송 공명·오 학구·공손승 세사람은 말을 타고 앞장서면서 깃발을 흔들고 북을 두드리며 함성을 지르고 징을 울리며 성 아래로 밀고 들어갔다.

한편 지부 고렴은 성안에서 화살에 맞은 상처도 이미 치유되었고 하룻밤이 지나자 병졸이 송강의 군마가 다시 왔다고 보고했다. 새벽부터 투구와 갑옷을 입고 성문을 열어 조교를 내리게 하고 신병 300명과 대소 장교들을 이끌며 성을 나와 적을 맞았다. 양군이 점점 가까워지고 깃발과 북을 서로 알아 볼 수 있게 되자 전투 대형으로 군사를 배치했다. 양군 진영에서 악어가죽으로 만든 북을 두드리고 각종 색상으로 수놓은 깃발을 흔들었다. 송강 진영의 문이 열리더니 말 탄 장수 10명이 나와 기러기 날개 모양으로 양쪽으로 벌려 섰다. 왼쪽에는 화영·진명·주동·구붕·여방 다섯 장수가 있고, 오른쪽에는 임충·손립·등비·마린·곽성 다섯 장수가 있었다. 중간에는 3명이 말을 타고 나왔는데 주장은 송 공명이었다. 차림새를 보니,

머리에는 붉은 두건을 쓰고, 허리에는 사만대獅蠻帶를 찼구나. 비단 전포6 등에는 대붕大鵬을 붙였고, 수은 투구의 챙엔 나는 봉황이 채색되어 있네. 녹색의 가죽 장화는 진귀한 등자를 비스듬히 밟고 있고, 황금 갑옷엔 용 비늘이 빛을 발하고 있구나. 금박한 안장 깔개에 자주색 채찍 어울리고, 비단 말다래는 도화마桃花馬7에 알맞네.

頭頂茜紅巾, 腰繫獅蠻帶. 錦征袍大鵬貼背, 水銀盔彩鳳飛檐. 抹綠靴斜踏寶鐙, 黃金甲光動龍鱗. 描金轡隨定紫絲鞭, 錦鞍韉穩稱桃花馬.

왼쪽 말을 탄 사람은 양산박의 병권을 쥐고 있는 군사 오 학구였다. 차림새를 보니,

6_ 원문은 '정포征袍'인데, 출정하는 장사가 입는 전포戰袍이며 여행객이 입는 긴 옷이다.
7_ 도화마桃花馬: 털 빛깔이 눈처럼 흰 가운데 붉은 점이 있는 말.

흰 깃털 가지런한 오명五明 부채8 들고, 관건綸巾9에 솜씨 있게 짠 오사모烏紗帽10 썼구나. 검은 테두리의 흰 명주 도포 입고, 푸른 옥고리 달린 띠 묶었네. 해바라기 모양의 등자에 물오리 형상의 신발11로 편안하게 밟고, 은으로 장식한 안장에 자주색 실 말고삐로다. 두 가닥 구리 사슬 허리에 걸치고, 청총마9 타고 전장에 나가는구나.

五明扇齊攢白羽, 九綸巾巧簇烏紗. 素羅袍香皂沿邊, 碧玉環絲絛束定. 鳧舃穩踏葵花鐙, 銀鞍不離紫絲繮. 兩條銅鏈腰間挂, 一騎靑驄出戰場.

오른쪽 말에 탄 사람은 군대의 지휘와 진세 펼치는 것을 장악하고 있는 부군사 공손승이었다. 차림새를 보니,

성관星冠13은 밝은 햇빛에 빛나고, 신검神劍은 흩날리는 서리 같네. 화려한 의복엔 봄 구름 수놓았고, 오행방술의 용맹스런 역량에는 비결이 감춰져 있구나. 허리에는 온갖 색깔 뒤섞인 짧은 띠 매고 있고, 등에는 송문고정검松文古定劍14을

8_ 원문은 '오명선五明扇'인데, 의장용으로 사용하는 자루가 긴 부채다. 둥글부채를 가리킨다. 위·진 시기에는 제왕만이 사용했는데, 이후에는 일반에서도 사용했다.

9_ 청총마靑驄馬: 푸른색과 흰색의 털이 뒤섞인 준마를 말한다.

10_ 관건綸巾: 위魏·진晉 시기에 굵은 명주실로 짠 흰색 두건이다. 일반적으로는 푸른색이다. 삼국시대 때 제갈량이 항상 썼기 때문에 제갈건諸葛巾이라고도 한다. 송나라 이후에는 대부분 도사와 유생들이 사용했다. '綸'의 음은 guan(관)이다.

11_ 원문은 '오사烏紗'인데, '오사모烏紗帽'라고 한다. 검은색 실로 짠 모자. 남북조 시대에 시작되었고 이후에는 대부분 관모官帽로 사용되었다.

12_ 부석鳧舃으로 발부리가 높고 위로 치켜든 물오리 모양의 신발을 말한다. 왕교王喬가 신었기 때문에 신선이 신는 신발을 가리킨다.

13_ 성관星冠: 도사가 쓰는 모자. 수행하고 북두칠성을 향해 절할 때 쓴다.

14_ 송문고정검松文古定劍: 허베이성 구딩진古定鎭에서 제작되었다고 전해지는데, 검 면이 소나무 무늬 같다고 한다. 당·송 시기 전장에서는 검은 매우 적게 사용되었고 통상적으로 장식용이었다. 오직 도사들이 귀신을 잡는 법기法器로 사용했는데, 본문에서도 이런 용도로 사용된 것이다. 송문고정

맸네. 구름무늬로 장식한 청록색 조화朝靴를 신었고, 갈기가 길고 머리를 쳐든 황화마黃花馬를 탔구나. 그 이름 도교 서적에 니오고 위대한 공적 드러냈으며, 몸은 신선의 반열에 올라 도력도 높다네.

星冠耀日, 神劍飛霜. 九霞衣服綉春雲, 六甲風雷藏寶訣. 腰間繫雜色短鬚絛, 背上懸松文古定劍. 穿一雙雲頭點翠早朝靴, 騎一匹分鬃昂首黃花馬. 名標蕊笈玄功著, 身列仙班道行高.

세 명의 군대를 총괄하는 주장이 말을 타고 진 앞으로 나오자, 상대편 진에서는 징과 북이 함께 울리더니 문기門旗가 열리고 고당주 지부 고렴이 20~30여 명의 군관들에게 둘러싸인 채 진 앞으로 나왔다. 그의 차림새를 보니,

머리를 묶어 덮개 관을 쓰고 진주를 끼워 넣었으며, 진홍색 도포엔 비단을 엮어 수를 놓았네. 연환 갑옷은 황금빛 번쩍이고, 두 날개 달린 은 투구는 봉황이 나는 듯하구나. 발에는 구름 사이를 뚫고 나간 듯한 장화를 신었고, 허리에는 사만獅蠻 황금 띠를 묶었네. 손에다 삼척 검 비껴들고, 용 같은 말 타고 진 앞으로 나왔구나.

束髮冠珍珠嵌就, 絳紅袍錦綉攢成. 連環鎧甲耀黃金, 雙翅銀盔飛彩鳳. 足穿雲縫吊墩靴, 腰繫獅蠻金輕帶. 手內劍橫三尺水, 陳前馬跨一條龍.

지부 고렴이 진 앞으로 나와서는 큰 소리로 욕설을 퍼부었다,

"너희 물웅덩이에 사는 도적놈들아! 싸우러 나왔으면 승부를 봐야지 도망가면 사나이 대장부가 아니다!"

송강이 듣고서 주위를 돌아보며 물었다.

검의 제작에 관한 내용은 상세하지 않다.

"누가 저 도적놈을 베어버리겠느냐?"

소이광 화영이 창을 들고 말에 박차를 가해 곧장 양쪽 진영이 둘러싼 겹겹의 포위 속으로 달려갔다. 고렴이 소리 질러 물었다.

"누가 저 도적놈을 잡아오겠느냐?"

통제관 부대 안에서 설원휘薛元輝라는 상장上將 한 명이 나왔다. 쌍칼을 휘두르며 사나운 말을 몰아 양측 진영이 둘러싼 가운데 달려나왔다. 두 사람이 진 앞에서 여러 합을 싸우다가 화영이 말을 돌려 본진으로 달아났다. 설원휘는 계책을 알지 못하고 말고삐를 놓고 칼을 휘두르며 온힘을 다해 뒤쫓았다. 화영이 말을 세우더니 활을 들어 화살을 얹고 몸을 돌려 화살 하나를 날렸다. 설원휘가 머리에 화살을 맞고 말에서 거꾸로 떨어져 바닥에 처박혔다. 양군이 일제히 함성을 질렀다. 고렴이 말 위에서 보다가 크게 화를 내며 급히 말안장 앞의 짐승들이 그려진 구리 방패를 잡고 검을 꺼내 세 번 두드리자 신병 부대 안에서 한바탕 누런 모래가 일어나더니 햇빛이 광채가 없어지면서 하늘과 땅을 컴컴하게 덮었다. 함성이 요란하게 일어나면서 승냥이와 이리, 호랑이와 표범 같은 맹수와 독충들이 누런 모래바람 속에서 쏟아져 나왔다. 따르는 군사들이 기다렸다는 듯이 모두 달려나가자, 그때 바로 공손승이 말 위에서 송문고정검을 잡고 적군을 가리키며 속으로 주문을 외우며 소리 질렀다.

"가라!"

한줄기 황금빛이 퍼지더니 맹수와 독충 떼들이 모두 누런 모래바람 속에서 우수수 진 앞에 떨어졌다. 군사들이 살펴보니 모두 흰 종이로 오려 만든 범과 표범들이었고 누런 모래바람이 모두 흩어져 사라지면서 더 이상 일어나지 않았다. 상황을 보고 있던 송강이 바로 채찍 끝 가죽 끈으로 지시하니 대소 삼군이 일제히 들이닥쳤다. 병사들은 죽고 말들은 엎어졌으며 두 부대의 깃발과 북들이 한 곳에서 서로 얽히고 섞여 싸웠다. 고렴은 급히 신병을 물리게 하고 성안으로 달아났다. 송강 군마들이 서둘러 성 아래까지 밀고 갔으나 성 위에서 다급하게 조교를 잡아당겨 올리고 성문을 닫고 뇌목, 포석을 비 오듯이 아래로 던졌다. 송강이 징을 울려 군마를 거두어 방책을 세우고 인원을 점고하니 저마다 대승을 거두었다. 군막으로 돌아와 공손승 선생의 신령스런 술법에 감사를 표하고 이어서 삼군의 노고에도 상을 내렸다.

이튿날 병사를 나누어 사방으로 성을 에워싸고 힘을 다하여 공격했다. 공손승이 송강과 오용에게 말했다.

"어젯밤 비록 적군이 패하여 태반이 죽었으나, 300여 신병들이 물러나 성안으로 들어가는 것을 눈으로 직접 봤습니다. 오늘 공격이 거세지면 그놈들이 야간에 반드시 기습할 겁니다. 오늘 밤 군사를 한 곳에 모아 깊은 밤이 되면 사면으로 나누어 매복하십시오. 이곳은 빈 방책을 세우고 여러 장수로 하여금 벼락 소리가 들리고 방책 한가운데 불길이 일어나는 것이 보이면 일제히 병사를 진격시키십시오."

영을 내려 그날 성을 공격하다가 미패未牌[15]가 되기 전에 사방 군졸들을 거두어 방책으로 돌아오게 했고 군영에서 크게 떠들며 술을 마셨다. 날이 점차 어두워지자 여러 두령은 은밀하게 조를 나누어 방책을 나가 사방에 매복했다.

한편 송강·오용·공손승·화영·진명·여방·곽성 등은 비탈 위에 올라 기다렸다. 밤이 되자 고렴이 과연 300여 신병을 이끌고 등에는 각자 유황과 염초焰硝[16], 불꽃을 일으키는 화약 재료 등이 담겨 있는 쇠 호리병을 매고 갈고리 모양의 칼날이 구부러진 칼과 쇠 빗자루를 쥐고 입에는 갈대 호루라기를 물었다. 2경 전후에 성문이 크게 열리고 조교를 내려 고렴이 앞장서고 신병들을 인솔하여 전진하는데 뒤에 30여 기가 따르며 앞으로 내달려왔다. 방책에 가까워지자 고렴이 말 위에서 술법을 일으키니 검은 기운이 하늘에 가득하고 광풍이 크게

15_ 미패未牌: 미시未時. 오후 1~3시
16_ 염초焰硝: 질산칼륨. 인화성이 강해 불을 붙이는 데 사용한다.

일어나면서 모래가 날리고 돌이 구르면서 땅에는 먼지가 일어났다. 300여 신병들이 불을 가져와 호리병 입구에 붙이면서 일제히 갈대 호루라기를 불었다. 어둠 속에서 불이 켜져 밝게 비치자 큰 칼과 도끼를 휘두르며 방책 안으로 돌격해들어갔다. 그때 높은 언덕 위에서 공손승이 검을 잡고 술법을 일으키니 비어 있는 방책 안 평지에서 콰르릉 소리가 나며 벼락이 쳤다. 300여 신병들은 다급하게 벗어나려 했지만 비어 있는 방책 안에 불길이 일어나고 화염이 어지럽게 날려 온통 붉은 빛이라 길을 찾아 탈출할 수 없었다. 사방에 매복해 있던 병사들이 일제히 일어나 방책을 에워싸니 불빛이 어두운 곳까지 두루 비추었다. 300여 신병들은 한 사람도 달아나지 못하고 모두 방책 안에서 죽었다. 고렴은 급히 30여 기를 이끌고 달아나 성으로 돌아갔다. 뒤쪽에 한 갈래 군마가 뒤쫓고 있었는데 표자두 임충이었다. 금방 따라 잡힐 듯하자 다급하게 조교를 내리라 소리 질렀다. 고렴은 고작 8~9기만 데리고 성으로 돌아왔고 나머지는 사람뿐만 아니라 말까지도 임충에게 사로잡혔다. 성안으로 물러난 고렴은 모든 백성을 모아 성을 방비하게 했다. 고렴의 군마와 신병들이 모두 송강과 임충에 의해 몰살당했다.

다음날 송강이 또 군마를 이끌고 사방으로 성을 에워싸자 몹시 다급한 상황이었다. 고렴은 곰곰이 생각했다.

'내가 수년간 술법을 배웠는데 오늘 저들에게 패할 줄은 생각도 못했구나. 이일을 어찌한단 말인가? 인근 주부에 사람을 보내 구원을 요청하는 방법밖에는 없구나.'

서둘러 편지 2통을 써서 고당주에서 멀지 않은 동창東昌[17]·구주寇州[18]로 보내면서, '이곳 지부 두 명은 우리 고 태위 형님께서 발탁하신 사람들이다'라고

17_ 동창東昌: 지금의 산둥성 랴오청聊城.
18_ 구주寇州: 『수호전전교주』에 따르면 "정목형의 『주략』에서 이르기를, '패주霸州는 후주後州의 현으로 원나라 초에 구주寇州가 되었다 경내에 구수寇水가 있어 구주라 했다'고 했다."

하고는 밤에 군사를 일으켜 구원해달라고 요청했다. 두 명의 통제관을 불러 편지를 가지고 두 곳으로 보내기로 했는데, 서문이 열리고 두 통제관이 포위를 뚫고 서쪽으로 달려갔다. 여러 장수들이 그들을 쫓았다. 오용이 영을 내려 추격을 멈추게 했다.

"가게 놔두시오. 그들의 계책을 역이용할 수 있소."

송강이 물었다.

"군사는 어떻게 저들을 이용하려고 하시오?"

"지금 성안에는 군사도 부족하고 장수도 모자라기 때문에 구원을 요청하러 그들을 보낸 것입니다. 우리가 여기에서 군사 두 부대를 구원하러 오는 군사로 가장하여 혼전을 벌이면 고렴이 반드시 성문을 열고 전투를 도우려 나올 터이니, 그런 형세를 이용하여 한편으로는 비어 있는 성을 취하고 다른 한편으로는 고렴을 좁은 길로 유인한다면 반드시 생포할 수 있을 겁니다."

송강이 역이용의 계책을 듣고 크게 기뻐하며 대종을 양산박으로 보내 새로 군마를 선발하여 두 길로 나누어 오도록 했다.

한편 고렴은 성안 넓은 공터에 땔나무를 쌓아놓고 매일 밤하늘이 붉게 물들도록 불을 질러 신호를 올리며 성 위에서 구원병이 오기만을 기다렸다. 며칠이 지나자 성을 지키는 병사들이 송강 진영에 싸움이 없는데도 혼란스러운 것을 보고 황급히 보고했다. 고렴은 듣고서 급히 갑옷을 입고 성에 올라 앞을 내다보니, 두 부대가 맹렬하게 진격하는데 먼지가 일어나 해를 가리고 함성 소리가 천지를 뒤흔들었다. 성을 겹겹이 에워쌌던 양산박 군사들도 사방으로 흩어져 달아났다. 고렴은 두 곳에서 구원병이 온 것으로 알고 최소한의 군사와 군마만 남겨두고 성문을 활짝 열고 여러 부대로 나누어 돌격해 나왔다.

고렴이 송강의 진 앞에 다다르니 송강이 화영·진명과 함께 오솔길로 달아나는 것이 보였다. 고렴은 군사를 이끌고 정신없이 그 뒤를 쫓았다. 그때 변안간 산비탈 뒤에서 연주포連珠炮[19] 터지는 소리가 들렸다. 문득 의심이 든 고렴이 군사를 거두어 되돌리려는 순간 양쪽에서 징소리가 요란하게 울리더니 왼편에서는 소온후 여방이 오른편에서는 곽성이 각각 500여 군사를 이끌고 쏟아져 나왔다. 놀란 고렴이 급히 길을 찾아 달아나는데, 따르던 부하와 군마들이 대부분 꺾였고 겨우 포위를 뚫고 성 쪽으로 황급히 달아났으나 성 위를 바라보니 모두가 양산박의 깃발들이었다. 눈을 들어 자세히 살펴보니 구원병은 어디에도 보이지 않았고, 단지 패한 군졸들만이 따르고 있을 뿐이었다. 다시 후미진 산 오솔길을 찾아 달아났다. 10여 리도 못 가서 산 뒤에서 한 무리의 군사가 뛰쳐나왔다. 병울지 손립의 군사들이 한꺼번에 밀려오면서 길을 가로막고 엄하게 꾸짖었다.

"내가 여기서 오랫동안 너를 기다렸다. 순순히 말에서 내려 오라를 받아라!"

고렴이 군사를 되돌리려 하는데 뒤에서 한 무리의 군사들이 막았다. 말 위의 장수는 미염공 주동이었다. 두 장수가 앞뒤에서 공격해오니 사방 퇴로가 끊겨 하는 수 없이 고렴은 말을 버리고 산 위로 기어올랐다. 사방에 에워싸고 있던 군사들이 일제히 산 위로 쫓아오자 고렴은 황망하여 다급하게 주문을 외우면서 소리쳤다.

"일어나라!"

검은 구름이 한 조각 생기자 올라타 서서히 공중으로 떠올라 산꼭대기로 향했다. 마침 공손승이 산비탈을 돌아오다 떠오르는 고렴을 봤다. 즉시 말 위에서 검을 들어 허공을 바라보며 법술을 시행했는데, 주문을 외우면서 소리쳤다.

"가라!"

검을 들어 고렴을 보면서 가리키자 구름에 타고 있던 고렴이 아래로 굴러 떨어졌다. 공교롭게도 서둘러 달려오던 삽시호 뇌횡이 박도를 휘둘러 고렴을 두 토

19_ 연주포連珠炮: 폭죽의 총칭. 한 꿰미에 꿴 연발 폭죽. 지상에서 한 번, 공중에서 다시 한번 폭음을 내는 쌍발 폭죽 등이 있다.

막 내버렸다. 가련하게도 오마제후五馬諸侯[20]의 귀인이 남가일몽南柯一夢 속의 사람이 되어버렸다. 시에 이르기를,

위에서는 하늘의 거울로 굽어보고, 아래서는 땅의 신이 살피신다네.

밝은 곳에선 왕법王法 잇따르지만, 어둔 곳에선 귀신이 뒤따른다네.

악을 행하면 결국 화 입게 되고, 세력에 의지하면 결국 잃게 되누나.

평생 동안 경계하라 권하노니, 탄식하고 놀라고 두렵게 될 것이리라.

上臨之以天鑒, 下察之以地祇.

明有王法相繼, 暗有鬼神相隨.

行凶畢竟逢凶, 恃勢還歸失勢.

勸君自警平生, 可歎可警可畏.

한편 뇌횡은 고렴의 수급을 들고 산 아래로 내려오면서 먼저 사람을 보내 송강에게 보고했다. 송강은 고렴이 이미 죽었다는 것을 알고 군사를 거두어 고당주 성안으로 들어갔다. 서둘러 영을 내려 백성을 해치지 못하게 하고, 한편으로는 방을 붙여 백성을 안정시키고 추호도 위반하는 일이 없도록 했다. 시 대관인을 구출하고자 감옥으로 갔다. 감옥의 절급, 옥졸들은 이미 도망갔고 30~50여 명의 죄수들만 있었다. 칼과 족쇄를 풀어 모두 석방했는데 죄수들 가운데 시진 한 사람만 보이지 않자 송강은 침울해졌다. 다른 감방을 뒤지니 시 황성의 일가족이 수감되어 있었고, 또 다른 감방에서는 창주에서 잡혀 온 시진 일가족이 갇혀 있었다. 모두 수감되어 있었으나 연일 계속되는 싸움 때문에 심문하여 처

20_ 오마제후五馬諸侯: 관직이 높고 귀하며 외출할 때 다섯 필의 말을 끄는 수레를 타는 자를 말하는데 일반적으로 태수 직급이다. 송나라 때 군郡은 부府와 주州가 되어 군수는 이미 정식의 관직 명칭은 아니었지만 관습적으로 지부와 지주를 태수라 불렀다. 제후는 군정과 대권을 장악한 지방 장군을 비유하여 가리킨 것이다.

리하지 못한 것이었다. 그러나 여전히 시 대관인이 있는 곳만 찾지 못했다.

오 학구가 고당주의 옥졸들을 불러 모아 물었는데 그중 한 사람이 아뢰었다.

"소인은 감옥의 절급 인인藺仁이라고 합니다. 전날 지부 고렴이 제게 시진을 전담하여 단단히 지키고 놓치는 일이 없도록 하라 했습니다. 또 '예상치 못한 일이 생기면 네가 즉시 처리해야 한다'라고 분부했습니다. 사흘 전에는 지부 고렴이 시진에게 형을 집행하려고 했는데 소인이 보니 호걸이라 차마 손을 쓰지 못하고 '이 사람은 병들어 죽기 직전이니 굳이 손 쓸 필요도 없다'고 핑계를 댔습니다. 그 이후 다시 재촉하기에 소인이 '이미 죽었다'고 했습니다. 연일 싸움이 이어져 지부가 생각할 틈이 없었으나, 소인은 고렴이 사람을 보내 살펴보고 벌을 줄까 두려워 어제 시진을 감옥 뒤쪽 마른 우물로 데려가 칼과 족쇄를 풀어주고 우물 속으로 밀어 숨게 했는데 지금 생사는 모르겠습니다."

송강은 듣자마자 황급히 인인을 데리고 우물로 갔다. 감옥 뒤쪽 마른 우물에 가서 안을 내려다보니 안이 너무 어두워 깊이가 어느 정도인지 알 수가 없었다. 밖에서 우물 안으로 소리를 질렀으나 아무 대답이 없었다. 밧줄을 내려 가늠하니 깊이가 대략 8~9장丈 정도였다. 송강이 말했다.

"아무래도 시 대관인이 죽은 것 같구나."

송강이 눈물을 흘리자 오 학구가 말했다.

"총사령관께서 걱정은 나중에 하시고 먼저 내려갈 사람을 골라 살아 있는지 아닌지 살펴보시지요."

말이 다 끝나기 전에 흑선풍 이규가 불쑥 튀어나와 소리쳤다.

"내가 내려가겠소."

송강이 말했다.

"좋다. 애당초 네가 저지른 일이니 오늘 마땅히 은혜에 보답해야지."

이규가 웃으면서 말했다.

"내려가는 것은 두렵지 않지. 여러분이 밧줄이나 끊지 마시오."

오 학구가 말했다.

"너도 무지하게 약아졌구나."

큰 광주리를 구해다 밧줄을 그물처럼 얽고 끝을 길게 이어 받침대로 묶어세우고 위쪽에 밧줄을 걸었다. 이규가 옷을 벗고 알몸으로 양손에 도끼를 들고 광주리 안에 앉아 우물 안으로 내리게 했다. 밧줄 위에는 두 개의 구리 방울을 묶었다. 천천히 줄을 늘어뜨려 우물 바닥에 이르렀다. 이규는 광주리에서 기어 나와 우물 밑바닥을 더듬을 때 뭔가 손에 잡히는 것이 있었는데 만져보니 해골이었다.

"엄마, 아빠야! 이런 좆 같은 게 여기 다 있어!"

이규가 다시 한쪽을 더듬어 찾는데 바닥이 질퍽하여 발을 디딜 곳이 없었다. 이규가 쌍 도끼를 뽑아 광주리 안에 놓고 양손으로 바닥을 더듬어 가는데 사방이 널찍했다. 물웅덩이 안에서 바닥을 훑다가 사람이 웅크리고 있는 게 만져졌다. 이규가 소리쳤다.

"시 대관인이시다!"

불러도 그 사람이 꼼짝도 하지 않아 손으로 더듬어 보니 입으로 약한 소리를 내는 것이 느껴졌다.

"천지신명께 감사드립니다! 이 정도면 살릴 수 있겠다!"

즉시 광주리 안으로 기어 들어가 구리 방울을 흔들었다. 여러 사람이 잡아당겨 올리니 이규 혼자만 올라왔고, 이규가 우물 안의 상황을 자세하게 얘기하자 송강이 말했다.

"네가 다시 내려가 먼저 시 대관인을 광주리 안에 놓거라. 시 대관인을 먼저 위로 끌어올린 다음에 광주리를 다시 내려 너를 올려주마."

"형, 모르시는 말씀. 내가 계주에서 두 도사 애들한테 당했는데 이번에 세 번은 아 당하지"

송강이 웃으면서 말했다.

"내가 무슨 까닭으로 너를 가지고 놀겠느냐? 빨리 내려가기나 해라."

이규가 할 수 없이 다시 광주리 안에 앉아 우물 밑으로 내려갔다.

바닥에 이르자 이규는 광주리 밖으로 기어나와 시 대관인을 안아 넣고 밧줄에 달려 있는 구리 방울을 흔드니 위에서 듣고서 끌어당겼다. 우물 위에 도달하자 여러 사람이 크게 기뻐했다. 송강이 살펴보니 시진의 머리가 깨지고 이마는 찢어졌으며 양 다리 피부와 살은 떨어져나갔다. 눈만 힘없이 떴다 감았다 하는데, 참혹하기 이를 데 없었다. 서둘러 의원을 불러 치료하게 했다. 이규가 우물 밑에서 고함을 질렀다. 송강이 듣고서 그제야 급히 광주리를 밑으로 보내 올라오게 했다. 이규가 올라오자마자 성질부터 부렸다.

"나쁜 사람들! 빨리 내려보내지 않고 무엇을 한 거야!"

송강이 말했다.

"우리가 시 대관인을 돌보느라 깜빡했다. 너무 언짢아하지 마라."

송강은 즉시 영을 내려 시진을 부축하여 수레에 눕혀 재웠다. 두 집안의 가족들과 빼앗은 허다한 재산을 모두 거둬 20여 대의 수레에 싣고 이규와 뇌횡을 시켜 먼저 양산박으로 호송하게 했다. 그리고 고렴의 일가는 나이와 신분 귀천에 관계없이 가족 30~40여 명을 저자거리에 끌어내 모두 참수했다. 인인에게는 상을 내려 감사하고 부고府庫[21]의 재물과 창고의 양식 그리고 고렴이 소유했던 가산을 모두 털어 싣고 양산박으로 보냈다. 대소 장교들이 고당주를 떠나 양산박으로 돌아가면서 여러 주·현을 통과했지만 터럭만큼도 백성을 해치지 않았다. 며칠 만에 양산박으로 돌아왔다. 시진이 병을 무릅쓰고 일어나 조개와 송강, 여러 두령에게 감사를 표했다. 조개는 시 대관인을 산 정상 송 공명 거처에서 쉬게 하고 별도로 집을 지어 그의 가솔들이 편안히 지내도록 했다. 조개와 송강 등 여러 두령이 크게 기뻐했고, 또한 고당주에서 돌아온 뒤에 시진과 탕륭

21_ 부고府庫: 국가가 재물과 병기, 갑옷을 저장해둔 곳.

두 두령을 맞이하게 되어 축하 연회가 이어졌다.

한편 동창·구주 두 곳에서는, 이미 고당주 고렴이 죽고 성이 점령당했다는 것을 알았다. 표表²²를 쓰고 사람을 파견해 조정에 알렸다. 또한 고당주에서 피난한 관원들도 모두 동경에 와서 사실을 알렸다. 고 태위가 보고를 듣고 사촌 동생 고렴이 죽었다는 것을 알았다. 다음날 5경에 대루원에서 경양종景陽鐘²³이 울리기를 기다렸다. 백관이 관복을 갖춰 입고 붉은 계단에 마주하고 황제를 알현했다. 5경 3점이 다 되어 도군 황제道君皇帝(송 휘종徽宗)가 어전에 올랐다. 정편淨鞭²⁴이 세 번 울리자, 문무 양반兩班이 도열하고 천자가 어가에 탔다. 전두관이 소리쳤다.

"아뢸 일이 있으면 대열에서 나와 상주하라. 없으면 발을 내리고 조회를 파하겠다."

고 태위가 대열에서 나와 아뢰었다.

"지금 제주 양산박에 조개·송강 등의 도적 우두머리가 있어 큰 악행을 거듭 저지르고 있습니다. 성에 쳐들어와 곳간을 약탈하고, 포악하고 악행을 저지르는 무리를 한데 모아 제주에서 관군을 살해했고 강주와 무위군을 어지럽혔습니다. 또한 고당주의 관원과 백성을 모조리 살육하고 창고에 보관된 것들을 모두 약탈해갔다고 합니다. 이것은 큰 우환거리로 만약 조기에 토벌하지 않으면 도적의 세력이 더욱 커져 제압하기 어려울 것입니다. 엎드려 청하건대 결단을 내려주십

22_ 표表(혹은 표문表文)는 황제에게 올리는 주장奏章(신하가 제왕에게 진언하는 문서)을 말한다.

23_ 경양종景陽鐘: 남조南朝 시기 제齊나라 무제武帝 때 궁궐이 너무 깊어 정남문正南門의 시각을 알리는 북소리가 들리지 않자 경양루 위에 종을 설치하여 궁전 사람들이 종소리를 듣고 일찍 일어나 준비하게 하여 '경양종'이라 했다. 매일 경양종을 울려 조회의 시작을 알리며 군신 백관들이 직급에 따라 도열했다.

24_ 정편淨鞭: 정편靜鞭이라고도 하며 고대 황제 의장용으로 사용하는 것으로 채찍 형상이다. 휘둘러 냉마닥을 치면 소리가 나는데, 그 목적은 신하들에게 정숙하도록 경고하는 것이다. 황제의 어가가 도착하면 중요한 전례가 시작되는데 모두들 조용해야 했으므로 정편이라 한 것이다.

시오."

그 말을 들은 천자는 크게 놀라 즉시 성지聖旨를 내려 고 태위에게 장수 선발과 병력 이동을 위임했다. 양산박을 토벌하고 반드시 깨끗이 쓸어버려 도적떼를 몰살시키라는 어명이었다. 고 태위가 다시 아뢰었다.

"신이 헤아리건대 이 도적떼들은 대군을 일으킬 필요는 없습니다. 신이 추천하는 사람을 보낸다면 굴복시킬 수 있으리라 생각됩니다."

"경이 등용하는 사람이라면 착오가 없겠지. 당장 영을 내려 시행하라. 승리하여 공로를 보고하면 관직을 더해주고 상을 내릴 뿐만 아니라 높이 임용하겠노라."

고 태위가 추천하며 아뢰었다.

"이 사람은 개국 초에 하동河東의 명장 호연찬呼延贊의 직계 자손입니다. 이름은 호연작呼延灼이라 합니다. 동편銅鞭[25] 두 개를 사용하는데 만 명을 당해낼 용맹을 가지고 있습니다. 지금은 여녕군汝寧郡[26] 도통제都統制로 있으며 수하에 정예병과 용맹한 장수가 많이 있다고 합니다. 신이 이 사람을 추천하니 양산박을 토벌하여 섬멸할 수 있을 겁니다. 병마지휘사兵馬指揮使로 삼아 정예 마보군을 거느리게 한다면 기한 내에 양산박을 쓸어버리고 개선하여 돌아올 것입니다."

천자는 고 태위의 제안을 비준하고 성지를 내렸다.

'즉시 추밀원에서 사람을 파견하여 여녕주로 밤새 달려 칙서를 전달하라.'

그날 조회가 파하자 고 태위는 전수부로 가서 추밀원 군관 한 명을 뽑아 성지를 받들고 전달하게 했다. 출발한 당일 기일을 정해 호연작을 동경으로 와서 명을 따르게 했다.

25_ 동편銅鞭: 타격하는 병기의 일종이다. 일반적으로 철로 제작하며 마디가 있고 형상은 장검과 같다. 네모난 모서리에 날은 없다. 이하 문장에서는 '동편'과 '강편鋼鞭'이 번갈아가며 출현하는데, 『수호전전교주』에 따르면 "반드시 둘 가운데 하나는 오류다"라고 했다.
26_ 여녕군汝寧郡: 지금 허난성의 루난汝南이다.

한편 호연작은 여녕주의 통군사統軍司 관아에 있었다. 어느 날 문지기가 와서 보고했다.

"천자께서 장군께 성지를 내려 임명하여 파견할 일이 있으니 동경으로 오라 하십니다."

호연작과 여녕주 관원은 곽까지 나가 영접하고 통군사로 왔다. 성지를 읽고 난 뒤에 연회를 열어 사신을 대접했다. 다급하게 투구를 쓰고 갑옷을 입고 안장과 말, 무기를 챙긴 후 수행원 30~40명만 이끌고 사신과 함께 여녕주를 떠나 밤새 달려 동경에 도착했다. 오는 도중에 별다른 일은 없었고, 동경 성내 전수부 앞에 이르러 말에서 내리고 고 태위를 만났다. 그날 고구는 마침 전수부 관아에 앉아 있었다. 문을 지키는 관리가 알렸다.

"여녕주에서 호연작이 도착했는데 문 밖에서 기다리고 있습니다."

고 태위가 크게 기뻐하며 안으로 불러들여 만났다. 호연작을 보니 훌륭하고 속되지 않았다.

개국공신의 후예요, 전 왕조의 훌륭한 장수 현손이로다. 집안에 전해 내려온 동편 사용은 더없이 신통하고, 영민하고 용맹스럽게 많은 전쟁 겪었다네. 검을 들면 범의 굴을 뒤질 수 있고, 활 당기면 독수리 떼 쏘아 흩뜨릴 수 있구나. 장군으로 태어나서 천지를 평정하니, 호연작 그 이름 크게 떨치누나.
開國功臣後裔, 先朝良將玄孫. 家傳鞭法最通神, 英武熟經戰陳. 仗劍能探虎穴, 彎弓解射雕群. 將軍出世定乾坤, 呼延灼威名大振.

고 태위는 안부를 물은 뒤에 그에게 상을 내렸다. 다음날 아침 조회 때 도군 황제 앞으로 인도했다. 휘종徽宗은 평범하지 않은 호연작을 보고는 기뻐하며 척설오추마踢雪烏騅馬 한 필을 하사했다. 이 말은 온몸이 먹처럼 검었고 네 발굽은 새하얀 명주처럼 희어 '척설오추'라 불리며 하루에 천리를 달리는 말이었다. 성지를 호연작에게 내리고 그 말을 타도록 했다. 호연작은 은혜에 감사하고 고 태위를 따라 다시 전수부로 와서 군대를 일으켜 양산박을 토벌하는 일을 상의했다. 호연작이 말했다.

"태위께 상황을 설명드리겠습니다. 소인이 양산박을 정탐해보니 병사와 장수가 많으며 무예도 강성하여 가볍게 볼 수 있는 적이 아닙니다. 청컨대 두 명의 장수를 발탁해 선봉으로 삼아 군마를 이끌도록 하면 반드시 큰 공을 이룰 수 있을 겁니다."

고 태위가 듣고서 크게 기뻐하며 물었다.

"장군은 누구를 추천하여 선봉으로 삼으려 하오?"

호연작이 이 두 명의 장수를 천거했기 때문에, 나누어 서술하면, 완자성에 훌륭한 장군이 더 늘어나게 되고, 양산박이 관군을 대패시키게 되었다. 게다가 공명이 능연각凌烟閣에 오르지는 못했지만 그 이름이 먼저 취의청에 적히게 되었다.

결국 호연작이 고 태위에게 천거한 사람이 누구였는지는 다음 회에 설명하노라.

금전표자金錢豹子 탕륭湯隆

『수호전보증본』에 따르면, '금전표자金錢豹子'는 임충의 '표자두豹子頭', 양림의 '금표자錦豹子'와 내포된 의미는 다르지만 '표자豹子(표범)'라는 의미는 서로 부합된다. '금전표자'는 즉 '금전표金錢豹'이다. 『본초本草』에 이르기를, "표범의 얼룩무늬가 전錢과 같아 금전표라 했다"고 했다. 표범의 얼룩무늬가 '전'과 같다는 것은 등에 둥근 반점이 있고 털 색깔이 황갈색이기 때문에 '금전金錢'이라 한 것이다.

본문 내용처럼 '호연작'이 명장 '호연찬呼延贊'의 직계 자손인지는 상세하지 않다. 『송사』 권279에 따르면 "호연찬은 병주幷州 태원太原 사람이다. 옹희雍熙 4년(987)에 조정에서는 그에게 마보군부도군두馬步軍副都軍頭 관직을 더해줬다. 송 태종太宗은 그를 불러들여 무예 시범을 보이라고 명령했다. 호연찬은 무장을 갖추고 활통을 쥐고는 말을 달렸다. 철편鐵鞭과 대추나무 자루의 긴 모矛를 휘두르며 정원을 네 바퀴 돌았다"고 했다. 『수호전보증본』에 근거하면, 호연찬이 철편을 자손에게 전했기 때문에 『수호전』에서 호연찬을 호연작의 원형으로 삼은 것이다. 그러나 『선화유사』에서는 호연작呼延綽이라는 인물이 등장하며 별명은 '철편鐵鞭'이다. 여가석余嘉錫의 『송강삼십육인고실宋江三十六人考實』에 따르면 "호연찬의 현손이며 집안 대대로 편鞭 사용법을 전수했다고 언급하다가 갑자기 '철편'이 '두 개의 동편銅鞭'으로 바뀌고 별명 또한 '쌍편雙鞭'이 된 것은 알 수가 없다. 아마도 『수호전』 작자는 호연작의 용맹을 묘사하고 싶고 철편이 쌍편보다 못한 것을 싫어하여 결국 의미를 바꾼 것일 따름이다"라고 했다.

연
환
마[1]

고 태위가 호연작에게 물었다.

"장군은 누구를 천거해 선봉으로 삼으려 하시오?"

"소인은 진주陳州[2]의 단련사로 있는 한도韓滔를 천거하고자 합니다. 원래는 동경 사람으로 일찍이 무과에 급제했고, 대추나무로 만든 삭槊[3]을 사용하는데 사람들이 '백승장군百勝將軍'이라 부릅니다. 이 사람을 선봉으로 쓰고자 합니다. 또 한 사람은 영주潁州[4] 단련사로 있는 팽기彭玘입니다. 역시 동경사람이며 대대로 장수 집안 후손으로 삼첨양인도三尖兩刃刀를 쓰는데 무예가 출중하여 '천목장군天目將軍'이라 부릅니다. 이 사람을 부선봉으로 쓰고자 합니다."

고 태위가 듣고서 크게 기뻐하며 말했다.

1_　제55회 제목은 '高太尉大興三路兵(고 태위가 세 갈래 길로 토벌군을 동원하다). 呼延灼擺布連環馬(호연작이 연환마 진을 펼치다)'다.

2_　진주陳州: 지금의 허난성 화이양淮陽.

3_　삭槊: 자루가 비교적 긴 창으로 기병 무기다.

4_　영주潁州: 지금의 안후이성 푸양阜陽.

"한도·팽기 두 장수가 선봉이 된다면 어찌 미친 도적떼를 섬멸하지 못하는 것을 근심하겠는가!"

그날로 고 태위는 두 개의 공문을 전수부가 수결하고 추밀원에 명하여 사람을 진주·영주로 보내 한도와 팽기를 긴급히 동경으로 오라 했다. 열흘이 안 되어 두 장수는 동경에 도착했고 전수부에 와서 태위와 호연작을 알현했다. 다음 날, 고 태위는 세 사람을 데리고 어교장御敎場5으로 가서 무예훈련을 시키도록 했다. 군사를 맡기기에 적당한지 살펴보고 전수부로 와서 추밀원 관원들과 함께 군사 전략의 중요 업무를 상의했다. 고 태위가 물었다.

"그대들 세 로路의 군사는 합쳐서 얼마나 되오?"

호연작이 대답했다.

"세 로의 군마는 5000기이고 보군을 합치면 1만 정도 됩니다."

"그대들 세 사람은 각자의 주로 돌아가 정예군으로 마군 3000기, 보군 5000명을 선발하고 약속을 정해 출발하여 양산박을 토벌하시오."

호연작이 아뢰었다.

"이 세 로의 마보군은 모두 잘 훈련된 정예 군사들이라 사람은 굳세고 말은 건장하여 전수께서는 걱정하실 필요가 없습니다. 다만 갑옷이 온전하게 갖춰지지 않아 날짜를 어길까 두렵습니다. 죄를 짓는 것이 마땅하지 않으나 청컨대 기한을 늦춰주시기 바랍니다."

"이렇게 된 바에야 그대들은 동경 갑장고甲仗庫6 안에서 수량에 구애받지 말고 갑옷·투구·칼을 마음대로 골라 수령해가시오. 군마를 잘 완비해서 대적해야 하오. 출병하는 날 내가 관리를 보내 살펴보게 하겠소."

호연작은 명령을 받들어 사람을 데리고 갑장고에 장비를 수령하러 갔다. 호

5_ 어교장御敎場: 황실의 무예를 교습하는 장소.
6_ 갑장고甲仗庫: 옛날 병기를 보관해둔 창고.

연작은 철갑옷 3000벌, 무두질한 가죽으로 된 말 갑옷 5000벌, 구리쇠 투구 3000개, 긴 창 2000자루, 곤도滾刀 1000자루, 헤아릴 수 없이 많은 활과 화살, 화포, 철포 500여 대를 모두 수레에 실었다. 그들이 작별하는 날 고 태위는 또 전마戰馬7 3000필을 내줬다. 세 사람에게 각각 금은과 비단을 상으로 내리고 삼군에게는 양식을 상으로 내렸다. 호연작과 한도, 팽기는 모두 필승의 군령장8을 바치고, 고 태위와 추밀원의 관리들과 작별했다. 세 사람은 말에 올라 여 녕주로 갔다. 도중에 별다른 일은 일어나지 않았다.

본주에 도착하자 호연작이 말했다.

"한도와 팽기 그대들은 각각 진주와 영주로 가서 군대를 일으키고 여녕에서 합류하도록 합시다."

보름도 안 되어 세 로의 병마들이 모두 준비를 마쳤다. 호연작은 동경에서 도 착한 갑옷, 투구, 칼과 깃발, 말과 안장 아울러 고리를 잇달아 꿴 철갑옷과 무기 등 물품을 만들고 삼군에 나눠주고 출병을 기다렸다. 고 태위는 전수부의 군관 두 명을 보내 점고하게 했다. 삼군을 위로하고 포상하는 의식을 마친 후 호연작 은 병마를 셋으로 나누어 배치하고 성을 나갔다.

안장에 앉은 사람들 철갑옷 입었고, 말들은 구리방울 달았구나. 깃발은 하늘 에 붉은 노을 펼치고, 칼과 검은 천 리에 걸쳐 흰 눈처럼 깔았네. 구부러진 작 화궁鵲畫弓이 비어대飛魚袋9 끝에 반쯤 드러나 있고, 상자에 수리 깃털을 단 화 살 싸서 넣었고, 사자 도안 그려진 화살통은 표범 꼬리로 단단히 묶었도다. 각 기 목 보호하고자 투구 깊게 눌러서 두 눈만 보이고, 붉은 술 달린 두꺼운 갑

7_ 전마戰馬: 훈련을 거쳐 전투에 사용하는 말.

8_ 원문은 '필승군장必勝軍狀'인데, 출전 명령을 접수한 뒤에 반드시 승리할 것을 보증하며 쓰는 문서다.

9_ 비어대飛魚袋: 활을 넣는 자루로 비어飛魚의 문양이 수놓아져 있다. 비어는 몸이 둥글고 잉어 같은 형상으로 물고기 몸에 새의 날개를 지니고 있다.

옷 쓴 말은 네 발만 드러나 있네. 선두에서 길을 여는 병사들은 큰 도끼를 멨고, 뒤따르는 장병들은 저마다 긴 창 들었구나. 수천의 철갑마 성을 떠나, 세 장군 양산박으로 향하누나.

鞍上人披鐵鎧, 坐下馬帶銅鈴. 旌旗紅展一天霞, 刀劍白鋪千里雪. 弓彎鵲畫, 飛魚袋半露龍梢; 籠插雕翎, 獅子壺緊拴豹尾. 人頂深盔垂護項, 微漏雙睛; 馬披重甲帶朱纓, 單懸四足. 開路人兵, 齊擔大斧; 合後軍將, 盡拈長槍. 數千甲馬離州城, 三個將軍來水泊.

군대를 일으켜 병마가 늘어서 성을 나가는데, 전군前軍은 한도가 맡아 길을 열고 중군은 주장 호연작, 후군은 팽기가 맡아 뒤를 재촉하며 감독하니 마보 삼군은 기세 드높게 양산박으로 진군했다.

한편 양산박에서는 멀리서 정탐하고 말을 달려 산채에 이 일을 알렸다. 당시 취의청에서는 조개·송강·군사 오용·법사 공손승과 여러 두령이 새로 합류한 시진을 축하하고 종일 연회를 열고 있었다. 보고가 들어왔다.

"여녕주의 쌍편雙鞭 호연작이 군마를 이끌고 정벌에 나섰습니다."

모두 모여 적에 맞설 계책을 상의했다. 먼저 오용이 말했다.

"내가 듣기로는 이 사람은 개국 공신 하동河東의 명장 호연찬의 후예라 합니다. 무예에 정통하고 동편 두 개를 사용하는데 근접하기 매우 어렵다고 합니다. 반드시 용감한 장수를 내보내 먼저 힘으로 맞서고 다음에 지혜를 써야 사로잡을 수 있을 겁니다."

말이 끝나기도 전에 이규가 말했다.

"나하고 당신이 가서 그놈을 잡아옵시다!"

송강이 말했다.

"네가 가서 뭐 하려고? 내가 따로 정해놓은 게 있다. 벽력화 진명이 선봉을 맡고, 표자두 임충이 제2진을 맡으며 소이광 화영이 제3진을 맡는다. 일장청 호삼랑이 제4진, 병울지 손립이 제5진을 맡는다. 이 5진의 부대가 앞에 나서서 물레가 돌듯이 한 부대씩 싸우고 마치면 물러나고, 뒤에 부대가 이어서 싸우도록 하라.[10] 나는 직접 열 명의 형제와 함께 대부대를 이끌고 뒤를 받치겠다. 좌군은 주동·뇌횡·목홍·황신·여방 다섯 장수가 맡고, 우군은 양웅·석수·구붕·마린·곽성 다섯 장수가 맡는다. 물길은 이준·장횡·장순·완씨 삼형제가 배를 타고 호응한다. 또한 이규와 양림은 보군을 이끌고 양쪽 길에 나누어서 매복했다가 지원하도록 하라."

송강의 각 군사 배정이 정해지자 선발 진명이 군사를 이끌고 하산하여 평평한 산세의 넓은 들판에 전투 대형으로 진을 배열했다. 때는 비록 겨울이었으나 날이 따스하고 좋았다. 하루를 기다리자 멀리 관군이 몰려오는 것이 보였다. 선봉대 안에 백승장군 한도가 병사를 인솔하여 방책을 세우고 저녁이 되었는데도 싸우러 나오지 않았다.

다음날 동틀 무렵 양군이 진영을 갖추고 삼통화고三通畫鼓[11]를 두드리자 서서히 앞으로 전진했다. 진명이 말에 올라 낭아곤을 비껴들고 진 앞으로 나왔다. 진의 문기가 열리는 곳을 바라보니 선봉장 한도가 나오고 있었다. 삭을 비껴들고 말고삐를 당기면서 진명에게 큰 소리로 욕했다.

"천병天兵이 여기에 왔으니 일찌감치 투항하고 감히 저항하지 않는다면 죽음을 자초하는 일은 없을 것이다! 그렇지 않으면 나는 너희 호수를 평평하게 메우

10_ 원문은 '방거반전紡車般轉'이다. 당시의 전술로 마치 병력을 물레가 도는 것처럼 이동시키는데 머리와 꼬리가 이어지게 하여 적을 미혹시키고 병력이 왕성하게 연이어 끊어지지 않는 것처럼 오인하게 만든다.

11_ 삼통화고三通畫鼓: 삼통고는 여러 가지 취타악기가 혼합된 악대를 말한다. 고대 전쟁은 통상적으로 양군이 직접 대면하여 진을 치고 한쪽이 북을 치며 전진하면 다른 일방도 북을 두드리며 응전했다. 상대방이 북을 두드리며 응전하지 않으면 싸움을 거는 쪽에서 삼통고를 두드린 다음에 진공했다.

고 양산을 짓밟아 박살내고 너희 역적들을 사로잡아 동경으로 끌고 가서 갈기 갈기 찢어죽이겠노라!"

진명은 원래 성미가 급한 사람이라 그 말을 듣자마자 대답도 않고 말을 박차고 낭아곤을 휘두르며 바로 한도에게 달려들었다. 한도 또한 삭을 들고 말을 몰아 진명을 맞아 싸웠다. 두 장수가 20여 합쯤 겨루었을 때 한도가 힘으로 밀리자 틈이 생기길 기다렸다가 달아나려 했는데, 뒤에서 중군 주장 호연작이 이미 도착한 상태였다. 한도가 진명과의 싸움에서 뒤지는 것을 보고 쌍편을 휘두르며 천자가 하사한 척설오추마를 타고 고함을 지르면서 달려오는데 순식간에 진 앞까지 왔다. 진명이 보면서 호연작이 싸우러 오기를 기다리는데 제2진 표자두 임충이 도착하여 소리쳤다.

"진 통제는 잠시 쉬시오. 내가 저놈과 300합을 다 싸우거든 다시 나서시오!"

임충이 사모를 들어 올리고는 곧장 호연작에게 달려갔다. 진명은 군마를 이끌고 좌측으로 돌아 산비탈 뒤로 갔다. 호연작과 임충 간에 싸움이 벌어졌는데 두 사람은 정말 대단한 호적수였다. 창이 오고 편이 가면 둥근 꽃 한 송이 피어나고, 편이 가고 창이 오면 화려한 한 폭 비단을 펼친 것처럼 사모와 강편이 아름답게 어울렸다. 두 사람이 50여 합 이상을 싸웠으나 승패가 나지 않았다. 그때 제3진 소이광 화영 부대가 도착하여 진문 아래에서 크게 고함쳤다.

"임 장군 잠시 쉬시면서 내가 저놈을 사로잡는 것을 구경하시오!"

임충이 말을 돌려 달아났다. 호연작도 임충의 무예가 출중함을 알았기 때문에 쫓지 않고 본진으로 돌아왔다. 임충은 군마를 이끌고 산비탈 뒤로 돌아가고 화영으로 하여금 출전하게 했다. 호연작 후군 또한 도착했고 천목장군 팽기가 4개의 구멍에 8개 고리가 달린 삼첨양인도를 비껴들고 오명천리황화마五明千里黃化馬[12]를 타고 진 앞에 나와 화영에게 욕설을 퍼부었다.

12_ 오명천리황화마五明千里黃化馬: 말의 네 발굽과 어깨 부위가 모두 눈처럼 깨끗한 흰 털이고, 몸에 난

"나라를 배반한 역적 놈들아, 말할 가치도 없다. 나와 승부나 가리자!"

성난 화영이 대답도 없이 말을 몰아 팽기에게 달려들었다. 두 사람이 20여 합을 싸웠을 때 호연작이 힘에 밀리는 팽기를 보고 말고삐를 놓고 편을 휘두르며 화영에게 곧장 달려갔다. 3합을 채 싸우기도 전에 제4진 일장청 호삼랑이 군사를 이끌고 달려오면서 소리 질렀다.

"화영 장군은 물러나 쉬면서 내가 저놈을 사로잡는 것이나 구경하시오!"

화영 또한 군사를 이끌고 우측으로 돌아 산비탈 뒤로 사라졌다. 팽기가 나와 일장청과 싸우고 있는데 제5진 병울지 손립이 군마를 이끌고 나타났다. 진 앞에 말고삐를 풀고 배열하여 호삼랑이 팽기와 싸우는 것을 구경했다. 두 사람이 먼지를 뒤집어 써 흐릿한 가운데 살기가 가득하여 음산하기까지 했다. 한 사람은 크고 긴 칼을 사용하고 다른 사람은 쌍칼을 사용했다. 두 사람이 20여 합에 이르자 갑자기 일장청이 쌍칼을 벌리며 말을 휙 돌려 달아나기 시작했다. 팽기가 공을 세우고 싶은 생각에 말고삐를 놓고 쫓아갔다. 일장청이 쌍칼을 말안장 턱 위에 걸고 도포 밑에서 24개의 금속 갈고리가 달린 붉은 비단 올가미[13]를 꺼냈다. 팽기의 말이 접근하기를 기다렸다가 가까워졌음을 보고 몸을 돌려 올가미를 공중으로 던졌다. 팽기는 미처 손쓸 새도 없이 올가미에 걸려 말 아래로 떨어졌다. 손립이 군사들에게 잡으라고 소리치니 한꺼번에 달려들어 팽기를 사로잡았다.

팽기가 잡히는 것을 본 호연작이 크게 분노하며 필사적으로 구하고자 달려왔으나, 일장청이 말을 차며 달려와 가로막았다. 호연작은 그런 일장청을 한 입에 통째로 삼키지 못하는 것이 한스러울 따름이었다. 두 사람이 10합 이상을 싸웠으나 다급해서인지 일장청을 이길 수가 없었다. 호연작이 속으로 생각했다.

털에는 황색 점이 있다.

13_ 원문은 '투삭套索'이다. 고대에 교전을 벌일 때 적을 사로잡기 위해 사용한 밧줄이다.

'이 무지막지한 년이, 나와 이렇게 여러 합을 대적하다니 정말 대단하구나!'

더욱 마음이 급해진 호연작은 빈틈을 보여 그녀가 찔러 들어오게 하고자 도리어 쌍편 하나는 숨기고 하나는 내려치니 바로 일장청의 쌍칼이 가슴속으로 파고들었다. 기다렸다는 듯이 호연작이 오른손으로 동편을 들어 올려 일장청의 정수리 앞부분을 후려쳤다. 그러나 눈치 빠른 일장청이 잽싸게 칼을 들어 내려치는 편을 막으려고 오른손으로 위로 향하게 하고 휘둘렀다. 마침 내려친 편과 올려 막은 칼날이 부딪쳐 '댕그랑' 쇳소리가 울리고 불꽃이 튀면서 흩어졌다. 일장청이 말을 돌려 본진으로 달아나니 호연작이 말고삐를 놓고 쫓아갔다. 병울지 손립이 구경하다가 창을 들고 말을 몰아 호연작에 맞서 싸웠다. 이때 뒤에서 송강이 10명의 명장을 이끌고 당도하여 전투 대형으로 진을 배열했다. 일장청은 군사를 이끌고 산비탈로 사라졌다.

송강은 천목장군 팽기를 사로잡았다는 말을 듣고 속으로 매우 기뻐했다. 진 앞으로 나와 손립과 호연작이 싸우는 것을 구경했다. 손립은 창을 잡고 팔목 위에 죽절강편竹節鋼鞭을 움켜쥐고는 호연작을 대적했다. 두 사람 모두 강편을 사용하니 더욱 엇비슷한 상황이었다. 병울지 손립은 양쪽으로 뿔 두 개가 교차하며 꺾인 철사 복두幞頭[14]를 쓰고 진홍색의 비단 머리띠를 이마에 묶었으며 온갖 꽃들이 그려진 비취색의 검은 비단 도포를 입고 검은 윤기가 흐르고 몸을 보호하는 금박 갑옷[15]을 입었다. 오추마를 타고 죽절호안편竹節虎眼鞭을 드니 울지공尉遲恭을 능가할 만했다. 호연작 또한 뿔이 위로 치솟은 철사 복두[16]를

14_ 원문은 '교각철복두交角鐵幞頭'이다. '교각복두交角幞頭'는 '교각복두交脚幞頭'라고도 하는데, 두 다리를 교차시켜 꺾은 복두로 송나라 때 제작되었으며 대부분 궁정의 의장에 사용되었다. 복두幞頭는 본래 남자들이 머리를 싸매는 검은색 두건으로 이후에는 점차 일종의 모자로 변했다. 북주北周 시기에는 사각에 끈이 네 개였다. 전면의 긴 두 끈은 이마 앞에서 머리 뒤로 묶었고, 뒷면의 두 개의 작은 끈은 머리를 묶었는데 이것이 복두의 초기 형태였다.

15_ 원문은 '창금갑戧金甲'이다. 『수호전전교주』에 따르면 "정목형의 『주략』에서 이르기를 '창戧은 창鎗자다. 후세 사람은 도금鍍金을 창금戧金이라 했다'고 했다."

16_ 원문은 '충천각철복두冲天角鐵幞頭'다. '충천각복두冲天角幞頭'는 일종의 직각 복두다. 철사를 뼈대를

쓰고 금실을 사이에 박아 넣은 누런 비단 띠를 이마에 묶었으며 북두칠성 모양으로 못을 박아 넣은 검은 비단 도포를 입고 검은 윤택이 나는 상감한 갑옷을 입었다. 하사 받은 척설오추마를 타고 두 개의 수마팔릉강편水磨八棱鋼鞭(물을 부어 갈아낸 팔각형의 강편)을 사용하는데, 왼쪽의 무게는 12근이고 오른쪽은 무게가 13근으로 마치 명장 호연찬이 살아 돌아온 것 같았다. 두 사람이 진 앞에서 좌우로 소용돌이치듯이 돌면서 30여 합을 싸웠으나 승패를 가릴 수 없었다. 송강이 그 광경을 보고는 갈채를 보냈다. 여기에 증명하는 시가 있다.

타고 있는 건강한 오추마는 용과 같고, 호연찬과 울지공이 대적하는구나.
쌍철편이 맞선 것도 실로 기이하지만, 수호채에 함께 돌아감이 더욱 좋구나.
各跨烏騅健似龍, 呼延贊對尉遲恭.
雙鞭遇敵眞奇事, 更好同歸水滸中.

관군 진영 안에 있던 한도는 팽기가 사로잡히는 것을 보고 후군의 군사들을 모두 이끌고 일제히 싸우러 나왔다. 송강은 직접 부딪치는 것이 두려워 채찍을 들어 지시하니 두령 10여 명이 각자 군사들을 이끌고 들이쳐 나갔다. 뒤에 있던 네 무리 군사들도 각각 두 부대로 합쳐 협공했다. 호연작은 상황이 급함을 보고 본진 부대를 거두어 각각의 적들을 막게 했다. 무엇 때문에 완승할 수 없었는가? 호연작의 진 안에 편제된 부대는 모두 '연환마군連環馬軍'[17]이었다. 연환마군은 말에게도 갑옷을 두르고 사람에게는 철갑옷을 입혔다. 모두 갑옷을 입어 말은 발굽 네 개만 밖에 드러났고, 사람은 두 눈만 번득였다. 송강의 부대에도 말 갑옷이 있었으나 단지 붉은 술로 된 얼굴 덮개와 꼬리에 구리 방울만 달렸

삼아 좌우 양 각을 서로 세웠는데, 힘차게 위로 솟았으므로 충천각복두라 했다. 송대에는 대부분 의장용으로 사용됐다.

17_ 연환마連環馬는 몸을 보호하는 갑옷을 걸친 전마에 다시 쇠고리를 이어 참전하는 말이다.

을 뿐이었다. 이쪽에서 아무리 화살을 쏘아도 저들은 모두 갑옷으로 감싸 보호하고 있어 소용이 없었다. 그러한 3000기의 마군이 각기 화살을 낭겨 정면으로 쏘아대니 감히 앞으로 접근할 수 없었다. 송강이 급히 징을 울려 군사를 물렸고, 호연작 또한 20여 리를 물러나 방책을 세웠다. 송강도 군사를 거두고 산 서쪽으로 후퇴해 방책을 세우고 군마를 주둔시켰다. 좌우 군사들이 칼을 들고 팽기를 에워싼 채 끌고 왔다. 송강이 보고는 몸을 일으켜 소리 질러 군사를 물리고 직접 결박을 풀어줬다. 부축해 군막 안으로 이끌고 들어와 손님으로 모셔 앉히고 절을 했다. 팽기가 황망히 답례했다.

"소인은 잡혀온 사람으로 이치를 따지자면 죽어 마땅한데 장군께서는 어떤 이유로 손님의 예로 대하십니까?"

"저희는 몸을 맡길 데가 없어 잠시 이 호수를 차지하여 임시로 피난을 왔습니다. 지금 조정에서 장군을 파견하여 우리를 체포하게 했으니, 본래는 목을 늘이고 결박을 받는 것이 합당하나 목숨을 보존할 수 없을까 두려워 죄를 짓고 있는지 알면서도 싸우게 되었습니다. 무심결에 장군의 위엄을 해치는 잘못을 저질렀으니 용서해주십시오."

"평소에 장군이 의를 중시하고 인을 행하며 위험에 처한 사람을 돕고 곤궁한 백성을 구제한다는 것을 알고 있었으나, 이토록 의기가 가득한 분인 줄은 생각도 못했습니다! 미천한 목숨이나마 살려주신다면 있는 목숨을 바쳐 천자께 보증하겠습니다."

"우리 여러 형제도 성주聖主[18]께서 너그러운 은혜를 베풀어주시기만 기다리고 있습니다. 만약 중죄를 사면해주신다면 목숨을 돌보지 않고 나라에 보답하겠습니다."

18_ 성주聖主: 당대 황제에 대한 존칭이다.

군왕에게 충성하고 간신들을 증오하며, 의리로 형제들과 뭉쳐 몸을 숨겼다네.

충성과 의로운 마음 한결같지 않았다면, 어찌 108명 한데 모일 수 있었으랴.

忠爲君王恨賊臣, 義連兄弟且藏身.

不因忠義心如一, 安得團圓百八人.

송강은 그날로 천목장군 팽기를 사람을 시켜 산채로 올려보내 조 천왕과 만나게 하고 그곳에 머무르게 했다. 그리고 삼군과 여러 두령을 위로하고 포상한 뒤에 군사 상황을 상의했다. 한편 호연작은 군사를 거두어 진지를 구축하고 방책을 세워 한도와 함께 양산박과 싸워 승리할 방법을 상의했다. 한도가 말했다.

"오늘 이놈들이 우리가 부대를 재촉하며 전진시키는 것을 보고 허겁지겁 맞서 싸웠습니다. 내일 기병을 모두 동원하여 몰아붙인다면 반드시 대승을 거둘 것입니다."

호연작이 말했다.

"나도 이미 그렇게 준비해놨네. 단지 자네와 상의해 의견을 같이하려 했을 뿐이네."

그러고는 즉시 군령을 내렸다.

"3000필의 마군을 배열시킨 뒤 쇠사슬을 연결하여 말 30~40필을 한 줄로 묶어 적군과 조우했을 때 거리가 멀면 화살을 쏘고, 가까우면 창을 사용하며 돌격하게나. 연환마군 3000기를 백 개의 부대로 나누어 묶고, 5000명의 보군이 뒤에서 호응하면서 협동작전을 전개하게. 내일 싸움은 걸지 말고 나와 자네는 연환마 대열 맨 뒤를 따르면서 감독 지휘해야 하네. 교전이 벌어지면 세 방면으로 나누어 돌격하세."

계책을 상의하고 다음날 새벽에 출전하기로 결정했다.

이튿날 송강은 군마를 진 앞에 다섯 부대로 나누고, 후군 10명의 장수들이 둘러싸게 했다. 또한 좌우에 병사를 둘로 나누어 매복시켰다. 선봉에 선 진명이 호연작에게 말을 타고 나와 싸우도록 했지만 반대편 진영에서 함성만 지르고 결코 싸우려들지 않았다. 다섯 부대 두령들이 모두 진 앞에 일자로 배열했는데, 가운데는 진명이고 왼쪽은 임충, 일장청, 오른쪽에는 화영과 손립이었다. 뒤에서 송강이 10명의 장수를 이끌고 도착했는데 겹겹이 군사들을 배치시켰다. 상대편 진을 살펴보니 대략 1000명의 보군이 단지 북치고 함성만 지를 뿐 아무도 나와 싸우려들지 않았다. 송강이 바라보다가 문득 의심이 들어 조용이 명령을 전달했다.

"후군을 물러나게 하라."

그러고는 말을 몰아 화영 부대로 가서 몰래 관찰했다. 그때 별안간 적진에서 연주포 터지는 소리가 맹렬히 들리더니, 1000명의 보군이 갑자기 양쪽으로 갈리면서 삼면으로 '연환마군'이 곧장 돌진해왔다. 양쪽에서는 화살을 어지럽게 쏘아대고 중간은 모두 긴 창으로 무장했다. 송강이 크게 놀라 급히 따르는 군사들에게 화살을 발사하라고 영을 내렸으나 어떻게 적을 막아낼 수 있겠는가? 말 30필씩 연결된 부대가 일제히 달려오니, 오직 앞으로 내달리는 것만 허락될 뿐이었다. 그 '연환마군'이 온 산과 들판에 가득하고 종횡무진 돌진해왔다. 앞의 다섯 부대가 당황하여 크게 동요하니 계책을 세울 수도 없고 뒤에 있는 큰 부대의 군사들도 저지하지 못하고 각자 목숨을 건지고자 달아날 뿐이었다. 송강이 황급히 달아나자 10명의 장수들이 호위하면서 달렸다. '연환마군'의 한 부대가 바로 뒤에서 쫓아왔으나 매복해 있던 이규와 양림이 군사를 이끌고 갈대숲에서 뛰쳐나와 송강을 구했다. 송강이 물가로 달아났을 때, 이준·장횡·장순 및 완씨 삼형제 여섯 수군 두령들이 전선戰船을 늘어놓고 호응했다. 송강이 다급하게 배에 오르며 군령을 내려 제각기 흩어져 두령들을 배에 태워 구하도록 했다. 연환마가 물가에 도착하여 어지럽게 활을 쏘아댔으나 배 위에 방패가 있어 막고 보호해줘 손상을 입지는 않았고 허둥지둥 겨우 배를 돌려 압취탄에 닿도하여 본채에 내렸다. 수채水寨에서 군사를 점검하니 태반을 잃고 말았다. 그나마 여러 두령이 온전한 것이 다행이었고 약간의 말이 죽고 잃어버렸으나 모두 생명을 구할 수는 있었다. 잠시 후 석용·시천·손신·고대수가 모두 목숨을 건져 산에 올라와 알렸다.

"보군이 밀고 들어와 방책 안의 작은 군막들을 모조리 부숴버렸습니다. 신호에 맞게 배가 와서 구해주지 않았다면 저희 모두 사로잡혔을 겁니다."

송강이 한 명 한 명 직접 위로하고 여러 두령을 일일이 세어보며 살폈다. 화살에 맞은 두령이 임충·뇌횡·이규·석수·손신·황신 여섯이었고 졸개들 중에 화살에 맞아 다친 자는 그 수를 헤아릴 수 없이 많았다. 상황이 좋지 않음을 들어 알게 된 조개는 오용·공손승과 함께 산을 내려와 자세하게 물었다. 송강은 양미간을 펴지 못하고 근심에 찬 얼굴을 하고 있었다. 오용이 먼저 격려했다.

"형님 걱정하지 마십시오. 옛말에 '이기고 지는 것은 병가에 흔히 있는 일이니 어찌 마음속에 새겨둘 것인가?'라고 했습니다. 따로 좋은 계책을 마련하면 '연환군마'를 깨뜨릴 수 있습니다."

조개가 즉시 영을 내려 수군에게 방책을 견고하게 하고 배들은 모래사장을 지키며 밤낮으로 방비하라 분부했다. 송 공명을 산에 올라 쉬게 했다. 송강은 산에 오르지 않고 압취탄 방책 안에 머물면서 다친 두령들만 산에 올려보내 치료받게 했다.

완승을 거둔 호연작은 본채로 돌아와 '연환마'를 풀고 모든 병사에게 차례차례 와서 공로를 보고하도록 했다. 죽인 적은 그 수를 헤아릴 수 없었고 생포한 적이 500여 명이었으며 말도 300여 필을 빼앗았다. 즉시 사람을 동경으로 보내 승리를 알리게 하는 한편 삼군에게 포상하고 공로를 치하했다.

한편 고 태위는 전수부 관아에 있다가 보고를 받았다.

"호연작이 양산박 도적들을 붙잡고 싸움에 이겼다는 승전보를 전해왔습니다."

속으로 크게 기뻐한 고 태위는 다음날 아침 조회 때 서열을 뛰어넘어 천자께 보고했다. 천자 또한 매우 기뻐하며 황봉어주黃封御酒¹⁹ 10병, 비단 도포 한 벌을 상으로 하사하고 관원 한 명을 파견하여 돈 10만 관을 가지고 군영에 가서 군사들에게 포상하게 했다. 고 태위는 성지를 받아 들고 전수부로 돌아와 곧장 관리를 뽑아 하사품을 호연작에게 보냈다.

호연작은 황제의 사자가 이미 도착한 것을 알고 한도와 함께 20리 밖까지 나와 맞이했다. 방책 안으로 영접하여 천자의 은혜에 감사하고 상을 받고 난 뒤에 술자리를 마련해 사자를 대접했다. 선봉장 한도에게 명해 군사들에게 상으로 돈을 나누어주게 하는 한편, 방책 안에 있는 사로잡힌 500여 명의 죄수는 도적의 우두머리를 잡을 때까지 기다렸다가 모두 동경으로 압송하여 백성 앞에서 형벌을 집행하겠노라 했다. 사자가 물었다.

"팽기 장군은 어찌하여 보이지 않소?"

호연작이 말했다.

"송강을 사로잡으려 욕심 부리다 너무 깊이 적진으로 들어가 그만 사로잡히고 말았소. 이제는 도적들이 감히 다시 오지는 못할 것이외다. 소생이 군사를 나누어 공격하여 산채를 쓸어버려 호수를 깨끗하게 청소하고 도적들을 모두 잡아 소굴을 허물어버리겠습니다. 다만 사방이 물이라 길이 없어 들어갈 수 없는 것이 한스럽습니다. 산채를 살펴보니 화포를 발사하여 적의 소굴을 분쇄해야 합니다. 동경에 '굉천뢰轟天雷'능진凌振이라는 포수가 있다고 들었는데 이 사람이 화포를 잘 만든다고 합니다. 석포石炮²⁰로 쏘면 14~15리 날아가 떨어지는데 하늘이 무너지고 땅이 움푹 패며 산이 무너지고 돌이 갈라진다고 합니다. 이 사람을 얻는다면 도적의 소굴을 깨뜨릴 수 있습니다. 더욱이 그가 무예에 정통하고

19_ 황봉어주黃封御酒: 송나라 때 관(국가)에서 빚은 술로 누런 그물 헝겊이나 누런 종이로 밀봉했기에 황봉어주라 했다.

20_ 석포石炮: 돌을 날리는 일종의 전쟁 기구다. 소위 '포석炮石'이라는 말은 돌을 던지는 것이기에 '포炮'자는 응당 '포礮'가어야 한다. 남송 말기에는 큰 대나무를 관통으로 삼은 죽목포竹木炮였다. 원·명 시기에 비로소 사격용의 관 형태 포가 등장했고, 명나라 때 와서 화포가 비약적으로 발전했다.

말 타고 활쏘기에도 능숙하다고 합니다. 천사天使께서 동경으로 돌아가시면 태위께 이 일을 말씀 드리고, 조속히 이 사람을 보내주시면 기한 안에 도적의 소굴을 빼앗을 수 있을 겁니다."

사자는 그렇게 하기로 승낙하고, 이튿날 출발하여 별일 없이 동경에 도착하자마자, 고 태위에게 호연작이 포수 능진을 보내주면 큰 공을 세울 수 있다는 말을 전했다. 고 태위는 듣고서 갑장고 부사副使를 불러 포수 능진을 데려오라고 명을 내렸다. 능진은 원적이 연릉燕陵[21]인 사람으로 송나라 때 천하제일의 포수로 사람들이 모두 그를 굉천뢰라 불렀으며 무예 또한 정통하여 능숙했다. 여기에 능진을 찬양하는 네 구절의 시가 있다.

화포 쏘아대면 성곽도 허물어지고, 포 연기 흩어질 땐 귀신도 근심한다네.
금륜포, 자모포가 천지를 뒤흔드니, 포수의 명성이 400주에 떨치는구나.
強火發時城郭碎, 烟雲散處鬼神愁.
金輪子母轟天振, 炮手名聞四百州.

부름을 받자마자 능진은 고 태위를 알현했다. 행군통령관行軍統領官이란 임명장을 받고 안장과 말, 무기 등을 챙겨 떠날 준비를 했다. 또한, 화약을 만드는 데 필요한 각종 발화 물질과 재료들, 제작해놓은 온갖 종류의 화포들 그리고 화포 발사에 사용하는 돌 탄환, 포를 지지하는 포대 등을 수레에 실었다. 입을 갑옷, 투구와 칼 등의 짐을 꾸린 뒤 30~40명의 병졸과 함께 동경을 떠나 양산박으로 향했다. 군영에 이르자 먼저 주장인 호연작을 알현하고 선봉 한도를 만났다. 수채의 가깝고 먼 곳의 거리, 산채의 험준한 장소를 자세히 물어본 뒤에 세 종류

21_　연릉燕陵: 당시 연산부燕山府를 가리킨다. 연산부는 송대 선화宣和 4년에 설치되었으며 지금의 허베이성 북부와 동북부 지역.

의 공격할 돌 탄환을 배치했다. 첫 번째는 풍화포風火炮,[22] 두 번째는 금륜포金輪炮,[23] 세 번째는 자모포子母炮[24]였다. 우선 건장한 군사들에게 명하여 포 받침대를 정돈하고 물가로 끌고 가서 포대를 세워 발사 준비를 시켰다.

한편 송강은 압취탄 소채小寨 안에서 군사 오 학구와 관군의 진을 격파할 방법을 상의했으나 특별한 방법이 떠오르지 않았다. 그때 적 상황을 살펴보고 온 척후병이 보고했다.

"동경에서 굉천뢰 능진이라는 포수를 새로 파견했습니다. 오자마자 물가에 포대를 세우고 화포 발사를 준비하고 있는데 곧 저희 방책을 공격할 것 같습니다."

오 학구가 말했다.

"걱정할 필요가 없습니다. 저희들 산채는 사면이 물로 둘러싸여 있는 호수라 물길이 매우 많고 또한 완자성은 물가에서 멀리 떨어져 있어 비천화포飛天火炮가 있다 한들 어찌 성까지 다다를 수 있겠습니까? 그렇다 하더라도 압취탄 소채는 일단 버리고 어떻게 포를 발사하는지 본 뒤에 다음 일을 상의하시지요."

즉시 송강은 작은 방책을 버리고 관 위로 올라갔다. 조개와 공손승도 취의청에 올라 물었다.

"이런 상황에서 어떻게 적을 격파한단 말인가?"

미처 다 물어보기도 전에 산 아래에서 포 소리가 울렸다. 연달아 세 개의 화포를 발사했는데, 두 개는 물속에 떨어졌지만 나머지 하나는 곧바로 압취탄 소채를 맞혔다. 송강은 보고를 받고 불안해하면서 더욱 침울해졌고 여러 두령 또한 놀라 모두 얼굴빛이 새파랗게 변했다. 오 학구가 말했다.

22_ 풍화포風火炮: 지극히 쉽게 연소되는 것을 비유한 포다.

23_ 금륜포金輪炮: 위력이 대적할 수 없고 사방을 공격할 수 있는 포를 말한다 '금륜金輪'은 옛날 인도 전장에서 항상 사용하던 무기로 수레바퀴처럼 회전한다.

24_ 자모포子母炮: 크고 작은 포탄으로 이루어진 포로 연속해서 발사할 수 있다.

"만약 능진을 물가로 유인하여 사로잡을 수 있다면 적을 깨뜨릴 방도를 상의할 수 있을 것이오."

조개가 영을 내렸다.

"이준·장횡·장순·완씨 삼형제 여섯 두령이 배를 저어나가 이 일을 실행하시오. 주동과 뇌횡 두령은 물가에서 호응하고 도와주시오."

여섯 수군 두령들은 군령을 받고 두 부대로 나누었다. 이준과 장횡이 먼저 물에 익숙한 병사들 40~50명을 데리고 두 척의 빠른 배를 이용하여 갈대 숲 깊은 곳으로 은밀하게 배를 저어가고, 그 뒤에서는 장순과 완씨 삼형제가 40여 척의 작은 배를 이끌고 따라갔다. 그리고 이준과 장횡은 건너편 물가에 도착하여 함성을 지르며 달려가 포대를 뒤집었다. 군사들이 다급하게 능진에게 알렸다. 능진이 풍화포 2대를 끌고 창을 잡고 말에 올라 직접 1000여 명을 이끌고 쫓아오자, 이준과 장횡이 군사를 데리고 바로 달아났다. 능진이 갈대 숲 물가까지 쫓아오니 40여 척의 작은 배들이 일자로 늘어서 있는 게 보였다. 배 위에는 모두 100여 명의 수군들이 타고 있었다. 이준과 장횡은 얼른 배 위로 뛰어 올랐으나 일부러 배를 몰아 달아나지 않았다. 능진의 군사들이 다가오자 함성만 지르고 모두들 물속으로 뛰어 들어갔다. 능진의 군사가 도착하여 배를 끌어갔다. 주동과 뇌횡도 맞은편에서 함성을 지르고 북만 두드릴 뿐이었다. 능진이 많은 배를 탈취하자 건장한 군사들을 모두 배에 오르게 하여 주동과 뇌횡이 있는 맞은편으로 배를 저어왔다. 배가 막 물 한가운데에 도달했을 때 물가에서 주동과 뇌횡이 징을 울리자, 갑자기 물속에서 40~50명의 수군이 뛰어 올라와 선미의 쐐기[25]를 빼버렸다. 물이 콸콸 배 안으로 쏟아져 들어오고 바깥에서 배를 흔들어 뒤집으니 군사들이 모두 물속으로 빠졌다. 능진이 다급하게 배를 돌리려 했으나

25_ 원문은 '설자楔子'다. 어선에 물고기를 산채로 보호하기 위하여 배 옆구리나 선미에 구멍을 내어 물이 드나들게 했다. 평시에는 쐐기를 꽂아 막아놓았다.

선미의 방향타 노[26]가 이미 물 속 아래로 끌려 들어가고 있었다. 그때 양쪽에서 2명의 두령이 뛰어 올라와 힘을 합쳐 배를 뒤집으니 능진은 그만 물속에 빠져버렸고, 물 밑에 있던 완소이가 끌어안아 물가까지 끌고 왔다. 물가에 있던 두령들이 능진을 받아 꽁꽁 묶어 먼저 산채로 올려보냈다. 물에 빠진 병사 200여 명을 생포했고 절반은 물에 빠져 죽었으며 몇 명만이 간신히 목숨을 건져 달아났다. 시에 이르기를,

어떻게 배 탄 군사들 강 건너는 일 허락하겠는가
화포를 사용하지 않았으면 어땠을까.
공중에서 쾅 벼락 떨어뜨린다고 큰소리치더니
얕은 물에서 파도 일자 근심하는구나.
怎許船軍便渡河, 不施火炮却如何.
空說半天轟霹靂, 却愁尺水起風波.

호연작이 알고 급히 기병을 이끌고 쫓아왔으나 이미 모든 배가 압취탄으로 돌아간 뒤였다. 화살을 쏘아도 미치지 않고 사람도 보이지 않자 분통만 터뜨릴 뿐이었다. 호연작은 한참 동안 분개하다가 군사를 이끌고 돌아갔다. 한편 여러 두령이 굉천뢰 능진을 잡아 산채로 끌고 오면서 먼저 사람을 보내 알렸다. 송강이 산채에 있는 두령들과 두 번째 관문까지 내려와 맞이했다. 능진을 보자마자 급히 묶인 밧줄을 풀어주며 두령들을 꾸짖었다.

"내가 자네들에게 예를 다하여 통령統領을 산으로 모시라고 했는데 어찌하여 이런 무례를 범하였느냐!"

능진이 감격하며 살려준 은혜에 감사했다. 송강이 그에게 술잔을 들어 예를

26_ 원문은 '타로舵櫓'다. 배 위의 장치로 배의 방향을 통제하고 배의 전진을 유도하는 기물이다.

마치고 직접 손을 잡고 산에 오르기를 청했다. 대채에 도착하니 팽기가 이미 두령이 되어 있자, 능진은 입을 다물고 아무 말도 하지 않았다. 팽기가 달래며 권했다.

"조개·송강 두령은 하늘을 대신해 도를 행하는 분들이오. 호걸들을 받아들이면서 조정에 귀순하여 국가를 위해 힘을 다할 수 있을 때를 기다리고 있소. 우리가 이미 이곳에 있으니 명을 따를 수밖에 없소이다."

송강이 다시 정중히 사과하고 재삼 일일이 열거하며 말하자 능진이 대답했다.

"소인이 이곳에 있는 것은 상관없지만 노모와 처자식이 모두 동경에 있소. 만일 사람들이 알기라도 한다면 살육을 당할 터인데 어찌하면 좋습니까!"

"안심하십시오. 즉시 통령께 데려다드리겠습니다."

"두령께서 그렇게 도와주신다면 죽어도 여한이 없습니다."

조개가 말했다.

"됐소. 잔치를 열어 축하합시다."

이튿날 취의청에 두령들이 술자리를 마련하여 송강과 여러 두령이 '연환마'를 깨뜨릴 계책을 논의했다. 마땅한 좋은 계책이 없었는데 금전표자 탕륭이 몸을 일으키며 말했다.

"소인이 비록 재주는 없으나 한 가지 계책을 올리겠습니다. 어떤 병기와 제 형님 한 분만 있으면 '연환갑마'을 깨뜨릴 수 있습니다."

오 학구가 바로 물었다.

"동생, 자네가 말하는 병기가 도대체 무엇인가? 그리고 자네 형님이라는 사람은 누군가?"

탕륭이 차분하게 두 손을 맞잡고 예의를 표하며 앞으로 나와 그 병기와 형님에 대해 얘기하기 시작했다. 나누어 서술하면, 4~5명의 두령들은 곧장 동경으로 달려가고 3000여 군사들이 모조리 독수毒手에 걸리게 된다. 바로, 계책으로 옥경玉京이 해치獬豸[27]를 사로잡고 모략으로 금궐金闕[28]에서 산예狻猊를 잡게 된 것이다.

과연 탕륭이 두령들에게 말한 그 무기가 어떤 것이고 어떤 사람인가는 다음 회에 설명하노라.

백승장군百勝將軍 한도韓滔

『수호전보증본』에 따르면 "원말 주원장朱元璋의 부장으로 조득승趙得勝, 장득승張得勝이 있었다. '득승得勝'에서 '백승장百勝將'이란 별명을 취한 것으로 보인다. 명나라 전여성田汝成의 『서호유람지西湖遊覽志』의 항주杭州 기록에서 '천승장군묘千乘將軍廟'가 있는데, 초상화는 장아부張亞夫(708~757, 당나라 중기의 명신)로 장순張巡의 아들이며 금오대장군金吾大將軍에 임명되었다"고 했다. 『수호전전교주』에 따르면 "장순이 수양睢陽을 방어했을 때 기이한 계책으로 적들을 패배시켜 또한 그의 이름을 천승장군이라 했다"고 했다.

천목장군天目將軍 팽기彭玘

'천목장군天目將軍'에 대한 견해는 일치하지 않는다. 우선 '천목天目'은 별 이름으로 '귀수鬼宿(이십팔수二十八宿 남방南方 칠수七宿 가운데 하나)'라고도 한다. 『진서晉書』「천문지天文志」에 따르면 "여귀輿鬼(귀수) 오성五星이 천목天目이다"라고 했다. 천목장군 팽기는 지극히 흉악하여 귀성이 내려왔다는 의미다. 또한 『수호전전교주』에 따르면 "정목형의 『주략』에서 이르기를, '천목산天目山은 오정烏程(저장성 후저우湖州)에 있으며 초수苕水가 발원하는 곳이다. 신양주信陽州(허난성 신양信陽)에도 천목산이

27_ 해치獬豸: 전설 속의 동물로 외뿔이며 바르고 사악함을 구별할 수 있다고 한다. 사악하고 두리가 없는 자를 보면 뿔노 들이받기에 사람들은 착한 짐승으로 여긴다.

28_ 옥경玉京, 금궐金闕은 천자가 거주하는 변량과 궁궐을 가리킨다.

있는데 그 아래에 용굴龍窟이 있다. 반드시 선대에 그 땅에서 관리가 되었기에 이렇게 불렀다'고 했다." 즉 팽기를 '천목장군'이라 한 것은 그의 선대 가운데 누군가 천목산 일대에서 관리였다는 것을 말한다. 이외에 천목은 불가에서 말하는 '천안天眼'이라고도 하는데, 천안이 트이게 되면서 일반 사람들이 볼 수 없는 것을 볼 수 있게 되었다는 말이다. 대표적인 인물은 이랑신二郎神으로 팽기와 마찬가지로 삼첨양인도三尖兩刃刀를 사용했다. 즉 '천목'은 보이지 않는 것이 없다는 것을 비유한 말로 군사상 뛰어난 예지 능력이 있다는 말로도 이해할 수 있다.

호연작의 연환마

호연작의 연환마는 사실 금나라의 명장이었던 완안종필完顔宗弼(?~1148, 여진족 이름은 올출兀朮)의 정예 기병을 이식한 것이다. 철로 감싼 중갑重甲(40~50근)을 입힌 말을 탄 기병으로 좌우 날개는 여러 마리의 말을 연결한 기병이었다. 이러한 기병 전술은 이미 존재했었는데, 전연前燕의 명장인 모용각慕容恪은 쇠사슬로 말을 연결시키고 활을 잘 쏘는 선비족 5000명을 선발하여 방진方陣(정방형 진세)을 펼치고 앞세웠다고 한다.

굉천뢰轟天雷 능진凌振

'굉천뢰'는 화포 명칭이다. 역사에 처음으로 보이는 것은 금金나라 말 정대正大 9년 (1232)에 원나라 군대가 금나라 도성을 포위했을 때 사용한 화기로『금사金史』「적잔합희전赤盞合喜傳」에 따르면 "성을 공격하는 도구로 진천뢰震天雷라는 화포火砲가 있었다. 철로 된 단지에 화약을 채우고 불을 붙이면 포가 불을 내뿜으며 발사되었는데 그 소리가 천둥과 같아 100리 밖에서도 들렸다. 반 묘畝 이상의 둘레를 태웠는데 그 화기가 쇠 갑옷을 모두 뚫었다"고 했다. 능진의 별명인 '굉천뢰'는 '진천뢰'에서 변천된 것이라 할 수 있는데, '진천뢰'와 '굉천뢰'의 의미는 같다.

갑옷을 훔치다[1]

탕륭이 여러 두령에게 말했다.

"소생은 조상 대대로 병기 만드는 것을 생업으로 삼은 집안의 자손입니다. 돌아가신 아버님도 이 재주로 노충 경략 상공을 알게 되어 연안부 지채 노릇까지 할 수 있었습니다. 전대에 '연환갑마'를 이용하여 싸움에서 이기기도 했습니다. 연환마를 깨뜨리려면 반드시 '구겸창鉤鐮槍'[2]을 사용해야만 합니다. 제게 조상 대대로 전해진 구겸창 모양 그림이 있어 만들어야 한다면 즉시 만들 수 있습니다. 그러나 구겸창을 만들 수는 있어도 사용하는 방법은 모릅니다. 그렇지만 사용할 수 있는 사람이 필요하다면 저의 고종 사촌 형님이 유일한 사람입니다. 구겸창을 사용할 줄 아는 사람은 그 교두 한 분입니다. 그 형님 집안 조상 때부터 전해 내려오는 사용법인데 다른 사람한테는 가르쳐주지 않습니다. 말 위에서 쓰

1_ 제56회 제목은 '吳用使時遷盜甲(오용이 시천을 시켜 갑옷을 훔치다). 湯隆賺徐寧上山(탕륭이 서녕을 속여 입산시키나)'이나.

2_ 구겸창鉤鐮槍: 창끝의 날에 갈고리가 있는 장창長槍이다. 창 길이는 7척 2촌이고 창끝은 8촌이다.

기도 하고 혹은 걸으면서 쓰기도 하는데 모두 제각기 사용법이 있다고 합니다. 구겸창을 정말 자유자재로 귀신같이 사용합니다!"

탕륭의 말이 미처 끝나기도 전에 임충이 물었다.

"혹시 그 사람이 금창반金槍班3 교사教師로 있는 서녕徐寧이 아닌가?"

"예, 바로 그 사람입니다."

"자네가 얘기하지 않았다면 나도 잊고 있을 뻔했네. 서녕의 '금창법金槍法'과 '구겸창법'은 정말 천하에서 독보적인 것이지. 동경에 있을 때 나와 만나면서 무예도 겨뤄보고 서로 존중하고 아끼면서 지냈다네. 그렇지만 어떻게 그를 양산박으로 오게 할 수 있단 말인가?"

"서녕에게는 조상 때부터 물려받은 보물이 있는데 세상에 둘도 없으며 바로 집안을 안정시키는 보배입니다. 제가 이전에 지채로 계셨던 아버님을 따라 동경에 가서 고모님을 찾아가 뵈었을 때마다 '안령체취권금갑雁翎砌就圈金甲'이라 불리는 갑옷을 여러 번 보았습니다. 그 갑옷을 입으면 가볍고 편안하며 칼이나 검, 화살이 빨라도 뚫을 수 없어 사람들이 '새당예賽唐猊'라고 부르기도 합니다. 많은 귀공자가 한 번이라도 보기를 원했지만 사람들에게 함부로 보여주지 않았습니다. 그 갑옷을 자신의 생명같이 여겨 가죽상자에 넣어 침실 대들보 위에 걸어놓았습니다. 먼저 그 갑옷을 빼내서 오게 한다면 이리로 오지 않을 수 없을 겁니다."

오용이 말했다.

"그렇다면 무엇이 어렵겠는가? 여기에 재능 있는 형제가 많으니 보내면 되지 않겠는가? 이번에는 고상조 시천이 한번 다녀오게나."

시천이 즉시 대답했다.

"그 물건이 거기에 없다면 모를까 확실히 있다면 이유를 불문하고 무조건 가

3_ 금창반金槍班: 송나라 때 금위군 명칭으로 천자의 경호 업무를 담당했다.

지고 오겠습니다."

탕륭이 말했다.

"갑옷만 훔쳐 온다면 제가 책임지고 그를 속여서라도 데리고 오겠습니다."

송강이 물었다.

"자네가 어떻게 그를 꾀어 데려올 수 있겠는가?"

탕륭이 송강의 귓가에 대고 낮게 몇 마디 하자 송강이 웃으면서 말했다.

"그것 참 대단히 절묘한 계책이구나!"

오 학구가 말했다.

"세 사람을 동경에 더 보내야겠습니다. 한 사람은 발화 재료와 포에 사용할 원료를 사오게 하고 두 사람은 능진의 가솔들을 데려오게 해야겠습니다."

듣고 있던 팽기가 일어나 아뢰었다.

"한 사람이 영주로 가서 소인의 식구들을 여기로 데려온다면 진실로 그 은덕에 엎드려 감사하겠습니다."

송강이 바로 말했다.

"단련께서는 안심하시오. 두 분께서 편지를 써주시면 소생이 사람을 시켜 모셔오리다."

그러고는 양림을 불러 금은과 편지를 가지고 졸개를 데리고 영주로 가서 팽기 장군의 가솔을 데려오게 했다. 설영에게는 창봉술을 보여주며 약을 파는 사람으로 가장하여 동경에 가서 능진의 가족들을 데려오도록 했으며, 이운에게는 행상으로 꾸며 동경에 가서 발화 물질과 원료 등을 사오도록 했다. 또한 악화에게는 탕륭과 동행하면서 설영과 왕래하며 가솔들 인솔하는 것을 곁에서 도와주도록 했다. 시천을 하산시켜 보낸 다음, 탕륭에게 구겸창 하나를 표본으로 만들게 하고 뇌횡을 불러 감독하게 했다. 원래 뇌횡의 조상은 대장장이 출신이었다. 다시 말해, 탕륭에게 구겸창 견본을 만들게 한 다음 산채 안에서 대장장이들이 견본에 따라 구겸창을 제조하고 뇌횡에게 그 일을 감독하게 한 것이다. 산채에서는 송별연의 술자리가 벌어졌고 연회가 끝나자마자 양림·설영·이운·악화·탕륭 등은 작별하고 산을 내려갔다. 다음날 다시 대종을 하산시켜 왔다 갔다 하면서 돌아가는 상황을 알아보게 했다.

한편 시천은 양산박을 떠나 표창, 단검 같은 암살 무기와 다양한 소도구를 몸에 감추고 느긋하게 걸어서 동경에 도착하여 객점에서 편하게 쉬었다. 다음날 성을 돌아다니며 금창반 교사 서녕의 집이 어디인지를 알아봤다. 어떤 사람이 알려주며 말했다.

"금창반 문안으로 들어가면 동쪽으로 다섯 번째 검은색 작은 문이 있는데 바로 그 집이오."

시천이 금창반 문안으로 돌아 들어가 먼저 정문을 살펴보고, 그 다음 빙 돌아가 후문을 살펴보았다. 높은 담장으로 되어 있고 담장 안으로 두 칸의 작고 정교한 이층 누각이 멀리 보였는데 옆에 솟아 오른 가옥을 지탱하는 나무 기둥 4 하나가 있었다. 시천이 한번 집을 둘러보고 이웃 사람에게 물었다.

"서 교사께서는 댁에 계십니까?"

"황궁에서 공무를 보느라 돌아오지 않았을 겁니다."

"언제쯤 돌아오는지 아시오?"

"저녁에나 돌아오실 겁니다. 아침 5경이면 궁 안으로 일하러 가시지요."

시천은 실례했다고 인사하고 객점으로 돌아와 각종 소도구를 챙겨 몸에 숨기고 점소이에게 당부했다.

"내가 오늘 밤에는 돌아올 수 없으니 방이나 잘 봐주게."

"안심하고 다녀오시지요. 별일 없을 겁니다."

다시 성안으로 들어온 시천은 저녁을 사먹고 금창반 서녕의 집 근처를 서성거렸다. 주변을 살펴보아도 몸을 숨기기 좋은 곳이 없었다. 할 수 없이 시천은

4_ 원문은 '창주戧柱'인데, 옆에서 집을 지탱해주는 나무 기둥을 말한다.

날이 어두워지기를 기다린 뒤에야 사람이 없는 틈을 이용해 금창반 문안으로 들어갔다. 그날은 밤인데다 겨울 날씨라 달빛조차도 비추지 않았다. 시천은 토지신 사당 뒤에 있는 커다란 측백나무를 발견하고 양 다리를 끼고 나무 꼭대기를 향해 기어 올라가 나뭇가지 위에 말 타듯이 걸터앉았다. 조용히 살펴보는데 서녕이 돌아와 집으로 들어가고 금창반 문안에서 두 사람이 초롱을 들고 나와 문을 닫고 자물쇠로 잠그고 각자 돌아가는 것이 보였다. 초루誰樓5에서 시간을 알리는 북소리가 울리자 시각이 초경初更으로 바뀌었다. 구름은 차고 별들은 빛이 없으며 이슬이 흩어지면서 서리꽃이 점점 하얗게 변했다. 금창반 문안이 쥐 죽은 듯이 조용해지자 시천은 미끄러지듯 나무에서 내려와 서녕의 집 뒷문 쪽으로 돌아갔다. 힘을 조금도 들이지 않고 담장 위로 올라가 내부를 살펴보니 작은 정원 하나가 있었다. 시천이 부엌 밖에 숨어서 살펴보니 주방 아래에 등불이 밝게 빛나고 있었고 두 명의 계집종이 설거지와 정돈을 아직 마치지 않은 상태였다. 시천이 건물 옆 나무 기둥에서 돌아 박풍판博風板6 쪽으로 가서 엎드려 누각 위층을 살펴보니 금창수 서녕이 부인과 화롯불을 마주보고 앉아 있는데 품 안에 6~7세쯤 된 아이를 안고 있었다. 시천이 그 침실 안을 둘러보니 과연 들은 대로 커다란 가죽 상자가 대들보 위에 묶여 있었다. 방 입구에는 활과 화살 한 벌, 요도 한 자루가 걸려 있었고, 옷걸이에는 각양각색의 의복이 걸려 있었다. 서녕이 방 입구에서 소리쳤다.

"매향梅香아, 이리 와서 관복을 개어놓아라."

아래층에서 계집종 하나가 올라와 옆쪽 식탁 위의 자색으로 수놓은 원령圓領7 관복 한 벌을 먼저 개고 다시 순록색의 속옷 상의를 개었다. 또한 밑에는 오

5_ 초루誰樓: 성문 위의 망루로 밤에 북을 쳐서 시간을 알린다.

6_ 박풍판博風板: 동양 전통 건축물의 측면에서 기와와 건물 사이가 뜨기 때문에 뜬 사이로 들어오는 바람이나 빗물을 막기 위해 댄 나무.

7_ 인령圓領: '닝령上領'이라고노 하고 복장 깃 양식 가운데 하나이며 원형의 옷깃이다. 한·위 이전에는 대부분 서역에서 사용되었고 중원의 전통인 교령交領(의복의 앞섶을 좌우로 교차시킴)과 구별되었다.

색 꽃으로 수놓은 바지8와 목덜미를 감싸는 채색 비단 수건 한 장, 울긋불긋 매듭과 손수건을 한 꾸러미로 쌌다. 그 외에 별도로 작은 황색 보자기로 한 쌍의 수달 꼬리와 여지荔枝 금띠를 묶어 전부 보따리 안에 넣고 바구니9 위에 잘 놓았다. 시천이 이 모든 광경을 지켜보고 있었다. 대략 2경이 지나자 서녕은 하던 일을 멈추고 침상에 올랐다. 아내가 물었다.

"내일 수직隨直10을 하십니까?"

"내일 천자께서 용부궁龍符宮11으로 행차하시오. 일찍 일어나 5경까지는 가서 모셔야 하오."

아내가 그 말을 듣고서 매향을 불러 분부했다.

"나리께서 내일 5경까지 입궐하셔야 한다. 너희는 4경에 일어나 씻을 물을 끓이고 아침상을 준비하거라."

시천이 곰곰이 생각했다.

'대들보 위에 보이는 저 가죽상자 안에 갑옷이 있을게야. 한밤중에 손을 쓰면 좋겠는데 그러다 혹시 시끄러워지면 내일 성을 나갈 수 없을 테니 큰일을 그르치지 않겠는가? 5경까지 기다렸다가 손을 써도 늦지 않겠다.'

서녕 부부가 침상에서 잠들고, 두 계집종도 방문 밖에 만들어놓은 임시 잠자리에 들었다. 방 안 탁자 위에 사발 등이 켜져 있고 다섯 사람은 모두 잠이 들었다. 두 계집종은 하루 종일 저녁까지 시중드느라 피곤하여 곯아떨어졌다. 시천

육조六朝 이후에는 점점 중원으로 들어오기 시작했고, 수·당 이후에는 더욱 많이 사용되었는데 대부분 관리의 일상복에 사용되었다.

8_   원문은 '척천裼串'이다. 串의 음은 'chuan(천)'이다. 척천은 '군褌'으로 '하의, 바지'를 말한다. 윗부분은 헐렁헐렁하고 발목 부분은 딱 붙게 만든 바지로 무인들이 입었다.

9_   원문은 '홍롱烘籠'으로 대나무, 버들가지 혹은 가시나무 가지 등으로 짠 향로 위를 덮는 바구니로 의복을 불에 말리는 데 사용되었다.

10_   수직隨直: 반직班直을 따라 경호 임무를 수행했다. 반직은 송나라 때 황제에 가장 근접해 있던 근위군이었다.

11_   용부궁龍符宮: 만세산萬歲山 아래에 위치해 있다.

이 미끄러지듯 내려와 몸에 지니고 있던 갈대 줄기로 격자창 구멍 안에 넣고 훅, 하고 부니 사발등이 꺼졌다. 시간이 흘러 4경쯤에 서녕이 일어나 계집종을 불러 깨우고 물을 끓이라 했다. 잠에서 깨어나 일어난 두 계집종은 방에 등불이 꺼져 있자 소리를 지르며 말했다.

"아이고! 간밤에 등불이 꺼졌네!"

서녕이 말했다.

"얼른 뒤에 가서 등을 가져오지 않고 뭐하느냐, 언제까지 기다리란 말이냐!"

매향이 누각 문을 열고 계단을 내려가는 소리가 들리자 시천은 기둥을 타고 내려와 뒷문 밖 어두운 그림자 속에 숨었다. 계집종이 뒷문을 열고 나가 담장 문까지 열어젖히는 소리를 듣자 시천은 얼른 부엌으로 숨어 들어가 조리 탁자 밑에 몸을 붙였다. 매향이 등불을 얻어가지고 들어와 다시 문을 닫고 부뚜막 앞에서 불을 피웠다. 계집종은 다시 일어나 숯불을 가지고 위층으로 올라갔다. 한참 지나, 물이 끓자 뜨거운 세숫물을 받쳐 들고 올라갔다. 서녕이 세수와 양치질을 한 뒤에 술을 뜨겁게 데워오게 했다. 계집종이 고기와 밥, 취병을 가지고 올라가니 서녕이 아침을 먹었다. 밖에 있는 하인에게도 밥을 먹게 했다. 시천은 서녕이 내려와 하인들을 불러 밥을 먹이고 보따리를 지게 하여 금창金槍을 들고 문을 나서는 소리를 들었다. 두 계집종은 등불을 들고 서녕을 배웅했다. 시천이 부엌 조리 탁자 밑에서 나와 위층으로 올라갔다. 선반 옆에서 바로 대들보에 올라가 몸을 숨겼다. 두 계집종은 대문을 닫고 등불을 불어 끄고 누각에 올라 옷을 벗고 눕자마자 잠이 들었다.

시천은 두 계집종이 잠들자 대들보 위에서 갈대 줄기로 불어 등불을 다시 끄고 조용히 가죽 상자를 풀었다. 막 대들보에서 내려오려고 하는데 서녕의 아내가 잠에서 깨어나 소리 나는 것을 듣고는 매향에게 소리쳤다.

"대들보 위에서 나는 소리가 뭐냐?"

시천이 바로 쥐 소리를 냈다.

"마님, 쥐 소리가 들리지 않으세요? 서로 싸워서 이렇게 소란스러운 거예요."

시천이 다시 쥐가 싸우는 소리를 내면서 미끄러지듯 내려왔다. 살금살금 누각 문을 열고 침착하게 가죽 상자를 등에 지고 계단을 내려와 곧장 밖으로 나갔다. 금창반 문 입구에 도착했는데 이미 수반隨班[12]하는 사람들이 나가고 있었고 문은 4경에 열려 있었다. 가죽상자를 손에 넣은 시천은 사람들로 시끄러운 틈을 타, 단숨에 성 밖으로 달려나갔다. 객점 문 앞에 도착했는데도 아직 날이 밝지 않았다. 객점 문을 두드려 열게 하고 방으로 가서 짐을 꾸려 단단히 동여매고 방세를 계산한 후 객점을 나와 동쪽으로 달렸다.

40여 리를 달린 다음에야 비로소 객점에 들어가 불을 붙여 아침밥을 해먹고 있는데 한 사람이 뛰어 들어오는 것이 보였다. 시천이 보니 다름 아닌 신행태보 대종이었다. 시천이 이미 갑옷을 손에 넣은 것을 보고 두 사람은 은밀하게 몇 마디 나누었다. 대종이 말했다.

"내가 먼저 갑옷을 가지고 산채로 갈 테니, 자네는 탕릉과 함께 천천히 오게나."

시천이 가죽 상자를 열어 안령쇄자갑雁翎鎖子甲을 꺼내 보자기에 쌌다. 대종이 몸에 묶고 객점을 나가 '신행법'을 일으켜 양산박으로 달려갔다.

시천이 빈 가죽상자를 눈에 띄게 멜대에 묶고, 밥을 먹고 밥값을 치른 후 멜대를 지고 주점을 나와 걸었다. 20여 리쯤 걸었을 때 탕릉과 마주쳤고 두 사람은 주점에 들어가 상의했다. 탕릉이 말했다.

"자네는 내가 가라는 길로만 가게. 길에서 주점, 음식점, 객점을 지나다 문 위에 흰 분으로 그려진 동그라미가 보이면 무조건 거기에서 술과 고기를 사 먹고 편안하게 쉬게나. 그 대신 이 상자를 눈에 띄는 곳에 놓게나. 여기서 일정 거리 떨어진 곳에서 나를 기다리게."

12_ 수반隨班: 관원의 직위 등급에 따라 입조하여 섬기는 것을 말한다.

시천이 계책대로 떠났다. 탕륭은 천천히 술을 마신 뒤에 동경성 안으로 들어왔다.

한편 서녕 집안에서는, 날이 밝자 두 계집종이 일어나 누각 문이 열려 있고, 아래 중문, 대문도 모두 닫혀 있지 않은 것을 보고 깜짝 놀랐다. 다급하게 집 안을 살펴보았으나, 다행히 잃어버린 물건은 없었다. 두 계집종이 위층에 올라와 부인에게 말했다.

"왜 그런지는 모르겠지만 문이 모두 열려 있는데 잃어버린 물건은 없는 것 같아요."

부인이 뭔가 의심쩍어 하면서 말했다.

"5경에 대들보 위에서 소리가 났었는데 너희는 쥐가 싸우는 소리라고 하지 않았느냐. 너희는 혹시 가죽상자는 살펴보았느냐?"

두 계집종이 대들보 위를 쳐다보고서 '어머나' 하면서 소리 질렀다.

"가죽상자가 어디로 갔는지 보이지 않아요!"

부인이 벌떡 일어나 말했다.

"빨리 사람을 용부궁으로 보내 나리에게 알리거라. 빨리 오셔서 상자를 찾게 해야 한다!"

계집종이 서둘러 사람을 용부궁으로 보내 서녕에게 알리게 했다. 연이어 3~4명을 보내 알렸으나 모두 같은 답변을 했다.

"금창반직金槍班直13이 어가를 따라 내원內苑14으로 들어갔느니라. 바깥은 모두 친군親軍(호위병)이 지키고 있는데 누가 감히 들어갈 수 있겠는가? 그가 돌아오기를 기다릴 수밖에 없느니라."

13_ 금창반직金槍班直: 송대에 어전에서 당직 서는 금위군이다. 모두 24반으로 되어 있다. 금창반은 금군 가운데 황제를 가장 가까이 모시는 사람이다.

14_ 내원內苑: 황궁 내의 정원.

서녕 부인은 두 계집종과 함께 '달궈진 솥 안에 든 개미'[15]처럼 아무런 방법을 찾지 못하여 밥도 제대로 먹지 못하고 발만 동동 굴렀다.

황혼 무렵 서녕이 비로소 도포와 복식을 벗고 당직까지 선 뒤에 금창을 들고 천천히 집으로 돌아왔다. 금창반 문 입구에 도달하자 이웃이 소식을 알렸다.

"부인이 집에 도둑이 들었다는군요! 그렇게 기다려도 돌아오시지 않으시더니 이제 오십니까!"

서녕이 놀라 정신없이 집으로 달려갔다. 두 계집종이 문에서 맞으며 말했다.

"나리께서 5경에 나가신 뒤에 도적이 몰래 들어와 대들보 위에 있는 가죽상자만 훔쳐갔습니다."

서녕이 듣고는 연거푸 '아이고' 하는 소리가 단전丹田[16] 아래에서 곧바로 입가까지 부글부글 끓어올랐다. 부인이 말했다.

"그 도둑이 도대체 언제 집 안에 숨어들었는지 모르겠어요?"

서녕이 말했다.

"다른 것은 모두 잃어버려도 상관없는데 이 안령갑雁翎甲은 잃어버린 적 없이 4대째 내려오는 보물이오. 이전에 왕 태위께서 3만 관의 돈을 준다고 했어도 내가 팔지 않았소. 나중에 군에서 사용될 것 같아 그랬는데, 혹시나 잘못될까 두려워 대들보 위에 묶어둔 것이오. 많은 사람이 내게 보여달라고 해도 사양하고 보여주지 않았소. 이제 소문이라도 나면 나를 얼마나 비웃겠소. 잃어버렸으니 이제 어찌한단 말이오!"

서녕은 밤새도록 잠을 못 이루고 곰곰이 생각했다.

'어떤 놈이 훔쳐갔는지 도무지 알 수가 없네! 분명이 나한테 그 갑옷이 있는 것을 아는 놈일 거야.'

15_ 원문은 '熱鏊子上螞蟻'다. '오자鏊子'는 떡을 굽는 용구로 철제로 되어 있고 원형이며 평면이다. 중심 부분은 약간 솟아올랐는데 대략 주변보다 높았다.

16_ 단전丹田: 배꼽 아래 3촌 되는 부위를 단전이라 한다. 깊은 곳에서 나오는 탄식을 비유한 말이다.

부인이 생각났다는 듯 말했다.

"어젯밤에 등불이 꺼졌을 때 그 도둑놈이 이미 안에 숨어 있지 않았을까요? 분명히 당신이 애지중지하는 것을 아는 어떤 사람이 돈을 줘도 살 수 없으니까 솜씨 좋은 도둑을 시켜 훔쳐간 거예요. 당신이 사람을 시켜 조용히 찾아보면서 다른 방법을 알아봐야 해요. 괜히 풀을 베어 뱀을 놀라게 하듯이 공개적으로 떠들었다가 경계심만 높이면 안 되잖아요."

들어보니 부인의 말이 일리가 있었다. 다음날 아침에 일어나 집에 앉아 근심에 차 고민하고 있었으니, 마치 다음과 같았다.

봄을 한스러워하는 촉왕蜀王이요,[17] 가을을 슬퍼하는 송옥宋玉이로다.[18] 여건呂虔의 요도腰刀를 잃은 듯하고,[19] 뇌환雷煥이 감옥 터에서 얻은 보검을 잃은 듯하네.[20] 수레를 비추던 진주를 잃은 듯하고,[21] 열다섯 개의 성과 바꿀 만한 화씨벽和氏璧이 부서진 듯하구나.[22] 이미 부서진 왕개王愷의 산호수를 배상받지 못하

17_ 촉왕蜀王은 당나라 현종玄宗을 가리킨다. 안녹산安祿山이 난을 일으키자 현종은 촉으로 달아났는데, 당시 사람들이 촉왕이라 불렀다.

18_ 송옥宋玉은 전국시대 말 초나라의 사부가辭賦家다. 그의 작품인 「구변九辯」에서 가을에 지난날을 회상하여 후세 사람들은 그를 쓸쓸한 가을에 번민하는 대표적 인물로 여겼다.

19_ 여건呂虔은 삼국시대 때 위나라 사람이다. 여건에게는 보도寶刀가 있었는데 장인은 삼공의 지위에 있는 인재만이 이 보도를 찰 자격이 있다고 했다. 그래서 여건은 왕상王祥에게 그 칼을 증정했고, 이후에 왕상은 삼공의 지위에 올랐다. 왕상은 그 칼을 동생인 왕람王覽에게 전했고, 왕람의 후손은 동진東晉 때 모두 출세했다.

20_ 뇌환雷煥은 진晉나라 사람이다. 『진서晉書』「장화전張華傳」에 따르면 뇌환이 예장군豫章郡 풍성豐城 감옥 터에서 용천龍泉, 태아太阿 두 자루의 보검을 캐냈는데, 한 자루는 장화張華에게 증정하고 한 자루는 자신이 차고 다녔다. 이상 두 가지 사건은 모두가 아름다운 물건을 타인에게 증정한 것인데, 여기서는 반대로 분실한 것으로 사용했다.

21_ 『사기史記』「전경중완세가田敬仲完世家」에 다음과 같은 내용이 있다. "제 위왕齊威王 24년(기원전 355), 제 위왕은 위 혜왕魏惠王을 교외에서 만나 사냥을 했다. 혜왕이 위왕에게 물었다. '대왕께서는 보물을 가지고 계십니까?' 위왕은 '가지고 있지 않소'라고 말했다. 혜왕이 말하기를 '과인과 같은 소국도 직경이 1촌인 진주가 수레 앞뒤에서 비추고 있고, 12대의 수레에 그런 진주가 10개나 있는데, 어찌하여 만승이 전차를 보유한 대국에 보물이 없겠습니까?'라고 했다."

22_ 『사기』「염파인상여열전廉頗藺相如列傳」에 따르면 "조趙나라는 혜문왕惠文王이 재위할 때 초楚나라의

고,[23] 옥 절구를 얻지 못한 배항裴航이 아내를 얻지 못하는 것인가.[24] 바로 황폐한 비탈에 내려앉은 봉황의 아름다운 깃털이 빠진 듯하고, 얕은 물에서 놀던 용이 야광주를 잃어버린 듯하도다.

蜀王春恨, 宋玉秋悲. 呂虔遺腰下之刀, 雷煥失獄中之劍. 珠亡照乘, 璧碎連城. 王愷之珊瑚已毁, 無可賠償; 裴航之玉杵未逢, 難諧歡好. 正是鳳落荒坡凋錦羽, 龍居淺水失明珠.

서녕이 이날 집에서 고민하고 있는데, 막 아침밥을 먹으려고 할 때 어떤 사람이 문을 두드리는 소리가 들렸다. 하인이 나가 이름을 물어보고는 들어와 알렸다.

"연안부 탕지채 아들 탕륭이 찾아와 뵙고자 합니다."

화씨벽和氏璧을 손에 넣었다. 이 소식을 들은 진나라 소왕昭王은 사람을 보내 조나라 왕에게 서신을 전달하여 진나라 성 열다섯 개와 화씨벽을 교환하기를 바란다고 말했다"는 구절이 있다. '화씨벽'은 『한비자韓非子』 「화씨和氏」에 다음과 같은 내용이 있다. "초나라 사람 화씨和氏가 옥돌을 초산楚山에서 손에 넣어 여왕厲王에게 바쳤다. 여왕은 옥을 다듬는 장인에게 감정하도록 했다. 옥을 다듬는 장인이 말했다. '이것은 돌입니다.' 여왕은 화씨가 자신을 속였다고 여기고는 그의 왼쪽 발을 절단했다. 여왕이 죽고 무왕武王이 즉위하자 화씨는 다시 그 옥돌을 무왕에게 바쳤다. 무왕은 옥을 다듬는 장인에게 그것을 감정하게 했는데, 그 장인은 또 '돌입니다'라고 했다. 무왕 또한 화씨가 자신을 속이려 한다고 여기고는 그의 오른쪽 발을 절단시켰다. 무왕이 죽고 문왕文王이 즉위하자 화씨는 그 옥돌을 끌어안고 초산 아래에서 사흘 밤낮을 울었다. (…) 문왕은 옥을 다듬는 장인에게 그 옥돌을 다듬게 했고 아름다운 보배를 얻었다."

23_ 왕개王愷는 진晉나라 사람으로 진 무제晉武帝 사마염司馬炎의 외삼촌이었다. 그는 석숭石崇과 서로 자신의 부를 경쟁했는데 진 무제는 왕개를 도와줬고 세상에서 보기 드문 산호수 한 그루를 증정했다. 왕개는 그것을 석숭에게 보여줬는데, 뜻하지 않게 석숭은 산호수를 보더니 부숴버리고 말았다.

24_ 배항은 당나라 때 배형裴鉶이 지은 『전기傳奇 · 배항裴航』이란 소설의 남자 주인공이다. 배항은 갈증이 나자 마실 물을 찾았는데 한 할멈이 손녀인 운영雲英을 불러 물 한 사발을 떠서 배항이 마시도록 했다. 배항은 그녀의 용모가 절세미인이라 아내로 맞아들이려 했다. 그러자 할멈은 신선이 약을 찧는데 옥절구로 찧어야 하기에 운영을 아내로 맞이하고 싶으면 옥절구가 필요하다고 했다. 배항은 월궁月宮에 가서 옥토끼가 사용하는 옥절구를 찾아 운영을 처로 삼았다. 결혼 뒤에 부부는 옥봉玉峯으로 들어가 신선이 되었다는 내용이다.

서녕은 듣고서 손님을 안으로 들이게 하고 자리를 같이 했다. 탕륭이 절을 올리며 말했다.

"형님, 그동안 평안하신지요?"

"외숙께서 돌아가셨다는 말은 들었는데, 관리라 몸이 공무에 매인데다 가는 길도 멀어 조문도 가지 못했네. 또한 동생의 소식도 몰랐는데 그동안 어디에 있었나? 오늘은 무슨 일로 왔는가?"

"얘기하자면 끝도 없지요. 부친께서 돌아가신 후 운수가 나빠서인지 줄곧 강호를 떠돌아 다녔습니다. 지금은 산동에서 형님을 찾아뵈러 동경에 왔습니다."

"그랬구나, 동생 일단 앉게나."

술상을 차려오게 하여 대접했다. 탕륭이 짐 꾸러미에서 20냥쯤 되는 금 두 덩이를 꺼내며 서녕에게 바쳤다.

"아버님께서 돌아가실 때 이 금덩이를 남겨주셨습니다. 형님께 드리라 하셨는데, 믿을 만한 심복이 없어서 인편으로 보내드리지 못했습니다. 이번에 이 동생이 동경에 온 김에 형님께 드리는 것입니다."

"외숙께서 이렇게까지 생각해주시니 감사할 뿐이네. 내가 효도한 적이 조금도 없는데 어떻게 보답을 한단 말인가!"

"형님, 그런 말씀 마십시오. 부친께서 살아계셨을 때 항상 형님의 무예를 생각하셨습니다. 산과 물이 아득히 멀어 만나 뵐 수 없음을 한탄 하셨기에 이 물건을 남기시고 형님께 드리고 싶어 하셨습니다."

서녕이 감동하여 탕륭에게 감사했다. 금덩이를 거두어들이고 술상을 차려 대접했다.

탕륭과 술을 마시면서도 서녕은 양미간을 펴지 못하고 얼굴이 잔뜩 근심스런 표정이었다. 탕륭이 일어나며 물었다.

"형님, 어찌하여 안색이 즐겁지 않으십니까? 마음속에 픽시 우울하고 해결하기 어려운 일이 있는 듯합니다."

서녕이 길게 한숨 쉬며 말했다.

"동생은 모르네. 한 마디로 말할 수 없는 일이네. 어젯밤에 집에 도둑이 들었다네."

"어떤 물건을 잃어버리셨습니까?"

"도적맞은 물건은 단지 조상에게 물려받은 '새당예賽唐猊'라 불리기도 하는 '안령쇄자갑' 하나라네. 어제 밤에 이것을 도적맞아 이렇게 마음이 편치 않은 것이네."

"형님, 그 갑옷은 이 동생도 본 적이 있습니다. 무엇과도 비교할 수 없이 뛰어나 선친께서도 항상 칭찬하셨지요. 도대체 어디에 두셨기에 도둑맞았습니까?"

"내가 이 갑옷을 가죽상자에 담아 침실 대들보 위에 묶어놨었네. 도둑이 언제 들어와 그것을 훔쳐 갔는지 도무지 모르겠네."

"그런데, 어떻게 생긴 가죽 상자에 담았습니까?"

"붉은 양가죽 상자[25]에 담았는데 안에는 향료를 섞은 솜으로 채워 넣었네."

탕륭이 깜짝 놀란 척하며 말했다.

"붉은 양가죽 상자요? 혹시 위에는 흰 줄로 푸른 구름무늬 여의如意가 수놓아져 있고 중간에는 사자가 공을 굴리는 것이 있는 것이 아닙니까?"

"동생, 자네 어디서 봤나?"

"이 동생이 밤에 오는데 성에서 40여 리 떨어진 곳에 한 시골 주점이 있기에 거기서 술을 마셨습니다. 한참 마시고 있는데, 눈깔이 또랑또랑하며 검고 바싹 마른 놈이 멜대 안에 넣어 짊어지고 들어왔습니다. 제가 속으로 '저 가죽상자 안에 무슨 물건이 있을까?' 하면서 궁금해 했지요. 그래서 문을 나오면서 슬쩍 물어봤습니다. '이 가죽상자는 어디에 쓰는 물건이오?' 물으니까, 그놈이 '원래는 갑옷을 넣는 상자인데, 지금은 이것저것 잡다한 옷가지가 들어 있지요'라고 대

25_ 가죽 상자를 만든 다음에 주사朱砂로 칠한 것이다.

답하더라고요. 생각해보니까, 바로 이놈이네요. 그놈이 다리를 삐었는지 한 걸음 한 걸음 디디는 게 시원찮아 보였습니다. 우리가 당장 쫓아가는 것이 어떻습니까?"

"쫓아가 잡을 수 있다면 하늘이 도와준 것이 아니고 뭐겠는가!"

"이렇게 된 이상 지체 말고 빨리 쫓아갑시다."

서녕은 듣고서 급히 미투리를 신으며 요도를 차고 박도를 들어 탕륭과 함께 동곽문東郭門을 나갔다. 발걸음을 힘껏 내디디며 쫓아가는데 앞쪽으로 벽에 흰 동그라미가 그려진 주점이 보이자 탕륭이 말했다.

"저기 들어가 술 한 사발 마시면서 아는 게 있는지 물어보지요."

탕륭이 들어가 앉자마자 물었다.

"주인장, 한 가지 물어봅시다. 눈깔이 또랑또랑하며 시커멓고 바싹 마른 사내가 붉은 양가죽 상자를 매고 가는 것을 본 적 있소?

주점 주인이 대답했다.

"어젯밤 늦게 붉은 양가죽 상자를 매고 지나갔던 사람 같네요. 넘어졌는지 절뚝거리며 가던데요."

"형님, 들으셨죠?"

서녕은 듣고서 아무 말도 없이 서두르기만 했다.

두 사람은 술값을 치르고 나와 서둘러 쫓았다. 다시 앞에 객점이 눈에 들어왔는데 역시 하얀 동그라미가 그려져 있었다. 탕륭이 발걸음을 멈추고 말했다.

"형님, 이 동생은 더 이상 못 가겠소. 잠시 이 객점에서 쉬었다가 내일 다시 쫓아가지요."

"나는 관직에 매여 있는 몸이라 혹여 점고라도 있는데 못 가게 되면 관아에서 필시 문책을 할 텐데, 어찌하면 좋은가?"

"형님께서는 걱정하지 마십시오. 형수님이 적당한 핑계로 알아서 처리하실 겁니다."

그날 밤 다시 객점에서 물어보니 점소이가 대답했다.

"어젯밤 어떤 맑은 눈에 검고 마른 사내가 저희 주점에서 하룻밤 묵고 오늘 해가 거의 중천에 떴을 때 떠났습니다. 산동 가는 길을 묻던데요."

탕륭이 말했다.

"이제 됐습니다. 따라 잡을 수 있습니다. 내일 4경에 일어나 쫓아가면 그놈을 잡을 수 있습니다."

그날 밤 두 사람은 쉬고 다음날 4경에 일어나 객점을 나와 다시 뒤를 쫓았다. 탕륭은 벽에 하얀 동그라미만 그려져 있으면 술과 밥을 사 먹었다. 그리고 길을 물을 때마다 한결같이 같은 답변을 들었다. 서녕은 오직 잃어버린 갑옷 생각으로 다급했기에 탕륭만 따라 쫓아갔다. 날이 다시 저물어 오는데 앞에 낡은 사당 하나가 눈에 들어왔다. 사당 앞 나무 아래에 시천이 멜대를 내려놓고 앉아 있었다. 탕륭이 보고서 소리 질렀다.

"저기 보십쇼! 앞쪽 나무 아래에 있는 저게, 혹시 형님이 갑옷을 담아 둔 붉은 양가죽 상자가 아닙니까?"

서녕이 보고서는 쏜살같이 달려가 시천을 붙잡고 소리 질렀다.

"네 이놈 정말 대담하구나! 어찌하여 내 갑옷을 훔쳐갔느냐!"

시천이 말했다.

"놔, 놓으라니까! 소리 지르고 지랄이야! 그래, 내가 갑옷을 훔쳤다. 어쩔 건데?"

"짐승 같은 놈이 무례하구나! 도리어 나한테 덤벼들어!"

"이 상자 안에 당신 갑옷이 있는지 없는지부터 봐야 되는 거 아냐?"

탕륭이 얼른 상자를 열어 보니 텅 비어 있었다. 서녕이 말했다.

"네 이놈, 내 갑옷을 어디로 빼돌렸느냐"

시천이 말했다.

"제 말 좀 들어보십시오. 소인은 장일張一이라고 하고 태안주泰安州 사람입니다. 그곳에 노충 경략 상공과 친분을 맺고자 하는 부자가 하나 있는데 나리 댁에 이 안령쇄자갑이 있다는 것을 알고 상공과 안면을 트기 위해 선물로 바치려 했습니다. 나리께서 팔지 않으니까 저와 이삼이라는 놈을 시켜 그 갑옷을 훔쳐오면 1만 관을 주겠다고 했습니다. 그런데, 뜻하지 않게 제가 나리 집 기둥 위에서 뛰어 내려오다 다리를 접질려 도망가기가 쉽지 않았습니다. 하는 수 없이 이삼이라는 놈이 먼저 들고 떠났고 저는 빈 상자만 들고 여기에 있게 된 겁니다. 나리께서 만약 저를 어찌해 보려고 관아로 끌고 가시면 저는 목숨을 버리는 한이 있어도 불지 않을 겁니다. 그렇지만, 저를 용서해주신다면 함께 가서 그 갑옷을 찾아 돌려드리겠습니다."

서녕이 한참을 망설이기만 하고 결단을 내릴 수 없었다. 탕륭이 말했다.

"형님, 저놈이 달아날 것은 걱정할 필요 없습니다! 가서 갑옷을 찾아오시죠! 만약 갑옷이 없으면 그때 관아로 끌고 가서 고발하면 됩니다."

"동생 말이 맞네."

세 사람은 서둘러 가다가 다시 객점에 투숙하고 쉬었다. 서녕과 탕륭은 시천을 한 곳에 쉬게 하고 감시했다. 원래 시천은 일부러 명주로 다리를 묶어 다리를 삔 것처럼 한 것이었다. 서녕도 시천이 달아나지 못할 것이라 생각했기 때문에 반쯤은 그를 방치했다. 세 사람이 다시 하룻밤을 보내고 다음날 아침 일찍 길을 나섰다. 시천은 길에서 술과 고기를 사서 서녕에게 대접하며 사과했고, 또 하루가 지났다.

이튿날 서녕은 가는 길에 정말 갑옷이 있는지 없는지 알 수 없어 초조해하며 의심하는 마음이 생겼다. 한참 가다보니 3~4명이 빈 수레 한 량을 끌고 뒤에서 한 사람이 몰면서 가고 있었다. 길손이 탕륭을 보자 고개 숙여 절을 했다. 탕륭이 물었다.

"동생이 여긴 어쩐 일인가?"

그 사람이 말했다.

"정주鄭州로 장사하러 가는데 태안주로 돌아가려고 합니다."

"잘 됐네, 우리 세 사람을 태우고 태안주로 같이 가세나."

"세 사람이 아니라 더 많아도 상관없습니다."

탕륭이 크게 기뻐하며 서녕에게 인사를 시켰다. 서녕이 물었다.

"이 사람은 누군가?"

"제가 작년에 태안주에 분향하러 갔다가, 이 동생을 알게 됐지요. 이영李榮이라고 하는데 아주 의기가 있는 사람입니다."

"그렇다면, 장일이도 걷지 못하니 같이 수레를 타고 가세."

수레꾼으로 하여금 수레를 끌게 하고 갔다. 네 사람이 수레에 앉아 가면서 서녕이 물었다.

"장일아, 그 부자라는 사람 이름을 말해주게나."

시천이 여러 번 핑계를 대며 거절하다가 말했다.

"그 사람은 유명한 곽 대관인郭大官人입니다."

서녕이 이영에게 물었다.

"태안주에 곽 대관인이란 사람이 있소?"

이영이 대답했다.

"그 곽 대관인이라는 분은 대단한 부호지요. 관료들도 좋은 관계를 가지려 왕래가 잦고 문하에도 많은 한량이 붙어살지요."

서녕은 듣고서 속으로 생각했다.

'이미 주모자가 있으니 필시 괜찮을 거야.'

또한, 이영이 길에서 창봉 쓰는 얘기를 하고 노래도 부르니 지루한 줄 모르고 또 하루가 지났다.

장황한 말은 그만두고 본론으로 들어가서, 양산박까지 어림잡아 이틀 정도 거리가 남았을 즈음, 이영이 수레꾼에게 호리병을 가지고 가서 술과 고기를 사오게 하여 수레 위에서 술을 마셨다. 이영이 한 바가지 떠서 먼저 서녕에게 권하자 단숨에 마셨다. 이영이 다시 술을 따르게 하자 수레꾼이 거짓으로 손을 빼면서 호리병 술을 전부 땅바닥에 쏟았다. 이영이 수레꾼에게 소리 질러 다시 사오게 했는데 서녕이 입가에 침을 질질 흘리며 수레 위에 거꾸러졌다. 이영은 누구인가? 바로 철규자 악화였다. 세 사람은 수레 위에서 뛰어내려 수레를 몰아 곧바로 한지홀률 주귀의 주점으로 달렸다. 여러 사람이 서녕을 들어 배에 태우고 모두 금사탄으로 건너갔다. 송강이 이미 보고를 받고 두령들과 하산하여 맞이했다. 서녕은 이때 사람들이 해독약을 써서 이미 마취약에서 깨어난 상태였다. 서녕이 눈을 떠 사람들을 보고 깜짝 놀라 탕륭에게 물었다.

"동생, 자네는 어찌하여 나를 속여 여기까지 데려왔는가?"

"형님, 제 말을 들어주십시오. 소인이 송 공명께서 사방의 호걸들을 받아들인다는 말을 들은 데다, 지난번 무강진에서 흑선풍 이규 형님을 만나 산채에 의지하여 도적이 되었습니다. 이번에 호연작이 '연환갑마'를 써서 돌격해오면 깨뜨릴 방법이 없어서 소인이 형님만이 사용할 수 있는 '구겸창법'의 계책을 올렸습니다. 결국, 이 계책을 쓰기로 결정하여 시천을 시켜 먼저 형님의 갑옷을 훔치게 한 다음 제가 형님을 속여 길에 오르게 한 것입니다. 나중에 악화가 이영으로 가장해 산을 지날 때 몽한약을 쓴 것입니다. 청컨대 형님께서 산에 오르셔서 두령 자리에 앉아주십시오."

"모든 것이 동생이 나를 이리로 보낸 것이구나!"

송강이 잔을 들어 사과하며 말했다.

"지금 이 송강은 잠시 양산박에 자리잡고 있으나 오로지 조정에서 불러주기만을 기다리고 있습니다. 충성을 다하여 있는 힘을 다해 나라에 보답할 것입니다. 결코 재물을 탐하거나 사람 죽이기를 좋아하여 어질지 못하고 불의한 일을 행하려는 것이 아닙니다. 관찰께서는 이러한 진심을 두루 살피시고 함께 하늘을 대신해 도를 행할 수 있기를 간절하게 바랍니다."

임충 또한 다가와 잔을 들고 미안함을 표하며 말했다.

"이 동생도 여기에 있고 많은 사람이 형님의 고결한 품덕을 말하고 있으니 물리치지 말아주십시오."

서녕이 말했다.

"탕륭 동생, 자네가 나를 속여 여기까지 왔지만 집에 있는 처자는 반드시 관아로 잡혀갈 터인데, 어찌하면 좋은가!"

송강이 말했다.

"관찰께서는 그런 걱정 마시고 마음 놓으십시오. 소생에게 맡기시면 조만간 가솔들을 이곳으로 모셔오도록 하겠습니다."

조개·오용·공손승 모두 와서 서녕에게 사과하고 술자리를 마련해 축하했다. 건장한 졸개들을 선발해 구겸창 사용법을 배우게 하고, 다른 한편으로는 대종과 탕륭을 시켜 밤새 동경으로 달려가 서녕의 가족을 데려오게 했다. 열흘이 안 되어 양림이 영주로부터 팽기의 가족을 데리고 도착했고, 설영은 동경에서 능진의 가족을 데리고 왔으며, 이운도 다섯 수레의 발화 물질과 화약 재료를 사서 돌아왔다. 며칠 지나자 대종과 탕륭이 서녕의 가족을 데리고 산에 올랐다.

서녕은 처자식이 온 것을 보고 크게 놀라 어떻게 이리 빨리 오게 되었는지 물었다. 아내가 대답했다.

"당신이 나간 뒤에 관사에서 점고가 있었는데 제가 금은과 장신구를 써서 병으로 침상에 누워 있다고 핑계를 댔더니 더 이상 부르러 오지 않더군요. 그런데, 갑자기 탕륭 삼촌이 안령갑을 주면서 말하기를 '갑옷은 찾았지만 형님이 길에서 병에 걸려 아마도 객점에서 돌아가실 것 같습니다. 지금 형님께서 형수님과 아이를 보고 싶어 하시니 빨리 가시지요'라고 하더군요. 나를 속여 수레에 태웠고 가는 길도 모르고 여기까지 오게 되었어요."

서녕이 말했다.

"동생, 잘하긴 잘했네. 하지만 갑옷을 집에 두고 온 것이 애석하네."

탕륭이 웃으면서 말했다.

"형님 기뻐하십시오. 형수님이 탄 수레를 보낸 뒤에 제가 다시 집에 들어가 갑옷을 챙겼습니다. 두 계집종도 꾀어내고 집에 있는 귀중품들도 수습해 여기에 메고 왔습니다."

"이렇게 됐으니 우리가 다시는 동경으로 돌아갈 수는 없게 됐구나."

"제가 형님께 한 가지 더 말씀드리지요. 오는 도중에 장사꾼들과 마주쳤습니다. 제가 형님의 안령갑을 입고 얼굴에 분말을 바르고 형님의 이름을 대면서 그 장사꾼들의 재물을 모조리 빼앗았습니다. 아마 조만간 동경에서 공문을 내려 형님을 잡으려 들 겁니다."

"동생, 네가 나에게 이렇게까지 해를 끼쳐야 했느냐!"

조개와 송강이 모두 사과하며 말했다.

"만약 그렇게 하지 않았으면 관찰께서 어찌 이곳에서 살려고 하시겠습니까?"

즉시, 가옥을 배정해 서녕의 식구들을 편안히 쉬게 해주었다. 여러 두령이 연환마를 깨뜨릴 방법을 상의했다.

이때 뇌횡이 구겸창 제조를 감독하여 이미 완비된 상태였다. 송강과 오용 등이 군사들에게 구겸창 사용법을 가르쳐주도록 부탁하니 서녕이 말했다.

"이제 힘껏 구겸창 사용법을 가르치고 훈련시킬 터이니 우선 신체 건장한 군사들을 선발해주십시오."

여러 두령이 모두 취의청에 올라 서녕의 군사 선발과 구겸창 사용법을 들었다. 나누어 서술하면, 3000갑마를 즉시 격파하고 한 영웅을 머지않아 항복하게 했던 것이다.

과연 금창수 서녕이 구겸창 사용법을 어떻게 부연했는가는 다음 회에 설명하노라.

금창수金槍手 서녕徐寧

『송사』「병지兵志」에 근거하면, 경도전전京都殿前, 시위侍衛 2사司가 금군을 통솔했는데, "가장 친근하게 수행하는 자들은 제반직諸班直이다"라고 했다. '제반직'은 15등급으로 나누는데, 그 가운데 '금창반金槍班'이 아홉 번째였다. 또한 『문헌통고文獻通考』「직관고職官考」에 따르면 "기마군에는 전전지휘사殿前指揮使, 내전직산원內殿直散員, 산지휘散指揮, 산도두散都頭, 산지후散祗候, 금창반金槍班이 있었다"고 했다.

본문에서 '금창반金槍班 교사敎師로 있는 서녕徐寧'이라고 했는데, '금창반'은 즉 장창長槍 부대이며, 황제를 호위하는 친위군이다. 또한 '교사敎師'는 '교두敎頭' '교련敎鍊'을 말한다. 서녕의 별명인 '금창수'는 여기서 유래된 것이라 할 수 있다. 원나라 잡극인 『쟁보은삼호하산爭報恩三虎下山』에서는 '금창교수金槍敎手'로 기재하고 있다.

안령쇄자갑雁翎鎖子甲

'안령쇄자갑'은 '새당예賽唐猊(당예는 전설 속의 맹수이다. 가죽이 단단하고 두꺼워 갑옷으로 제작했는데 검으로 찔러도 뚫리지 않았다. 이후에는 훌륭한 갑옷을 지칭하는 말이 되었다. 당이唐夷라고도 사용하며, 새당예는 당예를 능가한다는 의미)'이며, 또한 '안령체취권금갑雁翎砌就圈金甲'이라고도 불린다. 『수호전보증본』에 근거하면, 북송 때 갑옷 제작이 발달했는데, 대부분 중갑重甲(40~50근)으로 생산되었으나 가볍고 편안하며 행동을 민첩하게 할 수 있는 가벼운 갑옷에 집중했다. '안령쇄자갑'은 응당 기러기 깃털 형상의 갑옷 조각(높이가 대략 2~2.5센티미터이고, 폭이 1~1.5센티미터)을 이용하여 한 고리 한 고리 서로 덮어 씌워 쇠사슬 형상으로 엮어 만들었는데, 안감은 무소 가죽(물로 한 번 끓인 쇠가죽)이었다. 당·송 시기에는 무소 갑옷이 지극히 희귀했는데, 『제남서齊南書』「고제기高帝紀 상」에 따르면 "모두 무소 갑옷을 입었는데, 칼과 화살로는 상처를 입힐 수 없었다"고 했다. 이러한 철갑은 이후에 몽골인들이 많이 사용했다.

도
망
친
호
연
작[1]

조개·송강·오용·공손승과 여러 두령이 취의청에서 서녕에게 구겸창 사용법을 가르쳐달라고 요청했다. 두령들이 서녕을 보니 과연 뛰어난 인물이었다. 키는 6척 5~6촌 정도였으며 얼굴은 둥글고 하얀데 가늘고 검은 수염을 세 갈래로 길렀고 몸통은 허리가 굵고 어깨가 쩍 벌어졌다. 서녕의 용모를 묘사한 「서강월」 한 수가 있다.

건장한 팔 활 당기면 백발백중이고, 날렵한 몸 말을 타면 나는 듯 달리네. 구부러진 두 눈썹 잠자는 누에 같고, 마치 봉황이 높이 나는 것 같으니 강건하고 원만한 가정의 자제로구나. 갑옷은 버들잎 가늘게 꿴듯하고, 오건烏巾[2]엔 꽃가지 비스듬히 꽂혀 있네. 어가 수행하며 붉은 섬돌에서 모셨으니, 금창수 서녕을 대

1_ 제57회 제목은 '徐寧教使鉤鐮槍(서녕이 구겸창 사용법을 가리키다). 宋江大破連環馬(송강이 연환마를 대파하나)'나.
2_ 오건烏巾: 오각건烏角巾으로 은거하며 벼슬길에 나가지 않은 자들이 쓰던 모자다.

적할 자 없도다.

臂健開弓有準, 身輕上馬如飛. 彎彎兩道卧蠶眉, 鳳翥鸞翔子弟. 戰鎧細穿柳葉, 烏巾斜帶花枝. 常隨寶駕侍丹墀, 槍手徐寧無對.

군사 선발이 끝나자 취의청에 와서 구겸창을 잡고 한 차례 시범을 보이자 모여 있던 사람들이 모두 갈채를 보냈다. 서녕이 선발된 군사들에게 사용법을 설명했다.

"말 위에서 이 구겸창을 사용할 때는 허리로 걷듯이 힘을 주어야 한다. 상단과 중단 자세에서 일곱 가지 동작이 있는데 걸어서 끌어 올리는 것이 3가지이고 밀어 젖히는 것이 4가지다. 또 밀어서 찌르고 당겨서 자르는 것 두 가지를 더하여 모두 9가지 변화가 있다. 보병이 이 구겸창을 사용할 때 가장 효율적으로 사용할 수 있다. 먼저 8보에 네 번 밀어젖히면서 앞쪽을 제거한다. 12보가 한 번의 변화로 16보에 몸을 돌려 방향을 전환하는데, 걸고 자르고 찌르고 당기는 동작으로 나눈다. 24보에 위로 올렸다 아래로 내리치는데 오른쪽으로 걸어 올리고 왼쪽으로 밀어 젖히며, 36보에 온몸을 보호하고 강적을 물리친다. 이것이 '구겸창 정법正法'이다. 비법을 증명한 시가 있는데, '네 번 밀어 젖히고 세 번 걸어 올리는 것 모두 일곱 가지 방법이 있는데四撥三鉤通七路, 신기에 가까운 동작이 모두 아홉 가지로 변화하는구나共分九變合神機. 24걸음을 가서 앞뒤로 방향을 바꾸며二十四步挪前後, 16걸음을 가서는 몸을 한 바퀴를 돌린다네一十六翻大轉圍'라고 했다."

서녕은 구겸창 정법을 하나씩 자세히 설명하면서 두령들에게 보여줬다. 병졸들이 서녕의 구겸창 사용법을 보고 모두 기뻐했다. 그날을 시작으로 선발된 건장한 정예병들은 밤낮으로 구겸창 사용법을 배웠다. 또한 보군들에게는 숲에 숨고 풀밭에 엎드려 구겸창으로 말 하체 발굽과 다리를 걸어 끌어당기는 세 가지 비법을 가르쳤다. 보름이 안 되어 산채에 500~700명의 군사들이 구겸창 사용법을 능숙하게 익혔다. 송강과 두령들이 크게 기뻐하며 적을 격파할 준비를 했다.

한편 호연작은 팽기와 능진이 붙잡혔어도 매일 양산박 물가로 기병을 몰고 와 싸움을 걸었다. 양산박에서는 수군 두령들이 견고하게 지키면서 모래사장 물 밑에 보이지 않게 말뚝을 박았다. 호연작은 비록 산 서쪽과 북쪽 두 길로 정찰을 보내 살펴보았으나 결코 산채 가까이 다다를 수 없었다. 양산박에서는 도리어 능진이 여러 대의 화포를 제작하여 산을 내려가 적을 맞이할 때가 되었고, 선발된 병사들이 구겸창을 배워 이미 능숙하게 익혔다. 송강이 말했다.

"제 얕은 견해로는 이제 싸울 때가 되었다고 생각하는데 두령들은 어떻소?"

오용이 물었다.

"어떤 계책이 있으신지 들려주십시오."

"내일은 단 한 필의 마군도 쓰지 않을 테니, 두령들은 모두 보군만으로 싸우시오. 손오孫吳 병법에 산림과 수초가 무성한 소택지에서 싸우는 게 이롭다고 했소. 지금 보군은 하산하여 10개의 부대로 나누어 적을 유인하시오. 적의 군마가 밀려오는 것이 보이면 모두들 갈대와 가시나무 숲으로 흩어져 달아나도록 하시오. 그곳에는 구겸창을 든 군사들이 매복해 있을 것이오. 구겸창 병사 10명에 쇠갈고리 병사 10명이 한 무리입니다. 쇠갈고리를 들고 있다가 연환마가 다다르면 구겸창으로 당겨 쓰러뜨리고, 쇠갈고리로 잡아당겨 사로잡으면 되오. 들판과 비좁은 길에서도 이와 같이 매복하면 될 것 같은데 계책이 어떻소?"

오 학구가 말했다.

"바로 이렇게 병사를 매복하여 적장을 사로잡아야 합니다."

서녕도 말했다.

"구겸창은 쇠갈고리와 같이 사용하는 것이 제대로 된 방법이지요."

송강은 그날 보군 부대를 10개로 나누었다. 유당과 두천이 한 부대를 이끌고, 목홍과 목춘, 양웅과 도종왕, 주동과 등비, 해진과 해보, 추연과 추윤, 일장청과 왕왜호 부부, 설영과 마린, 연순과 정천수, 그리고 양림과 이운이 각기 둘씩 한 부대씩을 이끌었다. 이 10개의 보군 부대는 먼저 산을 내려가 적군을 유인하게 했다. 다시 이준·장횡·장순·완씨 삼형제·동위·동맹·맹강 아홉 수군 두령은 배를 타고 호응하여 돕게 했다. 화영·진명·이응·시진·손립·구붕 여섯 두령에게 는 말을 타고 군사를 이끌고 산 옆에서 싸움을 걸게 했다. 능진과 두흥에게는 신호포를 쏘게 했다. 서녕과 탕륭은 구겸창 군사를 이끌고 본진을 꾀어 끌어들이게 했다. 중군으로 송강·오용·공손승·대종·여방·곽성은 군대를 총괄하며 명령을 전달하고 지휘하게 했으며, 나머지 두령들은 산채를 지켰다.

송강은 각 부대를 모두 배치했다. 그날 밤 3경에 먼저 구겸창 군사들이 강을 건너가 네 갈래로 나뉘어 이미 정해진 곳에 매복했다. 4경에 10개의 보군 부대 가 강을 건너갔다. 능진과 두흥도 풍화포 포대를 싣고 높은 언덕에 올라가 포대 를 세우고 화포를 설치했다. 서녕과 탕륭도 각자 표지 띠3를 가지고 강을 건넜 다. 여명이 밝아올 때 송강이 이끄는 중군이 물을 사이에 두고 북을 두드리며 함성을 지르며 깃발을 흔들었다. 중군 막사 안에 있다가 정탐꾼의 보고를 받은 호연작은 선봉 한도를 보내 먼저 정찰하게 하고는 즉시 연환갑마를 채워 준비 했다. 호연작은 갑옷을 입고 척설오추마를 타고 쌍편을 들고는 군사들을 몰아 양산박으로 돌진했다. 물을 사이에 두고 송강이 이끄는 많은 군사와 마주했다. 호연작이 기병을 늘어 세웠는데 선봉 한도가 와서 호연작과 상의했다.

"정남쪽에 보군 부대가 있는데 그 수가 얼마인지 모르겠습니다."

호연작이 말했다.

"숫자가 얼마인지 물을 필요 없이 연환마로 쓸어버리자!"

한도가 500여 마군을 이끌고 정찰하러 달려나갔다. 동남쪽에 적군들이 보여 병사를 나누어 보내 정찰하려 했는데, 서남쪽에 또 한 부대가 깃발을 나부끼며

3_ 원문은 '호대虎帶'인데, 길고 가는 비단을 장대에 묶어 군졸을 부르는 데 사용했다.

함성을 질렀다. 한도가 다시 군사를 이끌고 돌아와 호연작에게 알렸다.

"남쪽에 적병 부대가 셋인데 모두 양산박 깃발을 들고 있습니다."

"이놈들이 오랜 동안 나오지 않다가 갑자기 몰려나온 걸 보니 반드시 무슨 술책이 있을 것이다."

말을 미처 마치기도 전에 북쪽에서 포 소리가 들렸다. 호연작이 욕설을 퍼부으며 말했다.

"이 포는 능진이 도적들과 한 패가 되어 쏜 게 분명하다."

모두 남쪽을 바라보고 있는데, 북쪽에서 세 부대가 몰려왔다. 호연작이 한도에게 말했다.

"이것은 분명히 도적놈들의 간계다. 군사를 두 길로 나누어야겠다. 나는 북쪽 군사를 칠 테니 너는 남쪽을 치거라."

막 군사를 나누려고 할 때 서쪽에 네 부대가 나타났다. 호연작은 당황했다. 또한 정북 쪽에서 연주포 소리가 들리더니 곧바로 산비탈 위까지 포석이 날아왔다. 이 포는 '자모포子母炮'라고 불리는데 모포母炮 주변에 자포子炮 49개를 배치하고 발사하면 포성이 천지를 뒤흔들어 위력이 대단했다. 호연작의 병사들이 싸우지도 못하고 저절로 혼란에 빠지자 급히 한도가 기병과 보병을 이끌고 각자 사방으로 돌격했다. 호연작의 부대가 동쪽으로 뒤쫓으면 양산박 10개 부대는 동쪽으로 달아나고 서쪽으로 추격하면 서쪽으로 도망갔다. 호연작이 보고는 크게 성내며 병사들을 이끌고 북쪽으로 돌격하자 송강 군사들은 갈대숲으로 달아났다. 호연작이 연환마를 몰고 땅을 말듯이 달려왔다. 그 갑옷 입은 전마들이 일제히 말고삐를 당길 수도 없이 질주하여 갈대는 쓰러져 꺾이고 풀이 마르고 황폐해진 숲 안으로 달려왔다. 안쪽에서 휘파람 소리가 들리니 일제히 구겸창을 들고 먼저 양쪽 바깥 말 다리를 구겸창으로 걸어 쓰러뜨렸다. 양쪽 끝의 말이 쓰러지자 가운데 있던 말들이 놀라 앞발을 들고 울부짖으며 뛰어 올랐다. 쇠갈고리를 든 군사들이 말에서 떨어진 적병을 갈고리로 걸어 잡아 갈대 숲 안에서 묶었다. 호연작이 구겸창 계책에 걸려든 것을 알아차리고 말머리를 돌려 남쪽에 있는 한도에게로 달아났다. 등 뒤에서 풍화포가 머리를 향해 날아와 떨어졌다. 이쪽저쪽 온 산과 들판에 가득한 것은 모두 양산박의 보군으로 호연작을 뒤쫓았다. 한도와 호연작이 거느리는 연환갑마는 잡초 갈대 숲속에 어지럽게 구르면서 뒤집어져 모두 사로잡혔다.

두 사람은 계책에 넘어간 것을 알고 말을 몰아 사방으로 마군과 길을 찾아 황급히 달리는데 몇 갈래의 길 위에는 삼대가 늘어서듯 모두 양산박의 깃발들로 꽉 들어차 있었다. 그 몇 갈래의 길로 감히 달아나지 못하고 곧장 서북쪽으로 길을 잡아 도망갔다. 5~6리도 가지 못해 두 사내가 이끄는 부대들이 우르르 튀어나와 길을 막았다. 한 명은 몰차란 목홍이었고 다른 한 명은 소차란 목춘이었다. 두 자루의 박도를 들고 크게 소리 질렀다.

"패장은 멈추어라!"

분노한 호연작이 쌍편을 춤추듯 휘두르며 목홍과 목춘에게 곧장 달려들었다. 4~5합을 싸우다가 목춘이 달아났다. 호연작은 계략에 빠질 것을 두려워해 뒤를 쫓지 않고 정북쪽 큰길을 향해 달아났다. 산비탈 아래에서 또 한 부대가 돌아나왔는데 두 사내가 길을 막았다. 양두사 해진과 쌍미갈 해보였다. 각자 삼지창을 들고 곧장 달려왔다. 호연작은 쌍편을 휘두르며 두 사람과 싸웠다. 5~7합을 싸우지 못하고 해진과 해보가 급히 걸음을 돌려 달아났다. 호연작이 뒤쫓은 지 얼마 되지 않아 길 양쪽에서 24개의 구겸창이 튀어나와 땅을 말듯이 달려왔다. 호연작은 싸울 마음이 없어져 말 머리를 돌려 동북쪽 큰 길을 잡아 달아났다. 또 왕왜호와 일장청 부부와 마주쳐 길이 막혔다. 호연작은 길이 고르지 않고, 게다가 사방이 가시나무로 막혀 있어 할 수 없이 말을 박차고 쌍편을 휘두르며 길을 열어 뚫고 달려갔다. 왕왜호, 일장청이 계속 쫓았으나 따라잡지 못했고 호연작은 동북쪽으로 달아났다. 대패하여 손실이 매우 큰데다가 군사들은 모두 죽거나 뿔뿔이 흩어지고 말았다. 여기에 이를 증명하는 시가 있다.

열 갈래 길 보군 땅 뒤흔들며 달려드니

오추마는 눈 차면서 뒤돌아 바람같이 도망치네.

연환갑마 구겸창에 모조리 격파당하니

쌍편만 남아 이 겹겹의 포위망 뚫고 나가는구나.

十路軍兵振地來, 烏騅踢雪望風回.

連環盡被鉤鐮破, 剩得雙鞭出九垓.

이야기는 둘로 나뉜다. 송강은 징을 울려 군사를 거두어 산채로 돌아왔고, 두령들은 각자 공에 따라 상을 청했다. 3000연환갑마는 태반이 구겸창에 찔려 넘어져 말굽이 상하여 마갑을 벗기고 잡아 고기로 먹게 했다. 다른 좋은 말들은 산으로 끌고 가 사육하여 타는 말로 쓰게 했다. 연환갑마를 타고 있던 군사들은 모두 사로잡혀 산채로 끌려가고, 5000명의 보군도 삼면으로 에워싸여 절박해지자 중군을 향해 달아나던 자들은 모두 구겸창에 걸려 사로잡혔다. 목숨을 건지기 위해 물가로 달아난 군사들도 수군 두령들에게 포위되어 배를 타고 모래사장으로 끌려와 사로잡힌 채 산채로 올려졌다. 이전에 빼앗긴 말들과 사로잡혔던 군사들을 되찾아 산채로 돌아갔다. 호연작의 방책을 모두 부숴버리고 물가에 소채를 세웠다. 바깥에는 정탐하는 주점과 집 등을 다시 지어 이전처럼 손신·고대수·석용·시천으로 하여금 두 곳에 주점을 열게 했다. 유당과 두천이 한도를 사로잡아 꽁꽁 묶어 산채로 끌고 왔다. 송강이 보고서 손수 묶여 있는 것을 풀어주고 취의청에 오르기를 청했다. 예를 갖춰 사과하고 연회를 열어 대접했으며, 팽기와 능진도 한도에게 투항하기를 청했다. 한도 또한 칠십이지살七十二地煞의 운수4라 자연히 의기투합하여 양산박 두령 중 하나가 되었다. 송강

4_ 칠십이지살七十二地煞: 도교에서 북두의 뭇별 가운데 72개의 지살성地煞星을 가리키며,『수호전』에서

이 즉시 편지를 쓰게 하고 진주로 사람을 보내 한도의 가솔들을 데리고 와 한 자리에 모여 살게 했다. 송강은 연환마를 격파했을 뿐만 아니라 많은 군마와 갑옷, 투구와 칼까지 얻자 매우 기뻐하며 매일 연회를 열어 공로를 축하했다. 또한 이전처럼 군사를 파견하여 각 길목을 지키고 관군이 쳐들어오는 것을 방비했다.

한편 허다한 관군과 인마를 잃은 호연작은 감히 동경으로 돌아갈 수 없어, 홀로 척설오추마를 타고 갑옷을 말 위에 묶고 길 따라 도망가는데 노자도 없을 뿐만 아니라 허리에 매고 있던 금띠를 팔아 여비를 마련해야 할 정도였다. 길 위에서 곰곰이 생각했다.

'오늘 내가 순식간에 이렇게 될 줄은 생각도 못했구나. 도대체 누구에게 가서 의탁한단 말인가?'

문득 떠오르는 데가 있었다.

'청주靑州의 모용지부慕容知府는 나와 이전부터 알고 지내는 사이이니 그를 찾아가야겠구나. 게다가 모용귀비慕容貴妃의 연줄을 통해 나중에라도 다시 군사를 이끌고 원수를 갚아도 늦지 않지.'

길을 간 지 이틀째 저녁 무렵에 갈증도 나고 배도 고팠다. 마침 시골 주점이 보이자 호연작은 말에서 내려 문 앞 나무에 말을 묶고 주점으로 들어갔다. 탁자에 쌍편을 놓고 앉아 주보를 불러 술과 고기를 내오게 했다. 주보가 말했다.

"소인의 주점에서는 술은 파는데 고기는 없습니다. 마침 마을에서 양을 잡았는데 드시고 싶으시다면 소인이 가서 사오지요."

호연작이 허리에 묶은 주머니5를 풀어 금띠와 바꾼 은자 부스러기를 주보

양산박 72명의 두령을 여기에 끌어다 붙인 것이다.

5   원문은 '요대料袋'다. 외출할 때 몸에 휴대하는 마른 양식과 돈 등을 길고 가는 자루에 넣고 허리에 둘러 묶은 것을 말한다. 역자는 '주머니'로 번역했다.

에게 주며 말했다.

"자네는 양다리 하나 사다가 삶아 주게. 그리고 말 먹일 풀도 준비하여 내 말을 먹여주게. 오늘 밤은 여기에서 쉬었다가 내일 청주부로 갈 것이네."

"나리, 이곳에서 묵는 것은 괜찮으나 침상이 좋지 않습니다."

"나는 출병하여 작전하는 사람이라 하룻밤 쉴 곳만 있으면 그만이네."

주보가 은자를 받아 양고기를 사러 갔다. 호연작은 말 등에 걸려 있는 갑옷을 내리고 말의 뱃대를 풀고 문 앞에 앉았다. 한참을 기다리니 주보가 양 다리 하나를 들고 돌아오는 게 보였다. 호연작은 그것을 삶게 하고는 밀가루 세 근으로 전병을 만들게 하고 두 각의 술을 내오게 했다. 주보는 고기를 삶고 전병을 만들면서, 다른 한편으로는 씻을 물을 끓여 호연작에게 발을 씻게 했다. 말은 끌어다 집 뒤 마구간에 풀었다. 주보가 한편으로는 풀을 자르고 삶으면서, 호연작에게 먼저 술을 데워 마시게 했다. 잠깐 사이 고기가 익자 호연작은 주보를 불러 함께 약간의 술과 고기를 먹으며 당부했다.

"나는 조정의 관군으로 양산박 도적들을 체포하려다 패배했기 때문에 청주 모용지부에 가는 길이네. 이 말은 황제께서 하사하신 척설오추마라는 말이니 자네가 정성들여 보살펴주게. 내일 내가 자네에게 후하게 상을 내리겠네."

"나리께서 분부하신 대로 하겠습니다. 그런데 나리께서 아셔야 할 것이 하나 있습니다. 여기서 멀지 않은 곳에 도화산이라는 산이 있는데 그 산 위에 도적떼가 있습죠. 우두머리는 타호장 이충이라고 하고 둘째는 소패왕 주통이라고 하는데, 졸개가 500~700여 명 된다고 합죠. 떼를 지어 다니면서 재물을 약탈하고 자주 마을을 어지럽혀 관아에서도 여러 차례 관군을 보내 도둑들을 잡으려 했으나 아직 붙잡지 못하고 있습니다. 나리께서도 한밤에는 조심하고 경계하면서 주무셔야 합니다."

"나는 만 명도 당해낼 수 없는 용맹이 있네. 그놈들이 모조리 몰려온디 해도 걱정할 것 없네! 내 말이나 잘 돌봐주게나."

술, 고기와 전병을 먹었고, 주보는 주점 안에 침상을 깔고 호연작을 쉬게 했다.

연일 마음이 우울하고 답답한데다 술까지 많이 마신 탓에 호연작은 옷을 입은 채로 잠이 들었다. 곯아떨어져 정신없이 자다가 3경쯤 주점 뒤에서 주보가 '아이고'하는 소리에 잠에서 깨어났다. 호연작이 급히 일어나 쌍편을 들고 주점 뒤로 가서 물었다.

"무슨 일로 그렇게 억울해 하느냐?"

"소인이 일어나 마초를 주려 했는데 울타리가 엎어지더니 어떤 사람이 나리의 말을 훔쳐 달아났습니다. 저 멀리 3~4리 밖에 아직 불빛이 보이는 게 저쪽으로 가는 것 같습니다요."

"저쪽이 어디로 가는 곳인가?"

"저 길로 가는 것으로 봐서는, 바로 도화산 졸개들이 훔쳐 가는 것 같습니다요."

호연작이 놀라 주보에게 길을 안내하게 하고 논두렁 위를 2~3리 쫓아갔지만 불빛은 보이지 않고 어디로 갔는지 알 수가 없었다. 호연작이 말했다.

"천자께서 하사하신 말을 잃어버렸으니 이 일을 어찌한단 말이냐!"

"나리, 내일 청주로 가서서 알리십시오. 관군을 내어 소탕하시면 말을 찾을 수 있을 겁니다."

호연작은 답답하고 우울하여 날이 밝을 때까지 앉아 있다가, 주보를 불러 갑옷을 지게 하고 청주로 향했다. 성안에 도착했을 때는 이미 날이 저물어 객점에서 하룻밤을 보냈다. 다음날 동이 트자 지부 대청 계단 아래에서 모용지부를 배알했다. 지부가 크게 놀라 물었다.

"듣기로는 장군께서 양산박 도적들을 잡으러 가신 것으로 아는데, 이곳에는 어떤 일로 오셨습니까?"

호연작이 있었던 일들을 이야기했다. 모용지부가 듣고서 위로했다.

"비록 장군께서 많은 인마를 잃으셨으나, 이것은 장군이 태만해서 지은 죄가 아니오. 도적들의 간계에 빠져 그런 것이니 어찌할 수 없는 일이오. 본관이 관할하는 곳에도 산적들이 침범하여 피해를 입고 있소. 장군께서 이곳에 오셨으니 먼저 도화산을 쓸어버리고 황제께서 하사하신 말부터 찾읍시다. 그 다음에 이룡산·백호산 두 곳의 도적들을 한꺼번에 소탕한다면 본관도 온힘으로 조정에 천거하고 보증할 테니, 그때 다시 장군께서 군사들을 이끌고 원수를 갚는 것은 어떻소?"

호연작이 다시 절하며 말했다.

"은상의 보살핌에 깊이 감사드립니다. 그렇게만 해주신다면, 사력을 다해 은덕에 보답할 것을 맹세합니다!"

모용지부는 호연작을 객방에서 잠시 쉬게 하고 옷을 갈아입히고 숙식을 제공했다. 갑옷을 메고 온 주보는 객점으로 돌아가게 했다.

3일이 지나자 황제가 하사한 말을 찾는 데 급한 호연작은 지부에게 군사를 점검해달라고 부탁했다. 모용지부는 마보군 2000명을 점고하여 호연작에게 빌려주고, 또한 검푸른 갈기가 있는 청종마靑鬃馬 한 필을 줬다. 호연작은 상공에게 감사하고 갑옷을 입고 말에 올라 군사를 이끌고 도화산으로 말을 찾으러 진군했다.

한편 도화산 타호장 이충과 소패왕 주통은 척설오추마를 얻고서 기뻐하고 매일 산에서 술 마시며 축하했다. 그날 길에서 잠복해 있던 졸개가 보고했다.

"청주 관군이 쳐들어옵니다!"

소패왕 주통이 몸을 일으키며 말했다.

"형님은 산채를 지키십시오. 이 동생이 가서 관군을 격퇴하리다."

100여 명의 졸개들을 점검해 일으키고 창을 잡고 말에 올라 관군을 대적하러 산을 내려갔다.

호연작은 2000여 군사를 이끌고 산 앞에 도착하여 전투 대형으로 벌여놨다. 호연작이 말을 타고 나와 소리 높여 엄하게 꾸짖었다.

"도적놈들아, 어서 나와 오라를 받아라!"

소패왕 주통은 졸개들을 일렬로 벌여 놓고 창을 세우고 싸우러 나왔다. 어떤 차림새였을까?

둥근 꽃무늬의 궁중에서 제작한 비단 저고리 입고
손에는 주수녹침창6을 들고 있구나.
웅장한 목소리에 넓적한 얼굴, 수염은 극戟과 같아
모두들 주통을 패왕에 비교한다네.
身著團花宮錦襖, 手持走水綠沉槍.
聲雄面闊須如戟, 盡道周通賽霸王.

호연작이 주통을 보고는 말을 몰아 싸우러 나오니 주통 또한 말을 박차고 맞아 싸웠다. 두 말이 엇갈려 싸우며 6~7합 되었을 때 기력이 달린 주통이 말 머리를 돌려 산 위로 달아나기 시작했다. 호연작이 곧바로 뒤쫓았으나 계략에 빠질까 두려워 급히 산을 내려와 진지를 구축하여 주둔하고 다시 싸우러 오기를 기다렸다.

주통이 산채로 돌아와 이충에게 하소연했다.

"호연작의 무예가 출중하여 저지할 수 없어 일단 물러났습니다. 만약 그가 산채로 쫓아오면 어찌합니까!"

이충이 말했다.

6_ 주수녹침창走水綠沉槍: '녹침창綠沉槍'은 해석이 다양한데, 짙푸른 대나무로 제작한 창을 말하고, 녹색으로 장식한 창을 말하기도 하며, 쇠를 단련하여 제작한 창을 가리키기도 한다.

"내가 이룡산二龍山 보주사寶珠寺 화화상 노지심에게 도움을 청할 생각이네. 거느리고 있는 무리도 많고 무슨 청면수 양지라는 사람도 있고, 또 새로 온 행자 무송이라는 사람도 있는데 모두 만 명도 당해 낼 수 없는 용맹이 있다네. 편지 한 통을 써서 졸개를 보내 도움을 청하세. 만약 이런 위험과 곤란에서 벗어나게 해준다면 월말에 얼마간의 재물을 상납하더라도 합쳐서 그의 산채에 의지하는 것도 괜찮네."

"저도 거기에 있는 호걸들을 잘 압니다만 문제는 그 화상이 처음에 있었던 일들을 마음에 두고 구하러 오지 않을까 두렵습니다."

이충이 웃으면서 대답했다.

"그때 그 중이 자네를 때렸고, 또 우리의 많은 금은과 주기酒器를 가져갔는데 어떻게 언짢은 마음을 갖겠는가? 그는 솔직한 성격의 호인이네. 사람을 보내면 반드시 직접 군사를 이끌고 우리를 구하러 올 걸세."

"형님 말씀이 옳습니다."

즉시 편지 한 통을 써서 졸개 두 명으로 하여금 산 뒤로 굴러 내려가 이룡산으로 가게 했다. 이틀을 달려서 산 아래에 도착하니 그쪽 졸개가 오게 된 상세한 정황을 물었다.

한편 보주사 안 대웅전에는 세 명의 두령이 앉아 있었다. 우두머리는 화화상 노지심, 둘째는 청면수 양지, 셋째는 행자 이랑 무송이었다. 앞쪽 산문 아래에 네 명의 작은 두령이 또 있었다. 하나는 금안표 시은으로 원래는 맹주孟州 유배지 시 관영의 아들로 무송이 장 도감 일가를 죽이자 관아에서 그의 집안을 살인범으로 몰아 뒤쫓으니, 이 일로 그날 밤을 틈타 식구들을 데리고 도주하여 강호를 떠돌았다. 이후 부모가 모두 죽자 무송이 이룡산에 있다는 소식을 듣고 며칠 밤을 달려와 한 패가 되었다. 두 번째는 조도귀 조정으로 원래는 노지심, 양지와 함께 보주사를 빼앗고 등룡을 죽이고 뒤에 한 패가 되었다. 나머지는 채인자 장청과 모야차 손이랑 부부 두 명이다. 본래는 맹주도 십자파에서 사람 고기로 만두를 만들어 팔았는데, 노지심과 무송이 계속해서 편지를 보내 그들을 부르자 역시 달려와 한 패가 되었다. 조정이 도화산에서 편지가 왔다는 연락을 받고 먼저 자세한 상황을 물은 뒤 대웅전에 가서 세 두령에게 아뢰었다. 노지심이 말했다.

"내가 당초에 오대산을 떠났을 때 도화촌에 묵은 적이 있었는데 그때 어떤 좆같은 놈을 두들겨 팼었지. 그런데도 이충 그놈이 나를 알아보고 산으로 청하기에 가서 하루 종일 술을 마셨지. 나를 형으로 모시고 산채 두목으로 머물게 했는데 이놈들 하는 짓을 보니까 쩨쩨해서 금은 술그릇을 조금 들고 나왔지. 근데 지금 도리어 여기 와서 도움을 청하는 거네. 그 졸개들을 오게 해서 뭐라고 떠드는지 들어 보세나."

조정이 나가서 오래지 않아 그 졸개들을 대웅전 아래로 데려왔다. 졸개가 인사하며 말했다.

"청주 모용지부가 근래에 양산박으로 쳐들어갔다 패배한 쌍편 호연작을 받아들였습니다. 지금 모용지부가 우선 저희 도화산과 이룡산, 백호산 등 몇 개의 산채를 소탕하게 하고, 그다음에 그에게 군사를 빌려줘 양산박을 토벌하여 원수를 갚게 한다고 합니다. 그래서 저희 두령께서는 큰 두령 장군께서 하산하시어 구원해주시기를 청합니다. 이번 일만 무사히 넘어가게 해주신다면 재물을 상납하시겠다고 합니다."

양지가 말했다.

"우리가 각자 산채를 유지하고 있기 때문에 산채를 보호해야 하므로 가서 구해줄 수는 없습니다. 그러나 하나는 강호의 호걸들과 사이가 틀어질까 걱정이고, 다른 하나는 그놈들이 도화산을 얻은 후 저희를 업신여길까 두렵습니다. 장청·손이랑·시은·조정은 머물러 방책을 지키게 하고 저희 세 사람이 한번 갔다 오는 것이 좋을 것 같습니다."

즉시 500여 명의 졸개와 60여 필의 군마를 일으켜 각자 갑옷과 병기를 갖추고 도화산으로 향했다.

한편 이충은 이룡산의 소식을 듣고, 300여 졸개를 이끌고 산을 내려가 호응했다. 호연작이 알고서 급히 거느리고 온 군마로 길을 막고 진을 벌였다. 쌍편을 휘두르며 달려나와 이충을 상대했다. 이충의 생김새를 보니,

머리 튀어나오고 마른 얼굴에 뱀 형상인데
산적 가운데 창봉 잘 쓰기로 명성 높다네.
타호장이라 불리는 장군 심지와 담력 크니
이충 그의 조상이 바로 패릉7 태생이로구나.
頭尖骨臉似蛇形, 槍棒林中獨擅名.
打虎將軍心膽大, 李忠祖是霸陵生.

원래 이충은 원적이 호주濠州 정원定遠으로, 집안에 조상 대대로 전해지는 창봉을 사용하여 생계를 꾸렸다. 사람들은 그의 체격이 건장했기 때문에 '타호장'이라 불렀다. 그때 산을 내려가 호연작과 싸웠으나, 어찌 호연작의 상대가 되겠는가? 10합 넘게 싸우다가 형세가 불리하자 무기를 밀어 젖히고 달아났다. 호연작은 그의 기량이 낮은 것을 보고는 말을 몰아 산 위로 쫓아갔다. 소패왕 주통이 산허리에서 보고 있다가 자갈을 아래로 던졌다. 호연작이 황급히 말을 돌려 산 아래로 내려가는데 관군들이 계속 함성을 지르는 것이 보였다. 호연작이 물었다.

"뭣 때문에 소리를 지르는가?"

후군이 보고했다.

7_ 패릉霸陵: 여기서는 한나라 장수 이광李廣을 가리킨다. 『사기』 「이광전」에 따르면 이광이 파직되어 한가하게 지내고 있다가 패릉정霸陵亭(패릉현霸陵縣의 역정驛亭, 지금의 산시陝西성 시안西安 동북쪽)에서 술에 취한 패릉현 현위縣尉가 이광을 꾸짖는 일이 있었다.

"멀리서 군마가 날듯이 달려오고 있습니다."

호연작이 듣고서 후군 부대로 와서 보니 뚱뚱한 화상 하나가 백마를 타고 먼지를 뚫으며 달려오는 것이 보였다. 그 사람은 누구인가? 바로 다음과 같다.

머리 깎고 중 되어 절간을 거처로 삼은 뒤부터, 만 리 길 떠돌며 장사를 찾았다네. 팔에는 천근 되는 세 발 솥을 들 힘이 있고, 사람 죽일 마음 품고 태어났다네. 석가모니 속이고 관세음에게도 호통 치며, 계도와 선장은 으스스하도다. 불경을 읽지 않는 화화상, 그는 술과 고기 꺼리지 않는 승려 노지심일세.
自從落髮寓禪林, 萬里曾將壯士尋. 臂負千斤扛鼎力, 天生一片殺人心. 欺佛祖, 喝觀音, 戒刀禪杖冷森森. 不看經卷花和尚, 酒肉沙門魯智深.

노지심이 말 위에서 크게 고함을 질렀다.
"저 양산박에서 깨진 좆같은 놈이 감히 여기로 나타나 위협하느냐!"
호연작이 말했다.
"먼저 너 까까중놈을 죽여 내 노여움을 풀어야겠구나!"
노지심은 쇠 선장을 돌리며 달려왔고 호연작도 쌍편을 휘두르며 뛰쳐나와 말 두 마리가 어울려 싸우니, 양쪽 군사들이 함성을 질렀다. 40~50합을 맞붙어 싸워도 승패가 나지 않았다. 호연작이 속으로 갈채를 보냈다.
'이 중이 보통이 아니구나!'
양 편에서 징이 울리자 각자 군사를 거두고 잠시 쉬었다.
호연작이 잠시 쉬다가 참을 수 없어 다시 말을 몰아 진 앞으로 나와 크게 소리 질렀다.
"도적 중놈아, 다시 나와라! 반드시 네놈과 승부를 가려 결판을 내겠다!"
노지심이 달려나가려는데 한 영웅이 곁에서 화를 내며 소리 질렀다.
"형님 잠시 쉬십시오. 내가 가서 저놈을 잡아오리다!"

칼을 휘두르며 말을 몰아 나갔는데, 호연작과 싸우러 나간 사람은 누구일까? 바로 다음과 같다.

일찍이 동경에서 제사制使로 있었는데, 화석강 잃어버려 여러 차례 곤란했었다네. 울분을 토해내는 기개는 오월吳越 지구를 오싹하게 만들었구나. 칼로 우주를 안정시킬 수 있고, 활로는 인간 세상 평정할 수 있다네. 호랑이 몸, 이리의 허리에 원숭이 팔, 준마 위의 아름다운 도안 장식한 안장에 믿음직하게 걸터앉았구나. 영웅적인 명성 양산에 가득하도다. 청면수라 불리는 양지는 진정 군인이로구나.

曾向京師爲制使, 花石綱累受艱難. 虹霓氣逼牛斗寒. 刀能安宇宙, 弓可定塵寰. 虎體狼腰猿臂健, 跨龍駒穩坐雕鞍. 英雄聲價滿梁山. 人稱靑面獸, 楊志是軍班.

양지가 말을 몰아 나가 호연작과 맞붙었다. 두 사람이 40여 합을 싸워도 승패가 갈리지 않았다. 호연작은 양지의 실력이 강한 것을 보고는 속으로 생각했다.

'정말 어디서 저런 두 사람이 왔는가? 정말 굉장하구나! 분명 도적떼 솜씨가 아니구나!'

양지 또한 호연작의 무예가 높고 강함을 보고 빈틈을 보여 말을 돌려 본진으로 돌아왔다. 호연작도 말고삐를 당겨 말머리를 돌려 쫓지 않고 돌아오니 양쪽에서 각자 군사를 거두었다. 노지심이 양지와 상의했다.

"우리가 처음 여기에 왔으니 가까이 가서 방책을 세우는 것은 적당하지 않네. 20리 정도 물러났다가 내일 다시 와서 싸우도록 하세."

졸개들을 이끌고 언덕 부근으로 가서 방책을 세웠다.

한편 호연작은 군막 안에서 갑갑해하며 속으로 생각했다.

'여기까지 파죽지세로 몰고 와서 도적떼 잡는 것을 기대했었는데, 또 이런 적

수를 만날 줄을 어찌 알았겠는가! 내 팔자가 참으로 사납구나!'

아직 일을 처리하지도 못했는데 모용지부에서는 사람을 보내 성으로 돌아오라는 지부의 명을 전했다.

"장군께서는 군사를 돌려 성을 지켜달라 하십니다. 지금 백호산 도적떼인 공명과 공량이 군사를 이끌고 양식을 털려고 노리고 있습니다. 곳간이 털릴까 두려워 특별히 영을 내려 장군께서 성으로 돌아와 방어해주시기를 청합니다."

호연작이 듣고서 오히려 기회라 생각했다. 즉시 군사를 이끌고 그날 밤 청주로 돌아갔다.

다음날 노지심과 양지, 무송은 다시 졸개들을 이끌고 깃발을 흔들고 함성을 지르며 산 아래에 와서 보니 한 마리의 군마도 없어 놀랐다. 산 위에서 이충과 주통이 내려와 세 두령에게 산채로 오르기를 공손하게 청했다. 양과 말을 잡아 잔치를 열어 대접하고 다른 한편으로는 사람을 내려 보내 관군의 상황을 알아보게 했다.

한편 호연작이 군사를 이끌고 성 아래에 도착하니, 한 무리의 군마가 성 쪽으로 달려오는 것이 보였다. 앞장선 사람은 백호산 아래 공 태공의 아들 모두성 공명과 독화성 공량이었다. 두 사람은 고향에서 한 부자와 다투다 그의 일가 양민과 천민을 막론하고 모두 죽이고 500~700명을 모아 백호산을 차지하고 떼지어 다니며 재물을 약탈하자 모용지부는 청주 성안에 살던 그의 숙부 공빈孔賓을 잡아 옥에 가두었다. 공명과 공량은 소식을 듣고 산채의 졸개들을 일으켜 청주를 쳐서 숙부를 구하러 온 것이었다. 호연작 군사와 마주치자 양쪽으로 에워싸고 대적하여 싸웠다. 호연작도 말을 몰아 진 앞으로 나왔다. 모용지부가 성루에서 살펴보니 공명이 먼저 창을 들고 호연작에게 달려드는 것이 보였다. 두 말이 서로 엇갈려 지나가며 20여 합을 싸웠다. 호연작은 지부가 보는 앞에서 실력을 보여주고 싶었고, 또한 공명은 무예가 보잘것없어서 겨우 막는 데만 급급했다. 싸우다가 사이가 좁혀지자 호연작이 말 위에서 공명을 사로잡았다. 놀란 공량은 하는 수없이 졸개들을 이끌고 달아났다. 모용지부가 성루에서 그것을 가르쳐주자, 호연작이 군사를 이끌고 뒤쫓았다. 관군이 일제히 덮쳐 100여 명을 더 사로잡았다. 공량은 대패하자 사방으로 흩어져 달아나 날이 저물어서야 오래된 사당 하나를 찾아 겨우 쉴 수 있었다.

호연작은 공명을 사로잡아 성안으로 끌고 들어와 모용지부에게 데려갔다. 지부는 크게 기뻐하며 공명에게 큰 칼을 씌우고 못을 박고는 공빈과 같은 감옥에 구금했다.

지부는 삼군에게 상을 내리고, 다른 한편으로는 호연작을 대접하고 도화산 소식을 자세하게 물었다.

"원래 독 안에 든 자라를 잡는 것만큼 쉬운 일이었는데, 느닷없이 도적떼들이 나타나서 지원하는 바람에 그르쳤습니다. 그중에 한 중놈하고 얼굴이 푸르스름한 건장한 놈이 있었는데 두 번이나 싸웠는데도 승부를 내지 못했습니다. 이놈들 무예가 예사롭지 않은데 도적떼 솜씨가 아닌 것 같습니다. 그래서 잡지 못했습니다."

"그 중놈은 연안부 노충 경략 밑에서 군관 노릇하던 제할 노달이란 놈이지요. 나중에 삭발하고 출가하여 중이 되었는데 화화상 노지심이라고 불리지요. 그리고 얼굴이 푸르스름하고 건장한 놈 역시 동경 전수부 제사관制使官을 하던 놈인데 청면수 양지라 합니다. 또 행자 차림을 한 놈이 하나 더 있는데 무송이라 불리고 원래는 경양강에서 호랑이를 때려잡은 바로 무 도두지요. 이 세 놈이 이룡산을 차지하고 떼 지어 다니면서 재물을 약탈하고 있는데다 여러 차례 관군을 막아 포도관 3~5명을 죽이기까지 했소. 하여간 지금까지 잡지 못하고 있소이다."

"제가 보기에도 무예가 정통하더니 본래 양제사, 노제할이군요, 진실로 명성이 헛되이 퍼진 것이 아니군요! 상공께서는 이 호연작이 그놈들 실력을 봤으니 안심하십시오. 조만간에 한 놈도 빠짐없이 붙잡아 관아로 넘기겠습니다!"

지부가 크게 기뻐하여 연회를 열어 대접하고 객방으로 청해 쉬게 했다.

한편 공량은 패잔병을 이끌고 달아나는데, 갑자기 숲속에서 한 무리의 군마들이 튀어나왔다. 앞장 선 호걸이 어떻게 생겼는지 노래한 「서강월」이란 한 수가 있다.

몸에 걸친 검은 도포에 찬 검은 안개를 뒤집어 쓴 듯하고, 머리 테는 가을 찬 서리처럼 밝게 비추누나. 이마 덮은 앞머리는 눈썹 스치며 길게 드리워 있고, 뒷 머리카락은 목까지 가렸네. 두개골로 만든 염주는 하얀 빛을 내고, 가지각색의 털실 띠는 누르스름하구나. 강철 칼 두 자루는 섬뜩한 빛 내뿜으니, 바로 행자 무송의 형상이도다.

直裰冷披黑霧, 戒箍光射秋霜. 額前剪髮拂眉長, 腦後護頭齊項. 頂骨數珠燦白, 雜絨條結微黃. 鋼刀兩口迸寒光, 行者武松形像.

무송을 본 공량이 황망히 말안장에서 구르듯 내려 절하며 말했다.

"장사께서는 별 탈 없으십니까?"

무송이 얼른 답례하고 공량을 부축해 일으키며 물었다.

"그대 형제께서 백호산에 계시다는 것은 들어 알고 있었소. 몇 차례 찾아뵙고자 했는데 산을 내려가기 어렵고 게다가 길도 좋지 않아 만나뵙기 어려웠소. 그런데 오늘 무슨 일로 여기까지 오셨소?"

공량은 숙부 공빈을 구하려다가 형 공명이 잡힌 일들을 자세히 얘기했다. 무송이 말했다.

"당황하지 마시오. 내게 형제가 6~7명 있는데 지금 이룡산에 모여 있소. 이번에 도화산 이충과 주통이 청주 관군에게 공격받아 위급해져 우리 산채가 구원하러 왔소이다. 노지심, 양지 두 두령이 아이들과 함께 먼저 와서 호연작과 하루를 싸웠소. 그런데, 무슨 일인지 모르나 호연작이 갑자기 야밤에 달아났소. 도화산에서 우리 형제 세 명을 머물게 하여 연회를 열고 이 척설오추마도 우리에게 줬소. 지금 나는 군사를 이끌고 산으로 돌아가는 중이고 두 분도 곧 따라올 것이오. 내가 그 분들을 불러 청주를 치고 그대의 숙부와 형을 구하면 어떻겠소?"

공량이 무송에게 예를 갖춰 감사했다. 한참을 기다리니 노지심과 양지 두 사람이 인마를 이끌고 모두 도착했다. 무송이 공량을 이끌어 두 사람을 뵙게 하고 설명했다.

"전에 나와 송강이 이 사람 장원에서 만났을 때 폐를 많이 끼쳤습니다. 오늘 우리가 의리로 서로 뭉쳐 세 곳 산채의 인마를 한데 모아 청주를 공격하도록 합시다. 모용지부를 죽이고 호연작을 사로잡고 창고의 돈과 양식을 털어 산채를 위해 쓰는 것이 어떻습니까?"

노지심이 말했다.

"나 또한 그렇게 생각하네. 사람을 보내 도화산에 알리고 이충과 주통에게 아이들을 이끌고 오라 해서 세 산채가 힘을 합쳐 청주를 치자고."

양지가 말했다.

"청주는 성지가 견고하고 군사들도 강건한데다 호연작은 매우 용맹한 놈입니다. 지금 제가 한 말은 스스로 우리의 위세를 꺾으려는 것이 아닙니다. 만약 청주를 공격하시겠다면 제 말대로 하시지요. 머지않아 얻을 수 있을 겁니다."

무송이 물었다.

"형님, 그 계책을 들려주십시오."

양지가 몇 마디 했는데 나누어 서술하면, 청주 백성은 집집마다 기와가 깨지고 연기가 날리며, 수호 영웅들은 모두가 주먹을 문지르고 손을 비비며 벼르게 된다.

파언 양지가 무송에게 말한 청주 공략 계책은 다음 회에 설명하노라.

서녕의 구겸창법은 창조된 것이다.

『수호전보증본』에 따르면 "송나라 때는 구겸창을 사용하지 않고 연환마를 격파한 일이 있었다. 남송 소흥紹興 10년(1140), 금나라 장수 완안종필完顔宗弼이 대거 남침했다. 이해 6월 송나라 장수 유기劉錡는 순창順昌(안후이성 푸양阜陽)에서 금나라 군대를 격파했다. 그는 먼저 보병에게 나무로 제작한 이동 장애물(일종의 바리케이드)로 막게 하고 그 다음에 긴 창으로 적의 기병이 쓰고 있던 철가면을 벗겨내고 마찰도麻札刀(남송 때 보병이 사용하던 병기로 금나라 기병의 말 다리를 찍는데 사용되었다)로 말 다리를 찍었으며, 칼과 도끼로 기병의 팔을 찍어 손으로 거머잡고 끌어당겼다고 했다. 7월에는 악비岳飛의 군대의 마찰도와 큰 도끼를 지닌 보병이 허난성 엔청郾城에서 기병을 공격했는데, 말 다리를 찍어 승리를 거두었다. 『초려경략草廬經略』에서 이르기를, '철기鐵騎를 격파하는데, 송나라 사람들은 대부분 긴 창과 큰 도끼를 사용했다. 위로는 사람의 가슴을 찌르고, 아래로는 말 다리를 찍었다. 철갑기병은 날카로운 병기로는 상처를 입히기 어려웠으므로 큰 도끼를 이용했고 찍히면 뼈가 부러지지 않는 것이 없었다'고 했다."

모
두
양
산
박
으
로[1]

　무송이 공량을 이끌고 노지심과 양지에게 인사시키고, 형 공명과 숙부 공빈
을 구원해주기를 청했다. 노지심은 세 산채의 인마를 한데 모아 공격하려고 했
다. 양지가 말했다.

　"청주를 치고자 한다면 많은 군마가 있어야 비로소 성공할 수 있습니다. 내
가 알기로는 양산박 송 공명은 강호에서 명성이 자자하여 모두 그를 급시우 송
강이라 부르며 아울러 호연작과도 원수지간입니다. 우리 형제와 공씨네 형제의
군사를 모두 한곳에 모으고 여기서 도화산 군사를 기다려 준비된 뒤에 청주를
쳐야 합니다. 그러기 위해선 공량 동생이 서둘러 친히 양산박으로 가서 송 공명
을 오도록 청하여 함께 성을 공격하는 것이 상책입니다. 또한 송 삼랑과 자네는
지극히 관계가 돈독하지 않은가, 형제분들 생각은 어떻소?"

　노지심이 말했다.

1　제58회 제목은 '三山聚義打青州(세 산이 의기로 연합하여 청주를 공격하다), 衆虎同心歸水泊(영웅들이 한
　마음으로 양산박으로 귀순하다)'이다.

"바로 그것이네. 내가 오늘도 사람들이 송 삼랑이 좋다고 말하는 것을 보았고 내일 또한 송 삼랑이 좋다고 말할 텐데 애석하게도 난 만나지 못했네. 사람들이 그의 이름을 말하는 것이 떠들썩하여 내 귀가 먹을 정도라네. 그 사람은 진정한 사내대장부라서 천하에 명성을 날리지 않겠는가. 지난번 화지채와 청풍산에 있을 때 내가 가서 그 사람을 만나려고 했었지. 내가 갔을 때는 어디론가 가버려서 인연이 없어 만나지 못했다네. 어쨌든 공량 동생, 자네가 형을 구하고자 한다면 빨리 직접 양산박에 가서 그를 이곳으로 오도록 청하게. 우리는 먼저 여기서 기다리면서 그 좆같은 놈들하고 싸워보겠네!"

공량은 모든 졸개를 노지심에게 맡기고, 한 명만 데리고 장사꾼으로 꾸며 그날 밤 바로 양산박으로 향했다.

한편 노지심·양지·무송 세 사람은 산채로 돌아가 시은·조정을 불러 다시 졸개 100~200여 명을 거느리고 도우러 산을 내려왔다. 도화산 이충과 주통이 소식을 듣고 산채의 군사를 모조리 이끌고 30~50여 명의 졸개들만 방책을 지키게 하고, 나머지는 모두 산을 내려가 청주성 아래에 한데 모아 함께 성을 공격했다.

청주를 떠난 공량은 양산박 근처 최명판관 이립의 주점에 도착하여 술을 마시며 길을 물었다. 이립은 낯선 두 사람을 보고 자리를 청하고 물었다.

"손님은 어디서 왔소?"

공량이 말했다.

"청주에서 왔소이다."

"손님은 양산박에 누구를 찾으러 가시오?"

"산에 아는 사람이 있는데 특별히 그를 찾으러 왔소."

"산채에는 모두 대왕님들이 사시오. 그대가 어떻게 갈 수 있겠소?"

"송 대왕님을 찾으러 가는 길이오."

"바로 송 두령을 찾으러 오신 거군요. 그럼 여기에 정상적인 술을 드려야겠군."

그리고는 점원을 불러 빨리 정상적인 술상을 차려오게 해 대접했다. 공량이 말했다.

"처음 보는 사람인데 어째서 이렇게 환대하시오?"

이립이 말했다.

"손님께서는 모르실 겁니다. 산채 두령들을 찾아오시는 손님이 계시면 그 분들의 옛 친구도 계실 텐데 어찌 감히 접대를 소홀히 할 수 있겠습니까! 바로 보고하겠습니다."

"소인은 바로 백호산 앞 장원의 공량이라 합니다."

"일찍이 송 공명 형님으로부터 크신 이름을 들었습니다. 오늘 산채에 오시니 기쁩니다."

두 사람이 술을 마시기를 끝내자마자 창문을 열고 물가 정자 위에서 우는 화살 한 대를 쏘았다. 건너편 갈대 깊은 곳에서 졸개가 노를 저어 오는 것이 보였다. 물가 정자에 도달하자, 이립은 공량을 배에 태우고 함께 금사탄 기슭에 다다른 뒤 관문으로 올라갔다. 공량이 보니 세 개의 관문이 웅장하고 창·칼·검·극이 숲과 같이 가득했다. 공량이 속으로 생각했다.

'양산박이 번창한다는 말은 들었지만 이렇게 대단한 업적을 이룰 줄은 생각도 못했구나!'

이미 졸개가 먼저 보고했기 때문에 송강은 황급히 내려와 공량을 영접했다.

공량이 보고는 얼른 무릎을 꿇고 절했다. 송강이 물었다.

"동생이 무슨 일로 여기까지 왔는가?"

공량이 절을 마치고 목을 놓아 큰소리로 울었다. 송강이 물었다.

"자네는 마음속에 어떤 해결하기 어려운 고통이 있기에 이러나. 모두 말해보게나. 물불을 무릅쓰고라도 힘껏 자네를 돕겠네, 동생, 일어나시게."

"스승님과 이별한 후 아버님께서도 돌아가셨습니다. 그런데, 형 공명이 고향 어떤 부자와 하찮은 일로 다툼이 일어나 그만 그 일가를 죽이고 말았습니다. 관가에서 체포하려 했기 때문에 하는 수 없이 백호산에 들어가 500~700명을 모아 떼 지어 강도질하며 살았습니다. 그러자 모용지부가 청주성 안에 사시는 숙부님을 잡아가 무거운 칼을 씌우고 못을 박아 옥에 가두었습니다. 그래서 저희 형제 두 사람이 성을 쳐 숙부님을 구하려고 했습니다. 성 아래에 도착했을 때 쌍편을 사용하는 호연작과 맞닥뜨리게 될 줄 누가 생각이나 했겠습니까? 형님이 그와 싸우다가 사로잡혀 청주로 호송되어 감옥에 갇혀 있는데, 지금 생사조차 알 수 없습니다. 이 동생 또한 그에게 한바탕 쫓겨 죽임을 당할 뻔했는데, 다음날 무송을 우연히 만나 저를 동료들에게 데려가 만나게 해줬습니다. 한 명은 화화상 노지심이었고, 다른 사람은 청면수 양지였습니다. 그 두 사람은 저를 처음 보는데도 옛 벗을 만난 것처럼 대해주고 형을 구할 일을 상의했습니다. 무송이 제게 말하기를 '내가 노지심, 양지 두 두령과 도화산의 이충, 주통 세 산채가 군사를 한데 모아 청주를 공격하고, 당신은 양산박에 달려가 스승인 송 공명께 숙부와 형 두 사람을 구해달라 청하라'고 하여 오늘 여기까지 곧장 달려온 겁니다."

송강이 말했다.

"이것은 어렵지 않은 일이니 자네는 안심하게. 먼저 조 두령께 인사드리고 함께 상의해보세."

송강은 공량을 데리고 조개·오용·공손승과 아울러 여러 두령을 만나게 했다. 그리고 호연작이 청주로 달아나 모용지부에게 몸을 의탁했고, 지금 공명이 사로잡혀 공량이 와서 구원해주기를 간절히 청하게 된 일들을 상세하게 설명했다. 조개가 말했다.

"이미 그 두 곳에 호걸이 여전히 의리를 중시하고 인을 행하고 송 두령이 그들과 지극히 가까운 친구인데, 어찌 가지 않겠는가? 송 두령, 자네는 여러 차례 산을 내려갔으니 이번에는 자네가 잠시 산채를 지키고 이 어리석은 형이 자네를 대신해 한번 갔다 오겠네."

"형님께서는 산채의 주인이시니 가볍게 움직이시면 안 됩니다. 이것은 제 형제의 일입니다. 그가 멀리 와서 의기투합한 이상 소인이 만약 가지 않으면 그 형제들이 마음속으로 불안해할까 두렵습니다. 소생이 형제 몇 명과 함께 다녀오겠습니다."

말이 미처 끝나기도 전에 취의청 위아래에서 형제들이 일제히 말했다.

"개나 말 정도의 하찮은 힘이라도 충성을 다할 테니 함께 데려가주십시오."

송강이 크게 기뻐했다. 그날로 연회를 열어 공량을 대접했다. 술자리 중간에 송강이 철면공목 배선을 불러 산을 내려갈 인원을 선발하여 5군으로 나누어 출발하기로 했다. 전군은 화영·진명·연순·왕왜호가 선봉이 되어 길을 안내하고, 제2부대는 목홍·양웅·해진·해보, 중군은 주장인 송강·오용·여방·곽성, 제4부대는 주동·시진·이준·장횡, 후군은 손립·양림·구붕·능진이 군사를 독려하여 뒤를 맡기로 했다. 양산박이 일으킨 5군은 20명의 두령과 마보군 2000명의 군사였다. 나머지 두령들은 조개와 함께 산채를 지키기로 했다. 송강은 바로 조개와 작별하고 공량과 함께 산을 내려가 전진했다. 양산의 인마는 다섯 부대로 나누어 출발하니, 바로 다음과 같다.

수호를 떠날 때는 마치 바다 속을 종횡하는 교룡과 같고, 양산을 나올 때는 바람 속을 달리는 범, 표범과 흡사하구나. 5군이 함께 전진하는데, 앞뒤로 스무 명 영웅들 늘어서 있고, 동시에 출전하면서 처음과 끝 3000명 사졸 나누었네. 수놓은 채색 깃발 구름과 안개 같고, 담금질한 강철 칼은 눈처럼 빛나고 서리가 깔린 듯하구나. 말방울 소리 울리자 전마들 내달리고, 북소리 진동하자 출정하는 군사들 돌진하누나. 땅을 휩쓰는 누런 먼지 자욱하고, 온 하늘에 가득한 바람에 날리는 먼지로 어슴푸레하도다. 보도기寶纛旗[2] 아래로는 지모 출중한 오

2_ 보도기寶纛旗: '纛'의 음은 'dao(도)'다. 황제가 출행할 때 타는 어가에 꽂는 깃발. 여기서는 양산박

학구를 빼곡히 둘러싸고, 벽유당碧油幢3 아래에는 하늘을 대신해 도를 행하는 송 공명이 단정히 앉아 있네. 지나는 곳마다 귀신들 두 손 맞잡고 인사하고, 돌아올 땐 백성 모두가 노래를 부른다네.

初離水泊, 渾如海內縱蛟龍; 乍出梁山, 却似風中奔虎豹. 五軍並進, 前後列二十輩英雄; 一陣同行, 首尾分三千名士卒. 綉彩旗如雲似霧, 醮鋼刀燦雪鋪霜. 鸞鈴響, 戰馬奔馳; 畫鼓振, 征夫踊躍. 捲地黃塵靄靄, 漫天土雨蒙蒙. 寶纛旗中, 簇擁着多智足謀吳學究; 碧油幢下, 端坐定替天行道宋公明. 過去鬼神皆拱手, 回來民庶盡歌謠.

송강을 비롯한 양산박의 20명 두령과 3000명의 인마는 다섯 부대로 나누어 전진했지만 도중에 아무런 일도 없었다. 여러 주, 현을 지나쳤지만 터럭만큼도 백성을 해치지 않았다. 청주에 이르자 공량은 먼저 노지심 등의 군중에 가서 여러 호걸에게 알렸고, 노지심 등은 양산박 군사들을 맞이할 준비를 했다. 송강의 중군이 도착하자, 무송이 노지심·양지·이충·주통·시은·조정 등을 모두 데리고 만나러 왔다. 송강이 노지심에게 자리를 양보하려 하자 노지심이 사양하며 말했다.

"형님의 크신 이름을 오래 전에 들었으나 인연이 없어 일찍이 찾아뵙지 못했습니다. 오늘 이렇게 형님을 알게 되어 기쁘기 그지없습니다."

"재주가 없으니 어찌 말할 만한 게 있겠소. 강호의 의사들이 스님의 고결한 품격을 칭송하는데 오늘 이렇게 자비로운 얼굴을 뵙게 되니 평생의 행운인 것 같습니다."

양지가 몸을 일으켜 다시 절하며 말했다.

"제가 이전에 양산박을 지날 때 의리를 중시하여 저더러 산채에 남으라고 권

인마가 출정할 때의 대단한 기세를 가리킨다.
3_ 벽유당碧油幢: 청록색 기름을 칠한 베로 수레를 둘러친 장막을 말한다.

했으나 제가 어리석어 머무르려 하지 않았습니다. 지금 다행히 의사들께서 산채에 웅장한 기상을 더하셨으니 이것은 천하제일의 경사입니다."

"제사의 명성이 강호에 퍼져 있는데, 이 송강이 너무 늦게 만나게 된 것이 한스러울 뿐이오."

노지심은 부하들에게 술자리를 마련하라 영을 내리고 환대하며 모두들 서로 인사를 했다.

이튿날 송강이 물었다.

"청주에서 근래 승패는 어떠했소?"

양지가 대답했다.

"공량이 양산박으로 떠난 뒤에 3~5차례 싸움이 있었으나 확실한 승패는 없었습니다. 지금 청주는 호연작 한 사람에게 의지하고 있어 만일 이 사람을 잡는다면 청주성은 눈 위에 뜨거운 물을 뿌리는 것과 다를 바 없습니다."

오 학구가 말했다.

"이 사람은 힘으로 대적해서는 안 될 것이오. 꾀를 써서 사로잡아야 합니다."

송강이 물었다.

"어떤 꾀를 써야 이 사람을 잡을 수 있겠소?"

"이렇게 이렇게 하면 됩니다."

송강이 크게 기뻐하며 맞장구 쳤다.

"이 계책이 대단히 기묘하오!"

그날로 군사를 나누고 배정했다. 다음날 일찍 군사를 일으켜 청주성 아래로 전진했다. 사면을 모두 군마로 에워싸고, 북을 두드리며 깃발을 흔들고 함성을 지르며 싸움을 걸었다. 성안에서 모용지부가 보고를 받고 황급히 호연작을 청하여 상의했다.

"이번에 도적떼들이 양산박에 알려 송강까지 왔으니 이 일을 어찌하면 좋겠소?"

호연작이 말했다.

"상공께서는 걱정하지 마시오. 도적떼가 왔으나 우선 지리적인 이점을 상실했습니다. 이놈들은 물가에서는 날뛰지만 지금은 소굴에서 이탈했으니 한 놈씩 오면 오는 대로 잡으면 됩니다. 저놈들이 어떻게 수완을 발휘하겠습니까? 상공께서는 성에 오르시어 이 호연작이 싸우는 것을 구경이나 하시지요."

호연작이 얼른 갑옷을 입고 말에 올라 성문을 열고 조교를 내리게 하여 1000여 명의 군사를 이끌고 성 가까이에 진을 벌여놓았다. 송강의 진중에서 한 장수가 말을 몰고 나왔다. 손에 낭아곤을 들고 지부를 소리 높여 준엄하게 꾸짖었다.

"뇌물 먹고 법을 어기는 벼슬아치에다 백성을 해치는 도적놈아! 내 가족을 살육했으니 오늘 바로 원수를 갚아 원한을 풀겠노라!"

모용지부는 그 장수가 진명임을 알아보고는 욕했다.

"네 이놈 조정에서 임명한 관리로서 나라가 너를 버리지 않았거늘 어찌하여 감히 반역하였느냐! 네놈을 잡는다면 갈가리 찢어 죽이겠노라! 호연작 장군, 먼저 이 도적놈부터 잡으시오!"

호연작이 듣고서 쌍편을 휘두르며 말을 몰아 진명에게 달려들었다. 진명 또한 말을 몰아 낭아대곤을 춤추듯 흔들며 호연작을 맞았다. 두 장수가 말을 나란히 달리며 싸우니 그야말로 호적수였다. 「서강월」 한 편이 이를 증명하고 있다.

용의 꼬리 같은 쌍편 춤추듯 돌리고, 승냥이 이빨 꿰놓은 듯한 낭아곤 휘두르는구나. 삼군은 눈이 어질어질하고, 두 장수 거침없이 내달리며 두 말이 어울리네. 낭아곤 쓰는 장수는 무반의 우두머리이고, 쌍편 사용하는 장수는 장군 가문 후예로다. 날리는 모래가 해 가려 천지가 어두컴컴해지니, 이 싸움은 귀신도 두려워하리라.

鞭舞兩條龍尾, 棍橫一串狼牙. 三軍看得眼睛花, 二將縱橫交馬. 使棍的軍班領袖, 使鞭的將種堪夸. 天昏地慘日揚沙, 這廝殺鬼神須怕.

두 사람이 40~50합을 싸워도 승부가 나지 않았다. 모용지부가 싸우는 것을 한참 보다가 호연작이 자칫 실수라도 할까 두려워 황급히 징을 울려 군사를 거두어 성으로 들어오게 했다. 진명 또한 더 이상 뒤쫓지 않고 본진으로 물러났다. 송강은 여러 두령과 군교에게 15리를 물러나 진지를 구축하고 주둔했다.

호연작이 성안으로 들어와 말에서 내려 모용지부를 보고 말했다.

"소장이 막 진명을 잡으려고 했는데 상공께서는 어찌하여 군사를 거두셨습니까?"

"내가 보기에 장군이 많은 합을 싸워도 승부가 나지 않고 피로할까 두려워 군사를 거두고 잠시 쉬게 하려고 한 것이오. 진명 그놈은 원래 내 밑에서 통제 노릇을 했었는데 화영과 함께 배반했소. 이놈 또한 가볍게 볼 적은 아니외다."

"상공께서는 안심하십시오. 소장이 반드시 그 의리를 버린 도적놈을 사로잡겠소! 방금 그놈과 싸울 때 몽둥이 쓰는 법이 이미 어지러웠습니다. 내일 상공께서는 내가 이 도적놈을 즉시 베어 버리는 것을 보실 수 있을 것입니다!"

"장군께서 이렇듯 영웅이시니 내일 만약 적과 싸울 때 적을 죽이고 길을 열 수 있다면 세 사람을 내보내겠소. 한 명은 동경으로 가서 구원을 청하고, 두 사람은 인근 주부로 보내 군사를 일으키게 하여 서로 도와 적들을 소탕하고 사로잡도록 하겠소."

"상공, 지극히 현명하신 판단입니다."

그날로 지부는 구원을 요청하는 문서를 쓰고, 세 명의 군관을 선발하여 갈 수 있게 준비시켰다.

호연작은 거처로 돌아와 갑옷을 벗고 잠시 쉬었다. 날이 채 밝기도 전에 군교가 와서 보고했다.

"성 북문 밖 비탈 위에 세 필의 말이 몰래 성을 관찰하고 있다고 합니다. 가운데 사람은 붉은 전포에 백마를 타고 있고 양쪽의 두 사람 중에 오른쪽 사람은 소이광 화영이고 왼쪽은 도사 복장을 차려 입었다 합니다."

"그 붉은 색 옷을 입은 자는 송강일 것이고, 도사 복장을 한 자는 반드시 군사 오용일 것이다. 너희는 그들을 놀라게 하지 말고 1000여 군마를 준비해라. 나와 함께 이 세 놈을 잡아야겠다."

호연작은 급히 갑옷을 입고 말에 올라 쌍편을 들고 100여 기의 마군을 이끌고 조용히 북문을 열고 조교를 내려 군사를 이끌고 비탈 위로 내달렸다. 송강·오용·화영 세 사람은 멍하니 성을 바라보고 있었다. 호연작이 말을 박차고 비탈로 올라오자 세 사람은 말머리를 돌려 천천히 달아났다. 호연작이 있는 힘을 다해 뒤쫓는데 앞쪽에 몇 그루의 고목 근처에 이르자 세 사람이 모두 말을 세우는 게 보였다. 호연작이 막 고목 근처에 다다랐을 때 함성 소리가 들리더니 호연작이 말과 함께 파놓은 함정에 빠져버렸다. 양쪽에서 50~60여 명의 군사들이 갈고리 창을 들고 나와 먼저 호연작부터 걸어 올린 뒤 포박하고 뒤쪽에서 그 말을 끄집어냈다. 나머지 기병들이 쫓아오자 화영이 활을 쏴 앞선 5~7명을 쓰러뜨리자 뒤쪽의 따르던 마군들이 '와와' 소리를 지르면서 말을 돌려 모두 달아났다. 송강이 방책으로 돌아오자 칼을 든 부하들이 호연작을 끌고 왔다. 송강이 보고서 황망히 일어나 소리 질렀다.

"어서 빨리 밧줄을 풀라!"

직접 호연작을 부축해 막사 윗자리에 앉혔다. 송강이 절하자 호연작이 말했다.

"어째서 이러시오?"

"소생 송강이 감히 어떻게 조정을 배신하겠습니까? 관리들이 과도하게 부패하여 지나치게 윽박지르는 바람에 실수로 대죄를 저질렀습니다. 이로 인해 잠시 호수에 피난하여 살면서 조정에서 사면하여 불러주기를 기다리고 있습니다. 그러나 생각지도 않게 장군이 오셔서 범상치 않은 능력을 발휘하셨습니다. 진실로 장군의 위풍당당한 기개를 사모했는데 오늘 무례를 저질렀으니 간절히 용서를 빕니다."

"사로잡힌 몸으로 만 번을 죽어도 할 수 없는데 의사께서는 무슨 까닭으로 예를 갖춰 사죄하십니까?

"이 송강이 어찌 감히 장군의 목숨을 상하게 할 수 있겠습니까? 제 마음을 하늘이 증명할 것입니다."

송강이 간절히 애원하자 호연작이 말했다.

"형장의 뜻은 저더러 동경에 가서 투항을 청하고 돌아와 사면해달라는 것입니까?"

"장군께서 어떻게 가실 수 있겠습니까? 고 태위 그놈은 속이 좁아 다른 사람의 큰 은혜는 잊고 작은 실수는 기억하는 자입니다. 장군께서 많은 군마와 재물, 식량을 잃으셨는데 그가 어찌 처벌하지 않겠습니까? 한도·팽기·능진이 이미 저희 산채에 같이 지내고 있으니, 장군께서 저희 산채가 미천하다고 하여 버리시지만 않는다면 이 송강이 장군께 자리를 양보하겠습니다. 조정에서 다시 장군을 써주기를 기다렸다가 귀순을 받아들이면 그때 충성을 다하여 나라에 보답해도 늦지 않습니다."

호연작은 한참 동안 망설였다. 하나는 자신이 천강天罡 운수라 자연스럽게 의기가 서로 부합된 데다, 송강이 지극 정성으로 예의를 갖추었고 하는 말에 이치가 있어 한숨만 쉬다가 땅바닥에 무릎을 꿇고는 말했다.

"이 호연작이 국가에 불충하고자 한 것이 아니라 형장의 의기가 뛰어나 따르지 않을 수 없습니다. 말채찍과 등자를 드는 일이라도 따르겠습니다. 일이 이미 이렇게 되었으니 되돌아 갈 수는 없습니다."

여기에 증명하는 시가 있다.

봉기를 일소하라는 천자 명령 받았지만

부림을 당하는 것이 아닌 앞장서기를 원했다네.

충성스런 마음 속이고 역적이 되었으니

악마를 물리치는 전각에 인연 있기 때문이구나.

親承天語淨狼烟, 不着先鞭願執鞭.

豈昧忠心翻作賊, 降魔殿內有因緣.

송강이 크게 기뻐하며 호연작을 여러 두령에게 인사를 시키고 이충과 주통을 시켜 척설오추마를 호연작에게 돌려주게 했다. 다시 여러 두령이 공명을 구원할 계책을 논의했다. 오용이 제안했다.

"호연작 장군께서 적을 속여 성문을 열게만 한다면 공명을 구하는 일은 손바닥에 침을 뱉는 것 같이 쉬운 일이죠! 그렇게만 된다면 호연작 장군께서는 절대로 마음을 돌려 다시 돌아갈 수 없게 되는 것이지요."

송강이 듣고서 호연작을 불러 예를 갖추고 사과하며 말했다.

"이 송강이 청주성을 탐내 약탈하려는 것이 아니라 감옥에 있는 공명과 숙부 공빈을 구하고자 하는 것이니, 장군께서 적들을 속여 성문을 열게 해주시지 않는다면 그들을 구할 수 없을 겁니다."

"형님께서 이미 저를 받아주셨으니 마땅히 온힘을 다하겠습니다."

그날 밤 진명·화영·손립·연순·여방·곽성·해진·해보·구붕·왕영 등 두령 10명은 병졸 복장으로 꾸미고 호연작을 따랐다. 모두 11기의 군마가 성에 다다라 해자 위쪽으로 크게 소리쳤다.

"어서 성문을 열어라, 내가 죽지 않고 돌아왔다!"

성위에 있던 병사가 호연작의 목소리를 알아듣고 급히 모용지부에게 보고했다. 이때 지부는 호연작이 패했다는 소식을 듣고 답답해하고 있는 중이었다. 호연작이 살아 돌아왔다는 보고를 받자 기뻐하며 말에 올라 성 위로 달려갔다.

호연작이 10여 기의 말과 함께 서있는 것이 보였다. 날이 어두워 얼굴이 잘 보이지는 않았지만 목소리는 호연작이 틀림없었다. 지부가 물었다.

"장군은 어떻게 돌아올 수 있었소?"

"내가 그놈들 함정에 빠져 산채로 잡혀갔으나 원래 나를 따르던 두목이 몰래 이 말을 도둑질해주고 여기까지 따라왔습니다."

지부는 호연작의 말을 의심하지 않고 군사들에게 성문을 열고 조교를 내리게 했다. 10명의 두령이 성안으로 들어오자 지부가 나와서 맞이했다. 진명이 맞이하러 나온 지부에게 낭아봉을 휘둘러 말에서 떨어뜨렸다. 해진, 해보는 곳곳에 불을 질렀고 구붕과 왕왜호는 성 위로 올라가 군사들을 죽였다. 성벽 위에서 불길이 일어나는 것이 보이자 송강이 이끄는 대군이 일제히 성을 에워싸며 밀고 들어왔다. 송강은 즉시 군령을 내려 무고한 백성을 해치지 못하게 하고 창고의 돈과 양식만 거두게 했다. 감옥에 있던 공명과 숙부인 공빈의 가솔을 모두 구해냈다. 또한 성안의 불을 끄게 하고 모용지부 일가 노소를 막론하고 모두 참수했으며 가산을 수색하여 몰수하고 병사들에게 나눠줬다. 날이 밝자 성안에서 간밤의 불로 집을 잃은 백성을 일일이 조사하여 양식을 나눠줘 구제했다. 청주성 창고에 있는 황금, 비단과 양식들을 거두니 500~600 수레나 되었으며, 또한 좋은 말도 200여 필이나 얻었다. 청주부 안에서 축하 연회가 열렸고 세 산채의 두령들에게 양산박으로 같이 가기를 청했다. 이충과 주통은 사람을 도화산으로 보내 모든 인마와 양식을 수습하여 산을 내려오고 산채와 방책을 불사르게 했다. 노지심 또한 시은과 조정을 이룡산으로 보내 장청과 손이랑으로 하여금 산채의 인마와 양식을 수습하고 보주사 산채를 불 지르게 했다. 며칠 사이에 세 산채의 인마가 모두 준비를 마쳤다.

송강은 대 부대를 인솔하여 양산박으로 철수했다. 먼저 화영·진명·호연작·주통 네 명이 장수에게 길을 인도하게 하여 여러 주, 현을 가니면서도 터럭만큼도 백성을 해치지 않았다. 향촌 백성은 나이든 노인은 부축하고 어린 아이들은 손을 잡고 향을 사르며 둘러싸 예를 갖춰 맞이했다. 며칠 지나 양산박에 도착했고 여러 수군 두령들이 배를 준비해두고 맞이했다. 조개도 마보군 두령들을 이끌고 금사탄까지 마중나왔다. 산채에 도착하여 취의청에 올라 서열대로 자리를 잡고 큰 잔치를 열어 새로 온 두령들을 축하했다. 호연작·노지심·양지·무송·시은·조정·장청·손이랑·이충·주통·공명·공량 모두 열두 두령들이었다. 술자리 사이에 임충이 노지심이 자신을 구해준 일을 얘기했다. 노지심이 임충에게 궁금하여 물었다.

"내가 교두와 창주에서 헤어진 뒤로 하루라도 생각하지 않은 날이 없었네. 혹시 근래에 제수씨로부터 소식이라도 있었는가?"

"왕륜을 죽이고 사람을 보내 식구들을 데려오려고 했습니다. 그러나 고 태위 아들놈에게 시달리다 목을 매어 죽었고 장인 또한 실의에 빠져 사시다가 병으로 돌아가셨습니다."

양지가 이전에 왕륜의 수중에 있던 산채에서 만났던 얘기를 꺼내자 모두들 말했다.

"여기 사람들은 모두 만날 수밖에 없는 운명으로 정해진 거야. 우연이 결코 아니라니까!"

조개가 황니강에서 생신 선물을 뺏은 얘기를 꺼내자 모두들 크게 웃었다. 다음날에도 잔치가 계속 이어졌음은 말할 필요가 없다.

산채에 수많은 인마가 보태졌으니 송강이 어찌 기뻐하지 않겠는가? 탕륭을 불러 대장장이 총 책임자로 임명하여 각종 병기들 제조하는 것을 감독하게 하고 잎 모양의 얇은 철편으로 된 연환 갑옷을 만들게 했다. 후건에게는 각종 깃발과 의복을 전체 관리하게 했다. 또 삼재三才[4]·구요九曜[5]·사두오방四斗五方[6]·

4_ 삼재三才: 천天·지地·인人이다.
5_ 구요九曜: 북두칠성과 곁에서 보좌하는 두 개의 별.
6_ 사두오방四斗五方은 사오두방四五斗方의 큰 깃발인데, 두방斗方은 1척의 네모진 면적을 말한다. 사두四

이십팔수二十八宿7 등을 나타내는 각종 깃발, 비룡飛龍·비호飛虎·비웅飛熊·비표飛豹의 깃발, 황월黃鉞8, 백모白旄9, 붉은 술이 달린 조개皀蓋10 등을 만들게 했다. 산 사방에 긴급한 신호를 보낼 수 있는 돈대墩臺11를 설치하고 산 서쪽 길과 남쪽 길 두 곳에 주점을 더 열어 왕래하는 호걸들을 산채로 불러들이고 군사 상황이 발생하면 탐문하여 급히 산채에 알리게 했다. 산 서쪽 길에는 원래 주점을 했던 장청과 손이랑 부부가 맡아 지키게 했다. 남쪽 길은 종전대로 손신과 고대수 부부가 관리하게 했고, 동쪽 길 주점은 이전처럼 주귀, 악화가 맡고, 산 북쪽 길 주점은 이립과 시천이 맡아 운영하게 했다. 또한 세 개의 관문에 추가로 방책을 축조하고 두령들을 배치하여 지키게 했다. 관리할 부분들이 정해지니 각자 따르고 복종했다.

어느 날 갑자기 화화상 노지심이 송 공명을 찾아와 말했다.

"제가 잘 아는 사람이 있는데 이충 형제의 제자로 구문룡 사진이라고 합니다. 지금 화주 화음현 소화산에서 신기군사神機軍師 주무朱武·도간호跳澗虎 진달陳達·백화사白花蛇 양춘楊春 등과 함께 네 명이 그곳에서 산채를 꾸리고 있습니다. 전에 와관사에서 저를 구해준 뒤로 하루도 잊지 않고 늘 보고 싶어 했습니

斗는 동쪽의 세성歲星(목성)·남쪽의 형혹熒惑(화성)·서쪽의 태백太白(금성)·북쪽의 진성辰星(수성)이다. 오방五方은 동서남북과 중앙의 다섯 방향, 또한 사면팔방四面八方을 가리킴.

7_ 이십팔수二十八宿: 하늘의 별자리를 28수로 나눈다. 동서남북으로 각각 7수씩 있는데, 동쪽의 창룡蒼龍(각角·항亢·저氐·방房·심心·미尾·기箕), 북쪽의 현무玄武(두斗·우牛·여女·허虛·위危·실室·벽壁), 서쪽의 백호白虎(규奎·루婁·위胃·묘昴·필畢·자觜·삼參), 남쪽의 주작朱雀(정井·귀鬼·류柳·성星·장張·익翼·진軫)이다.

8_ 황월黃鉞: 황금으로 장식한 큰 도끼. 『예기』「왕제」에 따르면 "각국의 제후는 천자가 활과 화살을 하사한 이후에나 비로소 천자를 대표하여 반역을 토벌할 수 있고, 천자가 부와 월을 하사한 이후에나 비로소 주살의 형벌을 실시할 수 있다諸侯, 賜弓矢然後征, 賜鈇鉞然後殺"고 했다.

9_ 백모白旄: 일종의 군기로 장대 머리를 야크 꼬리로 장식함. 전군全軍을 지휘할 때 사용했다.

10_ 조개皀蓋: 관원이 사용한 검은색 우산.

11_ 돈대墩臺: 명청 시기에 설치한 긴급 신호를 보내는 대.

다. 이번에 제가 가서, 그 네 명을 만나보고 모두 데리고 와 함께 하고 싶은데 어떻게 생각하시는지요?"

"나도 이전에 사진이라는 이름을 들어서 압니다. 만약 스님께서 가셔서 그를 오게 한다면 정말 좋지요. 그렇지만 혼자 가셔선 안 되고 번거롭더라도 무송 형제와 같이 한번 다녀오시지요. 그는 모습이 출가한 행자와 같으니 동행하는 것이 좋을 듯합니다."

무송도 송강의 뜻을 받아들였다.

"제가 형님과 같이 가지요."

그날로 짐을 꾸리고 돈주머니를 챙겨, 노지심은 승려로 꾸미고 무송은 따르는 행자 차림으로 하여 여러 두령과 작별하고 산을 내려갔다. 금사탄을 건너 하루도 쉬지 않고 부지런히 걸어 화주 화음현에 도착했고 바로 소화산으로 갔다.

한편 송강은 노지심과 무송이 떠난 후, 그들을 산에 내려가게는 허락했지만 항시 마음을 놓을 수가 없었다. 신행태보 대종으로 하여금 뒤를 따르게 하여 소식을 알아보게 했다.

한편 노지심과 무송은 소화산 아래에 도착했는데 길옆에 숨어 있던 졸개가 길을 막으며 물었다.

"너희 두 중놈은 어디로 가느냐?"

무송이 되물었다.

"이 산에 사 대관인이 계시냐?"

"사 대왕을 찾아오셨다면 여기서 잠시 기다리시오. 내가 산에 올라 두령에게 보고하면 바로 내려 오셔서 맞이하실 겁니다."

무송이 말했다.

"네가 올라가서 노지심이 찾아왔다고 이르거라."

졸개가 올라간 지 얼마 안 되어 신기군사 주무, 도간호 진달과 백화사 양춘, 세 사람이 산을 내려와 노지심과 무송을 맞이했는데, 사진은 보이지 않았다. 노지심이 물었다.

"사 대관인은 어디에 있소? 어찌 보이지 않는 거요?"

주무가 가까이 다가오더니 오히려 물었다.

"스님께서는 연안부 노제할 아니시오?"

"그렇소, 바로 나요. 이 행자는 경양강에서 호랑이를 때려잡은 무송이오."

세 사람이 황급히 말 위에서 내려와 전불하며 말했다.

"오래 전부터 크신 이름을 들었습니다! 두 분께서는 이룡산에서 산채를 꾸리시고 계신 걸로 들었는데, 오늘 어떤 일로 이곳까지 오셨습니까?"

노지심이 말했다.

"우리는 지금 이룡산에 있지 않소. 양산박 송 공명에게 의지하고 있는데, 오늘 사 대관인을 만나러 특별히 온 것이오."

주무가 말했다.

"두 분께서 이미 오셨으니 산채에 가시면 소인이 상세하게 말씀드리리다."

노지심이 말했다.

"할 말이 있으면 여기서 말하시오. 사진 형제가 보이지 않는데 누가 좆같이 한가롭게 산에는 올라가나?"

무송이 말했다.

"우리 형님께서는 성질이 급하신 분이니 할 말이 있으면 바로 하는 게 좋을 거요."

주무가 말했다.

"소인 등 세 사람은 사 대관인이 이곳 산채에 오르신 후 상당히 번창했지요. 그런데 얼마 전 사 대관인이 산을 내려가 어떤 화쟁이를 우연히 만나면서 문제가 생겼습니다. 원래는 북경 대명부에 살던 사람으로 왕의王義라고 하는데, 서악화산西岳華山12의 금천성제묘金天聖帝廟13 영벽影壁14에 벽화를 그리기로 하여 딸 옥교지玉嬌枝를 데리고 벽화를 그리러 갔지요. 그런데, 그곳 하 태수賀太守가 그의 딸을 마음에 두고 말았습니다. 하 태수란 놈은 원래 채 태사의 식객이었는데 탐욕이 끝이 없고 백성을 괴롭히는 나쁜 놈이지요. 하루는 사당에 향을 사르러 왔다가, 우연히 옥교지의 용모를 보고 마음에 들자 여러 차례 사람을 보내 첩으로 달라고 요청했습니다. 왕의가 들어주지 않자 태수란 놈이 그의 여식을 강탈하고 도리어 왕의에게 얼굴에 글자 새기는 형벌을 내리고 먼 군주軍州로 귀양을 보냈습니다. 귀양 가는 길에 이곳을 지나다 뜻밖에 사 대관인을 만나 지난 억울한 일들을 얘기했죠. 사 대관인이 두 압송인을 죽이고 왕의를 구해 산채로 왔지요. 그러나 곧바로 하 태수도 죽이려고 갔다가 오히려 발각되어 잡혀 감옥에 갇히고 말았습니다. 이제는 태수 그놈이 군마까지 모아 산채까지 소탕하려하니 우리는 여기에서 어찌해볼 도리가 없는 상태입니다!"

노지심이 듣고는 말했다.

"이런 좆같은 놈이 감히 이렇게 무례하다니! 정말 지독한 놈이구나! 내가 가서 그 놈을 끝장내겠다!"

주무가 말했다.

"두 분께서는 산채에 가서서 어떻게 할지 상의하시죠."

다섯 두령이 모두 소화산 산채에 올라 자리에 앉았고, 왕의를 불러 노지심과 무송에게 인사시켰다. 왕의는 다시 한번 태수의 재물을 탐하고 백성을 잔혹하게 해치며 양가집 부녀자를 강탈하는 짓들을 상세히 얘기했다. 주무 등은 소와 말을 잡아 노지심과 무송을 극진히 대접했다. 노지심이 생각하며 말했다.

12_ 화산華山: 오악 중의 하나로 서악西嶽이라고도 한다. 지금 산시陝西성 화인華陰 남쪽에 위치해 있으며 해발 1997미터다.

13_ 금천성제묘金天聖帝廟: 화산신華山神 이름이 금천金天인데, 당 현종이 하사한 봉호다. 일설에는 헌원軒轅 황제가 화산에 신들을 모아놓고 놀다가 봉호를 하사했다고도 한다.

14_ 영벽影壁: 양각으로 장식한 담장으로 대부분 대문 입구 안의 맞은편에 세운다.

"하 태수 그놈 정말 도리가 없구나. 내가 내일 화주로 가서, 당장에 그놈을 때려죽일 테다!"

무송이 말했다.

"형님, 충동대로 하시면 안 됩니다. 저와 함께 밤새 달려 양산박으로 가서 송공명께 보고하고 대부대를 이끌고 화주를 쳐야 사 대관인을 구할 수 있을게요."

노지심이 소리 질렀다.

"우리가 산채로 가서 사람들을 불러 오는 동안 사가 형제의 목숨이 어떻게 될지 모르잖아."

무송이 말했다.

"태수는 때려죽인다 하더라도 사 대관인은 또 어떻게 구하겠소? 저는 결코 형님께서 가시는 것을 그냥 둘 수 없소!"

주무도 곁에서 권했다.

"일단 화부터 가라앉히시죠. 무 도두 말씀이 정말 맞습니다."

노지심이 초조해하면서 소리쳤다.

"에라 이 느러터진 도적놈들아. 이렇게 가만히 사진 동생을 보내란 말이냐! 무송 동생도 양산박으로 가서 보고하지 말고, 내가 어떻게 구하는지 구경하게!"

그날 밤 여러 사람이 아무리 권해도 듣지 않았다. 이튿날 일찍 4경에 일어나 선장을 들고 계도를 차고 곧장 화주로 달려갔다. 무송이 말했다.

"사람들 말을 듣지 않고 이렇게 떠났으니 일이 잘될 리가 없소."

주무가 즉시 꼼꼼한 졸개 두 명을 골라 소식을 알아오게 했다.

노지심은 한걸음에 화주성으로 달려가 길가는 사람에게 주아州衙가 있는 곳을 묻자, 손가락으로 가리키며 일러줬다.

"저 주교州橋를 건너 동쪽으로 가시면 되오."

노지심이 부지런히 걸어 부교浮橋15에 발을 디딜 때, 사람들이 모두 노지심에게 소리쳤다.

"스님, 어서 길을 비키시오. 태수 상공께서 지나가십니다!"

노지심이 말했다.

"내가 저놈을 찾고 있는데 때마침 저놈이 내 손에 들어왔구나! 저놈은 이제 죽었다!"

하 태수의 의장 행렬 선두가 앞으로 다가왔다. 태수가 탄 가마는 휘장을 친 가마[16]였다. 가마의 창문 양쪽에 각각 10여 명의 우후들이 둘러싸고 있고 각자 손에는 편·창·쇠사슬을 들고서 호위하며 지나가고 있었다. 노지심이 보고서 생각했다.

'저 좆같은 놈을 지금 때려죽이기 좋지 않구나. 만약 때려죽이지 못한다면 도리어 웃음거리만 되겠구나.'

하 태수는 가마 창문을 통해서 노지심이 뛰쳐나오려 하다가 달려들지 못하는 것을 보았다. 다리를 건너 부중에 도착하여 가마에서 내리자마자 두 명의 우후를 불러 분부했다.

"내가 다리 위를 지날 때 거기 계셨던 그 뚱뚱한 스님에게 공양을 하려하니 부중으로 모시고 오너라."

우후가 영을 받들고 다리 위로 가서 노지심에게 말했다.

"태수 상공께서 스님에게 공양하시겠다고 하십니다."

노지심이 생각했다.

'이놈이 내 손에 죽겠구나! 아까 때려죽이려다 아무래도 안 될 것 같아 그냥 가게 됐는데. 내가 찾아가려 했는데 네놈이 도리어 나를 부르는구나.'

노지심이 우후들을 따라 부중으로 들어갔다. 그러나 태수는 이미 만반의 준비를 해둔 상태였다. 노지심이 대청 앞으로 들어온 것을 보자 태수는 선장과 계

15_ 부교浮橋: 밧줄 위에 나무판자를 깔아 만든 다리.
16_ 원문은 '난교暖轎'인데, 휘장으로 가려진 가마다.

도를 놓게 하고 후당에서 공양하겠다고 했다. 노지심이 처음에 따르려하지 않자 여러 사람이 말했다.

"출가하신 스님이라 아무것도 모르시는군요. 후당 안으로 어떻게 칼과 선장 같은 무기를 들고 들어가게 하겠소?"

노지심이 속으로 생각했다.

'저놈의 대가리쯤이야 내 주먹 두 방이면 박살나지!'

복도에 선장과 계도를 놓고 우후를 따라 들어갔다. 하 태수가 후당에 앉아 있었는데, 손으로 노지심을 가리키며 소리 질렀다.

"여봐라, 저 까까중놈을 잡아라!"

양쪽 담장을 장식한 휘장 안에서 30~40여 명의 공인들이 달려나와 한꺼번에 달려들어 강제로 노지심을 끌어당겨 쓰러뜨리고 꼼작 못하게 묶었다. 그가 나타태자那吒太子[17]라 한들 어떻게 물샐틈없는 그물망에서 벗어나겠는가? 화수금강火首金剛이라도 용의 깊은 못과 호랑이 굴에서는 탈출하기 어려운 법이니라! 바로, 나방이 불에 뛰어들어 스스로 죽고, 성난 자라가 낚시 바늘을 삼키고 목숨을 잃게 되는 것이다.

과연 하 태수에게 잡힌 노지심의 목숨이 어떻게 되는지는 다음 회에 설명하노라.

철엽연환갑鐵葉連環甲

본문에 "탕륭을 불러 대장장이 총 책임자로 임명하여 각종 병기들 제조하는 것을 감독하게 하고 잎 모양의 얇은 철편으로 된 연환 갑옷을 만들게 했다"는 구절이 있다. 『수호전보증본』에 따르면, "잎 모양의 얇은 철편으로 제작한 연환 갑옷

17_　나타태자那吒太子: 불교의 호법신護法神이다.

을 '철엽연환갑鐵葉連環甲'이라 하는데, 즉 '쇄자갑鎖子甲'을 말한다. 갑옷 철편을 하나하나 꿰어 만드는데 화살촉 방어에 효과적이었다. 또한 철사를 엮어 만든 그물 형태의 망자갑網子甲이 있었다. 송·원 시기에는 이 두 종류의 철갑을 모두 사용했다. 이러한 갑옷은 지나치게 무거워 무게를 줄이기 위해 남송 초기에 조서를 내렸는데, 『송사』 「병지」에 따르면 '새로운 형식의 갑엽甲葉(갑옷의 잎 모양의 조각)을 무겁고 가벼움으로 구분하여 융통하는데, 완비했을 때 45근에서 50근까지였고, 50근을 초과해서는 안 된다고 조서를 내렸다'고 했다. 이렇게 한다면 한 벌의 갑옷은 잎 모양의 갑옷 조각이 1825개이고, 제작 기간은 120일, 비용은 3.5관貫이었다'고 했다.

〖 제59회 〗

금령조패를 빌리다[1]

하 태수가 노지심을 속여 후당 안으로 들어오게 하고는 소리 질렀다.

"잡아라!"

많은 공인이 노지심을 잡아 대청 계단 아래에 꿇리고 에워쌌다. 하 태수가 소리 질렀다.

"너 까까중놈은 어디에서 왔느냐?"

노지심이 대답했다.

"내가 무슨 죄를 지었소?"

"사실대로 말해라. 누가 너에게 나를 죽이도록 시켰느냐?"

"나는 출가인인데, 어떻게 나한테 그런 말을 하시오?"

"까까중놈 네가 방금 전에 다리에서 선장으로 내 가마를 치려고 하다가 다시 생각하더니 감히 손쓰지 못한 것을 내가 봤다. 까까중놈아 좋은 말로 할 때

1_ 제59회 제목은 '吳用賺金鈴吊掛(오용이 금령 조패로 태수를 속이다). 宋江鬧西嶽華山(송강이 서악 화산에서 소란을 일으키다)'이다.

말하거라."

"나는 당신을 해치지도 않았는데, 어째서 나를 잡고 평민 백성을 함부로 하는 게요?"

하 태수가 소리 질렀다.

"출가인이 자기를 '나'라고 하는 것을 본 적이 없다. 이 까까중놈은 필시 관서 오로에서 민가를 습격해 약탈이나 하는 강도로 사진 그놈의 원수를 갚으러 온 것이다. 때리지 않고서야 어찌 불겠느냐. 여봐라, 이 까까중놈을 힘껏 처라!"

노지심이 크게 소리 질렀다.

"이 어르신을 때리지 말라. 내가 너한테 사실대로 말하는데, 나는 양산박 호걸 화화상 노지심이다. 나는 죽어도 문제없는데, 내 형님인 송 공명이 알면 산을 내려와 네 당나귀 대가리를 쪼개버릴 것이다."

하 태수는 크게 노하여 노지심을 한 차례 고문하고는 큰 칼을 씌우고 못을 박아 사형수가 있는 감옥에 가두게 했다. 다른 한편으로는 보고서를 상급기관 도성都省[2]에 보내 처결을 요청하고 선장, 계도는 주부 관아의 대청 안에 봉인했다.

이때 이미 화주성 전체가 노지심으로 인해 떠들썩했고, 졸개들이 이런 소식을 나는 듯이 산채에 알렸다. 무송이 크게 놀라 말했다.

"우리 두 사람이 일을 보러 화주로 함께 왔는데 한 사람이 죽게 됐으니 무슨 낯으로 양산박으로 돌아가 여러 두령을 보겠는가."

어찌해야 할지 모르던 중에 산 아래에서 졸개가 올라와 보고했다.

"양산박에서 왔다는 신행태보 대종이라 하는 분이 지금 산 아래에 계십니다."

2_ 도성都省: 한나라 때 복야僕射가 여섯 상서를 총 관리했었는데 도성都省이라 했다. 당나라 수공垂拱 (685~688) 연간에 상서성尙書省을 도성으로 변경했다. 이후에는 상서성 장관을 가리키기도 했다.

무송이 황망히 내려가 맞이하고는 산채로 올라와 주무 등 세 사람과 인사를 나누고, 노지심이 충고를 듣지 않고 가더니 결국은 감옥에 갇혀 있다고 알렸다. 대종이 듣고서 크게 놀랐다.

"여기서 오래 머물 수 없겠소이다! 빨리 양산박으로 돌아가 형님께 알리고 군사와 장수들을 보내 구출해야겠소!"

무송이 말했다.

"저는 여기서 기다릴 테니 형님께서는 서둘러 다녀오십시오."

대종은 야채만 조금씩 먹고 신행법을 일으켜 다시 양산박으로 돌아갔다. 사흘이 안 되어 산채에 도착했다. 조개·송강 두령에게 노지심이 사진을 구하기 위해 하 태수를 죽이려다 함정에 빠져 감옥에 갇힌 일을 얘기했다. 조개가 듣고서 크게 놀랐다.

"두 형제가 어려움에 처했으니 어찌 구하지 않겠는가? 더 이상 지체할 수 없으니 군마를 점검하고 세 부대로 나누어 진군해야겠소."

그날로 군사를 점검하고 세 부대로 나누어 진군했다. 전군前軍은 화영·진명·임충·양지·호연작 다섯 두령이 선봉에 서서 갑마甲馬3 1000기와 보군 2000명을 이끌고 먼저 출발하여 산을 만나면 길을 뚫고 강을 만나면 다리를 부설하게 했다. 중군은 송 공명을 주장으로 하여 군사 오용과 주동·서녕·해진·해보 모두 여섯 두령으로 마보군 2000명을 인솔했다. 후군은 군량과 마초를 주관하여 호송하게 하고 이응·양웅·석수·이준·장순 다섯 두령이 마보군 2000기를 이끌었다. 전체 7000명의 대군으로 양산박을 떠나 곧장 화주로 진군했다. 하루도 쉬지 않고 서둘러 달려 반쯤 도달했을 때 먼저 대종이 소화산에 알렸다. 주무 등 세 사람은 돼지와 양, 소, 말을 잡고 좋은 술을 양조하고 양산박 대군이 오기를 기다렸다.

3_ 갑마甲馬: 갑옷을 두른 전투마.

송강이 이끄는 군마 세 부대가 모두 소화산 아래에 도착했다. 무송이 주무·진달·양춘 세 사람을 이끌고 산을 내려가 송강·오용을 비롯한 여러 두령과 인사를 나누고 산채에 올라앉았다. 송강이 성중의 일을 상세히 묻자 주무가 대답했다.

"이미 하 태수가 두 두령을 감옥에 가뒀고 조정의 처분이 내려오기를 기다리는 중입니다."

송강과 오용이 물었다.

"어떤 계책을 세워야 사진과 노지심을 구할 수 있겠소?"

주무가 말했다.

"화주의 성곽은 넓고 해자도 매우 깊어 급히 쳐서는 무너뜨리기 어려울 겁니다. 밖에서 공격하고 안에서 호응해줘야 성을 취할 수 있을 겁니다."

오 학구가 말했다.

"내일 일단 성에 가서 성지를 살펴보고 난 뒤에 다시 어떻게 해야 할지 상의해봅시다."

송강은 저녁까지 술을 마시며 화주성에 가려고 간절하게 날이 밝기를 기다렸다. 오용이 말리며 간언했다.

"성안 감옥에 호랑이 두 마리를 가둬두고 있는데 어찌 방비를 하지 않았겠습니까? 대낮에 가서 보면 안 됩니다. 오늘 밤 분명 달빛이 밝을 터이니 신시申時 즈음에 산을 내려가면 일경 때 도착하여 성을 엿볼 수 있습니다."

그날 오후가 되자 송강·오용·화영·진명·주동 등 다섯 명이 말을 타고 산을 천천히 내려가 초경쯤 되어 화주성 밖에 도착했다. 산비탈 높은 곳에서 말을 세우고 화주 성안을 바라보았다. 때는 2월 중순의 날씨라 달빛이 대낮 같이 밝았고 하늘에는 구름 한 점 없었다. 화주성을 두르고 있는 성문이 여러 개인데 성은 높고 웅장하며 해자는 깊고 넓었다. 한참 동안 성을 바라보는데 멀리 서악화산西岳華山이 눈에 들어왔다. 실로 훌륭한 명산이었다.

봉우리는 선장仙掌4이라 하고, 관觀은 운대雲臺5로다. 위로는 옥녀의 세숫대야6에 연결된 듯하고, 아래로는 은하에서 갈라진 물길에 이어진 듯하구나.7 천지 모두가 아름다운데, 높이 솟은 봉우리는 구름이 이는 곳에 이어진 듯하고, 산악은 높아 괴이한 바위는 우뚝 솟아 두병斗柄8을 침범했다네. 선명한 눈썹먹처럼 푸르고, 떠있는 쪽처럼 짙푸르다. 장승요張僧繇9의 절묘한 화필로도 그려낼 수 없고, 이룡면李龍眠10의 천부적 기지로도 묘사할 수 없으리라. 깊은 신선이 사는 곳엔 달빛이 만 줄기 황금빛 놀 비추고, 험준한 절벽은 해 그림자가 천 가닥 자줏빛 화염을 일으키는구나. 옆 사람이 먼 곳을 가리키니, 운지雲池11 깊은 곳의 연뿌리는 마치 배 같고, 옛 어른들이 전하기를, 옥정玉井12 물속의 꽃은 키가 10장丈이나 되더라. 분노한 거령신巨靈神은 산 정상을 갈라내 신통력을 드러내고, 고결한 진처사陳處士13는 떠로 엮은 초가에서 졸고 있네. 화악華嶽이란 이름 천고에 전해지고, 만년 세월 향 사르며 금천金天14에 제사지내누나.

峯名仙掌, 觀隱雲臺. 上連玉女洗頭盆, 下接天河分派水. 乾坤皆秀, 尖峯仿佛接雲

4_ 선장仙掌: 화산 신선이 봉우를 관장한다는 말이다.

5_ 운대雲臺: 화산의 북쪽 봉우리로 운대산雲臺山이라 부른다.

6_ 원문은 '옥녀세두분玉女洗頭盆'이다. 화산 옥녀 사당 앞에 옥석 절구가 있는데, 물 색깔이 짙은 녹색에 맑고 투명한데 비가 와도 넘치지 않고 가물어도 고갈되지 않는다.

7_ 황하의 물은 은하에서 갈라진 물길을 말한다.

8_ 두병斗柄: 북두칠성 가운데 다섯 번째에서 일곱 번째 별.

9_ 장승요張僧繇: '繇'의 음은 'yao(요)'다. 남북조 시대 양梁나라 대신이며 화가로 유명하다. 양梁 무제武帝가 사찰을 숭상하고 장식했는데, 대부분 장승요에게 그리도록 했다.

10_ 이룡면李龍眠은 이공린李公麟으로 송대의 걸출한 화가다. 말년에는 용면산龍眠山에 은거하여 용면거사龍眠居士라 불렀다.

11_ 운지雲池: 높은 산꼭대기의 연못물.

12_ 옥정玉井: 화산봉華山峯 정상의 우물.

13_ 진처사陳處士: 송나라 사람 진단陳摶이다. 봉록을 받으며 과직에 있지 않고 무당신武當山, 화산華山에 은거하며 산수를 즐거움으로 삼았다.

14_ 금천金天: 화산신華山神이다.

根; 山岳惟尊, 怪石巍峨侵斗柄. 靑如澄黛, 碧若浮藍. 張僧繇妙筆畫難成, 李龍眠
天機描不就. 深沉洞府, 月光飛萬道金霞; 峯崔巖崖, 日影動千條紫焰. 傍人遙指,
雲池深內藕如船; 故老傳聞, 玉井水中花十丈. 巨靈神忿怒, 劈開山頂逞神通; 陳處
士清高, 結就茅庵來眠睡. 千古傳名推華嶽, 萬年香火祀金天.

송강과 두령들이 서악 화산을 살펴보니 성과 해자가 두텁고 웅장하며 형세
가 견고하여 좋은 계책이 떠오르지 않았다. 오용이 말했다.

"일단 산채로 돌아가서 다시 상의해보시지요."

다섯 명은 그날 밤 소화산으로 돌아왔다. 송강은 이맛살을 펴지 못하고 얼
굴에 온통 근심스런 기색을 띠고 있었다. 오 학구가 말했다.

"일단 날래고 영리한 졸개들을 10여 명 내려보내 근처 소식들을 알아보게
하는 것이 좋겠습니다."

이틀이 지나자 갑자기 한 졸개가 산으로 올라와 보고했다.

"이번에 조정에서 전사태위殿司太尉를 보내 천자께서 하사하신 '금령조괘金鈴
嶽挂'15를 가지고 서악에서 향을 사르고 제사지내기16 위해 황하에서 위하渭河로
들어온다고 합니다."

오용이 듣고서 말했다.

"형님 걱정하실 필요 없습니다. 여기에 계책이 있습니다."

바로 이준·장순을 불러 지시했다.

"너희 두 사람은 내 대신 가서 이렇게 저렇게 하거라."

이준이 말했다.

"이곳 지리를 아는 사람이 아무도 없습니다. 길을 안내해줄 사람 하나 있으면

15_ 금령조괘金鈴吊挂: 귀중한 노리개로 황금 방울이 묶여 있고 금은과 진주를 끼워 넣어 만들었다.
16_ 원문은 '강향降香'이다. 물난리를 위해 복을 기원하며 향을 사르며 하늘에 제사지내는 종교 활동을
    말한다.

좋겠습니다."

백화사 양춘이 나섰다.

"소인이 같이 가면서 도와주면 어떻겠습니까?"

송강이 크게 기뻐했고 세 사람은 산을 내려갔다. 다음날 오 학구는 송강·이응·주동·호연작·화영·진명·서녕 7명과 500여 명 군사를 이끌고 은밀하게 산을 내려갔다. 위하 나루에 이르니 이준·장순·양춘이 이미 10여 척의 큰 배를 빼앗아 그곳에 있었다. 오용은 다시 화영·진명·서녕·호연작 4명을 불러 물가에 숨게 하고 송강·오용·주동·이응은 배 안에 남았다. 이준·장순·양춘은 각기 배를 나누어 타고 모두 모래사장에 숨어 하룻밤을 기다렸다.

다음날 날이 밝자 멀리서 징과 북소리가 들리더니, 세 척의 관선官船이 물길을 따라 내려왔다. 배 위에 황색 깃발 하나를 꽂았는데 '흠봉성지欽奉聖旨 서악강향西岳降香 태위太尉 숙원경宿元景(천자의 뜻을 받들어 서악으로 향을 사르러 가는 태위 숙원경)'이란 글자가 쓰여 있었다.

송강은 보고서 속으로 기뻐하며 말했다.

"지난날 현녀玄女가 '우숙중중희遇宿重重喜(숙宿을 만나면 두 차례 좋은 일 생길 것이다)'라고 말했는데, 오늘 이 사람을 만나게 되었으니 반드시 방법이 있으리라."

태위의 관선이 강어귀에 가까워지자 주동과 이응은 각자 긴 창을 잡고 송강·오용의 뒤에 섰다. 태위의 배가 도착하자 막아섰는데, 배 안에서 자줏빛 적삼을 입고 은색 띠를 두른 우후 20여 명이 달려나와 소리 질렀다.

"네놈들의 배가 어떤 배이기에 감히 대신의 배를 가로막는단 말이냐?"

송강이 골타骨朵17를 잡고 몸을 굽혀 인사했다. 뱃머리에 있던 오 학구가 말

17_ 골타骨朵: 옛날 긴 몽둥이 형태의 의장 병기로 쇠나 단단한 나무로 만들었으며 끝 모양이 호박, 마늘 형상이다. 나중에는 의장용으로만 사용했는데, 속칭 금과金瓜라고 했다.

했다.

"양산박 의사 송강이 삼가 문안드립니다."

배 위에서 객장사客帳司[18]가 나와 대답했다.

"이 배에는 태위께서 계시니라. 천자의 명을 받들어 서악으로 향을 사르러 가는 길인데 너희들 양산박 도적떼가 무슨 까닭으로 길을 막느냐!"

오용이 다시 말했다.

"저희는 의사로서 태위님의 존안을 뵙고 드릴 말씀이 있습니다."

"네놈들이 어떤 놈들이기에 감히 경솔하게 태위님을 뵙고자 하느냐!"

양쪽에 있던 우후들이 고함을 질렀다.

"네 이놈, 목소리를 낮추거라!"

송강이 말했다.

"태위께서는 잠시 물가로 오르시지요. 상의드릴 일이 있습니다."

객장사가 말했다.

"허튼소리 마라! 태위께서는 조정의 대신이다. 어떻게 네놈과 상의할 수 있단 말인가?"

송강이 말했다.

"태위께서 만나주시지 않는다면 우리 아이들이 태위님을 놀라게 할까 두렵습니다."

주동이 창끝에 묶은 작은 깃발을 흔들자, 물가에서 화영·진명·서녕·호연작이 마군을 이끌고 나와 일제히 활시위에 화살을 얹고, 모두 강어귀에 와 물가에 늘어섰다. 관선의 사공들이 모두 놀라 앞 다퉈 선실로 들어갔다. 객장사가 놀라 들어가서는 태위에게 보고했다. 숙 태위는 하는 수 없이 뱃머리로 나와 앉았다.

송강이 다시 몸을 굽혀 인사했다.

18_ 객장사客帳司: 관청에서 접대와 윗사람을 봉양하는 일을 관장하는 관리.

"이 송강 등이 이렇게 나서서 황송합니다."

숙 태위가 물었다.

"의사들은 무슨 까닭으로 이렇게 배를 가로막는가?"

"저희가 어찌 감히 태위님을 가로막겠습니까? 단지 태위께서 잠시 물가에 오르시면 아뢸 말씀이 있어서 그런 것뿐입니다."

"나는 지금 특별히 천자의 뜻을 받들어 서악으로 향을 사르러 가는데 의사와 무슨 상의할 일이 있겠는가? 그리고 조정 대신이 어찌 경솔하게 물가에 오를 수 있단 말인가?"

"태위께서 들어주지 않으시면, 물가에 있는 저희 동료들이 받아들이지 않을까 두렵습니다."

이번에는 이응이 신호 창을 한번 흔드니 이준·장순·양춘이 일제히 배를 저어 다가왔다. 숙 태위가 바라보고 깜짝 놀랐다. 이준과 장순은 손에 시퍼렇게 날 선 칼을 잡고 관선에 뛰어 올라 두 명의 우후를 순식간에 잡아채 물속으로 던져버렸다. 송강이 급히 말했다.

"제멋대로 행동하지 마라. 귀인께서 놀라시겠다!"

이준·장순이 첨벙하고 물속에 뛰어 들어가 두 우후를 배 위로 올리고 물 위를 평지처럼 올라 자신들의 배로 훌쩍 뛰어 돌아갔다. 자지러지게 놀란 태위는 혼이 몸에 붙어 있지 않은 것처럼 넋이 나갔다. 송강이 고함쳤다.

"아이들은 물러가거라. 귀인을 더 이상 놀라게 하지 마라! 우리가 천천히 태위께 물가에 오르시기를 청하겠다."

숙 태위가 말했다.

"의사들, 무슨 일인지 여기에서 말해도 상관없소."

송강이 말했다.

"여기는 이야기를 나눌 장소가 아닙니다. 태위께 청하건대 저희 산채로 모셔 말씀드리겠습니다. 해칠 마음은 결코 없습니다. 만약 해할 마음을 품었다면 서악 신령께서 저희를 죽여 없앨 것입니다!"

이쯤 되자 태위도 물가에 오르지 않을 수 없었다. 숙 태위가 배에서 내려 물가로 올랐다. 숲에서 기다리고 있던 사람들이 말 한 필을 끌고 와 태위를 부축하여 말에 오르게 하니, 태위는 어쩔 수 없이 따라갈 수밖에 없었다. 송강은 먼저 화영·진명을 시켜 태위를 모시고 산에 오르게 했다. 송강은 뒤에서 말에 올랐고 배에 타고 있던 사람들과 어향, 제물, 금령조괘도 가지런히 수습해 산에 오르게 했다. 이준과 장순 등 100여 명은 남아 관선을 지키게 했다.

모든 일행과 두령이 산에 오르자 송강이 말에서 내려 산채에 들어가 숙 태위를 부축하여 취의청에 올라 가운데 자리에 앉히고 양쪽으로 여러 두령이 양쪽으로 시립했다. 송강은 네 번 절한 뒤 숙 태위 앞에서 무릎 꿇고 아뢰었다.

"이 송강은 본래 운성현의 하급관리였으나 관사官司로부터 핍박을 받아 어쩔 수 없이 산속에 숨어 무리를 모아 결의하고 도적이 되었습니다. 지금은 양산박에 잠시 몸을 피하고 있으나 조정에 귀순하여 국가를 위해 있는 힘을 다할 기회를 기다리고 있습니다. 그런데 이번에 저의 두 형제가 죄 없이 하 태수의 모함에 빠져 감옥에 갇히게 되었습니다. 그래서 태위님의 어향, 의종儀從19과 금령조괘를 잠시 빌려 화주 태수를 속일 생각인데 일이 무사히 끝나면 돌려드릴 터이고 또한 태위님 신상에 아무런 해가 없도록 하겠습니다. 태위께서 너그럽게 살펴주십시오."

"그대에게 어향 등 물건을 잠시 빌려준다 해도 훗날 사실이 드러날 텐데, 그렇게 되면 내가 연루되는 게 아니오."

"태위께서 동경으로 돌아가시면 모든 잘못을 이 송강에게 돌리시면 됩니다."

숙 태위가 송강과 양산박 두령들의 위협적인 모습을 보아하니 어떻게 평계를 대겠는가? 어쩔 수 없이 허락했다. 송강은 잔을 들어 숙 태위에게 감사하고 연

19_ ⁝ 의종儀從: 의장儀仗과 호위병 등 수행원.

회를 열어 대접했다. 태위가 수행하고 온 사람들의 의복을 모두 빌려 입고, 졸개 중에서 용모가 준수한 사람을 뽑아 콧수염을 깎고 태위의 옷을 입혀 숙원경宿元景으로 가장하게 했다. 송강과 오용은 객장사로 꾸몄고, 해진·해보·양웅·석수는 우후로 변장했다. 졸개들은 모두 자색 적삼에 은빛 띠를 차고, 정절旌節[20], 깃발, 의장, 제기祭器를 들고 어향, 제례, 금령조괘를 받쳐 들었다. 화영·서녕·주동·이응은 각각 네 위병으로 가장했고, 주무·진달·양춘은 태위와 따르던 수행인 등을 정성스럽게 모시고 술자리를 마련해 대접하게 했다. 진명·호연작이 한 부대를 이끌고 임충·양지가 다른 한 부대를 이끌어 양쪽 길로 나누어 성을 취하게 했다. 무송은 먼저 서악문 아래에서 기다리다 신호를 보내면 즉시 움직이기로 했다.

장황한 말은 그만두고 본론으로 들어가서, 양산박 군사들은 산채를 떠나 강어귀에 도착하여 배에서 내려 화주 태수에게 알리지 않고 곧바로 서악묘로 향했다. 대종이 먼저 운대관雲臺觀[21]으로 가서 관주觀主와 사당 안의 일하는 사람들에게 알리고 배가 도착하자 나와서 가짜 태위 일행을 물가에서 맞이했다. 향과 꽃, 등불과 촛불, 당번幢幡[22]과 보개寶蓋[23]들이 앞에 배열되어 있었다. 먼저 어향을 향정香亭[24]에 모시게 하고, 사당의 인부들이 금령조괘를 받들고 인도했다. 관주가 태위를 알현했다. 오 학구가 말했다.

20_ 정절旌節: 고대 사자使者가 소지했던 신표(위임장)로 신임의 증빙이었는데, 후대에는 신부信符라 했다.
21_ 운대관雲臺觀: 도교 사원 명칭. 산시陝西성 화산華山 운대봉雲臺峰 위에 위치함. 북주北周 도사 초도 광焦道廣이 세운 것과 송宋 건륭建隆 2년에 진단陳搏이 세운 것이 있다.
22_ 당번幢幡: 불교, 도교에서 사용한 깃발. 머리에 진귀한 진주가 달려 있는 높고 큰 깃발이다. 장대가 아래로 드리워져 있고, 불사佛寺 혹은 도량道場의 앞에 세워져 있다. 당은 장대 기둥, 번은 길게 드리워진 견직물을 가리킨다.
23_ 보개寶蓋: 불교 혹은 제왕帝王 의장儀仗 등의 산개傘蓋(우산)다.
24_ 향정香亭: 향로가 설치된 화려하게 장식한 작은 정자.

"태위께서 오시는 도중에 병에 걸려 몸이 불편하시니 가마를 대령하시오."

좌우 사람들이 태위를 부축해 가마에 오르게 하고 서악묘 안 관아에서 쉬게 했다. 객장사 오 학구가 관주에게 말했다.

"우리는 황제의 뜻을 받들어 어향과 금령조괘를 모시고 성제聖帝께 공양하러 왔소. 화주 관원들은 얼마나 오만하기에 영접하러 오지 않는가?"

"이미 사람을 보내 알렸으니 곧 올 것입니다."

미처 말이 끝나기 전에 화주에서 먼저 보낸 추관推官25 하나가 50~70명의 공인을 데리고 술과 안주를 바치고 태위 뵙기를 청했다. 원래 태위로 가장한 그 졸개는 비록 외모는 비슷했지만 말주변이 없었기 때문에 병에 걸렸다는 핑계로 이불을 두르고 침상에 앉아만 있었다. 추관이 살펴보니 정절, 깃발, 의장 등의 물건들이 모두 궁궐에서 만들어 나온 것들이라, 어찌 믿지 않겠는가? 객장사가 급히 두 차례나 들락거리며 아뢰자 겨우 추관을 안으로 들이고 멀리 계단 아래에서 참배했다. 태위가 손가락질 하며 이야기했지만 무슨 소리인지 들을 수가 없었다. 객장사로 가장한 오용이 바로 내려오더니 추관에게 불만을 터뜨렸다.

"태위께서는 천자를 가까이 모시는 대신이신데 천릿길 여정을 마다하지 않고 성지를 받들어 이곳에 향을 사르러 오셨다. 그러나 뜻하지 않게 도중에 병이 나서 아직 치유되지 않았다. 그런데 이곳 관리들은 어찌하여 멀리 나와 영접하지 않느냐!"

"지나오신 관아에서 저희 주부에 비록 문서를 보냈으나 근래에 보고가 없었기 때문에 마중 나가지 못했고, 예기치 않게 태위께서 먼저 사당으로 오셔서 그렇습니다. 본래 태수가 당장 와야 하지만 소화산 도적들이 양산박 강도들과 규합해 성지를 치려고 하고 있어 매일 방비하느라 멋대로 이탈할 수 없습니다. 할 수 없이 소관을 먼저 보내 주례酒禮를 바치도록 했고 태수도 뒤따라 배알하러

25_ 추관推官: 송대에 각 주마다 절도추관과 관찰추관을 1명씩 두어 사법사무를 주관했다.

올 것입니다."

오 학구가 말했다.

"태위께서는 지금 술을 한 방울도 마시지 못하시니 태수를 빨리 불러 제례 의식이나 상의하자."

추관이 즉시 술을 가지고 객장사 수행원에게 잔을 바쳤다. 오 학구가 다시 들어가 아뢰고 열쇠를 받아 다시 나와 추관을 이끌고 궤짝의 자물쇠를 열었다. 비단 자루에서 천자가 하사한 금령조괘를 꺼내 대나무 장대에 걸고 추관을 불러 자세히 보게 했다. 과연 비할 수 없이 훌륭한 금령조괘였다.

다듬지 않은 황금을 두드려 만들고, 오색찬란하게 장식했네. 양쪽엔 금방울 연결해 달고, 위에는 주옥과 보개 걸렸구나. 금색 비단 감쌌는데, 가운데는 여덟 발 가진 옥룡玉龍이 서려 있고, 자색 띠 낮게 드리웠는데, 바깥벽엔 한 쌍의 황금 봉황 감돌고 있네. 산호와 마노를 마주하게 박아 넣었고, 호박과 진주로 겹겹이 둘렀구나. 푸른 유리는 짙은 붉은 천으로 두른 등으로 가려 서로 어울리게 비추고, 붉은 연꽃은 푸른 잎이 들쭉날쭉하구나. 화려한 집과 아름다운 누대에 걸면 제격이고, 요대瑤臺[26]와 궁전에 걸면 더욱 우아하리라.

渾金打就, 五彩妝成. 雙懸纓絡金鈴, 上挂珠璣寶蓋. 黃羅密布, 中間八爪玉龍盤; 紫帶低垂, 外壁雙飛金鳳遞. 對嵌珊瑚瑪瑙, 重圍琥珀珍珠. 碧琉璃掩映絳紗燈, 紅菡萏參差靑翠葉. 堪宜金屋瓊樓掛, 雅稱瑤臺寶殿懸.

금령조괘는 금방울 한 쌍이 매달려 있는데, 바로 동경 궁궐 창고 안 황실 물품을 만드는 공방 최고 장인이 만든 것으로 일곱 가지 진주를 끼워 넣었으며, 중간에 붉은 천으로 둘러씌운 등롱을 켜서 성제전聖帝殿 정중앙에 매다는 것이

26_ 요대瑤臺: 옥석으로 장식한 화려하고 높은 대를 말한다.

다. 황궁 공방에서 가져온 것이 아니라면 민간에서 어떻게 만들 수 있겠는가?
오용이 추관을 불러 보여주고 다시 궤짝에 넣고 자물쇠를 채웠다. 또한 중서성
에서 내린 허다한 공문을 추관에게 교부하고 태수를 빨리 불러 날을 잡아 제사
지내는 문제를 상의하라 했다. 추관과 여러 공인이 모두 많은 물건과 공문서를
보았기에 객장사와 작별하고 화주부로 돌아와 하 태수에게 보고했다.

한편 송강은 속으로 쾌재를 부르며 말했다.

'이놈이 아무리 교활해도 눈이 어지럽고 정신이 아찔해서 속아 넘어가지 않
을 도리가 없으렷다.'

이때 무송은 이미 사당 문 아래에 서 있었다. 오 학구가 또 석수로 하여금 예
리한 칼을 감추고 사당 문 아래에서 무송의 일을 돕도록 했으며 대종도 우후로
변장하도록 했다.

운대 관주가 들어가 소재素齋[27]를 바치고 다른 한편으로는 관리인에게 악묘
에 의장을 늘어놓게 했다. 송강이 한가하게 걸으며 서악묘를 구경하니 정말 잘
지은 건물이었다. 전당도 평범하지 않고 진실로 인간이 만들어 낸 천상天上이었
다. 송강이 정전에 와서 참배하고 두 번 절하면서 속으로 기도를 드리고 관청
앞으로 돌아오는데 문 앞에서 보고했다.

"하 태수가 옵니다."

송강이 즉시 화영·서녕·주동·이응 4명의 위병을 불러 각자 병기를 잡고 양
쪽에 늘어서게 했다. 해진·해보·양웅·대종도 각자 무기를 감추고 좌우에 시립
했다.

하 태수가 300여 명을 이끌고 사당 앞에 도착하여 말에서 내리고 사람들에
게 둘러싸여 들어왔다. 객장사 오 학구와 송강이 살펴보니 하 태수가 300여 명
의 공인들을 데리고 들어오는데 모두 칼을 들고 있었다. 오 학구가 고함을 질

27_ 소재素齋: 불교, 도교 등의 종교인이 먹는 소식素食.

렀다.

"조정의 태위께서 이곳에 계시니 관계없는 잡다한 사람들은 물러나라!"

다른 사람들은 모두 발걸음을 멈추고 하 태수 혼자 앞으로 나와 태위를 알현했다. 객장사가 말했다.

"태위께서 태수는 들라 하시오."

하 태수가 관청 앞으로 들어와 태수로 가장한 졸개에게 절을 했다. 오 학구가 말했다.

"태수, 너는 네 죄를 알겠느냐?"

"하 아무개가 태위께서 오신 것을 몰랐습니다. 너그럽게 죄를 용서해주십시오."

"태위께서 천자의 조서를 받들고 여기 서악으로 향을 사르러 오셨는데, 어찌하여 나와서 영접하지 않았느냐?"

"화주에 도착하실 때까지 오신다는 연락을 받지 못해 마중 나가지 못했습니다."

오 학구가 고함을 질렀다.

"여봐라, 저놈을 잡아라!"

해진·해보 두 형제가 순식간에 발길질을 해서 하 태수를 쓰러뜨리고 단도를 뽑아 목을 잘라버렸다. 그때 송강이 고함쳤다.

"얘들아, 모두 해치워라!"

하 태수를 따라왔던 300여 명이 모두 놀라 멍하니 바라만 보고 도망가지 못했다. 화영 등이 일제히 달려들어 남은 사람들을 주판의 알을 거꾸로 하듯이 땅바닥에 쓰러뜨렸다. 살아남은 절반 정도가 사당 문밖으로 뛰쳐나갔으나 무송과 석수가 칼을 휘두르며 죽이고 졸개들이 사방에서 달려들어 베니 300여 명중에 살아남은 자가 단 한 명도 없었다. 이어서 나중에 사당에 도착한 자들은 장순과 이준이 모두 죽였다.

송강은 급히 어향과 조괘를 수습하여 배를 타고 화주로 달려갔다. 화주성에 도착하여 보니 이미 성안 두 군데에서 불길이 일어나고 있어 일제히 성안으로 밀고 들어갔다. 우선 감옥으로 가서 사진과 노지심을 구하고 창고를 열어 돈과 재물을 털어 수레에 실었다. 양산박 군사들은 화주를 떠나 배를 타고 소화산으로 돌아와 숙 태위를 찾아보고 어향, 금령조괘, 정절, 문기, 의장 등의 물건들을 모두 돌려주고 절하며 감사했다. 또한 금은 한 접시를 태위에게 선사했고 수행한 모든 사람에게 지위고하를 막론하고 금은을 나눠주었다. 산채에서 송별 연회를 열어 다시 한번 태위에게 감사했다. 여러 두령이 산 아래까지 전송하고 강어귀에서 관선을 인계했고 잡아두었던 사람들을 하나도 빠짐없이 원래대로 돌려주었다. 송강은 숙 태위와 작별하고 소화산으로 돌아와 4명의 호걸과 상의하여 산채의 돈과 식량을 수습하고 소화산의 방책을 태워버렸다. 일행은 군마, 군량과 마초를 모두 끌고 양산박으로 돌아왔다.

한편 숙 태위는 배를 타고 화주성으로 들어왔다. 이때 화주성은 군사들이 이미 양산박 도적들에게 죽임을 당했고, 창고의 돈과 식량을 강탈당했으며, 군교 100여 명이 넘게 죽고 말들은 모두 빼앗겼다. 또한 서악묘에서도 많은 사람이 목숨을 잃은 상태였다. 태위는 이 사실을 이미 알고 추관을 불러 중서성에 올릴 문서를 작성하게 했다. '송강이 도중에 어향, 조괘를 강탈하여 이것으로 하 태수를 속여 사당에 오게 하여 죽였다'는 내용이었다. 숙 태위는 사당에서 어향을 사르고 금령조괘를 운대관 관주에게 넘기고 밤새 급히 경사로 돌아와 있던 일을 모두 아뢰었다.

송강은 사진과 노지심을 구하고 소화산 네 두령을 데리고, 이전처럼 세 부대로 군사를 나누어 양산박으로 돌아왔다. 여러 주, 현을 지날 때마다 백성을 해치는 일은 추호도 없었다. 먼저 대종을 시켜 산채로 올라가 보고하게 했고, 조개와 두령들이 산을 내려와 송강 등을 맞이했다. 함께 산채 취의청에 모여 인사를 마치고 축하 연회를 열었다.

이튿날 사진·주무·진달·양춘 등은 각기 자신들의 재물로 연회를 열어, 다시 한번 조개와 송강 두 사람에게 감사했다. 그리고 며칠이 지났다. 어느 날 한지홀 률 주귀가 산채에 보고했다.

"서주徐州 패현沛縣 망탕산芒碭山[28]에 새로운 도적떼 3000여 명이 생겼습니다. 우두머리는 도사인데 이름은 번서樊瑞로 별명이 '혼세마왕混世魔王'이라고 하며 비바람을 불러일으키고 병사를 부리는 것이 귀신같다고 합니다. 수하에 두 명의 부장이 있는데, 하나는 이름이 항충項充이고 별명을 '팔비나타八臂哪吒'라 합니다. 방패[29]를 사용하고 방패에 24개의 비도飛刀[30]가 꽂혀 있으며 손에는 쇠 표창을 쥐고 있다고 합니다. 또 다른 부장의 이름은 이곤李袞이고 별명이 '비천대성飛天大聖'이라 하는데 그 또한 방패를 사용하며 방패에 표창 24개가 꽂혀 있고 수중에는 보검을 사용하고 있습니다. 이 세 사람이 의형제를 맺고 망탕산을 차지하여 인근 마을을 약탈하고 있습니다. 더군다나 세 놈이 양산박 산채를 삼키려고 일을 꾸미고 있다고 합니다. 제가 이 말을 들었기에 보고하지 않을 수 없습니다."

송강이 듣고서 크게 성을 냈다.

"이런 무례한 도적놈들! 소인이 다시 산을 내려가봐야겠습니다!"

구문룡 사진이 듣고 있다가 벌떡 일어나며 말했다.

"저희 네 사람은 이제 방금 산채에 왔으므로 쌀 반 톨의 공도 없습니다. 약간의 인마를 주시면 바로 가서 이 도적놈들을 사로잡아 오겠습니다!"

송강이 크게 기뻐하며 즉시 사진에게 군사를 내어주고 주무·진달·양춘 모

28_ 망탕산芒碭山: 망산芒山과 탕산碭山의 합칭이다. 지금의 안후이성 탕산碭山 동남쪽과 허난성 융청永 城과 서로 이어져 있다.

29_ 원문은 '단패團牌'나. '눈패盾牌'로 방패를 말한다. 역자는 이하 '방패'로 번역했다.

30_ 비도飛刀: 던져 사람을 상하게 하는 작은 칼이다.

두 무장을 하고 송강과 작별한 후 산을 내려와 금사탄을 건너 망탕산으로 길을 잡았다. 사흘도 안 되어 멀리 망탕산이 눈에 들어왔는데, 옛날 한나라 고조인 유방이 뱀을 죽이고 봉기한 곳이었다. 세 사람의 인마가 산 아래에 도착하자 길에 숨어 있던 졸개가 보고하러 산 위로 올라갔다.

한편 사진은 소화산에서 데리고 온 군사를 일자로 배열하고, 갑옷을 입고 벌겋게 타고 있는 숯처럼 붉은 말을 타고 진 앞으로 나갔다. 사신의 영웅다운 모습을 보면,

　　화주성 밖에 오래 거주했지만, 본래는 농부 출신이라. 무예를 배우고 포부가 있다네. 삼첨도는 눈처럼 희고, 붉은 말은 용과 같구나. 몸에는 연환철갑 걸쳤고, 선홍색 전포는 바람에 흔들리며, 푸른 옥을 새겨 넣어 더욱 영롱하도다. 강호에서 사진이라 부르는데, 그의 별명 구문룡이라네.

　　久在華州城外住, 出身原是莊農. 學成武藝慣心胸. 三尖刀似雪, 渾赤馬如龍. 體掛連環鐵鎧, 戰袍風颭猩紅, 雕靑鐫玉更玲瓏. 江湖稱史進, 綽號九紋龍.

당시 사진은 삼첨양인도를 비껴들고 앞장섰다. 등 뒤에는 세 두령이 서 있었는데 중간은 바로 신기군사 주무였다. 그는 원래 정원현定遠縣 사람으로 지혜와 꾀가 많았으며, 두 자루의 칼을 사용했다. 진 앞으로 나온 그의 모습을 노래한 여덟 구절의 시가 있다.

　　도복은 종려나무 잎을 재단한 듯하고, 운관31은 사슴 가죽 잘라 만들었네.

　　불그스름한 얼굴에 두 눈은 영민하고, 흰 볼에 가느다란 수염 드리웠구나.

　　지혜는 장량張良에 버금가고, 문무 겸비한 범려范蠡32도 속일 수 있다네.

31_　운관雲冠: 높은 모자로 승려나 도사 혹은 은자가 쓰던 모자를 말한다.

지금 오용을 감당할만한 적합한 자, 그는 바로 주무로 별명은 신기군사라네.

道服裁棕葉, 雲冠剪鹿皮.

臉紅雙眼俊, 面白細髥垂.

智可張良比, 才將范蠡欺.

今堪副吳用, 朱武號神機.

말을 타고 왼쪽에 선 호걸은 손에 번쩍 빛을 발하는 점강창을 들었는데 도간호 진달로 원래는 업성鄴城 사람이다. 창을 들고 말을 박차며 진 앞에 나섰는데, 그의 모습을 노래한 시 한 수가 있다.

힘이 센데다 두 손 짚고 앞으로 구를 수 있고

맹호처럼 계곡물을 뛰어넘을 수도 있네.

과연 사람 가운데 호랑이 진달은

진공의 북소리에 창 치켜들고 말 박차며 내달린다네.

每見力人能虎跳, 亦知猛虎跳山溪.

果然陳達人中虎, 跃馬騰槍奮鼓鼙.

말을 타고 오른쪽에 선 호걸은 손혜 대간도大杆刀(자루가 긴 칼)를 들었는데, 백화사 양춘으로 원래는 해량현解良縣 포성蒲城 사람이다. 칼을 들고 진문을 지키며 말을 세웠는데, 또한 그를 노래한 시 한수가 있다.

양춘의 명성 또한 훌륭한 사람인데

32_ 범려范蠡는 춘추 말기 월越나라 대신으로 구천句踐을 보좌하여 오吳나라를 멸망시킨 다음 월나라를 떠나 노읍陶邑(시남의 산능성 딩타오定陶 서북쪽)에 가서 장사를 하여 큰돈을 벌어 사람들이 도주공陶朱公이라 불렀다.

소화산에서 오랫동안 지나가는 행인 털었다네.

긴 허리에 팔 벌리면 힘이 더욱 세지니

코끼리도 삼킬 수 있는 그는 백화사라네.

楊春名姓亦奢遮, 劫客多年在少華.

伸臂展腰長有力, 能吞巨象白花蛇.

네 명의 호걸이 말고삐를 당겨 진 앞에 서자, 얼마 안 되어 망탕산에서 나는 듯이 군사들이 내려오는 것이 보였는데 두 사내가 앞장서 오고 있었다. 그중 우두머리는 서주 패현 사람 항충으로 '팔비나타'라 불렸다. 과연 듣던 대로 방패를 사용하는데 비도 24개가 꽂혀 있었다. 백 걸음 안에 사람이 들어오면 맞추지 못하는 것이 없다고 하며 오른손에 표창을 들었고 뒤에 인식기가 펄럭였는데, '팔비나타'라는 네 글자가 쓰여 있었다. 그가 걸어서 산을 내려오는데, 항충을 노래한 여덟 구절의 시가 있다.

이마까지 덮은 무쇠 투구 쓰고, 구리 고리는 볼을 반쯤 가렸구나.

짐승 머리 모양의 방패엔, 비도를 용의 태아처럼 빼곡히 꽂았네.

걸으면 바람과 불 같이 빠르고, 몸이 닿는 곳엔 재앙이 내린다네.

여덟 개의 팔을 가진 나타로 불리니, 이 사람이 바로 항충이로구나.

鐵帽深遮頂, 銅環半掩腮.

傍牌懸獸面, 飛刀插龍胎.

脚到如風火, 身先降禍災.

那吒號八臂, 此是項充來.

그다음 사내는 비현邳縣 사람인 이곤李袞이었고 '비천대성'이라 불린다. 그도 방패를 사용하는데 24개의 표창이 꽂혀 있다. 또한 백 걸음 안에 사람이 들어오면 맞추지 못하는 것이 없다고 하며 왼손에는 방패를 들고 오른손에 검을 들었다. 등 뒤 인식기에 '비천대성'이라 쓰여 있었고 진 앞으로 나왔다. 이곤을 노래한 여덟 구절이 시가 있다.

투구 위의 술은 목까지 감싸고 있고, 전포는 옷깃까지 단단히 가렸구나.
가슴속엔 땅 잡아당길 담대함 감추고 있고, 털은 살인할 마음 덮고 있네.
날카로운 칼날은 옥을 쌓은 듯하고, 방패는 온통 황금색으로 칠했구나.
그를 비천대성이라 부르는데, 그 이름 이곤을 모두들 흠모하고 있도다.
纓蓋盔兜項, 袍遮鐵掩襟.
胸藏拖地膽, 毛蓋殺人心.
飛刀齊攢玉, 蠻牌滿畫金.
飛天號大聖, 李袞衆人欽.

산에서 걸어 내려온 두 사람은 사진·주무·진달·양춘이 타고 있는 네 기의 말이 진 앞에 서 있는 것을 보고 아무 말도 하지 않았다. 졸개들이 징을 울리자 두 사내가 방패를 휘두르며 일제히 진으로 밀고 들어왔다. 사진 등이 막으려 했으나 막지 못하자 후군이 먼저 달아나기 시작했고 사진의 전군이 적을 막으려 저항했지만 주무 등의 중군이 함성을 지르며 이리저리 도망치기 시작했다. 바로 사람은 멈추고자 하는데 말은 발굽을 멈추지 않는 것으로 통제할 수가 없어 30~40리를 물러났다. 사진은 비도飛刀에 맞을 뻔했고 양춘은 몸을 돌려 피했으나 늦어 말이 비도에 맞아 다치자 버리고 달아났다. 사진이 군사를 점검하니 절반이 꺾이자 주무 등과 상의하여 사람을 양산박으로 보내 구원을 요청하려고 했다. 근심하고 있는 사이에 군사가 다급하게 보고했다.

"북쪽 큰 길에 먼지가 일어나는데, 대략 2000여 군마가 오고 있습니다."

사진 등이 맞서려 나가보니 양산박 깃발이 보이고 말 탄 두 장수가 오는데 하나는 소이광 화영이었고 다른 사람은 금창수 서녕이었다. 사진이 반갑게 맞이하고 항충과 이곤이 방패[33]를 돌리는데 군마가 막아내지 못했던 상황을 자세히 설명했다. 화영이 말했다.

"송 공명 형님이 사진 형을 보내고 마음을 놓지 못해 보낸 것을 후회하다가 특별히 우리 두 사람을 도와주라고 보냈소이다."

사진 등이 크게 기뻐하며 병사를 합쳐 진지를 구축하고 주둔했다. 다음날 날이 밝자 병사를 일으켜 대적하려 하고 있는데 군사가 또 보고했다.

"북쪽 큰 길에 또 군마가 오고 있습니다."

화영·서녕·사진이 일제히 말에 올라 보니 송 공명이 직접 군사 오 학구·공손승·시진·주동·호연작·목홍·손립·황신·여방·곽성을 데리고 3000여 인마를 인솔하여 오고 있었다. 사진은 항충, 이곤의 비도, 표창, 방패 때문에 접근하기 어려워 싸움에 진 것을 상세하게 보고했다. 송강이 크게 놀라자 오용이 말했다.

"일단 군마를 멈추고 방책을 세우게 한 다음 따로 상의해보시지요."

그렇지만 송강은 성질이 급해 바로 군사를 일으켜 소탕하고자 곧장 산 아래로 달려갔다.

이때 날은 이미 어두워졌고 망탕산 위에는 푸른 등롱으로 가득 차 있었다. 공손승이 보고서 말했다.

"이 산채에 푸른 등롱이 있는 것을 보니 요술을 부리는 사람이 있는 듯합니다. 잠시 군마를 뒤로 물리고 내일 제가 두 사람을 사로잡을 진법을 바치겠습니다."

송강이 크게 기뻐하며 군마를 20리 뒤로 물리라 군령을 내려 군영을 세우고 주둔시켰다. 다음날 이른 아침에 공손승은 진법을 송강에게 올렸다. 나누어 서술하면, 마왕이 두 손 맞잡고 양산에 오르게 되고, 신력을 가진 장수가 마음이

33_ 원문은 '만패蠻牌'다. 남방에서 자라는 굵은 덩굴로 엮어 만든 방패다. 역자는 이하 방패로 번역했다.

기울어져 양산박에 귀의하게 되었다.

과연 공손승이 어떤 진법을 올렸는지는 다음 회에 설명하노라.

태위太尉 숙원경宿元景

『수호전보증본』에 근거하면, 숙원경은『송사』와 송·원·명 시기의 필기 야사와 지방지에도 보이지 않기에 당연히 작자가 지어낸 사람이다. 42회에서 구천九天 현녀玄女가 예언한 말에서 '숙宿을 만나면 두 차례 좋은 일 생길 것이다遇宿重重喜'라는 구절이 있다. 송강 등 천강성天罡星과 지살성地煞星 108명은 하늘의 별자리와 서로 연결되어 있다.『수호전』에서는 운명을 항상 '이십팔수二十八宿' 즉 28개의 별자리에 연관시키는 말이 등장하는데 숙원경은 바로 28개 별자리의 주가 되는 별자리의 화신이다. '숙宿'은 성수星宿(별자리)의 숙宿이고, '원元'은 광활한 근원을 표시하며, '경景'은 일반적으로 광光의 의미다. '宿'의 음은 'xiu'인데, 한국어 발음은 성姓으로 사용될 때는 '숙', 별자리를 나타낼 때는 '수'로 발음한다.

팔비나타八臂哪吒 항충項充

『수호전보증본』에 근거하면, 나타哪吒는 불교 고사 속의 인물로 비사문천왕毗沙門天王의 셋째 아들로 전해진다. 나타의 형상은 원래 머리 세 개와 여섯 개의 팔을 지니고 있었다. 그러나 명나라 중기부터는 나타의 형상이 점차 도교화되었는데, 그는 본래 옥황대제玉皇大帝의 섬돌 아래의 대라선大羅仙으로 신장이 6장이고, 세 개의 머리에 아홉 개의 눈과 여덟 개의 팔을 지니고 있다. 입으로는 푸른 구름을 토해내고 발로는 반석을 밟고 있으며 손에는 법률法律을 쥐고 있다고 했다. 이것이 본문에 등장하는 '팔비나타'의 형상이다. 또한 항충에 대해서는 송宋나라 처주處州 용천龍泉 사람으로 자는 덕영德英이며『춘추春秋』학문으로 명성을 떨쳤던 항충의 이름을 빌린 것 같다는 견해도 있다.

비천대성飛天大聖 이곤李袞

『수호전보증본』에 근거하면, 『삼조북맹회편三朝北盟會編』 권137에서 이르기를, 북송 말기에 "종상鍾相은 정주鼎州 무릉武陵(후난성 창더常德 우링구武陵區)사람으로 그의 솜씨를 따를 자가 없었는데 황당무계한 언행을 잘했다. 스스로를 노야老爺라 불렀고 또한 미천대성彌天大聖이라 했는데, 신과 하늘과 통하는 것이 있음을 말한 것이다'라고 했다. '대성大聖'은 송·원·명 때의 화본 소설에 많이 보이는데, 대부분 신통력이 대단한 신마神魔를 가리키며 『서유기西遊記』에서 손오공을 '제천대성齊天大聖'이라 부른 것과 같다.

표창標槍

『수호전보증본』에 따르면 "표창은 옛날에 나무 막대기를 사냥물을 향해 던져 찌르는 데 사용되었다. 이후 송나라 때 서남부 소수민족 지구에서 전해져 군중에서 항상 사용하는 무기가 되었다. 『무경총요武經總要』에 이르기를, '표창은 길이가 몇 척이고 본래는 남방에서 나왔는데 만요蠻獠(남방 소수민족을 멸시하는 칭호)가 사용했다. 한 손에는 방패를 들고 다른 손으로 사람에게 던졌는데 수십 보 안에서는 모두 쓰러뜨렸다. 베틀 북 같은 것을 던진 것 같았으므로 사창梭槍이라 했고 또한 비사창飛梭槍이라고도 했다'고 했다. 원나라 초에 몽골 기병들은 표창을 잘 사용했다. 자루가 짧고 날이 날카로운데, 창날은 사각형·삼각형·원형 등의 종류가 있었고 대다수가 양쪽으로 날이 있었다. 명나라 때도 표창이 있었는데, 양쪽으로 날을 가지고 있었고 길이는 68센티미터이고 창날의 길이는 23.5센티미터, 뾰족한 꼬리 길이는 7센티미터였다. 양쪽 끝은 날카롭고 중간은 굵어 긴 화살과 같았다. 양쪽 끝으로 모두 찔러 살상할 수 있었고 던지는 데 편리했다. 본문에서 이곤이 차고 있던 것은 서남 지방에서 유래한 것을 개량한 명나라 때의 표창이다'라고 했다.

쓰
러
진
두
령¹

공손승이 송강과 오용에게 진도陣圖 한 장을 보여주며 말했다.

"이것은 한나라 말 천하를 삼분하던 제갈공명이 돌로 펼쳐 보인 진법입니다. 사면팔방 각 8개 방면에 8개 부대를 두니 총 64 부대를 배치하는 것으로 중간에 대장이 자리잡고 있습니다. 네 개의 머리와 여덟 개의 꼬리를 가진 형상인데 좌우로 돌면서 하늘과 땅, 바람과 구름의 작용에 따라 용·호랑이·새·뱀의 형태로 움직입니다. 적이 산을 내려와 진 안으로 밀려들어오면 군사들을 양쪽으로 일제히 열어 진 안으로 들어오기를 기다립니다. 칠성기가 올라가면 진을 긴 뱀처럼² 변형시킵니다. 이때 빈도가 도술을 일으키면 진 가운데 있는 이 세 사람은 앞뒤로 길이 없고 좌우에도 나갈 문이 없습니다. 높고 낮음이 고르지 않

1_ 제60회 제목은 '公孫勝芒碭山降魔(공손승이 망탕산에서 요술을 부려 적을 깨뜨리다). 晁天王曾頭市中箭(조개가 증두시에서 화살을 맞다)'이다.

2_ '장사긴蛇陣'을 말한다. 옛 전선에 따르면 상산常山의 뱀은 머리와 꼬리가 서로 구원할 수 있다고 했다. 이후에 이것을 병가에서는 머리와 꼬리가 서로 보살피는 진세로 비유했는데, 장사진이라 했다.

은 땅을 파 함정을 만들어놓고 세 사람을 몰아넣습니다. 그리고 양쪽에 갈고리를 든 병사를 매복시켜 사로잡을 준비만 하면 됩니다."

송강이 듣고서 크게 기뻐하며 즉시 군령을 내려 대소 장교들에게 영을 따르도록 했다. 별도로 8명의 맹장들에게는 진을 지키게 했다. 그 8명은 호연작·주동·화영·서녕·목홍·손립·사진·황신이었다. 시진·여방·곽성에게 중군의 지휘권한을 대신하게 하고 송강·오용·공손승은 진달을 데리고 깃발을 흔들기로 했다. 또한 주무를 불러 5명의 군사를 이끌고 근처 높은 산비탈에 올라 진의 움직임에 대해 보고하게 했다.

그날 사시(오전 9시~11시)에 양산박 군사들이 산 근처에 진을 펼치고 깃발을 흔들고 북을 두드리며 싸움을 걸었다. 망탕산 위에서는 20~30여 개의 징 소리를 울려 화답하더니, 세 명의 두령이 일제히 산을 내려와 군사 3000여 명으로 진을 벌였다. 항충과 이곤이 좌우 양측에 섰고, 중간에서 우두머리를 둘러쌌는데, 바로 번서였다. 그는 본적이 복주濮州로 어려서 전진全眞 도사가 되었고 강호에서 무예를 배웠다. 말을 타고 유성추流星鎚[3]를 휘두르는데 신출귀몰하여 장수를 베어버리고 깃발을 빼앗는지라 누구나 감히 접근하지 못하므로 '혼세마왕'이라 불렀다. 번서의 영웅다움을 증명한 「서강월」이 있다.

고은 검은 머리카락 풀어헤치고, 털실로 수놓은 검은색 전포 몸에 걸쳤네.
연환철갑 찬 하늘에 번쩍이고, 구리 추 쓰는 솜씨 교묘하고 뛰어나구나.
마치 북방의 신 진무가 세상의 요괴들을 굴복시키고 제거하는 듯하누나.
강과 바다 구름처럼 떠돌며 이름 알리니, 별명을 혼세마왕이라 부른다네.
頭散青絲細髮, 身穿絨繡皂袍. 連環鐵甲晃寒霄, 慣使銅鎚神妙.
好似北方眞武, 世間伏怪除妖. 雲游江海把名標, 混世魔王綽號.

3_ 유성추流星鎚: 고대의 병기로 쇠 추의 머리 부분을 긴 밧줄 혹은 쇠사슬로 묶은 것을 말한다.

혼세마왕 번서가 검은 말을 타고 진 앞에 섰다. 왼쪽에는 항충 오른쪽은 이곤이었다. 번서가 비록 신기한 술법과 요술을 부릴 수는 있어도 진법은 알지 못했다. 송강의 군마들이 사면팔방으로 진세를 펼치는 것을 보고는 속으로 기뻐하며 말했다.

"네놈들이 진을 펼치면 내 계책에 걸려드는 것이다!"

항충·이곤에게 분부했다.

"만약 바람이 일어나는 것이 보이면 자네들 두 사람은 곤도滚刀를 든 5000여 군사를 이끌고 진 안으로 돌격하라."

항충과 이곤이 영을 받고 각기 방패를 들고 표창, 비검을 잡고 번서가 요술을 부리기를 기다렸다. 번서가 말 위에서 왼손으로 구리 유성추를 끌고 오른 손으로는 혼세마왕의 보검을 잡고 입속으로 중얼거리더니 고함을 질렀다.

"가라!"

광풍이 사방에서 일어나더니 모래가 날리고 돌이 뒹굴면서 흙먼지가 휘몰아쳐 햇빛이 광채를 잃어버리면서 온 천지가 어두컴컴해졌다. 항충과 이곤이 고함치며 곤도를 든 500여 군사들을 이끌고 돌격해 들어오자 송강의 군마가 양쪽으로 갈라졌다. 항충과 이곤이 진 안으로 들어오자 양쪽으로 갈라선 양산박 군사들이 강한 활과 쇠뇌를 쏘아대니 40~50여 군사들만이 진 안으로 들어오고 나머지는 모두 자기들 본진으로 달아났다. 송강은 항충과 이곤이 이미 진 안에 들어온 것을 보고 진달로 하여금 칠성기를 흔들게 하니 진세가 어지럽게 변하면서 순식간에 긴 뱀 모양의 진으로 바뀌었다. 항충과 이곤이 진 안에서 동으로 서로 달아나며 좌로 돌다가 우측으로 돌아도 빠져 나갈 길이 보이지 않았다. 높은 산비탈에서 주무가 작은 깃발을 들고 지시했는데, 그 두 사람이 동쪽으로 날리면 주무는 즉시 동쪽을 가리키고 서쪽으로 달아나면 서쪽을 가리켰다. 높은 곳에서 보고 있던 공손승이 송문고정검松文古定劍을 뽑아 들고 속으로 주문을 외우다가 소리 질렀다.

"가라!"

그러자, 번서가 일으킨 바람이 항충과 이곤의 발 옆에서 어지럽게 휘말려 일어났다. 진 한가운데서 두 사람이 바라보니 하늘이 어두워지면서 해가 빛을 잃어가고 사방에 군마 한 마리도 보이지 않았으며 보이는 것 모두가 검은 기운만 일어나 뒤따라오던 군사들도 전혀 보이지 않았다. 항충과 이곤은 당황하여 길을 찾아 진에서 벗어나려고 백방으로 빠져나갈 길을 찾았으나 돌아가는 길을 찾지 못했다. 한참 이리저리 달리는데 어디선가 천둥소리가 들리자 두 사람은 '으헉' 하며 끊임없이 비명을 지르다가 두 다리가 공중에 뜨더니 몸이 공중에서 한 바퀴 돌아 구덩이에 떨어지고 말았다. 양쪽에서 양산박 군사들이 갈고리 창으로 들어 올려 밧줄로 묶고 산비탈로 끌고 올라가 공을 청했다. 송강이 채찍의 끝으로 신호를 보내자 삼군이 일제히 들이치기 시작했다. 놀란 번서는 군사를 이끌고 산으로 도망갔으나, 그의 3000명 군사 대부분을 잃고 말았다.

송강이 군사를 수습하고 두령들이 모두 군막 앞에 앉았다. 군사들이 항충과 이곤을 끌고 오자, 송강은 밧줄을 풀라고 소리치고 직접 술잔을 올리며 달랬다.

"두 분 장사께서는 나무라지 마십시오. 적으로 맞선 상황이라 이럴 수밖에 없었습니다. 소생 송강은 오래전부터 세 분 장사의 명성을 듣고 있었기 때문에 예로써 산에 오르시기를 청하고 대의를 위해 함께 하고자 했습니다. 서로 때가 어그러져 일이 이 지경에 이르게 된 것 같습니다. 저를 버리시지 않고 함께 저희 산채로 갈 수 있다면 대단한 행운이라 생각됩니다."

두 사람이 듣고서 땅 바닥에 엎드려 절하며 말했다.

"급시우 형님의 크신 이름을 오래 전부터 들었으나, 저희가 인연이 없어 아직까지 교분을 맺지 못했습니다. 형님은 과연 큰 뜻을 가진 분이십니다! 우리 두 사람이 호걸을 알아보지 못하고 천지의 뜻을 거역하려 했습니다. 오늘 이렇게 사로잡혀 만 번 죽어도 가볍다 할 수 있는데 오히려 이렇게 예로써 대해주셨습니다. 혹여 살려만 주신다면 맹세코 죽음으로 은혜에 보답하겠습니다! 번서 그 사람이 우리 두 사람 없이 무엇을 할 수 있겠습니까? 의사 두령께서 한 사람만 풀어주시면 산채로 돌아가 번서에게 투항을 권해보겠습니다. 두령님의 뜻은 어떠신지 모르겠습니다."

"장사들께서는 한 분도 여기에 남아 있을 필요가 없으십니다. 두 분께서는 함께 산채로 돌아가십시오. 이 송강은 내일 좋은 소식을 기다리겠습니다."

두 사람이 감동하여 절하며 말했다.

"진정한 대장부이십니다! 만일 번서가 투항을 하지 않으면, 저희가 사로잡아서 두령님 휘하에 바치겠습니다."

송강이 크게 기뻐하며 중군으로 청해 술과 음식을 대접하고, 두 벌의 새 옷으로 갈아 입혔으며 좋은 말 두 필에 졸개들에게 창과 방패를 들게 하고 산비탈 아래까지 전송하여 산채로 돌려보냈다. 두 사람은 돌아오는 길에서도 말 위에서 송강의 은혜에 감사하며 칭송하는 사이 망탕산 아래에 도착했다. 졸개가 크게 놀라면서 산채로 맞이했다. 번서도 두 사람이 어떻게 살아 돌아 왔는지 물었다. 항충·이곤이 말했다.

"우리는 하늘의 뜻을 거스른 사람들입니다. 만 번 죽어도 할 말이 없습니다!"

번서가 말했다.

"형제들은 갑자기 왜 그런 말을 하는가?"

두 사람은 송강이 얼마나 의로운 사람인지 입에 침이 마르도록 칭찬하자, 번서도 말했다.

"송 공명이 그토록 의로운 사람이라면, 우리가 감히 하늘의 뜻을 거스를 수 없지. 일찌감치 모두 산을 내려가 투항하도록 하세."

두 사람이 말했다.

"저희가 그래서 온 것입니다."

그날 밤 산채를 수습하고 다음날 해가 뜨자마자 세 사람은 모두 산을 내려가 송강 방책 앞으로 가서 땅에 엎드려 인사했다. 송강이 세 사람을 부축하여 군막 안으로 청하고 자리에 앉았다. 세 사람은 송강이 조금도 의심하는 기색이 없음을 보고 서로 마음을 열고 평생 살아오며 겪은 일들을 얘기했다. 세 사람은 양산박 두령들을 모두 망탕산 산채로 청했다. 소와 말을 잡아 송 공명 등 두령들을 대접하고, 다른 한편으로는 삼군에게도 상을 내려 노고에 감사했다. 주연이 끝나자 번서는 공손승에게 절을 올리고 스승으로 삼았다. 송강은 즉시 공손승에게 오뢰천심정법五雷天心正法[4]을 번서에게 전수하게 했고 번서는 크게 기뻐했다. 며칠 사이에 모든 준비를 마치고 소, 말은 끌고 산채의 남은 돈과 식량도 모두 걷어 재물과 함께 싣고 군사들을 모아 산채를 불사르고 송강 등과 함께 양산박으로 돌아왔다.

송강과 두령들의 군마가 양산박에 도착하여 건너려고 하는데 갈대숲 옆 큰 길에서 한 사내가 송강을 보자 절을 했다. 송강히 황망히 말에서 내려 그를 부축하며 물었다.

"족하께서는 누구시요? 어디서 오셨소?"

그 사람이 대답했다.

"소인은 단경주段景住라 합니다. 머리카락이 붉고 수염이 누렇기 때문에 사람들이 소인을 '금모견金毛犬'이라고도 부릅니다. 조상 때부터 탁주涿州에 살았는데 저는 평생을 북쪽 지방[5]에서 말 도둑질하며 살고 있습니다. 그러다 금년 봄에 창간령檜竿嶺 북쪽 지방에서 좋은 말 한 필을 훔쳤는데 잡털 한 올도 섞이지 않고 눈처럼 하얀 명주 같은 좋은 말입니다. 머리에서 꼬리까지 길이가 한 장丈이

4_ 오뢰천심정법五雷天心正法: 도교 방술 가운데 하나다. 천둥을 일으켜 비를 내리게 하거나 혹은 적을 소멸시키거나 사람을 구제하는 방술이다. 뇌공雷公은 신화 전설에서 천둥을 주관하는 신인데, 뇌공의 형제가 다섯 명이므로 오뢰五雷라 했다. 54회에서는 '오뢰천강정법五雷天罡正法'이 나온다.
5_ 여기서는 당시 대금大金의 경계였던 지금의 쑹화강松花江 동쪽을 가리킨다.

고, 발굽에서 등까지 높이가 8척입니다. 그 말은 또 키가 크고 하루에 천리를 달릴 수 있다고 하여 북방에서는 '조야옥사자마照夜玉獅子馬'[6]라 불리는 유명한 말입니다. 대금大金 왕자[7]가 타던 말로 창간령 아래에 풀어놓았기에 소인이 훔쳤습니다. 강호에서 급시우님의 크신 이름을 듣고 달리 뵐 방도도 없어 이 말을 바쳐 두령님을 뵙는 예물로 삼고자 했습니다. 그런데 예기치 않게 능주凌州[8] 서남쪽에 있는 증두시曾頭市[9]를 지나가다가 '증가오호曾家五虎'란 놈들한테 빼앗기고 말았습니다. 소인이 양산박의 송 공명 형님의 말이라고 했지만 그놈이 어찌나 더러운 욕지거리를 하는지 소인이 차마 입에 담기 어렵습니다. 겨우 몸을 피해 달아났으나, 너무 억울하여 이렇게 와서 알려드리는 것입니다."

송강이 단경주를 살펴보니 몰골은 앙상하고 볼품없으며 기괴한 생김새였다. 그의 모습이 어떤지 증명하는 시가 있다.

누런 머리털에 수염은 곱슬이었으며, 걸음이 빨라 천 리 길도 멀다하지 않네.
말 도둑질은 잘했지만 집은 지키지 않았는데, 어찌 그를 금모견이라 부르는가?
焦黃頭髮髭鬚捲, 捷足不辭千里遠.
但能盜馬不看家, 如何喚做金毛犬?"

송강은 단경주가 속됨이 없어 보여 속으로 기뻐하며 말했다.

6_ 조야옥사자마照夜玉獅子馬: 작자가 형상화한 명마로 당나라 때의 명마인 '조야백照夜白'과 '사자화獅子花'를 한데 합친 말이다.
7_ 여진족인 온얀 아쿠타完顔 阿骨打는 송나라 정화 5년(1115) 황제라 칭하고 금金을 세웠고, 여러 아들을 왕자로 세우기 시작했다. 금사에 근거하면 그에게는 8명의 아들이 있었다고 한다. 당시 송나라와 금나라는 서로 접하지 않았고 중간에 요遼(거란)가 있었다.
8_ 『수호전전교주』에 따르면 정목형의 『주략』에서 이르기를 '능주陵州(지금의 속본俗本에는 능凌으로 잘못 씌었나)는 십운集運의 『역대고 국고략歷代國方略』에서, 인]리 능주陵州는 지금 현이 되었고 제남부濟南府에 예속되었다'고 했다."
9_ 증두시曾頭市: 민간 전설에 따르면 지금의 산둥성 윈청鄆城 청창曾莊이라고 한다.

"이렇게 된 이상 일단 산채에 같이 가서 상의해봅시다."

단경주를 데리고 함께 배를 타고 건너 금사탄 물가에 올랐다. 조 천왕과 두령들이 맞이했고 취의청에 올랐다. 송강이 번서·항충·이곤을 여러 두령에게 인사시켰고 단경주도 함께 인사했다. 인사가 끝나고 취의청에서 밤새 떠들썩하게 북을 두드리며 축하 연회를 거행했다. 송강은 산채에 인마가 늘어나고 사방에서 호걸들이 몰려들었기 때문에, 이운과 도종왕에게 추가로 집을 짓게 하고 사방에 방책을 축조하는 공사를 감독하게 했다. 단경주가 다시 그 말의 좋은 점을 얘기하자, 송강은 신행태보 대종을 불러 증두시에 가서 말의 행방을 알아보게 했다.

대종이 떠난 지 4~5일 뒤에 돌아와 여러 두령에게 소식을 전했다.

"증두시에는 모두 3000여 호가 사는데 안에 증가부曾家府라는 가문이 있습니다. 그곳 주인 놈은 대금국大金國 사람인데 이름은 증장자曾長者라 하고 아들이 다섯 있어 증가오호曾家五虎라 한답니다. 맏아들 놈은 증도曾塗라 하고 둘째는 증밀曾密, 셋째는 증색曾索, 넷째는 증괴曾魁라 하며 막내는 증승曾升이라고 합니다. 또 사문공史文恭이라는 사범이 있고 부사범으로 소정蘇定이라는 자가 있습니다. 제가 증두시에 가서 살펴보니 양산박과는 원수라 양립할 수 없기 때문에 5000~7000여 군사를 모아 방책을 세우고 죄인을 압송하는 수레 50여 개를 만들어 저희 산채의 두령들을 반드시 사로잡겠다고 맹세했다고 합니다. 그 천리옥사자마는 무예사범인 사문공이 타고 있었습니다. 그보다 더 참을 수 없는 것은 그놈들이 터무니없는 시구를 날조하여 증두시 아이들에게 부르도록 한 것입니다."

'쇠 방울 소리 울리면, 귀신들도 모두 놀라네. 쇠수레에 쇠 자물통, 위 아래로 뾰족한 못이 박혀 있네. 양산 도적을 소탕하여 호수를 청소하고, 조개를 잡아 동경으로 보내세! 급시우를 생포하고, 지다성도 사로잡으세. 증가에 다섯 호랑

이가 태어나, 천하에 그 이름 떨치세!'

搖動鐵環鈴, 神鬼盡皆驚. 鐵車幷鐵鎖, 上下有尖釘. 掃蕩梁山淸水泊, 剿除晁蓋上東京! 生擒及時雨, 活捉智多星! 曾家生五虎, 天下盡聞名!

"이 노래를 부르지 않는 아이들이 하나도 없으니 진실로 참을 수 없습니다."

조개가 듣고는 크게 성내며 소리 질렀다.

"이 짐승만도 못한 놈들이 어찌 이렇게 무례하단 말인가! 내가 직접 출전하여 이 짐승 같은 놈들을 사로잡지 못하면 맹세코 산채로 돌아오지 않겠다!"

송강이 말했다.

"형님은 산채의 주인이시니 가볍게 움직여서는 안 됩니다. 이 동생이 가겠습니다."

조개가 말했다.

"내가 자네의 공로를 빼앗으려 하는 것이 아니네. 자네는 여러 차례 산을 내려가 싸웠기에 지쳤을 것이네. 그러니 이번에는 자네 대신 내가 가고 다음에 또 일이 생기면 그때는 동생이 가도록 하게나."

송강이 간곡하게 말렸으나 듣지 않았다. 조개는 분노를 억누르지 못하고 즉시 5000여 군마를 점검하고 두령 20명에게 산을 내려가 돕게 했다. 나머지 두령들과 송 공명은 산채를 지키게 했다.

조개는 20명의 두령을 점검했는데, 임충·호연작·서녕·목홍·유당·장횡·완소이·완소오·완소칠·양웅·석수·손립·황신·두천·송만·연순·등비·구붕·양림·백승으로 모두 20명이었다. 그리고 군사를 3군으로 나누어 산을 내려가 증두시로 진군했다. 송강과 오용·공손승은 산을 내려가 금사탄에서 송별연을 열었다. 그런데 술자리가 한창일 때, 갑자기 광풍이 일더니 새로 만든 조개의 군기가 부러졌다. 그것을 본 두령들이 놀라 얼굴들이 새파랗게 변했고 오 학구가 나서서 말렸다.

"불길한 징조이니 형님께서는 다른 날 출정하시죠."

송강도 권했다.

"형님께서 막 군사를 이끌고 출정하려는데 바람에 군기가 부러진 것은 군에 이롭지 않습니다. 좀 더 기다렸다가 그놈들을 치러 가시는 게 좋겠습니다."

조개가 말했다.

"천지에 바람 불고 구름이 일어나는 게 무엇이 이상한가? 마침 지금 날씨가 따뜻한 이 봄에 제압해 버리지 않고 그놈들 기세를 세워주었다가 나중에 군사를 일으키면 때가 늦어버리네. 자네는 나를 막지 말게! 어떻든 간에 나는 가고야 말겠네!"

송강은 그 고집을 꺾을 수 없었고 조개는 군사를 이끌고 물을 건넜다. 송강은 근심으로 즐겁지 않았고 산채로 돌아와서는 은밀하게 대종을 불러 산을 내려가 소식을 알아보게 했다.

한편 조개는 군사 5000여 명과 두령 20명을 이끌고 증두시 근처에 도착하여 맞은편에 방책을 세웠다. 다음날, 먼저 두령들을 데리고 말에 올라 증두시를 살펴보았다. 여러 호걸이 말을 타고 살펴보니 과연 증두시는 험준한 요새였다.

주변 야외에는 강물이 감돌아 흐르고, 사방 삼면엔 높은 산등성이라네. 파놓은 방어 도랑의 나루는 뱀이 똬리를 튼 듯하고, 해자 가의 버들 숲은 빽빽하도다. 높은 곳에서 멀리 바라보니 녹음 짙어 인가는 보이지 않고, 가까이 몰래 엿보니 푸른 빛 그림자 깊은 숲속에 방책 울타리 숨어 있네. 마을 장정들의 용맹은 금강과 같고, 들판의 아이들도 태어나자마자 바로 악마 같구나. 과연 철옹성인데다, 사람들 강하고 말들도 튼튼하도다.

周回一遭野水, 四圍三面高岡. 塹邊河港似蛇盤, 濠下柳林如雨密. 憑高遠望, 綠陰濃不見人家; 附近潛窺, 靑影亂深藏寨柵. 村中壯漢, 出來的勇似金剛; 田野小兒, 生下地便如鬼子. 果然是鐵壁銅牆, 端的盡人強馬壯.

조개와 여러 호걸이 말을 세우고 살펴보는데 버드나무 숲에서 한 떼의 군사들이 나는 듯이 달려나왔다. 대략 700~800여 명으로 앞장선 자는 정련을 거쳐 단조한 구리 투구를 쓰고 연환갑을 걸치고 점강창을 쥐고는 말을 타고 돌진해 왔는데, 바로 증가의 넷째 아들 증괴였다. 그가 소리 질렀다.

"너희 양산박에서 도적질하는 역적 놈들아. 그러잖아도 내가 네놈들을 붙잡아 관아로 끌고 가서 상을 타려고 했는데, 스스로 알아서 찾아오다니 하늘이 내려준 선물이구나! 어서 말에서 내려 오라를 받지 않고 무얼 기다리느냐!"

조개가 화가 잔뜩 치밀어 양산박 두령들을 돌아보는데 이미 한 장수가 말을 몰아 증괴와 싸우러 나갔다. 다름 아닌 양산박에서 처음으로 결의한 호걸 표자두 임충이었다. 두 사람이 말을 맞대고 싸우기를 20여 합쯤 되었을 때 증괴가 도두 임충을 당해낼 수 없음을 알고 창을 끌고 말머리를 돌려 버드나무 숲으로 달아났다. 임충은 굳이 달아나는 증괴를 더 이상 쫓지 않았다. 조개는 군마를 이끌고 방책으로 돌아와 증두시를 쳐부술 계책을 의논했다. 임충이 말했다.

"내일 곧바로 증두시로 밀고 가서 싸움을 걸어 상황이 어떤지 살펴본 다음에 다시 상의하시지요."

이튿날 새벽에 5000여 군사를 이끌고 증두시 어귀 넓은 들판에 진을 펼치고 북을 두드리며 고함을 질렀다. 증두시에서 포성이 울리더니 호걸 7명이 대부대를 이끌고 달려나와 진 앞에 벌려 섰다. 중간에는 총 사범[10] 사문공이고 위쪽에 부사범 소정이 있었다. 아래쪽에는 증가의 장남 증도, 왼쪽은 증밀, 증괴가 서 있고, 오른쪽은 증승, 증색이 있는데 모두가 온몸에 갑옷을 두르고 있었다. 사범 사문공이 활·비위를 당겨 최산을 얹고 천리옥사자마에 앉아 손에는 방천화극을 들고 있었다. 북을 세 번 두드리자 증가쪽 진에서 죄수를 압송하는 수레 몇 대를 밀고 나와 진 앞에 세웠다. 증도가 수레를 가리키며 양산박 진을 향해 욕설을 퍼부었다.

"나라를 배반한 도적놈들아! 이 수레가 보이느냐? 우리 증가부 안에서 너희를 죽이지 못한다면 사나이가 아니다! 내가 한 놈씩 산채로 잡아 저 수레에 실어 동경으로 압송해 갈기갈기 찢어죽이겠다. 만약 너희가 일찌감치 항복한다면 달리 상의해볼 수 있노라."

조개가 듣고서 크게 화를 내며 창을 들고 곧바로 증도에게 달려갔다. 곁에 있던 장수들이 조개에게 실수가 있을까 두려워 한꺼번에 들이치니 양군이 어지럽게 혼전이 벌어졌다. 증가 군사들이 한 발 한 발 물러나면서 저희 마을로 달아났다. 임충과 호연작이 조개를 보호하며 동서로 뒤쫓으며 죽였으나 임충은 길이 좋지 않음을 보고 급히 군사를 거두고 물러났다. 그날 양쪽 모두 군사를 약간 잃었을 뿐이었다. 방책으로 돌아온 조개가 크게 걱정하자 여러 장수가 위로했다.

"형님, 마음을 편하게 갖고 걱정하지 마십시오. 혹여 몸이라도 상할까 걱정됩니다. 평소에 송 공명 형님도 출정했을 때 싸움에 패배한 적이 있었지만 결국 승리하고 산채로 돌아갔었습니다. 오늘 혼전이 있어 군마를 약간 잃었지만 그들한테 싸움에 진 것도 아닌데 무슨 걱정을 하십니까?"

그래도 조개는 의기소침하여 유쾌하지 않았다. 3일 동안 연이어 싸움을 걸었으나 증두시 군사들은 한 명도 보이지 않았다.

4일째 되는 날 갑자기 중 두 명이 방책으로 찾아와 항복했다. 병졸이 중군 군막 앞으로 인도하자 두 중이 무릎을 꿇고 말했다.

"저희는 증두시 동쪽에 있는 법화사法華寺 감사監寺로 있는 중들인데, 증가 오호가 항상 저희 절에 와서 모욕하고 금은과 재물을 요구하며 못하는 짓이 없

10_ 원문은 '도교사都教師'인데, 모든 것을 책임지는 사범을 말한다. '도都'는 총괄의 의미다.

습니다. 소승들은 그놈들이 나타나는 곳을 상세히 알고 있으므로, 오늘 두령께서 그곳으로 쳐들어가 놈들을 없애주기를 청합니다. 급습하여 그놈들을 쳐부수어 주신다면 우리 절에 행운이 깃들 것입니다!"

조개가 크게 기뻐하며 두 중을 청하여 앉히고 술을 대접했다. 오직 임충만이 걱정되어 간언했다.

"형님 그들의 말을 믿지 마십시오. 그 말 중에 속임수가 있을지 누가 알겠습니까?"

중이 말했다.

"소승은 출가인인데 어찌 터무니없는 말을 하겠습니까? 그리고 오래전부터 양산박이 인의를 행하며 가는 곳마다 백성을 해치지 않는다고 들었기 때문에 이렇게 특별히 투항하러 온 겁니다. 무슨 까닭으로 장군을 속이겠습니까? 게다가 증가가 두령의 대군을 이기지 못할 것인데, 무엇 때문에 의심하십니까?"

조개가 말했다.

"동생은 의심하지 말게 큰일 그르치네. 오늘 밤 내가 가보겠네."

임충이 말했다.

"형님은 가지 마십시오. 제가 절반의 군사를 이끌고 적의 방책을 칠 터이니, 형님께서는 밖에서 호응해주십시오."

"내가 가지 않으면 누가 앞으로 나가겠는가? 자네는 절반의 군사를 이끌고 밖에서 지원이나 하게나."

"그럼 형님께서는 누구를 데리고 가시렵니까?"

"10명의 두령으로 절반인 2500명의 군사를 이끌고 가겠네."

조개가 고른 10명의 두령은 유당·완소이·호연작·완소오·구붕·완소칠·연순·두천·송만·백승이었다. 그날 밤 밥을 지어먹고 말은 방울을 떼고 군사들은 발각되지 않기 위해 나무 막대기를 입에 물고 칠흑 같이 어두워지자 두 중과 함께 조심스레 법화사로 향했다. 조개의 눈에 오래된 사찰이 눈에 들어왔다. 조개가 말에서 내려 사찰 내로 들어갔는데 중들이 하나도 보이지 않자 두 중에게 물었다.

"이렇게 큰 사찰에 어찌하여 단 한 명의 스님도 보이지 않소?"

"증가 그 짐승 같은 놈들이 괴롭히고 소란을 피워 견딜 수 없어 각자 속세로 돌아가 지금은 장로와 시자 몇 명만이 탑원塔院[11] 안에 살고 있습니다. 두령께서는 잠시 군사를 멈추시고 밤이 더 깊어지기를 기다리십시오. 소승들이 그놈들 방책 안까지 안내하겠습니다."

"그들의 방책은 어디에 있소?"

"네 개의 방책이 있는데, 북쪽 방책에 증가 형제들이 주둔해 있습니다. 만일 그 방책을 공격하면 나머지 방책 세 개는 바로 무너질 겁니다."

"언제 공격하면 좋겠소?"

"지금이 2경이니 3경이 되기를 기다렸다가 치면, 저들은 아무런 준비 없이 무너질 겁니다."

증두시에서 3경을 알리는 북소리가 들리고 다시 반경을 알리는 소리가 들리자 더 이상 어떠한 소리도 들리지 않고 고요해졌다. 중이 말했다.

"군사들이 모두 잠들었으니 지금이 나설 때 입니다."

중들이 앞서 길을 안내하자 조개는 여러 두령과 함께 말에 올라 군사들을 이끌고 법화사를 나와 중들의 뒤를 따랐다.

5리도 채 못가서 두 중이 어둠 속에서 사라졌다. 그러자 전군은 감히 앞으로 나가지 못하고 사방을 둘러보는데 길 또한 매우 복잡한데다 인가도 보이지 않았다. 당황한 군사들이 조개에게 알리자 호연작은 급히 말을 돌려 돌아가려 했다. 백 걸음도 못 갔는데 사방에서 징과 북이 일제히 울리고 함성 소리가 땅을 진동하니 사방이 모두 횃불로 가득했다. 조개와 여러 장수가 군사를 이끌고 길

11_ 탑원塔院: 탑묘塔廟다. 일반적으로 사찰의 탑을 가리킨다.

을 찾아 달아났다. 겨우 두 개의 굽은 길을 도는데 한 떼의 군마와 맞닥뜨렸고 머리위로 어지럽게 화살이 날아왔다. 그중 화살 하나가 날아와 조개의 얼굴에 정통으로 꽂이면서 말 아래로 굴러 떨어졌다. 호연작과 연순이 죽음을 무릅쓰고 달려갔고, 그 뒤로 유당·백승이 조개를 구해 말에 태우고 마을로 뚫고 달렸다. 마을 입구에서 임충 등이 군사를 이끌고 달려와 호응하자 비로소 적들에게 대적할 수 있었다. 양군이 서로 어지럽게 싸우다가 날이 밝아서야 각자 방책으로 돌아갔다. 임충이 돌아오자마자 군사를 점검해 보니 완씨 삼형제·송만·두천은 물속으로 도망쳐 간신히 목숨을 구해 도망왔으나 2500여 군사 중에서 1200~1300여 명만 남았다. 그들은 구봉을 따라 모두 군막으로 돌아왔다. 두령들이 조개를 살펴보니 화살이 뺨에 꽂혀 있었다. 급히 화살을 뽑았으나 출혈이 심해 실신했다. 그 화살에는 '사문공'이라는 글자가 쓰여 있었다![12] 임충이 금창약을 발랐으나 독이 묻은 화살이라 화살독이 오른 조개는 말도 제대로 못했다. 임충이 부축해 수레에 태우고 완씨 삼형제·두천·송만에게 먼저 양산박으로 돌아가게 했다. 나머지 15명의 두령은 방책 안에서 상의했다.

"지금 조 천왕 형님이 산을 내려와 뜻하지 않게 이런 상황에 처하게 되었소. 떠날 때 바람에 깃발이 부러진 징조가 들어맞은 것 같소. 우리가 군사를 거두고 모두 돌아가는 게 좋을 것 같소. 여기 증두시는 급히 취할 수 없을 것 같소."

호연작이 말했다.

"송 공명 형님의 군령이 오기를 기다렸다가 회군해야 하오."

그날 두령들은 근심해 마지않았고 군사들 또한 싸울 마음이 없어져 모두들 산채로 돌아갈 생각만 하고 있었다.

그날 밤 2경쯤 날이 희미하게 밝을 때 15명의 두령들이 방책 안에서 답답해

12_ 고대에 장수들은 화살에 대부분 자신의 이름을 적었는데, 이것으로 자신의 공적을 자랑하는 근거로 삼기 위함이었다.

하고 있었다. 그야말로 머리 없는 뱀이 갈 수 없고, 날개 잃은 새가 날지 못하는 상황이라[13] 탄식만 하며 나아갈지 물러날지 어찌해야 할지 모르고 있었다. 그때 갑자기 길에 숨어서 살피던 사병이 황급히 달려와 보고했다.

"앞에 4~5갈래의 군마가 밀려오는데, 얼마나 많은지 횃불의 수를 헤아릴 수 없을 정도입니다."

임충이 듣고서 일제히 말에 올라 살펴보니 삼면으로 산山자 형상으로 횃불이 대낮같이 밝아 올랐고, 사방에서 함성을 지르며 방책 앞으로 밀려왔다. 임충은 여러 두령을 이끌고 적과 맞서지 않고 방책을 모두 뽑아 말을 돌려 달아났다. 증가의 군마가 뒤에서 쫓아오는데 양군이 싸우면서 달아나기를 반복하여 50~60리를 도망간 뒤에야 겨우 빠져나올 수 있었다. 점검해보니 잃은 군사가 500~700여 명이었다. 참패한 군사들은 급히 오던 길을 찾아 양산박으로 돌아왔다. 퇴각하는 도중에 마침 군령을 전하는 대종을 만났는데, 두령들에게 군사를 이끌고 일단 산채로 돌아와 별도로 좋은 계책을 마련하자는 것이었다. 두령들은 군령에 따라 군사를 이끌고 양산박 산채로 돌아왔고, 산채에서 소식을 듣고 모두 조개를 보러 몰려왔다. 조개는 이미 스스로 물은커녕 아무것도 먹지 못했고 온몸이 퉁퉁 부어올랐다. 송강이 침상 앞에서 돌보며 울고 있었고 손수 고약을 붙이고 탕약을 먹였다. 여러 두령도 모두 장막 앞에서 지키며 살펴보았다.

그날 밤 3경, 조개는 더욱 악화되었고 고개를 돌려 송강을 바라보며 부탁했다.

"동생 몸조심하게. 나를 쏴 죽인 자를 잡는 이에게 양산박 주인으로 삼아주게!"

13_ 원문은 '蛇無頭而不行, 鳥無翅而不飛'다. 앞장서서 이끄는 사람이 없어 다른 사람들은 무엇을 해도 이룰 수 없음을 비유한 것으로 두령의 중요함을 설명한 말이다.

말을 끝내자마자 눈을 감고 숨을 거두었다. 송강은 조개가 이미 죽은 것을 보고 목 놓아 울기를 마치 부모가 죽은 듯이 슬퍼하다가 혼절했다. 여러 두령이 송강을 부축해 나와 장례를 주관하게 했다. 오용과 공손승이 슬퍼하는 송강을 달래며 말했다.

"형님, 그만 슬퍼하십시오. 죽고 사는 것은 사람에게 정해진 것을 어찌하여 이토록 슬퍼하여 몸을 상하게 합니까? 우선 큰일이나 치릅시다."

그제야 송강이 통곡을 멈추고 시신을 향기 나는 물로 씻어내고 의복과 두건을 입혀 염을 하고 취의청에 모셨다. 두령들이 모두 애도하며 제사를 지내고 한편으로는 내관內棺과 외곽外槨을 짜고 길일을 정하고 대청 한가운데에 모셨다. 그리고 장막을 치고 중간에 신주를 세웠다. 거기에는 '양산박 주인 천왕天王 조공晁公 신주神主'라 쓰여 있었다. 송 공명 이하 산채의 모든 두령은 상복14을 입고 소두목들과 졸개들 또한 상례두건을 썼다. 조개의 복수를 맹세하고 그가 맞은 화살을 영전에 바쳤다. 산채 내에 긴 조기를 세우고 부근 사원의 승려들을 산채로 청하여 공덕을 기리고 조 천왕을 추모했다. 송강이 매일 여러 두령과 애도하며 산채 관리하는 일에 관심을 두지 않자 임충과 공손승, 오용 등 여러 두령이 상의하여 송 공명을 양산박 주인으로 세우기로 하자 모두들 경청했다.

다음날 이른 아침 향을 피우고 등을 밝힌 뒤 임충이 앞장서서 두령들과 함께 송 공명을 취의청으로 청해 윗자리에 앉혔다. 오용과 임충이 입을 열었다.

"형님 아뢰올 말씀이 있습니다. '한 국國에는 하루라도 군주가 없어서는 안되고, 한 가家에는 하루라도 주인이 없어서는 안 된다'고 했습니다. 조 두령께서 돌아가셨는데 산채에 주인 없이 어찌 일이 되겠습니까? 형님의 크신 이름이 온

14_ 원문은 '중효重孝'인데, 가장 중한 상복이다. 부모가 사망했을 때 자녀들이 입는 상복과 같은 것이다.

천하에 퍼져 있으니 좋은 날을 잡아 형님께서 산채의 주인이 되시기를 청합니다. 모든 이가 명령을 따를 것입니다."

송강이 말했다.

"조 천왕께서 임종하실 때 당부하시기를 '사문공을 사로잡는 사람을 양산박의 주인으로 세우라'고 하셨네. 여기 있는 두령이 모두 들어 알고 있네. 형님의 뼈와 살이 아직 식지도 않았는데 어찌 잊을 수 있겠는가? 또한 아직 원수도 갚지 못했고 원한도 씻지 못했는데 어떻게 이 자리에 앉는단 말인가?"

오 학구가 다시 권했다.

"조 천왕께서 비록 그렇게 말씀은 하셨지만, 아직 그놈을 사로잡지도 못했습니다. 산채에 어찌 주인이 하루라도 없을 수 있습니까? 나머지 저희도 모두 형님의 손아래 사람들인데, 누가 감히 그 자리를 감당하겠습니까? 또한 산채의 인마를 어떻게 통솔하겠습니까? 유언이 그렇다 하더라도 형님께서 잠시 이 자리에 앉으시고 훗날 따로 상의하시지요."

"군사의 말이 지극히 합당하오. 오늘 소인이 잠시 이 자리를 맡아 훗날 원수를 갚고 원한을 씻은 뒤에 누구든 사문공을 잡은 이가 이 자리를 맡을 거요."

흑선풍 이규가 옆에 있다가 소리 질렀다.

"형, 양산박 주인이 되는 것은 말할 것도 없고 대송 황제가 되어도 괜찮겠소!"

송강이 크게 화내며 꾸짖었다.

"이 시커먼 놈이 또 함부로 지껄이는구나! 또 한번 그따위 소리를 하면 먼저 네놈의 혓바닥부터 잘라버리겠다!"

"내가 뭐 형한테 사장社長15 하지 말고 황제를 하라는데 내 혀는 왜 잘라!"

15_ 사장社長: 사社는 기초 지방 조직이었고 사장은 향관鄉官의 가장 낮은 등급이었다. 10가구가 1사였는데 나이 많고 농사일을 잘 아는 사람을 추천하여 사장으로 삼았다.

오 학구가 말했다.

"이놈은 존비도 알지 못하는 놈이니, 형님께서는 저놈을 일반인처럼 취급하지 마십시오. 형님께서는 중요한 일부터 진행하십시오."

송강은 분향을 마치고 잠시 주인 자리에 앉아 대리하기로 하고 첫 번째 교의에 앉았다. 윗자리에 군사 오용이 앉고, 아래 자리에 공손승이 앉았다. 좌측으로는 임충이 우두머리가 되고, 오른쪽으로는 호연작이 우두머리로 앉았다. 여러 두령이 절하며 양쪽으로 앉았다.

송강이 이에 말했다.

"소생이 오늘 잠시 이 자리를 빌렸으나, 여러 형제의 도움에 전적으로 의지해야 하고, 모두 한 마음으로 뜻을 같이 하여 팔다리처럼 함께하고 하늘을 대신해 도를 행하도록 합시다. 지금 산채에는 이전과는 비교할 수 없을 정도로 인마가 늘었으니, 여러 형제에게 산채를 여섯으로 나누어 군사를 주둔시키도록 하겠소. 취의청을 충의당忠義堂으로 이름을 바꾸고 전후좌우로 뭍에 산채 네 개를 세우도록 하겠소. 뒷산에는 소채 2개, 앞산에 관문 3개, 산 아래에는 수채, 금사탄과 압취탄 소채는 오늘부터 각 형제들이 나누어 관리하도록 하겠소. 충의당의 두령 자리는 내가 잠시 앉도록 하고 두 번째 자리는 군사 오 학구, 세 번째는 법사 공손승, 네 번째는 화영, 다섯째는 진명, 여섯째는 여방, 일곱째는 곽성이 앉도록 하시오. 좌군 산채 첫째 자리는 임충, 둘째는 유당, 셋째는 사진, 넷째는 양웅, 다섯째는 석수, 여섯째는 두천, 일곱째는 송만이 맡으시오. 우군 산채는 첫째가 호연작, 둘째는 주동, 셋째는 대종, 넷째는 목홍, 다섯째는 이규, 여섯째는 구붕, 일곱째는 목춘이 맡으시오. 전군前軍 산채는 첫째가 이응이 맡고, 그다음으로 서녕·노지심·무송·양지·마린·시은이 맡고, 후군 산채는 시진을 첫째로 하고 그다음으로 손립·황신·한도·팽기·등비·설영이 맡으시오. 그리고 수군 산채는 이준을 첫째로 하니 완소이·완소오·원소칠·강횡·장순 동위 동맹이 맡으시오. 이렇게 산채 여섯에 두령은 모두 43명이오. 그다음으로 산 앞의 제1관문은 뇌횡과 번서가 지키고 제2관문은 해진·해보 형제가 맡으며 제3관문은 항충과 이곤이 맡아 방비하시오. 금사탄의 소채는 연순·정천수·공명·공량 네 형제가 맡고, 압취탄의 소채는 이충·주통·추연·추윤 네 두령이 맡아 지키시오. 산 뒤 소채 두 개 중에 왼쪽은 왕왜호·일장청·조정이 맡고, 오른쪽은 주무·진달·양춘 여섯 두령이 맡아 지키시오. 충의당 안에서도 왼쪽에 있는 방들은 다음과 같소. 소양이 모든 공문 서류를 맡아보고, 배선이 상과 벌을, 김대견이 모든 공사公私 인장을, 장경이 돈과 식량을 관장하시오. 오른쪽에 있는 방들에서는 능진이 포를 관장하고, 맹강이 배 만드는 일을 맡고, 후건은 갑옷 만드는 일, 도종왕이 성벽과 담을 쌓는 일을 담당하시오. 충의당 뒤의 두 사랑채에서 일을 맡을 사람은 다음과 같소. 이운은 집 짓는 일을 감독하며, 대장간은 탕륭이 모두 관리하고, 술과 식초 만드는 일은 주부, 산채에서의 연회 준비와 감독은 송청이 맡고, 일상 집기와 기물은 두흥과 백승이 맡으시오. 그리고 산 아래 네 군데 주점은 원래대로 주귀·악화·시천·이립·손신·고대수·장청·손이랑이 맡아 보고, 북쪽 지방에서 말을 사오는 일은 양림·석용·단경주가 맡으시오. 배정이 끝났으니, 각자 맡은 바를 준수하고 어김이 없도록 하시오."

양산박의 크고 작은 두령은 송 공명을 산채의 주인으로 받들고, 모두들 기뻐하며 경청하고 따르기로 약속했다. 하루는 송강이 두령들을 모아놓고 군사를 일으켜 증두시를 쳐서 조개의 원수 갚는 일을 의논했다. 군사 오용이 권했다.

"형님 일반 백성도 상중에는 가볍게 움직이지 않으니 우리도 백일을 기다린 후에 군사를 일으키는 것이 좋겠습니다."

송강은 오 학구의 의견에 따라 산채만 지키며 매일 불공을 드리고 염불하며 승려와 도사를 청하여 경문을 읽고 조개를 추모했다.

어느 날 법명이 대원大圓이라 불리는 중이 찾아왔는데 북경 대명부 성에 있는 용화사龍華寺 중이었다. 여기저기 떠돌아다니며 제녕濟寧까지 왔다가 양산박을 지나는 길에 산채로 끌려와 불사를 하게 되었다. 야채 음식을 먹은 다음 한

담을 나누다가 송강이 북경의 인물 풍토를 물었다. 그 대원이란 중이 말했다.

"두령께서는 하북의 옥기린玉麒麟이란 이름을 들어보지 못하셨습니까?"

송강과 오용이 듣고서 문득 떠오르는 것이 있어서 물었다.

"내가 아직 늙지 않았는데 이렇게 까맣게 잊었구려! 북경성 안에 노 대원외盧大員外가 있는데 이름은 준의俊義라 하고 별명은 '옥기린'이라 한다지요. 하북의 삼절三絶16 가운데 하나이며 조상 때부터 북경에 살지요. 무예를 좋아하여 곤봉으로는 천하에 적수가 없다고 합니다. 양산박 산채에 이런 사람이 있다면 관군이 체포하러 오는 것을 어찌 두려워하며 병마가 몰려온다 한들 어찌 근심하겠소?"

오용이 웃으면서 말했다.

"형님께서는 무엇 때문에 그토록 의기소침하십니까? 이 사람을 산채로 들이는 일이 뭣이 어렵다고!"

송강이 대답했다.

"그는 북경 대명부에서 제일가는 장자長子인데 설마 그가 이곳으로 와서 산적이 되겠는가?"

"제가 오래 전에 마음속에 두고 있었으나 줄곧 잊고 있었습니다. 그러나 소생이 작은 계책을 사용하여 산으로 끌어들이겠습니다."

"사람들이 자네를 '지다성'이라고 부르는데 과연 그 명성이 헛된 것이 아니구먼! 군사는 어떤 계책을 써서 그 사람을 산채로 끌어들이겠는가?"

오용이 차분하게 두 손가락을 겹쳐 펴들며 그 계책을 말했다. 나누어 서술하면, 노준의는 비단과 옥으로 둘러싸인 호사로운 삶을 버리고 용의 깊은 못과 호

16_ 『수호전전교주』에 따르면 『당서』「이규전李揆傳」에 이르기를, '이규李揆의 풍모가 아름답고 황제의 물음에 대답을 잘하자, 황제가 탄식하며 말하기를 "경의 문제門第(가문), 인물, 문학이 모두 당대의 제일이니 믿고 그 경에서 존중받을 만한 모범이로다!"라고 했다. 그래서 당시에 삼절이라 했다'고 했다. 노준의를 하북 삼절이라 한 것은 아마도 이규의 가문, 인물, 문학이 모두 당대의 제일이라 한 것과 같을 것이다'라고 했다.

랑이 굴로 들어오게 된 것이다. 바로, 이 한 사람이 수호에 들어온 것만으로도 백성은 전란을 겪게 되었던 것이다.

과연 오 학구가 어떻게 노준의를 속여 산채에 오르게 되었는가는 다음 회에 설명하노라.

팔진도八陣圖

본문에서는 '제갈공명諸葛孔明이 돌로 펼쳐 보인 진법'이라 하여 '팔진도'를 언급하고 있다. 팔진도에 관한 상세한 역사 기록은 없다. 『삼국지』「촉서蜀書·제갈량전」에 "병법을 확대 설명하여 팔진도를 만들었는데 가장 핵심 요소를 깊게 터득했다"고만 기록하고 있고, 『진서晉書』「환온전桓溫傳」에 따르면 "제갈량이 어복魚復(충칭重慶 평제奉節 동쪽 바이티산白帝山 동남쪽)의 넓은 모래땅에 팔진도를 만들었는데, 쌓아 올린 돌이 8행行이고 각 행의 거리는 2장丈이었다. 환온이 그것을 보고는 '이것이 상산常山의 사세蛇勢(구부러지고 기복이 있는 형상)로다'라고 말했다"고 했다. 팔진도는 "방진方陣·원진圓陣·빈진牝陣·모진牡陣·충진衝陣·윤진輪陣·부저진浮沮陣·안행진雁行陣"이라고 한다.

혼세마왕混世魔王 번서樊瑞

'혼세마왕'은 세계를 혼란스럽게 하고 인간에게 엄중한 재난을 가져다주는 사람이라는 의미다. '마왕魔王'은 옛 인도 신화에서 욕계欲界의 제육천第六天에 사는 파순波旬인데, 마계魔界의 주인이며 마왕魔王이라 한다. 항상 악한 뜻을 품고 사람이 착한 일을 행하는 것을 방해한다고 한다. 불교에서는 이러한 학설을 채용하여 일체의 번뇌, 의혹, 미련 등 수행을 방해하는 심리 활동을 또한 '마魔'라고 한다. '마魔'는 범어인 '마라魔羅'의 줄임말이다. 『수호전』에서 '혼세마왕'이란 별명을 취한 것은 『서유기』『설악전전說岳全傳』『설당說唐』 등의 평화平話 작품에서 모두가 혼세마왕의 이름을 취한 것을 참조한 것이며, 당시 사회에 혼세마왕이란 별명이 유행했음을 볼 수 있다.

금모견金毛犬 단경주段景住

『수호전전교주』에 따르면 "정목형의 『주략』에서 이르기를, '내전內典에 근거하면 금모金毛(누런 털)는 사자獅子다. 견犬(개)을 금모라 부르기에 개이며 사자다. 지금 가축인 개는 털색이 누렇고 털이 반지르르하여 속칭 노사구猱獅狗(털이 말린 개)라 부른다'고 했다." 또한, 단경주란 이름은 『선화유사』와 원·명 잡극에 모두 보이지 않기에 『수호전』에서 만들어낸 인물이다.

증장자曾長者

본문에서 증두시曾頭市의 주인이며 금金나라 사람인 '증장자曾長者'라는 인물이 등장한다. 『수호전교주본』에 따르면 "성이 증曾이고 이름이 장자長者다"라고 했다. 장자長者는 또한 덕이 높고 나이 많은 사람을 장자라 칭한다. 송·원 시기의 사람들이 대관大官과 돈이 있으면서 약간 나이 먹은 사람을 장자라 칭하기도 했다. 『수호전보증본』에 근거하면, 증장자와 그의 아들들을 금나라 사람이라 한 것은 허구적 설정이다. 그러나 증장자란 인물은 확실히 있었다. 송나라 가정嘉定 연간의 『진강부지鎭江府志』에 북송 진강鎭江의 관원인 '증장자'가 기록되어 있다. 아마도 본문에서 증장자란 인물을 창조하면서 이 인물을 차용한 듯하다. 또한 증두시曾頭市는 당시에 북송 영토에 속해 있었기에 여진족이 향촌을 이루지는 않았다. 게다가 본문에서는 증장자 등의 머리 장식이 모호하고 분명하지 않은데, 대개 금나라 사람들이 가장 중시했던 것은 변발辮髮이었다. 결국 증두시의 증장자와 그의 아들들은 금나라 사람이 아님을 알 수 있다.

약전藥箭

조개가 약전에 맞아 사망했는데, '약전'은 '독전毒箭'으로 독화살을 말한다. 한나라 때부터 근대까지 전장에서는 독화살을 많이 사용했다. 『후한서』「경엄전耿弇傳」에 따르면 "경공耿恭은 성벽 위에 올라 힘껏 싸웠고 화살촉에 독약을 발랐다. 독화살에 맞은 흉노병의 상처에 피와 살이 끓어오르자 모두들 깜짝 놀랐다"고 했다. 또한 『삼국지』「촉서·관우전關羽傳」에 관우가 화살 맞은 팔을 치료 받았던 기록이 있다. "관우는 일찍이 날아오는 화살에 왼쪽 팔이 꿰뚫린 적이 있었다. 나중에 상처는 비록 치유되었으나 매번 날이 흐리거나 비가 내리면 뼈까지 통증이 왔다. 의원이 말하기를, '이것은 화살촉에 독이 있었기 때문에 그 독이 뼛속까지 들어간 것으로 지금 치료하려면 팔을 절개하고 벌려 뼈에 있는 독을 제거해야만 통증이 비로소 사라질 것입니다'라고 했다." 통상적으로 독화살은 화살촉에 독을 바르는데, 뱀의 독액 같은 것을 사용한다. 『수서隋書』「말갈전靺鞨傳」에 따르면 "항상 7, 8월에 독약을 제조하여 화살촉에 바른다"고 했고, "맞으면 즉시 죽게 된다"고 했다.

충의당忠義堂

본문에 송강이 '취의청聚義廳'을 '충의당忠義堂'으로 명칭을 바꿨다는 내용이 있다. '취의聚義'는 정의를 지키며 함께 모인다는 의미로 대부분 통치자에 반대하는 무장 투쟁으로 농민기의 같은 경우를 이른다. '충의忠義'는 대의를 준수하고 독실하게 실행하는 충신, 의사義士를 말한다. 『수호전보증본』에 따르면 "충의당의 충의는 북송과 남송이 교체되는 기간에 태항산太行山 충의사忠義社에서 나온 것이다. 북송 말에 태항산 지구의 민중과 금나라에 대항하는 송나라 군대의 장수와 병사들이 험준한 산을 이용해 산채를 세우고 무장하여 자신들을 보호했는데, 팔자군八字軍, 홍건군紅巾軍과 충의사 같은 것들이다. 『송사』「악비전岳飛傳」에 이르기를, '소흥紹興 6년(1136)에 태항산의 충의사 양흥梁興 등 100여 명은 악비의 의를 앙모하여 무리를 이끌고 귀의했다'고 했고, '10년(1140)에는 양흥에게 명하여 황하를 건너 충의사를 규합하여 하동과 하북의 주와 현을 취했다'고 했다. '충의'라는 선택에 내포된 의미는 민중 무장과 정부의 정규군이 결합하여 함께 금나라에 대항하는 것이다. 이것으로 보건대, 송강 등은 '충의'를 호소하기 위해 '충의당'으로 개명한 것이었다"라고 했다.

원본 수호전 3

ⓒ 송도진

초판인쇄 2024년 6월 7일
초판발행 2024년 6월 21일

지은이 시내암
옮긴이 송도진
펴낸이 강성민
편집장 이은혜
마케팅 정민호 박치우 한민아 이민경 박진희 정유선 황승현
브랜딩 함유지 함근아 고보미 박민재 김희숙 박다솔 조다현 정승민 배진성
제작 강신은 김동욱 이순호

펴낸곳 (주)글항아리 | **출판등록** 2009년 1월 19일 제406-2009-000002호

주소 경기도 파주시 심학산로 10 3층
전자우편 bookpot@hanmail.net
전화번호 031-955-2689(마케팅) 031-941-5161(편집부)

ISBN 979-11-6909-251-7 04820
　　　979-11-6909-248-7 04820 (세트)

www.geulhangari.com